Carin Bartosch Edström | Der Klang des Todes

CARIN
BARTOSCH EDSTRÖM

DER KLANG DES TODES

Roman

Aus dem Schwedischen
von Lotta Rüegger
und Holger Wolandt

Diana Verlag

Die Originalausgabe erschien 2011 unter dem Titel »Furioso«
im Albert Bonnier Förlag, Stockholm, Schweden

MIX
Papier aus verantwortungsvollen Quellen
FSC® C014496
FSC
www.fsc.org

Verlagsgruppe Random House FSC-DEU-0100
Das für dieses Buch verwendete FSC®-zertifizierte Papier
EOS liefert Salzer Papier, St. Pölten, Austria.

Redaktion: Katrin Frey
Umschlaggestaltung: t.mutzenbach design, München
unter Verwendung eines Fotos von © plainpicture/Arcangel
Satz: Greiner & Reichel, Köln
Druck und Bindung: GGP Media GmbH, Pößneck
Printed in Germany 2012

ISBN 978-3-453-29120-1

http://www.diana-verlag.de

Für Gabriel

Ouvertüre

La nobilità ha dipinta negli occhi l'onestà.
Dem Adligen blicket die Ehre aus den Augen.

Wolfgang Amadeus Mozart und Lorenzo da Ponte,
Don Giovanni, I,9

Donnerstag, 10. September

Der Spaziergang am Strandvägen war schon fast zum Ritual geworden. Seine Lebensgeister erwachten, und er empfand eine Zuversicht wie seit Langem nicht mehr. Er fühlte sich bereits wie ein Gewinner. Nach all diesen Jahren, in denen ihm die Zeit davongelaufen war, hatte er jetzt die perfekte Lösung gefunden. Auch wenn diese nur einen geringen Einsatz erforderte, jedenfalls zu Anfang, so würde es später umso schwieriger werden. Er würde jene, die ihm am nächsten standen, belügen müssen.

Er war bereit. Er würde tun, was er tun musste, um die Zukunft zu sichern.

Peder Armstahl war sich seiner Pflicht bewusst gewesen, seit er alt genug war, seine Position in der Erbfolge zu verstehen. Er hatte sie nicht selbst gewählt und auch kein Mitspracherecht gehabt. Und wäre jemand auf den Gedanken gekommen, ihn nach seiner Meinung zu fragen, so hätte er vermutlich geantwortet, es sei ihm eine Ehre. Ganz einfach.

Es konnte doch nicht so schwer sein, diese ehrenvolle Pflicht, ja eigentlich seine einzige Pflicht im Leben, zu erfüllen. Bisher hatte sich dies jedoch als vollkommen unmöglich erwiesen.

Mit ungläubigem Staunen nahm er sein wiederholtes Scheitern hin. Und dann auch noch die stumme Nachsicht seiner Familie. Irgendetwas hätten sie ruhig einmal sagen können, um die Unaufrichtigkeit ihrer Glückwünsche zu jeder Taufe ein wenig zu kaschieren. Irgendwas, eine plumpe Bemerkung, nur um dem Umstand, der allen so bewusst war, ein wenig von seiner Schmerzlichkeit zu nehmen. Emily war ihm nie von der Seite gewichen. Vielleicht machten sie ja ihr zuliebe eine gute Miene.

Aufrecht und loyal hielt sie zu ihm. Die Gabe seiner Frau, sich von Niederlagen beflügeln zu lassen, bewunderte er wirklich. Sie bestärkte ihn in der Überzeugung, dass er es eines Tages allen zeigen würde.

Dieser Tag schien jedoch nie zu kommen, und irgendwann wusste er nicht mehr, wie er seine eigene Unzulänglichkeit ertragen sollte. Seine Enttäuschung verwandelte sich in Beschämung. Ihm blieben nur zwei Möglichkeiten. Entweder gab er sich weiterhin seinem Selbstmitleid hin, oder er riss sich zusammen und ging das inzwischen ernste Problem an.

Die Rettung kam überraschend. Er erinnerte sich noch ganz genau an jede Einzelheit, jeden Geruch und jedes Geräusch des entscheidenden Augenblicks im vergangenen Sommer. Die Familie war nach Torekov gefahren, und er hatte in Stockholm bleiben und arbeiten müssen. Anfang August hatte er recht früh an einem Freitagnachmittag das Boot nach Svalskär genommen. Louise war bereits dort. Allein.

Zusammen mähten sie den Rasen und strichen die Bänke in der Fliederlaube. Ein paar verrottete Bretter des Zauns um die Himbeerbüsche mussten ersetzt und der Kahn an Land geholt werden. Es war ihm wie ein Luxus vorgekommen, diesen einfachen Verrichtungen nachzugehen, Bretter festzunageln, lose Farbe abzukratzen und Unkraut zu jäten. Verschwitzt und mit erdigen Händen entledigten sie sich ihrer Kleider und sprangen ins Wasser, um sich abzukühlen. Anschließend saßen sie am Ende des Badestegs, ließen die Beine baumeln und tranken Bier. Die Sonne ging bereits hinter der Insel unter. Die letzten Strahlen verbreiteten auf dem immer schwärzer werdenden Meer einen warmen, goldenen Schein.

Es war ein zauberhafter, lauer Sommerabend gewesen, wie es ihn fast nur in der Erinnerung gibt und an dem sich kein schönerer Ort als die Stockholmer Schären denken lässt. Vor dieser Kulisse, in dieser aufgeladenen Atmosphäre kommt es wie von selbst zu Vertraulichkeiten. Stimmen hallen über dem spiegelglatten Wasser wider. Insekten umschwirren sonnengebräunte Arme und Beine. Ab und zu unterbrachen sie ihre Unterhaltung, schlugen mit der Hand nach einer Mücke und lachten wie früher als Kinder. Konnte es überhaupt schöner werden? Genau das hatte er gedacht, als sich Louise an seine Schulter lehnte. Sie war ernst geworden, und er hatte gewusst, dass sie jetzt etwas Wichtiges sagen würde. Er war der Einzige, dem sie ihre innersten Gefühle anvertrauen konnte.

Der Zauber des Sommerabends war dahin. Innerhalb von Sekunden ging seine tröstliche Träumerei in einen Zustand glasklarer Wachheit über. Er stieg nicht gleich auf ihre Gedanken ein. Das Ganze war zu groß, als dass er die richtigen Worte gefunden hätte. Außerdem hatte sie ihn noch nicht direkt gefragt. Seine Bierflasche war in seiner Hand vor Schweiß ganz glatt geworden. Er hatte zu laut gelacht, vielleicht sogar ein wenig zu aufgesetzt, um unbekümmert zu wirken. Ein Wunder, dass Louise nichts merkte. Sie redete einfach weiter, scherzte und kam auf andere Dinge zu sprechen. Vollkommen entspannt und schutzlos, ohne zu ahnen, wie schlecht sie ihn kannte.

Den restlichen Sommer hatte er damit verbracht, eine Strategie zu entwickeln. Es ging um einen heiklen Balanceakt, ein Abwägen zwischen Vertrauen und Ermunterung. Trotzdem hatte er nie gezweifelt. In gewisser Weise trug Louise ebenfalls die Verantwortung, das würde sie auch noch einsehen. Persönliche Wünsche mussten hinter der Kontinuität zurückstehen. Im Grunde besaß es eine hübsche Logik, dass sie die Dinge in die Wege geleitet hatte. Außerdem schwebte sie ja nicht in Unkenntnis, im Gegenteil, sie wusste sehr gut, welche Erwartungen auf ihm ruhten. Louise war ein sehr scharfsinniger Mensch, sogar hin und wieder zu scharfsinnig. Deswegen konnte er sie auch nicht an dem gesamten Prozess beteiligen. In schwachen Momenten fragte er sich, wie es wohl anschließend sein würde. Vielleicht würde ihm Louise den Rücken kehren. Vielleicht würde sie ihm auch verzeihen, wenn sie verstand, dass er keine Wahl gehabt hatte …

Es ging ums Überleben.

Peder spreizte die Finger, fuhr sich durch das dichte blonde Haar und schaute in die Herbstsonne. Die Wärme erinnerte ihn an Svalskär und stärkte sein Selbstbewusstsein. Er spürte den Gegenstand in der Innentasche seines Ulsters und ließ den Arm sofort wieder sinken. Er schob die Schulter etwas vor, damit das Plastikdöschen mehr Platz hatte. Es durfte nicht zerdrückt werden. In der einen Manteltasche lag die Tüte mit der Spritze, die er für diesen Zweck gekauft hatte. Er war sich nicht ganz sicher, ob er sie Louise geben sollte oder nicht. Vielleicht würde er damit seine Fürsorge ja zu weit treiben? Ein Übergriff, dachte er. Ihm wurde ganz heiß bei der Vorstellung, was das bedeutete.

»Peder, altes Haus! Was machst du hier?« Er zuckte zusammen, als wäre er bei seinen Fantasien ertappt worden, als vor ihm jemand seinen Namen rief.

Mit raschen, fast jungenhaft ungraziösen Schritten überquerte sie die Narvavägen-Allee und tänzelte zwischen den geparkten Autos hindurch. Der Cellokasten wippte auf ihren Schultern. Sie war so groß, dass er kaum mehr über ihrem Kopf hervorragte als ein größerer Rucksack. Peder blieb vor der Haustür stehen und griff nach dem kurzen Geländer der Außentreppe. Er brauchte einen Halt. Wie konnte sie nur so gelassen bleiben, wo er doch vor Feierlichkeit fast zu platzen drohte? Unbeholfen winkte er ihr mit der Rechten zu und versuchte dabei wieder einmal, diese unwahrscheinliche Offenbarung zu begreifen.

Ihr unbändiges, lockiges Haar tanzte beim Gehen um ihre Schultern. Sie blühte und lächelte und war voller jugendlicher Kraft und Gesundheit. Er liebte es, sie so zu sehen. Gleichzeitig strahlte Caroline etwas Geheimnisvolles aus, eine unbegreifliche Kombination aus Zielstrebigkeit und Hemmungslosigkeit, die nie aufhörte, seine Neugier zu reizen. Am Sonnabend zuvor war er in ihrem Konzert gewesen. Er hatte auf einem unauffälligen Platz nahe der Bühne gesessen, um sie ungestört betrachten zu können. Sie spielte so begnadet schön, dass er beim Zuhören beinahe das Atmen vergaß. Er hatte nicht einmal gemerkt, dass sein Hals ganz trocken geworden war, und konnte dann nur mit Mühe einen plötzlichen Hustenanfall unterdrücken. Davon abgelenkt hatte sie ihm einen Augenblick ihr Gesicht zugewandt, ohne ihn zu entdecken, und blieb dabei konzentriert in ihrem Spiel. Er hatte ihre funkelnden grünen Augen unter den langen, dunklen Wimpern gesehen, die sie wie eine gefährlich verlockende Waldnymphe erscheinen lassen konnten. Ihre tiefroten Lippen sahen immer aus wie gerade erst geküsst. Die Sommersprossen auf ihrer Nase erinnerten an Pfefferkörner, die man am liebsten abgeleckt hätte.

Jetzt kam sie ihm entgegen, noch ein paar Schritte, dann stand sie vor der Haustür. Er brauchte nur auf sie zu warten. Sie tauschten einen raschen Wangenkuss aus. Caroline duftete nach Kolophonium.

»Bitte schön.« Er hielt ihr die schwere Haustür auf. Das Treppenhaus durchzogen die kristallklaren Klänge einer Geige, gedämpft durch dicke Mauern, sodass nur das funkensprühende obere Register zu hören war und von den Treppenstufen widerhallte. Die Tür fiel mit großer Wucht zu.

»Ich weiß nicht, wie oft ich schon gesagt habe, dass Niklasson die Tür reparieren soll«, murmelte Caroline und schob sich ihr Cello höher auf die Schultern, bevor sie die Treppe in Angriff nahm. Peder hielt einige Meter Abstand, um sie besser betrachten zu können, ihre engen Jeans, die ihre Hüften betonten, die Konturen ihrer Brüste, die dazu führten, dass die Lederjacke über dem Brustkorb Falten warf, als sie die spiralförmige Treppe erklomm. Jetzt muss sie sich vorbeugen, um das Gewicht auf dem Rücken auszugleichen, dachte er, bald wird das nicht mehr nötig sein.

Je weiter sie nach oben kamen, desto deutlicher wurde die Melodie der Geige, Ysaÿes zweite Sonate für Solovioline. Er hatte sie schon hundertmal gehört, zumindest kam es ihm so vor, als Louise sie damals für ein Vorspiel übte. Das musste fast dreißig Jahre her sein. Die stürmischen Folgen und die gefühlvollen Phrasen erneut zu hören hatte etwas Wehmütiges, aber gleichzeitig auch auf eine neue Art Aufreizendes. Als wollten sie ihn frech in die Schranken weisen.

Auf halbem Weg ins dritte Stockwerk begann Caroline ihre Schlüssel zu suchen. Sie wühlte in den Taschen ihrer Jacke und ihrer Jeans, stöhnte verärgert und nahm das Cello vor der Wohnungstür von den Schultern, um sich besser bewegen zu können. Peder nahm die letzten Stufen ganz langsam und stellte sich dann direkt hinter sie. Er konnte hören, wie sich ihr Atem beschleunigte, weil sie nicht fand, was sie suchte. Sie sah ihn nicht an. War es wirklich möglich, dass sie seine Aufmerksamkeit nicht spürte? Oder tat sie dies sehr wohl und versuchte nur geschickt, die Situation zu entschärfen, um ihnen beiden Peinlichkeiten zu ersparen?

Diskret trat Peder einen Schritt zur Seite. Er wünschte sich, so vertraut mit ihr zu sein, dass er einfach seinen Arm um ihre Schultern legen und dabei augenzwinkernd feststellen könnte, sie habe wohl wieder einmal ihren Schlüssel verschlampt. Aber er würde es nicht wagen, mit den Fingerspitzen über ihren milchweißen Hals zu fahren. Noch nicht.

»Kommt ihr gleichzeitig?« Die Tür wurde aufgerissen, und auf der Schwelle stand eine zartgliedrige Frau mit Geige und Bogen in der Linken.

»Endlich hab ich sie!« Caroline hielt ihr einen klappernden Schlüsselbund hin. Mit einem resignierten Seufzer nahm sie ihr Cello und betrat die Wohnung.

Louise ging zur Seite, um auch Peder eintreten zu lassen. Er umarmte sie kurz.

»Ich wette, sie hat die Zeiten durcheinandergebracht«, meinte Louise entschuldigend. »Ich hatte ihr ausdrücklich gesagt, sie soll um sieben Uhr zu Hause sein.«

»Solange sie die Tage nicht durcheinanderbringt«, meinte Peder und sah in Louises ernstes Gesicht.

Aus dem Badezimmer ertönte wenig später das Rauschen von Wasser. Die Badewanne wurde eingelassen. Als Caroline die Tür öffnete, drang der kaugummisüße Geruch von Badeschaum in den Flur. Sie hatte sich in ein weißes Badelaken gewickelt. So unkompliziert, so natürlich, solch zeitlos klare Linien, und das nur drei Meter von ihm entfernt. Peder wusste nicht recht, wo er hinschauen sollte.

»Du siehst aus wie ein Michelangelo«, meinte er und versuchte, nicht allzu aufdringlich zu klingen. Er beeilte sich, Louise einen Arm um die Schultern zu legen.

»Was?«, schnaubte Caroline verächtlich. »So eine Ninja Turtle? Ich habe den ganzen Tag geübt und bin wahnsinnig müde. Es ist doch okay, wenn ich mich jetzt in die Badewanne lege?« Carolines Blick wanderte zwischen Louise und Peder hin und her.

»Liebling«, begann Louise und machte sich von Peder los. Langsam ging sie auf Caroline zu, legte ihr die Hände auf die Hüften und küsste sie zart auf den Mund, wobei sie sich auf die Zehenspitzen stellen musste.

Caroline runzelte fragend die Stirn. »Was?«

»Du hast es vollkommen vergessen, nicht wahr?«

Die Stimme war warm, aber Caroline entging nicht der beißende Unterton. Statt zu antworten, wartete sie ab, was folgen würde. Louise neigte den Kopf ein wenig und lächelte auf eine nachsichtig skeptische Weise …

»Leg dich nur in die Badewanne, ich muss noch eine Kleinigkeit mit Peder klären.« Sie warf Caroline einen lang anhaltenden Blick zu, um dieser Gelegenheit zu geben, ihre Gedankenlosigkeit wettzumachen. Caroline atmete tief ein und beugte den Kopf mit geschlossenen Augen nach hinten.

»Um Gottes willen, ich hatte es vollkommen vergessen.« Sie sah Louise an. »Wie konnte ich nur? Ich kann es nicht fassen.«

Aus den Augenwinkeln sah Louise, wie Peder im Salon verschwand. Caroline zog ihr Badelaken unter den Achseln hoch und begegnete dann Louises Blick. Sie sah darin ihre Erwartung und ihre Liebe.

»Ich steige jetzt in die Badewanne, und du schickst Peder weg«, flüsterte sie Louise zu, ergriff ihre Hand, um sie an die Lippen zu führen, und küsste einen Finger nach dem anderen. »Dann sind es nur noch wir zwei.«

Im Salon hatte sich Peder ein großes Glas Sherry eingegossen und trank mit gierigen Schlucken. Jeder Schluck brannte in seinem Hals. Er stellte sich in die Fensternische und drehte gedankenverloren an dem Siegelring an seinem linken kleinen Finger. Nur ein Badelaken hatte ihren wohlgerundeten, marmorglatten Körper verdeckt, unter dessen heller Haut sich die Muskeln wie graue Schatten abzeichneten. Ihre widerspenstigen Locken waren ihr auf die Schultern gefallen, und ihr Haar hatte sich an den Schläfen gekräuselt. Er hatte sofort gewusst, an wen sie ihn erinnerte. Alba. Michelangelo hatte er nur gesagt, weil es halbwegs neutral und passend klang. Trotzdem hatte er wieder einmal das Falsche gesagt, wie hätte es auch anders sein können?

Dass er nach all diesen Jahren jetzt an Alba denken musste … Lächerlich, ja vollkommen verrückt war es, die beiden miteinander zu vergleichen. Vielleicht hatten ihn deswegen seine nostalgischen Gefühle auch so übermannt. Er fühlte sich in seine Jugend zurückversetzt. Er war in diesem Jahr fünfzehn geworden und hatte die Sommerferien ausnahmsweise auf dem Gestüt seiner Cousinen zweiten Grades in Schonen verbracht. Alba hatte ihm gehört, zumindest diesen Sommer lang. Er war immer früh aufgewacht, hatte sich in den Stall geschlichen und ganz dicht neben sie gestellt. Dann hatte er ihr warmes, weiches Fell gestreichelt und die festen Konturen ihrer Muskeln gespürt. Er hatte den Duft von Kraft und Tradition eingeatmet. Wenn er die Finger auf ihrem Bauch kreisen ließ, dann zitterte sie und hob reflexartig die Hufe. Der leichte Druck kitzelte. Aber wenn er ihr an derselben Stelle die Sporen gab, sammelte sie sich und ließ sich antreiben. Dann folgte sie seinem Willen, dann waren sie eins.

Emilys Vater, der von allen auf dem Gut nur Rittmeister genannt wurde, wollte dafür sorgen, dass er reiten lernte wie ein Mann. Schließlich hatte er das Emily und ihren Geschwistern auch beigebracht. Peder lernte schnell. Die harten Tage mit ihrem Drill endeten immer damit, dass er mit Emily allein ausritt. Dann galoppierten sie auf dem Rückweg um die Wette durch die Pappelallee zum Gestüt. Emily gewann neun von zehn Malen, und trotzdem hegte er den Verdacht, dass sie nicht ihr Äußerstes gab. Aber sie war neben dem Rittmeister auch die Einzige, die Jupither, den langbeinigen Hengst, reiten durfte. Peder spürte, wie jedes Mal sein Herz schneller schlug, sobald sie triumphierend den Helm abnahm und ihr Haar ausschüttelte, sich von ihrem schäumenden Pferd schwang und vor ihm in den Stall ging. Er bestrafte sie, indem er sie nicht küsste, wenn sie sich mit erhobenem Kinn und mit der Gerte in den hinter dem Rücken verschränkten Händen an die Box lehnte.

Am Tag bevor er auf den Zug nach Stockholm gesetzt wurde, war es Zeit zum Decken. Mit einem Klatsch entließ der Rittmeister Jupither auf die Weide, auf der Emily Alba an einem Halfter hielt. Peder hatte sich hinter den Zaun stellen müssen, damit er nicht im Weg war. Er erinnerte sich an Emilys Gesichtsausdruck, erst konzentriert und gespannt, dann zufrieden lächelnd, als sich der Hengst hinter Alba aufbäumte. Am stärksten erinnerte er sich an die Enttäuschung darüber, wie schnell der Akt vorüber gewesen war, dass es nie zu dem spektakulären Schauspiel gekommen war, das er erwartet hatte. Das Ganze war ihm mehr wie ein klinisches Manöver vorgekommen, wie ein notwendiger Prozess bei einer geschäftlichen Einigung. Zwölf Jahre später war Emily seine Frau geworden. Alba war bereits im September verkauft worden.

Und nun stand er also in Louises Salon, das Döschen in der Innentasche, und hatte das Gefühl, dass er endlich für all die passiven Jahre als ausgeschlossener Betrachter entschädigt wurde. Das Parkett knarrte, als Louise eintrat. Peder drehte sich um, trank den letzten Schluck Sherry und ging ihr entgegen.

»Ich werde nicht bleiben«, erklärte er. »Bring mich bitte zur Tür.«

Als sie in der Diele standen und er ihr gespanntes Lächeln mit den etwas schiefen Zähnen sah, die Eckzähne hatten genau wie bei ihm zu wenig Platz, überkam ihn eine große Zärtlichkeit, und er nahm sie in die Arme.

»Du musst wissen, dass ich mich sehr geehrt fühle, an deiner Freude teilhaben zu dürfen.«

»Pudde«, erwiderte sie und räusperte sich. »Ich bin dir so dankbar, dass du das für mich tust. Aber kannst du Emily überhaupt in die Augen schauen, wenn du nach Hause kommst?«

»Wir zwei haben das doch schon besprochen. Wir sind uns vollkommen einig. Dies ist für alle die beste Lösung. Lass Emily meine Sorge sein. Ihretwegen müssen weder Caroline noch du ein schlechtes Gewissen haben. Ich weiß, was ich tue, und ich tue es für dich. Von ganzem Herzen. Jetzt knüpfen wir neue Bande, tiefere Blutsbande, die uns noch näher zusammenbringen. Alles andere lässt sich noch nicht überblicken, deswegen wollen wir es auch nicht unnötig kompliziert machen.« Louise versuchte etwas zu sagen, aber Peder hob seine Stimme ein wenig. »Ja, ich weiß, es ist nicht ganz unkompliziert, aber es ist auch keine Unmöglichkeit.«

Sie hob den Kopf, eine winzige Bewegung. Mehr war nicht nötig, um Peder zu bremsen.

»Was ist, Luss?« Seine Stimme klang schärfer, als er beabsichtigte, und er strich ihr rasch über die Schulter, um sie von seinen guten Absichten zu überzeugen. Sie war so starr unter seiner Hand.

»Nichts, nichts …« Sie versuchte zu lächeln, aber all ihre widerstreitenden Gefühle begehrten in ihr auf. Sie fasste sich reflexartig mit der linken Hand an den Hals und rieb die bräunliche Narbe, die sich nach jahrelangem Geigenspiel gebildet hatte. Als wolle sie in Gewohntem, Normalem Geborgenheit suchen.

»Ich bin nur so voller Erwartung, das ist alles. Meine Zukunft wird sich vollkommen verändern. Ich kann das nicht auf die leichte Schulter nehmen. Es steht so viel auf dem Spiel.«

»Natürlich.«

»Mir ist plötzlich die Tragweite des Ganzen bewusst geworden. Und dann kommen diese Gedanken. Habe ich es wirklich verdient? Darf man wirklich so glücklich sein?«

»Es ist dein Recht, so glücklich zu sein, Luss. Und du hast es verdient.«

Als er die Beharrlichkeit seiner Stimme hörte, erkannte er, wie groß seine eigene Sehnsucht war. War sie zu auffällig? Die ganze Zeit hatte er sich größte Mühe gegeben, behutsam vorzugehen, damit sie ihm dasselbe Vertrauen wie immer entgegenbrachte. Louises Zweifel beunruhigten ihn. Er hatte seine Worte sorgsam gewählt, sein Äußerstes getan, damit sie nicht misstrauisch wurde. Sie es selbst vorschlagen lassen, nachdem er sie beiläufig geködert hatte, in einem Nebensatz, der als Scherz verkleidet gewesen war. Dass er dann jeden Schritt geplant hatte, brauchte sie nicht zu erfahren. Jedenfalls nicht, bevor er selbst Bescheid wusste. Und dann gab es ohnehin kein Zurück mehr. Diese Sache war zu groß, um ihm zu entgleiten.

»Ich komme mir so klein vor …« Louise verschränkte die Arme und schaute zu Boden. »Was soll ich sagen. Missversteh mich jetzt nicht, aber ich fühle mich etwas außen vor.«

»Außen vor? Du bist hier doch die wichtigste Person. Vergiss das nicht. Ohne dich würde aus dieser Sache doch überhaupt nichts werden. Das verstehst du doch?«

Er leistete sich diese kleine Unaufrichtigkeit, schließlich enthielt sie ein Körnchen Wahrheit. Gleichzeitig hatte er das Bedürfnis, sich ihr gegenüber zu rechtfertigen. Und sein Gewissen zu beruhigen.

Louise war gerührt. Sie riss die Augen auf, um nicht in Tränen auszubrechen.

»Pudde«, flüsterte sie und hustete, weil ihre Stimme ganz belegt war. »Was hätte ich nur ohne dich gemacht?«

Es wurde ihm fast zu viel. Die sentimentale Stimmung, die sie einhüllte, bereitete ihm Mühe, also schob er die Hand in die Manteltasche und nahm das kleine Döschen heraus.

»Hier«, sagte er und reichte es ihr. »Hier haben wir ihn, unseren kleinen … Gottfried.«

»Gottfried?«, sagte sie mit einem überraschten Lachen. »Ich hatte mir eher eine Leonore vorgestellt.«

»Mit etwas Glück gibt es zwei«, erwiderte er, küsste sie auf die Stirn und verschwand durch die Tür.

Im Badezimmer war es feucht und warm. Die Stimmen aus der Diele drangen nur als gedämpfte Töne unter die glatte Wasseroberfläche. Die schillernden Seifenblasen waren kleiner geworden und klebten jetzt am Badewannenrand. Caroline lag reglos da, die Hände gleich denen der ramponierten Grabskulpturen der Riddarholmskirche auf der Brust gefaltet. Die Locken bewegten sich wie die eines Medusenhauptes im Wasser. Es pochte in ihren Schläfen, aber sie behielt den Kopf unter Wasser, obwohl sie bereits das Gefühl hatte, ihr Brustkorb würde platzen. Endlich hörte sie, wie die Wohnungstür ins Schloss fiel. Sofort setzte sie sich auf und atmete tief ein. Das Wasser schwappte auf den Fußboden. Die Minnie-Maus-Flasche mit dem Schaumbad fiel um und ergoss sich ins Badewasser.

Freitag, 2. Oktober

Sie schlief immer tief und reglos. Nur im Schlaf entkam Caroline der Ruhelosigkeit, die tagsüber in ihr vibrierte. Louise kannte ihr Schlafmuster, und da sie stets als Erste erwachte, gönnte sie sich jeweils einige Augenblicke, in denen sie ganz dicht neben ihr lag und sie einfach nur betrachtete. Obwohl sie schon über ein Jahr zusammen waren, staunte sie über ihr unfassbares Glück, mit dieser faszinierenden Frau zusammenleben zu dürfen, die keiner anderen glich, die sie je geliebt hatte.

Vorsichtig hob sie die Hand und schob eine Haarsträhne beiseite, die Caroline in die Augen gerutscht war. Caroline bewegte die Lippen, als wolle sie etwas sagen, schlief dann aber weiter. Louise blieb auf der Seite liegen und betrachtete ihr klassisches Profil. Eine schlummernde Madonna, dachte sie und war plötzlich so gerührt, dass ihr eine Träne über die Wange lief. Sie wünschte sich, den Augenblick festhalten zu können, dieses Glück, das reine Glück.

Als wäre Louises tiefe Rührung in ihre Träume gedrungen, entzog sich Caroline sachte ihrem Schlaf. Kurz überkam sie ihre leichte Morgenpanik, als sie die Augen aufschlug, verschwand aber, sobald ihr Louise mit den Fingerspitzen über die Wange strich.

Es raschelte neben Carolines Ohr, und sie drehte den Kopf zur Seite, um zu sehen, was es war. Ein dünnes, längliches Paket lag auf ihrem Kopfkissen, hübsch eingepackt und mit einem glänzenden Geschenkband. Sie blickte von dem Paket zu Louise und wurde von der fast kindlichen Vorfreude in ihrem Gesicht überrascht.

Caroline schnappte sich das Geschenk und richtete sich halb im Bett auf.

»Was ist das?« Sie konnte ihre Freude kaum zurückzuhalten. »Ich habe heute doch gar nicht Geburtstag!«

»Nein, nicht deiner«, entgegnete Louise, »und auch nicht heute.«

Caroline biss sich auf die Unterlippe. Während sie an dem Seidenband zog, bedachte sie Louise mit einem schwer zu deutenden Seitenblick.

»Du hast mir doch nicht etwa etwas Teures gekauft, Luss?«, sagte sie halb vorwurfs-, halb hoffnungsvoll.

»Mach schon das Päckchen auf.«

»Ist es das Armband, das mir so gefallen hatte?«

»Mach auf.«

Caroline riss das Papier auf und zerrte das kleine Schächtelchen hervor. Sie hatte eigentlich einen Freudenschrei ausstoßen wollen, brachte aber keinen Ton über die Lippen, als sie sah, was es war. Louise ließ sich auf den Rücken zurücksinken, zog Caroline an sich und umarmte sie fest.

»Aufregend, nicht wahr?«, flüsterte sie ihr ins Ohr.

Caroline lächelte immer noch, aber jetzt begannen ihre Lippen zu zittern. Sie schluckte.

»Beeil dich! Ich kann es nicht abwarten!« Louise ließ Caroline genauso schnell los, wie sie sie gerade umarmt hatte, und stand auf. Sie zog Pantoffeln und Bademantel an und ging Richtung Küche.

Caroline starrte an den Stuck an der Decke. Sie fühlte sich vollkommen erschöpft, obwohl sie eben erst erwacht war. Es war, als zöge ihr Körper sie auf die Matratze. Sie unternahm einen halbherzigen Versuch aufzustehen und schob die Beine über die Bettkante. Aber damit war ihre Kraft schon aufgebraucht, und sie blieb eine Weile liegen, bis sie endlich ihren Oberkörper aufrichtete. Sofort wurde ihr übel. Und da wusste sie Bescheid. Sie musste nicht einmal die Schachtel öffnen.

»Wie geht's?«, rief Louise aus der Küche.

Ihr Magen krampfte sich zusammen, und Caroline stürzte ins Badezimmer. Sie schaffte es gerade noch zum Waschbecken. Dann ließ sie sich mit zitternden Beinen auf die Toilette sinken, die Stirn auf den Knien, kraftlos, keuchend. Wie in einem Nebel nahm sie plötzlich Louises sich nähernde Schritte wahr. Blitzschnell streckte sie die Hand aus und schloss ab.

»Einen Augenblick nur«, sagte Caroline so entspannt wie nur möglich. Sie hörte, wie Louises Bademantel außen über die Tür strich.

»Liebes …« Louises Stimme klang besorgt und fragend durch die dünne Holzplatte, die sie trennte. »Alles in Ordnung bei dir?«

Jetzt konnte sie es nicht länger hinauszögern. Sie schaltete auf Autopilot und riss die Schachtel auf. Mit geübten Fingern nahm sie den Teststab heraus, zog die Kappe ab, hielt die Spitze unter den Urinstrahl und setzte dann wieder die Kappe auf. Ohne daraufzuschauen, warf sie ihn auf das Bord neben dem Spiegel.

Sie drehte das Schloss herum und stieß die Tür auf. Draußen stand Louise, den Kopf an den Türrahmen gelehnt. Sie sahen sich abwartend an, bis Louise das Schweigen brach.

»Und?«

Caroline trat einige Schritte ins Badezimmer zurück. Louise ging zur Ablage und nahm das Stäbchen in die Hand. Sie hielt es unter die Lampe und betrachtete es genau.

»Ich sehe einen Strich«, sagte Louise. Caroline lehnte sich sofort über ihre Schulter und starrte auf das kleine rechteckige Feld. In der einen Hälfte war ein Strich zu erkennen. Und während sie auf das Feld schauten, tauchte ein weiterer Strich auf, erst mit unscharfen Konturen, sodass es sich vielleicht noch um Einbildung hätte handeln können, aber dann wurde die Farbe immer intensiver, bis der zweite Strich neben dem ersten unmissverständlich wie ein blutrotes Ausrufungszeichen zu sehen war.

Ein Freudenschrei brach aus Louise hervor. Jubelnd verfiel sie in eine Art euphorischen Siegestanz, bis sie wieder vor Caroline stehen blieb. Als sie in ihr bleiches Gesicht schaute, mäßigte sie sich sofort und schloss sie lächelnd in die Arme. Fest und doch zärtlich hielt sie sie, bis sich Caroline entspannte.

»Meine Geliebte, ich sehe, du bist überwältigt. Das ist wirklich etwas ganz Großes, wunderbar und doch unfassbar. Das kann einen ganz schön ergreifen. Das ist okay«, flüsterte Louise. »Leg dich hin und ruh dich aus. Ich mache das Frühstück. Ich bringe dir alles. Wir haben gut Zeit, es ist noch nicht so spät, und nachher fahre ich dich zu deiner Probe.«

Caroline schlenderte ins Schlafzimmer zurück und ließ sich der Länge nach ins Bett fallen. Als sie dort lag und wieder an die Decke starrte, empfand sie eine fast unnatürliche Leichtigkeit. Als sei sie vollkommen unbeteiligt, als würde sie keine Entscheidung treffen. Sie vermochte keinen klaren Gedanken zu fassen. Sie konnte kaum verstehen, dass sie nur wenige Minuten zuvor mit klopfendem Herzen auf den Schwangerschaftstest gestarrt hatte.

Der Duft von Toast und Tee drang ins Schlafzimmer, freundliche, unaufdringliche Düfte. Caroline blieb reglos liegen, den Blick auf den Kranz großer, verschnörkelter Stuckrosen gerichtet, der die Halterung des funkelnden Kronleuchters umrahmte. Die ersten Strahlen der Morgensonne brachen sich in den Prismen und fielen auf die lindgrüne, frühlingshafte Prägetapete. Langsam bekam sie wieder einen klaren Kopf.

Es wird gut, dachte sie. Es wird wunderbar. Genau das haben wir uns gewünscht. Aus der Küche konnte sie Louises gedämpfte Stimme hören, ab und zu fröhlich lachend, dann wieder angespannt murmelnd. Sie telefonierte.

Caroline fuhr sich mit der Hand über den Körper, um sich jede Rundung und jeden Winkel seiner gegenwärtigen Form einzuprägen. Sie versuchte sich dort, wo ihre Hüftknochen die höchsten Punkte einer Senke über dem Nabel bildeten, einen schwellenden Bauch vorzustellen. Wenn sie die Augen schloss, sah sie ein kleines Mädchen mit dunklen Locken vor sich, das auf seine Mutter auf der Konzertbühne zutapste, um ihr einen Blumenstrauß zu überreichen, während das Publikum stehend und gerührt applaudierte und Louise in der Kulisse stand und aufpasste.

Ihre kleine Tochter. Sicher würde sie einen Skandal beim Adel im Riddarhuset auslösen, aber das ließ sich nicht ändern.

Arm in Arm, behängt mit Taschen und Cellokasten, gingen sie die Treppe hinunter. Louise hatte darauf bestanden, Carolines schwere, fast aus den Nähten platzende Reisetasche zu tragen. Um sie schließen zu können, hatte sich Caroline draufsetzen müssen. Die Konzertkleider brauchten den meisten Platz. Vier Stück hatte sie mitgenommen, denn sie konnte schließlich nicht bei allen Konzerten dasselbe Kleid tragen.

»Vorsicht, Vorsicht. Nicht zu viel Erschütterung«, ermahnte sie Louise liebevoll.

Caroline lachte und neigte ihren Kopf Louise zu, die ihre Reisetasche in die andere Hand nahm, um Caroline einen Arm um die Hüften legen zu können.

Ein Geheimnis. Sie trug ihr gemeinsames kleines Geheimnis in ihrem Körper! Caroline warf lachend den Kopf zurück und öffnete die schwere Haustür. Die Klinke glitt ihr aus der Hand. Sie wollte die Tür gerade wieder auffangen, als ihr die Handtasche auf den Fliesenboden fiel.

Sie beugte sich vor, um die Tasche aufzuheben.

Louise bemerkte das nicht. Carolines Cello nahm ihr die Sicht. Sie versuchte im selben Moment die Tür aufzufangen, als sich Caroline bückte.

Die Türe knallte zu.

Das Ganze dauerte nur zwei Sekunden. Als Caroline Louises Schmerzensschrei hörte, sprang sie auf und prallte gegen Louises Kinn. Der Schrei hallte im Treppenhaus wider und vermischte sich mit Carolines unsicherem Lachen, bevor sie die Lippen zusammenpresste und sich auf die Zunge biss.

Zitternd hob Louise ihre linke Hand und hielt sie vor ihr entsetztes Gesicht. Ringfinger und Mittelfinger waren gequetscht und begannen bereits anzuschwellen. Noch konnte sie gar nicht glauben, dass es wirklich ernst war.

»Das ist nicht wahr«, keuchte sie. »Das darf einfach nicht wahr sein.«

Sie krümmte sich, umfasste dann vorsichtig ihre verletzten Finger mit der anderen Hand, ließ sie aber sofort wieder los, als hätte sie sich verbrannt.

Der erste Schmerz ging in eine pulsierende Taubheit über. Jetzt spannte die Haut über den Gelenken, und die Finger erinnerten an aufgeblasene Fender. Den Mund aufgerissen, versuchte sie ihre gespreizten Finger zu beugen, gab aber sofort wieder auf, als der Schmerz unerträglich wurde. Auch mit größter Willensstärke ließen sich die Gelenke nicht mehr bewegen. Louise schloss die Augen ganz fest, öffnete sie dann wieder und ließ die Hand sinken. Ihr Mund stand immer noch offen, ein wenig Spucke lief ihr über die Unterlippe. Verwirrt schloss sie den Mund. Ihr Gesicht war vor Entsetzen wie versteinert. Die Spucke lief ihr übers Kinn, und sie wischte sie geistesabwesend mit der Rückseite ihrer unverletzten Hand ab.

Caroline stand ratlos neben ihr, während ihr Blick zwischen Louises Hand und ihren Augen hin- und herwanderte. Zuerst fand sie keine Worte und rang unbeholfen die Hände.

»Soll ich einen Krankenwagen rufen?«, brachte sie schließlich über die Lippen.

Louise warf den Kopf zurück und starrte an die Decke, als habe sie diesen übertriebenen Vorschlag nicht gehört. Dass man ihnen wegen zwei verletzten Fingern nie einen Krankenwagen schicken würde, bedeutete nicht, dass sie nicht das gesammelte medizinische Expertenwissen des Landes benötigte. Ihre Lider flackerten, während sie versuchte, ihre Verärgerung zu unterdrücken.

»Fahr mich zur Notaufnahme! Sofort!«

Da erwachte Caroline. Fieberhaft suchte sie in ihrer Handtasche nach den Autoschlüsseln, ließ die Tasche fallen, kniete sich hin und hob sie auf, verlor sie erneut. Sich zum zweiten Mal aufrichtend, hielt sie mitten in der Bewegung inne, aber Louises vernichtender Blick brachte sie dazu, ganz langsam aufzustehen. Als hätte ihr Unvermögen, über so etwas Banales wie eine Handtasche die Kontrolle zu behalten, das Unglück ausgelöst. Mit einem Schulterzucken schob sie das Cello auf ihrem Rücken gerade, nahm ihre Reisetasche und versuchte gleichzeitig, die schwere Haustür mit der Spitze ihres Stiefels zu öffnen. Der Griff der Reisetasche schnitt in ihre Hand. Ein Knopf der Bluse ging auf, als sie sich streckte, um Louise die Tür aufzuhalten, und sie spürte, wie es auf dem Rücken unter dem Cello feucht von Schweiß wurde.

Louises roter Spitfire stand ganz hinten am Radiohuset, da es auf dem Narvavägen keine Parkplätze gab und die Tiefgarage, in der der Wagen normalerweise parkte, umgebaut wurde. Caroline ging los, um das Auto zu holen. Sie brauchte den zehnminütigen Spaziergang an der frischen Luft. Als sie im Wagen saß und zurückfuhr, erkannte sie, dass sie ein weiteres Problem hatten. Die Reisetasche fand zwar noch mit knapper Not Platz in dem kleinen Kofferraum. Den Cellokasten aber würde Louise auf dem Beifahrersitz zwischen den Knien halten müssen, da der Sportwagen zweisitzig war. Louise war das ebenfalls klar, deshalb schüttelte sie enttäuscht den Kopf, als Caroline vor der Haustür hielt.

»Kannst du das Cello nicht hierlassen und später holen?«

»Ich trete gerade eine Tournee an! Das weißt du doch. Ich will alles mitnehmen, damit ich später nicht mehr daran denken muss. Ich muss jetzt sowieso schon die Probe verschieben. Sie sollen mit dem restlichen Programm anfangen und mein Stück spielen, wenn ich komme.«

»Fahr schon, Caroline. Fahr nur. Ich kann ein Taxi nehmen.«

»Nein. Ich fahre dich. Natürlich fahre ich dich. Jetzt hab dich nicht so, Louise. Steig schon ein.«

Umständlich und mit zusammengebissenen Zähnen stieg Louise ein, den sperrigen Cellokasten zwischen den Knien. Sie streckte die Hand dramatisch in die Luft, um nirgends anzustoßen. Als sie endlich losfuhren, war die Stille ohrenbetäubend. Mit hochgezogenen Schultern schlängelte sich Caroline durch den Verkehr. Ab und zu warf sie einen ängstlichen Blick auf den Beifahrersitz. Dort saß Louise, hielt die Hand starr vor sich und stöhnte, weil sie keine bequeme Sitzstellung fand und den Kopf verrenken musste, um hinter dem Cello etwas sehen zu können.

Beim Krankenhaus fuhr Caroline direkt zum Eingang der Notaufnahme, um Louise abzusetzen.

»Mach die Tür auf! Mit deinem Cello zwischen den Beinen komme ich hier nicht raus!«, fauchte Louise.

Caroline sprang aus dem Wagen, vergaß jedoch auszukuppeln. Der Wagen machte einen Satz, und der Motor wurde abgewürgt. Louise fluchte, ohne ihre Hand aus den Augen zu lassen. Hinter ihnen musste ein Rettungswagen scharf bremsen, um Caroline nicht anzufahren, die gerade das Heck des Spitfire umrundete. In ihrer Verwirrung hielt sie inne und wusste nicht recht, ob sie zurücklaufen und wegfahren oder Louise die Beifahrertür öffnen sollte. Aber Louise hatte die Tür bereits selbst geöffnet und wand sich um das Cello herum, um auszusteigen, ohne mit der Hand anzustoßen. Caroline suchte ihren Blick, aber Louise wandte nur den Kopf ab.

»Ich komm schon klar. Stell den Wagen irgendwo hin und komm schleunigst zurück!«

Der Krankenwagen hupte, und Caroline warf sich hinters Steuer. Die Beifahrertür wurde zugeknallt. Die Tränen brannten ihr in den Augen, als sie losfuhr, um den Parkplatz zu suchen. Im Rückspiegel sah sie Louise verbissen Richtung Notaufnahme gehen.

Als Caroline schließlich durch die automatischen Türen stürzte, stand Louise am Anmeldeschalter. Ihre lautstarken Kommentare dominierten das ganze Wartezimmer. Die Krankenschwester hinter der Glasscheibe versuchte zu Wort zu kommen, wurde aber immer wieder von Louise zum Schweigen gebracht. Caroline verlangsamte ihre Schritte.

»Wissen Sie eigentlich, wer ich bin?«, schrie Louise. »Es ist mir egal, dass Sie zu wenig Personal haben. Ich will sofort den Oberarzt sprechen. Ich will geröntgt werden! Hören Sie? Sofort! Ich habe zwei gebrochene Finger und kann vielleicht nie mehr Geige spielen. Rufen Sie sofort einen Spezialisten für Handchirurgie an, sonst zeigt Sie mein Anwalt bei der Aufsichtsbehörde an.«

Die dunklen Augen der Krankenschwester funkelten, aber sie ließ sich nicht provozieren. Auftritte dieser Art hatte sie schon öfters erlebt. Ein weiteres Mal erklärte sie langsam und deutlich: »Füllen Sie das Formular aus und geben Sie es dann zusammen mit Ihrem Personalausweis ab. Der Arzt kommt so schnell wie möglich.«

»Und wie stellen Sie sich vor, dass ich ein Formular mit gebrochenen Fingern ausfüllen soll?« Louise seufzte laut und drehte sich, Zustimmung heischend, zu den anderen Patienten um, diese sahen sie aber nur ausdruckslos an. Als sie Caroline entdeckte, ging sie sofort auf sie zu.

»Du rufst Helena an und sorgst dafür, dass ich sofort von einem Spezialisten behandelt werde!«

Caroline zog die Schultern ein. Ihr waren die Blicke der anderen unangenehm. So durfte man sich im Wartesaal eines Krankenhauses einfach nicht benehmen, ohne sofort als hochnäsig zu gelten. Jetzt wurde sie jedoch in Louises Szene hineingezogen und musste, ob sie wollte oder nicht, mit den Konsequenzen leben. Mit einem leisen Lächeln versuchte sie die Krankenschwester zu besänftigen, stieß aber nur auf mürrische Gleichgültigkeit. Louise starrte Caroline an. Es war klar, dass sie von rückgratloser Beschwichtigung nichts hielt.

Caroline fasste Louise an ihrer unverletzten Hand und führte sie zu einer Bank. Widerwillig ließ Louise sich mitziehen.

»Setz dich, dann sehe ich, was ich erreichen kann.«

»Du kannst mir dabei helfen, dieses Formular auszufüllen, das so wahnsinnig wichtig zu sein scheint und ohne das hier überhaupt nichts geht. Dann kannst du deine Schwester anrufen. Helena soll ihre Beziehungen spielen lassen.«

Wie eine reuige Mutter begann Caroline Louises Formular auszufüllen. Als sie den Reißverschluss der Kelly Bag öffnete, um den Führerschein aus Louises Brieftasche zu nehmen, entdeckte sie ganz unten eine Tüte von NK. Sie enthielt eine kleine rote Baskenmütze, an der noch das Preisschild hing.

»Was ist das?«, fragte Caroline und hielt die Mütze hoch. Louise warf nur einen raschen Blick darauf und antwortete nicht.

»Hast du schon angefangen, Babykleidung zu kaufen?« Caroline schüttelte den Kopf und stopfte die Mütze wieder in die Tasche. Verärgert schnappte sie sich dann das Formular und füllte es aus. Sie drückte den Stift so fest auf, dass die Schrift im Relief auf der Rückseite zu erkennen war. Bei der Personenkennziffer verschrieb sie sich dreimal und überschrieb sie, bis das Papier ein Loch hatte.

Sie zog ihr Handy aus der Tasche, wurde jedoch sofort vom Anmeldeschalter aus zurechtgewiesen. Caroline schaute hoch und sah, dass die Krankenschwester auf ein Schild mit einem durchgestrichenen Handy zeigte.

»Ich gehe nach draußen und telefoniere«, sagte sie zu Louise. »Kannst du solange auf mein Cello aufpassen?«

»Soll ich mich jetzt auch noch um deine Sachen kümmern? Soll ich es etwa ins Untersuchungszimmer mitnehmen?«

Caroline nahm kopfschüttelnd ihren Cellokasten in die Hand.

»Lass es stehen!«, protestierte Louise. »Es wird schon nicht geklaut. Geh du nur telefonieren.«

Caroline drehte sich um und ging mit raschen Schritten davon. Das Formular warf sie nonchalant auf den Schalter.

Mit dem Handy am Ohr stand Caroline an der Glaswand, betrachtete Louise und fühlte sich plötzlich ausgesprochen müde. Dort saß ihre Freundin mit ihrem angestrengt erhobenen Arm, schwach und kläglich. Die Verschiebung der Machtverhältnisse verärgerte sie nicht nur, sie widerte sie geradezu an.

Louise war so in ihre Gedanken versunken, dass sie die Rückkehr Carolines erst bemerkte, als deren hochgewachsene Gestalt einen Schatten auf ihr Gesicht warf.

»Hast du sie erreicht?«

»Ja«, antwortete Caroline. »Sie will sich mit einem Chirurgie-Professor in Verbindung setzen. Er kommt, so schnell er kann, hierher.«

»Ich erwarte wirklich, dass Helena diese Angelegenheit regelt. Hier bleibt man sonst eine Ewigkeit sitzen, ohne dass jemand auch nur einen Finger rührt. Das schwedische Gesundheitswesen ist wirklich das Letzte!«

Louise kniff die Augen fest zu. Sie hatte Angst. Dabei hatte sie sonst nie Angst. Diese unerwartete Schwäche übermannte sie für den Moment. Dennoch war es ihr möglich, die Lage von außen zu betrachten und zu dem Schluss zu kommen, dass es sich um einen vorübergehenden Zustand handeln würde, sofern sie sich zusammennahm. Es beruhigte sie etwas, dass sie bei allem Aufruhr immer noch so viel Selbstkontrolle besaß. Denn etwas Schlimmeres war ihr noch nie zugestoßen. Nicht, dass sie ein sorgloses Leben gehabt hätte, sie hatte ganz im Gegenteil mit vielen Kümmernissen fertigwerden müssen, sowohl beruflicher als auch privater Natur, da sie das einzige Kind fordernder Eltern war. Aber für die ernsten Probleme, mit denen sie sich bislang konfrontiert gesehen hatte, hatte es immer praktisch durchführbare Lösungen gegeben. Ihre ererbte Rationalität und ihr selbstverständliches Durchsetzungsvermögen waren ihr dabei eine Hilfe gewesen, sie hatte die Probleme analysiert, war sie angegangen und hatte sie hinter sich gelassen. Dieses Mal war es anders. Die Jahre des Strebens und der Entbehrungen, ihre gesamte berufliche Identität standen mit zwei gebrochenen Fingern plötzlich auf dem Spiel.

»Caro, was soll ich nur tun?« Die Worte kamen ihr ungewollt über die Lippen, aber sie hatte nicht die Kraft, sich Sorgen darüber zu machen, dass sie ihr Innerstes preisgab. Sie hatte Caroline an ihrer Seite, Caroline würde ihr die Kraft geben. »Stell dir vor, wenn ich jetzt auf der Geige nie mehr einen Ton treffe! Mein Gott, Caroline, ich wage es nicht einmal, mir das auszumalen.«

Caroline hatte ihre Haydn-Noten hervorgesucht und ging ihre Solopartie durch. Der erhöhte Adrenalinspiegel, den das extreme Auf und Ab des Tages mit sich gebracht hatte, senkte sich wieder. Stattdessen erwachte die Nervosität vor der bevorstehenden Konzerttournee. Ihre Hände bewegten sich und deuteten Striche und Läufe an, um sich in die Musik hineinzudenken. Sie war so konzentriert, dass sie gar nicht hörte, wie Louise mit ihr sprach.

»Hallo!«, sagte Louise mit etwas lauterer Stimme, um zu ihr durchzudringen.

»Bitte?«, sagte Caroline und schielte rasch zu Louise hinüber. »Lass die Hand röntgen und sieh zu, dass du wieder gesund wirst«, murmelte sie zerstreut und schaute dann wieder auf die Noten. »Eins nach dem anderen.«

Das war mitfühlend gemeint, aber Louise brauste sofort auf: »Meine Liebe, du bist vielleicht naiv! Du glaubst also, dass sich alles von alleine regelt? Ich rackere mich rund um die Uhr ab, um die Rechnungen zu bezahlen, und dann klemme ich mir die Hand in einer verdammten Tür, und das Kartenhaus fällt in sich zusammen.«

»Deswegen brauchst du aber nicht auf mich wütend zu werden.«

»Hat Helena gesagt, wann dieser Arzt auftauchen würde?«

Caroline zuckte mit den Achseln, sie war wieder in ihren Solopart vertieft.

»Wir machen es folgendermaßen«, fuhr Louise mit neuer, fast aggressiver Energie fort. »Ich rufe Raoul an. Er muss kommen. Es geht nicht anders. Ich weiß, dass er mir hilft, falls er Zeit hat. Ich bin so oft für ihn eingesprungen, wenn er für denselben Abend zwei Konzerte vereinbart hatte.«

Caroline stöhnte laut. »Nicht dieser verdammte aufgeblasene …«

Louise fiel ihr direkt ins Wort. »Hör auf! Fang nicht schon wieder an. Tust du das nur, um mich zu verletzen? Du kennst ihn doch gar nicht richtig, und es macht mich rasend, dass du immer Einwände hast, wenn die Rede auf ihn kommt. Das ist wieder so eine … fixe Idee von dir! Wie oft hast du eigentlich mit ihm geredet? Zweimal, dreimal? Ich begreife nicht, was du gegen Raoul hast.«

»Er ist ein Drecksack und starrt mir immer nur in den Ausschnitt. Warum verlangst du denn nicht von ihm, dass er sich ein wenig anstrengt, um mich besser kennenzulernen?«

»Es können dir nicht alle zu Füßen liegen, Caroline. Wenn du dich nicht so vulgär kleiden würdest, dann würde er vielleicht auch deine Persönlichkeit bemerken.«

Caroline klappte demonstrativ ihre Noten zu und starrte Louise an. »Und was soll das schon wieder heißen?«

Louise schloss die Augen und schüttelte den Kopf. »Ich rufe ihn an. Basta.«

Caroline warf sich trotzig gegen die Rückenlehne und schnaubte.

»Caroline«, fuhr Louise ungeduldig fort, »dies ist nicht der richtige Zeitpunkt. Wenn Raoul bei der Aufnahme mitwirken könnte, wäre ich wirklich sehr erleichtert. Nimm doch Vernunft an. Meinetwegen. Und deinetwegen. Du kannst viel von ihm lernen. Er ist ein fantastischer Violinist und kann dem Quartett neue Impulse geben. Sieh es als Chance, ich bitte dich.«

Caroline antwortete nicht. Sie hatte den Kopf abgewendet und die Arme verschränkt. Louise versuchte, ihr ihre rechte Hand auf den Oberschenkel zu legen, bewegte dabei aber ihre verletzten Finger und schnappte vor Schmerzen nach Luft.

»Verdammt, das tut weh!«, sagte sie mit halb erstickter Stimme. »Hättest du die Türe nicht ordentlich festhalten können?«

Caroline schob die Brust vor. »Bitte? Soll es meine Schuld gewesen sein, dass du dir die Finger geklemmt hast?«

Louise entschlüpfte ein kurzes, bitteres Lachen. Caroline sah sie an. »War es meine Schuld? Findest du das wirklich? Ich kann doch wohl nichts dafür, dass es dir nicht gelungen ist, die Tür aufzufangen. Du hättest Niklasson schon vor Wochen sagen müssen, dass er den Türschließer reparieren soll.«

»Weißt du, Caroline«, schnauzte Louise zurück, »es ist schon lustig, dass du es immer hinkriegst, dir und anderen das Leben schwer zu machen. Mir ist natürlich auch klar, dass du nicht wolltest, dass ich mir die Finger klemme, aber du denkst auch nie weiter als bis zu deiner Nasenspitze. Hopp, hopp, nur eilig die Treppe hinunter. Dann verlierst du deine Tasche und denkst keine Sekunde daran, dass ich direkt hinter dir komme und natürlich mit dir zusammenstoße, wenn du dich bückst.«

»Was soll das?« Carolines Stimme zitterte vor Entrüstung. »Du musstest mir ja unbedingt an den Hintern grabschen, als ich …«

Louise zuckte zusammen und zischte durch die Zähne: »Verdammt, Caroline, pass auf, was du sagst, und sprich um Gottes willen etwas leiser!«

Aber da ruhten bereits im Wartezimmer die Blicke aller auf ihnen, und Caroline sah errötend, wie sich die anderen Patienten alles Mögliche zusammenfantasierten. Andächtig warteten sie auf die Fortsetzung des Wortwechsels.

Louise entschärfte die Situation sofort. Sie sah sich finster in der Runde um, bis alle den Blick gesenkt hatten. Dann wandte sie sich wieder an Caroline und sagte mit beherrschter Stimme:

»Jetzt nimm dich zusammen und mach hier keine Szene.«

Caroline sah Louise mit gespielter Entrüstung an und erwiderte mit Nachdruck:

»Ich soll hier keine Szene machen? Du hast doch selbst wie eine verdammte Primadonna die Krankenschwester am Anmeldeschalter ausgeschimpft. Fang jetzt bloß nicht an zu projizieren, oder wie immer man das nennt … und hör auf, mir die Schuld an allem zu geben.«

Sie warf den Kopf in den Nacken und stellte mit einer gewissen Zufriedenheit fest, dass Louise klein beizugeben schien.

»Hör schon auf. Ich kann nicht mehr.« Sie lehnte sich an Carolines Schulter und fuhr mit leiserer Stimme fort: »Liebling, wir brauchen doch jetzt nicht zu streiten. Du hast recht, eins nach dem anderen. Denk lieber an das, was vor uns liegt. Selbst wenn meine Karriere vorüber sein sollte, so …«

Ihre Stimme versagte plötzlich und sie schluckte. Dann nahm sie Carolines Hand in ihre beiden Hände. Ihre geschwollenen, bläulichen Finger ruhten auf Carolines kräftigem Handrücken. Mit Wärme in der Stimme fuhr sie fort: »Selbst wenn ich nie mehr spielen könnte, gibt es so viel, auf das wir uns freuen können. Du erwartest ein Kind! Bald sind wir eine Familie. Du wirst Mutter, Caro. Das ist das Größte, was man erleben kann. Das ist ein großes Geschenk. Ich bin in der Tat ein wenig eifersüchtig. Schließlich durfte ich nie eine Schwangerschaft erleben. Was spielt es schon für eine Rolle, wenn nicht alles so läuft, wie wir es uns vorgestellt haben? Tourneen um die Welt zu machen wird ganz klar überschätzt. Hotelzimmer und Konzertsäle sehen überall gleich aus, ob man sich jetzt in Berlin oder in Los Angeles befindet. Ich habe so viel Beethoven gespielt, dass es für mehrere Menschenleben reicht. Jetzt widmen wir uns einer Sache nach der anderen. Genau wie du das willst.«

Einen Augenblick lang vergaß Louise ihre Hand und gab sich einer Kinderzimmerfantasie hin. Aber Caroline hörte schon nicht mehr zu. Die Worte verschwammen und wurden unverständlich, während ihre Ungeduld wuchs. Louises Erwartungen, ihr Enthusiasmus, ihr rauschhaftes Glück beengten sie.

Irgendwo rief ein Arzt Louises Namen. Sie wurde sofort wieder sachlich, als sie daran erinnert wurde, warum sie wartete. Die intime Nähe zu Caroline war verschwunden.

»Das wurde auch Zeit. Ich muss sofort geröntgt werden!«

Ohne es selbst zu merken, schob sie Carolines Hand beiseite, an die sie sich Sekunden vorher noch fast geklammert hatte. Eine eisige Glocke legte sich über Caroline. Gedankenverloren nickte sie zum Abschied, als Louise nach ihrer Handtasche griff und dem Arzt folgte. Louise überholte ihn, aber dann ging ihr auf, dass sie gar nicht wusste, wo sie hinsollten. Mit einem verärgerten Blick drehte sie sich zu dem Arzt um.

Caroline holte tief Luft. Plötzlich drehte sich alles, und ihr brach der kalte Schweiß aus. Sie umklammerte ihren Bauch mit beiden Händen und verkrampfte ihre Finger in ihrem Pullover. Sie konnte das Gefühl von Klaustrophobie, das sich ihrer bemächtigt hatte, nicht länger verdrängen. Der Puls pochte immer lauter in ihren Schläfen, bis sie in ihrem Kopf nur noch ein Rauschen hörte.

Hastig stand sie auf, wuchtete ihr Cello auf den Rücken und eilte nach draußen. Der Krampf in ihrem Bauch ging in einen stechenden Schmerz über. Rasch begab sich Caroline in die große Eingangshalle und steuerte wie auf Autopilot den Kiosk an. Dort kaufte sie drei doppelte Daim zum Preis von zwei. Noch auf der Schwelle des Ladens öffnete sie das erste und aß dann ein Stück Krokantschokolade nach dem anderen. Der Krokant knirschte und blieb in ihren Zähnen hängen. In weniger als einer Minute hatte sie alles aufgegessen.

Übelkeit überkam sie, und sie eilte auf die nächste Toilette. In ihrer Verwirrung hatte sie vergessen, dass sie ihr Instrument auf dem Rücken trug. Der Cellokasten knallte an den Spiegel, als sie sich über das Waschbecken beugte, um sich zu übergeben. Hinter ihr wurde eine Tür geöffnet und ebenso schnell wieder geschlossen. Caroline merkte das kaum. Sie war froh, dass man sie in Frieden ließ. Mit einem Schlag gegen die Mischbatterie ließ sie das Wasser ins Becken fluten. Damit kühlte sie ihr Gesicht, bis sich der Aufruhr gelegt hatte. Minutenlang stand sie dann da, keuchend an die geflieste Wand gestützt, und sammelte ihre Kräfte.

Da piepste es in ihrer Tasche. Mit nassen Händen zog sie ihr Handy hervor. Eine SMS von Louise. Caroline starrte auf das Display. Wassertropfen verzerrten die Buchstaben.

»Zwei kleine Brüche, verheilen in ein paar Monaten. Konzert in Hamburg evtl. okay. Wo bist du?«

Sie las die SMS einige Male und steckte das Handy dann weg, ohne zu antworten. Warum dachte Louise jetzt überhaupt an das Konzert in Hamburg? Hatte sie nicht selbst davon gesprochen, nicht so weit vorauszuplanen? Jetzt, wo sie so viel hatten, worauf sie sich freuen konnten? Stattdessen war ihr erster Gedanke, wegzufahren und zum x-ten Mal Alban Bergs Violinkonzert zu spielen, ein Konzert, das sie eigentlich gar nicht hatte spielen wollen, wofür sie jetzt eine gute Ausrede besaß. Sie mochte den Dirigenten nicht, und als sie das letzte Mal in Hamburg gewesen war, hatte sie ein Zimmer direkt über der Hotelbar bekommen und die ganze Nacht vor dem Konzert nicht schlafen können. Warum war ihre Karriere plötzlich so rasend wichtig? Louise würde in ihrem Goldlamékleid dastehen und glänzen, während sie selbst sich vor dem Fernseher mit Schokolade vollstopfte und ihr Bauch immer runder wurde. Alles würde anschwellen, Finger und Füße, ihr Gesicht würde fett und aufgedunsen sein … unbeweglich und hilflos, und das nur wegen eines Babys, das sie von innen sprengte.

Ein leichter Schmerz machte sich in ihrem Hinterkopf bemerkbar. Sie stolperte zum Ausgang, weil sie frische Luft brauchte. Ihre Absätze lärmten auf dem Fußboden, und dieses Geräusch verstärkte ihre Verärgerung noch. Ihr Gesichtsfeld verengte sich plötzlich, und sie sah blitzende Ringe. Ihr Blutdruck stieg. Caroline beschleunigte ihre Schritte, um nach draußen zu kommen, ein Luftzug schlug ihr entgegen, als sie durch die Eingangstür rannte. Der Sauerstoffschock ließ sie schwanken. Sie klammerte sich an einer Säule fest, um nicht umzufallen.

Verdammt, verdammt, verdammt … Zwei Wachleute, die an ihr vorbeigingen, warfen ihr einen seltsamen Blick zu, und sie begriff, dass sie die Worte nicht nur gedacht, sondern laut ausgesprochen hatte.

Ihr Handy klingelte, und sie zerrte es aus ihrer Tasche. Helena. Aber ihre Schwester konnte noch gar nichts sagen, da schrie Caroline bereits vollkommen außer sich: »Du musst mir helfen, Helena! Du musst! Ich schaffe das nicht. Versprich, dass du mir hilfst!«

»Meine Kleine, was ist denn jetzt schon wieder passiert?«

»Und jetzt soll auch noch dieser verdammte Raoul kommen und anstelle von Louise die CD aufnehmen!«

Schwester Majken klopfte energisch an die Tür und riss sie auf, ohne eine Antwort abzuwarten.

»Jetzt müssen Sie sich wirklich um den nächsten Patienten kümmern. Wir haben keinen einzigen freien Platz im Wartezimmer, und die ganze Zeit kommen mehr Leute.«

»Sie können hier nicht einfach ohne Erlaubnis reinstiefeln!«

Der Krankenschwester stieg eine intensive Röte ins Gesicht. Sie schob ihr Kinn auf die Brust, wobei sich ihr kurz geschnittenes graues Haar im Nacken sträubte. Sie fing sich jedoch rasch wieder.

»Wie reden Sie mit mir? Wir müssen beide unsere Arbeit machen, und ich kann das nicht, wenn Sie nicht mitspielen.«

Dann knallte sie die Tür hinter sich zu.

Helena sank in sich zusammen. Zitternd strich sie sich über die Augen und rang nach Luft. Sie atmete langsam tief durch, um sich zu beruhigen. Aber mit jedem Atemzug erbebte ihr Brustkorb heftiger, bis sie vor Wut nur so geschüttelt wurde. Sie schlug mit der Hand so fest auf den Tisch, dass die Tasse mit den Stiften umfiel. Ihr Unterarm fegte einen Stapel Papiere auf den Boden.

Alle Kraft war nun verpufft. Das Telefonat mit Caroline hallte im Kopf wider. Sie war überrumpelt worden und auf alle ihre Forderungen eingegangen, ohne sich darüber Gedanken zu machen, in welch gefährliche Lage sie sich selbst dadurch versetzte.

Und jetzt gab es kein Zurück mehr. Das war typisch Caroline. Keine Hemmungen. Immer gelang es ihr, ohne Rücksicht auf ihre psychische Gesundheit die irrsten Sachen durchzusetzen.

Widerwillig wandte sich Helena ihrem Computer zu und loggte ein, um ein E-Rezept einzugeben. Es gab eine lange Liste mit Arzneimitteln, die sie genau durchgehen musste. Sie sah sich Dosierung und Nebenwirkungen an. Gewisse Tabletten kannte sie. Voltaren und Dexofen hatte sie schon oft verschrieben. Bei Cytotec handelte es sich um ein Mittel gegen Magengeschwüre, das in der Klinik oft verwendet wurde. Andere Medikamente waren ihr vollkommen unbekannt. Wenn sie daran dachte, was für einen Medikamentencocktail Caroline normalerweise schluckte, war die Gefahr gefährlicher Wechselwirkungen groß. Als sie Carolines Personenkennziffer eingeben wollte, klopfte es erneut an der Tür. Sie zuckte zusammen und klickte die Seite rasch weg.

»Helena?« Es war der Chefarzt.

Schwester Majken hat also gepetzt, dachte Helena und versuchte, sich eine Antwort zurechtzulegen. Ihre Gedanken strebten in verschiedenste Richtungen, während sie sich das Haar richtete und die Lippen nachzog. Dann erst erhob sie sich, um die Tür zu öffnen. Vor der Tür stand ein überarbeiteter Mann Anfang sechzig im weißen Kittel mit einem schiefen Namensschild. Aus seiner Brusttasche schauten nachlässig zusammengefaltete Computerausdrucke, ein Rezeptblock, Stifte und ein Piepser hervor.

»Wissen Sie was«, begann sie schuldbewusst, »ich strampele mich schon den ganzen Vormittag ab, aber jetzt geht es einfach nicht mehr. Ich glaube, ich habe mir von den Kindern diese Magensache eingefangen. Die Kinder bringen aus der Schule ja immer alles Mögliche mit.«

Sie strich sich langsam eine goldene Locke hinter das Ohr und runzelte die Stirn. Ihr vorgesetzter Kollege lächelte ihr aufmunternd zu.

»Dann solltest du besser nach Hause gehen und dich hinlegen.« Er neigte den Kopf zur Seite, etwas müde, aber doch versöhnlich.

»Vielleicht wäre das wirklich das Klügste«, erwiderte Helena mit dem Anflug eines bekümmerten Lächelns. »Schließlich ist es nicht wünschenswert, dass der Arzt die Patienten auch noch ansteckt.«

Sobald sie die Tür geschlossen hatte, verschwand ihr Lächeln und sie ließ sich wieder auf ihren Bürostuhl sinken. Um ihre Gedanken zu ordnen, begann sie die Papiere vom Fußboden aufzusammeln und legte sie dann in ordentlichen Stapeln auf den Tisch. Sie hob die Büroklammern auf, stellte die Stifte wieder in den Becher, und so kehrte die gewohnte penible Ordnung auf ihrem Schreibtisch zurück. Dann loggte sie sich wieder ein. Es bereitete ihr Unbehagen, ein Arzneimittel zu verschreiben, über das sie nichts Näheres wusste. Ihrer Schwester. Antibiotika und Hustensaft hatte sie ihrer Familie ab und an verschrieben, aber das hier war etwas ganz anderes. Jetzt befand sie sich weit außerhalb ihrer Facharztkompetenz. Immer wieder redete sie sich ein, dass das schließlich und endlich Carolines Verantwortung war. Sie konnte nicht mehr tun, als ihr das Rezept auszustellen und zu hoffen, dass es zu keinen ernsthaften, gar lebensbedrohlichen Komplikationen kam. Gleichzeitig, und das wollte sie sich selbst kaum eingestehen, empfand sie eine gewisse Zufriedenheit darüber, dass die Zukunft in eine Richtung zu weisen schien, die sie sich selbst in ihrem Innersten wünschte. Ausnahmsweise einmal wurde Louise in ihre Schranken verwiesen.

Sie machte sich so unsichtbar wie möglich, als sie ihr Büro verließ und den Korridor entlangschlich. Im Schwesternzimmer stand Schwester Majken und sprach mit einigen Pflegehelferinnen, die Helena unfreundliche Blicke zuwarfen, als sie vorbeiging. Helena senkte den Kopf und eilte auf die Fahrstühle zu. Sollen sie doch reden, dachte sie. Sie hatte ihre eigenen Prioritäten. Am Montag würde sie sich krankschreiben lassen, obwohl sie eigentlich Dienst hatte. Die Zeit bis zur Aufnahme reichte eigentlich nicht, um richtig zu üben. Aber sie hatte zumindest vor, sie so gut wie möglich zu nutzen, um die schlimmsten Schwierigkeiten ihres Bratschenparts zu lösen und sich mental auf die Begegnung mit Raoul vorzubereiten.

Zu Hause angekommen, ging sie direkt in ihr Arbeitszimmer und suchte die Stenhammar-Noten heraus. Sie spannte ihren Bogen und klemmte die Bratsche unter das Kinn. Auf die Kinnstütze hatte sie ein Seidentuch gelegt. Die Narbe am Hals schmerzte jedes Mal, wenn sie das Instrument an die Schulter legte. In den Jahren nach dem Konservatorium hatte sie wie die richtigen Profis diese lederartige Narbe gehabt, aber mittlerweile übte sie nicht einmal mehr jeden Tag. Ihre Finger fühlten sich trocken und starr an. Ich werde alt, dachte sie. Obwohl sie wusste, dass es zur Einstimmung von Körper und Instrument besser war, sich langsam aufzuwärmen, hetzte sie die Übungen durch, um sich direkt den schweren Passagen des Quartetts zuzuwenden. Ihr exakter Pagenschnitt wippte im Takt der Bewegungen von Bogen und Fingern. Immer wieder quälte sie sich durch die raschen Läufe und abrupten Wechsel, aber mit jedem Mal klang es schlimmer. Sosehr sie sich auch in ihr Spiel vertiefen wollte, konnte sie es doch nicht lassen, sich selbst kritisch zu bewerten. Das musikalische Resultat kam ihr vor wie Hohn. Bald verkrampften sich ihre Finger, und ihre Schultern waren auf Kinnhöhe erstarrt. Mit einem Schwall von Flüchen bekämpfte sie ihre Enttäuschung. Als ließen sich die technischen Probleme jetzt lösen! Aber sie gab nicht klein bei, bestrich den Bogen erneut mit Kolophonium und versuchte sich an einer neuen Phrasierung, um Leben in die Musik zu bringen. Zwei Stunden hielt sie durch, wie falsch und abgehackt es in ihren Ohren auch klang. Dann klingelte das Telefon. Sie erkannte Louises Nummer und ließ es etliche Male klingeln, während sie sich darauf vorbereitete zu antworten.

»Helena. Jetzt habe ich entschieden, wie wir diese Situation lösen«, begann Louise.

»Wie geht es dir denn, du Ärmste?« Helena verzog bei ihrem

unaufrichtigen Gezwitscher das Gesicht. »Hat dir mein alter Professor helfen können? Er wollte sofort zur Notaufnahme und sich persönlich um dich kümmern. Als ich ihm sagte, wer du bist, hat er einen Arzt im Praktikum gebeten, sich den restlichen Vormittag um seine Patienten zu kümmern, damit er deine Finger versorgen kann.«

»Ich bin geröntgt und verbunden worden und kann vermutlich in ein paar Monaten schon wieder zur Geige greifen. Das Konzert in Hamburg habe ich also noch nicht abgesagt. Mit etwas Glück bin ich bis dahin wieder auf dem Damm. Aber jetzt geht es um die CD-Aufnahme.«

Helena straffte sich und nahm, die freie Hand unter den Arm mit dem Telefon geklemmt, eine konzentriertere Haltung ein. Noch bestand Hoffnung, zumindest konnte sie so tun.

»Denk jetzt nicht an die CD. Wir warten mit der Arbeit, bis du wieder gesund bist.«

»Nein, das geht nicht. Wir schieben nichts auf, denn dann wird die CD nicht bis zur Sommertournee fertig. Da ich nicht spielen kann, höre ich mit Jan zu. Wenn ich mir die richtigen Abschnitte bereits bei der Aufnahme aussuchen kann, geht alles viel schneller.«

Helena schluckte. Die zwangsläufige Fortsetzung des Gesprächs lag schon in der Luft. Aber sie benötigte dennoch ihre gesamte Konzentration für die Reaktion, die gleich von ihr erwartet wurde.

»Hör zu!«, fuhr Louise unberührt fort. »Ich habe Raoul angerufen. Er übernimmt meine Stimme. Die Noten faxe ich ihm heute Abend. Ich weiß, dass er die Sechste von Stenhammar vor vielen Jahren gespielt hat, aber er schafft ja ohnehin alles.«

Obwohl sie gewappnet war, wehte ein kalter Hauch über ihre Schultern, als sie seinen Namen hörte.

»Raoul. Wie nett.« Sie fand selbst, dass sie recht glaubwürdig klang.

»Ja. Ist das nicht fantastisch? Er hat erstaunlicherweise Zeit!

Offenbar gibt er in jener Woche nur Stunden, und die kann er verschieben. Stell dir vor, was für ein Glück!« Und da Helena nichts antwortete, fuhr sie fort: »Ich weiß, was du denkst. Ich habe bereits mit Anna gesprochen. Für sie war das überhaupt kein Problem. Schließlich ist das jetzt alles schon so viele Jahre her. Und weißt du was? Es klang so, als würde sie sich tatsächlich darauf freuen, mit Raoul zu arbeiten. Schließlich geht es ja nur um diese Aufnahme. Im Sommer spiele ich dann auf der Tournee. Jetzt, wo nur noch ein Quartett übrig ist, wäre es vollkommen idiotisch, die CD nicht fertigzustellen. Wir lassen sie unter dem Namen Furioso Quartett erscheinen. Beim letzten Quartett steht dann eben Raoul als Primgeiger. Was macht das schon? Ich bin mir sicher, dass das nur zu einem besseren Presseecho führt, wenn der Name Raoul Liebeskind auf dem Cover steht.«

»Ausgezeichnet, Louise, wirklich ausgezeichnet. Es wird Spaß machen, mit Raoul zusammen zu spielen. Er ist ein erstklassiger Geiger und könnte das ganze Quartett weiterbringen.« Jetzt reichte es. Mehr ging einfach nicht, ohne dass es hysterisch wirkte. Sie beherrschte sich, um zum nächsten heiklen Thema überzuleiten und das Ganze als Höflichkeitsfrage zu kaschieren. »Und wie geht es Caroline?«

»Tja, du ...« Ein schwer zu deutendes Kichern ließ es im Hörer knistern, dann fuhr Louise fort: »Caro hat heute wieder einmal miserable Laune. Aber das hat einen natürlichen Grund.«

Helena horchte auf. »Ach?«

»Sie hat eine Tournee angetreten. Drei Konzerte in Schonen und dann Dänemark. Sie spielt zum ersten Mal Haydns zweites Cellokonzert. Natürlich ist sie nervös.« Louise lachte. »Na ja, ich bin das gewöhnt. Ich kenne meine Caroline inzwischen.«

Erst nachdem sie die Verbindung unterbrochen hatte, erfolgte ihre Reaktion. Reglos stand sie da und presste das Handy ans Schlüsselbein. Nein, dachte Helena, ganz offensichtlich kennt Louise ihre Caroline überhaupt nicht.

Ohne darüber nachzudenken ging Helena Richtung Kellertreppe und setzte ihren Weg fort, bis sie im Weinkeller stand. Automatisch nahm sie sich eine Flasche Chablis. Der Korkenzieher lag an seinem gewöhnlichen Platz hinter einer alten Weinkiste aus Holz, aber sie fand kein Glas. Sie hatte sonst immer ein paar Gläser im Weinkeller stehen, aber offenbar das letzte Mal vergessen, sie nach dem Spülen zurückzustellen. Ohne weitere Umstände zog sie den Korken aus der Flasche und setzte sie an den Mund. Gleichzeitig lauschte sie auf Martin und die Kinder. Der kühle Wein lief ihre Kehle hinunter, und sie schmeckte ihn kaum. Aber das war eigentlich auch unwichtig. Der aufmunternde, trockene Nachgeschmack des Alkohols, als sie die Flasche absetzte, war genug, um ihr die Gewissheit zu geben, dass die Gelassenheit bald in ihren Körper ausstrahlen würde. Sie ließ sich an der Wand auf den kalten Steinboden gleiten. Dort blieb sie mit angezogenen Knien sitzen und lehnte die Stirn an die Flasche.

Raoul. Warum ausgerechnet Raoul? Von allen verdammten Geigern dieser Welt musste sie Raoul kommen lassen. Aber das konnte sie Louise nicht sagen. Jeder Kammermusiker hätte über die Ehre, mit ihm spielen zu dürfen, gejubelt. Sie selbst konnte sich nichts Schlimmeres vorstellen.

Zum letzten Mal hatten sie sich Ende August in New York gesehen, als sie dort für ihr Krankenhaus an einer Konferenz teilgenommen hatte. Genauer gesagt war die Konferenz ihr Vorwand gewesen, um nach New York zu fahren und ihn aufzusuchen. Sie hatte sich über ein halbes Jahr so wahnsinnig nach ihm gesehnt und musste ihn einfach treffen, um herauszufinden, wie es um die Beziehung stand, die sie seit fünfundzwanzig Jahren beherrschte und die sich in dieser Zeit in ein erniedrigendes Versteckspiel verwandelt hatte.

Anfangs war es aufregend gewesen, sich ein Abenteuer mit ihm zu gönnen, mit Raoul Liebeskind, dem Starviolinisten. Bei seinem Durchbruch mit achtzehn war er von der Zeitschrift *Elle* zu einem der zehn »sexiest« Musiker gewählt worden. Alle wussten, wer er war, aber niemand wusste, dass sie zu den Glücklichen gehörte, die mit ihm im Bett gewesen waren. Unter seinen Küssen zu zerfließen, seinen verschwitzten Körper an ihren zu drücken, die Ekstase auszuleben, kurz, intensiv und heimlich, um dann wieder ins wirkliche Leben zurückzukehren … Die Erregung und der Genuss, den sie bei ihren Begegnungen empfunden hatte, waren eindrücklicher gewesen als alles, was sie sonst erlebt hatte oder vermutlich in Zukunft je erleben würde, es übertraf alles. Sobald sie das Hotelzimmer verließ, begann der Hunger von Neuem.

Helena hatte ihn etwa zu dem Zeitpunkt kennengelernt, als sie als Bratschistin im Furioso Quartett angefangen hatte. Louise und Raoul waren damals schon eng befreundet gewesen, und er tauchte oft bei den Konzerten des Quartetts auf, wenn er sich in Schweden befand. Raoul hatte an der Juilliard School of Music studiert, genauso wie auch zwei Jahre lang Louise. Während dieser Zeit hatte er ihr die Wohnung überlassen, die ihm seine Familie in New York besorgt hatte. Auch Anna hatte dort zeitweilig gewohnt. Raoul und sie waren ein Jahr lang offiziell ein Paar gewesen, aber kurz nach der Verlobung getrennter Wege gegangen. Annas Rückkehr nach Schweden stand bereits fest, als Helena die beiden in New York besuchte. Eines Abends ergab es sich, dass Raoul und sie allein waren. Sie waren ausgegangen und hatten zu viel Wein getrunken. Anschließend kam es zu mehr oder weniger gelungenem Sex. Wieder in seinen Kleidern, machte Raoul deutlich, dass er an keiner neuen Beziehung interessiert sei, schließlich habe ihn Anna gerade verlassen. Helena war da noch derart überrumpelt von der Situation, dass sie gar nicht gewusst hatte, was sie empfand. Raouls Solistenkarriere war zu jener Zeit bereits im Aufschwung, und er hatte sich mit intensiver Zielstrebigkeit darauf konzentriert. Ein wenig unverfänglicher Sex zur Entspannung passte ihm damals ausgezeichnet in den Kram. So hatte ihre heimliche Affäre ihren Anfang genommen.

Fünf Jahre lang hatte Helena ihn überhaupt nicht getroffen, und mit der Zeit war es ihr fast geglückt, ihre Sehnsucht nach ihm zu vergessen. Sie hatte auf der Hochzeit ihrer Cousine Martin Andermyr kennengelernt. Er war einer der besten Freunde des Bräutigams und ihr Tischherr gewesen. Die Tischordnung hatte die erhoffte Wirkung. Die beiden hübschen Singles wurden ein Paar. Martin war ein richtiger Fang – groß, blonde Mähne, Seglertyp mit blendend weißem Lächeln. Seine etwas ungleichmäßigen Zähne hatten seine Attraktivität nur noch erhöht. Er sah in sonnengebleichten Baumwollshorts genauso gut aus wie in einem Anzug von Armani. Eine elegante, intellektuelle Frau war genau das, was er als CEO von Andermyr Investments brauchte. Ein halbes Jahr später verlobten sie sich auf Barbados unter Wasser in Taucherausrüstung. Die Hochzeit fand auf dem Schloss Yxtaholm statt, sie kauften eine Vierzimmerwohnung in Östermalm, und anschließend, als Helena Johanna erwartete, eine Jugendstilvilla in Djursholm. Es waren fünf Jahre emotionaler Erholung, ersehnter Stabilität und gesellschaftlichen Aufstiegs für sie beide gewesen.

Dann war Helena Raoul überraschend auf einer Party bei Louise begegnet. Er hatte in Helsingfors gespielt und war für ein paar Tage nach Stockholm gekommen, um seine Eltern und Louise zu besuchen. Zu diesem Zeitpunkt hatte Raoul gerade Joy kennengelernt, die später seine dritte Frau werden sollte. Joy war Querflötensolistin und hatte weder Zeit noch Lust, als Anhängsel an den Tourneen ihres Mannes teilzunehmen. Martin war an diesem Abend mit der kleinen Johanna zu Hause geblieben, im Fernsehen lief ein Fußballspiel.

Erst hatte sich Helena ganz sicher gefühlt, demonstrativ mit dem großen Diamanten am linken Ringfinger gewedelt und sich eingebildet, dass sie überhaupt nichts mehr für Raoul empfand. Sie hatte sich sogar erdreistet, provozierend mit zwei Schülern Louises zu flirten, die zufälligerweise auf diese Party mit der Crème de la Crème der Musikszene geraten waren. Am anderen Ende des Salons stand Raoul und warf ihr Blicke zu. Alle wollten etwas von ihm, alle heischten nach seiner Aufmerksamkeit, aber

Helena gönnte ihm keinen Blick. Da erwachte sein Jagdinstinkt. Er näherte sich ihr immer weiter und mischte sich schließlich mit kleinen Witzen in ihre Unterhaltung mit den jungen Violinisten ein. Aber Helena fertigte ihn mit bissigen Kommentaren ab, die deutlich ihren selbstbewussten Status im Verhältnis zu diesem Weltstar markierten. Ihr Ansehen bei und ihre Anziehungskraft auf die jungen Männer stieg noch weiter. Sie hatte die Lacher auf ihrer Seite, und die jungen Männer konnten ihr Glück kaum fassen, dass ausgerechnet sie die Aufmerksamkeit dieser beiden fantastischen Menschen genossen. Helena strahlte bei dieser Vorführung, sie war klug, schlagfertig und bezaubernd. Raoul begann Anspielungen einzuflechten, die nur sie verstehen konnte, und Helena reagierte darauf mit diffusen Zweideutigkeiten. Für die jungen Männer war das vollkommen unverständlich, aber zwischen Raoul und ihr ging es um eine heimliche Abmachung, wie sie diesen Abend beenden würden. Sie verließ die Party vor ihm und begab sich direkt in die Lobby seines Hotels. Dort erwartete sie ihn mit einem Glas Whisky in der Hand, als er zwanzig Minuten später erschien.

Um Viertel vor sechs am nächsten Morgen verließ sie Raouls Hotelzimmer ermattet, aber frisch geduscht, und nahm ein Taxi nach Djursholm.

Auf diese Weise hatte es wieder begonnen. Sie sahen sich mehrere Male im Jahr. Helena gelang es, immer neue Kongresse an allen möglichen Orten zu finden, an denen Raoul zufälligerweise gerade ein Konzert gab, und Raoul besuchte seine Familie recht oft in Stockholm. Er kam auch häufig im Sommer als Gast nach Svalskär, Louises Privatinsel. Dann fuhr auch Helena meist dorthin, vorzugsweise ohne Martin und die Kinder. Der Holzschuppen, die Sauna am Bootssteg, das Atelier, das Badezimmer in der Lillstugan, dem Nebenhaus, der Speicher … es gab viele verschwiegene Orte, an denen sie sich treffen konnten.

Nach einiger Zeit hinterließen die Wiederholung und die nachlässige Geheimniskrämerei ihre Spuren bei ihnen beiden, jedoch auf verschiedene Weise. Während Helena immer noch davon träumte, dass sie sich von ihren Partnern scheiden lassen würden, um endlich offiziell ein Paar zu werden, ermüdete Raoul zunehmend. Er ergriff nicht mehr so oft die Initiative zu einem Rendezvous. Helena spürte diese Veränderung, obwohl sie es sich selbst nicht eingestehen wollte. Sie hatten ihre Beziehung nie definiert. Unausgesprochen war es immer ganz einfach um Sex gegangen, modern und unproblematisch. Helena analysierte die Situation als die rationale Frau, für die sie sich selbst hielt, und es gelang ihr, sich einzureden, dass sie allen Grund zur Zufriedenheit habe: Sie führte mit Martin eine gute Ehe und hatte nebenher noch eine Affäre. Diese Argumentation scheiterte jedoch immer daran, dass sie sich eingestehen musste, dass es ihr bei Raoul trotz allem um Liebe ging. Sie erwartete nichts sehnlicher, als ihn sagen zu hören, er liebe sie. Dass er sich verplapperte. Denn es gab eine stillschweigende Übereinkunft. Man durfte weder »ich liebe dich« noch »du fehlst mir« sagen. Gelegentlich hatte sie den Eindruck, diese ersehnten Worte hingen in der Luft, aber meist versuchte sie den Schmerz über die tatsächlichen Verhältnisse einfach zu unterdrücken. Was sie nicht unterdrücken konnte, waren jedoch die Schuldgefühle, die sie heimsuchten, wenn sie nach Hause kam. Das schlechte Gewissen füllte sie gänzlich aus. Wie lange noch würde sie es ertragen, Martins fröhliches Gesicht zu sehen, während er sich erkundigte, ob es ein interessanter Kongress gewesen sei, oder Johanna Gute Nacht zu sagen und ihren viel geherzten, abgenutzten Teddy vom Fußboden aufzuheben und neben ihr Kissen zu legen? Oder sich vorsichtig auf Davids Bettkante zu setzen und ihm über die dunklen Locken zu streichen, ihn auf die Wange zu küssen und eilig das Zimmer verlassen zu müssen, damit ihre Tränen nicht auf ihn tropften und ihn weckten.

Wäre es nur eine banale Affäre gewesen, dann hätte sie sich zusammennehmen und sie beenden können. Aber es ging um mehr. Vor etlichen Jahren war ihr ein ernsthafter Verdacht gekommen und dann immer stärker geworden. Vielleicht war es ja nur Einbildung, vielleicht würde es ihr Leben verändern mit Konsequenzen, die sie abzuschätzen suchte, jedenfalls lähmten sie Schuldgefühle, sobald sie nur daran dachte.

Dann buchte sie eine Reise nach New York, um Raoul ernsthaft mit der Wahrheit zu konfrontieren oder dem, was sie für die Wahrheit hielt. Sie wollte ihm von der Wunde erzählen, die nie aufhörte zu schmerzen, von den Gedanken, die sie immer zwischen Hoffnung und Verzweiflung hin- und herpendeln ließen.

Als sie sich endlich wiedersahen, war Raoul erkältet. Ihr Treffen hatte er bereits zweimal aufgeschoben. Schließlich trafen sie sich in einem Café. Raoul leitete das Gespräch damit ein, dass er nur zwanzig Minuten Zeit habe, dann müsse er zur Probe. Er war mürrisch und einsilbig und begrüßte Helena unverbindlich höflich, so wie man einen Geschäftspartner begrüßt. Sie selbst hatte ihre Tagung an diesem Vormittag geschwänzt, um die richtigen Kleider zu wählen. Sie hatte anprobiert und verworfen und war dann verzweifelt zu Bloomingdale's gerannt und hatte ein gewagtes Donna Karan-Kleid für elfhundert Dollar gekauft. Jetzt saß ihr Raoul in ausgebeulten Jeans und einem T-Shirt mit einem verwaschenen Aufdruck eines Musikfestivals gegenüber. Helena bemühte sich, unberührt zu wirken, und versuchte, ihre eingeübte Rede so spontan wie möglich klingen zu lassen.

»Wir müssen ernsthaft miteinander reden«, begann sie. »Es ist nicht ganz einfach, aber ich hoffe, dass wir eine Lösung finden können, die für uns beide praktikabel ist.«

Raouls Handy klingelte, und er zog es aus seiner Tasche und antwortete. Helena betrachtete stumm seine Miene, die sich vollkommen verändert hatte. Jetzt war er fröhlich, und seine Erkältung schien ihm überhaupt nichts mehr auszumachen. Er lachte und scherzte, und seine Augen glitzerten, während er zuhörte. Er sah sogar Helena an und lächelte ihr verschwörerisch zu, als hätte sie an seiner Unterhaltung teil.

Nach fünf Minuten beendete er das Gespräch.

»Entschuldige ...« Aufgemuntert durch die Unterhaltung schenkte er ihr sein lebensgefährliches Lächeln und fuhr dann nach einer minimalen Kunstpause fort: »Was wolltest du mir erzählen?«

Helena schluckte und sprach zögernd weiter: »Wie soll ich nur anfangen? Ich glaube, dass ich dich im Laufe dieser Jahre trotz allem recht gut kennengelernt habe. Es gibt Dinge, die uns vereinen, aber es gibt auch Eigenheiten und Lebensentscheidungen, die uns immer wieder getrennt haben und die das sicher auch in Zukunft tun werden. Außerdem gibt es auch andere Beteiligte, deine Frau und Martin. Und meine Kinder. Wir können es nicht länger hinausschieben. Ich brauche Gewissheit.«

Sie schaute in ihre Kaffeetasse und spielte mit ihrem Löffel, weil sie nicht die Kraft hatte, ihm in die Augen zu sehen. Als sie wieder aufschaute, sah sie ihn eine SMS schreiben. Er murmelte zerstreut, um die Stille zu überbrücken, als er merkte, dass sie nicht weitersprach, dann schickte er die SMS ab. Erst dann sah er ihr in die Augen. Helena hatte nun vollkommen den Faden verloren und starrte ihn mit halb offenem Mund an. Dann stieß sie hervor: »Was machst du da? Schreibst du SMS, während ich über uns spreche?«

Raoul runzelte fragend die Stirn, als verstünde er nicht, was sie meinte.

»Über uns? Wie bitte?«

Helena spürte, wie die Röte ihren Hals überzog.

»Ja, natürlich über uns. Was glaubst denn du? Warum wäre ich sonst überhaupt hier?«

Sofort bereute sie es, sich so unbeholfen eine Blöße gegeben zu haben. Raoul wirkte peinlich berührt. Ihr Mut verließ sie. Es hatte schlecht angefangen und ging noch schlechter weiter.

»Es geht so nicht weiter«, meinte sie. »Du müsstest doch so viel Anstand besitzen zuzugeben, dass wir eine Beziehung hatten. Wir haben uns ja so oft es ging getroffen und uns einen Augenblick der ...«

Das Wort, das sie nicht über die Lippen brachte, war »Liebe«, aber sie merkte, dass er ihr schon nicht mehr zuhörte. Sämtliche Kraft verließ sie. Es spielte keine Rolle, was sie noch sagte, ob sie schrie oder fluchte. Die Gelegenheit war vorbei.

Jetzt hatte er seine schlimmste Miene aufgesetzt. Er sah sie mit einer Mischung aus Mitleid und Unbehagen an.

»Helena, Helena …«

Er neigte den Kopf zur Seite, lächelte und fixierte sie schräg von unten, ungefähr so, als wolle er ein bockiges Kind zur Räson bringen. Als jede Reaktion ausblieb, lächelte er sarkastisch und warf den Kopf zurück, wobei er sie nach wie vor ansah. Dieser Blick, dieses schöne Gesicht entwaffnete sie. Wie abscheulich er sich auch benahm, sie brachte es nicht übers Herz, ihm zu sagen, welch ein gewissenloser Egoist er war. Sie traf ebenso große Schuld, dass es so weit gekommen war. Wenn nicht gar größere. Denn sie hatte ihm in all diesen Jahren ganz bewusst ihre Gedanken verschwiegen. Hatte er gelogen? Nein, er hatte mit offenen Karten gespielt, während sie nicht hatte akzeptieren wollen, dass sie für ihn ein erledigtes Kapitel war. Eine alte Flamme, eine von vielen. Mehr nicht. Sie war nie etwas anderes gewesen und würde nie etwas anderes sein. Warum konnte sie dieser erniedrigenden Peinlichkeit nicht einfach ein Ende bereiten, statt ihre ganze Existenz aufs Spiel zu setzen? Nur weil sie glauben wollte, er besäße mehr Verantwortungsgefühl, mehr Güte und Fürsorglichkeit.

Trotzdem erwiderte sie sein Lächeln. Dieser Reflex war tief verwurzelt. Er deutete dies, als habe sie sich besonnen. Kameradschaftlich legte er seine Hand auf ihre. Blitzschnell entzog sie ihm ihre Hand, nahm ihre Tasche und stand auf. Bei der hastigen Bewegung warf sie ihre Tasse um. Kalter Kaffee spritzte auf ihr sauteures Kleid. Sie rannte wortlos nach draußen und meinte zu hören, dass er etwas von Klimakterium und Hysterie murmelte.

Der Lärm des Verkehrs schlug ihr vor dem Café entgegen und erhöhte ihre Verwirrung noch mehr. Sie rannte, bis sie das Ende des Blocks erreicht hatte. Dort lehnte sie sich schwer atmend an eine Hauswand. Sie sah ein, dass sie sich theatralisch und idiotisch verhalten hatte! Ihr Herz klopfte, und sie klammerte sich an ihrer Handtasche fest, die sie an die Brust presste. Eine in Chanel gekleidete Dame mit blaugrauer Dauerwelle warf ihr einen entsetzten Blick zu und beschleunigte ihre Schritte.

Helena blieb eine Minute stehen und schaute dann um die Hausecke. Er verließ das Café. Sie empfand den unbezwingbaren Drang, ihm zu folgen. Sie wartete, bis er die Straße überquert hatte, und begab sich dann in die Menschenmenge, die über den Zebrastreifen ging. Raoul war ungefähr dreißig Meter vor ihr und drehte sich kein einziges Mal um. Einige Blocks weiter zog er sein Handy aus der Tasche und rief jemanden an. Seine Haltung verriet, dass es sich um ein herzliches und ausgelassenes Gespräch handelte. Wenig später entdeckte sie eine Frau Anfang zwanzig mit Geigenkasten über der Schulter, die am Geländer eines U-Bahneingangs lehnte. Sie trug auf den Hüften sitzende Jeans, ein Top und eine abgetragene kurze Lederjacke, ihr langes Haar wehte im Luftzug aus dem U-Bahnschacht. Die Frau telefonierte mit ihrem Handy, aber als Raoul vor ihr auftauchte, beugte sie sich lachend vor, und beide steckten gleichzeitig ihre Handys weg. Er tänzelte mit ausgestreckten Armen auf sie zu. Sie wartete und ließ sich von ihm umarmen. Sie küssten sich lange, als befänden sie sich allein auf einer großen Leinwand und nicht mitten im lärmenden Verkehr.

Erster Akt

Se neghi a me di dar qualche ristoro, davanti agli occhi tuoi morir vogl'io!
Wenn du mir keinen Trost gewährst, muss ich vor deinen Augen sterben!

Wolfgang Amadeus Mozart und Lorenzo da Ponte,
Don Giovanni, 2,3

Mittwoch, 14. Oktober

Anna Ljungberg erwachte. Die Zunge klebte an ihrem Gaumen. Eine flauschige Angorakatze schmiegte sich an ihre Hand, die über die Bettkante hing. Das Blut war ihr bleischwer in die Hand gelaufen. Das Klingeln ihres Weckers bohrte sich immer beharrlicher in ihre Ohren. Ihr Herz schlug angestrengt in einem ungewohnten Rhythmus. Sie schlug mit der Hand nach dem Wecker, verfehlte diesen aber, da ihre Muskeln in den Schultern verspannt waren. Beim dritten Versuch traf sie ihr Ziel, woraufhin ihre Hand zu Boden klatschte.

Sie bereute es, dass sie diesen letzten Pink Paradise mit dem lustigen Strohhalm und den Karambolescheiben auf dem Glasrand auch noch getrunken hatte. Happy Hour zwischen ein und zwei Uhr nachts. Wie happy war sie eigentlich gewesen? Ihre Kleider waren auf dem Boden verteilt und bildeten eine Spur vom Schreibtisch zum Bett. Die am Anfang des Abends noch strahlend saubere Bluse wies eine widerwärtige Fleckenparade der verschiedenen Stationen des Abends auf: Kirschroter Lippenstift, Bier, Rotweinsauce, Irish Coffee und last but not least ein ordentlicher Spritzer Pink Paradise wie eine traurige Schulterklappe rechts oben. Sie war nicht sicher, ob dieser Fleck im Originalzustand dorthin geraten war oder erst noch einen Abstecher in ihren Magen unternommen hatte.

Als sie in den frühen Morgenstunden nach Hause gekommen war, war sie zu aufgedreht gewesen, um gleich zu Bett zu gehen. Stattdessen hatte sie sich als Anniechance bei »MeetMarket« eingeloggt und zwanzig Minuten lang mit Mike39 gechattet. Sie selbst hatte ihr Alter mit 37 angegeben, aber das war die einzige

Lüge gewesen. Wahrheitsgemäß hatte sie erzählt, sie sei Violinistin und arbeite freiberuflich. Nach einer gescheiterten Ehe und einer aufgelösten Verlobung wohne sie alleine mit ihrer Katze. Mike39 war ein netter Jurist aus Seattle mit Fallschirmspringen als Hobby, zumindest gab er sich dafür aus. Dank langjähriger Erfahrung mit dem Internet hatte sie ein Gefühl für die Lügen entwickelt. Im Netz konnte sie die Worte der Männer deuten, bei wirklichen Begegnungen gab es jedoch immer so viele Eindrücke, die ihr die Sicht verstellten. Mike39 schien nett zu sein, jedenfalls hatte sie diesen Eindruck gewonnen. Sie hatten über Bücher und Filme gechattet und lustige und hintersinnige Kommentare eingeflochten. Diese Konversation war erstaunlich reibungslos gewesen, und Anna hatte schon erwogen, seine Kontaktdaten im Adressbuch ihres Computers zu speichern.

Allerdings nur bis zu dem Moment, als er fragte, ob sie große Brüste habe. Da hatte sie sich einfach ausgeloggt, ohne zu antworten. Nicht, dass sie keine großen Brüste gehabt hätte, aber sie wollte mit Mike39 nicht darüber sprechen. Ihre Brüste waren immer ein selbstverständlicher Teil ihrer Persönlichkeit gewesen, und sie trug immer noch gerne enge, tief ausgeschnittene Pullover. Sie hatte das Glück gehabt, ihre rechte Brust nicht wegoperieren lassen zu müssen. Aber seit ihr ein kleiner Knoten aus der Achselhöhle entfernt worden war, hatte sie immer das Bedürfnis, ihre Brüste vor der Umwelt zu schützen. Sie gehörten ihr, und sie hatte keine Lust, irgendjemandem etwas über sie anzuvertrauen.

Als Louise sie angerufen und ihr mitgeteilt hatte, dass Raoul vertretungsweise beim Furioso Quartett einspringen würde, verspürte sie den Impuls, das Gespräch so schnell wie möglich zu beenden, sich in eine Ecke zu setzen und nur zu zittern. Aber Louise redete betont munter weiter, und langsam hatte sich der schlimmste Schock gelegt. Als sie zehn Minuten später das Telefonat beendeten, war sie so aufgekratzt und wahnsinnig froh, als hätte sie im Lotto gewonnen. Zwanzig Minuten später kletterte sie schon fast die Wände hoch.

Die Rettung in der Zeit bis zum Aufnahmetermin war, dass sie sich in einer intensiven Arbeitsphase mit den Philharmonikern befand. Während einiger Konzerte würde sie sogar als Konzertmeisterin fungieren. Damit gelang es ihr, die wildesten Gedanken halbwegs in Schach zu halten. Aber am Tag, bevor sie nach Svalskär wollten, hatten sich die Erwartungen, die sie mit ihrer ersten Begegnung mit Raoul seit Jahren verband, bis ins Unerträgliche gesteigert. Auf der Skala ihrer Gefühle pendelte sie zwischen innerem Jubel und dem Gedanken, sich selbst die Finger in einer Tür zu quetschen, um nicht fahren zu müssen. Sie hatte eine Zwischenlösung gewählt, indem sie ausgegangen war und sich mit ein paar Orchesterkolleginnen sinnlos betrunken hatte.

Die Kneipenrunde mit Lina und Ingrid war eigentlich keine sonderlich geglückte Idee gewesen. Sie selbst hatte den anderen diesen Vorschlag mit fast hysterischer Begeisterung unterbreitet, dann aber versucht, einen Rückzieher zu machen. Bis in die frühen Morgenstunden an einer Bar zu stehen würde ihrem Aussehen, jetzt wo sie sich von ihrer besten Seite zeigen wollte, vermutlich kaum zuträglich sein. Sie rief Lina erneut an, aber da hatte bereits Ingrid zugesagt, und so bestellten sie einen Tisch im Prinsen. Statt also den Plan sausen zu lassen, hatte sie daraufhin um sieben Uhr einen ersten Drink im Sturehof vorgeschlagen.

Ihr letzter Gedanke, als sie gegen drei Uhr nachts ins Bett schwankte, und ihr erster Gedanke, als sie die Augen wieder öffnete, galt der Begegnung mit Raoul. Es ging jetzt nur noch darum, die Stunden bis dahin durchzustehen. Steifbeinig begab sie sich unter die Dusche und ließ sich eine Viertelstunde das heiße Wasser ins Gesicht laufen. Sie streckte die Hand nach der Zahnbürste aus und schrubbte sich den Belag von den Zähnen. Die Zahnpasta lief ihr schäumend über Kinn und Brust.

Kaum hatte sie die Dusche verlassen und ihr frisch gewaschenes Haar turbanartig in ein Handtuch gewickelt, klingelte es an der Tür. Mit einer raschen Bewegung hüllte sie sich in den Bademantel, rannte zur Tür und öffnete. Vor ihr stand ein kleines Mädchen mit einer Zahnlücke und zwei straffen Zöpfen, ungeduldig und zappelig.

»Kann ich Baby jetzt holen? Mama hat gesagt, dass es zehn Uhr ist, und dann darf man klingeln. Wo ist er?«

Die weiße, wuschelige Katze war bereits zur Tür hinausgeschlichen und drückte sich an die zu weite Strumpfhose des Mädchens. »Baby, Baby! Komm, Süßer. Wie süß er ist.«

Anna hatte hinter der Tür bereits die Katzensachen bereitgestellt.

»Hier sind der Korb, das Katzenklo, Sand und Futter für eine Woche. Vermutlich bin ich aber schon am Samstag wieder zurück. Hab's nett. Tschüs, Baby!«

Sie hielt dem ungeduldigen Mädchen den Korb hin, und es drückte ihn glücklich und erfüllt von einem Gefühl der Verantwortung an die Brust. Anna ging in die Hocke und vergrub ihr Gesicht in der wolligen Katze. Diese befreite sich, flitzte quer über den Treppenabsatz und verschwand durch die offene Tür der gegenüberliegenden Wohnung. Anna wollte das Mädchen noch rasch in den Arm nehmen, aber es eilte der Katze bereits hinterher und rief, als es in seiner eigenen Diele stand: »Tschüs«, ehe sich die Tür hinter ihm schloss.

Anna stand lange in ihrer Kleiderkammer und überlegte, was sie anziehen sollte. Sie öffnete ihre bereits gepackte Reisetasche, tauschte ein paar Pullover aus und packte noch einen weiteren Push-up-BH ein. Den Rest des Morgens verbrachte sie vor dem Spiegel, um eine Kombination nach der anderen anzuprobieren, bis sie gefunden hatte, worin sie sich am wohlsten fühlte: Enge Jeans, ausgeschnittener Pullover und Stiefel mit hohen Absätzen.

Drei Tage hatte sie vor sich, drei Tage und alle Zeit der Welt mit Raoul. Sie würden nebeneinandersitzen und spielen. Genau wie beim Festival in Cannes vor vier Jahren. Raoul hatte Louise für ein paar Kammermusikkonzerte dorthin eingeladen. Als eine der anderen Geigerinnen krank geworden war, hatte Louise sie angerufen und gefragt, ob sie kurzfristig einspringen und die Brahmssextette und zwei Flötenquartette von Mozart spielen könne. Ohne zu zögern hatte sie zugesagt, obwohl sie daraufhin für zwei Vorstellungen von »Figaros Hochzeit« mit der Hofkapelle Vertretungen hatte organisieren müssen. Mit zehntausend Kronen aus der eigenen Tasche hatte sie einen Kollegen überreden können, sie zu vertreten, ohne sich erst mit der Leitung der Oper abzusprechen. Das hatte ein Mitarbeitergespräch mit dem Orchesterchef zur Folge gehabt. Einfach eigene Stellvertreter zu engagieren sei vollkommen unakzeptabel. Das wusste sie zwar sehr gut, aber sie hatte es nicht riskieren wollen, einen ablehnenden Bescheid zu erhalten, und ihnen deswegen eine fertige Lösung zu ihren Bedingungen präsentiert. Nach vielen Entschuldigungen gelang es ihr schließlich, den Orchesterchef zu besänftigen. Sie hatte ihm eine Produktion für Kinder mit 35 Vorstellungen für die folgende Spielzeit versprechen müssen. Aber das war es wert gewesen. Es war jede Öre und jede Demütigung wert gewesen, wieder mit Raoul spielen zu dürfen. Die vier Tage am Mittelmeer hatten ihr neue Energie gegeben. Nicht weil eine nennenswerte Veränderung in ihrem Verhältnis zu Raoul eingetreten wäre, sondern weil sie wieder Appetit auf das Leben bekommen hatte. Sie hatten zusammengearbeitet, gemeinsam zu Abend gegessen und die Abende mit den anderen Musikern, unter ihnen auch Joy, Raouls japanisch-amerikanische Ehefrau und gefeierte Flötistin, an einer Bar an der Strandpromenade beendet. Sie hatte Joy damals zum ersten Mal getroffen, und sie entsprach ihren Vorstellungen vollkommen. Distanziert und kultiviert, nie überschwänglich. Sie spielte in ihren dünnen, flatternden Seidenkleidern bei einer Hitze von vierzig Grad, ohne dass Schweißflecken unter ihren Armen zu sehen gewesen wären. Bereits im Flugzeug auf dem Hinweg hatte Anna beschlossen, keinerlei Eifersucht zu empfinden, denn damit würde sie sich nur selbst schaden. Stattdessen hatte sie sich um Joys Freundschaft bemüht. Raoul hatte sie zur Begrüßung umarmt und auf die Wangen geküsst, und sie hatte daraufhin Joy mit derselben Herzlichkeit begrüßt. Da Raoul ihr offenbar nicht von ihrer gemeinsamen Vorgeschichte erzählt hatte, hatte sie sofort einen guten Draht zu seiner jetzigen Frau gefunden. Abends waren sie gemeinsam in der warmen Sommernacht zum Hotel geschlendert. Louise und Raoul waren oft zwei Schritte zurückgeblieben, um irgendetwas zu diskutieren. Dann hatte sie immer Joys Arm genommen, und sie hatten vertraulich flüsternd die Schaufenster betrachtet. Sie spürte Raouls kritischen Blick im Rücken und wusste, dass sie Joys Anmut mit Oberweite und Kurven ausglich. Ihre Belohnung waren Raouls anerkennende Blicke und die eine oder andere Umarmung, wenn es sich natürlich ergab. Sie wandte jedoch den Blick ab, wenn Raoul und Joy Händchen hielten und wenn Raoul Joy an sich drückte, sodass sie in seiner Umarmung und unter seinem Kuss fast verschwand, bevor sie auf ihr Zimmer gingen.

Es war ein funkelnd-schöner Herbsttag. Das gelbe und rote Laub zeichnete sich deutlich vor dem durchdringend blauen Himmel ab. Die Sonne wärmte nur schwach, und der Winter ließ sich bereits in der klaren Luft ahnen.

Anna saß auf ihrer Reisetasche und hielt ihr Gesicht in die Herbstsonne. Ihre perfekt geschminkten Lippen waren leicht geöffnet. Sie schloss die Augen hinter ihrer Sonnenbrille und spürte, wie die Wirkung des Alkohols langsam verflog. Von der Seite näherten sich klappernde Absätze und ein Rollkoffer auf den unebenen Pflastersteinen. Als sie blinzelnd die Augen öffnete, sah sie eine große blonde Frau mit einem Bratschenkasten in der Hand, die ein Bordcase aus Aluminium hinter sich herzog.

Diese selbstsicheren Schritte. Perfekte Frisur, das Gesicht rosig und ausgeschlafen und ohne den Hinweis auf jegliche Anstrengung. Schlank auf eine natürliche und sorglose Art, sodass alles wie angegossen passt. Wie kann sie nur immer so perfekt aussehen, dachte Anna, obwohl sie sicher genauso einen Kater hat wie ich?

Als Helena zwei Meter von ihr entfernt war, schob Anna ihre Brille hoch und stand mit ausgestreckten Armen auf.

»Hallo! Wie geht es dir?«, rief sie lächelnd, und sie umarmten sich. Dann trat sie einen Schritt zurück und fuhr fort: »Du siehst etwas müde aus, Darling! Hast du die ganze Nacht geübt?«

Hinter ihnen bog ein großes Taxi auf den Parkplatz ein. Caroline öffnete die eine hintere Tür und stieg aus, indem sie den Cellokasten vor sich herschob. Louise bezahlte und stieg kurz nach ihr aus. Caroline trug einen alten, zwei Nummern zu großen dunkelblauen Ulster, der vermutlich in den Fünfzigerjahren von Baron af Melchior bei einem englischen Herrenausstatter gekauft worden war. Sie hatte sich einen gestrickten hellgrauen Wollschal mehrfach um den Hals gewickelt. Unter dem Mantel trug sie ausgewaschene Jeans, die an den Knien eingerissen waren, und dazu schwere schwarze Motorradstiefel. Louise war bekleidet mit einer grünen Barbour-Jacke, schwarzen Hosen und Gummistiefeln. Der weiße Verband an ihrer Hand leuchtete. Der Taxifahrer öffnete den Kofferraum und trug Taschen, Kästen und Tüten mit Lebensmitteln und Wein auf das Targaboot, das am Kai vertäut lag. Helena und Anna brachten ihr Gepäck an Bord und ließen sich auf dem Achterdeck nieder. Beide trugen Sonnenbrillen und hielten ihr Gesicht in die Sonne. Caroline ging vorne am Bug an Bord, betrat sofort die Steuerkabine und knallte die Tür hinter sich zu.

»Dann warten wir nur noch auf Raoul«, meinte Louise und schaute auf die Uhr. »Kjell und Jan kommen morgen mit einem eigenen Boot und bringen die ganze aufnahmetechnische Ausrüstung mit.«

Zwanzig Minuten später näherte sich ein weiteres Taxi mit rasendem Tempo dem Kai und hielt mit quietschenden Reifen beim Boot. Auf dem Rücksitz war eine Person zu erkennen, die mit der einen Hand ein Handy ans Ohr drückte und gleichzeitig dem Fahrer mit der anderen eine Kreditkarte reichte. Der Fahrer hob ein silbergraues Bordcase aus dem Kofferraum, während der

Mann auf dem Rücksitz noch einige Minuten sitzen blieb und dann mit einem Geigenkasten in der Hand ausstieg. Die »Nachtigall«, seine unersetzliche Guarneri del Gesù von 1743, trug er immer selbst.

Er war mittelgroß, die halblangen Locken aus der hohen Stirn gekämmt. Einige silbergraue Strähnen verrieten, dass er nicht mehr ganz jung war. Über den braunen Augen wölbte sich ein Paar buschige Brauen, und eine eckige, randlose Brille saß auf seiner leicht sommersprossigen Nase. Seine volle Unterlippe wirkte etwas trocken und rissig. Ein Eckzahn hatte ein Gold-Inlay, was zusammen mit dem Dreitagebart seiner sonst eher intellektuellen Erscheinung etwas von einem Piraten verlieh. Unter seinem anthrazitgrauen Jackett trug er einen bordeauxroten Rollkragenpullover aus Kaschmirwolle. Außerdem hatte er sich einen grüngrau karierten Wollschal um den Hals gewickelt, der im Wind flatterte. Seine braune Breitcordhose war nach der fünfzehnstündigen Reise an den Knien ausgebeult. Nichts an ihm verriet den Schweden, er schien eher in ein schickes, linkes Café im Marais zu passen.

»Meine Güte, wie alt er geworden ist«, flüsterte Anna Helena ernst zu. »Er ist wahnsinnig gealtert.« Helena warf ihm einen raschen Blick zu und stellte fest, dass er fitter wirkte als bei ihrer letzten Begegnung. Vielleicht ein wenig ramponiert, aber so ungemein gut aussehend. Viel zu verführerisch. Sie schluckte, schaute weg, lehnte sich an die Kabine und las konzentriert alte SMS in ihrem Handy.

Louise empfing Raoul mit einer Umarmung und Küsschen auf die Wangen. Raoul betrachtete ihre Hand und tat theatralisch sein Mitgefühl kund. Louise zuckte stoisch mit den Achseln, und er umarmte sie erneut.

»Jedenfalls wirkt er ziemlich relaxed«, meinte Anna und versuchte seinen Blick aufzufangen.

»Ich begreife nicht recht, warum ausgerechnet Raoul einspringen muss. Louise hätte doch auch jemanden hier in Stockholm finden können. Ich kenne viele, die die Aufnahme hätten übernehmen können. Es wirkt etwas übertrieben, ihn extra aus New York kommen zu lassen«, meinte Helena, »oder was findest du?«

»Natürlich bin ich etwas nervös.« Anna versuchte, ihrem Haar mehr Fülle zu geben. »Uns verbinden so viele starke Gefühle. Aber auch eine große Trauer.«

Sie zündete sich eine Zigarette an, blies den Rauch in die Luft, seufzte laut und zog dann noch zwei weitere Male rasch an der Zigarette. »Warum habe ich bloß diesen letzten Drink noch genommen!«

Vom Steg aus entdeckte Raoul Anna und Helena, winkte fröhlich und ging auf das Boot zu. Als sei seine plötzliche Greifbarkeit zu viel für Anna, drückte diese sich rasch an Helena.

»O Gott, das wird mir zu viel.«

Aber dann schob sie Helena ebenso überraschend von sich weg, machte einen Schritt auf die Reling zu und beugte sich zu Raoul vor, um ihm einen Willkommenskuss zu geben. Das Schmatzen ging im Lärmen der Motoren unter, die gerade angelassen wurden.

»Wie schön, dass du kommen konntest, Raoul!«, rief Anna, um das Brummen der Motoren zu übertönen. »Das wird super. Wie geht es Joy?«

»Sie lebt«, antwortete Raoul neutral.

»Grüß sie von mir«, erwiderte Anna und trat beiseite, um Louise und Raoul vorbeizulassen, die an Bord eilten, als Caroline die Motoren aufheulen ließ. Helena ging nach vorne und machte die Leinen los, um die Konfrontation so lange wie möglich hinauszuzögern. Raoul nickte ihr wortlos zu, und sie verzog nur leicht die Lippen. Aus den Augenwinkeln sah sie, wie sich Caroline in der Steuerkabine über die Seekarten beugte. Ihr war anzusehen, dass sie allein bleiben wollte, und Helena war klar, dass sie gerade deswegen nicht allein bleiben sollte. Sie ging zu ihrer Schwester in die Steuerkabine und warf einen raschen Blick über die Schulter, um sich zu versichern, dass sie auch ungestört waren. Caroline drehte sich nicht um, als sie die Kabine betrat, aber ihren ruckartigen Bewegungen war anzumerken, dass ihr nicht wohl in ihrer Haut war.

»Caroline«, begann Helena mit fester Stimme, aber doch so begütigend wie möglich. »Ist alles in Ordnung?«

Caroline beachtete sie überhaupt nicht.

»Wie geht es dir?«

»Super.«

Helena schüttelte den Kopf. »Du siehst etwas blass aus.«

»Ja, hattest du etwas anderes erwartet?«

Helena strich ihr langsam über den Rücken. Caroline erstarrte und entzog sich ihr.

»Wie ist es gelaufen?«

»Gar nicht.«

»Aber ich habe dir doch ein Rezept ausgestellt.«

»Untertänigsten Dank für deine Hilfe, Schwesterherz. Kannst du dir vorstellen, wie peinlich das war, als ich in der Apotheke stand? Mit dir ist auch wirklich überhaupt nichts anzufangen.«

»Wie meinst du das?«

Caroline stemmte die Hände in die Seiten, wandte sich Helena zu und blies sich eine Locke aus dem Gesicht.

»Ich will darüber nicht sprechen. Nicht mit dir, nicht mit Louise, mit überhaupt niemandem. Hast du's endlich kapiert?«

Helena nahm sich zusammen und sah Caroline tief in die Augen. »Jetzt hörst du mir ganz genau zu. Das Ganze ist viel ernster, als du zu begreifen scheinst. Du hast mich in eine Sache reingezogen, mit der ich nichts zu tun haben will. Es ging wirklich nicht um irgendwelche simplen Vitamintabletten, die ich dir verschrieben habe. Weißt du eigentlich, welche Risiken du eingehst?«

Caroline schüttelte den Kopf. »Du bist nicht meine Mutter«, antwortete sie und richtete ihren Blick auf einen Punkt schräg hinter ihrer Schwester. Helena drehte sich abrupt um und sah sich plötzlich Louise gegenüber. Ein kalter Schauer lief ihr über den Rücken. Sie fragte sich, wie viel Louise wohl gehört hatte.

»Liebling, du hast Raoul noch gar nicht begrüßt.« Lächelnd drängte sich Louise an Helena vorbei und legte Caroline ihre Arme um die Taille. Helena entwischte auf Deck, an die frische Luft. Ihr Herz raste immer noch aufgrund der plötzlichen Unterbrechung.

»Er kann mich hier begrüßen. Er weiß ja, wo ich bin«, murmelte Caroline säuerlich.

»Gib dir etwas Mühe. Meinetwegen.« Louise drückte Caroline etwas fester an sich und legte den Kopf auf ihre Schulter. »Ich verstehe, dass du traurig bist, aber es bieten sich bald neue Möglichkeiten. Das willst du vielleicht im Augenblick nicht glauben, aber ich weiß, dass du das nächste Mal, wenn du Haydn spielst, fantastisch sein wirst. Vergiss die Sache einfach. Es hat keinen Sinn zu grübeln. Denk an andere Dinge. Denk lieber an alles, was Spaß macht.«

Sie zog Caroline an sich und gab ihr einen Kuss auf die Wange. »Unsere kleine Mama.«

Sofort schüttelte Caroline Louise ab und wandte ihr den Rücken zu. Louise seufzte und verließ die Steuerkabine.

Caroline holte nochmals die Seekarte hervor und konzentrierte sich wieder darauf, den Kurs zu bestimmen. Behutsam legte sie dann vom Kai ab und steuerte auf den Stockholms Ström hinaus. Es gab kaum Boote auf dem Meeresausläufer, nur die Djurgården-Fähren verkehrten zwischen Skeppsbron und Gröna Lund. Hinter den Fjäderholmarna würde sie Gas geben und mit dem Boot davonschießen. Sie versuchte sich zu konzentrieren, versuchte, alle quälenden Gedanken zu verdrängen. Trotzdem liefen ihr wenig später die Tränen über die Wangen, und ihr Gesicht verzerrte sich zu einem lautlosen Schrei. Es gab jedoch niemanden, der ihre Verzweiflung gesehen hätte.

Louise betrat den Salon mit einer Miene, als habe sie etwas Peinliches zu verbergen. »Kein Wort über Carolines Haydn-Tournee, nur dass ihr das wisst«, flüsterte sie. »Seit sie vorgestern nach Hause kam, hat die Ärmste nur im Bett gelegen und geschlafen. Sie ist in allen Zeitungen verrissen worden.« Sie zuckte resigniert mit den Achseln. »Kein Grund, den Mut zu verlieren, aber für sie war es das erste Mal.«

»Das ist uns allen schon mal passiert«, meinte Raoul und klopfte auf das Polster neben sich, damit Louise zwischen ihm und Anna Platz nehmen konnte. »Was sie nicht unterkriegt, macht sie nur stärker.«

Helena harrte auf dem Achterdeck aus, bis sie die Herbstkälte in den Salon zwang. Raoul musste aufrücken, damit sie alle Platz hatten. Er schlug die Beine übereinander, wobei er sich Louise und Anna zuwandte und Helena gleichzeitig abschirmte. Inzwischen handelte die Unterhaltung von den Taxametern bei Taxi-Stockholm. Helena versuchte mit dem einen oder anderen Beitrag an der vollkommen uninteressanten Diskussion teilzunehmen. Vergeblich. Raoul behandelte sie, als sei sie eine unbekannte Mitpassagierin. Nach einer Weile erklärte Anna, sie würde sich in ihre Koje begeben und schlafen. Wenig später war dann auch wirklich ein leises Schnarchen im Salon zu hören. Louise und Helena tauschten ein Lächeln, und die Stimmung entspannte sich. Raoul schüttelte nachsichtig den Kopf und zog dann sein Handy aus der Tasche. Er ging an Deck, um zu telefonieren, war aber bald wieder zurück.

»Kein Empfang«, teilte er mit und nahm wieder am Tisch Platz.

Louise ging zu Caroline vor und legte ihr eine Hand auf die Schulter. Nach einer Weile entspannte diese sich und lehnte ihren Kopf an Louises. Helena und Raoul waren auf der Couch sitzen geblieben. Er betrachtete sie müde.

»Und … wie geht es der Familie?«, fragte er mit gleichgültiger Stimme, um deutlich zu machen, wie wenig ihn die Antwort interessierte.

Daraufhin öffnete sie träge ihre Tasche und nahm ein Buch heraus. Ohne ihn anzusehen schlug sie es beim Lesezeichen auf.

»Interessiert dich meine Familie, Raoul?«

Sie erhielt keine Antwort. Helena bemühte sich, nicht seine Miene zu erforschen. Stur starrte sie auf die Buchseite, ohne einen einzigen Satz zu verstehen. Nach einigen Minuten versuchte sie doch, etwas aus seinem Gesicht zu lesen, indem sie ihn aus den Augenwinkeln beobachtete. Er war vollkommen in seine Noten versunken und machte sich Notizen mit dem Bleistift.

Drei Stunden später tauchte Svalskär am Horizont auf. Das gute Herbstwetter war kurz hinter Möja umgeschlagen, und es nieselte leicht. Der Himmel war gleichmäßig grau. Die Motoren wurden leiser, als sie sich dem Landungssteg näherten, und das Quietschen der Scheibenwischer war zu hören. Die Insel war einen knappen Quadratkilometer groß, und auf der Nordseite und auf der Anhöhe in der Mitte der Insel, auf der das Haupthaus lag, mit Kiefern bewachsen. Auf der Süd- und Westseite fielen kahle Felsen steil ins Meer ab. Von dem kurzen Badesteg am Ende eines kleinen Birkenwäldchens, in dem auch die auf Pfähle gebaute Holzsauna stand, konnte man den Sonnenuntergang betrachten. Der Landungssteg befand sich in einem breiten, keilförmigen Naturhafen, in dem lediglich ein kleiner geteerter Holzkahn lag. Helena sprang an Land, um das Motorboot zu vertäuen, während Caroline es möglichst nah an den Steg manövrierte. Die Strömung packte das Boot, und die Leine dehnte sich. Die Wellen plätscherten um den Rumpf, obwohl das Boot nicht mehr Fahrt machte. Als die Motoren verstummten, breitete sich Stille aus. Einzig ein paar kreischende Möwen waren zu hören und das Rauschen des Windes in den hohen Kiefern.

Louises und Peders Urgroßvater Thure-Gabriel hatte um 1890 die prächtige Villa auf Svalskär als Sommerhaus bauen lassen. Jedes Jahr Anfang Juni zog Familie Armstahl auf die Insel um. Den ganzen Sommer über kamen Freunde und Verwandtschaft zu Besuch. Sie trafen mit dem familieneigenen kleinen Dampfschiff ein, das ganz hinten an der Landungsbrücke festmachte. Die große Mahagonijacht konnte erst am Steg festmachen, nachdem Ende der 1960er-Jahre ein paar Felsen weggesprengt worden waren. Zwei Jahre später wurde sie verkauft, da niemand in der Familie fand, dass sich der Unterhalt eines alten Holzbootes lohnte.

Da die Insel so weit draußen in den Schären lag, hatte es vier Jahre gekostet, das Hauptgebäude fertigzustellen. Es war immer gelb gewesen. Vor etwa vierzig Jahren waren die Küche modernisiert und ein Stromkabel nach Möja gelegt worden. Seither konnte die Insel das ganze Jahr über bewohnt werden. Dass eine weitere Renovierung überfällig war, konnten aber auch die teuren Gemälde an den Wänden nicht kaschieren. Die Einrichtung bestand aus einer unorthodoxen Mischung aus diversen geerbten und übrig gebliebenen Möbeln von Gütern und Schlössern, die aus dem Besitz der Familie verschwunden waren, weil sie entweder verkauft oder an andere Zweige der Familie gegangen waren. Unter prunkvollen Kronleuchtern standen schwere Walnussholzschränke mit Barockschnitzereien einträchtig neben leichten Empire-Sesseln und -Sofas, dazu abgenutzte Mahagonikommoden mit Marmorplatten.

In der großen Halle hing die imponierende Porträtsammlung. Gemälde unterschiedlicher Größe bedeckten die Wände. Die ältesten der Bilder, deren Farbe von Rissen durchzogen oder teilweise auch ganz abgefallen war, ließen sich kaum mehr restaurieren. Sie besaßen schwere Goldrahmen, einige davon allerdings recht bestoßen und holzfarben wo die Vergoldung abgefallen war. Welches Porträt man auch betrachtete, ob eines aus dem 17. Jahrhundert oder die beiden neuesten, die Louise und Peder als Kinder zeigten, es fiel eine frappierende Ähnlichkeit auf. Stets die gleiche stolze Adlernase und die gleichen hervorstehenden Augen, Charakteristika, die sich über Jahrhunderte gehalten hatten.

Mit der Instandhaltung des Hauses hatte Familie Armstahl seit Beginn des 20. Jahrhunderts die Johanssons auf Möja betraut. Inzwischen war es die vierte Generation Johansson, Sture und Märta, die ab und zu nach dem Haus schauten, den Rasen mähten und kleinere Reparaturen ausführten, falls sie nötig wurden. Manchmal rief Louise sie im Voraus an, damit sie vor ihrer Ankunft die Heizung in Gang setzten oder Brennholz ins Haus trugen.

Bereits kurz nach 1900 war der Ostflügel gebaut worden, damit die immer größer werdende Familie beherbergt werden konnte. Gleichzeitig hatte Thure-Gabriel das Atelier auf der nördlichen Landzunge errichten lassen, um dort ein paar Künstler aus Stockholm unterzubringen, die er finanziell unterstützte. Als Gegenleistung erhielt er Gemälde, deren Wert bald die bescheidenen Ausgaben für die örtlichen Arbeitskräfte aus den Schären und das Material sowohl für die Villa als auch für das Atelier um ein Vielfaches überstieg. Kunstinteresse und Mäzenatentum hatten in der Familie Armstahl immer eine wichtige Rolle gespielt. Louise hatte nie gezögert, das Geigenspiel zum Beruf zu machen. Inzwischen arbeitete sie sowohl als Solistin als auch als Professorin an der Musikhochschule in Stockholm. Die wenige Zeit, die ihr daneben blieb, verbrachte sie damit, das Quartett am Leben zu erhalten.

Peder hatte die klassische Laufbahn der jungen Grafen der Familie durchlaufen. Er hatte die meiste Zeit mit Fechten und Segeln verbracht. Für eine ernsthafte Berufsausbildung hatte er weder Zeit noch Lust gehabt. Dann hatte er aber doch die Kadettenschule besucht, an der Universität Uppsala ein juristisches Examen abgelegt. Nach ein paar wilden Jahren mit diversen Eskapaden war sein Auge auf die vortreffliche Emily Hamilton gefallen. In rascher Folge war diese mühelos mit den Töchtern Agathe, Elsa, Charlotte und Ulrika niedergekommen.

Irgendwann hatten Louise und Peder Svalskär geerbt, da sie in ihren Familien die einzigen Kinder gewesen waren. Sie waren in einem Abstand von nur zwei Monaten zur Welt gekommen und hatten sich immer mehr wie Geschwister denn als Cousin und Cousine gefühlt. Sie waren von klein auf unzertrennlich, die Sommerferien auf Svalskär unendlich und idyllisch. Gemeinsam gingen sie auf Schatzsuche, angelten, schwammen und vertrauten einander alles an. Im Birkenhain hingen immer noch die morschen Bretter eines Baumhauses, das sie gebaut hatten und das, selbst als sie schon Teenager waren, ihr geheimer Zufluchtsort blieb. Dort hatte es Louise auch zum ersten Mal gewagt zu erzählen, sie sei in ein Mädchen in ihrer Klasse verliebt. Peder war nicht im Geringsten erstaunt gewesen, hatte schon des Längeren geahnt, wie die Dinge lagen, und gefunden, es sei langsam an der Zeit, dass sie sich dazu bekannte. Außerdem hatten sie jetzt ein weiteres gemeinsames Thema: Freundinnen.

Nur einmal war ihre Freundschaft ernsthaft auf die Probe gestellt worden: Vier Jahre zuvor hatte Emily verlangt, Peder solle seinen Anteil an Svalskär verkaufen. Sie wollte ihre Sommer lieber in ihrem Haus in Torekov verbringen. Louise hatte ihn ausbezahlt, aber bereits im Jahr darauf hatte es Peder bereut und darum gebeten, das Seehäuschen, die Sjöstuga, auf Svalskär kaufen zu dürfen. Ohne zu zögern hatte Louise einen neuen Vertrag mit einem symbolischen Preis unterschrieben, obwohl die Immobilienpreise in den Schären seit Jahren ins Unermessliche stiegen. Blutsbande zählten mehr als Geld, und für Louise war es wichtiger, ihren geliebten Cousin zurückzubekommen. Emily war wahnsinnig wütend geworden und hatte Louise vorgeworfen, sie versuche Peder gefühlsmäßig an sich zu binden. Aber Peder hatte darüber nur gelacht, war zur Marina Biskopsudden gegangen und hatte ein schnelles Motorboot gekauft.

Die großen Einnahmen aus Forstwirtschaft und Grubenindustrie, die jahrhundertelang den Wohlstand der Armstahls gesichert hatten, waren mittlerweile verbraucht, eine unvermeidliche Konsequenz daraus, dass Lebensstil und wirtschaftliches Bewusstsein nicht mehr aufeinander abgestimmt waren. Oder wie Louise zu scherzen pflegte: Wir haben nur altes Geld, und dieses Geld ist verbraucht. Den letzten Teil ihres väterlichen Erbes hatte sie vor einigen Jahren in ein Aufnahmestudio auf Svalskär investiert.

Zu Beginn ihrer Karriere war sie geschmeichelt gewesen, von einer der großen Plattengesellschaften unter Vertrag genommen zu werden. Sie hatte jedoch nicht damit gerechnet, dass die Aufnahmen jeweils durchgehetzt wurden und das Resultat dementsprechend ausfiel. Ihre sorgfältige Vorbereitung war vergeudet, wenn die CDs, die auch ihren eigenen Ansprüchen nicht genügten, schlechte Besprechungen erhielten. Nach der Enttäuschung über ein schlampig geschnittenes Mendelssohn-Konzert hatte sie ihren Vertrag gelöst und geschworen, sich nie mehr Aufnahmen auszusetzen, über die sie nicht die vollständige künstlerische Kontrolle hatte. Anderthalb Jahre später war ihr kombinierter Übungsraum mit Aufnahmestudio auf Svalskär fertig gewesen. Die akustischen Verhältnisse dort waren vorbildlich, und die totale Abgeschiedenheit minimierte das Risiko störender Außengeräusche, die eine im Übrigen geglückte Aufnahme verderben konnten. Etwa dreißig CDs waren inzwischen in dem Studio aufgenommen worden, sowohl mit Louise selbst als auch mit anderen Musikern, die es mieteten. Immer waren Jan Svoboda Produzent und Kjell Nilsson Tontechniker gewesen.

Im Winter und Frühjahr hatte das Furioso Quartett die fünf ersten Streichquartette von Wilhelm Stenhammar aufgenommen. Wie so oft bei Aufnahmen zog sich die Arbeit in die Länge, und sie hatten nie mit dem sechsten begonnen. Den gesamten Sommer über hatten sie Konzerte gegeben und die letzte Aufnahme daher auf den Herbst verschoben. Langsam wurde die Zeit knapp. Das Material musste geschnitten, die CDs gepresst und vor der nächsten großen Sommertournee rechtzeitig in den Handel gebracht werden. Durch Louises Kontakte und Organisationstalent erhielten sie viele glanzvolle Engagements, nicht zuletzt bei den Festspielen in Salzburg und Luzern. Die Tournee sollte die bislang größte des Quartetts werden, und deswegen war es wichtig, die Lancierung so gründlich wie möglich vorzubereiten. Eine neue CD war nötig, insbesondere auch deswegen, weil Stenhammar den Schwerpunkt des Konzertprogramms des nächsten Jahres darstellte.

Helena packte ihre Taschen aus und verstaute ihre Kleider in dem ramponierten Mahagonischrank. Die schiefen Türen quietschten ein Willkommen und öffneten sich wie immer, wenn man sie nur antippte. Immer wenn sie ohne Familie nach Svalskär kam, wohnte sie im Grünen Zimmer im Ostflügel. Sie fühlte sich dort zu Hause. Im Zimmer war es kühl, aber nicht feucht, die Heizung war noch nicht auf Touren gekommen. Louise ließ auch im Winterhalbjahr ein paar Heizkörper an, um Frostschäden zu vermeiden. Neben dem Kachelofen stand ein Korb mit trockenem Brennholz, damit man gleich einheizen konnte. Helena lehnte ein paar Scheite gegeneinander und zündete ein Streichholz an. Als sie es an das Holz hielt, zitterte ihre Hand so sehr, dass das brennende Zündholz auf die Steinplatte vor dem Ofen fiel. Fluchend hob sie es auf und warf es in den Kachelofen. Sie verbrannte sich dabei an Daumen und Zeigefinger und fuchtelte mit der Hand, um sie abzukühlen.

Jetzt musste sie einfach die Zähne zusammenbeißen und verrichten, was auf Svalskär zu verrichten war. Wie sehr es ihr auch widerstrebte. Helena wusste, dass sie die Schwächste im Quartett war. Das war zwar nie ausgesprochen worden, aber viel zu oft hatte sie das Gefühl, dass die anderen mehr Nachsicht mit ihrem Spiel haben mussten, als ihnen eigentlich lieb gewesen wäre. Um jeder Kritik zuvorzukommen, besprach sie schwere Passagen mit Louise vor den Proben. Immer war sie es selbst, die die Initiative zu diesen Gesprächen ergriff.

Es hatte so kommen müssen. Ihre Arbeit in zwei verschiedenen Bereichen, die beide vollkommene Hingabe erforderten, hinderte sie daran, sich so zu vertiefen, wie sie es eigentlich gewünscht hätte. Gleichzeitig weigerte sie sich, einen der beiden Berufe aufzugeben. Sie hatte direkt nach ihrem Examen an der Musikhochschule Medizin studiert. Sie hatte nie wie Louise und Caroline das Ziel gehabt, Solistin zu werden. Ganz nüchtern sah sie ein, dass sie weder das erforderliche Talent noch den Charakter besaß, um alles aufzugeben, was die totale Konzentration auf die Karriere stören konnte. Und bei den Bratschen in einem Orchester zu sitzen war auch nicht ihr Stil. Sie wollte Kammermusik machen, wusste aber, dass sie davon nicht würde leben können. Sie beendete also ihr Medizinstudium, um sich versorgen und weiterhin im Quartett spielen zu können. Sie hatte dann aber nie die Zeit und die Kraft, dasselbe technische Niveau zu halten wie ihre Kolleginnen im Quartett. Außerdem musste sie sich um ihre Familie kümmern. Die anderen hatten keine Probleme mit Partnern, am allerwenigsten Caroline und Louise, die ja ein Paar waren. Seit sie sich vor zwei Jahren von Bengt hatte scheiden lassen, hatte Anna keine offizielle Beziehung mehr.

Einige Jahre schon arbeitete Helena halbtags als Assistenzärztin auf der Inneren am Danderyds Sjukhus. Sie war noch keine Fachärztin, obwohl sie schon gut über vierzig war. Sie sah, wie ihre Kollegen und ihre Kommilitonen von früher karrieremäßig an ihr vorbeizogen. Sie schrieben ihre Doktorarbeiten und wurden zu Dozenten oder Professoren ernannt oder auch einfach nur Oberärzte. Helena blieb gelassen. Sie wusste, dass sie immer als Ärztin würde arbeiten können. Sobald sie es wünschte, konnte sie eine volle Stelle bekommen. Als Musikerin hatte sie ohnehin nur noch zehn oder fünfzehn Jahre vor sich.

Sie hatte die Machtstruktur im gewohnten Quartett akzeptiert und wusste genau, wo ihr Platz war. Jetzt würde sie zum ersten Mal mit Raoul Liebeskind spielen. Dieser Gedanke machte ihr Angst. Raoul Liebeskind hatte etwa fünfzig Platten aufgenommen und international Karriere gemacht. Seit einigen Jahren war er Professor für Kammermusik an der renommierten Juilliard School of Music. Sie fragte sich, ob er sich überhaupt Gedanken darüber machte, dass sie ein paar Tage als Kollegen arbeiten würden. Sex mit ihm war eine Sache, da gab sie ihr Künstlertum nicht preis, zumindest nicht auf diese Weise. Als Musiker hatten sie nie miteinander zu tun gehabt. Sie hatten zwar hin und wieder über Konzerte geredet, an denen er arbeitete, und bei diesen Gelegenheiten hatte sie natürlich ihre Meinung geäußert, aber über ihre Rolle als Bratschistin sprachen sie nie. Die Diskrepanz zwischen ihren technischen und künstlerischen Niveaus war geradezu lachhaft groß. Im Vergleich zu Raoul war sie eine Amateurin. Nicht die Beste zu sein war immer eine Niederlage für sie.

In ihrer Beziehung zu Raoul hatte sie zwei Waffen besessen. Die eine war seine plötzliche Sehnsucht nach ihr gewesen. Manchmal konnte er einfach nicht ohne sie sein, und es war vorgekommen, dass sie kurzfristig zu einem seiner Konzerte um den halben Globus geflogen war, nur damit er sie zwischen den Proben ganz für sich haben konnte. Er bezahlte immer ihre Tickets und Spesen, und sie nannte ihrer Familie und der Klinik irgendeine Tagung als Alibi. Dann wohnte sie mehr oder weniger im Bett in Raouls Hotelzimmer und wartete, während er arbeitete. Sie suchten sich entlegene Restaurants und vermieden es, gemeinsam gesehen zu werden.

Ihre andere Stärke war ihr Intellekt. Sie besaß eine ganz andere Bildung als Raoul, der nicht einmal das Gymnasium besucht hatte. Ihr war klar, dass ihn ihre Intelligenz sowohl störte als auch reizte. Wenn sie sich behaupten wollte, war es immer ihre Intelligenz, die ihr Sicherheit und Macht verlieh. Aber das war damals gewesen, vor dem katastrophalen Treffen in New York.

Jetzt graute ihr vor der beklemmenden Situation, die mit Sicherheit entstehen würde, wenn er gezwungen war, sie beruflich zurechtzuweisen. Wie würde er reagieren, falls sie falsch spielte? Würde er so tun, als sei nichts, und sie vielleicht nach der Probe beiseitenehmen, gutmütig und humorvoll auf das eine oder andere Detail hinweisen und es dabei bewenden lassen, oder würde er sie vor allen anderen ausschimpfen? Wie peinlich es sein würde, wenn er ein Tempo vorgab, bei dem sie nicht mithalten konnte.

Das Studio lag unter der großen Westterrasse. Zum Meer hin war die Wand ganz verglast, und es bot sich eine wunderbare Aussicht auf die grauen Wogen. Der Himmel hatte sich bewölkt, kleine Regentropfen trafen auf die Scheiben und flossen lautlos in unregelmäßigen Streifen an ihnen herunter. In der Mitte des Saals saß Caroline und spielte. Ihre Linke flog in rasendem Tempo über das Griffbrett. Der Bogen schlug gegen die Saiten und prallte von ihnen ab. Ihre dunklen Locken tanzten in einem eigenen Rhythmus um ihr Gesicht, und jede Phrase wurde von einem hörbaren Atemzug aus ihrem halb geöffneten Mund begleitet. Helena betrat als Letzte das Studio. Ihr fiel auf, dass Raoul ein paar Sekunden zu lange stehen geblieben war, um ihre Schwester zu betrachten. Einen Moment kniff er die Augen zusammen, bevor er seinen Geigenkasten auf einen Tisch legte und die Schlösser aufschnappen ließ. Dann überprüfte er mit drei vehementen Bogenstrichen, die Carolines ausdrucksvolles Musizieren zerschnitten, das Instrument. Caroline hörte sofort zu spielen auf und starrte mit zusammengepressten Lippen an die Decke. Ihre schweren Atemzüge hoben und senkten ihre Schultern.

»Wie schön das klingt. Jetzt fangen wir an«, beschwichtigte Louise, trat auf Caroline zu und legte ihr die Hände auf die Schultern. Ihr Verband hob sich weiß von Carolines dunklem Haar ab.

Anna zog Louise einen Stuhl heran, damit sie zuhören konnte, und nahm dann vor ihrem Notenständer neben Helena Platz. Bis auf Raoul waren alle bereit. Dieser wühlte in seiner Mappe, fand seine Stimme jedoch nicht.

»Ich habe sie in meinem Zimmer«, sagte er dann halblaut und mit diffus vorwurfsvoller Stimme, legte seine Geige auf seinen Stuhl und verschwand, um die Noten zu holen.

»Du kannst meine nehmen, ich habe das Original hier«, rief ihm Louise hinterher, aber er war schon außer Hörweite. Die Zeit verging. Eine Viertelstunde später kam er wieder die Treppe hinunter. Er telefonierte. Mit einem Hörstöpsel im Ohr und dem Handy in der Hand betrat er das Studio und stellte sich neben seinen Stuhl. Ohne sich darum zu kümmern, dass die anderen auf ihn warteten, telefonierte er noch einige Minuten weiter. Die zunehmende Verärgerung im Raum kümmerte ihn nicht. Helena schloss die Augen, um ein innerliches Zittern zu unterdrücken. Am liebsten hätte sie ihm sein Handy um die Ohren geschlagen. Anna begann nach einer Weile, ihre Stimme zu spielen, leise, aber trotzdem als nicht misszuverstehende Aufforderung. Raoul blieb jedoch unerreichbar. Während er telefonierte, betrachtete er seinen Notenständer. Caroline hatte ihr Cello beiseitegestellt und steckte ihr Haar hoch. Sie hob ihre beiden Arme, verschränkte ihre Hände hinter dem Kopf, und ihre runden Brüste hoben ihren kurzen, dünnen Pullover an. Einen Augenblick funkelte der silberne Ring auf, den sie im Nabel trug, dann fiel der Pullover wieder herab. Sie beugte sich vor und griff wieder zu Cello und Bogen. Die Exposition war vorüber, bevor sie überhaupt zu spielen begonnen hatten. Raoul klappte mit einem energischen Knallen sein Handy zusammen.

»Na also«, meinte Louise um Fassung bemüht, als er endlich auf seinem Stuhl Platz nahm und zu seiner Geige griff. »Wir spielen jetzt das Quartett einmal ganz durch und sehen, was das ergibt.«

Raoul strich den Bogen einige Male fest über die Saiten, stimmte rasch und spielte dann sein A, damit die anderen einstimmen konnten. Als er darauf wartete, dass Helena seinen Ton finden würde, schenkte er ihr überraschend ein warmes Lächeln. Er hob seine Augenbrauen auf diese schnelle und charmante Art, mit der er immer seinen Willen durchsetzte. Helena hätte sein Lächeln fast erwidert, beherrschte sich jedoch im letzten Augenblick. Ha! Wie leicht er sie doch um den Finger wickelte, wenn sie nicht auf der Hut war. Dieses Mal schaffte sie es. Sie hatte geübt, sie konnte ihre Stimme, sie brauchte nicht nervös zu sein. Trotzdem wusste sie, dass sie nie gut genug sein würde. In einem Streichquartett hatte man nicht die Möglichkeit, sich zu verstecken und seine Inkompetenz zu verbergen. Alle Stimmen waren zu hören und ergänzten sich. Die Bratsche war zwar das Instrument, das sich am wenigsten hervortat, und zumindest in älteren Streichquartetten weder in technischer noch in künstlerischer Hinsicht übermäßig anspruchsvoll, aber sie konnte sicher sein, dass Raoul Liebeskind nichts entgehen würde. Er hörte alles, jede kleinste Unsicherheit. Nur die wenigen Striche auf seiner Geige hatten gezeigt, welch ein Meister er war, er übertraf selbst Louise bei Weitem. Helena schielte zu den anderen hinüber, Anna lächelte Raoul entspannt an. Es schien ihr recht zu sein, links von Raoul zu sitzen. Caroline wirkte konzentriert und lehnte sich auf ihrem Stuhl zurück, während sie ihr Instrument mit schräg an die Schnecke gehaltener Schläfe, um die Töne aller Saiten durch den Schädelknochen zu hören, stimmte.

Nur sie, Helena, war nervös, und dazu hatte sie auch allen Grund. Sie durfte keinen Fehler machen, sie durfte nicht einmal andeutungsweise preisgeben, wie es in ihrem Inneren aussah, denn dann konnte sie den Bogen gleich beiseitelegen, direkt nach Hause fahren und sich in ihrem Weinkeller verkriechen. Sie konnte die Situation nur beeinflussen, indem sie so professionell wie möglich arbeitete und um jeden Preis vermied, Raoul physisch oder psychisch nahezukommen.

Da tat er es wieder. Er sah sie durchdringend an, und sie konnte ihren Blick einfach nicht von ihm losreißen. Sie war wie verhext. Raoul blinzelte schelmisch mit einem Auge, kehrte dann aber blitzschnell zu seiner offiziellen Aufgabe zurück und begann das Spiel. Ein Blick, und ihr gesamtes, schwer erkämpftes Gleichgewicht zerfiel in Stücke, ihre Kraft verdampfte, und ihre Hände wurden feucht. Die einzige Rettung in dieser Situation war, auf die Erinnerung ihrer Muskeln zu setzen. Ihre Finger sollten sich um das Spiel kümmern, während sich ihre Gedanken überschlugen. Sie hatte keine Ahnung, was sie spielte. Sie ließ ihren Händen freien Lauf. Irgendwo im Summen aller Instrumente nahm sie einen gedämpften Klang wahr, vermutlich ihre Stimme, die jedoch aus einer anderen Richtung zu kommen schien.

»Nein, wartet!«, unterbrach Caroline zu Beginn des vierten Satzes. »Ich finde nicht, dass wir den ganzen Bogen spielen sollten. Es ist besser, den Strich nach der verbundenen Halbnote aufzuteilen und Ab-Auf zu spielen.«

Raoul verzog spöttisch den Mund und schaute sie über seine Brille hinweg an.

»Das ist ein Höhepunkt. Dieser gedehnte, unisone Ton ist gewollt. Hat Stenhammar dort einen ganzen Bogen angegeben, dann soll das auch so gespielt werden.«

Caroline schob das Kinn vor und wandte sich an Louise. »Was meinst du, Luss?«

Louise räusperte sich, um Zeit zu gewinnen. »Weißt du, ich meine, es ist das Beste, wenn Raoul die Übungen leitet.«

»Aber wie hättest du entschieden?«

Louise lachte und tauschte einen Blick mit Raoul. »Caro … Raoul hat mein volles Vertrauen.«

Raoul musste sich anstrengen, ein Lachen zurückzuhalten.

Verärgert darüber, nicht ernst genommen zu werden, zuckte Caroline mit den Achseln und schaute gleichgültig und uninteressiert in ihre Noten. »Okay, dann spielen wir es eben ein weiteres Mal.«

Sie hoben ihre Bögen und spielten denselben Abschnitt ein weiteres Mal. Caroline brach erneut ab.

»So gibt es nicht genug Kraft bis zum Schluss«, stellte sie ruhig fest und sah Raoul herausfordernd an. »Können wir nicht meinen Strich ausprobieren?«

Raoul kicherte und erwiderte nachsichtig: »Natürlich. Wir können deine kleine Idee ausprobieren.«

Sie spielten denselben Abschnitt erneut, und Raoul übertrieb die Phrasierung theatralisch.

»Was soll denn das?!«, rief Caroline und drohte ihm mit dem Bogen.

Raoul wandte sich mit gespieltem Unverständnis an sie.

»Ich habe es so gespielt, wie du wolltest.« Er legte den Kopf auf die Seite. »Jetzt haben wir es ausprobiert. Können wir jetzt wieder richtig weiterspielen?«

Was als banale Kontroverse begonnen hatte, drohte in einen Streit auszuarten. Louise schaute zwischen Raoul und Caroline hin und her und griff dann gelassen ein: »Lass uns einfach den letzten Satz ohne Unterbrechung spielen, um zusammen ein Gefühl für das Material zu entwickeln.«

Caroline warf den Kopf in den Nacken und stampfte mit den Füßen auf. Im nächsten Moment hatte sie sich jedoch wieder gefasst. Ausdruckslos starrte sie an Raoul vorbei. Anna und Helena warteten ab.

»Caroline«, sagte Raoul beiläufig. »Bist du Komponistin?«

Sie schnaubte fassungslos.

»Nein, bin ich nicht …«

»Vielleicht solltest du erst einmal lernen, vom Blatt zu spielen, bevor du hier den Mozart gibst.«

»Jetzt hör schon auf! Ich habe einfach nur eine andere Phrasierung vorgeschlagen, und du führst dich wie ein Diktator auf.«

Raoul ließ ihre Worte im Saal verhallen, als schöpfe er aus der Provokation Kraft. Dann richtete er ganz ruhig seinen Bogen auf sie.

»Jetzt«, begann er mit Schulmeisterstimme, »richtest du deinen Schwerpunkt etwas weiter vor. In einem einzigen Abwärtsstrich. Spiel es mir vor.« Er richtete seinen Bogen auf die anderen. »Nur Caroline.«

Sie biss die Zähne zusammen und spielte der Phrase erneut.

»Nein«, unterbrach sie Raoul verärgert. »Du bist nicht zielstrebig genug.«

Verärgert breitete Caroline die Arme aus.

»Bist du nicht ganz bei Trost? Ich weiß, wie man einen normalen Abstrich spielt.«

»Offenbar nicht.«

Caroline erhob sich aus Protest, und Louise beugte sich vor und hob beschwichtigend die Hand. »Lieber Raoul, könnten wir einfach …«

Raoul ignorierte beide.

»Noch einmal«, forderte er Caroline auf. Mit einem deutlichen Seufzer ließ sich Caroline wieder auf ihren Stuhl fallen und begann die Phrase von Neuem. »Und jetzt folgst du mit dem Arm«, sprach er weiter, während sie spielte, und legte ihr die Spitze seines Bogens in die Armbeuge, um ihr so zu zeigen, wie sie den Strich in der von ihm gewünschten Länge und Geschwindigkeit fortsetzen konnte. »So. Da haben wir es. Hast du den Unterschied gespürt?«

Caroline war hochrot im Gesicht und weigerte sich weiterhin, ihn anzusehen. Als er sie mit seinem Bogen berührt hatte, hatte sie sich ob dieser Unzulässigkeit angespannt und den Impuls unterdrücken müssen, ihn beiseitezuschlagen. Dass er seinen Bogen aufs Spiel setzte, war sein Problem, aber sie würde es trotzdem nie wagen, ihn zu beschädigen, da er vermutlich mehr wert war als ihr eigenes Cello. Sie war sich sicher, dass er das eiskalt einkalkuliert hatte. Seine scheinbar beiläufige Geste geriet so zu einer weiteren Kränkung.

»Spiel die ganze Phrase noch mal, dann verstehst du, was ich meine.«

Mit zusammengekniffenen Lippen spielte sie die Partie ein weiteres Mal. Sie übertrieb die Bewegungen ein wenig und starrte ihn an, nachdem sie fertig war.

»Zufrieden?« Wütend strich sie sich eine Locke aus der Stirn.

Raoul betrachtete sie. »Du musst das noch etwas üben. Aber wenn du groß bist, kannst du's dann.«

Louise mischte sich ein, noch ehe Caroline antworten konnte. »Jetzt machen wir weiter. Das klingt wunderbar, Caroline. Wunderbar!«

Raoul gab den Takt vor, und sie spielten den Satz zu Ende. Die Unterbrechung hatte Helena abgelenkt, und erleichtert stellte sie fest, dass sich endlich eine gewisse Ruhe in ihr ausbreitete. Endlich hatte sie ihre Atmung wieder im Griff, sie atmete gleichmäßig und ohne zu zittern. So schlimm wie befürchtet war es nicht gewesen. Sie war im Großen und Ganzen recht zufrieden mit ihrer Leistung. Nach einer anfänglichen Unsicherheit war ihr Spiel ganz anständig gewesen.

Als sie sich dem kritischen Abschnitt zum zweiten Mal näherten, beugte sich Raoul über seinen Notenständer und sah Caroline an.

»Jetzt hast du eine weitere Chance«, flüsterte er ihr theatralisch zu und sah sie durchdringend an. Aber Caroline starrte nur mit zusammengekniffenen Augen auf ihre Noten. Ihr einer Augenwinkel zuckte leicht. Louise überwachte konzentriert und angespannt das Spiel. Ab und zu machte sie sich kurze Notizen auf einem Block, den sie mit ihrer bandagierten Linken mühsam festhielt. Sobald die letzten Töne verklungen waren, legte Caroline ihre Schumann-Noten auf den Notenständer und begann zu üben, als befände sich außer ihr niemand im Raum.

Louise stand an einem Fenster im großen Salon und schaute übers Meer, als Raoul eintrat.

»Gieß mir bitte ein Glas Lagavulin ein«, sagte sie und nahm auf einem grau-weiß gestreiften Rokokosofa Platz. Die Füße legte sie auf einen gepolsterten Hocker und ließ ihre bandagierte Hand wie ein Baby auf dem Schoß ruhen. Raoul trat an den Barschrank und goss Whisky in zwei schwere Gläser aus böhmischem Kristall.

»Diktator«, murmelte er amüsiert. »Das war neu.«

Mit einem Glas in jeder Hand ließ er sich neben seiner alten Freundin auf das Sofa fallen. Sie lehnten ihre Köpfe aneinander.

»Es tut mir leid, dass Caroline so aus der Rolle gefallen ist«, sagte Louise und trank.

»Kein Problem. Caroline ist eine unglaublich gute Musikerin. Es ist ein Vergnügen, mit ihr zu spielen. Aber sie muss noch an ihrem Talent arbeiten, davon könnte sie sehr profitieren.« Er klang unbekümmert, aber nicht wirklich entspannt. »Sie ist sehr begabt, Louise. Wirklich. Gratuliere.«

Louise lächelte stolz. »Du ahnst gar nicht, wie begabt sie ist.«

Sie konnte ein leises Lachen nicht unterdrücken, und Raoul lachte einen Augenblick mit. Dann sah er sie mit einem herzlichen Blick von der Seite an. Louise zog die Brauen hoch. Ihre eigenen Gedanken über Caroline rührten sie.

»Natürlich habe ich mir Sorgen gemacht, als sie sich gleich zu Beginn querstellen musste. Sie ist im Augenblick etwas schwierig. Das ist sie manchmal, wenn sie das Gefühl hat, unter Druck zu stehen. Sie hat bald mit Schumanns Cellokonzert ihr Debüt in London, und ich weiß, dass sie das sehr nervös macht. Außerdem hat sie ja noch nie mit dir zusammen gespielt. Ihr kennt euch ja eigentlich nicht, und ich glaube in der Tat, dass sie Angst hat, nicht gut genug zu sein. Aber das geht vorbei, wenn ihr euch erst einmal näherkommt.«

»Und wie nahe?« Mit einem verschmitzten Lächeln schaute Raoul in den Whisky, den er in seinem Glas kreisen ließ.

Louise spielte die Bestürzte, packte ihn am Pulloverkragen und zog diesen wie eine Schlinge zusammen. »Untersteh dich!« Dann ließ sie los und kitzelte ihn schwesterlich-übermütig.

Raoul bog sich vor Lachen. »Hör auf!«, keuchte er und schob Louises Linke vorsichtig beiseite, um nicht an ihren Verband zu kommen. Sie wurde wieder ernst.

»Versprich mir, dass ihr richtig gute Freunde werdet. Das bedeutet alles für mich. Du bist mein Extrabruder, Raoul, und Caroline liebe ich über alles.« Sie schmiegte sich an ihn, und er legte ihr einen Arm um die Schultern.

»Sie ist eine bissige kleine Furie, aber wenn du sie dir ausgesucht hast, dann muss sie schon etwas ganz Besonderes sein.« Louise lachte erleichtert und schmiegte sich noch enger an Raoul.

»Caroline ist das Beste, was mir je passiert ist. Wir haben so viel … worauf wir uns freuen können. Ich weiß nicht, ob ich es dir schon erzählen soll. Später. Ich will, dass sie dabei ist, wenn ich es sage.«

Raoul hob kurz den Kopf und ließ ihn dann wieder auf Louises Schulter sinken. »Jetzt werde ich wirklich neugierig.«

Aber Louise lächelte nur geheimnisvoll, obwohl sie vor Ungeduld fast platzte. Raoul strich ihr vorsichtig über den Verband.

»Da ist noch etwas, woran ich gedacht habe«, begann er. Seine Stimme klang leicht bekümmert, und Louise erstarrte. »Du weißt, ich finde, dass dein Quartett ein fantastisches Potenzial besitzt, insbesondere jetzt, wo Caroline dabei ist. Sie bringt wirklich frische Kraft in euer Spiel. Aber …«

»Aber?«

Raoul verschränkte die Arme, holte tief Luft und fuhr dann fort: »Ihr solltet euch nach einer neuen Bratschistin umsehen. Helena zieht euch alle runter.«

Louise antwortete erst einmal nicht, sondern kaute an ihrer Unterlippe.

»Gegen Helena als Person ist wirklich nichts einzuwenden«, meinte Raoul, »aber ehrlich gesagt ist sie nicht gut genug. Es hat mich in der Tat schockiert, wie schlecht sie spielt.«

»Findest du das wirklich?« Louise runzelte die Stirn. »Ich meine, ich weiß auch, dass sie nicht so gut ist, wie sie einmal war. Wie könnte sie das auch sein? Sie hat schließlich als Ärztin alle Hände voll zu tun.«

»Will man ein guter Kammermusiker sein, muss man sich darauf konzentrieren. Das funktioniert nicht als Hobby nebenher.«

»Dann hat sie ja auch noch die Familie. Zwei Kinder und einen Ehemann, Gäste, Einladungen … Ich begreife nicht, wo sie die Kraft hernimmt. Natürlich leidet ihr Spiel darunter.«

»Gott, ja, Martin … ich habe nie verstanden, was sie von dem will.«

Louise entgegnete nichts, es herrschte angestrengtes Schweigen.

»Aber ich kann sie nicht so ohne Weiteres rauswerfen. Helena ist eine meiner besten und ältesten Freundinnen. Das würde sie mir fürchterlich übel nehmen.«

»Ich weiß, ich weiß. Aber du musst das pragmatisch sehen,

Louise. Wenn du willst, dass das Quartett richtig groß rauskommt, und ich glaube, dass das möglich ist, dann musst du früher oder später in den sauren Apfel beißen. Du beherrschst diese Sache auf eine Weise, wie Anna und Caroline es nicht können. Du musst diesen Beschluss fassen. Und ich weiß, dass du es tun wirst, wenn sich die Gelegenheit ergibt.« Er trank einen Schluck Whisky. »Ich will dich nicht unter Druck setzen.«

Louise nickte, als sie die Tragweite seiner Worte realisierte.

»Okay … ich weiß … ich werde darüber nachdenken«, sagte sie und trank den letzten Rest ihres Whiskys. »Aber ich werde das erst nach der Aufnahme ansprechen.«

Raoul küsste sie sanft auf den Scheitel.

In der Eingangshalle stand Helena, den Mund leicht geöffnet, die Hand erstarrt auf der Türklinke des Salons. Sie atmete lautlos.

Als sie Schritte aus dem Salon hörte, wich sie zur Treppe zurück und tat so, als käme sie von dort, während Raoul den Raum verließ. Sie sah ihn überrascht an und ging dann eilig weiter zur Haustür.

»Helena …«, begann Raoul und folgte ihrer Richtung, während er sich mit einem schnellen Blick davon überzeugte, dass sie allein waren.

»Nicht jetzt.« Helena schluckte und begann ihre Stiefel anzuziehen. In der Eile verhedderte sie sich im Stiefelschaft, da stand er schon neben ihr.

»Helena«, sagte er erneut, dieses Mal in seiner fatal einschmeichelnden Stimme, »willst du nicht mit rausgehen und Brennholz holen?« Als sei er auf dem Weg nach draußen gewesen und nicht sie, so einfach übernahm er die Kontrolle über die Situation. »Hast du den Holzschuppen schon mal gesehen? Sie haben einen wunderbaren Holzschuppen hier auf Svalskär.«

»Hör schon auf«, fauchte Helena. Er war ihr so nahe gekommen, dass sie seine Wange hätte berühren können. Stattdessen strich er ihr über den Arm. Seine Hand glitt leicht über den Ärmel ihres dicken Wollpullovers, trotzdem konnte sie seine feinfühligen Finger auf der Haut spüren.

»Helena«, er sprach ihren Namen genüsslich aus, »warum bist du so abweisend?«

Helena vermied es, seinem Blick zu begegnen, war aber gezwungen, ihre Jacke anzuziehen, damit nicht der Eindruck entstand, sie würde Hals über Kopf die Flucht ergreifen wollen, was eigentlich der Fall war. Deswegen musste sie seine Anwesenheit noch einige Sekunden ertragen. Zu ihrer Verzweiflung sah sie, dass er ebenfalls seinen Mantel und seine schwarzen Stiefel anzog. Jetzt konnte sie es sich nicht anders überlegen und im Haus bleiben, weil es dann offensichtlich war, dass sie ihm aus dem Weg ging. Gerade als sie die Haustüre öffnen wollte, kam Anna herein.

»Hallo!«, grüßte sie fröhlich. »Seid ihr auf dem Weg nach draußen? Wo wollt ihr hin?«

Helena kam Raoul mit der Antwort zuvor.

»Wir wollten Brennholz holen. Aber eigentlich könntest du das zusammen mit Raoul machen.«

»Klar.« Anna strahlte. »Es wird heute Abend wirklich saukalt, und wir müssen alle Kachelöfen einheizen.«

Sie schob ihren Arm unter den von Raoul, und die beiden begaben sich munter Richtung Holzschuppen. Bevor Helena hinter ihnen die Tür schloss, drehte sich Raoul um und warf ihr noch einen langen Blick zu.

Die große Küche war dafür ausgelegt, dass in ihr für die großen Gesellschaften gekocht werden konnte, die sich vor hundert Jahren regelmäßig auf Svalskär eingefunden hatten. Im Sommer wurde meist in der Fliederlaube oder, wenn es regnete, im lichten Esszimmer getafelt. Mittlerweile wohnten nie mehr als zehn Personen gleichzeitig auf Svalskär, und Louise servierte die Mahlzeiten daher am Eichentisch in der Küche. Das war etwas intimer. Meist befanden sich ohnehin nur Louise und ihre Mutter auf der Insel.

Jetzt thronte Louise am Kopfende des großen Eichentisches, den verbundenen Arm auf dem anderen ruhend. Caroline hackte Basilikum und Thymian, und der aromatische Duft hob sich erfrischend ab von den alten Kacheln mit der rissigen gelben Glasur. Schwere Kupfertöpfe hingen an den Wänden, und die Schränke hatten gediegene Messingbeschläge, die schon lange niemand mehr poliert hatte. Alles war solide gearbeitet, etwa so wie im Märchen von Goldlöckchen und den drei Bären. Caroline wirkte vor dem Aga-Herd wie ein schlaksiges Aschenputtel. Ihre dunklen Haare schwangen im Rhythmus des Messers hin und her.

Anna deckte den Tisch. Sie hatte ein paar Kerzen angezündet. Der Lichtschein flackerte an Wänden und Decke. Helena lehnte mit einem Glas Chardonnay in der Hand an der Anrichte. Sie betrachtete Annas sorgfältige Bewegungen, wie genau sie das Besteck ausrichtete und die Gläser ins Licht hielt und polierte. Sie hatte dabei ein seliges Lächeln auf den Lippen, und Helena nervte ihre Genügsamkeit. Sie bezog etwas weiter weg am Fenster Richtung Landungssteg Position und trank einen großen Schluck Wein. Als sie Raoul die Treppe in die Küche herunterkommen hörte, drehte sie sich rasch um und merkte, dass sich die Härchen auf ihren Unterarmen sträubten.

»Steht ihr hier und kocht, Mädels«, sagte er munter. »Ich bin beeindruckt.«

Caroline verzog bei dem Wort »Mädels« höhnisch das Gesicht und murmelte so etwas wie »Machoschwein«.

»Komm her, Machoschwein«, sagte Anna lachend und bedachte Caroline mit einem ironischen Blick. Sie zog Raoul an sich. Er legte ihr einen Arm um die Schultern und gab ihr einen Kuss auf die Wange.

»Stenhammar ist doch wunderbare Musik, nicht wahr?«, sagte Anna. »Nicht zu fassen, dass du hierhergekommen bist, um mit uns zu spielen, Raoul! Wir haben seit Jahren nicht mehr zusammen gespielt.«

»Wann war eigentlich das letzte Mal?«

»Kannst du dich nicht mehr daran erinnern? Das war doch auf diesem Festival in Cannes. Louise war auch dabei. Und deine süße Frau. Wir saßen in der Pergola unter den Bougainvilleen und frühstückten mit Aussicht aufs Mittelmeer … das war wunderbar.«

Ein Topf auf dem Herd begann heftig zu brodeln, und Anna machte sich von Raouls Arm los und eilte zum Herd, um die Flamme herunterzudrehen, bevor es überkochte. Raoul ging zum Fenster weiter, an dem Helena mit verschränkten Armen stand. Er sah sie an, und sie konnte nicht entfliehen.

»Bei dir alles in Ordnung?«, fragte er mit höflichem Desinteresse.

Helena ließ sich mit ihrer Antwort Zeit, um deutlich zu machen, wie ihre eigentliche Antwort lautete.

»Mir geht es ausgezeichnet. Es ist wirklich wunderbar, mit dir spielen zu dürfen. Das ist für das Quartett eine reine Vitaminkur. Es ist großartig, mit welcher Großzügigkeit du uns an deinem Künstlertum teilhaben lässt.« Zufrieden stellte sie fest, dass seine Miene erstarrt war. Es gelang ihm nicht zu entscheiden, ob sie sich über ihn lustig machte oder es ernst meinte.

»Wie ist der Wein?«, fragte er stattdessen. »Sauer?« Er nahm ihr Glas aus der Hand und trank mit leicht angewiderter Miene eine größere Menge. »Furchtbares Gesöff«, meinte er.

»Chardonnay, Raoul, Chardonnay. Dein Geschmackserlebnis könnte auch mit der Symbiose zu tun haben, die du mit dem Wein eingehst. Vielleicht hast du heute ganz einfach einen zu niedrigen pH-Wert.«

Er sah sie unsicher an, seine Verärgerung nahm zu.

»Wer ist hier sauer, Helena?«

»Ich bin eigentlich eher enttäuscht.«

»Ich weiß, was du brauchst.«

»Das bezweifle ich. Wenn du das im Laufe der Jahre wirklich verstanden hättest, dann würden wir jetzt nicht hier stehen und uns zanken.« Sie hatten die Stimmen gesenkt und sich von den anderen in der Küche abgewandt, um sie nicht an ihrer Unterhaltung zu beteiligen, die zu privat wurde.

»Wieder PMS, oder was?«, flüsterte er boshaft.

»Das ist natürlich die einzige logische Erklärung, wenn sich Frauen so … anstrengend verhalten«, antwortete sie gleichmütig.

»Du wirkst im Augenblick wirklich anstrengend.«

Es erstaunte sie selbst, dass sie ihm direkt in die Augen schauen konnte.

»Ich habe meine Gründe«, erwiderte sie und drehte sich dann zu Louise um, die mit einem Glas Rotwein für Raoul auf sie zukam.

»Bitte schön«, sagte sie und gab ihm einen Kuss auf die Wange. »Und worüber redet ihr gerade?«

Raoul zögerte. Helena kam ihm mit der Antwort zuvor: »Wir diskutieren Geschmackskombinationen. Raoul fand den Wein eine Spur sauer, und ich habe darauf hingewiesen, dass das wahrscheinlich darauf beruht, wie unterschiedliche Geschmäcker …« Sie schielte langsam zu ihm hinüber. »… sich miteinander vermählen.«

»Der Wein ist ausgewählt, um zum Essen zu passen«, meinte Louise.

»Natürlich«, meinte Helena beschwichtigend. »Was gibt es denn?«

»Fischsuppe!«, rief Anna vom Herd.

»Fischsuppe«, wiederholte Helena und sah Louise amüsiert an. »Und wir freuen uns alle, dass Anna und nicht Caroline am Herd steht.«

»Das habe ich gehört, Melkersson«, gab Caroline zurück, ohne sich umzudrehen.

Louise lachte, ging zu Caroline zurück und nahm sie in den Arm. Caroline lehnte ihren Kopf an Louises. Dann nahm Louise am Tisch Platz. Ihr Blick ruhte bewundernd auf der großen, dunkellockigen Frau mit der schmalen Taille.

Helena drehte sich zu Raoul um und fuhr mit leiser Stimme fort: »Dann hätte es nämlich eine Lesbenspezialität gegeben.« Er sah sie über sein Glas hinweg an.

»Kann richtig lecker sein«, erwiderte er.

»Die sind doch wohl nichts für dich, Raoul«, meinte Helena vorwurfsvoll.

»Auch die können den Appetit anregen.«

»Du bist doch eher für ein blutiges Steak. Aber bei unserer letzten Begegnung schien dir der Sinn mehr nach Lammfleisch zu stehen.«

Raoul kniff die Augen zusammen, als versuche er in ihren Schädel einzudringen und herauszufinden, in welche Richtung sich ihre Unterhaltung bewegte.

»Manchmal gehst du mir wirklich auf die Nerven, Helena.« Er verschränkte die Arme und schaute zu den anderen hinüber.

»Das versteht sich«, erwiderte Helena. »Das ist im Übrigen gegenseitig. Ich wünschte mir, ich müsste jetzt nicht hier sein. Persönlich wäre es mir lieber gewesen, nicht mit dir zu arbeiten. Missversteh mich nicht, du spielst wie ein Gott. Aber das weißt du schon, und du bist auch gar nicht interessiert daran, das von mir zu hören. Du erntest auch so schon genug weibliche Bewunderung.«

Raoul spürte, wie seine Frustration zunahm: Dispute mit Helena ließen sich nicht gewinnen, das wusste er, es spielte also keine Rolle, was er antwortete. Sie würde mit ihren eleganten Kommentaren doch immer das letzte Wort behalten, insbesondere wenn sie in dieser Laune war. Am liebsten hätte er ihr eine Ohrfeige gegeben, sie dann an die Wand gedrückt, um die Verzweiflung und das Begehren in ihren Augen zu lesen, damit sie um das bettelte, was sie eigentlich haben wollte. Er hatte sie nie geschlagen, aber wenn sie allein waren, konnte er es nicht lassen, sie manchmal zu fest anzufassen, sodass es für sie schon nicht mehr angenehm war. Denn er wusste, dass sie nicht widersprechen würde, sie zeigte nie Schwäche. Und da er trotz allem körperlich stärker war als sie, besaß er immer die Oberhand. Egal wie armselig das war.

Anna tauchte einen Löffel in den Topf. Sie betrachtete Raoul, warf einen kurzen Blick auf Helena und sah dann wieder Raoul an. Mit einer Hand unter dem Löffel trat sie auf Raoul zu.

»Mund auf«, flüsterte sie und schob ihm den Löffel in den Mund. Erwartungsvoll harrte sie seines Urteils. Konzentriert und mit halb geschlossenen Augen schluckte er.

»Perfekt«, sagte er genüsslich.

»Nicht zu viel Salz?«, fragte Anna.

»Genau richtig und perfekte cremige Konsistenz«, meinte Raoul und zog sie an sich, »genau wie du.«

Anna kicherte verzückt und legte ihm einen Arm um den Hals. »Ich wusste, dass es dir schmecken würde.«

Helena drehte sich um, um deutlich zu machen, dass diese Dreieckskonstellation unter ihrer Würde war. Trotzdem nahm sie mit klopfendem Herzen die Fortsetzung aus den Augenwinkeln wahr.

»Anna, Anna … tischst du uns heute Abend Fisch auf?« Er legte ihr einen Arm um die Taille, und seine Hand berührte fast ihre Brust.

»Ja. Fischsuppe mit Lachs, Seeteufel, Muscheln und Krabben.«

»Du weißt, womit man mich verführen kann.« Er kniff ihr in die Hüfte und tat schockiert, als seine Finger im Weichen versanken. »Hoppla, Anna, ein wenig hast du seit dem letzten Mal wirklich zugenommen.«

Anna setzte eine gespielt beleidigte Miene auf. »Nein wirklich, wie kannst du es nur wagen!«

»Es steht dir, und ich habe es nur gesagt, um dich anfassen zu dürfen.«

»Wer hat hier eigentlich ein paar Kilo zugenommen?«, erwiderte Anna und deutete mit dem Löffel auf seinen Bauch. Sofort zog er ihn ein. »Ich glaube, dass dein Gürtel auch schon mal enger war. Vielleicht solltest du anfangen, im Central Park zu joggen.

Dann kannst du dich ja für den New York Marathon anmelden, statt mit den Orchesterchefs in den Luxusrestaurants zu schlemmen. Beim Geigespielen verbraucht man nicht viele Kalorien. Ich weiß das. Ich bereue bereits, dass ich *Advanced Violin Scales Systems* gekauft habe. Ich dachte, das sei eine neue Diät.«

Er lachte, umarmte sie und schob sie dann sanft, aber nachdrücklich von sich weg. Anna ging zum Herd zurück und rührte einige Male hastig im Topf.

»Isst du denn Muscheln und Krabben?« Caroline drehte sich mit verschränkten Armen zu ihm um.

»Meinetwegen braucht ihr nicht koscher zu kochen. Ich esse Schalentiere viel zu gerne, um orthodox sein zu können. Ich zieh die Grenze bei Schweinefleisch.«

»Du bist schließlich kein Kannibale«, murmelte Helena und deckte an der Stelle, an der Anna aufgehört hatte, weiter den Tisch. Konzentriert platzierte sie Messer und Gabel rechts und links vom Teller. Dieser Aufgabe widmete sie sehr bemüht ihre gesamte Aufmerksamkeit, da die Gedanken in ihrem Kopf in die verschiedensten Richtungen strebten.

»Jetzt ist alles fertig!« Anna nahm den Topf mit beiden Händen. Raoul streckte die Hände aus, um ihr zu helfen.

»Soll ich?«

Anna schüttelte nur den Kopf, und Raoul beeilte sich, stattdessen einen Untersetzer auf den Tisch zu legen, damit sie den schweren Topf abstellen konnte.

»Ich habe mein Leben lang Töpfe herumgewuchtet. Trotzdem vielen Dank«, sagte sie.

Louise reichte ihr mit ihrer unverletzten Hand Teller, und Anna servierte.

»Morgen machen Raoul und Caroline das Mittagessen. Wir wechseln uns ab, aber ich kann mich leider nicht beteiligen«, meinte Louise zufrieden. Caroline warf ihr einen irritierten Blick zu, und Louise wandte sich mit lauter Stimme an sie, damit alle es hören konnten: »Ihr müsst einander kennenlernen. Ihr seid die beiden wichtigsten Personen in meinem Leben, und es würde mich sehr freuen, wenn ihr euch verstehen würdet.« Das ärgerte Caroline nur noch mehr. Raoul verzog den Mund.

»Möchtest du meine gute Freundin werden, Caroline?«

Sie zuckte, ohne ihn anzusehen, mit den Achseln. »Klar.«

»Und du versprichst, mir beim Kochen keine Pfanne überzuziehen?«

Caroline zog die Brauen hoch und warf Raoul einen reservierten Blick zu, aber dieser hatte seinen Blick bereits Annas Dekolleté zugewandt, das gerade in seiner unmittelbaren Nähe auftauchte.

Helena nahm gegenüber von Louise Platz, und Louise zog Caroline auf den Stuhl neben sich. Anna setzte sich ans Tischende, und Raoul stellte etwas missvergnügt fest, dass Helena seine Tischdame werden würde. Indem er seinen Stuhl etwas zur Seite drehte, machte er deutlich, dass er vorhatte, sie nicht weiter zu beachten. Er spürte jedoch trotzdem ihre Nähe. Er hasste die Anziehungskraft, die sie auf ihn ausübte. Plötzlich wurde er von ihrem warmen Atem an seinem Ohr überrascht.

»Reichst du mir bitte das Aioli?« Ihre Stimme war klar, und das Bittere ihrer vorherigen Unterhaltung war verflogen. Immer wenn er zu wissen meinte, wie er mit ihr dran war, veränderte sie sich. So war es bei Helena immer gewesen. Er bewunderte sie, allerdings widerwillig, und nach all den Jahren hatte sie ihn und sein Begehren immer noch in der Hand. Ob das bewusst oder unbewusst war, konnte er nicht entscheiden. Ihm war klar, dass er nicht mit ihr leben konnte, deswegen hatte er sich auch nie zu ihrer Beziehung bekannt und ihr auch nie einzureden versucht, dass aus ihnen je offiziell ein Paar werden könnte. An dem Tag, an dem er sie über seine Schwelle ließ, würde er die zweite Geige spielen müssen, da er sie nie intellektuell dominieren konnte. Seine einzige Waffe war, sie auf Abstand zu halten, damit sie sein mangelndes Selbstvertrauen in diesem Punkt nicht enthüllen konnte. Er wusste, dass sie seit über zwanzig Jahren von der Liebe zu ihm gequält wurde, aber in dem Augenblick, in dem er aus der Deckung kam, würde sie einsehen, wer er eigentlich war. Und dann würde sie ihn nicht mehr lieben. Obwohl er sich eigentlich nur danach sehnte, sie in den Arm zu nehmen, stählte er sich und strengte sich an, sie aus seinem Bewusstsein zu verdrängen.

Stattdessen wandte er sich an Anna zu seiner Linken. Ihre blonden Locken umrahmten ihr herzförmiges Gesicht. Ein gutes, warmes und zuverlässiges Gesicht. Obwohl es so lange her war, dass sie zusammen gewesen waren, freute er sich immer, sie zu sehen. Irgendwie gehörte sie immer noch ein wenig ihm, wie ein Teddybär, den man ab und zu an die Brust drücken konnte, um Geborgenheit zu empfinden. Sie erweckte in ihm kein sexuelles Begehren mehr, trotzdem nahm er sie gerne in den Arm, um ihren wuchtigen Körper zu spüren, insbesondere jetzt, wo ihre Brüste und Hüften noch üppiger geworden waren. Sie war nicht so sehnig und durchtrainiert wie Helena. Es war fast so, als würde ihr Körper Anna erotisch neutralisieren, obwohl das Gegenteil hätte der Fall sein müssen. Jede ihrer Kurven hatte etwas Einladendes. Aber für Raoul waren die Dinge, die er sich hatte erkämpfen müssen, immer am reizvollsten gewesen. Helenas Körper war von ihrer übermenschlichen Selbstbeherrschung asketisch gebändigt.

»Wie lecker!«, rief Louise. »Ich hatte einen wahnsinnigen Hunger.«

Raoul pflichtete ihr bei. »Ihr seid wirklich Meisterköchinnen.«

Er begegnete Carolines Blick. Zwei Sekunden lang sahen sie sich in die Augen, dann wandte Caroline ihren Blick ab und stocherte weiter in ihrem Essen. »Das war Anna«, meinte sie zerstreut, »sie hat das meiste gemacht.«

Raoul stieß Anna an. »Du bemutterst uns ja richtig, Anna. Du erfüllst die Küche mit verführerischen Düften und rührst Butter in die Saucen, um uns zur Unterwerfung zu zwingen.«

»*Spank, spank*«, sagte Anna, pikste ihn spöttisch mit der Gabel und lachte.

Caroline spießte einen Fischwürfel auf ihre Gabel und schob ihn langsam zwischen die Lippen. »Ich habe eigentlich nur die Kräuter gehackt.« Sie wandte sich Louise zu und zuckte dann zusammen, als hätte sie sich selbst überrascht.

»Oh! Wie konfus kann man nur sein? Ich habe vergessen, die Kräuter an die Suppe zu tun.« Sie sprang auf, ging zum Arbeitstisch und nahm die frischen Kräuter mit beiden Händen. Als sie zum Tisch zurückkehrte, fing Louise sie ab und zog sie auf ihren Schoß.

»Pass auf, ich verliere alles!«, rief Caroline, aber Louise beschwichtigte sie mit einem Kuss über die Schulter, wobei Carolines Körper schräg nach hinten gebogen wurde. Eine Sehne trat an ihrem Hals hervor, und ihre Brust wurde vorgeschoben, als sie ihren Mund zu Louise nach hinten beugte. Ihre Hände voller Kräuter waren wie von unsichtbaren Handschellen gefesselt. Die Zungen funkelten zwischen den geöffneten Lippen, und Caroline schloss genüsslich die Augen.

Als sie den Kuss beendet hatte und die Augen wieder öffnete, begegnete sie Raouls Blick. Er starrte sie wie gebannt an. Dann wurde er sich seiner selbst bewusst und wandte verlegen den Kopf ab. Er fuhr sich mit der Hand über den Mund, um sich einen Speicheltropfen abzuwischen, den er sich jedoch nur eingebildet hatte. Caroline schlug den Blick zu Boden und lächelte, verlegen, aber doch selbstbewusst. Dann rutschte sie von Louises Schoß auf ihren Stuhl. Sie streckte die Hände aus und ließ die Kräuter in den großen Gusseisentopf fallen.

Anna rührte mit dem Holzlöffel um. »Willst du noch mehr, Raoul?«

Ohne seine Antwort abzuwarten, tat sie erst ihm und dann den anderen auf.

Raoul hörte kein Wort von dem, was sie sagte. Er merkte nicht mehr, dass Anna neben ihm saß. Helena hatte aufgehört zu existieren. Mit voller Kraft war er mitten ins Herz getroffen worden. Wie die melodramatische Parodie einer blitzartigen Verliebtheit.

Dass diese wirklich existierte, hatte er sich bislang nicht vorstellen können. Angesichts seiner großen Erfahrung hätte er darüber natürlich nur lachen können. Aber nun fehlte ihm plötzlich jegliche Handhabe, die er sich im Laufe der Jahre angeeignet hatte. Seine Schläfen pochten, jeder Muskel war angespannt, mit Mühe gelang es ihm, das Essen, das er im Mund hatte, herunterzuschlucken. Fast verdurstend streckte er die Hand nach seinem Weinglas aus und leerte es in einem Zug. Die Wärme des Weins breitete sich in seinem Körper aus, und seine Atmung beschleunigte sich. Er war vollkommen überrumpelt worden. Vollkommen. Natürlich war er ihr früher schon begegnet und hatte dabei festgestellt, dass sie eine ungewöhnliche Schönheit war. Er traf ständig schöne Frauen, und diese signalisierten auch meist ihre Bereitschaft. Er brauchte sich nur zu bedienen und seiner Wege gehen. Unzählige Eroberungen, die sich danach in der Anonymität verloren. So etwas wie dies hier hatte er noch nie erlebt.

Mit gespieltem Übermut stibitzte Caroline eine Krabbe von Louises Teller. Louise lachte, tunkte ein Stück Brot in das Aioli und schob es Caroline in den Mund. Etwas Aioli blieb an ihrer Oberlippe hängen, und Caroline ließ ihre rosa Zunge darübergleiten, während sie gleichzeitig Raouls Blick über den Tisch hinweg auffing. Dieser hüstelte in die Faust, ließ sie aber nicht aus den Augen. Caroline schluckte und spürte, wie sich ihre Wangen erhitzten. Verwirrt starrte sie auf den Tisch und rührte in ihrer Suppe. Als sie wieder aufschaute, hatte er den Blick abgewandt. Er machte sich an seiner Serviette zu schaffen und versuchte sich darauf zu konzentrieren, diese zusammenzufalten. Zerstreut riss Caroline ein Stück Brot ab und formte es zwischen den Fingerspitzen zu einer Kugel. Louise flüsterte ihr etwas ins Ohr, sie kicherte und warf den Kopf zurück. Während sich Louise umdrehte, um sich mit Helena zu unterhalten, wanderte Carolines Blick erneut zu Raoul. Jetzt waren seine Augen etwas von Wein getrübt, und er schluckte angestrengt. Dann schärfte sich sein Blick in konzentriertem Ernst, als er über ihr Gesicht strich. Systematisch betrachtete er ihre gesamte Erscheinung, ihr Haar, ihre Augen, Nase, Mund, den Hals entlang zur Brust, die sich unter seiner Musterung immer heftiger hob.

Nach dem Essen unterhielten sie sich noch eine Weile. Louise fing Carolines Hand zwischen den Stühlen auf. Nach einer Weile wurde sie feucht und warm, aber Caroline hielt sich weiterhin geradezu krampfhaft fest. Als Louise schließlich merkte, dass sich ihre Freundin endlich losmachte und aufstand, um wie immer ins Studio zu gehen und zu üben, ahnte sie nicht, dass sie zum letzten Mal so liebevoll einträchtig beieinandergesessen hatten. Sorglos lächelnd nickte sie Caroline zu, die sich Mühe gab, ihre Innigkeit überzeugend zu erwidern, ehe sich Louise wieder der Unterhaltung mit ihren Freunden zuwandte.

Sie nahm das Cello zwischen die Knie und spannte den Bogen. Dann ließ sie die Hände kraftlos fallen. Die Spitze des Bogens ruhte auf dem Boden. Sie konnte einfach nicht mit dem Spielen beginnen. Schamgefühle erfüllten sie, aber verwandelten sich mit der Zeit in Verärgerung. Diese Verärgerung erzeugte Energie. Nach einigen Minuten fand der Bogen von allein zu den Saiten, und sie begann Kodálys Sonate für Cello zu phrasieren. Als ihre Hände beschäftigt waren, kamen die Gedanken. Alles war so schiefgegangen. Das verstand sie sehr gut, aber sie vermochte nicht, ihre eigene Verantwortung dafür zu sehen. Sie log. Sie log, indem sie nicht selbst die Initiative dazu ergriff, die Wahrheit zu sagen. Eigenmächtig hatte sie einen Entschluss gefasst, der auch das Glück oder Unglück anderer betraf. Selbst empfand sie vor allem Erleichterung. Die Wahl, die sie getroffen hatte, schloss eine Tür, öffnete gleichzeitig aber auch eine andere. Sie weckte ein Gefühl, das ihr schon bekannt war, das sie oft empfunden hatte und das eine Entwicklung verhieß, die sie sich selbst noch nicht so recht eingestehen wollte. Sie hatte in der Tat versucht, dieses Gefühl zu unterdrücken, aber es kehrte immer wieder mit zunehmender Stärke zurück. Auch dieses Mal würde es wieder so kommen. Sie würde nicht dagegen ankämpfen können und sich vollkommen hingeben. Und dann würden Tränen und Bitten folgen.

Je mehr sie ihre Gedanken bejahte, desto gefährlicher erschienen sie ihr. Was ihr anfangs nur Angst eingeflößt hatte, wirkte nun prickelnd-aussichtsreich. Erwartung. Sehnsucht. Ungeduld. Der Augenblick, bevor alles geschieht, in dem es scheinbar immer noch die Möglichkeit zum Rückzug gibt. Aber damit sich die Erwartung einfinden kann, ist auch eine Gewissheit über den möglichen Verlauf erforderlich, über den Höhepunkt in seiner gesamten blendenden Explosivität.

Da klopfte es an der Tür, und Caroline wusste bereits, wer es war. Ihre Haut kribbelte, und sie erkannte, dass sie einen Entschluss gefasst hatte. Der winzige Zweifel, den sie noch hegte, erhöhte ihre gespannte Erregung nur noch. Das schlechte Gewissen war in eine kleine feuchte Ecke ganz unten im Herzen verbannt worden und drohte nicht mehr damit, die Pläne zu vereiteln. Jetzt brauchte sie sich nur noch zurückzulehnen und es geschehen lassen. Sie brauchte nicht einmal den Finger zu heben, es war nur noch ihre passive Zustimmung erforderlich.

Er wartete das »Herein« nicht ab, um sie stören zu dürfen. Gleichmäßigen Schrittes kam er die Treppe herunter und nahm dann auf seinem Stuhl Platz. Sie spielte weiter, als würde sie es nicht merken. Nach einer Weile sah sie ihn an, während Finger und Bogen weiter über das Cello huschten. Ihr Blick ruhte entspannt in seinen Augen. Keiner wich dem anderen aus. Ein sich steigernder Sog zwischen ihnen entstand und lag weiterhin in der Luft, nachdem der letzte Ton verklungen war.

»Ich habe heute Abend dein Gefühl für Kräuter zu schätzen gewusst«, sagte er.

»Ich weiß gar nicht, wie ich sie erst vergessen konnte. Aber dann merkte ich plötzlich, dass was fehlte.«

»Ich verstand gar nicht, was es war, bis du meine Sinne berührt hast«, meinte er. »Und es war dieses Elixier, das den Hass verwandelt hat.«

Sie lachte verlegen. Er war so direkt, dass sie bei dem obligatorischen Vorspiel nicht ganz mitkam. Sie wollte ihn nicht wissen lassen, wie interessiert sie war, sie stählte sich also, um nicht zu viel von sich selbst preiszugeben.

»Elixier?«

»Tristan und Isolde trinken den Liebestrank, obwohl sie bereits mit König Marke verlobt ist.«

Sie begann eine neue Melodie, dieses Mal eine unkomplizierte Sonate von Telemann. Die Unterhaltung drohte sie aus dem Gleichgewicht zu bringen. So hatte noch nie jemand zu ihr gesprochen. Elixier, Tristan … hätte ein anderer diese Dinge gesagt, dann hätte sie es peinlich gefunden. Jetzt fühlte sie sich jedoch erwachsen und auserwählt.

»Thymian und Rosmarin mussten heute Abend als Elixier genügen.«

Er betrachtete sie genüsslich, vollkommen reglos.

»Gefährliche Dinge, stark und unwiderruflich.«

Caroline biss sich auf die Unterlippe und blinzelte widerwillig, sah aber ein, dass sie sich seinem Bann gar nicht entziehen wollte. Wie kühl und distanziert sie auch erscheinen mochte, musste sie ihm doch zugestehen, dass er sich in einer ganz anderen Verführerliga befand als sie. Er war der Wolf, und sie war das kleine Lamm. Er wusste sehr gut, wie man eine Beute in die Schlinge lockte, obwohl die Einsätze vermutlich selten so hoch gewesen waren wie an diesem Abend. Aber wie konnte er sich nur so sicher sein, dass sie es zulassen würde, dass er sie eroberte? Sie war schließlich Louises Lebensgefährtin. Das sollte ihn doch etwas abschrecken. Sollte sie die Unterhaltung vielleicht in ein ungefährlicheres Fahrwasser lenken? War es klug, ihn noch etwas hinzuhalten? Sie war erstaunt darüber, wie unsicher sie plötzlich war.

»Das kam jetzt überraschend«, flüsterte sie. Und obwohl das ein Zugeständnis war, sah sie, dass ihre sachliche Ehrlichkeit eine starke Wirkung auf ihn ausübte.

Er holte tief Luft. »Ja, das stimmt«, sagte er mit plötzlichem

Ernst. »Aber … überhaupt nicht unwillkommen. Im Gegenteil. Für uns beide eher unausweichlich. Nicht wahr, Caroline?«

Ohne den Blick von ihm zu lösen, aber auch ohne zu antworten, ließ Caroline den Bogen weiter zärtlich über die Saiten gleiten. Ihr Herz pochte. Das Blut strömte in ihren Schoß. Er strich gedankenverloren mit Zeige- und Mittelfinger über seine Unterlippe. Die Stille zwischen ihnen war elektrisierend, und er spürte, dass die Verantwortung für den weiteren Verlauf bei ihm lag. Sie konnten sich nicht einfach auf den Fußboden werfen, es ging darum, eine beiläufige Eröffnung für den nächsten Zug zu finden. Außerdem war die erste Verführung so berührend innig, dass man nicht einfach alle Schritte überspringen durfte, sondern jeden Augenblick genießen musste.

»Magst du Sterne?«, fragte er etwas bemüht unbefangen. Seine zitternde Stimme verriet jedoch seinen Eifer, und er musste sich sehr beherrschen, damit sein Temperament nicht mit ihm durchging.

»Echte oder falsche?«

»Gibt es da einen Unterschied?«

»Das müsstest du doch wissen!«

»Wir sollten dem nachgehen, sicherheitshalber.«

»Und zwar wie?«

»Indem wir die richtigen Sterne betrachten.«

»Gibt es dafür einen geeigneten Platz?«

»Die nördliche Landzunge ist für diese Art von Beschäftigung wie geschaffen.«

»Bist du dir sicher?«

»Ganz sicher.«

»Irgendwie habe ich den Eindruck, dass du schon früher von dort aus die Sterne betrachtet hast.«

»Berufsgeheimnis. Außerdem gleicht kein Stern dem anderen. Man entdeckt neue und wird von ihnen vollkommen verzaubert, und dann verblasst die Erinnerung an alle anderen Sterne, bis sie an dem schwarzen Himmel verschwinden.«

»Das klingt fast so, als würde man die Sterne neu entdecken, als hätte man sie nie zuvor gesehen.«

»Das hoffe ich.«

»Und wie ist es mit Sternschnuppen?«

»Die gibt es auch. Aber ich halte sie eher für eine glückliche Dreingabe. Darüber sollte man sich nicht zu viele Gedanken machen.«

»Nur den Augenblick genießen?«

»Das ist ein guter Anfang.«

Langsam zog sie den Bogen bis ans Ende, hob ihn von der Saite und ließ ihn sinken. Dann legte sie das Cello auf die Seite und den Bogen darauf.

»Dann gehen wir.«

Sie machten das Licht aus, öffneten vorsichtig die Terrassentür und schlossen sie lautlos. Wie immer dauerte es eine Weile, bis sich ihre Augen an die Dunkelheit gewöhnt hatten. Das Haus ragte finster hinter ihnen auf. Keine anderen Lichter machten dem funkelnden Sternenhimmel Konkurrenz. Das Himmelsgewölbe war mit Tausenden kleiner und großer Sterne bedeckt. Das Plätschern der Wellen wurde lauter, je näher sie den Felsen kamen. Sie atmeten schwerer, und das halbhohe Gras raschelte an ihren Waden, als sie sich in die dunkle Natur begaben. Die Kälte war feucht und ungemütlich. Caroline verschränkte erschauernd ihre Arme.

»Ist dir kalt?«, fragte er.

»Ein wenig.«

Er zog sein Jackett aus und hängte es ihr über die Schultern, dann strich er ihre Arme entlang und berührte ihre Finger. Der Stoff duftete nach Wolle und Rasierwasser, fast übermächtig nach Jasmin, Zimt und Bergamotte. Sie legte die Nase an den Kragen und atmete tief durch und nahm einen anderen, schwächeren, leicht süßsauren Duft wahr. Zum ersten Mal erlebte sie seinen Duft. Raoul.

Donnerstag, 15. Oktober

Die Kaffeemaschine gurgelte in der Küche, als Helena nach unten kam.

»Heute gibt es noch keine Aufnahme«, hörte sie vom Herd. Die Ofenklappe wurde geschlossen, und Louise richtete sich mit einem Brotkorb mit Zimtschnecken auf.

»Nicht?«

»Kjell musste noch ein paar neue Kabel kaufen, und deswegen können sie frühestens heute Abend mit dem Boot hier sein. Wir benutzen den heutigen Tag also dazu, das Werk noch einmal ganz zu spielen. Das ist genauso gut, dann sparen wir bei der Aufnahme Zeit.«

Helena goss sich langsam eine Tasse Kaffee ein. Sie hatte einen leichten Kater vom Vortag. Außerdem hatte sie schlecht geschlafen. Sie hatte sich gewälzt und immer wieder ihr Kissen aufgeschüttelt und trotzdem nicht schlafen können. Als sie das Fenster geöffnet hatte, um frische Luft hereinzulassen, hatte sie gemeint, leise Stimmen von draußen zu hören, jedoch nicht gewusst, wessen. Dann hatte sie das Fenster rasch wieder geschlossen, weil sie es auch gar nicht wissen wollte.

»Gut geschlafen?« Raoul tauchte hinter ihr auf und strich ihr diskret über Nacken und Schlüsselbein, als er an ihr vorbeiging, um Kaffee zu holen. Sie schmiegte ihre Wange in seine Hand, ohne ihn anzusehen. Er zog seine Hand zurück, sobald sich die Küchentür öffnete und Caroline in die Küche schlenderte. Noch schlaftrunken und etwas verfroren zitternd umarmte sie Louises Schultern von hinten. Louise drehte sich um und küsste sie leicht auf den Mund.

»Entschuldige, dass ich gestern so früh eingeschlafen bin, aber ich war so müde.«

»Kein Problem«, erwiderte Caroline gähnend. Sie setzte sich auf einen Stuhl, zog ihre Knie geschmeidig ans Kinn und hielt ihre Kaffeetasse in beiden Händen. Durch den Dampf des Kaffees hindurch ahnte sie Raouls offenes Gesicht. Er konnte sie nicht anschauen, ohne Herzklopfen zu bekommen, und wandte sich deswegen Helena zu.

»Hast du gebacken?«, fragte er und nahm eine Zimtschnecke.

»Du solltest mich besser kennen«, antwortete Helena. »Ich bin natürlich zwei Stunden vor allen anderen aufgestanden, um euch alle mit frisch gebackenen Zimtschnecken zu überraschen.«

Raoul zerteilte das Gebäck mit den Daumen und schob ein Stück in den Mund. »Bei dir weiß man nie«, meinte er nachdenklich kauend, »du bist eine Frau voller Überraschungen.«

»Ha! Helena tut nie etwas Unerwartetes«, sagte Caroline verächtlich. »Entschuldige, Melkersson, aber so ist das einfach. Du lebst dein Djursholm-Leben so verdammt vorhersehbar. Das ist natürlich vollkommen okay, aber sonderlich überraschend ist das nicht.«

»Und was soll an deinem Leben so überraschend sein? Dein ständiges Bedürfnis, zu überraschen, ist sehr vorhersehbar, Caro«, erwiderte Helena kühl.

Raoul ließ den Blick zwischen den beiden Schwestern hin- und herschweifen. »Dass ihr fast denselben Nachnamen habt, Melkersson und af Melchior.«

»Für Mama war die zweite Ehe einfach ein Upgrade. Sie fuhr als Frau Melkersson mit der Klinik auf eine Tagung, traf dort einen Baron an der Bar und kehrte als Freiherrin af Melchior in spe nach Hause zurück.« Helena hob das Kinn und fuhr fort: »Ich bin im Übrigen seit zwölf Jahren verheiratete Andermyr, Raoul. Ich dachte, du wüsstest das.«

Dann betrachtete sie ihre Schwester. »Caroline gefällt es, auf unserer unterschiedlichen Abstammung herumzureiten. Diese verschafft ihrem kindischen Benehmen adlige Legitimität.« Caroline lächelte säuerlich.

Die Tür des Studios wurde geöffnet, und Anna kam mit drei raschen Schritten die Treppe hinunter. Sie trug einen engen Pullover, der ihr imposantes Dekolleté zur Geltung brachte. Raoul warf ihr ein Küsschen zu, und sie lächelte ihm mit ihren roten Lippen zufrieden zu.

»Stellt euch vor, was ich unten in dem Notenschrank gefunden habe. Brahms' zweites Streichquartett. Das können wir heute spielen, falls wir Zeit übrig haben. Das habe ich bereits entschieden.«

Anna stellte sich neben Raoul und ließ ihren Unterarm auf seiner Schulter ruhen. »Das war nämlich das erste Quartett, das ich vor tausend Jahren zusammen mit Raoul gespielt habe.« Sie fuhr ihm durchs Haar, und er beugte sich zur Seite. »Mal sehen, ob du seitdem deine Stimme in den Griff bekommen hast.«

»Brahms? Das kannst du vergessen!«, sagte Caroline unwillig, ehe er noch antworten konnte. Sie lehnte sich mit rastlos hin- und herschwingenden Armen zurück. Anna tat überrascht und wandte sich an Raoul.

»Was denn? Mir fehlt die Kraft dazu«, fauchte Caroline, als sie sein nachsichtiges Lächeln sah. Sie war sich nicht sicher, ob es Anna oder ihr galt.

»Warum bist du denn heute so müde?« Louise fing Carolines Hand auf. Diese erstarrte sofort, was niemandem außer Louise auffiel. »Was ist los?«, flüsterte sie Caroline ins Ohr. »Hast du wieder die ganze Nacht geübt? Du musst mehr auf dich achten. Der Körper braucht jetzt viel …«

»Hör auf, mich zu bemuttern!«, zischte Caroline ironisch. Die Ironie war jedoch nur gespielt, eigentlich meinte sie es ernst.

»Es ist nicht gut, zu viel Cello zu üben, Caroline. Pass auf, sonst bekommst du noch Blasen zwischen den Beinen«, ermahnte sie Anna. Caroline errötete sofort.

»Das war doch nur ein Witz! Hast du denn überhaupt keinen Sinn für Humor?«, fuhr Anna fort, um die Situation zu entschärfen. Raoul betrachtete schweigend die Auseinandersetzung der beiden Frauen. Caroline in ihrer prekären Situation tat ihm immer mehr leid. Er ahnte, dass es einen tieferen Grund für ihre Verzweiflung gab, wagte jedoch nicht, irgendwelche Schlüsse zu ziehen.

»Was hast du gegen Brahms?«, fragte Helena amüsiert. »Nicht solistisch genug für dich?«

Plötzlich wurde Caroline ernst. »Ich … ich habe das noch nie gespielt. Können wir, wenn es unbedingt sein muss, nicht einfach ein Haydn-Quartett nehmen?«

»Oh«, rief Louise, »hast du Brahm' Zweites noch nie gespielt? Das wusste ich nicht. Da musst du es einfach erleben. Besonders jetzt, wo wir Raoul hier haben. Spiel Brahms, meine Liebe. Meinetwegen. Mach mich glücklich!«

»Nein! Du willst mich heute nicht Brahms spielen hören, das verspreche ich dir. Alles andere, aber nicht das!«

»Aber du liebst doch Brahms! Was sind das für Marotten? Ich würde gerne so tun, als würde ich mitspielen«, bat Louise. »Auch wenn ich nicht mitspielen kann, will ich zumindest euren Genuss mit ansehen.« Sie nahm ihre Kaffeetasse und eilte ins Studio, um sich keine weiteren Proteste von Caroline anhören zu müssen. Helena und Anna folgten ihr. Raoul und Caroline blieben in der Küche zurück.

Dass sie bislang keines der drei Brahms-Quartette gespielt hatte, lag daran, dass sie sich sie für einen besonderen Anlass aufheben wollte. Etwas, wonach sie sich sehnen konnte, eingehüllt von einer Art Verliebtheit, etwa wie die beste Praline in einer Pralinenschachtel. Brahms wollte sie spielen, wenn sie bereit war, und dann jeden erklingenden Ton genießen. Sie konnte sich kein unpassenderes und schmerzlicheres Debüt als dieses vorstellen. Aber als sie das Rücken der Stühle und die ausgelassenen Stimmen aus dem Studio hörte, sah sie ein, dass sie keine Wahl hatte. Anna hatte die Noten bereits auf Notenständer gelegt und stimmte ihre Geige. Louise beugte sich verträumt über die Noten der Ersten Geige. Neben ihr stand Helena und spannte ihren Bogen.

»Kommt ihr endlich?«, rief Louise von unten aus dem Studio.

Auf dem Weg zur Treppe begegnete Caroline Raouls spöttischem Blick, sie legte ihm eine Hand auf den Arm und hielt ihn auf.

»Es geht nicht. Nicht nach dem, was gestern geschehen ist.«

Ihre Unruhe war rührend. So unschuldig und aufreizend, dass Raoul nur mit Mühe sein Lächeln zurückhalten konnte.

»Natürlich geht es. Entspann dich. Sichereren Sex gibt es nicht.«

»Ich kann in deiner Anwesenheit keinen Brahms spielen. Ich werde dann so … ja, du weißt schon, was ich meine …«

Er konnte sich nicht helfen, er musste einfach lachen. Aber er beherrschte sich sofort, um ihr keine Angst zu machen. Diese jugendliche Leidenschaft, so wunderbar rein und aufrichtig. Er hatte sie fast vergessen, bis Caroline sie wieder in ihm wachgerufen hatte.

»Aber liebe Caroline, gerade deswegen spielt man doch Brahms.«

»Es wird nicht klappen. Ich habe dich gewarnt«, beharrte Caroline trotzig. Sie wollte sich an ihm vorbeidrängen, da nahm er ihren Oberarm und hielt sie noch einen Augenblick fest. Sein Griff war unerwartet hart, und sie verzog das Gesicht vor Schmerz und sah ihn vorwurfsvoll an. Raoul beugte sich zu ihrem Gesicht vor, und sie spürte die Wärme seines Atems.

»Ich werde dich bei den erotischsten Partien ansehen, und dann weißt du, woran ich denke, Caroline.« Seine Lippen berührten wie ein Hauch die ihren. »Und wenn ich dich schwer atmen, mit dem Bogen schlagen und so kleidsam rote Wangen bekommen sehe, dann weiß ich, dass es mir geglückt ist. Erneut.«

Hastig küsste er sie ein weiteres Mal auf den Mund, ließ sie los und ging vor ihr ins Studio.

Mit gesenktem Kopf und das Cello zwischen die Knie geklemmt, lauschte Caroline darauf, wie Raoul den Takt vorgab. Dann begann es. Raoul warf sich in die Musik und spielte mit selbstverständlicher Autorität. Ein Pianissimo war bei ihm immer ein Mezzoforte, und ein Forte erfüllte den ganzen Raum. Er spielte für Caroline und nur für sie, und sie hatte das Gefühl, jeden Moment ohnmächtig werden zu können. Jeder Ton saugte sich in ihrem Körper fest. Jeder Versuch, sich auf ihr eigenes Spiel zu konzentrieren, scheiterte. Sie spürte, dass sich ihre Linke wie erwartet bewegte und wie der Bogen über die Saiten strich. Irgendwie gelang es ihr dann doch, durch die Noten zu kommen, obwohl sie nicht recht wusste, wie. Dass Raoul ein Weltklasse-Geiger war, hatte sie bereits feststellen können, als sie Stenhammar gespielt hatten. Aber jetzt, als er mit glühender Leidenschaft Brahms für sie spielte, meinte sie es kaum noch ertragen zu können. Obwohl sie jeden Ton kannte, kam es ihr so vor, als würde er die Musik als eine Liebesgabe an sie neu erfinden. Am Rand ihres Gesichtsfeldes bemerkte sie Louise. Sie saß mit angezogenen Knien, einem glücklichen Lächeln und tränenfeuchten Augen auf einem Sessel. Empörung vermischte sich mit Erregung in Carolines Brust. Wie konnte er so grausam sein und sie dazu zwingen, sich vor den Augen ihrer unwissenden Freundin verführen zu lassen? Das war so rücksichtslos egoistisch, dass sie sich fragte, ob es nicht eine Machtdemonstration sein sollte. Alle mussten merken, was er für Absichten hegte. Alle. Caroline schluckte. Ihr Mund war trocken, sie atmete flach und wartete nur darauf, dass Helena oder Anna das Spiel abbrechen und den Raum unter Protest verlassen würden. Aber als sie in ihre Richtung schaute, stellte sie verblüfft fest, dass beide entspannt und natürlich spielten und es offenbar genossen. Selbst Helena schien nichts zu bemerken, obwohl sie ungewöhnlich ungenießbar gewesen war, seit sie nach Svalskär gekommen waren. Sowohl Anna als auch Helena hatten das zweite Streichquartett von Brahms natürlich unzählige Male gespielt und konnten ihre Stimmen. Raoul spielte selbstverständlich auswendig, und seine Sicht wurde daher nicht von dem Notenständer behindert. Caroline hatte den Blick auf die Noten geheftet und versuchte das Durcheinander aus Punkten und Strichen zu deuten. Wenn sie zufällig Raouls stählernem Blick begegnete, biss sie sich auf die Unterlippe und versenkte sich sofort wieder in die Noten.

Da sie sich Takt für Takt an ihrer Stimme festklammerte, konnte sie auch nicht auf dieselbe Weise mit den anderen Instrumenten zusammenspielen, wie sie es sonst tat, wenn sie Kammermusik spielte. Nach einigen Minuten des ersten Satzes haperte es immer mehr mit der Synchronität, und schließlich brach Anna ab.

»Jetzt musst du wirklich versuchen, den Takt zu halten, Caroline.«

»Schau auch mal von den Noten hoch, Liebes«, sagte Louise so behutsam wie möglich, um Caroline nicht zu verletzen.

»Ich versuche es doch!«, verteidigte sich Caroline.

»Aber du musst Augenkontakt haben.«

»Nimm dich zusammen«, sagte Raoul in leicht vorwurfsvollem Ton.

»Lieber Raoul«, warf Louise ängstlich ein, »immer mit der Ruhe, ich bitte dich.«

»Ich verhalte mich Jungen und Unerfahrenen gegenüber immer behutsam und vorsichtig.« Raoul gab sich bewusst einfältig, und Caroline warf ihm einen wütenden Blick zu, brach dann aber in ein verzweifeltes Lachen aus.

»Okay, dann fangen wir wieder an«, sagte Anna.

»Jetzt kommt ein Abschnitt, der totale Konzentration und Kommunikation erfordert«, sagte Raoul. »Ich will, dass du mich dabei anschaust, Caroline. Kannst du das?«

Sie holte tief Luft und sah ihm in die Augen.

»So gut?«

»Ja. Du kannst es ja.«

»Hör schon auf. Du bist wirklich unerträglich schulmeisterhaft!«, stöhnte Anna.

»Ach was«, verteidigte sich Raoul. »Caroline tut es nur gut, wenn man sie mal etwas hart anfasst. Du warst zu nachsichtig und hast ihr zu viel durchgehen lassen, Louise.«

Er sah Louise amüsiert an, und diese lachte und antwortete übertrieben vorwurfsvoll: »Raoul! Dass du es wagst …«

Aber Raoul lehnte sich einfach nur mit übergeschlagenen Beinen zurück. Hände, Geige und Bogen schienen in seiner Bewegung zu verschmelzen, als stellten sie eine Verlängerung seines Körpers dar.

»Disziplin, Caroline, Disziplin. Darauf kommt es beim Spiel eines Streichquartetts an«, dozierte er, während sie spielten.

»Du bist, verdammt noch mal, nicht mein Lehrer!«, murmelte sie und starrte in ihre Noten.

»Memorier jetzt das Notenbild und schau dann hoch. Das schaffst du schon.«

»Hör schon auf!«, brüllte Caroline und trat so fest mit dem Fuß auf, dass sie mit dem Bogen abrutschte. Sie fing sich jedoch gleich wieder. Gerade als sie wieder im Spiel Fuß gefasst hatte, bemerkte sie, dass Raoul ganz leicht eine Braue hochzog. Da verlor sie wieder die Selbstkontrolle. Sie warf den Kopf in den Nacken und lachte. »Ich werde verrückt!«

Helena ließ die Schultern sinken, die Hand, die den Bogen geführt hatte, auf dem Knie ruhen und seufzte vernehmbar. »Gib ihr doch endlich eine Chance!«

»Das tue ich doch.« Raoul lachte und hob seinen Bogen, um weiterzuspielen. »Also weiter, Caroline.«

Er war sofort wieder in der Musik und spielte eine Weile lang bewusst weniger intensiv, um Caroline die Möglichkeit zu geben, sich ebenfalls zurechtzufinden und sicherer zu fühlen. Minimale Zugeständnisse und eine empathische Anleitung, eine Hilfe, die außer ihm niemand bemerkte, mehr war nicht nötig, damit sie sich in ihrer Stimme entfalten und es gleichzeitig genießen konnte, sich inmitten dieses wunderbaren Klanges zu befinden. Er besaß sowohl die Fähigkeit als auch die Macht, zu begünstigen und zu zerstören, das stand fest, und er hätte es niemals für möglich gehalten, dass jemand dies infrage stellen könnte.

Die Musik floss dahin und gewann in ihrer ganzen außerordentlichen Schönheit an Tiefe. Louise lehnte sich in ihrem Sessel zurück. Als sich die Arbeitsruhe vollends eingefunden hatte, betrachtete sie mit höchster Zufriedenheit Raouls und Carolines spielerische Leichtigkeit über die Notenständer hinweg. Endlich schienen sie einander gefunden und die sinnlose Unstimmigkeit zwischen sich vertrieben zu haben. Nun würden sie gute Freunde sein, ganz wie sie es sich gewünscht hatte.

Raoul reckte seinen Oberkörper und ließ den Bogen mit weit ausholenden Bewegungen über die Saiten fahren, als sei dieser ein Degen. Caroline beugte sich mannhaft wie immer über ihr Cello. Jedes Mal, wenn Raoul Carolines Blick begegnete, zog er ironisch die Braue hoch, und sie musste lachen. Jetzt spielte sie sicher, jetzt geriet sie nicht mehr aus dem Takt. Mit streitlustiger Konzentration schwang sie den Bogen und ließ die Fingerspitzen über das Griffbrett huschen. Heftige Atemzüge und stoßweises Ausatmen erfüllten die Pianopartien, die weiteren Fortepartien und herzzerreißenden Phrasen vorausgingen. Da sie die Musik nun einmal an sich herangelassen hatte, gab es keine Möglichkeit der Rettung mehr. Hatte sie sich nicht bis ins Letzte dagegen gewehrt? War es nicht in gewisser Weise Louises eigene Schuld, dass es so gekommen war? Sie hatte schließlich darauf bestanden, dass sie zusammen Brahms spielen würden. Zu diesem Zeitpunkt gelang es Caroline, sich einzureden, dass sie selbst fast keine Schuld traf.

Wer das Mittagessen zubereiten sollte, war bereits entschieden. Raoul und Caroline würden Nudeln kochen, während die anderen auf der Terrasse warteten. Obwohl auf dem Festland Unwetter herrschte, schien auf Svalskär die Sonne von einem wolkenlosen Himmel. Die Herbstluft war jedoch kühl, und die drei Frauen, die mit großen Sonnenbrillen nebeneinandersaßen, legten sich alle eine dünne Wolldecke um die Schultern.

Louise betrachtete den Horizont und atmete genüsslich die Meeresluft ein. »Wie sehr ich es doch liebe, im Herbst hierherzukommen. Es ist dann immer so ruhig und friedlich. Himmel und Meer, Möwen …«

»Findet ihr nicht auch, dass er etwas down wirkt?«, unterbrach sie Anna ruhelos.

»Wer?«

»Raoul natürlich!« Anna holte tief Luft, um sich ihre Gefühle nicht allzu sehr anmerken zu lassen. »Man unterhält sich mit ihm, und plötzlich ist er vollkommen abwesend, als gingen ihm Gedanken durch den Kopf, die er nicht loslassen kann. Etwas bedrückt ihn. Das spüre ich. Wir haben uns immer schon ohne Worte verstanden. Und wenn ich ihn jetzt so sehe, empfinde ich eine solche Zärtlichkeit, er kommt mir so verletzlich vor, wenn er auf diese Art in sich selbst versinkt. Es ist fast so, als müsste ich mir Sorgen um ihn machen.«

»Verletzlich? Dieser Mann ist so verletzlich wie ein Panzerwagen«, lachte Helena und fuhr gefühllos fort: »Deine Besorgnis ist überflüssig.«

»Helena, entschuldige bitte, aber du kennst ihn nicht so gut wie ich«, erwiderte Anna ein wenig beleidigt. »Und ich glaube einfach nicht, dass er so richtig glücklich ist.«

»Vielleicht ist er ja wirklich etwas angespannt«, begann Louise zögernd, »aber das liegt vermutlich an der Sache mit Joy.«

»Joy?« Ein Funke tauchte in Annas Augen auf.

»Sie haben seit Ewigkeiten versucht, ein Kind zu bekommen. Jetzt ist offenbar schon die dritte In-vitro-Befruchtung fehlgeschlagen. Sie ist es, die andauernd anruft. Raoul hat in letzter Zeit auch sehr viel über Veränderung gesprochen. Ich frage mich fast, ob er in einer Midlife-Crisis steckt.«

»Da wäre ich mir nicht so sicher. Das mit dem Kind ist in jedem Fall mehr Joys Wunsch. Raoul war nie sonderlich an Kindern interessiert«, meinte Anna etwas verlegen. »Und was soll das mit der Lebenskrise? Hat das Leben ohne Kinder etwa keinen Wert?«

»Es ist doch wohl ein natürlicher, menschlicher Wunsch, Kinder zu bekommen«, meinte Louise.

»Aber Louise, du von allen … ich meine, du hast dich doch wohl ganz offenbar gegen Familie entschieden?«

Louise schaute zu Boden. »Wieso sollte ich mich denn nicht auch nach Kindern sehnen?«

»Tust du das denn?« Helena betrachtete eingehend ihr Profil.

Louise ließ sich eine Weile mit ihrer Antwort Zeit. Sie war sich nicht sicher, wie viel sie enthüllen sollte. »Ja, das tue ich in der Tat.«

»Und Caroline?«, fragte Helena vorsichtig, wurde aber von Anna unterbrochen, die noch ganz mit ihren eigenen Gedanken beschäftigt war.

»Ich bin es manchmal so leid, dieses ständige Gerede von Familie, Familie, Familie!«, stöhnte sie und zündete sich eine weitere Zigarette an. »Überall laufen diese Frauen mit ihren dicken Bäuchen herum und tragen so winzige T-Shirts wie nur möglich, sodass man auch ja etwas Haut sieht. Ist ein schwangerer Bauch wirklich so etwas Erregendes? Ich begreife das nicht.«

»Man bereut seine Kinder schließlich nie«, meinte Helena. »Wie viel Zeit und Kraft sie einen auch kosten. Das ist eine Periode im Leben, die einem vollkommen selbstverständlich vorkommt, wenn man sich in ihr befindet.«

»Genau das meine ich«, pflichtete ihr Anna bei und zog begierig an ihrer Zigarette. »Deine Worte sind erschreckend. Denn das bedeutet, dass man sich selbst vergisst, wenn man Kinder bekommt. Man vergisst, wer man eigentlich ist, und opfert sich aus rein biologischen Gründen, wie ein Höhlenmensch, der um das

Überleben seiner Spezies kämpft! Warum soll man sich dem als moderner Mensch aussetzen?«

Helena lachte. »Jetzt ist aber mal gut, Anna. Glaubst du wirklich, dass man sich als Mensch nicht mehr weiterentwickelt, wenn man Kinder bekommen hat?«

»Du hast doch selbst zugegeben, dass du keine Zeit mehr für dich hast. Also lebst du nur für die Kinder.«

Helena schüttelte den Kopf. »Du missverstehst mich absichtlich, Anna. Aber ich habe auf diese Diskussion keine Lust.«

»Weil ich dir leidtue? So ist es doch, oder? Du mit deinem perfekten Djursholmleben.«

Helena nahm sich eine Zigarette aus Annas Schachtel und zündete sie sorgfältig an, um Zeit zu gewinnen.

»Warum vergleichst du dich mit mir?« Sie blies den Rauch von sich weg. »Wir leben ohnehin nicht dasselbe Leben. Du hast deine Entscheidungen getroffen.«

»Handelt es sich dabei um Entscheidungen? Glaubst du wirklich, dass man sich sein Leben aussuchen kann?«

»Ja. Warum sollte man das nicht tun können?«

»Wenn ich mich also für eine Familie und eine Villa entschieden hätte, dann hätte ich beides auch bekommen?«

»Willst du das denn?«

»Das spielt in diesem Fall doch wohl keine Rolle. Die Frage ist, ob das mit meinem Willen zu tun hat oder ob das von meinem Schicksal vorherbestimmt ist.«

»Du glaubst doch wohl nicht an das Schicksal, Anna?«

»Wie willst du das, was du nicht beeinflussen kannst, denn sonst nennen?«

»Umstände und Zufall. Glück und Unglück.«

»Wenn man also nach Glück strebt, dann findet man es auch?«

»Dies ist doch die Verantwortung jedes Einzelnen. Man muss versuchen, so glücklich wie möglich zu leben, seine Situation, soweit es geht, zu beeinflussen und zu akzeptieren, dass man nicht alles in der Hand hat. Wir haben schließlich alle unser Kreuz zu tragen, nicht wahr?«

»Ich bitte dich. Welches Kreuz willst du denn jetzt wieder zu tragen haben, Helena?«

Helena ließ den Rauch durch die Nase entweichen. »Ich habe den einen oder anderen Lacroix in der Garderobe.«

Nur Louise lachte, und Helena bereute sofort ihren arroganten Scherz.

»Wie lief denn das Vorspiel?«, fragte sie dann, um das Thema zu wechseln. Anna schnaubte mürrisch.

»Ich hab den Job gekriegt«, antwortete sie beiläufig und desinteressiert.

»Und das sagst du erst jetzt!«, rief Louise. »Du hast doch wohl zugesagt?«

Anna nickte und nahm mit starrem Lächeln die Glückwünsche der Kolleginnen an. Sie konnte sich des Gefühls nicht erwehren, dass die anderen etwas herablassend wirkten. Sie stand auf und faltete ihre Decke zusammen.

»Jetzt will ich mein Mittagessen«, erklärte sie und ging ins Haus.

Auf dem Weg zur Küche fuhr sich Anna mit der Sonnenbrille wie mit einem Kamm durchs Haar, zerzauste ihren Pony und schob sich verwegen die Brille wieder ins Haar, denn sie war sich bewusst, dass Raoul in der Küche wartete. Dann zog sie wie immer zwei Löckchen vor die Ohren, fuhr sich mit der Zunge über die Lippen und trat auf die Treppe zur Küche. Die Tür war angelehnt. Die Anspannung im Raum war zu spüren, noch ehe sie jemanden sah. Sie hielt inne und blieb zwei Stufen unterhalb der Küchentür stehen.

Am Herd stand Caroline dicht neben Raoul. Sie waren etwa gleich groß, und ihre Körper harmonierten miteinander. Entspannt hatte Caroline Raoul einen Arm um den Hals gelegt. Ihre Finger spielten mit einer seiner Locken. Er legte den Kopf in den

Nacken und fing eine Spaghettinudel mit den Lippen auf, die sie über seinem Gesicht baumeln ließ. Mit einem schmatzenden Geräusch saugte er das Ende, das aus seinem Mund hing, in sich hinein. Ein Wassertropfen hing an Raouls Unterlippe, und Caroline strich ihn mit den Fingerspitzen weg und leckte diese anschließend sorgfältig und konzentriert ab.

Anna trat lautlos einen Schritt zurück und drückte sich an die Wand des schmalen Ganges, der Studio und Küche verband, um nicht gesehen zu werden. Der Schock über das Gesehene verwirrte sie derart, dass sie nicht wusste, was sie tun sollte. Ihr Herz pochte und schmerzte.

»Und? Gibt es was zu essen?«, hallte es aus dem Studio. Anna hörte, wie sich Louises und Helenas Schritte näherten, zuckte zusammen und warf einen raschen Blick nach rückwärts. Ihr blieb nichts anderes übrig, als weiter nach oben zu gehen. Caroline stand am Eichentisch und deckte ganz beiläufig den Tisch. Anna schwankte leicht und wäre fast mit ihr zusammengestoßen, ehe sie sich auf einen Stuhl sinken ließ. Verlegen sah sie Caroline von der Seite an, und diese lächelte strahlend. Fröhlich pfeifend goss Raoul das Nudelwasser ab und vermischte die Spaghetti mit Pesto und Brokkoli. Die Spannung im Raum war verflogen.

»Setzt euch, il pranzo è servito!« Raoul trocknete sich die Hände an einem Handtuch ab und stellte die Pastaschüssel auf den Tisch. Caroline nahm die Teller entgegen und servierte allen, während Raoul um den Tisch herumging und Mineralwasser einschenkte.

Der Gastgeber und die kleine Gastgeberin, dachte Anna und biss die Zähne zusammen. Ich frage mich, was Louise dazu sagen würde.

Sie hatte große Lust, sich vorzubeugen und es Louise, die direkt neben ihr saß, ins Ohr zu flüstern. Aber das würde ihr selbst weiter nichts nützen.

»Komm her, ich könnte dich stattdessen aufessen!«, lachte Louise und legte Caroline einen Arm um die Taille und zog sie an sich. Caroline schwankte und ließ sich auf den Stuhl neben Louise fallen. Louise nahm Carolines Gesicht mit beiden Händen und gab ihr einen langen, lauten Kuss. Der Kuss zog sich immer weiter in die Länge, und schließlich riss sich Caroline los.

»Ich bekomme keine Luft!«, lachte sie und warf den Kopf zurück.

Raoul hatte, die Flasche in der Hand, innegehalten und betrachtete die beiden etwas besorgt.

»Ja, danke. Ich hätte auch gerne Wasser«, sagte Helena beherrscht, da er die Flasche über ihr Glas hielt, ohne ihr einzugießen. Raoul goss ihr nachlässig ein und nahm dann neben ihr Platz.

»Selber hallo«, sagte er und blinzelte leicht.

»Hallo ebenfalls«, erwiderte Helena trocken und machte sich über ihr Essen her, ohne ihn anzuschauen.

Raoul aß mit großer Begeisterung. Er wickelte Unmengen Spaghetti um die Gabel und schob sie in den Mund. Caroline stocherte kokett in ihrem Essen. Sie hatte ein Brokkoliröschen auf ihre Gabel gespießt und knabberte aufreizend an ihm herum. Raoul hatte aufgegessen, noch ehe sie richtig mit ihrem Essen begonnen hatte. Er lehnte sich zurück und kaute zufrieden auf einem Zahnstocher, während er sie über den Tisch hinweg betrachtete.

Nach dem Mittagessen stand Caroline allein in der Küche und spülte. Sie summte eine Melodie und ging aufgeräumt mit der Stahlwolle auf den Topf los. Anna trat an sie heran.

»Was tust du eigentlich?« Sie stand so dicht neben Caroline, dass sie ganz leicht ihr Parfüm wahrnahm, das sich mit dem Duft ihrer Haut vermischte.

»Ich spüle«, lachte Caroline und widmete sich weiter unbekümmert dem Topf. »Du weißt schon, Spülmittel und Wasser …«

»Hör schon auf, tu nicht so«, fauchte Anna. »Du weißt sehr gut, was ich meine.«

Caroline hielt mitten in der Bewegung inne.

»Was soll der Unsinn?«, fragte sie und sah Anna von oben nach unten an. Anna spürte, wie ihr das Blut heiß in die Wangen stieg. Es fiel ihr manchmal schwer, damit umzugehen, dass Caroline sie verunsicherte. Dazu waren nur ein Blick oder eine überlegene Miene notwendig. Sie musste sich zusammennehmen, um nicht plumpe Vorwürfe auszustoßen.

»Du verletzt Louise, wenn du so weitermachst. Und Raoul im Übrigen auch. Weißt du eigentlich, was seine Frau und er im Augenblick durchmachen? Sie hat die dritte Fehlgeburt gehabt.«

Caroline schwieg und schaute nach unten. Anna spürte erleichtert, dass sie ruhiger wurde. Jetzt konnte sie gelassener weitersprechen, und das war immer viel effektiver.

»Das wusstest du nicht, was? Deswegen telefoniert er die ganze Zeit. Aber du hast ja keine Ahnung. Du denkst, du könntest einfach in das Leben anderer hineinpoltern und dich bedienen. Du sonnst dich in Louises Zuneigung und flirtest gleichzeitig mit Raoul. Pfui Teufel, Caroline. Das ist wirklich das Letzte.«

Caroline ließ Topf und Stahlwolle in die Spüle fallen, stieß Anna beiseite und rannte nach draußen. Anna fing sich an der Spüle ab und lauschte dem Geräusch wütender Absätze, das im Haus verklang. Mit geschlossenen Augen holte sie tief Luft und atmete dann zitternd aus. Der Konflikt hatte sie Kraft gekostet. Aber sie hatte es gewagt, Caroline zu stellen.

»Hast du Seitenstiche vom Spülen bekommen?«, hörte sie Raouls Stimme hinter sich. Anna drehte sich rasch um und stand ihm von Angesicht zu Angesicht gegenüber.

»Ach was«, flüsterte sie und räusperte sich dann. Sie verharrten einen Augenblick lang schweigend.

»Wie nett, dich mal wieder zu sehen, Raoul«, war das Einzige, was ihr einfiel.

»Ganz meinerseits«, erwiderte Raoul und lehnte sich entspannt an die Arbeitsplatte.

»Wie geht es dir so?«

»Na ja«, begann er unschlüssig.

»Louise hat erzählt, ihr versucht, ein Kind zu bekommen.« Anna war gespannt auf seine Reaktion.

»Ach? Ja … daraus wurde nichts.«

»Das muss schwer sein«, meinte Anna und fuhr sich mit den Fingerspitzen über den Mund.

»Für Joy ist es sehr schwer. Sie hat wirklich geglaubt, dass es dieses Mal klappen würde, aber dann hatte sie in der zwölften Woche eine Fehlgeburt.«

»Und du? Wie fühlst du dich?« Sie strich ihm über den Unterarm und legte ihre Hand auf seine. Er zog die Hand jedoch zurück und verschränkte die Arme.

»Wir müssen nicht darüber sprechen«, erwiderte er ausweichend. Annas Finger fuhren nervös über den Rand der Spüle.

»Sehnst du dich nach Kindern?«, fragte sie mit leiser Stimme.

Raoul holte tief Luft, ehe er antwortete.

»Ja, das tue ich.« Er hielt inne und fuhr dann fort: »Ich wünschte mir, ich hätte eine Familie, zu der ich nach Hause kommen kann. Eine Frau, die mich liebt, und Kinder …« Plötzlich versagte ihm die Stimme.

»Oh, Raoul«, sagte Anna und nahm ihn in die Arme. Er erwiderte kurz ihre Umarmung und ließ dann die Arme sinken. Sie hielt ihn weiter fest, und er flocht seine Finger in ihre. Das gab ihr wieder Kraft und den Mut, das zu sagen, was sie bedrückte.

»Manchmal denke ich an uns«, fuhr sie mit schwacher Stimme fort, »bevor ich damals wieder nach Hause fuhr …«

»Anna, wir waren noch so jung, es ging nicht.«

Anna verstummte und drehte den Kopf zur Seite. Dann sah sie ihn erneut an.

»Es ist noch nicht zu spät für eine Familie.«

Raoul verzog den einen Mundwinkel.

»Nein, vielleicht ist es das nicht. Ich glaube in der Tat, ich sehe einen Hoffnungsschimmer.«

»Du verdienst das Glück, nach dem du dich sehnst. Und ich bin mir sicher, dass du es früher erleben wirst, als du glaubst.«

Raoul lachte kurz und warf ihr einen herzlichen Blick zu.

»Ach ja?«

»Solange du dir deiner tiefsten Sehnsüchte bewusst wirst. Zögere nicht. Ergreife die Chance. Alles ist möglich.«

»Glaubst du das?«

Anna strahlte über das ganze Gesicht.

»Davon bin ich überzeugt.«

Die Sonne schien über Svalskär. Louise beschnitt die Rosenranken an der Südseite des Hauses. Aus dem Studio erklangen Cellotöne, und Louise summte mit, während sie auf die welken Blüten mit der Gartenschere losging. Die Farbe der Fassade war an mehreren Stellen abgeblättert, aber sie versuchte das zu ignorieren. Das ganze Haus musste frisch gestrichen und auch die Dachziegel mussten teilweise ersetzt werden. Im Sommer hatte es den Speicher geregnet. Sture Johansson hatte das Loch provisorisch geflickt und dabei festgestellt, dass große Teile des Daches morsch waren und im nächsten Jahr eine größere Renovierung unumgänglich sein würde. Louise hatte dies vorerst verdrängt, sie hatte andere Sorgen. Die alleinige Verantwortung für Svalskär zu tragen war ein Bürde. Ihre schon recht alte Mutter hatte nicht mehr die Kraft, sich zu engagieren, erwartete aber trotzdem, dass alles beim Alten blieb. Alles andere war undenkbar.

Später, dachte Louise, sie würde sich später darum kümmern. Bis zum Winter war es noch lang. Sie rechnete damit, dass Sture schon ein paar Handwerker finden würde. Er würde vielleicht ein paar Polen anheuern, die die Arbeit rasch und billig erledigten. Sie würden ein oder zwei Wochen in der Lillstugan wohnen können.

Die Haustür wurde geöffnet. Raoul nahm auf den Stufen Platz.

»Danke, dass du mich angerufen hast, Luss«, sagte er und atmete genüsslich ein. »Ich hatte wirklich einen Tapetenwechsel nötig.«

»Was wollt ihr jetzt machen? Wollt ihr es noch einmal versuchen?«

»Nein. Jetzt ist es genug. Ich habe keine Kraft mehr und Joy auch nicht.«

»Keine Kraft mehr für die Beziehung oder nur in Hinsicht auf Kinder? Habt ihr schon mal über Adoption nachgedacht?«

»Unsere Ehe ist vollkommen am Ende. Dieser letzte Versuch mit dem Reagenzglas war wirklich die Hölle. Jetzt reicht's.«

»Sie muss am Boden zerstört sein.«

Raoul lächelte sie vorwurfsvoll an. »Louise, du brauchst dich nicht zu verstellen. Du hast Joy nie gemocht, und sie kann dich nicht ausstehen. Und jetzt ist es vorbei. Wir wollen uns scheiden lassen, es wird also schnell gehen. Ich habe bereits die Verhandlungen mit Miles begonnen.«

»Wird es teuer?«

»Das glaube ich nicht. Mittlerweile habe ich ja eine gewisse Routine. Ich beharre bei der Eheschließung immer auf Gütertrennung. Kathy hat ja ganz schön an zwei Jahren Ehe mit mir verdient. Sie konnte ihr Studiendarlehen für ihr Musikstudium abbezahlen und sich außerdem noch einen Steinway-Konzertflügel kaufen. Diesen Fehler habe ich dann mit Marcelline nicht noch einmal begangen. Ich frage mich, ob sie deswegen dann immer so reserviert war. Auch bei Joy habe ich in dieser Hinsicht keinen Zweifel gelassen.«

»Na, dann brauchst du jedenfalls nicht deine Nachtigall zu verkaufen.«

Er lachte kurz. »Joy bekommt kaum eine Öre, und das ist sie auch nicht wert. Es ist mir scheißegal, ob sie sich das Geld für die Miete in der U-Bahn zusammenspielen muss.«

»Die Gefahr ist doch wohl eher gering.« Louise knipste ein paar vertrocknete Knospen ab und riss einen Streifen loser Farbe von der Wand. Dann setzte sie sich neben Raoul. Er legte ihr einen Arm um die Schultern, und sie lehnte ihren Kopf an ihn.

»Tja, das wäre also wieder einmal das Ende, Raoul.«

Er schluckte, und seine Miene drückte Enttäuschung aus. »Ich weiß nicht, warum es immer so schiefgehen muss.«

»Du suchst dir eben die falschen Frauen.«

»Ich finde, dass ich alle Arten ausprobiert habe. Ich weiß gar nicht, ob noch eine übrig ist.« Er versuchte, das wie einen Scherz klingen zu lassen, aber seine Trauer war ihm deutlich anzumerken.

»Und was wünschst du dir?«

»Ein friedliches Familienleben. Gott, wie sehr ich mir das wünsche.«

»Du machst Witze. Wie willst du das denn bewerkstelligen?«

»Nein, ich mache keine Witze. Ich bin die Reiserei und den Druck wahnsinnig leid. Geht es dir nicht genauso? Es macht einfach keinen Spaß mehr. Ich werde nervös, wenn ich spielen soll. Das ist mir früher nie passiert. Letzte Woche habe ich Mozarts fünftes Violinkonzert gespielt. Wie oft habe ich das noch gleich gespielt? Sicher fast hundertmal im Konzert. Ich war vollkommen zittrig, als ich die Bühne betrat. Ich wusste nicht, was geschah. Aber wenn man in einem gesichtslosen Hotelzimmer erwacht und sich nicht erinnern kann, ob man sich in Süd- oder Nordamerika befindet, dann ist es wirklich an der Zeit, darüber nachzudenken, was man eigentlich tut. Der Preis ist zu hoch. Es reicht. Ich wünsche mir einen festen Tagesablauf, Gewohnheiten. Ein Leben. Ich habe geglaubt, das sei mit Joy möglich. Aber ich habe mich geirrt.«

Sie schwiegen eine Weile, bis Raoul wieder die Stimme erhob. »Joy hat bereits einen anderen.«

Louise zuckte zusammen. »Was du nicht sagst! Obwohl ihr versucht habt, ein Kind zu bekommen?«

»Sie will mit ihrem neuen Liebhaber zusammenziehen, so einem jungen Dirigentenschnösel. Offenbar haben sie bereits seit einem halben Jahr eine Affäre. Vollkommen unglaublich. Er ist sicher zehn Jahre jünger als sie. Sie hat es mir gestern am Telefon erzählt.«

»O Raoul, du Ärmster!« Sie umarmte ihn fest. »Wie traurig du sein musst. Wie konnte sie dich nur so hintergehen?«

Raoul erwiderte nichts. Er drehte den Kopf zur Seite und schaute übers Meer. Louise ließ ihn los.

»Aber wieso hat sie denn weiterhin versucht, mit dir ein Kind zu bekommen, obwohl sie bereits dabei war, die Ehe aufzugeben?«

»Gute Frage. Ich möchte über die Antwort lieber nicht nachdenken.«

»Wie meinst du das?«

»Ach, vergiss es. Vergiss alles. Es ist passé und vorbei. Jetzt bin ich einfach nur froh, dass ich sie nicht mehr wiedersehen muss.«

»Du hast doch noch jede Menge Zeit, eine Familie zu gründen. Und was Freundinnen angeht, gehörst du nicht zu den Leuten, die etwas anbrennen lassen, so wie ich dich kenne.«

Er lachte verlegen und vermied es, sie anzusehen. »Vielleicht. Aber ich habe das Gefühl, dass die Zeit einfach vergeht. Ich will kein alter Vater sein, der einen Leistenbruch bekommt, wenn er sein Kind hochhebt.«

»Anna ist doch noch frei«, meinte Louise.

»Anna, ja … Nein, eher nicht«, erwiderte Raoul nachsichtig. »Anna, die Gute. Ich wünsche ihr wirklich, dass alles gut wird.«

»Du weißt, dass sie Brustkrebs hatte?«

»Ja, sie hat es erzählt.«

»Die Operation ist gut verlaufen, aber sie muss sich immer noch behandeln lassen, soweit ich weiß.«

»Es ist sicher nicht leicht, damit allein zu sein. Wenn sie bloß einen netten Mann fände. Das hätte sie wirklich verdient.«

Die Haustür wurde geöffnet, und Carolines große Gestalt tauchte auf der Schwelle auf. Louise beugte sich nach hinten und lächelte sie an.

»Hallo, Liebling. Bist du mit dem Üben fertig? Komm und setz dich.«

Caroline zögerte und wusste nicht recht, wohin mit sich selbst.

Aber Louise hatte bereits zwischen sich und Raoul Platz gemacht und klopfte auffordernd auf die Treppenstufe. Zögernd trat Caroline einen Schritt ins Freie und setzte sich auf den angewiesenen Platz. Sie sah Raoul aus den Augenwinkeln an und nickte leicht zur Begrüßung. Louise legte ihr den Arm um den Rücken und spielte mit ihren Locken. Carolines linkes Bein und ihr Arm berührten die von Raoul. Sie konnte an nichts anderes denken.

»Ich habe versucht, Raoul davon zu überzeugen, zu Anna zurückzukehren«, sagte Louise und warf Raoul einen konspirativen Blick zu.

»Ach so«, meinte Caroline.

»Vermutlich keine so gute Idee«, murmelte Raoul. »Eine Jugendsünde. Anna hat einen Besseren verdient.«

»Du solltest dein Licht nicht unter den Scheffel stellen. Du bist wirklich eine gute Partie, Raoul.« Louise lehnte sich an Caroline. »Du müsstest mal sehen, was für eine fantastische Maisonettewohnung er hat. Schräg gegenüber der Met, mit Dachterrasse. Wir sollten ihn dort einmal besuchen, du und ich.«

Caroline lächelte höflich und etwas verlegen. »Darauf freue ich mich wirklich«, antwortete sie und überlegte sich, ob sie so verlogen klang, wie sie sich fühlte.

»Du arbeitest also freiberuflich und auch recht häufig als Solistin, nicht wahr?«, fragte Raoul, der genauso bestrebt war wie Caroline, das Thema zu wechseln.

Caroline antwortete nur mit Ja, und Louise stieß sie an: »Erzähl schon, Caro. Du hast doch wahnsinnigen Erfolg. Dein Agent kann sich vor Angeboten nicht retten.« Sie wandte sich wieder an Raoul. »Alle reißen sich um Caroline.«

Raoul holte tief Luft. Caroline machte sich noch kleiner.

»Und wer ist dein Agent?«, fragte Raoul, um auf ungefährlichem Terrain zu bleiben.

»Ja … also, es war Louise, die …«, begann Caroline zögernd und nickte in ihre Richtung.

Louise beeilte sich zu ergänzen: »Ich habe sie bei meiner Agentur untergebracht. Natürlich. Schließlich ist es praktisch, dass wir dieselbe haben. Und ich weiß, dass sie Caroline dort sehr gut betreuen.«

Dann betrachtete sie Carolines gesenkten Kopf und fuhr fort: »Du wärst aber auch so bei der Agentur untergekommen.« Sie stieß Caroline kameradschaftlich an. »Natürlich! Schließlich machst du die Arbeit. Niemand kann für dich spielen.«

»Lass dich nicht auf zu niedrige Honorare ein, bloß weil du noch neu im Geschäft bist. Lass dich nie auf das erste Angebot ein«, meinte Raoul erst etwas nachdenklich, dann mit mehr Nachdruck. »Und wähle unter den Angeboten genauestens aus. Nimm nicht einfach etwas an, bloß weil es interessant klingt, sondern versuche immer so gut vorbereitet zu sein wie möglich. Keine Schlamperei.«

Erst jetzt gelang es ihm, Caroline ein kleines Lächeln zu schenken. Sie erstarrte, als sie ihm in die Augen blickte, und schlug sofort den Blick nieder.

»Arbeite am Abstrich …«, fuhr er fort. Ungeschickt schlug sie ihm aufs Knie. Louise lachte gezwungen.

»Nimm es mit der Auswertung deiner Konzerte sehr genau und plane sorgfältig«, fügte Raoul hinzu. »Du musst selbst wissen, was du willst, und darfst dich nicht für die falschen Dinge verausgaben. Vergiss nie, dass dein Manager nur daran interessiert ist, so lange es geht, Geld an dir zu verdienen. Es gilt krasses Profitdenken. Aber solange du die Spielregeln kennst, kannst du sie nutzen, um deine Ziele zu erreichen.«

Jetzt hatte er sie auf sein Territorium gelotst. Raoul verbreitete Weisheiten, und Caroline hatte das Gefühl, als Mensch und Künstlerin zu wachsen. Sie saß zwischen zwei berühmten Solisten, die ihre Zukunft planten. Ihre funkelnden Augen verrieten, dass sie sich eine fantastische Zukunft ausmalte, als könne er ihre Wünsche erfüllen, indem er sie in Worte fasste.

Das war nicht weiter schwierig. Es war einfach, jungen, hungrigen Musikern Mut zu machen. Magische Worte öffneten ihre Herzen, und erstaunlich viele junge Mädchen waren im Lauf der Jahre bereit gewesen, rührende und erregende Preise dafür zu bezahlen, dass er ihnen etwas erzählte, was sie sich mit genügend Selbstvertrauen selbst hätten zusammenreimen können. Insbesondere an ihn, Raoul Liebeskind. Sie hofften natürlich, dass er sie auserwählen und ihnen zu Konzerten, Ehre und Berühmtheit verhelfen würde. Manchmal hatte er das auch getan. Aber als er diesen alten Flirttrick nun bei Caroline anwandte, merkte er, wie abgedroschen er war. Es war fast so, als würde er sie damit besudeln.

»Und die Wettbewerbe? Wie viele hast du gewonnen?«, fragte Raoul und betrachtete ihr Profil. Ihn überkam die unbezwingbare Lust, sie überall im Gesicht zu küssen und den Geschmack sonnenwarmer Haut zu schmecken. Nach außen hin ließ er jedoch nur berufliches Interesse und Engagement erkennen.

»Eigentlich nur den schwedischen Solistenpreis vor zwei Jahren«, murmelte Caroline und war sich bewusst, dass ihn das nicht sonderlich beeindrucken würde. Dabei wünschte sie sich so sehr seine Bewunderung und seinen Respekt. Bislang war sie es gewohnt gewesen, dass man ihr für ihre Virtuosität Beachtung schenkte, und sie hatte sich immer gegen Lob als etwas fast Aufdringliches und Peinliches gewehrt. Aber die Musikerkreise, in denen sie sich bewegte, erschienen verglichen mit seinen provinziell. Jetzt wollte sie ihn sagen hören, dass sie nicht nur schön war, sondern vor allen Dingen auch fantastisch begabt. Wenn sie selbst hätte entscheiden dürfen, womit sie ihn für sich einnehmen könnte, so wäre ihre Schönheit dieses Mal an zweiter Stelle gekommen.

»Solltest du dich nicht nächsten Sommer für den Tschaikowsky-Wettbewerb in Moskau anmelden?«, meinte Raoul mit diesem beiläufigen, sexy Selbstbewusstsein, das ihr weiche Knie verursachte.

Louise beugte sich zu Caroline hinüber und flüsterte: »Du

weißt doch, dass Raoul mit zweiundzwanzig die Goldmedaille in der Geigenklasse bekommen hat? Ich bin bereits in der ersten Runde ausgeschieden.«

Caroline spürte, wie sich Erregung in ihr ausbreitete, wagte aber nicht, ihn anzusehen. Raoul genoss ihre schüchterne Bewunderung. Er erdreistete sich sogar, ihr rasch das Bein zu tätscheln.

»Ich könnte dir beim Einstudieren des Programms helfen, wenn du möchtest.«

Ihre Erregung schlug in Nervosität um. Tschaikowsky-Wettbewerb und Raoul, das war alles zu viel. Würde sie wirklich beides erringen? Caroline schwindelte es.

»Bist du etwa ein Mitglied der Jury?«, fragte sie.

Er lachte. »Du bist mir aber eine ehrgeizige Person.«

Louise lachte ebenfalls, aber Caroline wurde ganz kalt.

»So hatte ich das nicht gemeint …«

»Du schreckst vor nichts zurück«, fuhr Raoul amüsiert fort. Er konnte es nicht lassen, den Scherz etwas weiter zu treiben. »Ich habe dich offenbar unterschätzt. Aber leider muss ich dich enttäuschen, in der Cellojury sitzen keine Violinisten.«

Was hatte sie getan? Wie hatte sie nur so etwas Dummes sagen können? Sie wollte einfach nur schreien und es zurücknehmen.

»Denk im Augenblick nicht zu sehr über Wettbewerbe nach. Du brauchst Ruhe.« Louise nahm Carolines Hand in ihre und küsste sie. »Nicht wahr? Du musst dich schonen, Caro.« Dann meinte sie noch geheimnisvoll: »Und nicht nur dich selbst.«

»Luss, Liebe, lass uns von etwas anderem reden«, unterbrach sie Caroline beunruhigt.

»Über was denn? Darf ich es nicht erzählen? Ich bin so fürchterlich stolz.«

»Aber ich will nicht.«

»Weißt du, Raoul kennt mich in- und auswendig, und er erzählt mir auch alles. Wir haben keine Geheimnisse voreinander. So war es schon immer.«

Caroline sah Raoul von der Seite an. »Ach wirklich?« Verblüfft stellte sie fest, dass Raoul ganz entspannt neben ihr saß. Sie wusste nicht recht, was sie glauben sollte.

Sie wurde dadurch gerettet, dass die Tür aufging und Helena beinahe über sie stolperte.

»Hoppla. Ich wusste nicht, dass ihr hier sitzt«, rief sie. Caroline erhob sich sofort, nahm ihre Schwester bei der Hand und zog an ihr.

»Komm, wir machen einen Spaziergang. Ich sitze schon viel zu lange hier«, sagte sie. Helena ging zwischen Raoul und Louise hindurch.

Nebeneinander schlenderten sie zum Anlegesteg. Sie waren gleich groß, Helena allerdings etwas schmaler als Caroline, und hatten den gleichen Gang. Raoul folgte ihnen mit dem Blick, und sein Magen verkrampfte sich, als er sah, wie sie sich unterhielten. Einmal warfen sie beide einen Blick zurück auf die Treppe und gingen dann weiter. Raoul spitzte die Ohren und versuchte zu hören, was sie sagten, aber der Abstand war zu groß. Er merkte nicht, dass Louise ihn betrachtete.

»Ich sehe, dass du bekümmert bist, und ich weiß, was du denkst. Wir können genauso gut auch darüber sprechen«, sagte sie leise.

Ihre Worte wirkten wie eine kalte Dusche, obwohl er wusste, dass er auf sie hätte vorbereitet sein sollen. Es war, als wären seine Gefühle mit ihm durchgegangen. Ganz ohne Vorwarnung hatte er alle Moral und Loyalität vergessen und sich von seiner Verliebtheit mitreißen lassen. War es Verliebtheit? Konnte er sich wirklich noch einmal so über beide Ohren verlieben, obwohl er sich den Fünfzig näherte? Noch dazu in eine Frau, die halb so alt war wie er? Eine Frau? War sie eine Frau, oder war sie noch fast ein Kind, wo verlief die Grenze? Sie hatte immer noch kindlich runde Wangen und zwei kleine Pickel links auf der Stirn, aber ihr Körper war üppig wie der einer griechischen Göttin. Ganz dreist hatte er sie verführt, obwohl er wusste, dass sie Louise gehörte.

Bildete er sich etwa ein, dass die Liebe zwischen Frauen nicht so stark war wie die zwischen Mann und Frau und deswegen nicht dieselbe Berechtigung besaß? Louise. Von allen Menschen hatte er ausgerechnet Louise betrogen. Wie hatte er sich nur seiner engsten Freundin gegenüber so schäbig benehmen können? Das war vollkommen unverzeihlich, so niederträchtig, dass er nicht einmal an seine Schuld denken wollte. Aber wie hätte er es auch unterlassen können? Diese liebreizende Erscheinung hatte ihn beim Abendessen mit ihrem Blick um den Verstand gebracht. Er hatte eingesehen, dass er zum ersten Mal in seinem Leben die große Liebe erlebte. Es war ganz anders gewesen als alles, was er bislang erlebt hatte. Ganz unerwartet hatte er den Halt verloren und war in ein anderes Dasein geschwebt, in einen privaten Raum, in dem nur sie sich befand. Eine Erinnerung erwachte irgendwo in seinem Hinterkopf, etwas, was mit ihr zu tun hatte, aber er konnte es nicht einordnen. Er wusste nur, dass er sie haben musste. Sie war die eine, jetzt war sie in seinem Herzen, und er hatte nicht vor, sie jemals wieder loszulassen. Folgsam hatte sie ihn auf die nördliche Landzunge begleitet, als er sie darum gebeten hatte. Er hatte sie unter dem Sternenhimmel küssen dürfen. Dann waren sie ins Atelier gegangen. Dort war es eiskalt gewesen, aber er hatte sofort ein großes Feuer im Ofen angezündet und dann die Decken auf den Fußboden davor gelegt. Aber es war mehr als Fügsamkeit gewesen, ihre Sehnsucht hatte der seinen entsprochen. Heute hatte sie zugegeben, dass sie mit ihm zusammen nicht Brahms spielen könne. Wie entzückend! So rührend unschuldig. Noch nie hatte er es so genossen, dieses Quartett zu spielen, wie dieses Mal, während sie mit ihren Gefühlen gekämpft und ihm ein zitterndes Lächeln geschenkt hatte. So wie sein Herz aufblühte und blutete, während er sie betrachtete, quälte sie sich auf die gleiche Weise. Sie würde ihre Seele und ihren Körper ihrer gemeinsamen Leidenschaft überlassen. Sie war übermächtig. Das wusste er. Er hatte sich noch nie so lebendig gefühlt. Er stand am Scheideweg und konnte sich nur eine mögliche Zukunft vorstellen. Mit ihr. Mit Caroline. Seine Liebe hieß Caroline. Er wagte es kaum, auch nur ihren Namen zu denken, weil er fürchtete, er könne ihm ins Gesicht geschrieben stehen.

»Wenn man Dinge plötzlich von außen sieht, erscheinen sie einem ganz anders. Man bekommt eine neue Perspektive«, meinte Louise bekümmert.

Sie wusste Bescheid. Panik breitete sich in ihm aus. Sie hatten mit Caroline zwischen sich dagesessen und sich ganz entspannt über Fragen des Berufs unterhalten, während Louise die ganze Zeit gewusst hatte, was Sache war. Einige wenige Male hatte er sie so erlebt, kaltblütig berechnend, und es war ihm immer unangenehm gewesen. Jetzt graute ihm davor. Sie besaß Nerven aus Stahl, wenn der Ernst der Lage es erforderte.

Raoul fuhr sich mit der Hand durchs Haar, um sein Gesicht mit dem Unterarm zu verbergen. »Louise, ich verstehe, dass du wahnsinnig wütend auf mich bist. Was für ein Recht hatte ich? Aber ich war selbst nicht darauf vorbereitet.«

Louise schaute zu Boden und trat einen kleinen Stein beiseite. »Ich habe noch nicht mit Helena gesprochen«, begann sie, »aber mir ist auch aufgefallen, dass sie heute die Schwächste war. Erst wenn man sich ganz auf das Zuhören konzentrieren kann, erfasst man das vollständige Klangbild.«

Ihm fiel ein Stein vom Herzen, und er hätte jubeln können. Aber sofort tauchte ein neuer Schatten auf. Er verfluchte sich, nicht einmal die grundlegendsten Überlegungen angestellt zu haben. So sehr hatte es ihn erwischt. Er hatte sich in eine idiotische Sackgasse manövriert. Wie bedeutsam der Umstand war, dass Caroline Helenas Schwester war, erkannte er erst jetzt. Er konnte sie unten am Landungssteg sehen. Sie saßen auf einer Bank, steckten die Köpfe zusammen und unterhielten sich. Sprachen sie über ihn? Lachten sie über sein pathetisches Schmachten? Helena machte ihm Angst. Sie erregte ihn, und er pflegte sich einzureden, dass er die Oberhand hatte, weil sie ihn liebte, während er sich eigentlich nur oberflächlich von ihr angezogen fühlte. Etwas anderes hätte er sich nie eingestehen können. Es bereitete ihm eine fast sadistische Lust, sie zur Unterwerfung zu zwingen und sie, wenn auch unausgesprochen, um Sex betteln zu lassen. Er behandelte sie ruppiger als andere Frauen. Aber daran war Helena selbst schuld. Warum gab sie ihm immer das Gefühl, so armselig zu sein? Sie besaß eine scharfe, kühle Intelligenz. Hätte sie nicht einfach wie alle anderen dankbar sein können? Sosehr er auch versuchte, ihr Selbstbewusstsein zu zerstören, so richtete sie sich doch wieder in all ihrer Pracht auf, er hingegen blieb anschließend mit einem leeren Gefühl zurück. Wenn sie ihm doch nur ihre Schwäche eingestanden hätte, dann hätte er sie schon lange verlassen können. Dann wäre sie eine von vielen gewesen. Aber seine Sehnsucht nach Helena war so unbegreiflich, so glatt. Selbst in absurdesten Situationen empfand er sie manchmal so stark, dass sein ganzer Körper pulsierte. Wie beispielsweise jetzt. Jetzt begehrte er sie. Er wollte ihre Ekstase erleben, ihre halb geschlossenen Augen sehen, ihren geschmeidigen Körper in seinen Armen fühlen und ihr dann geben, was sie verdiente. Eine Lektion wollte er ihr erteilen, einen Schlag in die Magengrube, wenn er ihr ins Ohr flüsterte, dass er Caroline liebte. Nichts würde Helena härter treffen als das Bewusstsein, dass er ihre Schwester wählte. Vor Erregung und Grauen lief es ihm kalt den Rücken herunter. Sofort schüttelte er den Gedanken ab und schämte sich. Wie konnte er nur so grausam sein? Helena war unschuldig, es lag nicht an ihr, dass er sich in Caroline verliebt hatte. Natürlich würde sie am Boden zerstört sein, wenn sie es erfuhr. Das war nichts, worauf er stolz sein konnte. Und wie sollte er nur Caroline beichten können, dass er eine sexuelle Beziehung zu Helena unterhalten hatte, seit, ja, meine Güte, wie alt war das Mädchen eigentlich? Vermutlich existierte diese Affäre mit Helena bereits bei Carolines Geburt. Jetzt ergriff die Sorge erst richtig von ihm Besitz. Lähmend und alle Vorstellungen über Richtig und Falsch, Wahrheit und Einbildung verzerrend.

Raoul rieb sich die Stirn und versuchte, gleichmäßig zu atmen. Er musste zu irgendeiner Art Gleichgewicht zurückfinden. Er musste sein Leben und sein Tun wieder in den Griff bekommen und vor allem wieder zur Besinnung kommen. In seiner totalen Verwirrung war ihm nur eines klar, und das beruhigte ihn im Augenblick. Nichts durfte sich zwischen ihn und seine Liebe zu Caroline stellen, denn diese war heilig.

Louise wartete mit leicht gerunzelter Stirn und besorgter Miene auf seine Antwort. Sie erwartete seine unverbrüchliche Loyalität, und er wusste, dass es nur eine Frage der Zeit sein würde, bis er gezwungen war, sie mit der Wahrheit zu konfrontieren. Aber noch war es zu früh.

Er musste sich erst sicher sein.

Er musste mit Caroline ein Kind zeugen.

»Warte damit, Helena zu feuern«, erwiderte er mit trockenem Mund. »Das ist nicht der richtige Augenblick. Leg dir zuerst eine Strategie zurecht.«

»Was du da sagst, klingt sehr berechnend«, erwiderte Louise. »Ich muss sie auf den Schock vorbereiten. Denn es wird einer sein. In ihrem Innersten weiß sie natürlich, dass sie den Anforderungen nicht genügt, da bin ich mir sicher, aber sie kämpft und wünscht es sich so sehr. Ich sehe doch, wie sehr sie es genießt, mit dem Quartett zu spielen. Das ist ihr Ventil. Helena ist eine meiner besten Freundinnen. Sie wird so ungeheuer traurig sein.«

»Ich weiß. Lass es noch. Kümmer dich später darum. Es eilt nicht. Es ist so schon schwer genug für sie.«

»Wie meinst du das?«

»Was? Hast du es denn nicht gemerkt? Sie zittert, wenn sie spielt.«

»Das ist mir auch aufgefallen. Es ist, als würde sie noch etwas anderes bedrücken. Ich frage mich jedoch, ob es ihr nicht einfach schwerfällt, mit dir zusammen zu spielen.«

Raoul erstarrte. »Mit mir?«

»Das müsste dir doch klar sein. Helena hat einen unglaublichen Respekt vor dir, Raoul.«

»Ach?« Er lachte verblüfft. Und geschmeichelt.

»Ja, und wie! Aber Caroline lässt sich nicht so leicht beeindrucken. Mit ihr musst du kämpfen. Bislang ist es mir nicht gelungen, sie zu zügeln, und vielleicht liebe ich sie ja deswegen über alles in der Welt.«

Er hatte die Eingebung, dass ein Spaziergang Klarheit in seine Gedanken bringen könnte. Die Sonne schien immer noch, als er sein Jackett überzog und ans Ufer ging. Ein schwacher Wind wehte vom Festland herüber, und das Wasser plätscherte an den Felsen. Die Wolken hingen niedrig. Sie schoben sich riesig über den Horizont. Draußen auf dem Meer hatten sich die Nebelschwaden verdichtet und schwebten fast unwirklich dahin. Wie ein fliegender Holländer. Lautlos näherten sie sich der Insel. Raoul betrachtete fasziniert das Wetterphänomen, das er noch nie erlebt hatte. Die Natur war für ihn geheimnisvoll. Hier fühlte er sich alles andere als zu Hause. Deswegen war er auch überrascht, als die Nebelbank plötzlich über die Felsen auf ihn zu segelte. Er war auf die kalte Feuchtigkeit nicht vorbereitet, die ihn wie ein milchweißer Raum umgab. Die Kälte drang durch seine Kleider, und ein Schauer überlief ihn. Aber erst als er sich umdrehte, wurde er unruhig. Er sah nichts mehr, alles war weiß. Er sah kein Haus, keinen Steg, keine Bäume. Nur ein feuchtes Weiß, ein kompaktes Nichts. Instinktiv wollte er so schnell wie möglich weg. Als er einen Schritt tat, rutschte er auf einer Flechte aus und schürfte sich den Knöchel auf dem rauen Felsen auf. Er musste sich mit der Hand abfangen und schauderte, als die Finger im Moos versanken. Sofort stand er wieder auf, klopfte sich die Erde von den Händen und ging vorsichtig und gebückt in die Richtung weiter, von der er glaubte, dass sich in ihr das Haus befand. Gedämpfte Celloklänge drangen aus einer schwer definierbaren Richtung an sein Ohr. Sein Herz schlug schneller. Er wurde von der plötzlichen Sehnsucht überwältigt, auf die Musik zuzugehen. Sich dabei mit den Händen vorwärtstastend ging er rascher in Richtung des schwachen Geräusches. In seinem Eifer stolperte er erneut, trat in ein Loch und fiel auf die Knie. Die Unlust, die er erst im Nebel empfunden hatte, verwandelte sich in eine schleichende Angst. Wo war er? Warum erkannte er nichts wieder? Als er merkte, dass seine Fantasie mit ihm durchging, blieb er abrupt stehen und holte tief Luft. Das war doch lächerlich, sich wegen ein wenig Nebel so aufzuregen! Wie blind auf diese Weise herumzurennen. Er konnte sich ernsthaft verletzen. Das einzig Kluge war, ganz still stehen zu bleiben und abzuwarten, bis der Nebel vorüberzog. Erleichtert sah er, dass sich die weißen Schleier an seinen Beinen bereits auflösten. Wenige Sekunden später verzog sich der Nebel über den immer deutlicher hervortretenden Bodenkonturen und löste sich sachte auf. Schließlich war es über der Insel nur noch etwas diesig. Direkt vor ihm lag das Haus. Zu seiner Linken stand in nur wenigen Metern Entfernung das Atelier auf den steilen Felsen. Er erkannte, dass er beinahe ins Wasser gefallen wäre.

Mit energischen Schritten ging er aufs Studio zu. Je näher er kam, desto deutlicher hörte er Carolines Cello. Jetzt sah er sie durch die großen Fenster. Sie saß mit dem Rücken zu ihm und spielte den ersten Satz aus Bachs vierter Cellosuite. Die geschmeidigen Sprünge der Melodie hießen ihn willkommen, umarmten ihn und munterten ihn auf. Wie wunderbar sie spielt, dachte er. Sie soll immer Bach spielen. Das passt zu ihr, und sie bringt das Verspielte und die Jugendlichkeit einer Musik zur Geltung, die allzu oft mit grammatischer Genauigkeit gespielt wird. Vor allen Dingen von jungen Musikern. Eine Weile lang betrachtete er sie durchs Fenster. Er lächelte, als er spürte, wie sehr er sie liebte. Einzelne Regentropfen fielen auf seinen Kopf und auf seine Schultern. In einer Pause zwischen den Sätzen klopfte er erst vorsichtig, dann etwas lauter an die Scheibe. Hörte sie ihn nicht? Er presste sein Gesicht gegen die Scheibe und rief ihren Namen. Entweder drangen Geräusche nicht durch, oder sie wollte sich nicht umdrehen. Caroline spielte tief konzentriert weiter. Der Regen wurde stärker. Wenig später waren seine Haare nass. Das

Wasser lief ihm übers Gesicht und in den Kragen. Seine Schultern bebten vor Kälte. Trotzdem fiel es ihm schwer, sich von ihrem Anblick loszureißen. Während er dastand und ihr mit verschränkten Armen zuhörte, fand er, dass sie doch etwas zu frei spielte. Der schöne Klang, der ihn aus dem Nebel hervorgelockt hatte, hatte etwas Spitzes bekommen. Vielleicht störte er sie.

Wenn er noch etwas länger geklopft hätte, hätte sie vielleicht ihr Instrument beiseitegelegt und sich in seine Arme schließen lassen. Stattdessen machte er verzagt kehrt und ging um das Haus herum zur Haustüre.

Als er in die Diele trat, begegnete er Louise, die zwischen Speicher und Keller hin- und herrannte, um eventuelle Wasserschäden zu begutachten. In nur wenigen Minuten hatte der Wolkenbruch vom Festland Svalskär erreicht und überflutete die Insel. Der Regen hämmerte aufs Dach und hallte im ganzen Haus wider. Raoul zog sein nasses Jackett aus und wischte sich mit dem Ärmel seines Hemds das Wasser aus dem Gesicht. Aus der Küche waren Schritte zu hören. Eine Weile lang glaubte er, es sei Caroline, aber dann tauchte Helena in der Diele auf. Als sie ihn entdeckte, hob sie das Kinn und wollte offenbar ein Gespräch beginnen. Raoul brachte jedoch eine vage Entschuldigung vor, eilte die Treppe hinauf in sein Zimmer und warf sich aufs Bett. Er starrte an die Decke. Aus den Augenwinkeln sah er seinen Geigenkasten, und das Herz wurde ihm schwer. Noch nie hatte ihn seine Geige so sehr an Pflichten und Zwänge erinnert wie jetzt. Sie repräsentierte alles, was sein Leben langweilig machte. Sie war ein unerotisches Stück Holz.

Seit über fünfundzwanzig Jahren lebte er jetzt mit »L'usignolo«, der Nachtigall, seiner kostbaren Guarneri del Gesù. Es war die längste Verbindung, die er bislang hatte aufrechterhalten können. Inzwischen war sie ein Teil seiner selbst geworden. Sie begleitete ihn, wohin er sich auch begab, da er immer nur beruflich unterwegs war. Aber was am Anfang seiner Karriere eine Quelle unbeschreiblicher Freude gewesen war, kam ihm immer mehr wie eine Bürde vor. Ruhm und Erfolg hatten ihre Faszination verloren. Er hatte alles erreicht. Er hatte auf allen wichtigen Bühnen gespielt, hatte die überschwänglichen Besprechungen gelesen und mehr schöne Frauen verführt, als er im Gedächtnis behalten konnte. Was gab es für ihn noch zu erobern?

Er war sich dieser Entwicklung nun schon eine Weile bewusst, hatte sie aber nicht akzeptieren wollen. Vielen seiner Kollegen war es genauso ergangen, und sie hatten sich nie mehr aus dieser Depression befreien können. Einem Musiker in seiner Position durfte es einfach nicht passieren, dass er seine Gefühle für die Musik verlor. Überdruss und Gleichgültigkeit. Einen Augenblick lang hatte er wieder die Liebe erlebt, als er am Vormittag ein altes staubiges Brahms-Quartett gespielt hatte. Es war wie eine Heilung gewesen. Ganz unerwartet hatte ihm Caroline wieder die wunderbare Sensualität entlockt. Aber als sie ihn vorhin ausgeschlossen hatte, war sein Genuss verschwunden, und das Gefühl des Verlustes war noch größer geworden.

Plötzlich verspürte er den Impuls, einfach das Fenster zu öffnen und die Geige in den Regen zu werfen. Fünf Millionen Dollar zum Teufel. Der Kaiser lässt die Nachtigall frei. Was für eine Erleichterung das sein würde! Natürlich war das vollkommen ausgeschlossen. Wie würde es aussehen, wenn einer der führenden Violinisten der Welt einfach aufhörte? Und was sollte er tun, wenn er nicht Geige spielte? Er konnte sonst nichts. Er zog die Beine an und biss sich in die Hand. Die Lösung, denn es gab nur eine, hallte in seinem Kopf. Sie würde seine Seele wiederbeleben und ihm die Kraft verleihen, weiterzumachen.

Während er auf dem Bett lag, erwachte langsam wieder seine Lust. Er dachte an Caroline und ihren hellhäutigen Körper, und sein Begehren gab ihm frische Energie. Aber warum ging sie ihm aus dem Weg? Er erinnerte sich an alles, was er gesagt und getan hatte, aber konnte nicht begreifen, was falsch daran war. Vielleicht hatte sie ja nur in Ruhe üben wollen? Ja, so musste es sein. Sie war jung und ehrgeizig, sie befand sich an dem Punkt, an dem er sich vor so langer Zeit befunden hatte. Wenn sie seiner bloß nicht bereits überdrüssig war! Er wälzte sich hin und her und spürte, wie seine Rastlosigkeit immer weiter zunahm, bis es ihm unter der Haut kribbelte und er nicht wusste, was er mit seiner Sehnsucht anfangen sollte. Schließlich musste er dann doch aufstehen und zu seiner Geige greifen. Wie besessen sägte er Paganinis erstes Capriccio herunter, sodass das Harz wie eine Wolke um die Saiten stob. Die schneidenden Töne stießen gegen das Klopfen des Regens auf dem Dach. Als er seiner ärgsten Frustration Luft gemacht hatte, setzte er sein Spiel mit der Einundzwanzigsten, Amoroso e Presto, fort und spürte, wie die Ruhe zurückkehrte.

Anna stand an die Tür gepresst und lauschte. Sie hatte sich von den samtweichen Tönen ihres Lieblingscapriccios dorthin locken lassen. Aber bereits auf halbem Weg zum obersten Gästezimmer waren die letzten Töne verklungen. Sie war sich nicht sicher, ob er sich noch im Zimmer befand. Als sie ihr Ohr an den Türspalt legte, war es erst ganz still, aber dann hörte sie es rascheln. Er war also noch in seinem Zimmer. Die Nervosität darüber, ihm so nahe zu sein, brachte sie ganz aus der Fassung. Sie hob die Hand, um zu klopfen, hielt dann aber inne. Vielleicht würde er sie für zudringlich halten? Energische Schritte waren aus dem Zimmer zu vernehmen, und sie befürchtete, dass er gleich die Tür öffnen würde. Er durfte sie nicht beim Lauschen ertappen. Sie klopfte schnell, und die Tür wurde sofort geöffnet.

»Ach … hallo«, sagte er und zwang sich zu einem Lächeln. Las sie Erstaunen in seiner Miene? Oder gar eine gewisse Enttäuschung? Anna bereute es plötzlich. Sie hätte ihn nicht aufsuchen sollen. Aber dann trat er zurück und nickte ins Innere des Zimmers.

»Komm rein. Ich wollte mich gerade rasieren.«

Er hatte sein Hemd aufgeknöpft, und sie ahnte das dichte, dunkle Haar auf seiner Brust. Mit unsicheren Schritten trat sie in sein Zimmer. Sie hätte am liebsten die Tür hinter sich geschlossen, ließ sie dann aber einen Spalt offen. Auf dem Stuhl lag aufgeklappt sein Geigenkasten, und sie konnte sich deswegen nur auf das Bett setzen. Vorsichtig nahm sie auf der Bettkante Platz und strich das Laken neben sich glatt. Als sie sich zu Raoul umdrehte, zog dieser gerade sein Hemd aus. Sie begegnete seinem Blick im Spiegel und verspürte ein warmes Gefühl im Magen. Sie hatte ihn, seit sie in New York das Bett geteilt hatten, nicht mehr mit nacktem Oberkörper gesehen. Wieder fiel ihr auf, wie sehr er seither gealtert war. Die schmerzhafte Konsequenz dieser Erkenntnis war, dass sie genauso gealtert sein musste und dass er genauso über sie dachte. Mit einem verzeihenden und zärtlichen Blick betrachtete sie seinen Körper. Auf seinem linken Schulterblatt war das Muttermal. Daran hatte sie in all den Jahren nicht mehr gedacht. In ihrer Fantasie trat sie hinter ihn und ließ ihre Lippen darüber und dann über das Schulterblatt streichen.

Sie ließ sich mit dem Rücken auf sein Bett sinken und schloss die Augen. Raoul schüttelte die Dose mit dem Rasierschaum, sprühte diesen in die Hand und verteilte ihn auf Kinn und Wangen. Dann hörte sie zu, wie er konzentriert die Rasierklinge über seine Bartstoppeln gleiten ließ. Das raspelnde Geräusch, das Plätschern, der unregelmäßige Strom des Wassers ins Waschbecken, wenn er jeweils den Strahl unterbrach, um den Rasierapparat abzuspülen. All diese vertrauten Geräusche weckten in ihr einen Augenblick lang die Illusion, dass sie sich in einem gemeinsamen Alltag befanden.

»Was gibt es heute Abend zu essen?«, fragte er. Sie schlug die Augen auf. Er sah sie im Spiegel an.

»Ein Hühnergericht mit Unmengen Knoblauch und Chili.«

»Du weißt, wie du mich verführen kannst.«

Anna schnaubte ein wenig. Raoul lächelte sie über die Schulter an.

»Erzähl schon! Ich will alles über deine feurigen Liebhaber wissen.«

Sie schüttelte geheimnisvoll den Kopf.

»Sind sie viel jünger als ich?«

»Sie sind viel weniger als du.«

Er tat den Kommentar mit einem Lachen ab und wusch sich den restlichen Rasierschaum aus dem Gesicht.

»Schade. Sie wissen nicht, was sie sich entgehen lassen.«

»Du weißt, was du dir entgehen lässt«, murmelte sie und machte mit beiden Händen eine fächerförmige Bewegung auf der Bettdecke.

Raoul schnappte sich ein Handtuch, trocknete sich das Gesicht ab und setzte sich dann neben sie aufs Bett. Die Matratze schwankte unter seinem Gewicht. Er beugte sich über sie. Ihre Gesichter waren sich so nahe, dass sie die Kälte, die von seiner feuchten Haut abgestrahlt wurde, spüren konnte. Jetzt tut er es, dachte sie und schluckte. Sie öffnete die Lippen und lächelte ihn einladend an.

»Bist du genauso hungrig wie ich?«, fragte er und blinzelte sie an.

»Hungrig?«, keuchte sie. Ihr Lächeln verkrampfte sich.

»Ich habe einen wahnsinnigen Hunger!« Er knurrte mit Raubtiermiene und tat so, als wollte er sie auffressen. Dann stand er ebenso schnell wieder auf, wie er sich gesetzt hatte. »Komm, lass uns zum Essen runtergehen.«

Anna blieb liegen. Ihre Erwartungen verebbten. Der ausgebliebene Höhepunkt machte sie ganz starr. Als sie aufstand, sah sie, wie Raoul vollkommen ungerührt ein frisches Hemd anzog. Die Manschetten flatterten um seine Handgelenke, und er wühlte in seinem Necessaire, bis er fand, was er suchte.

»Hilf mir«, sagte er und drückte ihr die Manschettenknöpfe in die Hand. Er hielt ihr die Arme hin, und sie faltete die Manschetten nach hinten und steckte die Knöpfe hindurch. Absichtlich zog sie die Prozedur in die Länge. Sie genoss diesen Moment und versank in ihren Erinnerungen. Wie oft hatte sie ihm dabei geholfen, sich vor wichtigen Konzerten anzukleiden. Sie hatte ihn aufgemuntert und Witze über seine Nervosität gemacht. Schließlich hatte sie ihn mit dem übrigen Publikum bewundert.

»Na also«, sagte er und zog auch noch den Kragen glatt. Sie nahm sein Rasierwasser, spritzte ein paar Tropfen in ihre Hand und tätschelte seine glatten Wangen. Fast reflexmäßig küsste sie Raoul auf die Stirn und deutete auf seine Wange. Sie küsste ihn, und er gab ihr einen Klaps auf den Po.

Fröhlich pfeifend ging er hinter ihr her die Treppe hinunter. In der Diele legte er ihr einen Arm um die Schultern und schob sie in die Küche. Die Deckenlampe brannte nicht, stattdessen standen etwa zehn Kerzen auf dem Tisch, der Anrichte und im Fenster, die eine gemütliche Stimmung verbreiteten.

»Kommt schon! Jetzt wollen wir deine Anstellung als Konzertmeisterin feiern.« Louise nahm eine Flasche Champagner aus dem Kühlschrank und reichte sie Caroline. »Du musst aufmachen. Ich kann das nicht.«

»Frag Helena«, erwiderte Caroline mürrisch und schob die Hände in die Taschen. »Mir ist nicht nach feiern.«

»Aber was ist denn mit dir?«, stammelte Louise erstaunt. »Wir wollen doch alle auf Anna anstoßen.«

Caroline drehte sich um und schaute aus dem Küchenfenster aufs Meer. Sie war erbost, Raoul und Anna so dicht beisammen zu sehen, aber vor allen Dingen auch entsetzt über die starken Gefühle, die in ihr aufwallten. Ihre Hände waren eiskalt, und sie zitterte vor unterdrückter Wut. Ihre geröteten Wangen, die sie allzu oft zu den denkbar schlechtesten Gelegenheiten verrieten, konnte sie nicht verbergen. Am allerwenigsten wollte sie, dass Raoul merkte, welche Macht er über sie besaß. Sie entfernte sich ein paar Schritte von den anderen und suchte nach einem Vorwand, um die Küche zu verlassen. Aber Louise folgte ihr und legte ihr vorsichtig einen Arm um die Taille.

»Du bist heute in einer etwas seltsamen Stimmung. Wie geht es dir eigentlich? Was bekümmert dich?«

»Nichts«, log Caroline und versuchte, Louises Lächeln zu erwidern. Aus den Augenwinkeln sah sie, wie Raoul Anna losließ und auf Louise zukam, um ihr die Flasche abzunehmen. »Gib schon her«, sagte er und blinzelte Louise zu. Caroline beachtete er nicht weiter.

Der Korken flog in die Luft, und Louise und Anna beeilten sich, den schäumenden Champagner aufzufangen. Raoul füllte ihre Gläser und goss dann Helena ein. Er versuchte, ihre Aufmerksamkeit zu erheischen, aber diese sah einfach durch ihn hindurch.

Caroline stand etwas abseits am Herd. Als sie merkte, dass Raoul mit einem Glas auf sie zukam, starrte sie zu Boden. Erst als er direkt neben ihr stand, hob sie erwartungsvoll ihren Blick. Er drückte ihr ein Glas in die Hand, sah sie aber nicht an. Ihre Hände zitterten so, dass ihr der Champagner beim Eingießen über die Finger lief. Ohne ein Wort drehte er sich um, stellte die Flasche ab und kehrte zu Anna zurück. Er nahm Annas Hand, küsste sie und hielt sie weiterhin fest, als er sein Glas hob.

Anna legte den Kopf auf die Seite und lächelte ihn an.

»Wir trinken auf unsere fantastische Konzertmeisterin! Gratuliere, Anna! Du machst das sicher ausgezeichnet, und jeder Dirigent wird vor dir auf die Knie gehen.«

»Allerdings.« Anna kicherte. »Nur gut, dass es in dieser Branche nicht so viele Frauen gibt.«

Louise lachte, und Anna beeilte sich hinzuzufügen: »Die überlasse ich dir, Louise.«

»Danke«, erwiderte Louise, »aber im Augenblick bin ich besetzt.« Sie schielte zu Caroline hinüber. Diese starrte auf den Fußboden.

»Gratuliere, Anna«, sagte Helena und stieß mit Anna an.

Caroline leerte ihr Glas und knallte es dann auf den Tisch.

»Also, lasst uns essen«, sagte Caroline. Sie ging zum Herd und lehnte den Arm gegen die Dunstabzugshaube. Hinter sich hörte sie, wie der Tisch gedeckt wurde. Die Stimmen verschwammen. Helena und Anna standen neben dem Tisch und unterhielten sich. Louise und Raoul diskutierten irgendetwas. Sie selbst war zu nichts anderem in der Lage, als im Kochtopf zu rühren.

Seit dem peinlichen Vorfall auf der Treppe hatte sie kein Wort mehr mit Raoul gewechselt. In ihrer Verzweiflung hatte sie sich im Studio eingeschlossen und die Bach-Suiten gespielt, alle sechs von Anfang bis Ende. Als Buße. Sie dankte natürlich ihrem glücklichen Stern, dass er sie rechtzeitig durchschaut hatte. Sicher glaubte er, dass sie sich Vorteile als Musikerin erhoffte, dass sie sich einbildete, als Dank für eine Nummer mit seiner Stimme als Juror rechnen zu können. Als er dann draußen im Regen gestanden und an das Fenster geklopft hatte, war sie in Panik geraten. Sie hatte nicht gewagt, ihr Cello zu verlassen. Besser am Gewohnten festhalten, Bogen in der Rechten, die Finger der Linken auf dem Griffbrett. Sie wusste, was sie hatte, und wollte nicht wissen, was sie verlieren konnte. Solange er nicht sagte, dass er es bereute, sich höflich entschuldigte und ihr gutmütig auf die Schulter klopfte, um seine kleine Eskapade zu bagatellisieren, konnte sie sich einbilden, dass es eine Zukunft gab. Sie hatte es ganz einfach nicht gewagt, die Glastüre zu öffnen und sich der Wahrheit zu stellen.

Gleichzeitig schrie ihr ganzer Körper nach ihm, sie konnte an nichts anderes denken als an seinen Duft und an seine weichen und warmen Lippen. Je mehr sie sich nach ihm sehnte, desto mehr war sie davon überzeugt, dass er am Vorabend nur auf ein banales kleines Abenteuer aus gewesen war.

Gab es von seiner Seite denn keine Liebe? War er so rücksichtslos, dass er für einen kurzen Genuss jede ausnutzte? War er sich so sicher, ein Star zu sein, dass er erwartete, dass ihm alle zu Willen waren? Mit jeder Frage, die sie sich stellte, nahm ihre Gewissheit zu, dass sie einen fürchterlichen Fehler begangen hatte. Mehrere Fehler, die sich addierten. Wenn sie doch einfach einen Strich unter ihren Seitensprung ziehen, Raoul links liegen und ihre Beziehung mit Louise fortsetzen könnte. Aber sie wusste sehr gut, dass sie Louise bereits hinter sich gelassen hatte. Sie konnte zu ihr nicht zurückkehren, sie wollte nicht, außer ihm interessierte sie niemand mehr. Sie würde die Zähne zusammenbeißen müssen, bis sie ihre Sehnsucht überwunden hatte. Erst dann würde das Gefühl der Erniedrigung abklingen.

Wie ungewohnt das war. Und falsch. Sie hatte doch bislang immer wählen können. War sie interessiert gewesen, dann hatte sie die betreffende Person auch immer bekommen. Das war die einfachste Sache der Welt gewesen. Auf ihren kleinsten Wink hin waren sie angekrochen. Gestern hatte sie ihre Verfügbarkeit signalisiert, und er hatte gehorsam und den Spielregeln gemäß alle Signale aufgefangen. Jetzt schenkte er ihr kaum einen Blick. Es gab keine Grenze, wie weit sie sich erniedrigen würde, um ihn zurückzugewinnen. Sie wusste aber auch, dass sie ihn nur abschreckte, wenn sie sich zu sehr bemühte. Das hatte sie selbst nur zu oft erlebt, allerdings immer andersherum, da hatte sie die Oberhand besessen und unbekümmert die Bewunderer abserviert, die ihr mit flehendem Blick ihre blutenden Herzen dargeboten hatten. Am Vortag war etwas Unerwartetes und bislang Undenkbares geschehen. Ihre eigenen Gefühle hatten sie mit einer Heftigkeit erfasst, mit der sie nie gerechnet hätte. Der Schmerz durchbohrte ihre Brust. Sie konnte sich gegen die Kraft, die er in ihr erweckt hatte, nicht wehren. Denn das hier war keine fröhliche Romanze und kein beiläufiger Zeitvertreib. Es war das, worauf sie immer gewartet hatte, aber sie hatte nicht geahnt, dass es so wehtun würde. Das war die Passion, die Leidenschaft und das Leiden. Und obwohl sie unhöflich und geradezu stupide wirkte, weil sie sich weigerte, auf das Wohl Annas zu trinken, und obgleich sie einsah, wie lächerlich sie sich benahm, konnte sie nicht anders. Die Eifersucht quälte sie, als sie Anna in Raouls Arm sah, als Anna Raoul den Arm um die Taille legte, als er ihre Hand küsste.

»Alles in Ordnung?« Plötzlich stand er hinter ihr. Sie fuhr zusammen.

»Raoul.« Ihre Stimme klang schwach. Sie wagte es nicht, sich umzudrehen. Schon allein seinen Namen auszusprechen, kam ihr verboten und kompromittierend vor.

Aber das genügte bereits. Raoul hatte erkannt, dass er sie genau dort hatte, wo er sie haben wollte. Seine Unruhe verflog sofort. Jetzt hatte er die Lage wieder unter Kontrolle und konnte den nächsten Schritt planen. Trotz seiner kopflosen Verliebtheit beherrschte er noch die Technik, mit seiner Nervosität fertigzuwerden. Schließlich war er ein abgebrühter Solist. Schließlich wäre es nicht infrage gekommen, kurz vor Ende einer erfolgreichen Verführung den Kopf zu verlieren.

»Reiß dich zusammen, Caroline.« Seine Aufforderung war hart und ohne den geringsten Hauch jener Zärtlichkeit, die sie am Vormittag verspürt hatte, als sie zusammen Brahms gespielt hatten.

Anna schritt mit ihrem Champagnerglas in der Hand durch die Küche und betrachtete das Arrangement zufrieden. Um sie herum herrschte Freude, es wurde geplaudert, Raoul hatte auf ihr Wohl getrunken, er hatte sie im Arm gehalten und ihr die Hand geküsst. Sie spürte immer noch die Feuchtigkeit seiner Lippen. Und am Herd stand Caroline und schmollte. Das war ein gutes Zeichen. Das bedeutete, dass Raoul nicht an ihr interessiert war. Caroline hatte sich eingebildet, ihn erobern zu können. Jetzt litt sie, enttäuscht darüber, dass ihr einmal jemand nicht zu Füßen lag. Und zwar kein x-Beliebiger. Raoul. Es nützte nichts, schön und begabt zu sein, wenn man gleichzeitig so kaltherzig-egoistisch war. Nein, Caroline tat es sicher gut, einmal eine Abfuhr zu bekommen. Die Bedrohung war abgewehrt. Warum hatte sich Raoul nach eventuellen Liebhabern erkundigt, wenn er nicht selbst vorhatte, diesen Platz einzunehmen?

Raoul kam auf sie zu, und sie fing seine ausgestreckte Hand auf und vollführte eine Pirouette. Sie lachte und warf sich in seine Arme. Mit tänzerischer Eleganz entzog er sich ihrem Arm und stellte sich dann, einen Ellbogen auf ihre Schulter gelehnt, neben sie. Kokett nippte er an seinem Champagnerglas.

»Hat die Philharmonie nächstes Jahr was Nettes im Repertoire?«, fragte Raoul.

»Allerdings«, erwiderte Anna. »Und im Februar kommt ein ganz aufregender Solist.«

»Ach wirklich?«, entgegnete Raoul fragend.

Anna trank einen Schluck Champagner und schenkte ihm einen verführerischen Blick. »Er ist wahnsinnig beschäftigt und spielt auf der ganzen Welt. Es ist ihm nur mit knapper Not gelungen, das Konzert in Stockholm einzuschieben. Am Nachmittag kommt er direkt aus Berlin zur Probe, am Abend ist das Konzert, und am nächsten Tag geht es weiter nach Tokio.«

Jetzt ging es Raoul auf, von wem sie sprach. Er lächelte.

»Ach so, der! Den kenne ich nur zu gut. Ehrlich gesagt ist das ein arroganter Sack, der nicht halb so gut spielt, wie er glaubt«, sagte Raoul und lachte dröhnend.

»Schade, dass er nicht länger bleibt, da haben wir ja kaum Zeit, uns zu sehen.« Sie stieß ihn mit dem Handgelenk an. Raoul wich vor der Berührung zurück, nahm dann aber eine ihrer blonden Locken, wickelte sie um den Finger und ließ sie zurückschnellen.

»Für eine Tasse Kaffee in der Pause wird es schon reichen.«

»Oder für ein Souper nach dem Konzert.«

»Oder für ein Souper nach dem Konzert«, wiederholte er träge und blinzelte, um die Unterhaltung zu beenden. Anna fuhr mit dem Zeigefinger über sein Ohr.

»Da hattest du noch etwas Rasierschaum«, flüsterte sie und schluckte. Dann drehte sie sich um, um den Tisch fertig zu decken.

Raouls Handy machte *plingplong*. Er klappte es auf und überflog seine SMS, während er Caroline aus den Augenwinkeln beobachtete. Sie stand am Herd und starrte in den Topf. Plötzlich übermannte ihn eine enorme Zärtlichkeit. Er hatte große Lust, auf sie loszustürzen, sie in den Arm zu nehmen, sie ganz fest zu halten und nie mehr loszulassen. Das war natürlich ausgeschlossen, da alles so neu war und sie sich beide noch in einer Beziehung befanden. Aus Erfahrung wusste er, dass es das Klügste war, sie etwas schwitzen zu lassen, sie auf die Folter zu spannen. Sie schmoren lassen, klassische Verführungskunst. Sie litt, o ja, sie litt wirklich. Aber das war die sicherste Methode, ihre Gefühle zu festigen. Nicht zum ersten Mal bediente er sich dieser Strategie. Sie funktionierte immer. Es widerstrebte ihm allerdings, sie zu quälen, aber er wusste auch, dass er ihr und sich selbst bald den erlösenden Trost geben konnte. Es galt, den richtigen Zeitpunkt abzupassen, nicht zu bald, nicht zu spät, um die richtige Wirkung zu erzielen. Es ging wie beim Kontrapunkt um das richtige Kalibrieren. Wenn er als Musiker etwas gelernt hatte, dann war es Geduld, Sturheit und Zielstrebigkeit. Bei der Verführung war es genauso. In beiden Künsten war er mittlerweile ein unschlagbarer Meister.

Caroline schloss die Augen, um sich abzuschirmen. Sie konnte sich nicht beherrschen, konnte sich nicht konzentrieren. Wenn sie ihre Unruhe nur irgendwie kanalisieren und den Aufruhr mit einem neuen Schmerz, der sie am Denken hinderte, dämpfen könnte. Sie sah sich um und entdeckte die Messer in einer Halterung rechts vom Herd. Welch eine Erleichterung wäre es, sich etwas den Unterarm aufzuritzen. Nur ein kleiner Stich mit einer Messerspitze in die Fingerkuppe würde reichen, aber das war unmöglich, denn dann würde sie nicht mehr Cello spielen können. Nein, die Messer musste sie stehen lassen. Sie wollte auch nicht, dass die anderen sahen, wie sie sich schnitt, sie würden glauben, sie sei verrückt. Stattdessen biss sie sich auf die Zunge. Verletzungen der Zunge verheilten schnell. Langsam drückte sie die rechten Backenzähne zusammen, bis sich der metallische Blutgeschmack im Mund ausbreitete. Da entspannte sie sich und ließ die Schultern sinken. Eine kurzfristige Ruhe bemächtigte sich ihrer, und die Gedanken konnten sich wieder in ihrem Kopf bewegen. Mit den Gedanken kehrte die Sehnsucht zurück. Würde sie es wagen, die Initiative zum nächsten Schritt zu ergreifen? Und wenn er ihr einen Korb gab? Sie war so unsicher, sie war es nicht gewohnt, in diesen Bahnen zu denken. Die Vorstellung, vielleicht nie mehr seinen Körper an ihrem zu spüren, erfüllte sie mit abgrundtiefer Verzweiflung. Da konnte sie genauso gut sterben. Sie zuckte bei dem Gedanken zusammen, und eine unerwartete Erleichterung überkam sie. Jetzt zu sterben, das war vielleicht in der Tat das Beste. Zu wissen, was man hatte erleben können, einzusehen, dass man so etwas nie mehr würde erleben dürfen, sich damit begnügen und sich dann gegen den Rest des Lebens entscheiden und den Tod willkommen heißen. Ohne Furcht und mit reiner Freude.

Mit starrer Hand rührte sie im Topf und betrachtete die Fettaugen auf der Oberfläche. Sie glänzten, wurden in die Länge gezogen und umschlossen dann wieder den Kochlöffel. Sie rührte ordentlich und sehr konzentriert.

»Komm, Caro«, hörte sie Louise vom Tisch. Caroline erwachte aus ihren Träumen, holte tief Luft, drehte sich dann um und ließ sich auf den Stuhl neben Louise fallen. Rechts von ihr nahm Raoul Platz. Anna legte ihm sofort einen Arm um die Schultern, flüsterte etwas Lustiges, und beide lachten. Caroline starrte auf ihren Teller.

»Wie geht es dir, Liebling?« Louises Stimme war besorgt und fragend. Zärtlich lehnte sie sich gegen Carolines Kopf. »Du hast doch nicht etwa vergessen, deine Tablette zu nehmen?«, flüsterte sie ihr ins Ohr, und Caroline hatte das Gefühl, als würde gleich ein schwarzes Hohngelächter aus ihrem Hals brechen. Sie schüttelte geistesabwesend den Kopf und stocherte in der Avocado herum, die ihr jemand auf den Teller gelegt hatte. Alle am Tisch unterhielten sich, aber sie verstand kein Wort. Mit dem einen oder anderen Lächeln und Kopfnicken versuchte sie sich den Anschein zu geben, an der Unterhaltung teilzunehmen.

Louise versuchte sie ins Gespräch mit einzubeziehen. »Caro will am Tschaikowsky-Wettbewerb teilnehmen.«

Caroline wurde noch unwohler.

»Nein, das will ich nicht.« Sie war selbst schockiert, als sie hörte, wie sehr ihre Stimme zitterte.

»Natürlich willst du das!«, beharrte Louise. »So viel, wie du übst, müsstest du auf einen der ersten Plätze kommen. Es ist wirklich eine intensive Zeit, wenn man versucht, sich zu lancieren. Diese Anspannung, man müht sich mit der Technik ab und ist nie zufrieden. Es ist also nicht so merkwürdig, etwas abwesend zu sein, meine Kleine. Ich verstehe, dass du in Gedanken woanders bist.«

Louise ergriff einfach für Caroline das Wort, das hatte sie immer getan, und Caroline war dankbar, sich im Schatten von Louises Engagement zu befinden.

Während Louise sprach, spürte Caroline eine Hand auf ihrem Oberschenkel. Lange, absichtsvolle Striche auf der Innenseite, wie die ineinander übergehenden Auf- und Abstriche eines Bogens. Sie öffnete den Mund und stöhnte leise. Mitten in einem Satz wandte sich Louise ihr zu und fing gleichzeitig Raouls Blick auf. Stirnrunzelnd bemerkte sie, was unter dem Tisch geschah. Raoul sah Louise ungerührt an. Unbeirrt starrten sie sich an, während Caroline reglos zwischen ihnen saß. Um die Situation zu entschärfen, tätschelte Raoul Carolines Oberschenkel ein letztes Mal überdeutlich und lächelte Louise brüderlich an. Das Ganze war innerhalb weniger Sekunden vorüber. Weder Anna noch Helena schienen bemerkt zu haben, was sich unter dem Tisch abgespielt hatte.

Louise stand wortlos auf. Sie ging zum Herd und musste sich mit ihrer gesunden Hand abstützen, um nicht umzufallen. Der Schock lähmte sie. Was tat er da? Hatte sie wirklich richtig gesehen? Der Gedanke war so absurd, dass sie das, was sie gerade gesehen hatte, nicht begreifen konnte. Es konnte kein Zufall gewesen sein, dass seine Hand Carolines Oberschenkel entlanggeglitten war, sehr weit nach oben, und fast ihren Schritt berührt hätte. Wenn es ein Missverständnis gewesen wäre, dann hätte er sofort loslassen müssen, als sie ihn ertappt hatte. Er hätte sich erklären und entschuldigen müssen. Doch er hatte seine Hand liegen gelassen und das, was er tat, durch einen Blick bestätigt. Es war seine Absicht gewesen, dass sie es sah. Er hatte sie es wissen lassen wollen. Aber was? Was gab es zu wissen? Caroline hatte vollkommen reglos zwischen ihnen gesessen. Sie ertrug Raoul doch nicht! Sie hätte aufstehen, ihn ausschimpfen und ihm seinen Wein ins Gesicht schütten müssen. Das wäre ihre normale Reaktion gewesen. Stattdessen saß sie nur verschlossen da, schmollte und seufzte.

In all den Jahren hatte sie ihn immer verteidigt und alle Gerüchte als üble Nachrede und Neid abgetan. Konnte es wirklich wahr sein, was man über Raoul sagte? War er in der Tat ein richtiger Verführer, der überall Geliebte hatte? Aber doch wohl nicht Caroline! Von allen Frauen der Welt würde er es sich doch wohl nicht erlauben, mit Caroline zu flirten! Louise versuchte diesen Gedanken als lächerlich zu verwerfen, aber sie wagte nicht, sich umzudrehen, um sich zu vergewissern, dass ihre Fantasien jeder Grundlage entbehrten. Was, wenn sie sich umdrehte und sähe, dass Raoul Caroline erneut berührte und dass diese es einfach geschehen ließ? Oder, was noch schlimmer wäre, wenn sie ihn regelrecht ermunterte? Das Misstrauen ergriff von ihr Besitz und erweckte eine brodelnde Wut, die ihr Angst machte.

»Sollen wir die Vorspeise abräumen?«, fragte Anna und nahm die Teller vom Tisch. Raoul blieb sitzen. Caroline ebenfalls. Das Klappern des Porzellans schmerzte in Louises Ohren.

Raoul beugte sich zu Caroline vor und sagte mit halblauter Stimme: »Ich habe über ein paar Striche nachgedacht, die du im dritten Satz vielleicht ändern solltest. Wir können das nach dem Essen durchgehen.«

Ohne ihre Antwort abzuwarten, erhob er sich. Wie zufällig glitt er an ihrem Gesicht vorbei und flüsterte in ihr Ohr: »Ich will dich haben, Caroline. Ich werde verrückt vor Sehnsucht nach dir.«

Er ging zum Herd, um den schweren Gusseisentopf zu holen,

und fand sich Louise gegenüber wieder. Einen Augenblick lang sahen sie sich in die Augen, ohne den Blick abzuwenden.

Pochenden Herzens ließ sich Louise mit verbissener Miene auf ihren Stuhl sinken. Schweigend betrachtete sie Carolines regloses Profil. Dann fasste sie sich ein Herz und fragte: »Caro, ist mir irgendetwas entgangen?«

Caroline schüttelte nervös den Kopf. »Was sollte das sein?«

Louise lehnte sich zurück. »Ich weiß nicht, aber du könntest mich vielleicht aufklären.«

»Ich verstehe nicht, wovon du sprichst«, gab Caroline zurück.

Neue Teller waren gedeckt worden. Raoul servierte das Hühnergericht. Aus den Augenwinkeln beobachtete er Louise und Caroline. Beide saßen reglos da und starrten betrübt auf ihre Teller. Anna und Helena beendeten ihre Unterhaltung, und Stille breitete sich am Tisch aus, während alle zu essen begannen.

Plötzlich hustete Raoul. Er warf seinen Löffel auf den Teller und stemmte sich mit beiden Händen gegen die Tischplatte.

»Hast du dich verschluckt?« Helena beugte sich zu ihm vor.

»Vielleicht doch zu viel Chili?«, fragte Anna und schaute über den Tisch. Raoul rang mit aufgerissenen Augen nach Luft.

»So furchtbar schmeckt es doch wohl nicht?« Anna kicherte nervös und stupste Raoul an. Aber sie stieß nicht auf Widerstand. Raoul glitt einfach vom Stuhl.

Caroline stieß einen kurzen hysterischen Schrei aus und presste die Hand auf den Mund. Dann verstummten alle gleichzeitig. Klappernd fiel das Besteck auf den Tisch. Sie sahen sich kurz an, dann beugte sie sich vor. Raoul lag reglos auf dem Boden und starrte an die Decke.

»Mein Gott! Er hat einen Herzinfarkt!«, schrie Anna und schob ihren Stuhl beiseite, um ihn unter dem Tisch hervorzuziehen. Zusammen mit Caroline schleifte sie ihn auf den Teppich.

»Helena! Komm schon! Tu was!«, keuchte Caroline und fuchtelte mit den Händen vor dem Gesicht ihrer Schwester. Helena sprang auf und eilte zu Raoul. Sie stieß Anna beiseite, die sie vorwurfsvoll ansah. »Was tust du?«

»Mach Platz!«, befahl Helena und ließ sich neben Raoul auf die Knie fallen. Sie fühlte am Hals nach seinem Puls und schlug ihn leicht auf die Wangen. »Raoul!« Ihre Stimme war hart und laut. »Raoul, komm schon!« Er antwortete nicht. Das Blut wich aus seinem Gesicht, und die Haut wurde aschfahl. Seine Augen begannen zuzuschwellen.

»Das ist eine allergische Reaktion!«

»Wie bitte?« Anna saß neben Raoul und hielt seine Hand. Sie starrte Helena vorwurfsvoll an. »Woher weißt du das?«

»Ich bin verdammt noch mal Ärztin. Wogegen ist er allergisch?«

»Ich rufe den Rettungshubschrauber«, rief Louise und machte sich panisch an ihrem Handy zu schaffen. »Verdammt! Ich habe keinen Empfang!«

»Wogegen ist Raoul allergisch? Scheiße! Beeilt euch! Eier? Nüsse?«, brüllte Helena.

»Erdnüsse!« Annas Stimme überschlug sich. »Ich erinnere mich nicht! Weißt du das denn nicht, Louise? Verträgt er keine Erdnüsse? Könnte es das sein? Mein Gott!«

»Aber es sind doch wohl keine Erdnüsse im Essen?«, murmelte Caroline. Sie stand wie angewurzelt da und klammerte sich mit den Händen am Tisch in ihrem Rücken fest. Nervös schrappte sie mit den Fingernägeln an der Tischplatte.

»Du!«, schrie Helena und sah Caroline an. »Du rennst in sein Zimmer und schaust in seinem Necessaire nach, ob er Medizin dabeihat.«

Caroline rannte los. »Das müssten Spritzen sein!«, rief ihr Helena hinterher. Wenig später waren Carolines klappernde Schritte wieder auf dem Weg zur Küche zu hören.

»Ich finde nichts! Es gibt keine Spritzen!«, schrie sie, und die Tränen liefen ihr über die Wangen. In einer Hand hielt sie das Necessaire, mit der anderen wühlte sie. Zahnbürste, Deo, Kondome und Pflaster flogen in der Küche herum. Schließlich hob sie die Hände an ihr entsetztes Gesicht und stand einfach da und schüttelte den Kopf. Sie konnte die Situation nicht fassen.

Raouls Gesicht war noch bleicher geworden, und seine Lippen schimmerten blaulila.

»Louise!«, rief Helena. »Hast du Adrenalin? Spritzen gegen Schlangengift! Hier gibt es doch im Sommer eine Unmenge Kreuzottern. Die Hausapotheke. Beeil dich!«

»Ich schaue sofort nach!« Louise rannte los und stieß mit Caroline zusammen, die gegen die Anrichte taumelte und sich den Ellbogen anstieß. Der elektrisierende Schmerz, der ihren Arm betäubte, entlockte ihr einen Schrei. Anna hatte sich neben Raoul auf den Boden sinken lassen und klammerte sich weiterhin an seiner Hand fest. Schluchzend beugte sie sich über sein Gesicht und liebkoste seine Wange. Helena stieß sie unsanft beiseite und kniete sich breitbeinig über Raoul.

»Was machst du da, bist du blöde?«, fauchte Anna, und Helena sah sie ungnädig an. Mit aller Kraft ohrfeigte Helena Raoul. Sie schlug so fest, dass sein lebloser Kopf hin- und hergeworfen wurde, als handele es sich um die Satire auf eine theatralische Strafpredigt.

»Bist du nicht ganz bei Trost?«, brüllte Anna und versuchte Helena von Raoul wegzuzerren. »Er leidet auch so schon genug!« Sie packte Helenas Oberarme von hinten, sodass diese nicht mehr an Raouls Gesicht kam.

»Lass mich los, verdammt!« Es gelang Helena, ihre Arme wieder an sich zu ziehen. Sie rammte Anna einen Ellbogen in die Rippen. »Ich versuche, sein eigenes Adrenalin in Gang zu bringen.« Anna schien sie nicht zu hören. Sie hämmerte weiter mit ihren Fäusten auf Helena ein.

»Anna! Anna, hör auf! Sie hilft Raoul doch!« Caroline fing Annas einen Arm auf, bekam aber einen Schlag ins Gesicht. Mit festem Griff packte Caroline Annas Haar und riss ihr den Kopf zurück. Sie schrie auf.

»Hör auf! Du bist doch vollkommen übergeschnappt, du verdammtes Dreckstück!«

»Du bist hier die Verrückte«, gab Caroline zurück und stieß Anna beiseite. »Helena soll sich um Raoul kümmern. Sie ist Ärztin. Sie weiß, was sie tut.«

»Lass los, Caroline! Lass los, habe ich gesagt! Du tust mir weh!«

Caroline ließ die Locken los und schluckte entsetzt, als sie die Haare in ihren Fingern bemerkte. Sie hatte ein ganzes Büschel mit den Wurzeln ausgerissen. Anna kroch wieder vorsichtig auf Raoul zu und nahm seine Hand, während ihm Helena weiter ins Gesicht schlug.

Raouls Wangen nahmen eine leicht rosige Färbung an, ein Anzeichen dafür, dass ihm das Blut wieder in den Kopf stieg. Aus seinem halb offenen Mund drang ein rasselndes, gurgelndes Geräusch, und aus dem Mundwinkel lief ein dünnes Speichelrinnsal. Louise kam mit zwei Spritzen in der Hand angelaufen.

Helena riss ihr eine aus der Hand, riss die Verpackung auf und rammte Raoul die Spritze durch die Hose in den linken Oberschenkel. Die Spritze wirkte sofort. Raoul holte tief Luft und schlug seine blutunterlaufenen Augen auf. Die Schwellung ließ nach, und Farbe kehrte in sein Gesicht zurück.

Als Erstes erblickte er Helena, die mit gespreizten Beinen über ihm saß. Sie atmete schwer und ließ ihre Hand langsam von seiner Schläfe über seine Wange gleiten. Dann hielt sie mit zwei Fingern auf der Halsschlagader inne. Sie nickte ernst. Mit dem kleinen Finger fuhr sie ihm über das frisch rasierte Kinn. Ihm war nicht ganz klar, ob das eine Liebkosung war. Er fing ihren Blick auf und hielt ihn ein paar Sekunden lang fest. Das umgekehrte Machtverhältnis war ihnen beiden ungewohnt. Helena schluckte. Sie hatte einen Kloß im Hals. Sie fuhr sich mit der Zunge über die Lippen und versuchte etwas zu sagen, brachte aber kein Wort heraus. Mühsam erhob sie sich und verließ mit schweren Schritten die Küche.

Louise beugte sich so über ihn, dass er ihrem strengen Blick nicht entgehen konnte.

»Wie geht es dir?«, fragte sie rasch. »Mein Handy hatte keinen Empfang, als ich telefonisch Hilfe rufen wollte. Soll ich es noch einmal versuchen?«

Raoul schüttelte den Kopf, setzte sich halb auf und stützte sich auf den Ellbogen.

»Ich bin schon wieder okay ...« Er atmete immer noch schwer.

»Bist du dir sicher?«

Raoul nickte ernst und rieb sich die Augen.

»Ich finde, du solltest ins Krankenhaus und dich gründlich untersuchen lassen.«

»Hörst du, Raoul? Wir rufen jetzt den Rettungshubschrauber«, sagte Anna. Sie hielt sich die Stirn, um sich von dem Schock zu erholen. »Ich dachte, du hättest einen Herzinfarkt.«

»Nein«, erwiderte er matt und machte eine abwehrende Handbewegung. »Allergie.«

Sein angestrengter Atem war das einzige Geräusch, das in der Küche zu hören war. »So lange her, dass ... ich hatte schon fast vergessen, wie es ist.«

»Aber was war das für eine Allergie?«, fragte Caroline.

»Erdnüsse!«, kam ihm Louise zuvor. »Gott, jetzt erinnere ich mich. Du bist doch allergisch gegen Erdnüsse.«

»Wer war so dumm und hat Erdnüsse ins Essen getan?« Anna rührte auf der Suche nach Erdnüssen im Topf. Anklagend richtete sie den Blick auf Caroline. »Warst du das?«

Caroline riss die Augen auf. »Ich? Nein. Wieso soll ich das gewesen sein? Warum hätte ich Erdnüsse ins Essen tun sollen? Außerdem haben wir doch gar keine Erdnüsse.«

Louise stand auf und öffnete die Tür der Speisekammer. Sie betrachtete ein Bord nach dem anderen und schob Schachteln und Dosen hin und her.

»Und wie sieht es mit Erdnussöl aus?« Raoul holte tief Luft, damit sich die Lungen wieder ganz füllten.

»Erdnussöl?«, wiederholte Louise und schob die Flaschen auf dem Gewürzbord hin und her. Ganz hinten bei der Soja- und der Worcestersauce fand sie eine fettige Flasche und hielt sie in die Höhe. »Das hier?«, fragte sie scharf. »Wer hat das verwendet?«

Anna runzelte die Stirn.

»Ich erinnere mich nicht …«, begann sie. »Habe ich einen Schuss davon verwendet? Mein Gott, ich weiß es wirklich nicht. Habe ich das getan?«

Caroline blickte betreten. »Und wenn ich es jetzt verwendet hätte, ohne nachzudenken? Ich kann verdammt noch mal nicht kochen, und wenn es nicht so wird, wie es soll, dann schütte ich alles Mögliche ans Essen. Ich könnte es gewesen sein. Wie furchtbar!« Nervös presste sie ihre Hände über der Nase zusammen.

Raoul erhob sich voller Mühe und stützte sich auf den Tisch. Er schwankte bedenklich.

»Ich glaube, ich muss mich einen Moment hinlegen.« Langsam verließ er den Raum, wehrte aber Louises und Annas Versuche ab, ihm zu helfen.

Louise ließ sich auf einen Stuhl sinken.

»Gott … welch eine Aufregung.«

Caroline trat an den Tisch und nahm ihren Teller. Nervös aß sie im Stehen auf, was übrig war.

»Man könnte fast meinen, da sei Gift drin«, sagte sie mit einem überreizten Lachen.

Helena hatte sich im Salon auf einen Sessel sinken lassen. Als Raoul eintrat, sah sie ihn rasch an, wandte dann aber den Blick ab. Er ging langsam zum Sofa in ihrer Nähe, ließ sich auf den Rücken fallen und atmete dann, einen Arm über der Stirn, einen Fuß auf dem Fußboden, auf.

Eine halbe Minute lang schwiegen sie, bis er die Unterhaltung begann.

»Danke, Helena.«

Er suchte ihren Blick. Sie antwortete nicht und sah ihn auch nicht an.

»Was hätte ich nur ohne dich getan …« Er hielt ihr die Hand hin, aber diese blieb in der Luft hängen. Helena schüttelte müde den Kopf.

»Bitte. Ich habe nur meine Arbeit gemacht«, erwiderte sie säuerlich. »Meine andere Arbeit. Ich habe einen Augenblick lang vergessen, dass ich Musikerin bin.«

Ihre eigene Gelassenheit erstaunte sie. Aber sie wusste, dass es sich um die körperliche Ruhe nach dem Adrenalinschock handelte und nichts mit Seelenfrieden zu tun hatte. Raoul streckte seinen Arm aus und strich ihr rasch zärtlich über das Knie. Hastig schlug sie die Beine übereinander, um außer Reichweite zu kommen.

»Was ist los? Ich versuche, dir zu sagen, dass ich dich fantastisch finde, und du tust geradezu so, als hätte ich dich beleidigt. Kannst du mir erklären, was ich verbrochen habe und weswegen du so wütend auf mich bist?«

»Das ist es ja gerade. Du begreifst es nicht. Du verstehst nicht, was du mit anderen Menschen machst. Wie du die Menschen ausnutzt, die dich umgeben.«

Die Nachwehen der Strapazen des Abends machten es ihm unmöglich, ihren Gedanken folgen zu können. Als er nichts entgegnete, fuhr Helena fort: »Ich meine, dich zu kennen, und kann trotzdem nicht begreifen, wie du so kalt sein kannst.« Sie presste ihren Nacken gegen den Sessel. Dann drehte sie ihm das Gesicht zu. Ihre Stimme klang eher scharf als verärgert. »Weißt du, manchmal frage ich mich, und das schmerzt mich wirklich, Raoul, aber benimmst du dich nicht wie ein Psychopath? Es ist traurig …«

Er fiel ihr ins Wort: »Jetzt hör schon auf. Ich habe gerade eben noch dem Tod ins Auge gesehen, und du wirfst dich mit deiner Anklage, ich sei ein Psychopath, über mich. Wenn jemand aus dem Gleichgewicht ist, dann du.«

»Ich?«

»Natürlich bist du aus der Fassung geraten. Aber du warst schnell, und ohne dich wäre ich jetzt tot. Ich bin dir für dein Eingreifen dankbar und ich finde, das habe ich auch deutlich gemacht.«

»Ich tue alles für dich, Raoul. Das müsstest du mittlerweile wissen. Ich quäle mich, indem ich Kammermusik mit dir spiele, obwohl du Lichtjahre von meinem erbärmlichen Leistungsniveau entfernt bist. Ich rette dein Leben. Ich lüge und betrüge.«

Er starrte stumm an ihr vorbei in die Luft und versuchte zu verstehen, was von ihm erwartet wurde. Es überraschte ihn, als Helena weitersprach, jetzt aber mehr zu sich selbst als zu ihm. Mit einer unerwarteten Verletzlichkeit.

»Als du dort lagst, bewusstlos … Erst reagierte ich instinktiv, um dein Leben zu retten. Als seist du nur ein Körper, den es aufzuwecken galt. Ich weiß schließlich, was ich bei einem akuten Notfall zu tun habe, und das geschieht gewissermaßen mit Autopilot.«

Sie fuhr sich mit der Hand durchs Haar und holte tief Luft.

»Aber anschließend, als mir wirklich klar wurde, dass du da auf dem Fußboden liegst, du, da wusste ich plötzlich, dass ich dein Leben in meinen Händen gehalten hatte. Einige Minuten lang warst du vollkommen von mir abhängig. Als seien wir nie so innig miteinander verbunden gewesen. Dieser kurze Augenblick zwischen Leben und Tod brachte uns einander irgendwie näher … Es gibt so vieles, was ich dir sagen muss, Raoul. Dieses Sich-ständig-Verstellen, diese ganzen Lügen, als seien wir nur flüchtige Bekannte, das macht mich ganz fertig. Das führt nur dazu, dass wir uns gegenseitig verachten. Und an diesem Punkt sind wir jetzt. Warum können wir uns nie ganz normal über die Dinge unterhalten, die wirklich etwas bedeuten?«

Sie verstummte und ließ die Augen auf ihm ruhen. Behutsam nahm er ihre Hand. Seine Finger waren kalt, erwärmten sich aber rasch bei der Berührung mit ihrer weichen, warmen Haut. Geistesabwesend, nachdenklich, fast gewohnheitsmäßig liebkoste sie seine Hand mit dem Daumen. Das verlieh ihm die Kraft, jene Frage zu stellen, die ihn seit seinem Erwachen und dem Blick in ihren berechnenden Augen beschäftigt hatte.

»Helena«, begann er, »wusstest du wirklich nicht, dass ich eine Erdnussallergie habe? So oft, wie wir zusammen gegessen haben …«

Weiter kam er nicht, da die Tür aufging. Die plötzliche Störung hob ihre Intimität auf. Aus alter Gewohnheit heraus ließ Helena sofort Raouls Hand los. Louise trat mit einem Tablett mit einer Tasse Tee und Butterbroten ein. Hinter ihr kam Anna mit einer Flasche Rotwein und einigen Gläsern.

»Und wie geht es dem Kranken?«, fragte Louise und ließ sich neben seinem Kopf aufs Sofa sinken. Sie legte ihm ihre kühle Hand auf die Stirn. Raoul blinzelte angestrengt.

»Besser«, antwortete er leise. Er war immer noch sehr mitgenommen, und es störte ihn, dass seine Unterhaltung mit Helena noch in der Luft hing. Jetzt saß sie schweigend und ernst mit verschränkten Armen da. Sie hatte versucht, ihm etwas zu erzählen, etwas, was er nicht verstand. Plötzlich hatte er das Gefühl, dass er das auch lieber nicht hören wollte. Unbehaglichem ging er lieber aus dem Weg.

Louise reichte ihm die Teetasse, und Raoul richtete sich halb auf dem Sofa auf, um sie entgegenzunehmen. »Ist die für mich?«

»Bitte schön. Irgendwas musst du heute Abend schließlich zu dir nehmen. Niemand soll mir vorwerfen können, ich sei eine schlechte Gastgeberin«, antwortete sie trocken.

Caroline schlenderte ins Zimmer und setzte sich auf die Sofalehne hinter Louise. Louise legte ihr einen Arm um die Taille. Caroline schüttelte ihr langes Haar. »Und wenn ich es nun war, die das Erdnussöl ans Essen getan hat?«

»Um dich dafür zu rächen, dass ich so gemein zu dir bin, wenn wir spielen?« Raoul lachte matt. »Aber du konntest doch wohl nicht wissen, dass ich allergisch bin?« Er stellte die Teetasse zurück und nahm ihre Hand. Diskret streichelte er mit den Fingerspitzen ihre Handfläche. Caroline ließ erst los, als sich Louise räusperte und sie enger an sich zog.

»Bist du dir sicher, dass du dich nicht noch untersuchen lassen musst?«, fragte Louise. »Muss man nicht ins Krankenhaus, wenn es einem so schlecht gegangen ist?«

Raoul hatte keine Gelegenheit, den Mund zu öffnen, da antwortete Helena bereits. »Es geht ihm prima. Merkwürdig, oder? Aber so ist es mit allen allergischen Reaktionen.«

Eben noch hatte sie es gewagt, sich zu ihren Gefühlen zu bekennen. Aber jetzt war sie wieder rau wie immer. Ein hoffnungsloser Fall, dachte er.

»Aber warum in aller Welt hast du eigentlich keine Adrenalinspritzen in deinem Necessaire?«, fuhr Helena fort. »Ich habe Caroline in dein Zimmer geschickt, aber sie hat keine gefunden.«

»Hast du in meinem Necessaire gewühlt, Caroline?« Er wandte sich ihr zu und nickte nachdenklich und mit strengem Blick, der jedoch in ein Lächeln überging.

»Da gab es nur Unmengen Viagra«, kicherte Caroline aufgedreht. Die Röte stieg ihr ins Gesicht, und sie schüttelte ihre Locken nach vorne, um diese zu verbergen. Rasch nahm sie das Weinglas aus der Hand ihrer Schwester und trank es in einem Zug aus. Louise sah sie besorgt an.

»Caro …«

»Was?« Säuerlich erwiderte sie Louises Blick und zuckte dann gleichgültig mit den Achseln.

»Nur zur Information«, scherzte Raoul, »falls ihr vorhabt, mich noch weitere Male zu vergiften: Ich bewahre die Spritzen in meiner Brieftasche auf.«

»Dann hast du sie ja immer zur Hand, wenn du sie brauchst«, meinte Helena und lächelte. Langsam bekam sie gute Laune. Ihre Erleichterung verlieh ihr neuen Mut, was ihrem offenen Gesicht auch abzulesen war. Raoul wurde von einem plötzlichen Gefühl der Freude überrascht, als hätte er sich die ganze Zeit danach gesehnt, dass sie – ja, was? – nett werden würde. Ihm fiel kein besseres Wort für die Eigenschaft ein, die er nie in ihr hatte hervorrufen können.

»Auf Helena, die Heldin des Abends …« Raoul hob ihre Hand und küsste ihren Handrücken, während er ihr in die Augen sah. »Danke, meine Freundin.« Die Augen beider glänzten, und sie lächelten verlegen, als es ihnen gleichzeitig auffiel.

»Ich bin jedenfalls wahnsinnig froh, dass du noch lebst!«, sagte Anna und leerte ihr Glas. »Wir dürfen unsere Primarien wirklich nicht in diesem Tempo verschleißen. So wird die CD nie fertig!«

Alle lachten, und Raoul zog Anna an sich und küsste sie auf den Mund. Helena beobachtete das Schauspiel, ertappte sich dann aber dabei und wandte den Kopf ab. Automatisch griff sie nach der Weinflasche, schenkte dann aber mit so viel Schwung ein, dass sie die Hälfte neben das Glas goss. Sie lachte übertrieben über ihre eigene Ungeschicklichkeit und erhob sich dann, um in die Küche zu gehen und einen Lappen zu holen. Als sie ihn mit zitternden Händen auswrang, wären ihr fast wieder die Tränen gekommen, aber sie blinzelte einige Male, und es gelang ihr, sie zurückzudrängen. Sie reckte sich, holte tief Luft und ging wieder zu den anderen.

Raoul strich sich mit einer Hand durchs Haar und ließ sie dann behutsam und wie zufällig auf Carolines Schulter fallen. Er massierte vorsichtig ihre Schulter mit den Fingern und begegnete ihrem flackernden Blick mit einem entzückten Lächeln. Sofort zog Louise Caroline enger an sich und küsste sie erst einmal und dann ein zweites Mal noch inniger. Plötzlich bekam Caroline einen Schluckauf und lachte nervös. »Ich brauche wirklich was zu trinken.«

Helena hatte sich gerade ein weiteres Glas eingeschenkt, als ihr Caroline die Flasche aus der Hand riss und ihr eigenes Glas bis zum Rand füllte. Nervös hob sie das übervolle Glas an die Lippen, wurde aber von Louise am Trinken gehindert, die ihre Hand auf das Glas legte.

»Caroline …« Louise legte den Kopf zur Seite. »Ich verstehe, dass du deine Dummheiten ertränken willst, aber du hast schon zwei Gläser getrunken, meine Kleine.«

Caroline errötete erneut und schob Louises Hand beiseite, stellte das Glas dann aber doch weg, ohne getrunken zu haben. Sie meinte zu sehen, wie sich Louises gekünsteltes Lächeln verdüsterte. Die Herzlichkeit, die Louise zu vermitteln suchte, überzeugte nicht ganz, obwohl sie sich alle Mühe gab.

»Please, Louise …«, reimte Caroline beschwichtigend. Sie lehnte sich so fest an Louise, dass diese zur Seite gedrückt wurde, und brachte ihre Missbilligung zum Ausdruck, ohne sie in Worte kleiden zu müssen.

Louise lachte angestrengt und blinzelte, um einen klaren Blick zu bekommen. Mit gebeugtem Kopf wartete sie, bis sie die Aufmerksamkeit aller hatte, und stellte dann Caroline eine rhetorische Frage: »Sollen wir es erzählen?«

»Was denn?« Helena riss die Augen auf.

»Nein, nein, nein, das ist jetzt der falsche Augenblick, Luss«, sagte Caroline ernst und mit Nachdruck, als sie erkannte, worauf sie hinauswollte.

»Oh, Caro, ich kann es nicht abwarten.« Louise machte eine weitere kurze Pause und vermied es dabei, Caroline anzusehen. Als sie aus den Augenwinkeln bemerkte, dass Caroline dabei war, den Mund zu öffnen, beeilte sie sich, ihr zuvorzukommen.

»Caroline hat ein kleines Geheimnis.«

»Ach?«, sagte Raoul mit einem höflichen Lächeln.

»Nein!« Caroline starrte Louise an. Sie sah etwas anderes als Liebe und bekam Angst.

»Doch!«, ermahnte Anna. »Jetzt werde ich richtig neugierig.«

Aber ihre Neugier blieb ihr im Hals stecken, als sie die Fortsetzung hörte.

»Wir erwarten ein Kind!«

Es wurde vollkommen still. Eine gedrückte, peinliche Stimmung machte sich im Salon breit. Caroline schaute weg. Sie konnte den brennenden Blick ihrer Schwester spüren, der sie zu einer Erklärung aufforderte. Was sollte sie sagen? Wie sollte sie vor Louise, vor Raoul, hier und jetzt zur Wahrheit stehen?

Resigniert schlug Helena die Hände auf die Oberschenkel und ließ sich schwer gegen die Rückenlehne des Sofas fallen.

»Nein, jetzt musst du mich schon entschuldigen, Caroline, aber ich verstehe überhaupt nichts!«

Caroline schwieg weiter. Sie hatte die Schultern eingezogen und spielte mit einer Locke vor ihrem Gesicht, um sich der allgemeinen Aufmerksamkeit zu erwehren. Als Helena keine Antwort erhielt, wandte sie sich an Louise.

»Ist das wahr?«, fragte Helena ernst.

Louise sah rasch zu Caroline hinüber, die einen halbherzigen Versuch machte, etwas zu sagen. Aber je mehr sie sich anstrengte, desto starrer wurde ihr Gesicht. Verzweiflung schien sie zu lähmen.

Helena lachte kurz auf und fuhr sich mit der Hand durchs Haar.

»Ich muss wirklich sagen, heute Abend ist nichts unmöglich. Erst eine Auferstehung, dann eine Jungfrauengeburt«, fuhr sie fort und trank einen Schluck. »Warum nicht noch ein paar weitere biblische Highlights, wenn wir schon einmal dabei sind? Dieser Wein ist wirklich überaus wässrig.«

»Caro hat den Test schon gemacht. Sie ist jetzt in der siebten Woche.«

Louise ergriff wieder die Gesprächsinitiative. Einen Augenblick lang hatten sie die stummen Reaktionen aus der Fassung gebracht. Jetzt hatte sie jedoch ihre normale Selbstbeherrschung wiedergewonnen. »Wir haben uns von einem sehr diskreten Spender mit außerordentlich guten Genen helfen lassen.«

»Und wer ist das?«, brachte Raoul mit Mühe über die Lippen und merkte, dass er vor Grauen kaum noch zu einem Gedanken fähig war. Louise lächelte ihn ironisch an.

»Wohl neugierig?«

Raoul versuchte ihren Kommentar mit einem Lachen abzutun. Er schluckte und fragte erneut.

»Nein, ganz im Ernst, Louise … Wer ist der Vater von Carolines Kind?«

»Von Carolines und meinem Kind, Raoul. Das können wir nicht verraten. Ich glaube auch nicht, dass du das wissen willst. Aber wenn du alles richtig machst, darfst du vielleicht Pate des Kindes werden.«

»Ich hatte geglaubt, dass ich heute Abend die Hauptrolle spiele! Warum habt ihr mich nicht gefragt? Ich fühle mich beleidigt!«, stichelte Raoul mit kühler Stimme. Das hatte ein Scherz sein sollen, aber Louise verzog nicht den Mund.

»Das hätte dir so gepasst, was?«, erwiderte sie ebenso kühl. »Aber diese Rolle war bereits vergeben.«

»Hört auf!«, rief Caroline und warf den Kopf zurück. Sie starrte an die Decke, bis es ihr gelang, wieder ruhig zu atmen.

Anna trank ihr halbes Glas leer und sagte dann übertrieben feierlich: »Gratuliere! So unglaublich … so unglaublich …« Sie nickte, als würde ihr das das Beenden des Satzes erleichtern. »So unglaublich wunderbar! Das ist doch ganz … wunderbar! Das meine ich wirklich. Wie schön für euch beide! Und Caroline … stell dir vor, dass du jetzt Mutter wirst!«

Caroline erhob sich rasch, und ohne ein Wort zu sagen bahnte sie sich zwischen den Polstermöbeln einen Weg. Louise legte ihr die rechte Hand auf den Arm und folgte ihrer Bewegung, bis der Kontakt abriss, und die Hand durch ihr eigenes Gewicht herabfiel. Aus der Hausbar nahm Caroline eine Flasche Ginger Ale, öffnete sie mit einem Zischen und leerte sie, wobei sie den anderen den Rücken zukehrte. Dann drehte sie sich halb um und erklärte: »Ich gehe ins Studio.«

Louise sah sie mit einem gekränkten Lächeln an. »Aber Liebes … willst du schon wieder dorthin verschwinden?«

»Ich muss für den Tschaikowsky-Wettbewerb üben. Du brauchst meinetwegen nicht aufbleiben«, rief sie noch aus der Diele.

Es war, als hätte Caroline die ganze Luft aus dem Salon abgelassen. Als ihre Schritte verklungen waren, sagte Helena: »Das war vielleicht etwas verfrüht«, und sah Louise an.

»Ja, ich weiß …«, seufzte Louise. »Ich konnte es aber einfach nicht lassen.«

An diesem Abend gelang es Caroline nicht einmal, den Bogen zu heben. Mit hängenden Schultern und dem Cello zwischen den Knien verharrte sie, ohne einen Ton spielen zu können. Sie starrte in den dunklen Raum. Einzig die Ecken der Cellozarge, die sich alltäglich und vertraut in die Innenseiten ihrer Schenkel bohrten, und der schmale Hals des Cellos, das an ihrem linken Schlüsselbein ruhte, vermittelten ihr ein Gefühl der Geborgenheit. Das war ihr einziger Halt, während die Gedanken in alle Richtungen davonstoben. Sie würden auf dieser kleinen Insel bleiben müssen, bis das Quartett aufgenommen war. Sie hatten noch nicht einmal angefangen. Sie ertrug den Gedanken nicht, hierzubleiben, an einem Ort, an dem sie sich nicht zurückziehen konnte.

Sie hatte keine Hoffnung mehr. Das war die Strafe. Die Strafe dafür, dass sie sich selbst über Leben und Tod gestellt hatte.

Das Einzige, was ihr blieb, war, allem ein Ende zu machen. Sie begann darüber nachzudenken, wie sich dies bewerkstelligen ließe. Rasiermesser war natürlich ein sicherer Ausweg, und sie wusste auch, was es bedeutete, am Handgelenk entweder quer oder längs zu schneiden. Sie spielte durchaus nicht zum ersten Mal mit diesem Gedanken. Vermutlich tat es nicht einmal sonderlich weh. Wenn man nur energisch genug war und beide Arme in ausreichender Länge aufschnitt, dann ließ der Druck recht rasch nach, und man wurde bewusstlos. Man konnte natürlich auch eine Überdosis Schlaftabletten schlucken, aber das ging nicht genauso schnell. Dann bereute man es vielleicht. Sprang man ins Meer, war der Körper rasch unterkühlt und gefühllos.

Während Caroline ihren fürchterlichen Gedanken nachhing, surrte es plötzlich in ihrer Tasche. Sie zuckte überrascht zusammen und las die SMS. Ihr Herz setzte einen Schlag aus. Mit raschen Bewegungen des Daumens verfasste sie eine Antwort und legte dann das Cello auf die Seite. So leise wie möglich schob sie die Glastüre auf und trat in die eisige Kälte.

Freitag, 16. Oktober

Anna erwachte früh am nächsten Morgen und ging nach unten, um Kaffee zu kochen. In der Küche saß bereits Helena mit einer großen handgetöpferten Tasse in der Hand.

»Der Streit hatte es in sich, findest du nicht auch?«

»Streit?«

»Ja, hast du denn Caroline und Louise heute Morgen nicht gehört?«, fragte Anna mit großen Augen. »Ich vermute, Caroline war wütend, weil Louise von dem Kind erzählt hat.«

»Tja …«, erwiderte Helena müde. »Ich begreife überhaupt nichts.«

Anna zuckte mit den Achseln und schlug eine vergilbte, monatealte Zeitung auf.

»Glaubst du denn nicht, dass es ihr zusammen mit Louise gut geht?«

Helena trank einen Schluck und dachte nach. »Louise ist Louise, sie weiß, was sie will. Aber Caroline … ich meine, ich liebe meine Schwester wirklich und will nur ihr Bestes, aber bislang hatte sie immer nur Freunde. Wohlgemerkt im Plural! Warum sollte sie plötzlich mit einer Frau eine dauerhafte Beziehung aufbauen? Das ist nicht ihre Art! Für sie ist das … was weiß ich, eine lustige Aktion. Und dann noch das mit der Schwangerschaft.« Sie schüttelte den Kopf. »So leichtfertig, das Accessoire der Saison, ein Baby. Was hat sich Louise eigentlich dabei gedacht?« Sie schwieg eine Weile, dann fuhr sie versonnen fort: »Aber man kann ihr nicht sagen: Was hast du da gemacht? Caroline ist schließlich selbst noch ein Kind!« Sie schüttelte den Kopf und beugte sich vor, um ein Stück Käse abzuschneiden.

»Versuchst du, Caroline in Schutz zu nehmen? Es kann doch wohl nicht allein Louises Verantwortung sein?« Anna biss von ihrem Brot ab und kaute. »Und Caroline ist ganz definitiv eine erwachsene Frau. Sie kriegt jeden Mann rum.«

»Es geht nicht darum, jemanden in Schutz zu nehmen«, antwortete Helena. »Ich bin nur realistisch.«

»Und was sagt Caroline? Hast du mit ihr gesprochen?«

»Es hat sich nach allem, was gestern geschehen ist, kein günstiger Zeitpunkt ergeben, um mit ihr zu reden. Ich bin zu Bett gegangen.«

»Glaubst du denn nicht, dass sie sich verändert haben könnte? Sie wünscht sich vielleicht Kinder, obwohl sie nie etwas zu dir gesagt hat. Ihr trefft euch doch nicht so oft? Ich kann es vor mir sehen. Louise und Caroline mit Kindern. Ich glaube, das funktioniert.«

Helena lachte trocken. »Du, ich kenne Caroline. Sie ist die egozentrischste und karrierebesessenste Person, die mir je untergekommen ist …«

Die Küchentür öffnete sich, und Raoul kam mit einem »Guten Morgen« die Treppe herunter.

»… oder sie kommt zumindest auf einen guten zweiten Platz. »Auferstanden von den Schlafenden?«, grüßte sie dann an Raoul gewandt zurück.

»Muss ich mir das jetzt ewig anhören?«

»Du stehst auf immer in meiner Schuld.«

»Wie stellst du dir die Bezahlung denn vor?« Ein kleines, herausforderndes Lächeln ließ sich um seine Augen ahnen, aber nur Helena bemerkte es.

»Dir wird schon etwas Schlaues einfallen«, erwiderte sie bereits auf dem Weg ins Studio.

Anna lehnte sich mit ihrer Kaffeetasse zurück, während sie Raoul betrachtete. Dieser strich Butter auf zwei Brotscheiben, goss sich Kaffee ein, schnitt eine Scheibe Käse ab und steckte sie in den Mund. Dann schnitt er vier weitere Scheiben ab, verteilte sie auf den Brotscheiben und garnierte diese mit Orangenmarmelade. Käse und Marmelade zusammen. Immer noch. Sein Hemd hing ihm etwas aus der Hose, und seine Locken kräuselten sich im Nacken. Ein ganz normaler Morgen. Die schöne Einfachheit der Alltäglichkeit. Anna wurde es ganz wohlig. Warum konnte er morgens nicht in ihrer Küche herumlaufen? Oder noch besser: In ihrer gemeinsamen Küche, beispielsweise in einer gemütlichen 20er-Jahre-Villa in Södra Ängby.

Er sah ihr ihre Nachdenklichkeit an.

»Habt ihr über etwas Spezielles gesprochen?«

»Das Wunschkind der Königin und der Prinzessin«, antwortete Anna geläutert.

»Ach so«, meinte Raoul. »Schade um die gute Figur …«

Ein müder Seufzer war alles, wozu sie sich aufraffen konnte. Sie trank den Rest ihres Kaffees, der bereits bitter schmeckte, und stand auf, um ins Studio zu gehen und sich warmzuspielen. Wenig später waren die ersten Töne ihrer Geige zu hören.

Die Möwen schwebten vor dem Fenster über den blauen Himmel. Raoul ging mit seinem Frühstück nach draußen, um eine Weile die Sonne zu genießen, bevor die Arbeit begann. In der Diele hörte er Schritte die Treppe herunterkommen. Erst sah er die langen Beine, dann den Bauch, die Locken vor der Brust und schließlich das Madonnengesicht. Er lächelte strahlend, erntete aber nur eine bekümmerte Miene.

»Guten Morgen, Caroline. Ausgeschlafen?«

Sie schüttelte den Kopf und blieb auf der letzten Treppenstufe stehen.

Raoul nickte zur Tür. »Setz dich doch zu mir auf die Treppe und frühstücke.«

»Ich habe keinen Hunger.«

»Dann leiste mir halt Gesellschaft.«

Caroline sah ihn mit ihren großen glänzenden Augen an.

»Komm, dann setzen wir uns und reden miteinander. Wenn du lieb bist, gebe ich dir auch was von meinem Kaffee ab.«

Sie lächelte gegen ihren Willen, und ihre Züge entspannten sich.

Obwohl es ein ungewöhnlich warmer Morgen war, schien die Sonne nur über Svalskär zu scheinen. Über dem Festland hingen schwere Regenwolken. Er setzte sich auf die oberste Treppenstufe und schob Caroline vor sich. Sie lehnte sich zurück, und ihr Haar verfing sich in seinen Bartstoppeln. Hier saß es sich unbehelligt unter einem kleinen Vordach, das von zwei massiven Holzsäulen gehalten wurde. Von keinem Fenster aus war man zu sehen, und niemand konnte die Tür öffnen, ohne dass sie das merkten.

»Bist du in Schwierigkeiten?«

»Ich weiß nicht.« Sie nahm seine Kaffeetasse und trank einen Schluck.

»Habe ich dich in Schwierigkeiten gebracht?«

»Vielleicht.«

Einen Augenblick lang wurde es still, beide saßen in Gedanken versunken da. Raoul spielte mit einer ihrer Locken, und dabei entspannte sie sich ein wenig. Sie ließ sich weiter in seine Arme sinken.

»Hast du mal darüber nachgedacht … es könnte sein, dass auch du mich in Schwierigkeiten gebracht hast«, sagte er leise. »Als ich dich gestern Nacht in den Armen gehalten habe, habe ich so ein unbeschreibliches Glück empfunden. Weißt du, dass du schon nach ein paar Minuten eingeschlafen bist? Während du Haut an Haut dicht bei mir lagst, strich ich dir mit den Fingerspitzen über deine helle samtweiche Haut. Vorsichtig, damit du nicht erwachen würdest. Da entdeckte ich die kleine Narbe auf der rechten Seite deines Bauchs und dachte, aha, haben sie Caroline also den Blinddarm rausgenommen. Dann ließ ich meine Finger weiter wandern und strich über deine Brustwarzen und dachte nach, hm, haselnussbraun und recht klein, obwohl die Brust so rund ist und meine ganze Hand füllt. Dann spielte ich etwas mit dem Ring in deinem Nabel und dachte darüber nach, ob dieses Piercen nicht fürchterlich wehgetan hat. Ich wünschte mir, ich wäre dabei gewesen, um deine Tränen abzuwischen, da du dich nun einmal dafür entschieden hattest.«

Er räusperte sich und holte tief Luft. »Dann blieb meine Hand auf deinem Bauch liegen und glitt schließlich hinab in deinen weichen Schoß. Da wurde mir das Herz etwas schwerer, als ich an die Zellen dachte, die sich gerade in deiner Gebärmutter teilen …«

Caroline zuckte zusammen, aber Raoul hielt sie fest. Seine Nasenspitze berührte ihre Wange. Er schluckte. »Da wünschte ich mir, Caroline«, fuhr er fort, »derjenige gewesen zu sein, der die Ehre hatte, dich zu befruchten. Und dass wir beide es wären, die sich sehnten und hofften. Dass du mir gehörtest und nur mir und dass das immer so bleiben würde.«

Er bemerkte die Tränen, die ihr über die Wangen liefen, erst, als sie auf sein Handgelenk tropften. Da zog er sie noch dichter an sich und machte ein paar beschwichtigende Geräusche.

»Ich wünschte mir das auch«, flüsterte sie mit so schwacher Stimme, dass sie kaum zu hören war.

Zärtlich strich er ihr Haar beiseite und küsste sie hinter das Ohr. Ein wohliger Schauer durchfuhr sie, und sie legte ihre Arme auf seine und zog sie noch fester um sich. Ein leichter Kuss auf ihre Schläfe, und dann Lippen, die ihren Mund suchten, der diesen erst zögernd, dann immer drängender begegnete. Wärme loderte in ihrer Brust. Plötzlich entzog sie ihm ihren Mund.

»Was machen wir jetzt?« Ihre zitternde Stimme überschlug sich beinahe. Raouls hastige Atemzüge waren wie ein Druck in ihrem Rücken und wärmten ihre Wange.

»Merkst du nicht, was geschieht?«

»Ich verstehe nicht, wo das hinführen soll.«

»Es gibt nur einen Weg, meine geliebte Caroline«, antwortete er mit so ruhiger Überzeugung, dass es ihn selbst überraschte.

Sie holte Luft und drehte sich um, um ihm in die Augen zu sehen.

»Meinst du das wirklich?«

»Was?« Er legte seine Wange an ihre und flüsterte: »Dass ich dich liebe?«

Sie saß unbeweglich da und vermochte kaum zu atmen. Da lachte er plötzlich und wich ein wenig zurück.

»Entschuldige, entschuldige, dass ich gelacht habe, aber mich überkam plötzlich ein wahnsinniges Glück, als ich diese Worte aussprach. Ja, Caroline, ich liebe dich. Ich liebe dich mehr als das Leben. Kannst du diese Bürde tragen?«

Sie schluckte und fuhr sich mit der Zungenspitze über die Lippen.

»Liebst du mich wirklich«, begann sie und zögerte dann die Fortsetzung hinaus, »und unter allen Umständen?«

Er sah sie verwirrt an. Ohne zu antworten, umarmte er sie noch fester.

»Raoul, ich muss dir etwas gestehen«, sagte Caroline, langsam und mit Nachdruck. »Du wirst mich anschließend vielleicht verachten. Ich weiß selbst nicht mehr aus noch ein. Ich habe es bisher noch niemandem erzählt. Aber jetzt sehe ich keinen anderen Ausweg mehr, als dir gegenüber ganz ehrlich zu sein.«

Die Aufnahmen sollten nach dem Mittagessen beginnen. Gegen halb zwei erwarteten sie Jans und Kjells Eintreffen. Es war daher geplant, den ganzen Vormittag lang Stenhammars siebtes Streichquartett zu üben. Helena saß an ihrem Pult und notierte sich den Fingersatz in die Bratschenstimme. Neben ihr wärmte sich Anna mit Tonleitern auf.

Louise kam die Treppe zum Studio herunter. Weder Helena noch Anna schenkten ihr übermäßige Beachtung, und auch sie unternahm keinen Versuch, eine Unterhaltung zu beginnen. Sie sank auf einen Sessel und ließ den Blick über den Halbkreis aus vier Notenständern und Stühlen wandern. Zwei waren leer, die Stühle des Primarius und des Cellos. Die Spannung im Raum war in ihrer Abwesenheit spürbarer. Hätten sie auf ihren Stühlen gesessen, dann hätte sie sie unter Aufsicht gehabt und ihre Signale deuten können. Wenn sie sie nicht in ihrer Nähe hatte, gingen die Gedanken mit ihr durch.

In der vergangenen Nacht hatte sie mehrere Stunden wach gelegen, bis Caroline in ihr Zimmer geschlichen war und sich lautlos zu ihr ins Bett gelegt hatte. Vollkommen reglos hatte sie gewartet und darauf gehofft, dass sie näher kommen, ihren Kopf an ihre Schulter legen, sie mit ihren langen Armen umschlingen und dann ihren Kopf in ihrer Wange vergraben würde. Wie sie das früher getan hatte. Aber Caroline hatte ihre Decke ans Kinn gezogen und war von ihr abgewandt auf ihrer Bettseite eingeschlafen.

Sie redete sich ein, dass Caroline die ganze Zeit geübt hatte und ganz einfach erschöpft war. Außerdem war sie ja schwanger, und das kostete ebenfalls Kräfte. Das hatte sie im »Großen Buch für werdende Mütter« gelesen. Seit Caroline von der Haydn-Tournee nach Hause gekommen war, war sie müde gewesen. Und abweisend. Sie hatte ihr kaum erlaubt, sie anzufassen.

In den frühen Morgenstunden war es Louise endlich geglückt einzuschlafen, aber bereits um sechs hatte sie die Augen wieder aufgeschlagen und so lange auf Caroline gestarrt, bis sie ihre Züge in der Dunkelheit hatte ausmachen können. Immerhin war sie noch da. Sie lag neben ihr. Ihr Gesicht war so friedlich, schöner denn je, die langen, dunklen Wimpern warfen Schatten auf ihre Pfirsichhaut.

Dann sah sie, wie sich die Augen unter den Lidern rasch bewegten. Ihre Oberlippe zuckte leicht. Sie schluckte und presste die Lippen zusammen. Dann lächelte sie. Sie träumte. Caroline hatte angenehme Träume, die sie von innen heraus leuchten ließen. Wovon träumte sie? War es das wachsende Leben in ihr, das neue Bilder und Fantasien schuf? Wurde sie von dem Glück erfüllt, das sich in ihrem Unterbewusstsein spiegelte? Diese Erklärung war so schön, dass Louise nicht mehr weiter hatte nachdenken wollen.

Und obwohl sie lange Überlegungen angestellt und beschlossen hatte, nicht zu fragen, keinen Verdacht zu hegen, war das zu ihrem Entsetzen die erste Frage, die ihr über die Lippen kam, als Caroline die Augen öffnete:

»Wo warst du heute Nacht?«

Sofort verschwanden das anmutige Lächeln und der wunderbare Schimmer aus dem Gesicht. Louise streckte instinktiv die Hand aus, um ihren unmissverständlichen Vorwurf zu entschärfen, aber Caroline wich zurück und beeilte sich aufzustehen, als sei ihr jede Berührung unangenehm.

Louise lehnte sich schwer im Sessel zurück und schloss die Augen. Sie fühlte sich mutlos. Irgendetwas stimmte überhaupt nicht. Bedrohliche Gedanken bemächtigten sich ihrer, sobald sie nur etwas nachgab. Früher oder später würde sie sie zulassen und sich ihnen stellen müssen, aber noch wagte sie das nicht. Solange sie sie verleugnete, konnte sie an eine Rettung glauben. Dann blieb es ihr erspart, die Vergrämte zu werden. Die Vergrämte war nicht freundlich und beherrscht, sie war nicht stark auf die richtige, sondern auf eine abstoßend destruktive Art. Es war die Machtlosigkeit, die sie lächerlich machte. Sie war bemitleidenswert und schwach in ihrer Isolation. Das war so verdammt erniedrigend! Verzweiflung überkam sie wie eine Woge, die ihr all ihre Kräfte raubte.

Als sie die Augen öffnete, schaute Helena gerade von ihrem Notenständer auf und legte den Kopf zurück. Louise ging sofort in Verteidigungsposition, eine mechanische Reaktion auf Helenas überlegenen Blick. Ganz unerwartet lächelte Helena sie dann jedoch an, und Louise sah ein, dass sie so verkrampft war, dass sie jedes Signal aus ihrer Umgebung falsch deutete. Mit gekünsteltem Selbstbewusstsein erwiderte sie das Lächeln. Natürlich wollte ihr Helena nichts Böses, warum auch? Helena konnte nicht ahnen, wie ohnmächtig sie sich im Moment fühlte. Normalerweise hätte sie ihren Verdacht mit einem Gespräch aus der Welt schaffen können. Gewiss gab es eine Grenze, wie privat sie mit anderen Menschen als Peder werden konnte, aber Helena war vernünftig und betrachtete Probleme häufig aus einer anderen Perspektive. In diesem Fall war das jedoch ausgeschlossen. Schließlich war sie Carolines große Schwester, und Louise wollte mit ihrer Schwäche nicht hausieren gehen, indem sie sie an ihrer kläglichen Lage teilhaben ließ. Am allerwenigsten, weil sie glaubte, dass Helena ihr Verhältnis mit Caroline nie akzeptiert hatte. Sich Helena gegenüber zu öffnen hätte bedeutet, ihr recht zu geben. Da hätte sie genauso gut gleich die Narrenkappe aufsetzen können. Und Anna? Nein, mit ihr konnte sie nicht reden. Sie schmachtete die ganze Zeit nach Raoul und begriff überhaupt nichts. Dumm wie Brot, aber die perfekte zweite Violine. Fleißig, folgsam und mit viel zu wenig Selbstvertrauen, um ihre Autorität als Leiterin infrage zu stellen.

Louise ging ein paar Schritte auf die Terrasse und schaute auf das graublaue, herbstliche Meer. Es raschelte in den Büschen und sie schrak bei dem unerwarteten Geräusch zusammen. Ein Marder oder eine Amsel, vermutete sie und war erstaunt, als Raoul plötzlich lachend aus dem Fliedergebüsch hervorbrach. Er war ebenso perplex, als er Louise entdeckte, und blieb abrupt stehen. Caroline, die direkt hinter ihm aus dem Buschwerk kam, stieß mit ihm zusammen.

»Oh! Hallo … ich wusste nicht …«, begann Raoul, aber es gelang ihm nicht, sein Lachen zu bändigen. Auch Caroline hinter ihm krümmte sich vor Lachen.

Verwirrt sah Louise sie an und versuchte erst, in ihre Munterkeit einzustimmen, aber sie begriff auch, dass die Herzlichkeit nicht sie umfasste.

»Es gibt einen Eingang von der Küche aus, der einfacher und schonender für die Beete ist«, meinte sie und drehte sich unwirsch wieder zum Studio um. Sofort bereute sie es. Wie sehr sie sich auch anstrengte, kam sie doch immer, wenn sie nur den Mund aufmachte, als eine moralisierende Langeweilerin rüber. Alles klang nörgelig und falsch. Sie wollte nicht dieser Mensch sein. Besorgt versuchte sie Blickkontakt zu Raoul aufzunehmen, aber dieser war bereits, ein Lächeln auf den Lippen und in Gedanken weit weg, damit beschäftigt, seinen Bogen zu spannen. Ihm gegenüber klappte Caroline ihren Cellokasten auf und tänzelte dann mit ihrem Instrument zu ihrem Stuhl. Fröhlich pfeifend stieß sie den Stachel in das immer größer werdende Loch im Parkett. Dann stimmte sie ihr Cello mit ein paar raschen Bogenstrichen.

Helena hatte vorgehabt, am Morgen zwei Stunden zu üben, sich aber nicht motivieren können. Sie fühlte sich nach dem Vortag immer noch ganz erschöpft. Als sie an ihrem Pult im Studio Platz nahm und Raoul anschaute, konnte sie sich kaum noch vorstellen, dass sie auf seinem leblosen Körper gekniet und ihm vor allen anderen ins Gesicht geschlagen hatte. Wie bei einem Domina-Spiel. Nicht unähnlich den Übungen in gegenseitigem Einvernehmen in Hotelzimmern auf der ganzen Welt. Die Erinnerungen flossen ineinander. Von seiner nackten Haut und wie es war, sich in seine Glieder zu verkrallen. Ganz in Anspruch genommen von den Bildern, die vor ihrem inneren Auge auftauchten, merkte sie nicht, wie die anderen auf ihren Stühlen Platz genommen hatten und ihre Instrumente stimmten.

»Stimmst du jetzt auch irgendwann, Helena?«, hörte sie plötzlich Louises ungeduldige Stimme.

Ertappt richtete sich Helena auf und fragte sich, wie lange ihre Tagträume wohl gedauert hatten. Sie stimmte schnell ihre Bratsche nach Raouls A und versuchte sich gleichzeitig ein Bild von seinem Gemütszustand zu machen. Raoul sah sie gar nicht.

Sie begannen mit dem zweiten Satz. Raoul hatte die Beine gekreuzt und saß leicht zurückgelehnt, spielte aber mit äußerster Genauigkeit. Mit seiner selbstverständlichen Autorität gelang es ihm, gleichzeitig den anderen Musikern zuzuhören und das Werk voranzutreiben. Finger und Bogen bewegten sich automatisch über die Geige. Ab und zu unterbrach er, um leise und freundlich eine Ansicht über ihr Zusammenspiel vorzubringen. Der aufgeblasene Führungsstil war verschwunden. Helena fragte sich, worauf diese Veränderung beruhte, aber nachdem sie eine

Stunde lang gespielt hatten, begann sie sich ebenfalls zu entspannen. Sie konnte es fast genießen, mit Raoul zusammen zu musizieren, wenn sie es sich erlaubte, ihm zuzuhören und nicht zu viel nachzudenken. Es war leicht zu verstehen, warum es Raoul so weit gebracht hatte. Sie hatte einen Musiker vor sich, der extrem begabt, technisch vollendet und mit künstlerischer Fantasie ausgestattet war. Diese Kombination war selten. Helena verstand jedoch nicht, warum sich diese vielseitige Tiefe nicht auch in ihm widerspiegelte, wenn er die Geige nicht in der Hand hielt. Als besäße er zwei Persönlichkeiten, eine farbige, strahlende und eine unerlöste, frustrierte.

Louise entspannte sich ein wenig, als sie sah, dass Caroline spielte, ohne provozieren zu wollen. Ein Schimmer umgab ihr wogendes Haar und ihr rosiges Gesicht, als die Sonne ins Studio schien. Louise merkte gar nicht, dass sie aufgehört hatte zuzuhören. Für sie gab es nur noch Caroline. Als sie ihre Geliebte betrachtete, verschwand um sie herum alles. Da spürte sie kaum noch die nagende Unruhe in ihrem Inneren.

In der Pause öffnete Caroline die Schiebetür, trat ins Freie und setzte sich auf eine Bank. Sie zog ihre Zigaretten hervor und zündete sich eine an. Louise folgte ihr. Ein kurzer Wortwechsel auf der Terrasse endete damit, dass Caroline Louise demonstrativ Zigarettenrauch ins Gesicht blies. Mit einer energischen Handbewegung schloss Louise die Terrassentür. Im Studio befanden sich noch Anna und Helena, die nicht hören konnten, was draußen gesprochen wurde. Caroline sprang auf und gestikulierte, die Zigarette zwischen den Fingern, heftig. Louise versuchte, sich ihr zu nähern und ihr eine Hand auf die Schulter zu legen, aber Caroline schüttelte sie sofort ab.

»Ich wette, sie will nicht, dass die werdende Mutter raucht«, meinte Helena. Anna stellte sich neben sie, stemmte die Arme in die Seiten und betrachtete den stummfilmartigen Auftritt vor den Panoramafenstern. »Gewissermaßen ist das ja zu verstehen …«

Anna drehte sich um und suchte mit den Augen nach Raoul. Dieser befand sich, sein Handy am Ohr, auf dem Weg von der Küche auf die Terrassentür zu. Er hielt inne, als er des Streites gewahr wurde, und kehrte um. Mit hastigen Schritten begab er sich wieder in die Küche. Anna und Helena folgten ihm mit dem Blick. Sie sahen sich an, hatten aber beide keine Lust, die Situation zu kommentieren. Also kehrten sie an ihre Plätze zurück und warteten darauf, dass die Arbeit wieder beginnen würde. Jetzt waren auch die Stimmen von der Terrasse zu hören. Obwohl sich keine Worte ausmachen ließen, war der Tonfall eindeutig.

»Trouble in paradise«, murmelte Anna. Der Gedanke störte sie.

Plötzlich klingelte Louises Handy, und sie ging ans andere Ende der Terrasse, weil dort der Empfang besser war. Caroline trat die Zigarette mit ihrem Stiefel aus und kam wieder ins Studio.

»Dumme Kuh!«, murmelte sie und griff wieder zu ihrem Cello. Gewohnheitsmäßig spielte sie ein paar schwere Passagen ihres Schumann-Konzerts und sprach gleichzeitig leise vor sich hin.

Wenig später trat Louise ein und ließ ihr Handy zuschnappen.

»Also«, sagte sie. »Das war Jan. Offenbar herrscht in Furusund ein halber Orkan, und deswegen kommen sie auch heute nicht mit dem Boot raus. Wir können nur hoffen, dass sie morgen früh auftauchen, weil wir die Aufnahme sonst vergessen können.«

Svalskär war keine große Insel. Auf dem Uferweg dauerte es fast eine halbe Stunde, die Insel zu umrunden, weil man zwischen den Wegabschnitten über die Felsen klettern musste. Der nördliche Teil der Insel bestand aus einem Wäldchen mit Kiefern, Tannen und ein paar Birken, die im Wind rauschten. Am Ende der nördlichen Landzunge stand auf einem hohen, runden Felsen das Atelier. Eine windgepeitschte Holztreppe führte in Absätzen zu dem kleinen Holzgebäude mit großen Glasfenstern nach Norden und Osten hinauf, unter denen die Felsen steil ins Meer abfielen. Die Treppe auf der Südseite wurde von Geißblatt überwuchert, dessen Samen sich vor fünfzig Jahren auf die Insel verirrt und hier die perfekten Wachstumsbedingungen gefunden hatte. Das Haus war im einfachen Schärenstil gehalten, mit geteerten Brettern verkleidet und hatte ein rotes Ziegeldach. Der Fußboden bestand aus unbehandelten Dielen, die Innenwände waren weiß gestrichen. In der Kochnische gab es einen Gasherd mit zwei Flammen, auf dem ein emaillierter, schmutziger Wasserkessel stand. Auf dem Wandbord verloren sich ein paar Tassen, Gläser und Teller. Es gab elektrischen Strom, aber kein fließendes Wasser, das musste man aus dem Haupthaus in einer Korbflasche, die an einem Lederriemen über der Schulter getragen werden konnte, mitnehmen. Gespült wurde in einem emaillierten Waschbecken mit dazu passender Wasserkanne. An einer Wand stand ein stabiles Bett und vor dem kleinen Gusseisenofen zwei Bruno-Mathsson-Sessel. Eine große Staffelei und ein Architektenzeichentisch nahmen die übrige Fläche ein.

Das Atelier auf Svalskär war zu Beginn des 20. Jahrhunderts in den Sommern für viele Maler ein zentraler Ort gewesen. Gemälde wurden gegen ein Dach über dem Kopf und zwei Mahlzeiten täglich im Haupthaus eingetauscht. Mittlerweile diente das Atelier gelegentlich als Gästehaus. Es war lange her, dass dort jemand gemalt hatte, aber die verblichenen Farbspritzer und -flecken legten noch Zeugnis vom ursprünglichen Verwendungszweck des Hauses ab. In den Sommern ihrer Kindheit hatte sich Louise oft dort eingeschlossen, um in Ruhe zu üben.

Jetzt ging Anna dort mit dem Geigenkasten in der Hand die Treppe hoch, um etwas Abstand zu gewinnen. Die Vormittagsprobe war ruhig verlaufen, aber die Konflikte schwelten weiter. Die gedrückte Stimmung im Haupthaus schlug allen auf die Laune. Caroline knallte Türen zu und schrie Louise an, Raoul schloss sich in seinem Zimmer ein, um zu telefonieren, und Helena plünderte die Hausbar. Heute Nachmittag war Gin Tonic angesagt. »Heute gibt es ohnehin keine Aufnahme mehr«, hatte sie achselzuckend gemeint, sich aufs Sofa gesetzt, die Schuhe ausgezogen und die Füße auf den Couchtisch gelegt. Anna hatte sich eine halbe Flasche weißen Bourgogne geschnappt und sich dann mit ihrem Geigenkasten ins Atelier begeben.

Im Haus war es kühl, obwohl frische Asche im Ofen lag. Anna machte sofort Feuer. Der Korb mit dem Brennholz war noch halb voll. Die Streichhölzer lagen in einem leeren Marmeladenglas, damit sie nicht feucht wurden. Das übergroße Streichholz flammte auf, als sie es über die Reibfläche strich, aber das feuchte Brennholz fing nur schwer Feuer. Nach einigen erfolglosen Versuchen gelang es ihr schließlich, ein paar zerknickte Kopien der Primgeigenstimme eines Concerto Grosso von Corelli in Brand zu setzen, das sie vor zwei Jahren bei einem Konzert gespielt hatte. Die Kopien hatten in einem Fach ihres Geigenkastens gelegen. Bald fingen dann auch die dünneren Stöcke Feuer, und zehn Minuten später brannte ein munteres Feuer im Ofen. Sie legte ein paar Decken zusammen, die auf dem Fußboden lagen, und setzte sich dann im Sessel vor das Feuer, um sich die Hände zu wärmen. Ihre Jacke behielt sie vorerst noch an. Da sie ohnehin nicht mit dem Spielen anfangen konnte, bis es einigermaßen warm im Raum war, nahm sie die Weinflasche hervor, um sich erst einmal aufzumuntern.

Fröstelnd und mit hochgezogenen Schultern ging sie im Atelier auf und ab, während sie an dem Wein nippte. Draußen hatte es begonnen zu stürmen. Die Sonne wurde von großen Wolkenfetzen verdeckt, die mit rasendem Tempo vorbeizogen und Schatten auf die Insel und das Meer warfen. Die Wellen prallten auf die Felsen unterhalb des Ateliers und waren bis zu ihr hinauf zu hören. Ihr Handy klingelte. Es war Louise.

»Ich will, dass wir das Quartett heute Nachmittag noch einmal spielen.«

»Ist das wirklich sinnvoll?« Automatisch trank Anna den letzten Schluck aus dem Becher und trat an den Tisch, um nachzugießen.

»Ja, das finde ich. Je besser wir vorbereitet sind, desto schneller geht die Aufnahme. Ich will es so schnell wie möglich hinter mich bringen. Raoul muss am Montag wieder in New York sein. Wir müssen also morgen oder spätestens Sonntagvormittag fertig werden.«

»Raoul …«, sagte Anna leise. Louise veränderte ihre Stimmlage.

»Weißt du, wo Caroline steckt? Sie sagte, sie wollte üben, aber ich finde sie nicht. Ihr Cello liegt im Studio.«

»Keine Ahnung. Hast du versucht, sie auf dem Handy zu erreichen?«

»Ja. Sie geht nicht dran. Ich habe es klingeln lassen, aber dann springt nur die Mailbox an.«

In diesem Augenblick entdeckte Anna etwas, was sich durch den Sturm bewegte. Sie drückte die Stirn an die Fensterscheibe und sah Raoul über die Felsen am Ostufer springen. Er schien sich auf das Atelier zuzubewegen.

»Ich übe jetzt, kann ich dich nachher anrufen?«, sagte Anna und beendete das Gespräch. Ihr Herz pochte heftig, aber das Kondenswasser des Fensters kühlte ihr gerötetes Gesicht. Sie fuhr sich durchs Haar und befeuchtete mit der Zungenspitze ihre Lippen. Er war auf dem Weg zu ihr. Anna lächelte. Sie hatte sich also nicht geirrt, als sie eine neue Stimmung zwischen ihnen gespürt hatte. Nicht dieselben leidenschaftlichen Gefühlsstürme wie früher, aber eine warme Nähe. Es gab so viel, worüber sie sprechen mussten. Er zeigte ihr so deutlich, dass er ihr vertraute und mit ihr über Dinge reden konnte, die ihm wichtig waren. Von dort aus würde sich ihre Gemeinschaft wieder zu einer tieferen Liebe entwickeln.

Anna klopfte ans Fenster und winkte, um Raouls Aufmerksamkeit zu wecken, aber er sah sie nicht. Vielleicht war das Klopfen bei dem Sturm nicht zu hören? Jetzt zog er sein Handy aus der Tasche, um zu telefonieren. Sie hielt ihn währenddessen mit dem Blick fest. Süß! Dass er sie anrief, obwohl er nur zwanzig Meter von dem Haus entfernt war!

Aber Annas Handy klingelte nicht. Jetzt sah sie, wie Raoul begann, in seines zu sprechen. Die kleine Freude, die sie empfunden hatte, verebbte. Das war natürlich schon wieder seine verdammte Frau! Oder vielleicht … Anna ging ihre Telefonliste durch, bis sie auf Carolines Nummer stieß. Nach kurzem Zögern drückte sie mit zitterndem Daumen auf die Taste mit dem grünen Hörer. Besetzt. Jetzt sah sie auch, wie Raoul von der lebhaften Unterhaltung mitgerissen wurde. Er warf den Kopf zurück, lachte und machte kehrt. Anna drückte ihr Gesicht ans Fenster, aber er war rasch aus ihrem Blickfeld verschwunden. Da rannte sie auf die Tür zu und öffnete sie rasch einen Spalt. Der Wind fuhr in ihre Locken, und sie schob sie wütend hinter die Ohren. Durch den Türspalt sah sie Raoul zur Sauna oberhalb des Landungsstegs verschwinden. Er drehte sich einige Male um, als wolle er sich davon überzeugen, dass er nicht verfolgt wurde. Aus dem Schornstein der Sauna rauchte es.

Helena trank bereits ihren vierten Gin Tonic, obwohl es erst drei Uhr war. Sie hatte sich neben der Hausbar im Salon verschanzt und probierte systematisch die verschiedenen Ginsorten durch. Es klopfte leise an der halb offenen Tür des Salons, und Louise trat ein.

»Komm rein!«, polterte Helena. »Und bring ein paar Erdnüsse oder irgendetwas anderes Gutes, Fettes und Allergieauslösendes mit.« Sie lachte bitter über ihren eigenen Scherz, und es hallte in ihrem Glas wider, als sie schlürfend trank.

Louise nahm im Sessel ihr gegenüber Platz. Sie schlug die Beine übereinander und hielt ihren Verband in die Höhe. »Bist du betrunken, Helena?«

»Nein … nur etwas angesäuselt …«, stöhnte Helena und legte den Kopf auf die Armlehne des Sofas. »Du siehst selbst etwas mitgenommen aus.«

Louise öffnete den Mund, zögerte dann aber. Es galt, die richtigen Worte zu wählen und Helena nicht zu viel zu verraten.

Oder war die Situation so offensichtlich, dass sie sich nur lächerlich machte, wenn sie versuchte, Carolines seltsames Verhalten zu entschuldigen? Louise nahm Helena das Glas ab, und diese versuchte sich benommen aufzurichten. Mit hochgezogenen Brauen sah sie zu, wie Louise ihren Drink leerte, und warf sich dann ermattet auf das Sofa zurück.

»Es gibt noch Tonic im Kühlschrank«, seufzte sie und schloss die Augen.

»Wo ist Caroline?«, fragte Louise mit brüchiger Stimme.

»Keine Ahnung, nicht die geringste … halt, doch! Sie ist vermutlich auf dem Zimmer. Ich glaube, ich habe sie mit ihren irrsinnigen Absätzen die Treppe hochgehen und die Tür zuknallen hören, dass die Farbe vom Stuck fiel.«

»So habe ich sie noch nie erlebt.«

Helena schniefte und atmete dann lautstark aus.

»Das nennt man Schwangerschaft. Willkommen bei Caroline und ihren neun Monate währenden Stimmungsschwankungen«, meinte sie und betrachtete Louise mit verschleierten Augen. Inzwischen konnte Helena so gut mit ihrem Alkoholismus umgehen, dass sie sich selbst in ziemlich betrunkenem Zustand den Anschein geben konnte, die vernünftige Person zu sein, die sie immer ihrer Mitwelt präsentierte. Aber jetzt spürte sie, dass ihre Geduld ein Ende hatte. Sie hatte keine Lust mehr, unfreiwillig Komplizin ihrer Schwester zu sein und Integrität, Takt und falsche Diskretion an den Tag zu legen. Neben ihr saß Louise und fuhr sich mit den Fingern über Stirn und Nasenrücken, die Brauen von einem symbolischen Kopfschmerz gerunzelt. Dieses introvertierte, stoische Leiden, das Helena noch nie hatte ertragen können. Nein, verdammt, dachte sie, warum soll ich um den heißen Brei herumreden?

»Sie ist doch schwanger?«, fragte Helena mit Nachdruck und sah Louise von der Seite an. »Da bist du dir ganz sicher?«

»Natürlich«, erwiderte Louise, ohne eine Miene zu verziehen.

Hatte sie eine andere Antwort erwartet? Ja, oder zumindest

ein Nachhaken, beispielsweise: »Warum sollte sie das denn nicht sein?« Oder: »Hat sie zu dir etwas anderes gesagt?« Aber Louise verriet nichts, weder durch ihren Tonfall noch durch ihre Miene. Wie immer, mit anderen Worten. Und genauso vorhersehbar wie der Umstand, dass Caroline sie mit ihren halben Andeutungen und hysterischen Anfällen aus der Ruhe gebracht hatte.

Helena empfand eine große Müdigkeit. Kein Erstaunen. Sie war es gewohnt, dass Caroline in Extremen lebte. An einem Tag der Weltuntergang, am nächsten Sonnenschein, und dann gleich wieder der gähnende Abgrund. Am allermeisten störte sie, dass sie sich selbst in das unreife Benehmen ihrer Schwester verwickeln ließ. Stets diese Sorge anlässlich ihrer psychischen Labilität. Aber sie konnte nicht die Verantwortung für Carolines Entscheidungen übernehmen. Sie konnte ihr nicht weiterhin den Rücken decken, wenn sie etwas anrichtete. Jeder Fernsehpsychologe wäre zu dem Schluss gekommen, dass das Caroline nur in ihrer Selbständigkeit hemmte. Sie hatte auch wirklich nicht vor, zwischen Louise und Caroline zu vermitteln. Jetzt reichte es. Es war an der Zeit, Caroline ins Gewissen zu reden. Erst musste sie nur etwas nüchterner werden.

»Aber warum ist sie so wütend?« Louise goss Gin in Helenas Glas, ließ es einen Augenblick kreisen und trank es dann in einem Zug leer. »Habe ich etwas falsch gemacht? Ich verstehe nicht, was das sein sollte, und sie weigert sich, mit mir zu sprechen.«

»Sie ist vermutlich so verdammt fertil, dass die Hormone mit ihr durchgehen, sobald sie befruchtet wird. Mit mir war auch nicht zu spaßen, als ich Johanna erwartet habe«, meinte Helena. Die Tür knarrte. »Sieh an! Die Baronesse! Wenn man vom Teufel spricht, dann steht er in der Diele und lauscht!«

Louise holte tief Luft, als Caroline mit einer Tüte Cheez Doodles in der Hand in den Salon schlenderte. Ihre Lider waren rot und geschwollen, was ihre glänzenden Augen noch grüner erscheinen ließ. Es schien sie aber nicht weiter zu bekümmern, dass die anderen sahen, dass sie eben noch geheult hatte. Sie warf sich auf einen Sessel und legte ein Bein nachlässig über die Armlehne. Die Snacktüte raschelte, als sie eine Handvoll von dem Zeug herausnahm und in den Mund stopfte. Orange Krümel legten sich wie ein pudriger Schnurrbart auf die Oberlippe.

»Hormone?«, murmelte sie zerstreut und kauend. »Bist du schon im Klimakterium, Melkersson? Ich fand auch, dass du in letzter Zeit ungewöhnlich jammerlappig warst.«

Helena lachte böse und beugte sich vor, um etwas von dem Käsesnack zu stibitzen.

»Wie kannst du nur den lieben langen Tag dieses Junkfood essen und trotzdem so dünn bleiben?« Helena betrachtete ihre Schwester, während sie an einem Käsesnack knabberte. »Aber jetzt bist du ja schwanger, Caroline? Oder? Jetzt musst du dich an das Schwangerschaftsfett gewöhnen.«

Caroline schob die Hand in die Tüte und nahm eine noch größere Handvoll heraus. Einige fielen zu Boden, und Louise beugte sich instinktiv vor, um sie aufzuheben.

»Weißt du was«, erwiderte Caroline desinteressiert, während sie kaute, »das bekümmert mich wirklich nicht im Geringsten.«

Sie schaute Louise aus den Augenwinkeln an, und diese schenkte ihr ein tränenerfülltes Lächeln. Caroline senkte den Blick.

»Du ahnst gar nicht, wie erleichtert ich bin, das zu hören«, sagte Louise und spielte mit einer von Carolines Locken. »Ich habe allmählich schon befürchtet, du könntest das mit dem Kind bereuen. Aber vielleicht ist auch nur natürlich, dass man anfangs etwas nervös ist. Schließlich bedeutet das für uns beide so viel Neues.«

Caroline schloss die Augen und legte den Kopf in den Nacken, damit Louise besser mit ihrem Haar spielen konnte. Sie unterdrückte ein Aufstoßen und wischte sich die Krümel vom Mund. Helena sah sie an und öffnete den Mund, um eine ironische Bemerkung zu machen, hielt dann aber inne. Stattdessen lächelte sie und sagte: »Ihr beide seid ein hübsches Paar.«

Louise blinzelte zum Dank mit beiden Augen.

Die Haustüre ging auf, und Annas Lachen wurde vom Wind hereingetragen.

»Hier ist es ja still wie im Grab«, war ihre Stimme aus der Diele zu vernehmen. »Wo sind alle?«

»Hier sind wir«, rief Louise, und wenig später stand Anna mit rosigen Wangen in der Tür des Salons. Sie hatte das Haar mit Wasser gekämmt und zu zwei Zöpfen geflochten. Hinter ihr tauchte Raoul auf. Er schaute ihr wie eine Eule über die Schulter. Seine warme Haut glänzte unter seinen dunklen Bartstoppeln. Auf der Stirn unter den dunklen Locken perlten Schweißtropfen.

»Sollen wir spielen?«, fragte er.

Caroline knüllte die leere Tüte zusammen und warf sie in die Luft. Sie prallte von Helenas Dekolleté ab, fiel zu Boden und rollte Anna vor die Füße.

Es begann schlecht. Raoul riss eine Saite, während er die Geige stimmte. Helena stöhnte laut auf. Nervöse Stille breitete sich aus, während er in seinem Geigenkasten vergeblich nach einer Ersatzsaite suchte. Anna griff in ihre Tasche und reichte ihm eine neue E-Saite.

»Bitte schön, Liebling«, flüsterte sie laut genug, dass alle es hören konnten. Helena und Louise tauschten einen erstaunten Blick aus, während sich Caroline mit der Spitze ihres Bogens in den Zähnen stocherte. Raoul tat, als sei nichts, nickte Anna dankbar zu und nahm den kleinen Umschlag mit der aufgerollten Saite entgegen. Während er seine Geige besaitete, nahm Caroline ein Buch aus ihrer Tasche, die neben dem Notenständer auf dem Fußboden stand, und begann zu lesen. Es raschelte jedes Mal laut, wenn sie umblätterte. Als Raoul mit dem Besaiten fertig war und rasch gestimmt hatte, richtete er sich auf, legte die Geige ans Kinn, suchte die Blicke des Quartetts, um sich ihrer Aufmerksamkeit zu versichern, und begann zu spielen. Caroline las weiter in ihrem Buch. Raoul ließ seinen Blick auf ihr ruhen und wartete darauf, dass sie seiner Aufforderung nachkommen würde. Als sie das nicht tat, beugte er sich etwas zu ihr vor und sagte leise: »Caroline, wir wollen jetzt spielen. Sei so nett und nimm dein Instrument.«

Aber Caroline beachtete ihn überhaupt nicht.

»Ich bitte dich …«, fuhr er mit leichter Unruhe in der Stimme fort. Er wirkte müde. Caroline blieb unnahbar. Stille breitete sich lähmend zwischen ihnen aus, und schließlich starrte Raoul sie an, als versuche er, ihr Buch mit dem Blick zu durchdringen. Caroline las jedoch ungerührt weiter.

»Caroline«, sagte er noch einmal, jetzt etwas lauter. Louise öffnete den Mund, um etwas zu sagen, aber der durchdringende Klang der ersten Geige fiel ihr ins Wort. In rasendem Tempo begann Raoul zu spielen, und Anna und Helena versuchten, so gut es ging, mitzuhalten. Caroline blätterte weiter in ihrem Buch, als sei sie vollkommen in dem fesselnden Text versunken. Erst als etwa die Hälfte des ersten Satzes beendet war, beugte sie sich träge, immer noch mit dem Buch in der Hand und ohne die Zeilen aus den Augen zu lassen, zu ihrer Tasche herunter. Umständlich machte sie ein Eselsohr in eine Seite und legte das Buch weg, während um sie herum die Musik brandete. Anschließend griff sie zu ihrem Bogen und beteiligte sich plötzlich in noch rascherem Tempo, einen halben Schlag vor den anderen, an dem Spiel. Sie spielte laut und dominierend und mit vollkommen ausdrucksloser Miene.

Raoul brach mit einer unwirschen Geste ab, und alle hörten auf zu spielen. Er warf ihr einen fragenden Blick zu, aber Caroline sah ihn nur vollkommen verständnislos an.

Louise schlug ihr Notizbuch zu und räusperte sich: »Sollen wir noch einmal von vorn anfangen?«, sagte sie betont freundlich. »Versucht doch, ein gemeinsames Tempo zu finden.«

Raoul schnaubte und wischte sich ein paar schweißfeuchte Locken aus der Stirn. Dann hob er seinen Bogen, um noch einmal den Takt vorzugeben. Dieses Mal spielte Caroline im korrekten

Tempo, aber so extrem leise, dass sie kaum zu hören war. Sie lachte vor sich hin und versuchte mit hysterischer Munterkeit ihre Heiterkeitsattacken zu unterdrücken. Helena sah Anna an, und diese schüttelte den Kopf und verdrehte die Augen.

Abrupt hörte Raoul zu spielen auf. Helena spielte noch einen halben Takt weiter, ehe ihr der Abbruch auffiel. Louise öffnete den Mund, um etwas zu sagen, aber Raoul kam ihr zuvor.

»Warum machst du das?« Er nahm seine Geige von der Schulter und stützte sie auf sein Knie. Die Bogenhand ließ er fallen. Er starrte Caroline an. Seine gesamte Aufmerksamkeit war auf sie gerichtet, als befänden sich die anderen nicht im Raum. »Ist mit dir irgendwas nicht in Ordnung?«, fauchte er mit unterdrückter Wut.

»Raoul! Caroline, Liebe …«, flüsterte Louise ängstlich, stand halb von ihrem Stuhl auf und ließ sich dann aber wieder sinken.

Caroline zuckte mit den Achseln. »Was denn? Was ist denn?« Jetzt starrte sie ihn an. Sie schüttelte ihre Haare und setzte ein albernes Lächeln auf. »Spiele ich etwa falsch oder was?«

Ohne sie einer Antwort zu würdigen, spielte Raoul dort weiter, wo er aufgehört hatte, und zwar vollkommen mechanisch und unengagiert. Als der letzte Ton verklungen war, stand er so abrupt auf, dass sein Stuhl umfiel. Er packte seine Geige weg und verließ das Studio. Anna und Helena erhoben sich schweigend, legten ihre Instrumente weg und verließen wortlos den Raum. Caroline blieb sitzen, nahm hinter den Stenhammar-Noten ihre Schumann-Noten hervor und begann sofort, für ihr Konzert zu üben. Louise stellte sich hinter Caroline. Sie legte ihr die Hände auf die Schultern und begann sie zu massieren, ohne dass Caroline reagierte.

»War das wirklich notwendig?«

Caroline antwortete nicht. Louise hielt in ihren Bewegungen inne, ließ die Hände jedoch auf den Schultern liegen.

»Caro, ich bitte dich. Rede mit mir.« Louises Stimme klang schwach und verletzlich. Aber Caroline antwortete nicht.

Da vergrub sie die Finger der unverletzten Hand so fest in Carolines Schulter, dass diese mit dem Bogen abrutschte. Sie stieß ihre Hand mit der Schulter zurück und hörte auf zu spielen.

»Könntest du mich bitte üben lassen? Danke!«

Louise zog sofort ihre Hände zurück. Caroline spielte scheinbar ungerührt weiter. Louises Anwesenheit störte jedoch ihre Konzentration. Sie rutschte mit den Fingern ab und begann dieselbe Phrase von Neuem. Mit angestrengter Sorgfalt versuchte sie die Musik zu formen, aber die Hände wollten ihr nicht gehorchen. Da stampfte sie mit beiden Füßen auf und erhob sich mit gerötetem Gesicht. Sie sah Louise an, ohne zu blinzeln, und ihre geschwollenen Augen funkelten. Langsam begannen ihr die Tränen in zwei schmalen Streifen die Wangen herunterzulaufen. Louise ließ sich nicht aus der Ruhe bringen. Sie standen wortlos da und starrten sich an. Schließlich schlug Caroline den Blick nieder. Sie wollte sich gerade umdrehen, als sie Louise mit der Rechten im Nacken packte. Ihr Griff war hart. Aber Caroline war zwanzig Zentimeter größer als Louise und ließ sich nicht so schnell zur Unterwerfung zwingen, obwohl sie das Cello in der einen und den Bogen in der anderen Hand hielt. Bockig zog sie die Schultern hoch.

»Lass mich los«, fauchte Caroline.

»Jetzt verlange ich eine Erklärung. Das kann man mit mir nicht machen, Caroline.« In der Stimme fand sich keine Verletzlichkeit mehr.

»Lass los!«

»Ich toleriere es nicht, so behandelt zu werden.«

»Lass los, verdammt!«, schrie Caroline.

Louise stieß Caroline von sich weg, und diese hob ihr Kinn, was ihren Blick auf Louise herunter noch verächtlicher erscheinen ließ.

»Was ist mit dir los, Caroline? Antworte!« Louise versuchte, Caroline über den rechten Arm zu streichen. Diese schlug mit dem Bogen wie mit einer erhobenen Peitsche durch die Luft. Ihr

Pulloverärmel glitt zurück, und ein hellroter Streifen auf dem Unterarm kam zum Vorschein. Caroline schüttelte den Ärmel wieder nach unten. Louises Blick war jedoch bereits auf ihren Arm gefallen. Dann schaute Louise Caroline wieder in die Augen. Caroline sah weg. Sofort trat Louise einen Schritt zurück.

»Was ist das?«, keuchte sie.

Caroline antwortete nicht.

»Was hast du mit deinem Arm angestellt? Hast du wieder mit diesem Scheiß angefangen? Sag was!«

Louise riss den Ärmel hoch, um sich den Streifen ein weiteres Mal anzusehen. Er befand sich recht weit oben auf dem Unterarm, war etwa zehn Zentimeter lang und hellrot. Die Wunde war noch nicht verheilt, musste also recht frisch sein.

»Ich bin an einem Stacheldraht hängen geblieben«, antwortete Caroline zitternd vor Wut.

»Auf Svalskär gibt es keinen Stacheldraht.«

»Einem Zaun, einem Draht eben, ich weiß nicht, was es war. Mir ist es erst aufgefallen, als ich zurückkam.«

»Ich glaube dir nicht«, erwiderte Louise und schüttelte den Kopf. »Ich weiß nicht, was in den letzten Tagen mit dir war. Aber du bist mir gegenüber nur noch kühl und irritiert. Was habe ich getan, Caroline? Ich weiß nicht, was ich getan haben könnte, um dich zu kränken. Ich will, dass du es mir erzählst, damit wir es hinter uns lassen können.«

»Es geht nicht um dich.«

»Nicht um mich? Wie meinst du das? Wir sind doch wohl noch zwei in unserer Beziehung.«

Caroline warf höhnisch den Kopf in den Nacken.

»Warum machst du das?«, fragte Louise.

»Was?«

»Ich frage dich, was nicht in Ordnung ist, und du behandelst mich nur mit Verachtung.«

»Alles ist in Ordnung, alles ist wunderbar«, erwiderte Caroline in einem Singsang, um das Ganze ins Lächerliche zu ziehen.

Louise verschränkte die Arme.

»Du benimmst dich bei der Probe wie eine Idiotin und machst dich und mich vor den anderen lächerlich. Begreifst du nicht, wie peinlich das ist? Musst du wirklich alle Brücken hinter dir abbrechen? Warum? Was ist los, Caro? Ich verstehe dich nicht mehr.«

»Dann scheiß halt drauf.«

»Hör auf.«

»Scheiß drauf, mich verstehen zu wollen. Du musst die ganze Zeit an mir rummachen. Ich bin das so verdammt leid.«

»Wie kannst du nur so was sagen?«

»Du hörst doch, was ich sage.«

»Caro, ich liebe dich. Ich will nicht mit dir streiten. Ich verabscheue es, mit dir zu streiten. Aber ich mache mir Sorgen, wenn du so merkwürdige Dinge tust.«

Louise stand reglos da und versuchte einen Ton zu finden, mit dem sie zu Caroline durchdringen würde.

»Caroline … meine geliebte Freundin«, versuchte sie es leise. »Ich will, dass wir wieder zueinander zurückfinden. Ich will …«

»Du willst, du willst, du willst! Alles geht immer nur darum, was du willst!«

Louise streckte die Hand aus, um Caroline die Wange zu kosen, aber diese wandte das Gesicht ab.

»Fass mich nicht an, du eklige alte Lesbe!«, fauchte sie.

Zitternd fasste sich Louise mit ihrer bandagierten Hand an den Mund, um nicht zu schreien. »Was sagst du da?«, flüsterte sie mit bebenden Lippen.

Caroline warf den Kopf in den Nacken, ließ dann aber die Schultern sinken. Sie legte ihr Instrument beiseite und machte einen Schritt auf Louise zu. Diese wich jedoch zurück.

»Verzeih, Louise«, begann Caroline mit ausgestreckter Hand, »das ist mir nur so rausgerutscht. Verzeih, ich habe das nicht so gemeint.«

Louise zitterte am ganzen Körper und musste sich sehr zusammennehmen, um nicht in Tränen auszubrechen. Dann ging sie langsam rückwärts. Caroline machte Anstalten, ihr zu folgen, aber Louise hob die Hand.

»Nein«, keuchte sie. »Das geht nicht … Ich versteh nicht … Ich versteh dich nicht.«

»Luss«, flehte Caroline.

Louise schüttelte nur den Kopf, verschwand aus dem Studio und machte die Tür hinter sich zu.

Anna kochte Kaffee in der Küche. Die nassen Zöpfe hinterließen dunkle Abdrücke auf ihrer lila Tunika. Helena saß mit verschränkten Armen am Tisch. Als Louise eintrat, streckte sie einen Arm nach ihr aus.

»Setz dich«, sagte sie milde und versuchte, aufmunternd zu lächeln.

Graubleich im Gesicht ließ sich Louise auf den Stuhl neben ihr sinken.

»Ich weiß nicht, was mit ihr los ist«, begann sie und holte zitternd tief Luft.

Helena legte ihre Hand auf Louises, die auf dem Tisch lag, und drückte sie.

»Caroline ist … wie sie ist. Manchmal hat sie diese Phasen, in denen sie einfach ausflippt. Das geht vorbei.« Helena versuchte gelassen zu bleiben, aber sie merkte selbst, dass sie nicht überzeugend klang.

»Ich weiß nicht einmal …«, flüsterte Louise leise, »ich weiß nicht einmal, ob wir noch zusammen sind. Sie lässt es nicht einmal mehr zu, dass ich sie anfasse.«

»Natürlich seid ihr zusammen«, meinte Anna mit gespielter Zuversicht und stellte eine Tasse Kaffee vor Louise hin. »Ich finde, du solltest dem Umstand, dass sie die Probe verpatzt hat, nicht zu viel Bedeutung beimessen. Du weißt doch, dass Caroline spontan und manchmal etwas unbedacht ist. Ich finde nicht, dass ihre Launenhaftigkeit einen Keil zwischen euch treiben sollte. Ihr habt so eine fantastische Beziehung, erwartet ein Kind und … ja, was weiß ich noch alles.«

»Wir sollten uns vielleicht nicht in ihre Beziehung einmischen.« Helena lehnte sich zurück und trank einen Schluck Kaffee.

»Was denn? Ich versuche nur, positiv zu sein. Entschuldige mal!«

Helena sah betreten aus. »Anna, bitte, sei jetzt nicht gleich beleidigt …«, sagte sie. »Ich glaube, das hier ist eine schwere Phase für Caroline.«

Sie beugte sich wieder zu Louise vor und strich ihr über den Unterarm.

»Was ich meine, ist, dass Caroline vermutlich nicht die einfachste Person ist, mit der man zusammen sein kann.« Sie zögerte, ehe sie fortfuhr. »Das mit dem Kind war von ihr aus vielleicht nicht so sonderlich gut durchdacht. Versteh das jetzt richtig, Louise, das ist nicht als Kritik gemeint, auch wenn du das vielleicht glaubst. Aber dir ist doch wohl klar, dass es eine große Umstellung für sie ist, eine Beziehung zu einer Frau einzugehen und Kinder zu bekommen?«

Louise zuckte zusammen und fuhr sich mit dem Verband über die Augen. Ihr Gesicht verzog sich zu einer gequälten Grimasse.

»Manchmal«, begann sie mit zitternder Stimme, »kommt es mir so vor, als gebe es da jemand anderen.« Ihre Schultern bebten. »Ich spüre irgendwie, dass …« Sie unterbrach sich und schluckte.

Helena fuhr sich mit der Hand durchs Haar. »Wie meinst du das?«

Louise öffnete den Mund und sammelte Kraft, um das auszusprechen, was sie im Innersten bedrückte. Mehr als ein paar schwere Atemzüge brachte sie jedoch nicht zustande. Sie schüttelte den Kopf und strich sich mit den Fingerspitzen über die Augenlider, um die Tränen zurückzuhalten. »Ich bringe es nicht einmal über meine Lippen, denn das ist vollkommen wahnsinnig.«

»Du solltest keine übereilten Schlüsse ziehen, was Caroline angeht«, meinte Helena. »Lass ihr Zeit. Setz sie nicht unter Druck, denn dann schlägt sie nur um sich.«

»Du solltest dich da vielleicht nicht einmischen«, zischte Anna sie an.

»Sie ist meine Schwester, und ich denke, dass ich sie besser kenne als du.«

»Etwas anderes habe ich auch nie behauptet.«

»Was soll das dann?«

Innerhalb weniger Minuten hatte sich das Verhältnis von Anna und Helena beträchtlich abgekühlt. Louise fragte sich, ob das eigentlich mit Carolines und ihrer Situation zusammenhing. Sie sah ihre Kolleginnen an und versuchte zu entscheiden, ob an den Spannungen mehr dran war, als sie überblicken konnte.

Im nächsten Augenblick wurde die Tür aufgerissen, und Raoul rannte Richtung Studio und knallte dann die Türe hinter sich zu.

»Raoul …«, rief Anna mit ausgestreckter Hand.

»Lass ihn doch endlich mal in Ruhe!«, fauchte Helena, und sie spürte sogleich, wie sich ihre Wangen nach diesen Worten röteten. Anna setzte sich auf, ließ sich dann aber wieder zurücksinken. Nervös fingerte sie an einem Stück Brot herum, das noch vom Mittagessen auf dem Tisch lag.

»Ich glaube, Raoul und Caroline müssen ihre Probleme klären«, fuhr Helena so beherrscht wie möglich fort. »Irgendwas stimmt da nicht. Sie sind so vollkommen unterschiedlich, wie Wasser und Öl. Caroline bildet sich ein, dass sie Raoul nicht erträgt, und Raoul schikaniert sie die ganze Zeit nur. Ich weiß nicht, was das soll, er macht die ganze Stimmung kaputt. Jetzt sollen sie sich aussprechen, und dann legen sie ihre Probleme bei, und wir können diese verdammte Aufnahme abschließen und wieder nach Hause fahren.«

Im Studio war das Cellospiel verstummt. Anna lauschte auf Stimmen, konnte aber keine hören. Als sie Helenas Blick aus den Augenwinkeln begegnete, schüttelte sie ihre Zöpfe und sagte dann zögernd: »Wir … also, Raoul und ich … sind uns während unseres Aufenthalts hier wieder recht nahegekommen.« Ihre Stimme klang verträumt. Ein Lächeln umspielte ihre Lippen, als trüge sie ein Geheimnis in sich, das auf jeden Fall preisgegeben werden müsse.

Helena merkte, dass sich ihre Nackenhärchen sträubten. Sie wollte es wissen und dann auch wieder nicht. Sie wollte das gesamte Geschehen kontrollieren, gleichzeitig graute es ihr aber auch davor. Trotzdem gelang es ihr, äußerlich die Ruhe zu bewahren, obwohl sie dann doch etwas zu laut sprach und zu spöttisch klang: »Ich hatte mich auch schon gefragt, warum ihr so erhitzt aussaht. Wart ihr zusammen in der Sauna, oder?«

Anna biss sich auf die Unterlippe und strich sich eine Locke hinters Ohr.

»Meine Güte«, meinte sie affektiert und warf den Kopf zurück. »Es ging so schnell, plötzlich …« Sie lachte auf, presste ungeduldig die Lippen aufeinander und fuhr dann fort: »Aber es war wirklich sehr nett.« Ihre Miene spiegelte die vielleicht gespielte Unentschlossenheit darüber wider, wie viel sie von den Gefühlen, die sie beherrschten, preisgeben sollte.

Helena schüttelte den Kopf und lächelte verkrampft. »Anna, Anna … worauf hast du dich da schon wieder eingelassen?«

Anna richtete sich automatisch auf, die Kritik machte sie wachsam.

»Weißt du was«, begann Louise und ließ die Achseln sinken, als sie sie ansah. »Ich glaube nicht, dass sich Raoul darüber im Klaren ist, was er im Augenblick will.«

»Davon hast du keine Ahnung!«, erwiderte Anna unwirsch. »In der Sauna schien er genau zu wissen, was er wollte. Das kann ich dir sagen. Ich weiß, dass ihr Busenfreunde seid, aber ich war mal mit ihm zusammen, Louise. Wir haben über alles geredet. Über Joy und über die Zukunft und so. Soweit ich verstehe, hat sich Raoul immer nach Kindern gesehnt und vielleicht nie richtig …« Nachdenklich hob sie ihre Kaffeetasse und trank einen Schluck, dann fuhr sie fort: »Er hat erzählt, dass sie sich scheiden lassen. Und dass sie sich im letzten halben Jahr immer fremder geworden sind und überhaupt keinen Sex mehr haben.«

Jedenfalls nicht miteinander, dachte Helena. »Offenbar ist das Schwangerwerden zu einer technischen Frage geworden. Da wurde dann das in vivo von in vitro abgelöst.«

»Joy ist noch nicht mal vierzig«, erwiderte Anna. »Ich verstehe nicht, warum sie nicht schwanger wird. Ich kenne viele, die noch mit fünfundvierzig ein Kind bekommen haben.«

»Bereits ab fünfunddreißig geht es mit der Fertilität steil bergab«, meinte Helena und sah, wie sich Annas Miene verfinsterte. »Entschuldige, Anna, das ist vielleicht ein heikles Thema für dich.«

Anna schüttelte angestrengt den Kopf und starrte in ihre Kaffeetasse. »Nein, nein, wieso denn?« Sie stand auf und begann die Spüle aufzuräumen.

Louise umklammerte ihre Kaffeetasse und lehnte sich zurück. Der Verband sah aus wie ein großer Fausthandschuh. Ihr Blick war abwesend. Sie war in ihren Gedanken ganz weit weg. Ihr Gesicht war müde und zerfurcht. Der Stufenschnitt, den sie trug, seit sie sich kannten, machte Helenas Ansicht nach die Sache nicht besser. Louise wurde zu einer verbitterten alten Frau.

Anna trat auf Louise zu und umarmte sie von hinten. Sie lehnte ihren Kopf an ihre Schulter und sagte: »Gib nicht auf, Louise. Du wirst schon sehen, es wird alles gut. Ich bin mir sicher, dass du Hand in Hand mit Caroline von Svalskär abreist, wenn wir mit dieser Aufnahme fertig sind.«

Louise legte ihr ihre bandagierte Hand auf den Arm und lehnte ihren Kopf an Annas. »Das hoffe ich wirklich. Gott, ich liebe sie über alles in der Welt.«

Helena fehlte die Kraft zu Einwänden. Sie hatte ihre Meinung so behutsam wie möglich vorgebracht und es wirklich gut gemeint. Sie brauchte Louise nicht noch weiter zu verletzen, indem sie das Messer noch einmal herumdrehte. Sie würde der Wahrheit schon früh genug ins Auge sehen müssen.

Die Tür des Studios wurde aufgestoßen, und Caroline erschien. Ihre Wangen waren gerötet, und sie wischte sich mit einem Taschentuch übers Gesicht. Ob sie geweint hat, überlegte Helena, und sie merkte widerwillig, wie sich ihr Magen zusammenzog. Caroline lächelte angestrengt, als wollte sie ihre Szene bei der Probe herunterspielen. Sie goss sich eine Tasse Kaffee aus der Kaffeemaschine ein. Sie klang etwas atemlos, und an den Schläfen klebten ein paar verschwitzte Strähnen. Raoul schloss die Tür des Studios. Er hielt Geige und Bogen in einer Hand. Wenig später begann er zu spielen, die Musik erklang gedämpft durch die Tür.

»Kommt, lasst uns das Abendessen kochen«, sagte Anna und ließ Louise los.

Helena stand auf. »Ich hole Kartoffeln von draußen. Liegen die immer noch im Schuppen?«

»Ja«, antwortete Louise. »Dort müsste noch ein Sack vom Sommer liegen. Nimm genug für ein Kartoffelgratin.«

Es stürmte immer mehr, und am Himmel hingen dunkle Regenwolken. Helena nahm Carolines grauschwarzen Herrenmantel, der im Entree hing, und schlüpfte in ein Paar der vielen Gummistiefel, die für Gäste und Besitzer bereitstanden. Mit einem Topf in der einen Hand klappte sie den Mantelkragen hoch. Dann ließ sie die freie Hand in die Tasche gleiten. Zwischen ein paar Münzen lag dort ein rechteckiger Gegenstand. Carolines Handy. Plötzlich piepste es in der Manteltasche. Eine SMS. Helena zögerte kurz, nahm das Handy dann aber aus der Tasche. Sie wagte es nicht, den Text anzuklicken, denn dann würde Caroline merken, dass sie die SMS gelesen hatte. Das Handy brannte wie Feuer in ihrer Hand. Die SMS kam von einer Nummer, die sie auswendig konnte.

Die Butter zischte in der Pfanne auf dem altmodischen Aga-Herd. Anna schnitt mit dem Rücken zur Küche das Entrecote in Scheiben. Aus den Augenwinkeln konnte sie Caroline erkennen, die mit einem großen Becher Kaffee an der Spüle lehnte. Sie gab sich Mühe, sich ihre Erregung nicht anmerken zu lassen, konnte aber nicht umhin, Carolines Gemütsverfassung erforschen zu wollen. Worüber sie wohl mit Raoul im Studio gesprochen hatte? Diese Frage machte ihr sehr zu schaffen, und sie war sich plötzlich nicht mehr so sicher wie noch vor wenigen Minuten.

Louise saß mit gesenktem Blick am Tisch. Jetzt schaute sie hoch, um Caroline ansehen zu können. Mit großer Mühe gelang es ihr, sich zu so etwas wie einem Lächeln zu zwingen.

»Habt ihr euch jetzt ausgesprochen?«, begann sie. »Raoul und du?«

Caroline runzelte die Stirn. Sie fuhr mit dem Zeigefinger den Rand ihres Bechers entlang und schien sich ganz auf diese Bewegung zu konzentrieren. »Wir haben so einiges richtiggestellt«, murmelte sie.

Anna sah rasch zu ihr hinüber, und Caroline reckte sich defensiv.

»Ihr seid also wieder Freunde?«, fragte Anna so gleichgültig wie möglich. Der Puls pochte ihr in den Schläfen.

Caroline nickte und wandte sich Anna zu, wobei Louise ihr Gesicht nicht mehr sehen konnte. Sie bedachte Anna mit einem ironischen Blick. Dann war ihre Miene wieder vollkommen gleichgültig. Anna starrte auf das Schneidebrett. Wie wild ging sie auf die lästige Haut einer der Entrecotescheiben los. »Stumpfe Messer«, murmelte sie mit zusammengebissenen Zähnen.

Caroline spürte, dass Louises Schweigen eine Mahnung an sie war, den nächsten Schritt zu tun. Aber sie wusste nicht recht, wie sie die Unterhaltung fortsetzen sollte, insbesondere da Anna dabei war.

»Entschuldige, Louise«, sagte sie ohne Herzlichkeit. »Vergiss meine Worte. Ich weiß nicht, warum ich das gesagt habe.«

Louise atmete schniefend durch die Nase ein.

»Es gibt sicher einen Grund, warum du dich so ausgedrückt hast.«

»Ich wollte dich wirklich nicht kränken.« Sie biss sich auf die Unterlippe und senkte den Kopf.

»Das klingt ja leidenschaftlich«, erwiderte Louise und sah aus den Augenwinkeln, wie Anna die Ohren spitzte. Sie fuhr fort: »Sollten wir nicht vor dem Essen einen Spaziergang um die Insel machen?«

»Okay.« Caroline zuckte mit den Achseln.

Louise legte die Arme um sich, als würde sie frieren und müsse sich wärmen. Sie verließ, gefolgt von Caroline, die Küche. In der Diele kam ihnen Helena mit einem Topf mit Kartoffeln entgegen.

»Ich habe deinen Mantel geliehen«, erklärte sie, zog ihn aus und schaute schuldbewusst zu Boden.

»Kein Problem«, erwiderte Caroline unbekümmert. Sie zog den Mantel an und schob automatisch die Hand in die Tasche, um ihr Handy herauszunehmen. Mit gerunzelter Stirn schaute sie auf das Display und warf dann einen raschen Blick auf ihre Schwester. Helena schaute weg. Caroline warf den Kopf zurück und stieß die Haustüre auf. Louise schob Caroline vor sich her und schloss dann die Türe hinter sich. Caroline machte ein paar große Schritte in den Sturm hinaus, hielt ihr Handy vor die Augen und las die SMS. Mit einem diskreten Lächeln ließ sie das Handy wieder in der Manteltasche verschwinden, als Louise sie einholte.

Im Salon goss sich Helena ein großes Glas Cognac ein, sie brauchte nach den Gin Tonics vom Nachmittag wieder etwas zur Stärkung. Dann trat sie an das große Fenster und ließ ihren Blick in die Dämmerung schweifen. Die Sonne tauchte Himmel und Meer in feuerfarbene Lila-, Rosa- und Goldtöne. Ein Unwetterhimmel. Der Wind hatte noch weiter zugenommen, und ab und zu knirschte es im Gebälk, wenn eine Bö das Gebäude packte. Sie hatte bewusst kein Licht gemacht, um eine Weile mit ihren Gedanken allein zu sein. Nur das knisternde Feuer im Kamin warf seinen unruhigen Schein in den Salon.

Es wurde ihr langsam zu viel. Als würden sich alle bisherigen Konstellationen auflösen und als würden sie sich wie Fremde ohne jede Vorgeschichte gegenüberstehen. Sie hatte das Gefühl, nicht länger zu wissen, wie sie ihre alten Freunde einschätzen sollte. Oder alten Feinde.

Ihr Geruchssinn verriet ihr seine Anwesenheit. Sie erkannte den Duft seines Körpers und seines sehr speziellen Rasierwassers wieder. Als sie sich umdrehen und aus dem Zimmer stürzen wollte, stand er bereits hinter ihr. Helena spürte seinen Atem warm im Nacken und am Ohr, schloss die Augen und genoss das Gefühl. Wie berauschend es früher gewesen war und wie sehr es jetzt schmerzte. Sie hätte sich umdrehen und ihn küssen können, ihn locken können, aber diese Zeit war vorbei.

»Helena, Helena …« Seine Stimme war so einladend. Aber sie leistete Widerstand. »Schöne Helena.« So etwas sagte er immer, wenn sie allein waren, eine Art Prolog, eine eine gewisse Stimmung erzeugende Einleitung von mehrstündigem Genuss. Bei diesen Worten entspannte sie sich wie immer und wurde gleichzeitig von Wehmut ergriffen. Schwer ruhten seine Hände auf ihren Schultern, dann strich er ihr langsam und konzentriert immer wieder über die Oberarme. Sie kannten beide den Körper des anderen wie ein altes Ehepaar. Das war so betörend angenehm und vertraut, und gerade deswegen vermittelte es ein falsches Gefühl der Sicherheit. Krampfhaft hielt sie ihr Glas fest und führte es an die Lippen, um sich einen großen, beruhigenden Schluck zu genehmigen. Die Wärme des Alkohols breitete sich in ihrem Körper aus und betäubte ihre Muskeln ein wenig. Als sie den Mund öffnete, war ihre Stimme rau und flehend.

»Genug jetzt, Raoul.« Sie schluckte und räusperte sich leicht.

Er hielt mit seinen Händen einen Augenblick inne, fuhr dann aber fort, sie weiter zur Taille hin zu liebkosen. Dann legte er dort seine Arme um sie und drückte sie an sich. Mit den Fingerspitzen suchte er einen Spalt unter ihrer Bluse und strich über ihre weiche Haut.

»Du verletzt mich so nur die ganze Zeit«, sagte sie, »und nicht nur mich.«

»Ich und dich verletzen? Du weist mich ab.«

»Und was ist jetzt das mit Anna? Hast du wirklich vor, nach all diesen Jahren zu ihr zurückzukehren?«

»Anna?«, sagte er überrascht. Er hielt ein weiteres Mal in seinen Bewegungen inne. »Hat Anna das behauptet?«

»Anna bildet sich ein, dass ihr wieder ein Paar werdet. Wenn man daran denkt, wie ihr heute in der Sauna zusammen geschwitzt habt, hast du sie in dieser Beziehung vermutlich ermuntert.«

»Hoppla«, meinte er zufrieden.

»Hör schon auf! Merkst du denn nicht, dass sie dich immer noch liebt?« Sie musste einfach Dampf ablassen.

Raoul suchte nach Worten, aber Helena kam ihm zuvor.

»Sie wird das nicht verkraften, wenn du mit ihr flirtest, obwohl es dir nichts bedeutet. Wie kannst du nur so ahnungslos sein?«

Er ertrug es nicht, dass sie ihn zurechtwies. »Helena, das hast du missverstanden. Annas und mein Verhältnis ist vollkommen passé. Und das weiß sie. Davon bin ich überzeugt. Ich meine, sie flirtet und macht mir schöne Augen, und ich nehme sie in den Arm. So ist das halt, wenn wir uns begegnen. Das bedeutet nichts. Zumindest nicht von meiner Seite.«

Müde lehnte sich Helena zurück und spürte seinen warmen Atem im Haar. Ihre Augen hatten sich an die Dunkelheit im Salon gewöhnt. Von dort, wo sie saßen, konnten sie aus dem Fenster schauen, wussten aber, dass sie von draußen nicht zu sehen waren. So wie es bei ihrer heimlichen Affäre immer gewesen war.

»Wie kannst du dich als verheirateter Mann nur so aufführen?«

»Wirst du auf deine alten Tage prüde? Du bist schließlich auch verheiratet. Unsere Ehen haben uns bislang noch nie von etwas abgehalten.« Er lachte trocken. »Im Übrigen ist meine Ehe vorbei. Ich habe meinen Anwalt bereits damit beauftragt, die Scheidung einzureichen. Dann brauche ich die Papiere nur noch unterschreiben, wenn ich nach Hause komme.«

Er war es zwar gewohnt, dass Helena nie ihre Reserve aufgab, aber jetzt setzte sie ihn unter Druck, damit er sich auf eine Art auslieferte, die ihm alles andere als angenehm war. Neben ihr kam er sich so unbedeutend vor. Er wollte sich noch einmal versichern, dass er sie trotzdem noch in seinen Bann ziehen konnte.

Er beugte sich vor und flüsterte ihr ins Ohr: »Weißt du was, ich glaube, eine gewisse Eifersucht aus deiner Stimme herauszuhören.«

»Ach was!« Sie zuckte zurück, aber nicht genug, damit er seinen Griff gelockert hätte. Stattdessen zog er sie fester an sich.

»Gib es zu, Helena. Du willst mich für dich allein haben. Du und ich mit einer Villa und einem Volvo und vollkommen verrückten Kindern. Dein bürgerlicher Traum.«

Er rechnete mit einer ironischen Replik auf seinen Entwurf. Diese blieb jedoch aus, und sie ließ sich ganz in seine Arme sinken. Ha! Er hatte sie zum Schweigen gebracht! Zufrieden damit, sie endlich in ihre Schranken gewiesen zu haben, wollte er schon über seinen Scherz lachen, als sie zu ihm hochschaute. Ein Blick unverstellter Erwartung und Zärtlichkeit. Helena, die immer eine beißende Bemerkung parat hatte und ihm intellektuell immer einen Schritt voraus war, während ihm die schlagfertigen Antworten erst einen Tag später im Flugzeug nach Hause oder eine Minute vor Betreten der Bühne einfielen, wenn es zu spät war. Jetzt zeigte sie zum ersten Mal eine ganz andere, menschliche Seite, die er verstehen konnte. Als er sie endlich in der Hand hatte und mit zwei Fingern hätte zerbrechen können, konnte er seinen Sieg nicht mehr genießen. Was waren das für perverse Rachegelüste, die ihn in all den Jahren angetrieben hatten, diese Frau um jeden Preis zu bezwingen? Wie unnötig und wie erniedrigend für sie beide! Wie erstaunt er war, als er einsah, wie sehr er sie mochte, genau so, wie sie war. Nicht liebte. Nein, dieses Gefühl wurde ganz und gar von einer anderen beansprucht. Aber er verstand jetzt mehr denn je zuvor, dass er nicht ohne sie sein wollte, was die Sache weitaus komplizierter machte, da ihn diese Einsicht dazu zwang, ehrlich zu sein.

»Helena. Verzeih mir«, flüsterte er. »Das war eine Dummheit.«

»Ich kann so nicht weitermachen. Es gibt Dinge, von denen du keine Ahnung hast. Dinge, die ich dir nie erzählen konnte. Aber ich muss. Ich muss.« Ein Zittern durchfuhr sie. Er hob eine Hand und fuhr ihr mit den Fingern über die Lippen, und sie küsste seine Finger zärtlich.

»Wir müssen wirklich einmal miteinander reden, Raoul. Ernsthaft.«

Er bedeckte ihre Wange mit kleinen Küssen, während er nachdachte. »Ja«, sagte er nachdenklich. »Das müssen wir wirklich.«

»Weißt du«, fuhr sie fort, »gestern, als wir im Salon saßen, du und ich, habe ich gespürt, wie uns diese extreme Situation einander nähergebracht hat. Zwischen Leben und Tod geschah etwas zwischen uns. Als seien wir in eine neue Phase eingetreten, als sei eine Nähe entstanden, die es früher nicht gegeben hat.«

»Ich bin froh, dass du das sagst, denn ich empfinde genauso«, begann Raoul zögernd und hielt kurz inne. Dann fuhr er fort: »Es gibt so viel, was sich in meinem Leben im Augenblick verändert. Die letzten Tage waren für mich wirklich ein Wendepunkt. Wenn du wüsstest, wie sehr ich mich nach Ruhe, nach Ausgewogenheit sehne.« Er lachte etwas verlegen. »Das hättest du nicht von mir geglaubt, was? Aber ich will diesen etwas langweiligen, schönen Alltag mit der Frau, die ich liebe. Ich will Kinder und ein funktionierendes Familienleben, genau wie du.«

»Willst du das, Raoul? Willst du das wirklich?«

In ihrem brennenden Bedürfnis nach Bestätigung ließ sie ihren Blick über sein Gesicht wandern. Jede Hautfalte, jeden Wirbel im Haar kannte sie auswendig, und trotzdem konnte sie sich an ihm nicht sattsehen, musste sich sein Gesicht ein weiteres Mal einprägen. Um wieder zur selben Schlussfolgerung zu kommen.

Das, was sie in ihrem Innersten wusste und was die Zukunft unvermeidlich machte.

Als er ihre Wange mit der Hand berührte, drehte sie sich schüchtern und schutzlos um. Er war so gerührt, dass sie ihm endlich vertraute. Zärtlich umarmte er sie erneut und flocht seine Finger vor ihrer Brust ineinander.

»Raoul«, begann Helena und spürte, dass ihr Herz schneller schlug. »Raoul … ich fürchte, dass du böse wirst, weil ich dir das nicht schon früher gesagt habe …«

»Böse? Warum sollte ich böse werden? Erzähl schon. Es ist genauso gut, dass wir reinen Tisch machen, damit das hier in Zukunft funktionieren kann. Es wird sicher nicht leicht. Für keinen von uns.«

Helena holte tief Luft. Seine Arme lagen um ihren Brustkorb und hinderten sie daran, ihre Lungen ganz mit Luft zu füllen. Dieses Gefühl der Unfreiheit erinnerte sie daran, dass sie im Begriff war, gefährlich aufrichtig zu werden. Im letzten Augenblick hielt sie sich dann doch mehr zurück, als sie eigentlich wollte.

»Ich habe mir das so oft durch den Kopf gehen lassen. Es geht um meine Familie. Ich weiß, dass du Martin nicht magst, aber …«

»Martin hat dich nicht verdient«, fiel ihr Raoul ins Wort. Das war falsch, das war nicht das, was er sagen wollte. Obwohl er nicht die Absicht hatte, seine Affäre mit Helena fortzusetzen, so konnte er den Gedanken nicht ertragen, dass sie einem anderen gehören sollte, selbst wenn das ihr Ehemann war. Der Besitzreflex war tief verwurzelt.

Er strengte sich an, seine Gedanken zu schärfen. Jetzt waren sie bei dem Thema angelangt, auf das er selbst hatte zu sprechen kommen wollen. Trotzdem war er sich unsicher, wie er weitermachen sollte. »Aber du hast recht, Helena. Weißt du was, ich will deine Familie wirklich kennenlernen.«

»Willst du das?« Ihr Herz schlug fester bei dieser unerwarteten Wendung.

»Ja«, fuhr Raoul vorsichtig fort, »schon jetzt … ich meine, ich habe schließlich deine Schwester hier auf Svalskär getroffen.«

»Caroline.« Helena lachte nachsichtig. »Sie gehört zum wahnsinnigen Teil der Sippe. Wir anderen sind etwas vernünftiger. Aber lass dich davon nicht abschrecken.«

Raoul holte tief Luft. »Ich finde, sie hat viele gute Seiten. Sie … sie ist in der Tat geradezu betörend.« Erstarrte sie, als er das sagte? Jetzt war er nicht mehr so selbstsicher. »Ihr seid euch sehr ähnlich, Helena. Zwei unglaublich aparte Frauen, und ich bin dankbar dafür, dass ich euch habe kennenlernen dürfen.«

»Und sie ist zwanzig Jahre jünger. Hör auf zu geifern, Raoul«, scherzte sie. »Nimm dich vor Caroline in Acht, mit ihr ist nicht zu spaßen.«

Er lachte matt. »Ich habe den Eindruck, dass Caroline eine recht empfindliche Person ist. Sie sieht so stark aus, aber es verbirgt sich vermutlich sehr viel unter der Oberfläche.«

»Stell dir vor, dass du … Entschuldige, aber ich hätte nicht gedacht, dass dir das aufgefallen wäre, so wie ihr gestritten habt.« Sie unterbrach sich und berührte seine Wange mit ihrer Wange. »Verzeih, Raoul. Ich habe das Gefühl, dass ich dir gegenüber in all den Jahren nicht gerecht gewesen bin. Dass es so lange dauern würde, bis wir uns kennenlernen. Was Caroline angeht, so braucht sie wirklich mehr Stabilität im Leben. Und wenn du eine Person sein willst, die für sie da ist, dann bin ich nur dankbar.«

Er spürte, wie ihm leichter ums Herz wurde. Dieses Gespräch verlief so viel glatter, als er zu hoffen gewagt hatte.

»Du ahnst nicht, wie schön es ist, endlich so entspannt mit dir sprechen zu können. Ich wusste nicht, wie ich meine Gedanken formulieren sollte und wie du sie aufnehmen würdest, aber jetzt brauche ich mir keine Sorgen mehr zu machen. Du bist so klug und hast Dinge lange vor mir eingesehen. Du bist mir sehr wichtig, Helena, weißt du das? Es würde mir so schwerfallen, dich nach all unseren gemeinsamen Jahren zu verlieren.«

Er kniff die Augen zusammen, wie er das immer tat, wenn er versuchte, etwas zu formulieren. »Wenn man das gefunden hat, was einem im Leben etwas bedeutet, wenn man die Möglichkeit hat zu wählen … dann muss man sich einfach auf seine Intuition verlassen. Dieses unerhörte Glück lähmt mich fast. So stark zu empfinden und zu wissen, dass das, was man empfindet, das einzig Wahre ist, die vollkommene Bestätigung des Lebensinhalts.«

Wie sehr sie sich nach diesen Worten gesehnt hatte. Jetzt endlich hörte sie ihn das alles sagen. Helena war so gerührt, dass sie selbst nichts sagen konnte. Raoul war ebenso verwirrt darüber, dass er es endlich wagte, sich zu seinen Gefühlen zu bekennen. Und darüber, dass ihm Helena tatsächlich zuhörte. Aber das schwierigste Bekenntnis stand noch aus.

»Das war nichts, was ich geplant hatte. Ganz und gar nicht. Es ist klar, dass es für uns alle zu Anfang etwas merkwürdig sein wird. Dessen bin ich mir bewusst. Es ist eine große Umstellung, und gleichzeitig … gleichzeitig will ich um nichts in der Welt darauf verzichten …«

Er verlor den Faden, als er die beiden Frauen entdeckte, die in der schweren Abenddunkelheit gegen den Wind ankämpften. Sie gingen nebeneinanderher, ohne sich zu berühren. Carolines Locken flatterten im Wind. Sie hatte den Kragen hochgeklappt und ihr Gesicht tief im Mantel vergraben. Louise ging mit gesenktem Kopf einen halben Schritt hinter ihr her.

Helena und Raoul schauten zusammen nach draußen und betrachteten sie. Aber sie sahen verschiedene Dinge.

»Ich empfinde eine so große Liebe, Helena. Ich bin so wahnsinnig verliebt, dass ich bereit bin, alles zu opfern, alles …«

Die Tür knarrte. Helena und Raoul drehten sich gleichzeitig um. Dort stand Anna mit hängenden Armen und halb offenem Mund.

»Anna!«, keuchte Helena und befreite sich aus Raouls Armen. Raoul drehte sich um, stemmte die Arme in die Seiten und blickte zu Boden. Als er wieder aufschaute, lächelte er breit.

»Hallo, Anna«, sagte er munter. Seine Ehrlichkeit war verschwunden, und er trug wieder seinen unerträglichen Charme zur Schau.

»Ich … ich wollte nur sagen, dass das Essen fertig ist«, stammelte Anna. Ihre Wangen waren hochrot, und sie trat von einem Bein aufs andere, als wisse sie nicht recht, ob sie ganz hereinkommen oder wegrennen sollte. Helena trat mit energischen Schritten auf sie zu.

»Wunderbar. Caroline und Louise sind vermutlich auch gerade auf dem Weg ins Haus. Soll ich uns eine Flasche Wein holen?«

Ehe sie den Salon verließ, drehte sie sich um und deutete mit Lippenbewegungen an: »Später.«

Raoul nickte geistesabwesend.

Der Tisch war sorgfältig gedeckt. Anna hatte ihn mit Efeu dekoriert, das sich um die Messingleuchter herumwand. Das Kartoffelgratin stand dampfend auf einem silbernen Untersetzer, und das Entrecote briet noch leise vor sich hin.

»Wie schön du gedeckt hast«, sagte Helena, entkorkte eine Flasche Bourgogne und schenkte ein. Raoul nahm sein Glas und ging zum Herd, an dem Anna in der Sauce rührte.

»Und was haben wir hier?«, fragte er und schaute in den Topf. Aber Anna wandte ihm den Rücken wie einen Schild zu und antwortete nicht.

Helena warf Raoul einen besorgten Blick zu, und dieser zog die Brauen hoch und schüttelte verständnislos den Kopf, er war sich nicht sicher, wie mit der Situation umzugehen war. Helena nickte ermahnend in Annas Richtung, und Raoul formte die Lippen zu einem Kuss, dann ging er wieder zu Anna und strich ihr über den Rücken. Anna erstarrte erst, entspannte sich aber dann und lehnte ihren Kopf in seine Richtung.

»Das sieht wirklich lecker aus«, lobte er sie. Helena beobachtete Raouls Versuch, sich Anna zu nähern. Sie wechselten einen weiteren vertraulichen Blick hinter Annas Rücken. Eine wohlige Wärme breitete sich in Helenas Bauch aus. Endlich. Sie waren sich so nahe! Die wortlose Kommunikation, die so deutlich den Anfang ihrer neuen Beziehung markierte.

Caroline schlenderte in die Küche und setzte sich auf einen Stuhl. Ihre Wangen waren von dem Spaziergang apfelrot. Zwei widerspenstige Locken hingen ihr ins Gesicht. Sie schob die Unterlippe vor und blies sie weg.

»Louise hat Migräne und isst auf dem Zimmer«, erklärte sie kurz und fingerte an dem geschmolzenen Käse auf dem Gratin herum.

»Ach so?«, sagte Helena. »Sollen wir ihr ein Tablett hochtragen?«

»Tu das«, erwiderte Caroline und biss in die Käsekruste.

»Soll ich hochgehen?«, fragte Helena erstaunt. »Willst du das denn nicht machen?«

Caroline antwortete nicht. Da holte Raoul ein Tablett, lud Essen auf einen Teller und stellte diesen mit einem Glas und Besteck auf das Tablett. »Ich mach das«, erklärte er.

Überrascht legte Caroline eine Hand auf seinen Arm. Sie öffnete den Mund, um etwas zu sagen, ließ es aber bleiben. Raoul warf ihr einen ernsten Blick zu und nickte dann. Er nahm ihre Hand von seinem Arm und verließ die Küche.

Vorsichtig klopfte er an Louises Tür.

»Herein«, war von innen zu hören, und Raoul drückte die Tür auf. Louise lag im Bett und telefonierte. Ihre Augen waren von Tränen gerötet und verquollen, und sie putzte sich die Nase. Sie deutete auf den Tisch, ohne ihre Unterhaltung zu unterbrechen. Raoul stellte das Tablett ab, Louise flüsterte ein nervöses Danke und schaute dabei zu Boden.

Als er wieder in die Küche kam, hatten die anderen bereits zu essen begonnen.

»Wie geht es Louise?«, wollte Anna wissen.

»Sie telefoniert.«

»Hast du mit ihr gesprochen?«, wollte Caroline ängstlich wissen. Sie nagte an der Nagelhaut ihres rechten Daumens.

Raoul schüttelte den Kopf und nahm neben Caroline und Anna Platz. Caroline aß lustlos und leerte ihr Glas. Dann streckte sie die Hand nach der Flasche aus, um nachzugießen.

»Solltest du in deinem Zustand wirklich so viel trinken, Caro?«, sagte Helena und legte ihre Hand auf die Flasche.

»Leck mich am Arsch!«, schrie Caroline und stand so abrupt auf, dass das Besteck auf ihrem Teller klirrte.

Helena lehnte sich zurück und verschränkte die Arme. »Was ist mit dir los? Warum bist du so wütend?«

»Setz dich«, sagte Raoul beschwichtigend und goss Caroline einen Schluck ein. Kraftlos ließ sie sich wieder auf ihren Stuhl sinken.

»Raoul … warum gießt du ihr Wein ein?«, protestierte Helena.

Raoul verzog den einen Mundwinkel und machte eine entschuldigende Handbewegung.

»Ich finde nicht, dass noch ein halbes Glas Wein so tragisch ist.«

»Entschuldige, aber wer ist hier vom Fach?«, sagte Helena verblüfft.

»Könnt ihr endlich mal aufhören, mir mit meiner Schwangerschaft in den Ohren zu liegen!«, brüllte Caroline und warf ihre Gabel auf den Tisch. »Und wenn du Ärztin bist, dann solltest du vielleicht selbst nicht wie ein Loch trinken.«

Helena entspannte ihre Schultern, um ihrem Ärger entgegenzuwirken. »Du hast recht. Das sollte ich nicht. Aber es geht trotz allem um meine eigenen Gehirnzellen. Die ersten zehn Wochen einer Schwangerschaft sind äußerst heikel. Das sage ich nicht, um gemein zu sein, sondern nur zu deiner Information.«

Raoul legte seine Hand auf Carolines, und diese entspannte sich ein wenig. Sie schwieg ein paar Sekunden, um zu zeigen, dass sie sich keine Vorschriften machen ließ, und fuhr dann fort, mit der Gabel in ihrem Essen herumzustochern.

Der Rest der Mahlzeit verlief schweigend. Helena schielte in Raouls Richtung, um von ihm einen Wink zu bekommen, aber dieser lächelte sie nur diplomatisch an. Vermutlich will er sich unauffällig verhalten, dachte sie. Und das ist vielleicht genauso gut.

Nach dem Essen verzog sich Caroline sofort ins Studio. Auf der Treppe rief sie: »Wir reden später. Momentan ist mir alles zu viel.«

»Ich spüle« sagte Helena. Anna protestierte, aber Helena schob sie Richtung Tür.

»Ich finde, du solltest mit Raoul einen kleinen Abendspaziergang machen und nachsehen, ob das Boot ordentlich vertäut ist. Das ist nach dem Sturm ratsam«, schlug sie munter vor und strich Raoul hinter Annas Rücken vertraulich über den Arm. Raoul sah sie fragend an, aber Helena lächelte ihn auffordernd an. Er zuckte mit den Achseln und fügte sich.

»Komm«, sagte er und legte Anna seinen Arm um die Schultern, »ich glaube, es gibt so einiges, worüber wir reden sollten.«

Helena sah ihnen hinterher. Sie knüllte das Geschirrhandtuch mit der Hand zusammen und hoffte, dass er behutsam mit Anna verfuhr.

Als sie mit dem Spülen fertig war, ging sie in den Salon, um dort auf Raoul zu warten. Sie hatte ihm so viel zu sagen, jetzt, wo sie sich endlich zu ihrer Beziehung bekennen würden. Die Jahre der Ungewissheit waren vorüber. Es war an der Zeit, in eine neue Lebensphase einzutreten. Es war vor allen Dingen an der Zeit, Martin die Wahrheit zu sagen, es endlich auszusprechen. Gemeinsam würden sie planen, wie es für die Kinder werden sollte, damit sie nicht in Mitleidenschaft gezogen wurden. Es war auch nicht fair, weiter in Lügen zu leben. Sie würde sich ihrer Verantwortung stellen und war bereit, das meiste auf sich zu nehmen, damit alle so glücklich wie möglich wurden. Ganz gleich, wie weh das zu Anfang tat. Der Schmerz würde vorübergehen. Dies war die einzig denkbare Vorgehensweise.

Gerade als sie sich etwas leichter fühlte, fiel ihr ein, dass sie kein einziges Mal zu Hause angerufen hatte, seit sie auf die Insel gekommen war. Schuldbewusst zog sie ihr Handy aus der Tasche. Sie hatte es zweimal nicht klingeln hören. Martin und Britt-Marie. Sie rief zu Hause an. David war am Apparat.

»Hallo, Liebling! Hier ist Mama ...«

Die Haustür fiel ins Schloss, und sie hörte Annas und Raouls Stimmen, ohne verstehen zu können, was sie sagten. Dann knarrte die Treppe.

Helena telefonierte eine halbe Stunde, und als sie das Gespräch beendete, hatte sie zum ersten Mal seit sehr langer Zeit wieder richtig gute Laune.

Sie ging in die Diele. Es war vollkommen still im Haus. Das Cellospiel hatte aufgehört, und sie vermutete, dass Caroline sich hingelegt hatte.

So leise wie möglich schlich sie die Treppe hoch. Die alten Stufen knarrten trotzdem, und sie versuchte ihr Gewicht mit den Knien abzufedern. Als sie sich vor Louises und Carolines Zimmer befand, legte sie vorsichtig das Ohr an die Tür. Schwere, gleichmäßige Atemzüge waren von innen zu hören. Zufrieden ging sie die letzte Treppe zu Raouls Zimmer hoch. Leise klopfte sie dreimal. Keine Antwort. Sie klopfte erneut, aber im Zimmer war es vollkommen still.

Etwas enttäuscht darüber, dass sich Raoul hingelegt hatte, ohne ihr Gute Nacht zu sagen, ging sie wieder die Treppe hinunter und in ihr Zimmer. Sie las noch eine Weile und hoffte, dass Raoul vorbeikommen würde. Sie konnte sich nicht auf ihr Buch konzentrieren. Schlaflos wälzte sie sich im Bett und lauschte dem Wind, der das Haus schüttelte.

Louise schlug die Augen auf. Es war ihr gelungen einzuschlafen, nachdem sie eine Schmerztablette genommen hatte. Aber jetzt erwachte sie davon, dass eine Tür geschlossen wurde. Ihre Hand schmerzte wieder, und sie biss sich auf die Unterlippe, um nicht zu weinen. Ihre Glieder waren steif von dem plötzlichen Erwachen, als hätte sich jeder Muskel verkrampft. Sie warf einen Blick auf ihre Armbanduhr. Sie war mit der Uhr am Handgelenk eingeschlafen, und das Goldarmband hatte auf ihrer alternden Haut einen roten Abdruck hinterlassen. Die Zeiger standen auf halb zwölf. Widerwillig drehte sie den Kopf zur Seite, um sich von dem zu überzeugen, was sie bereits wusste. Die Betthälfte neben ihr war leer. Das Kissen war glatt und ohne Abdruck.

Sie hielt den Atem an und lauschte angestrengt nach weiteren Geräuschen, aber hörte nichts als das Rauschen der Bäume und das Knarren des Stegs. Vielleicht hatte sie sich etwas eingebildet?

Mit großer Mühe erhob sie sich und trat ans Fenster Richtung Steg, ohne Licht zu machen. Die Meeresoberfläche kräuselte sich, und die an dem massiven Holzsteg vertäuten Boote schaukelten. Niemand war dort zu sehen. Sie trat ans Nordfenster. Weit entfernt zwischen den Kiefern sah sie, dass im Atelier Licht brannte. Die Reaktion erfolgte sofort. Ungeordnete Gedanken schossen ihr durch den Kopf. Nur einen Gedanken konnte sie greifen: Caroline! Caroline!

Sie zog ihre Jeans unter dem Nachthemd an und streifte einen Lambswoolpullover über. Vorsichtig öffnete sie die Tür und schloss sie ebenso leise wieder. Dann schlich sie die Treppe hinunter. Ab und zu packte eine Windbö das Haus, und die alten Bretter knarrten. Sie schlüpfte in ihre Stiefel und öffnete die Haustür.

Kalte Herbstluft schlug ihr entgegen, als sie ins Freie trat. Sie musste sich das Haar festhalten, damit es ihr nicht in die Augen geweht wurde. Unten am Steg knarrte die Vertäuung des Targa. Der Himmel war bedeckt, und nur ein sehr schwacher Mondschein schaffte es, die Wolkenschicht zu durchdringen. Sie kannte ihre Insel und bewegte sich sicher. Nach einer Weile hatten sich ihre Augen an das Nachtdunkel gewöhnt, und die Konturen der Landschaft wurden deutlicher. Auf dem Weg zum Atelier warf sie einen Blick Richtung Studio in der leisen Hoffnung, dass Caroline dort mit ihrem Cello zu sehen sein würde. Aber das Studio war dunkel.

Als es nur noch zehn Meter bis zu dem kleinen, mit geteerten Brettern verkleideten Haus waren, blieb sie stehen. Geräusche drangen gedämpft in die Nacht. Stöhnen, leises Jammern und gebändigtes Schnauben. Worte, die nicht zu verstehen waren, aber die die Intensität dessen, was vor sich ging, offenbarten. Louise schlug sich entsetzt die Hand vor den Mund. Was sollte sie jetzt tun? Die Tür aufreißen und Zeugin des Undenkbaren werden? Aber wenn dort drinnen gar nicht Caroline war? Louise schaute wieder Richtung Atelier. Das Gebäude hatte ein Fenster zur Treppe, das Panoramafenster auf der anderen Seite ging aufs Meer. Das kleine Fenster neben der Treppe war sehr weit oben, und Louise war nur gerade einmal 160 cm groß. Sie wusste, dass sie nichts würde sehen können, selbst wenn sie sich auf die Zehenspitzen stellte. Insbesondere da sich das liebende Paar in dem Bett direkt unter dem Fenster und in der Horizontalen befand. Das Fenster aufs Meer war unerreichbar, da die Felsen dort steil ins Meer abfielen.

Sie konnte nicht umkehren, ohne sich Gewissheit verschafft zu haben. Louise sah sich nach etwas um, auf das sie hinaufsteigen konnte, und fand einen rostigen Eimer unter ein paar Brettern. Vorsichtig ergriff sie ihn mit ihrer unverletzten Hand. So lautlos wie möglich stellte sie den Eimer unter das Fenster und presste sich beim Hinaufsteigen an die Hauswand. Sie reichte gerade bis zum Rand der Fensterbrüstung und konnte, wenn sie sich auf die Zehenspitzen stellte, einen Blick durch das Fenster erhaschen.

Einige wenige Sekunden starrte sie ins Haus, dann knickte sie vor Schmerz ein. Sie biss in ihren Verband, um nicht zu schreien. Der Schmerz in der Hand war eine tröstliche Ablenkung vor dem Abgrund, der sich in ihr auftat. Mit zitternden Beinen stieg sie von dem Eimer herunter und schlich vor Schmerz gekrümmt davon, die Zähne immer noch in der Bandage verbissen. Ein Schluchzen schüttelte sie, und als sie sich ausreichend weit von dem Atelier entfernt hatte, ließ sie ihrem Schock freien Lauf. Sie beugte sich über einen Zaun und übergab sich in ein Blumenbeet. Das Bild, das sich ihr im Atelier geboten hatte, hatte sich in ihre Netzhaut eingebrannt, und die Scham darüber, dass sie sich so weit erniedrigt hatte, heimlich durch das Fenster zu schauen, löste eine erneute heftige Übelkeit aus. Als ihr Würgen verstummt war, hörte sie stattdessen wieder aus dem Hintergrund, gedämpft durch die Holzwände des Ateliers, Carolines perlendes Lachen. Ein Hohnlachen, dachte Louise erst, sie lacht mich aus. Aber trotz ihrer Bitterkeit konnte sie selbst nicht daran glauben. Das war kein Hohnlachen. Caroline lachte aus Liebe. Aus inniger, alles durchdringender Liebe. Wie oft hatte sie nicht dieses Lachen gehört, wenn Caroline in ihren Armen ruhte, als es nur sie beide auf der Welt gab. Bereits beim ersten Kuss hatte sie eingesehen, dass sie nie ohne diese Frau würde leben können. Sie wollte Caroline bis ans Ende ihrer Tage lieben, sie wollte jeden Morgen neben ihr erwachen und jeden Abend neben ihr einschlafen. Sie wollte in ihren Armen sterben.

Da war es wieder, dieses klangvolle Lachen. Das Liebeslachen. Caroline liebt jemanden, dachte Louise, aber sie liebt nicht mich. Sie liebt jemanden, mit dem ich nicht konkurrieren kann. Sie liebt einen Mann. Sie liebt Raoul.

Wie hatte sie nur so naiv sein können? Als hätte sie Caroline verändern können, wo es dieser doch nur um ein weiteres Abenteuer gegangen war. Caroline hatte das Gefühl geliebt, mit ihr zusammen zu sein, aber sie hatte sie nie auf die Art geliebt, wie man Frauen liebt, wenn man nur Frauen lieben kann. Früher oder später hätte Caroline sie sowieso verlassen. Sie erkannte jetzt, dass sie diese Entwicklung nicht hätte verhindern können, was immer sie zu opfern bereit gewesen wäre. Sie hätte sie früher oder später eines Mannes wegen verlassen. Und nun war es geschehen.

Aber warum hatte sie sich ausgerechnet Raoul ausgesucht? Und warum hatte Raoul Caroline gewählt? Wog ihre Liebe, Freundschaft und Loyalität so wenig? All diese Jahre. Jahre, in denen sie geglaubt hatte, sie würde einen Menschen kennen. Das alles war auf einmal nichts mehr wert.

Und das Kind. Das Kind! Ihr Körper schmerzte vor Trauer. Und vor Wut.

Der kalte Nachtwind verhalf ihr wieder zu einem klaren Kopf. Die feuchte Luft drang bis in die Knochen, und sie zwang sich zu dem Versuch, die qualvolle Liebe zu Caroline auszulöschen. Kraftlos ließ sie sich auf die Erde sinken und legte sich mit ausgestreckten Armen ins nasse Gras. Es roch nach Erde und Laub. Sie atmete durch den Mund, damit der bittere Geschmack der Magensäure verschwinden würde. Einen kurzen Augenblick lang riss die Wolkendecke auf, und der schwarze Nachthimmel mit seinen funkelnden Sternen wurde sichtbar. Louise starrte wie verzaubert nach oben. Die Kälte umschloss sie gleich einem Eisenpanzer, und bald wurden ihre Finger und Zehen gefühllos. Sie schloss die Augen, um Frieden zu finden. Aber sofort blitzte hinter ihren geschlossenen Lidern der Anblick aus dem Atelier wieder auf. Raouls nackter Körper mit seinen behaarten Schultern und seinen ebenfalls behaarten Armen, wie er Carolines milchweißen Körper festhielt. Raouls gespannter Po zwischen Carolines weit gespreizten Beinen. Und Carolines Gesichtsausdruck. Die Augen halb geschlossen, die Stirn leicht gerunzelt, der Mund erstarrt vor quälender Ekstase, die Lippen so trocken, dass der eine Eckzahn an der Oberlippe klebte und bei jedem schweren Atemzug an der dünnen Haut zog. Die Hingabe war so total, dass sie nicht einmal merkte, wie sie sich die Lippe aufriss.

Samstag, 17. Oktober

Am nächsten Morgen erwachte Helena vom Geräusch eines Motorboots. Sie ließ das Rollo hochschnappen und schaute auf die Bucht. Die Sonne strahlte, und das Meer war spiegelglatt. Ein größeres Motorboot näherte sich, die Geschwindigkeit drosselnd, der Insel. Das Motorengeräusch wurde leiser, je näher es dem Landungssteg kam. Am Steuer stand ein Mann in einer gelben Seglerjacke. Louise erwartete ihn in einer dicken Wolljacke auf dem Steg. Ihre Haltung ließ auf Verärgerung schließen.

Helena öffnete das Fenster. Der kühle Herbstwind schlug ihr ins Gesicht. Sie konnte Louises Stimme bis in ihr Zimmer hören.

»Was hast du hier zu suchen?«

Der Mann im Boot war bereits am Steg und sprang leichtfüßig auf die Bretter. Er vertäute das Boot, während der Motor noch dumpf brummte. Dann kletterte er aufs Vordeck, drehte den Zündschlüssel herum, und das Motorengeräusch verstummte ganz.

Es war Peder. Er umarmte Louise, und diese hielt etwas unbeholfen ihren Arm mit der Bandage in die Höhe. Jetzt waren die Stimmen leiser, und Helena konnte nicht hören, worüber sie sich unterhielten. Sie schloss das Fenster und kleidete sich an, um zum Frühstücken nach unten zu gehen.

In der Küche lehnte Raoul an der Spüle. Neben ihm stand Caroline, die ihm eine Hand auf die Schulter gelegt hatte. Zu Helenas Erstaunen sah sie ungewöhnlich munter und rosig aus.

»Es gibt frisch gebackene Scones«, sagte Caroline und hielt Helena den Brotkorb hin.

»Du willst doch nicht etwa behaupten, dass du gebacken hast, Caroline?«

»Bist du übergeschnappt?« Caroline lachte und sagte: »Anna.« Ihr Handy teilte piepsend mit, dass eine SMS eingegangen war, und sie begab sich ins Studio, um es zu holen.

Helena goss sich einen Kaffee ein. Raoul gab ihr auf dem Weg zum Kühlschrank einen Kuss auf die Wange.

»Hallo. Gut geschlafen?«

»Hm …«, erwiderte Helena und strich ihm über den Rücken. Sein Blick flackerte ein wenig, und er lächelte sie hastig an. Helena bestrich einen Scone mit Butter und Orangenmarmelade, biss ab und betrachtete Raoul.

»Bist du früh zu Bett gegangen?«, fragte sie.

»Was? Ja … ich war gestern ziemlich müde«, antwortete er ausweichend und verschwand hinter dem Brotkorb. Helena nickte und trank einen Schluck Kaffee.

Caroline kam wieder in die Küche und schwenkte fröhlich ihr Handy.

»Mein Agent. Ich darf nächstes Jahr in Stuttgart Dvořák spielen.«

»Super!«, sagte Helena. »Hoffentlich kommt nichts dazwischen.«

»Warum sollte mir was dazwischenkommen?«, erwiderte Caroline beleidigt.

»Ich dachte, falls du gerade ein Kind bekommen hast oder hochschwanger bist, ist es vielleicht schwierig, ein Konzert zu spielen.«

Caroline riss Raoul den Karton mit dem Orangensaft aus der Hand, trank den letzten Schluck und warf die leere Verpackung dann ins Spülbecken.

»Das ist ja nicht zum Aushalten«, fauchte sie.

»Immer mit der Ruhe«, sagte Raoul und drückte leicht ihre Schulter, ließ aber sofort wieder los. Mit einem tiefen Seufzer sah er Helena an.

»Ich muss später mit dir reden, Helena.«

»Natürlich«, erwiderte sie und zuckte mit den Achseln. Caroline hielt die Arme verschränkt und starrte zu Boden. Raoul trat ungeduldig von einem Bein aufs andere. Dann setzte er sich an den Tisch, und Caroline nahm sofort neben ihm Platz. Unter dem Tisch suchte sie seine Hand und drückte sie so fest, dass sich der Ehering in die Nachbarfinger eingrub.

Die Eieruhr neben dem Herd schrillte. Anna eilte in die Küche, öffnete den Ofen und nahm ein weiteres Blech Scones heraus.

»Ein Glück, dass du so viel gebacken hast, denn wir haben Besuch bekommen«, meinte Helena, um die seltsame Stille zu durchbrechen, die sich am Frühstückstisch breitgemacht hatte.

»Es ist wirklich an der Zeit, dass Kjell und Jan endlich auftauchen«, meinte Caroline und stippte einen Krümel auf.

»Nein«, erwiderte Helena. »Es ist Peder.«

Mit erstaunter Miene knallte Caroline ihre Kaffeetasse so fest auf den Tisch, dass sie überschwappte.

»Peder!«, rief sie mit geweiteten Augen. »Was zum Teufel hat der hier zu suchen?«

Helene sah sie verständnislos an.

»Okay, du magst Peder nicht.«

»Niemand mag Peder«, warf Anna ein.

»Aber das ist doch keine große Sache?«, fuhr Helena fort und lachte kurz.

Caroline verdrehte die Augen und legte ihre Hand auf Raouls. Helena zuckte zusammen und versuchte, Raouls Blick aufzufangen, aber in diesem Augenblick ging die Tür auf, und Louise kam gefolgt von Peder in die Küche.

»Setz noch mal Kaffee auf«, sagte Louise unfreundlich zu Caroline, und diese stand sofort auf, um die Anweisung zu befolgen.

»Peder«, begann Raoul. »Was verschafft uns die Ehre?«

Peder stand, die Hände in den Jackentaschen, da und schaute zwischen Raoul und Caroline hin und her.

»Ich würde gerne mit Caroline reden«, sagte er betreten und wandte sich an sie. »Geht das?«

Caroline klapperte mit der Kaffeekanne und dem Filter. Ihr fiel die Hälfte des gemahlenen Kaffees daneben.

»Worüber willst du mit mir sprechen?«, fragte sie mit unsicherer Stimme.

»Geht das nicht später unter vier Augen, meine Liebe?«, erwiderte Peder und nahm am Tisch Platz. Mit einem nervösen Kichern und ironisch übertrieben ahmte Caroline sein »meine Liebe« nach.

Raoul verschränkte die Arme und sah Peder durchdringend an. Sie waren sehr verschieden. Raoul in einem Rollkragenpullover aus Kaschmirwolle mit dunklen Locken und dunklen Bartstoppeln, Peder mit tadellos geschnittenem aschblonden Haar und gestreiftem Seglerpullover. Zwischen ihnen stand Louise und hielt sich mit ihrem Verband die Stirn.

»Ich lege hier auf Streit keinen Wert«, erklärte sie streng. »Wir haben eine Arbeit zu erledigen, und ehrlich gesagt, Peder …« Sie verlor einen Augenblick lang den Faden, fing sich dann aber wieder. »… ehrlich gesagt, Peder, weiß ich nicht, wie wir im Augenblick etwas Konstruktives erreichen können. Es gibt so viele Probleme. Lass uns erst die Aufnahmen machen, dann … dann sehen wir, was weiter wird.«

Peder runzelte die Stirn und schlug mit der flachen Hand auf den Tisch.

»Gut, ich kann warten.«

»Musst du nicht an der Börse spekulieren? Geld verjubeln?«, meinte Raoul mit einem amüsierten Lächeln. Peder sah ihn finster an.

»Ich habe auch hier gewisse Interessen zu wahren.«

»Keinen Streit, habe ich gesagt«, fiel ihm Louise ins Wort, drehte sich auf dem Absatz um und verließ die Küche. Helena folgte ihr.

»Warte«, rief sie und eilte ihr hinterher. Louise blieb in der

Diele stehen und stützte sich mit einer Hand an der Wand ab. Plötzlich verließen sie ihre Kräfte, und sie sank auf die unterste Treppenstufe.

»Was soll das?«, flüsterte Helena. »Was will er hier?«

Louise blickte zu Boden, holte tief Luft und sah dann Helena an.

»Darüber möchte ich im Augenblick nicht sprechen.«

»Hast du ihn gebeten, hierherzukommen?«

»Wir haben gestern telefoniert. Es ging mir nicht sonderlich gut. Pudde kennt mich, er spürt, wenn etwas nicht in Ordnung ist.«

»Du meinst zwischen Caroline und dir?«

Louise schniefte. »Was sonst?«

»Ihr hattet euch in letzter Zeit wirklich richtig in den Haaren. Peder ist also herbeigeeilt, um dir den Rücken zu stärken?«

Mit einem resignierten Seufzer verschränkte Louise die Arme und zwang sich dann dazu, Helena ins Gesicht zu sehen.

»Jedenfalls ist er jetzt hier.«

»Und das wolltest du?«

»Nein … ich riet ihm in der Tat ab, als er sich erbot. Aber er bestand darauf, und ich kann ihn daran nicht hindern, schließlich gehört ihm ja das Seehäuschen.«

»Irgendetwas hat ihn dazu veranlasst, sich über deinen Willen hinwegzusetzen. Warum hat er das getan? Das bringt ihm doch keine Vorteile?«

Eigentlich hatte Helena nur laut gedacht, aber Louise sah Helena entsetzt an. Zum ersten Mal kam ihr ein fürchterlicher Gedanke, ein Verdacht, der so fern von dem grundsätzlichen Vertrauen lag, das sie immer vorausgesetzt hatte. Im selben Moment zitterte sie am ganzen Körper, wie um alle Zweifel buchstäblich abzuschütteln. Die Sorge lag aber immer noch in ihrem Blick. Sie zögerte kurz. Dann zog sie Helena zu sich heran und flüsterte: »Helena, du musst schwören, das nicht weiterzuerzählen. Dass ich dir das hier erzähle, liegt nur daran, dass ich mir nicht ganz sicher bin … ja, wie soll ich sagen … wie diese Geschichte ausgehen wird. Aber ich muss mit jemandem sprechen.«

»Was meinst du?«

»Ich bin so durcheinander. Ich glaube, ich werde verrückt.«

Helena legte Louise einen Arm um die Schulter und führte sie in den Salon.

»Ich hatte nicht gedacht, dass so etwas passieren würde. Jedenfalls nicht so bald. Früher oder später vielleicht, wenn unser Kind schon älter ist und Fragen stellt.«

»Du erzählst mir nur, was du mir erzählen willst. Ich will dich nicht unter Druck setzen, Louise.«

Louise sah sich um, beugte sich dann vor und flüsterte Helena ins Ohr: »Peder … ist der biologische Vater des Kindes.«

Helena hielt den Atem an. »Das hätte ich mir eigentlich denken können.« Sie runzelte die Stirn und fuhr fort: »Aber als Samenspender hat er eigentlich keinerlei Rechte an dem Kind. Wenn ich es recht verstehe, seid ihr, Caroline und du, die Eltern.«

»Ja. So war es geplant.« Louises Mund zitterte, und sie bekam die Worte kaum über die Lippen.

»Und was sagt Emily?«

Louise schüttelte den Kopf.

»Sie weiß nichts davon, oder?«

»Wir wollten es niemandem erzählen.«

»Und jetzt ist er hier rausgekommen, um zu versuchen, zwischen dir und Caroline zu vermitteln?«

Louise sah Helena lange traurig an.

»Bist du vollkommen blind, Helena? Hast du nicht gesehen, was los ist?«

Helena reckte sich mit verdutzter Miene.

»Jetzt verstehe ich gar nichts mehr. Was meinst du?«

Sie hielt inne, als sie hörte, dass die Haustüre aufgerissen wurde.

»Jetzt sind sie da!«, rief Anna aus der Diele.

Louise und Helena drehten sich um, als sie die Tür öffnete und in den Salon schaute.

»Jan und Kjell legen gerade mit dem Boot an. Ich mache noch eine Kanne Kaffee, und dann können wir schon heute Vormittag das erste Stück aufnehmen.«

»Es gibt bereits neuen Kaffee. Caroline kocht gerade welchen«, antwortete Louise so ungerührt wie möglich. »Ich muss runter an den Steg.« Sie reckte sich und schlüpfte wieder in ihre Führungsrolle, als sie mit erstaunlich sicheren Schritten den Salon verließ.

Helena und Anna blieben zurück. Anna schien reden zu wollen und trat auf Helena zu. Sie strich Helena über die Wange und dann über die Schulter.

»Verzeih, Helena.«

»Was?«, antwortete Helena benommen. Sie hatte sich noch nicht wieder von der seltsamen Unterhaltung mit Louise erholt. Anna fuhr mit einem verlegenen Lächeln fort: »Ich muss nur daran denken, wie ich in den Salon kam und wie du und Raoul … Wir haben uns nachher lange unterhalten, und das war einfach wunderbar.«

»Aha.« Helena begriff überhaupt nichts.

»Du weißt doch, wie ich für Raoul empfinde. Ich bildete mir plötzlich ein, da sei etwas zwischen euch, und wurde ungeheuer traurig, denn ich kann ihn einfach nicht loslassen. Wir passen so wahnsinnig gut zusammen. Wie auch immer, wir haben uns gestern Abend über alles Mögliche unterhalten, und da hat er mir erklärt, dass ihr nur gute Kumpel seid und dass er dich etwas trösten wollte. Und genau so ist er, Raoul! Er ist wunderbar. Man könnte glauben, dass er bis in die Fingerspitzen ein eiskalter Karrierist ist, aber das stimmt nicht. Er wünscht sich eine Familie mit Kindern. Jetzt kann ich ihm das endlich geben.«

Helena war so fassungslos, dass ihr keine Antwort einfiel. Anna fuhr fort: »Es ist rührend, wie sehr er sich um andere kümmert. Das mit Caroline zum Beispiel. Sie hat sich in diesen Tagen doch so unfassbar gemein benommen! Aber er ist so nachsichtig und bemüht sich wirklich um ihre Freundschaft. Alles nur Louises wegen! Er schluckt seinen Stolz hinunter und zeigt, was für ein wunderbarer Mensch er ist.«

Helena fröstelte es. Ihr fehlten die Worte. Annas Bekenntnis hatte sie peinlich berührt. In ihre Besorgnis mischte sich jedoch noch etwas anderes, ein Gefühl, dass etwas schiefgelaufen war. Was zum Teufel hatte Raoul Anna nur erzählt? Er hatte sie beruhigen sollen, nicht aber falsche Hoffnungen in ihr wecken. Oder hatte sie selbst Raoul missverstanden?

»Wie schön, Anna«, erwiderte sie mit einem schiefen Lächeln, als diese an ihr vorbeihuschte, um ihre Bratsche aus dem Studio zu holen.

Louise hatte ihre Notizen vergessen. Sie ging in ihr Zimmer diese holen. Mit schweren Schritten erklomm sie die Treppe. Als sie im Gang um die Ecke bog, stieß sie fast mit Raoul zusammen. Um eine Berührung zu vermeiden, trat er einen plötzlichen Schritt beiseite. Ihre Blicke begegneten sich ganz kurz, dann schaute er weg.

»Louise«, begann er verwirrt und versuchte, den Mund zu einem Lächeln zu verziehen. Louise antwortete nicht, sondern starrte ihn nur mit einem müden Gesichtsausdruck an. Einige Sekunden lang verharrten sie so und versuchten das Unvermeidliche hinauszuschieben. Schließlich brach Louise das Schweigen.

»Wie konntest du nur?«, fragte sie mit schwacher, tränenerstickter Stimme.

Raoul strich sich mit der Hand durchs Haar und schluckte. Er suchte nach einer geeigneten Erwiderung, erkannte aber, dass nichts, was er sagen würde, sein Handeln rechtfertigen konnte.

»Was soll ich sagen?«

»Du könntest zumindest so viel Anstand besitzen, um Entschuldigung zu bitten.«

Und wieder ließ seine Antwort auf sich warten. Er atmete tief ein, verschränkte die Arme vor der Brust und zog die Schultern etwas hoch.

»Ich verstehe deine Gefühle, Luss, aber ich kann mich nicht entschuldigen. Das wäre ein Eingeständnis, etwas falsch gemacht zu haben. Ehrlich gesagt habe ich das einzig Mögliche getan. Wir hatten keine Wahl.«

»Wie alt bist du eigentlich? Bist du ein verwirrter Teenager, der gerade die Liebe entdeckt hat? Das war eine äußerst bewusste Wahl. Und diese Wahl hat zur Folge, dass du unsere Freundschaft opferst. Das ist der Preis.«

»Louise … das sagst du jetzt, und ich verstehe dich. Du kannst auch gar nichts anderes sagen. Aber alles wird sich verändern. Mit der Zeit wirst du einsehen, dass ich sie auf eine Art glücklich mache, die … Ich bin immer noch dein Freund und werde das immer bleiben.«

»Freund?« Louise schleuderte ihm das Wort förmlich entgegen. »Was ist das für eine Art Freund? Was tut so ein Freund wie du? Lügt und betrügt, hat nur sein eigenes Glück im Kopf. Den momentanen Genuss.«

Er antwortete nicht. Louise schüttelte den Kopf und schniefte, wütend darüber, sich nicht besser in der Gewalt zu haben. »Lächerlich. Du wirst langsam altersgeil. Du sonnst dich in der Bewunderung junger Mädchen.«

»Louise, wir beide sind so gut wie gleichaltrig. In dieser Hinsicht muss ich also kein schlechtes Gewissen haben. Du kannst im Augenblick nicht klar denken, und das erwarte ich auch gar nicht von dir. Aber nichts, was du sagst, kann mich von meinem Vorhaben abbringen.«

Sie ließ die Schultern hängen und sah ihn an, als wolle sie sich das Aussehen eines Menschen einprägen, der einmal ihr engster Freund gewesen war. Dann schlug sie die Augen nieder, da sie den Tränen nahe war. Sie versuchte sich an ihm vorbeizudrängen, aber Raoul packte sie am Oberarm. Er war so dünn, dass er den Knochen spürte.

»Dass du die Stirn hast«, flüsterte sie mit zitternder Stimme.

»Wir können nicht so auseinandergehen.« Es klang eindringlich, fast besorgt. Er hielt sie noch fester. »Verstehst du denn nicht, dass es auch mich quält?«

»Du tust mir weh. Lass mich los.« Sofort nahm er seine Hand weg.

»Du musst sie gehen lassen. Du musst. Sie gehört bereits mir und wird mich nie verlassen. Ich liebe sie mehr als alles andere auf der Welt.«

Sie hielt inne und starrte ihn an. Mit Mühe unterdrückte sie ihre Wut. »Dir? Sie gehen lassen? Sie ist schwanger! Sie erwartet unser Kind, hast du das begriffen? Aber du behandelst sie wie ein Objekt, mit dem du dich verlustieren kannst. Allein der Gedanke, dass du mit ihr geschlafen hast, ist widerwärtig. Pfui Teufel, du ekelst mich an.«

Als er einen Schritt auf sie zutrat, hob sie die Arme vor die Brust und fuhr fort: »Was weißt du schon über Caroline? Du lässt dich von ihrer Schönheit und Begabung verführen, aber von ihren dunklen Seiten hast du keine Ahnung.« Es war, als sei die Spannung zwischen ihnen geschwunden, als sie mit erstaunlich ruhiger Stimme weitersprach: »Du hast mich mehr verletzt als jeder andere Mensch. Sogar noch mehr als Caroline. Wenn wir hier fertig sind, will ich dich nie mehr sehen.«

Kjell baute im Studio die Mikrofone auf. Er besaß den Körperbau eines Hafenarbeiters und hatte sich eine große Prise Snus unter die Oberlippe geschoben. Helena begrüßte ihn exaltiert und griff zu ihrem Instrument. Vor der Terrassentür stand Caroline, rauchend, und neben ihr Raoul mit gesenktem Kopf, die Hände in den Hosentaschen. Sie unterhielten sich, ohne dass sie sie hören konnte. Beide wirkten bedrückt.

»Das war ein unglaublicher Sturm«, sagte Kjell.

»Hm … ja, schrecklich«, entgegnete Helena geistesabwesend. »Wir dachten schon, dass wir die ganze Aufnahme abblasen müssten.«

Caroline beugte sich zu Raoul vor, um etwas Vertrauliches zu sagen. Er legte ihr eine Hand auf die Schulter. Zerstreut nahm er eine ihrer Locken zwischen die Finger und strich sich damit über die Lippen.

»Abblasen …« Helenas Herz pochte. Warum spielt er mit ihrem Haar? Als liefe vor ihren Augen ein Film, begriff sie kaum die Bedeutung dessen, was sie sah. Sie erschauerte und war wie gelähmt.

Caroline rieb ihr Gesicht langsam an Raouls Wange. Dieser strich ihr mit der Hand erst über den Arm, dann über ihre Brust. Mit Daumen und Zeigefinger kniff er in ihre Brustwarze, das verriet ihre unfreiwillige Körperbewegung. Erst zuckte sie vor Schmerz zusammen, dann schob sie reflexmäßig den Unterleib vor.

Wie eine kalte Dusche überkam Helena die Einsicht. Ihr Grauen wuchs, während sie mit aufgerissenen Augen das Schauspiel auf der Terrasse verfolgte. Sie wollte eigentlich nur nach draußen stürzen und die beiden trennen, konnte aber keinen Muskel bewegen. Ihre Augen fühlten sich trocken an, aber sie vermochte nicht einmal zu blinzeln.

Als hätte Caroline ihre Gedanken gehört, warf sie einen raschen Blick ins Studio und sah ihre Schwester eine Sekunde lang an. Dann schaute sie zu Boden und wich etwas zurück, sodass Raoul ihre Locke entglitt. Anschließend sagte sie etwas. Raoul schaute jetzt ebenfalls zu Helena ins Studio. Er nickte ihr zu. Helena schluckte und sah weg.

»Jetzt fangen wir an«, Louise trat ins Studio und ging auf ihren Stuhl zu. Caroline trat ihre Zigarette aus und ging mit Raoul ebenfalls ins Studio. Louise und die beiden anderen sahen sich nicht an. Raoul nahm seine Geige aus dem Kasten und spielte einige Striche. Dann ging er zu Helena und legte ihr die Hand auf den Arm.

»Alles in Ordnung?«, fragte er harmlos.

Helena zuckte zurück. »Fass mich nicht an!«, fauchte sie, ohne ihn anzusehen.

In der eisigen Stimmung, die sich im Studio ausgebreitet hatte, stellte die Anwesenheit Kjells und Jans eine fast surrealistische Alltäglichkeit dar. Ihre trägen Bewegungen und praktischen Maßnahmen waren das Einzige, was die Lage wieder auf eine halbwegs zwischenmenschliche Anständigkeit normalisierte. Sie machten sich am Mischpult zu schaffen, stöpselten Kabel ein, prüften Mikrofone und veränderten die Höhe der Mikrofonstative, die fast so etwas wie einen Schutzzaun zwischen den fünf Musikern bildeten.

»Wir machen zuerst eine Klangprobe«, erklärte Jan.

Schweigend setzten sich alle an ihre Pulte. Anna strahlte und legte den Kopf auf die Seite, als Jan auf sie zutrat, um ihr Mikro ein Stück hochzuziehen. Er war ein großer, etwas knochiger Mann Ende fünfzig. Sein blondes Haar hatte die Farbe verloren und war ergraut.

Helena starrte auf ihre Noten. Ihre schweißnasse Hand fand keinen richtigen Halt am Hals ihrer Bratsche. Als sie den Bogen hob, zitterte sie, sodass ihr die ersten Töne ausrutschten und der Bogen über die Saiten hüpfte.

»Oha.« Raoul lächelte sie nachsichtig an. Helenas Blick irrte umher. Sie umfasste den Bogen mit festem Griff, was einen Quietschton zur Folge hatte. Sie legte ihr Instrument auf die Knie und trocknete ihre Hände an ihrer Jeans ab.

»Nervös?«, fragte Anna.

Helena antwortete nicht.

»Ach was! Wird schon alles klappen«, sagte Anna und blinzelte vertraulich.

Wird schon alles schiefgehen, dachte Helena.

»Wir spielen die Einleitungen der Sätze, um wieder ein Gefühl für das Stück zu entwickeln«, erklärte Raoul und sah Louise an. Diese nickte mit ausdrucksloser Miene.

Der Durchgang verlief unerwartet gut. Als hätten sich alle angestrengt, die Aufgabe gemeinsam zu bewältigen, derentwegen sie auf die Insel gekommen waren. Für einen zweiten Versuch würde niemand mehr die Kraft haben. Kjell justierte die Mikros ein weiteres Mal, dann konnte die Aufnahme beginnen.

Helena nahm nichts mehr um sich herum wahr. Sie spielte wie in Trance und hätte nachher nicht sagen können, wie es ihr gelungen war, sich durch das Werk hindurchzuackern. Ihre Finger hatten mechanisch ihre Arbeit ausgeführt, in Gedanken war sie woanders gewesen. Die ganze Zeit über vermied sie es, Raoul und Caroline anzusehen. Sie nahm aus der Distanz seine musikalische Führung wahr, spürte aber, dass ihre Selbstbeherrschung versagen würde, falls sie ihn auch nur ein einziges Mal ansah.

In der Mittagspause flüchtete sich Helena in ihr Zimmer. Sie warf sich aufs Bett und starrte an die Decke. Noch nie hatte sie sich so alt gefühlt wie jetzt. Die Scham darüber, dass sie sich die Erfüllung eines Wunsches eingebildet und darüber jedes Urteilsvermögen eingebüßt hatte, lähmte sie. Sie lag reglos da und atmete ganz flach, während ihr Gehirn fieberhaft arbeitete. Sie versuchte die neue Wahrheit zu begreifen. Caroline und Raoul. Er hatte sie wegen Caroline abblitzen lassen. Ausgerechnet Caroline! Wie hatte alles nur so katastrophal schiefgehen können? Oder hatte es nicht überhaupt so enden müssen? Raoul nützte Menschen aus. Er besaß keinerlei Gefühle. Er hatte sie angelogen. Natürlich hatte er das. Er hatte gelogen, um sie loszuwerden. So war er, und so war er immer gewesen. In ihrer grenzenlosen Sehnsucht war sie darauf hereingefallen. In ihrer Naivität hatte sie geglaubt, dass er es ernst meinte, als er sie umarmt und ihr alle schönen Worte ins Ohr geflüstert hatte. Weil sie geglaubt hatte, er habe sich verändert, und weil er so ehrlich geklungen hatte. Wie hatte sie nur, obwohl sie es doch besser wusste, so wahnsinnig bescheuert und passiv sein können, ihm zu vertrauen? Wie nahe daran sie doch gewesen war, sich zu verraten! Bei diesem Gedanken brach ihr der kalte Schweiß aus.

Es klopfte.

»Helena?« Louise klang kurz angebunden. »Helena? Wie geht es dir?«

Helena fuhr sich mit der Zungenspitze über die Lippen und antwortete so unberührt wie nur möglich: »Fangen wir schon wieder an?«

»In der Küche ist noch etwas vom Essen übrig. Nimm dir was und komm dann runter ins Studio. In einer Viertelstunde geht es weiter.«

»Okay.«

Helena blieb noch einen Augenblick lang liegen und stand dann mit Mühe auf. Sie stellte sich vor den Spiegel, bürstete ihr Haar, erst langsam, dann immer fester und intensiver, bis ihre Kopfhaut glühte. Außer sich vor Wut schnappte sie sich ein Kissen und schrie hinein, damit die anderen nichts hörten. Dann ließ sie es zu Boden fallen und betrachtete sich wieder im Spiegel. Mit kalten Fingern nahm sie einen Lippenstift, stützte ihre zitternde Hand mit der anderen und fuhr sich über die Lippen. Sie versuchte sich im Spiegel anzulächeln, aber ihr Gesicht brachte nur eine verzweifelte Grimasse zustande. Sie wollte wieder schreien, doch kein Laut drang aus ihrem Mund. Sie starrte an die Decke, bis sich die Anspannung gelöst hatte. Dann ging sie mit steifen Schritten zur Tür, öffnete sie, ging weiter, die Treppe hinunter, durch die Diele und in die Küche. Sie wusste, dass sie ging, wusste aber nicht, welcher Wille es war, der ihre Schritte lenkte.

In der Küche goss Anna Kaffee in zwei Tassen.

»Für Raoul«, lächelte sie vertraulich.

Da verlor Helena jegliche Selbstbeherrschung. Sie packte eine der Tassen und knallte sie an die Wand, sodass das berstende Porzellan und der Kaffee auf den weißen Fliesen ein braunes Fächermuster hinterließen. Anna sah sie mit offenem Mund an.

»Aber … aber, was tust du?«, stammelte sie entsetzt.

Um nicht auf Anna einzuprügeln, fuhr sich Helena mit den Händen durchs Haar und zog dann ganz fest daran.

»Wie bescheuert darf man eigentlich sein?«, fauchte sie. »Du bringst diesem verdammten Raoul keine verdammte Tasse Kaffee. Siehst du denn nicht, dass du ihm scheißegal bist?«

Sie warf sich auf einen Stuhl und legte sich mit dem Oberkörper auf den Tisch. Sie wurde von Schluchzern geschüttelt. Als sie Annas Hand auf dem Rücken spürte, zuckte sie zusammen und starrte ihr ins Gesicht. Verblüfft sah sie, dass Anna gar nicht wütend geworden war, sondern sie mit einer mitleidigen, besorgt-belustigten Miene betrachtete.

»Liebe Helena«, begann sie mit leiser Stimme. »Es tut mir so leid, dass du so reagierst. Es war wirklich nicht meine Absicht, dir Kummer zu bereiten. Ich verstehe, dass du eifersüchtig bist. Und es schmerzt mich. Ich bin die Erste, die versteht, wie du dich jetzt fühlst.« Sie ballte die Hand auf der Brust zur Faust, um zu zeigen, dass sie Helenas Schmerz teilte.

Helena starrte sie nur an.

Da wurde die Tür des Studios geöffnet, und Louise trat ein.

»Jetzt reicht's. Nimm dich zusammen, Helena.«

Ihre Stimme klang eisig. Helena ließ den Blick zwischen Louise und Anna hin- und herwandern. Wurde sie allmählich verrückt?

»Eines musst du wissen«, sagte Louise. »Ich bin nach Svalskär rausgefahren, um eine CD aufzunehmen. Ich habe sehr viel Arbeit in die Vorbereitung gesteckt und will mir nicht alles von deiner labilen Verfassung und Launenhaftigkeit zerstören lassen.«

»Aber …«

»Jetzt gehst du ins Studio runter, setzt dich auf deinen Platz und spielst deine Stimme. Ich will kein Wort mehr hören, nichts mehr über Intrigen und Verdächtigungen. Tu jetzt, was ich sage.«

Ohne eine Antwort abzuwarten, drehte sich Louise um, ging hinunter und nahm auf ihrem Sessel vor dem Halbrund des Quartetts Platz.

Anna ging rasch vor Helena nach unten und versuchte, die Wartenden im Studio mit ein paar übertriebenen Grimassen von Helenas Wutausbruch abzulenken.

Starr und gewichtslos, ohne Fluchtmöglichkeiten, wanderte Helena die Treppe zum Studio nach unten. Die Füße bewegten sich wie von selbst. Sie nahm auf ihrem Stuhl Platz. Niemand sagte etwas. Sie wischte sich die Tränen mit dem Handrücken ab und warf ihr Haar nach hinten.

»Dann fangen wir an«, sagte sie, und ihre eigene Selbstbeherrschung verblüffte sie. Jetzt war die Erstarrung von ihrem Körper abgefallen. Jetzt konnte sie den Bogen halten, ohne zu zittern.

Es gelang ihnen, das ganze Quartett aufzunehmen. Anschließend hörte sich Louise sofort das Material an. Sie setzte Kopfhörer auf und wandte dem Studio den Rücken zu. Es war deutlich, dass sie mit niemandem reden wollte.

»Eventuell ist morgen noch das eine oder andere zu korrigieren«, meinte Jan, »aber es scheinen recht gute Aufnahmen zu sein.«

Caroline tänzelte auf die Terrasse und gelangte von dort mit ein paar grazilen Sprüngen auf die Wiese. Raoul folgte ihr schlendernd hinter das Haus. Ihre Schultern berührten sich ab und zu, aber noch wurde kein Arm um Schultern gelegt, und keine Finger flochten sich ineinander. Sobald sie außer Sicht waren, schob Raoul sie an die Bretterwand der Sauna und drückte seinen Mund auf ihren. Caroline erwiderte seinen Kuss und schob ihm ihre Hände unter das Hemd, um ihn ganz fest zu umarmen. Ein verlegenes Lächeln verriet, dass er sich ungern seiner Fettpolster um die Hüften erinnerte. Aber er wollte sie nicht loslassen. Er würde sie nie wieder loslassen.

»Ich liebe dich«, murmelte Raoul.

»Und ich dich«, erwiderte Caroline zwischen den Küssen. »Ich will dich jetzt.«

Raoul sah sich um und schaute dann Caroline wieder an. Ein übermütiges Lächeln machte sich auf seinen Zügen breit, aber dann besann er sich.

»Das geht nicht, meine Geliebte. Nicht jetzt. Nicht hier. Bald.«

»Ich will nur so schnell wie möglich von dieser Insel weg und mit dir zusammen sein. Ich will in deine Arme kriechen und dort bleiben. Ich will keine Sekunde von dir getrennt sein.«

Raoul strich ihr übers Haar. Plötzlich wurde er ernst. Er blinzelte und suchte nach den richtigen Worten.

»Caroline …«, begann er, aber unterbrach sich dann, um sie leicht auf den Mund zu küssen. »Caroline, hör zu. Ich will das hier nicht mehr. Es reicht jetzt. Wir können unsere Beziehung nicht weiter geheimhalten. Du hast doch gesehen, wie Helena uns angeschaut hat. Es gibt keinen Grund, noch länger irgendeinen Schein zu wahren. Jetzt sind wir ein Paar, du und ich, und das will ich der ganzen Welt zeigen.«

»Unsere Beziehung«, meinte Caroline theatralisch und lächelte verschmitzt. »Das klingt so erwachsen.«

Raoul lachte und strich ihr zerstreut eine Locke hinter das Ohr. Dann strich er ihr mit derselben Bewegung mit den Fingerspitzen über die Wange, die Lippen und das Kinn. Seine Finger zitterten vor gebändigtem Begehren. »Ich bin so verliebt in dich, dass ich kaum atmen kann, wenn du nicht bei mir bist. Ich kann mir keine Nacht mehr ohne dich vorstellen. Du darfst nicht mehr in Louises Zimmer schlafen. Hörst du? Ich vergehe vor Eifersucht, wenn sie dich auch nur noch einmal berührt.«

»Und ich finde es wahnsinnig anstrengend, dass Anna dir die ganze Zeit hinterherschmachtet.«

»Darüber haben wir doch gesprochen, Caroline«, begann Raoul etwas betreten. »Du weißt, dass wir früher einmal zusammen waren. Das lässt sich nicht ändern.«

»Dann hör verdammt noch mal auf, sie die ganze Zeit anzutatschen. Das ist doch wohl nicht nötig?«

Raoul lächelte nachsichtig. »Eifersüchtig, Caroline?«

Caroline zuckte verächtlich mit den Achseln. »Habe ich dazu etwa einen Grund?«

»Hast du etwa nicht zugehört, als ich dir vor zehn Sekunden erklärt habe, dass ich dich so sehr liebe, dass ich fast wahnsinnig werde?« Raoul fasste sie an den Armen und schüttelte sie leicht. »Wie oft muss ich es noch sagen, damit du verstehst, dass du die Liebe meines Lebens bist?« Die letzten Worte betonte er so sehr, dass Caroline zu Boden schauen musste, um nicht zu erröten.

»Aber das gestern habe ich dir noch nicht verziehen«, flüsterte sie.

Raoul schloss die Augen und schüttelte den Kopf, konnte aber ein Lächeln nicht unterdrücken. »Liebste, jetzt hör mir mal zu. Sie stand einfach in der Tür, splitternackt. Ich war vollkommen überzeugt davon, dass du in die Sauna kommen würdest. Warum sollte ich mich mit dir dort verabreden und dann auch noch Anna dorthin zerren?«

»Und ihr habt nicht miteinander geschlafen?«

»Zum hundertsten Mal … nein! Ich bin geschmeichelt, dass du mir diese Ausdauer zutraust, aber leider muss ich dich in diesem Punkt enttäuschen. So oft, wie wir miteinander schlafen, gibt es sogar für mich eine Grenze. Warum sollte ich auch mit jemand anderem als dir schlafen wollen? Wie könnte ich überhaupt nur auf so einen Gedanken kommen? Für mich gibt es jetzt nur noch dich.«

Er fasste ihren Kopf mit beiden Händen und betrachtete sie bewundernd und voller Hingabe. »Heute Nacht schlafen wir zusammen, du und ich. Die ganze Nacht. Wir können ins Atelier ziehen, dann müssen wir nicht im selben Haus sein wie die anderen. Euer … ich meine, Luss' Zimmer liegt ja genau unter meinem, und das ist mir etwas zu viel Prinzessin auf der Erbse, das ertrage ich nicht.«

Sie sah, dass er noch mehr zu sagen hatte, und legte mit auffordernder Miene den Kopf zur Seite.

»Was ist?«, fragte sie.

Raoul räusperte sich. Sein Gesicht wurde einen Augenblick ernst, dann fand er wieder zu seinem Lächeln zurück. Die angespannten Mundwinkel waren jedoch geblieben.

»Caroline, da ist noch etwas, worüber ich mit dir sprechen muss.« Er zögerte. »Wir sollten vielleicht versuchen, die Lage in aller Ruhe zu betrachten. Es gibt Dinge, die erst geregelt werden müssen. Dinge, die früher geschehen sind und von denen du nichts weißt. Ich würde dich gerne bitten …«

»Spuck's schon aus!«

»Was ich sagen will, ist, dass ich …«

»Komm schon! Was willst du? Soll ich mich als Dienstmädchen verkleiden, dich mit Handschellen fesseln und mit einem Teppichklopfer prügeln, oder …« Sie unterbrach sich und lachte glucksend. »Willst du das?«

»Caroline!« Raoul lachte über ihre überbordende Fantasie, die sich auf einer ganz anderen Ebene bewegte als die Überlegungen, die ihn bedrückten. Er küsste sie. Seine Finger spielten wieder mit ihren Locken. Er konnte es nicht lassen, sie die ganze Zeit anzufassen.

Caroline sah ihn frech an. »Oder willst du dich als Dienstmädchen verkleiden?«

Raoul warf den Kopf in den Nacken und lachte laut. »Süße, natürlich will ich das. Was glaubst denn du? Aber bleibe eine Sekunde lang ernst, Liebling. Ich muss mit dir jetzt, wo wir unsere gemeinsame Zukunft planen, über etwas sehr Wichtiges sprechen.« Er wickelte sich eine ihrer langen Strähnen um den Finger. »Du bist so jung und …«

»Du bist so alt«, unterbrach sie ihn ungeduldig, aber beeilte sich dann, ihre Worte mit unzähligen Küsschen abzumildern.

Er seufzte und schüttelte den Kopf. »Ich bin doppelt so alt wie du. Das weißt du. Ist das ein Problem für dich? Ist es das?«

»Mehr als doppelt so alt wie ich. Verdammt, Raoul. Du könntest mein Vater sein!«

»Hör auf! Sag das nicht!« Warum musste sie ihm mit seinem Alter in den Ohren liegen? Er wollte sich zusammen mit ihr nicht alt fühlen. Schließlich sollte ja jetzt das eigentliche Leben beginnen. »Mir wäre es lieber, wenn du keine Witze darüber machen würdest, Caroline. Denn wenn du findest, dass ich dich an deinen Vater erinnere, dann … ja, das ist doch vollkommen pervers!« Er schüttelte verärgert den Kopf. »Dann ist mit deiner

Fantasie etwas nicht in Ordnung. Denn ich kann dir garantieren, dass ich an dich nicht wie an meine Tochter denke. Zum einen habe ich keine Tochter. Ich habe auch gar keine Ahnung, wie es ist, eine Tochter zu haben.«

»Noch nicht …«, flüsterte ihm Caroline warm ins Ohr. »Aber vielleicht in neun Monaten.«

»Meinst du das? Meinst du das wirklich?« Seine Stimme wurde ganz schwach vor Rührung. »Die schönste Frau der Welt bekommt das schönste Kind der Welt …« Er strich ihr mit der Hand über den Bauch und schob sie dann unter ihren Pullover.

»Oder einen kleinen Sohn … oder Zwillinge …«

Caroline strich mit ihrer Wange über sein unrasiertes Kinn und suchte dann mit dem Mund seine Lippen, erst langsam und abwartend, dann härter und intensiver. Die nassen Küsse waren tief und aggressiv. Raoul glitt mit der Hand in ihren Slip und streichelte mit den Fingerspitzen die weiche Haut ihrer Leisten. Caroline legte ihre Hand auf seine rasch zunehmende Erektion, was Raoul nur noch mehr erregte.

»Lass mich herein, Caroline«, keuchte er in ihr Ohr. »Ich will nichts lieber, als dir ein Kind machen, wenn ich das nicht schon getan habe.«

»Komm«, stöhnte Caroline erregt. »Lass uns irgendwohin gehen …«

Als hätte die Telecom sich gegen sie verschworen, wurden sie durch das Klingeln von Raouls Handy gestört. Ein knalliger Diskohit. Wütend zerrte er sein Handy aus der Hosentasche und schleuderte es mit solcher Kraft von sich, dass es über die Felsen segelte, auf einer Klippe aufschlug und im Wasser verschwand. Das dumpfe Platschen brachte die Melodie sofort zum Verstummen. Ihre Blicke folgten dem fliegenden Handy, bis es die Wasserfläche durchbrach. Dann sahen sie sich an und brachen in Gelächter aus, eine gemeinsame, wenn auch dürftige Eruption.

Raoul lockerte seinen Griff um Caroline. Entmutigt stützte er sich an der geteerten Wand ab und schlug mit der flachen Hand dagegen. Er keuchte. Zwischen ihm und der Wand stand Caroline und stopfte sich gelassen ihren Pullover in die Hose.

»Was wolltest du eben sagen? Bevor du das klingelnde Handy weggeworfen hast und bevor du ficken wolltest …«

»Caroline, also deine Ausdrucksweise. Macht es dir Spaß, deine Mitmenschen zu schockieren?«

»Sag schon!«

»Was glaubst du denn, was ich sagen wollte?«

»Keine Ahnung?«

Caroline neigte den Kopf zur Seite und sah ihn an. Er wollte ihr gerade sein Herz ausschütten, schüttelte dann aber den Kopf. Die Gelegenheit, aufrichtig zu sein, war verstrichen. Er lächelte hastig. Caroline hämmerte ihm mit ihren Fäusten auf die Brust.

»Komm schon! Spuck's aus! Wolltest du mir einen Heiratsantrag machen? Was?«

Raouls Miene drückte großes Erstaunen aus. Die Röte schoss Caroline ins Gesicht, als die erwartete Reaktion ausblieb.

»Aufgepasst! Scherz!« Sie versuchte die peinliche Stimmung zu vertreiben, die sich so plötzlich und überraschend ihrer Vertraulichkeit in den Weg gestellt hatte. Raoul fing sich jedoch rasch wieder. Er packte sie an den Schultern, und einen Augenblick lang fühlte sie sich wie eine Sechstklässlerin, die vom Rektor beim Rauchen hinter der Turnhalle erwischt worden war. Mit weichen Bewegungen begann er ihre Oberarme zu massieren, und sie entspannte sich ein wenig.

»Willst du das denn?«, fragte er ernst.

»Was?«, fragte sie bemüht verständnislos.

»Willst du mich heiraten?«

»Willst du?«

»Ich weiß nur, dass ich den Rest meines Lebens mit dir verbringen will.«

Sie lächelte ernst.

»Dann wollen wir das auch tun«, flüsterte sie. Ihre wilden Locken umrahmten ihr Gesicht, und hinter ihr leuchtete der Himmel blau und klar.

Die Sonne strahlte vor der großen Glaswand des Studios. Helena öffnete die Schiebetür und atmete tief durch. Um allein zu sein und ihre Gedanken zu sammeln, ging sie zum Steg. Das Wasser gluckerte um die Pfähle. Es fühlte sich fast wie ein Altweibersommer an, und es wirkte unvorstellbar, dass in den letzten Tagen ein Unwetter über die Schären hinweggerast war. Aber Helena war für das Wetter nicht empfänglich. Sie war wie gelähmt. Nichts, was sie um sich herum sah, konnte sie noch berühren. Sie hatte auch nicht mehr das Gefühl, ihre Umgebung noch erreichen und beeinflussen zu können. Niemand schien ihr mehr zuzuhören. Durch den peinlichen Vorfall mit der Kaffeetasse konnte die Lage kaum noch schlimmer werden. Das war befreiend und gleichzeitig erschreckend. Etwas Ähnliches war ihr noch nie passiert. Nicht, dass sie alle Selbstbeherrschung und Kontrolle plötzlich verloren hätte, alles hatte sich nur auf ein anderes Niveau bewegt, auf dem sie das Gefühl hatte, sich von außen betrachten und ihre Bewegungen wie die einer Marionette steuern zu können. Als sie sich ganz vorne auf den Steg setzte, schwindelte ihr, und sie sah ein, dass der Schlafmangel und übertriebene Alkoholkonsum der letzten Tage auch etwas mit ihrer Gemütslage zu tun hatten.

Ein Karomuster sich begegnender Wellen und Strömungen schwappte auf der Wasserfläche und spiegelte den Himmel über der schwarzen Tiefe. Sie starrte ins Wasser und dachte darüber nach, wie es wohl sein würde, sich ins Dunkel zu stürzen und einfach auf den Grund sinken zu lassen. Alle Verantwortung und alle Trauer hinter sich zu lassen und sich der totalen Auflösung hinzugeben.

»Seid ihr jetzt mit den Aufnahmen fertig?«, hörte sie eine Stimme neben sich. Ihr war nicht aufgefallen, dass Peder nur einige Meter von ihr entfernt auf einer Bank saß.

»Ja, jetzt ist das vorbei«, antwortete Helena mit schwacher Stimme. »Bald können wir nach Hause fahren.«

»Dann kann ich mich ja vielleicht mit Caroline unterhalten«, sagte er und stand auf.

»Du … das würde ich nicht empfehlen«, erwiderte Helena. »Du weißt, warum.«

»Ich würde diesem schmierlockigen Schwein gerne die Fresse polieren«, zischte Peder.

»Tu das«, seufzte Helena. »Er ist nicht gerade der athletische Typ. Du schlägst ihn sicher k. o. und hast damit alle Probleme gelöst.«

»Ich kann Raoul einfach nicht ab.«

»Aber Peder«, meinte Helena und wandte sich an ihn. »Wie klug war es eigentlich, hierherzukommen? Du solltest vielleicht etwas diskreter sein. Schon allein Louises wegen.«

»Jemand muss Raoul in die Schranken weisen. Er ist ein verdammter Don Juan«, sagte Peder und schob das Kinn vor. »Das musst du ja wissen.«

Sie sah ihn durchdringend an. »Du redest auch nur Unsinn.«

»Und du bist eine Heilige, was?«

»Und du bist genau der Richtige, der sich so einen Kommentar leisten kann.« Sie lachte höhnisch und fuhr dann fort. »Peder, Peder, du wirst dich doch wohl nicht in Caroline verliebt haben.«

Peder lachte bitter. »Du kannst mich mal, Helena.«

»Doch, doch, etwas scharf auf sie bist du schon. Aber sie hat nur Augen für einen. Das weißt du.«

»Ich interessiere mich nicht im Geringsten für Caroline. Ob du es glaubst oder nicht, aber die beiden eiskalten Schwestern sind nichts für mich. Ich kann es nur bedauern, dass ihr Louises Vertrauen missbraucht und sie hintergangen habt.«

Helena schüttelte den Kopf. »Wir sollen sie hintergangen haben? Ich brauche dir oder Louise doch wohl keine Rechenschaft über mein Leben abzulegen. Außerdem finde ich, du solltest mit deinen Äußerungen etwas vorsichtiger sein.«

Peder wollte schon aufbrausen, beherrschte sich dann aber mit größter Mühe. »Ich weiß nicht, worauf du aus bist, Helena, aber du hast mit dieser Sache nichts zu tun. Verschwinde und lecke irgendwo anders deine Wunden.«

Er presste die Lippen zusammen und schaute weg. Helena hob den Kopf und betrachtete Louises Cousin abwartend und berechnend. Sie wusste, dass er launenhaft war, aber sie hatte ihn noch nie so unbeherrscht wie jetzt erlebt und sah ein, dass sie aufpassen musste, damit er nichts Übereiltes tat. Gleichzeitig verriet seine Haltung, dass er sich jemandem anvertrauen musste, und Helena wollte ihre Bereitschaft, ihn anzuhören, signalisieren. Sie konnte es sich nicht leisten, sich Peder zum Feind zu machen. Er sollte sich aber auch nicht einbilden, dass sie vollkommen machtlos war.

»Ich weiß, warum du hier bist, Peder. Louise hat es mir erzählt.« Sie wartete, bis er die Worte verarbeitet hatte, und fügte dann hinzu: »Sie hat mir das Versprechen abgenommen zu schweigen. Und dieses Versprechen werde ich halten.«

»Dann verstehst du vielleicht auch, wie es mir geht«, fuhr er fort. Seine Stimme klang erleichtert, aber auch gekränkt. Er schaute immer noch weg. Dann warf er einen raschen Blick auf Helena, als sei ihm gerade ein Gedanke gekommen.

»Was hat sie dir genau erzählt?«

»Das mit dem Kind. Dass es dein …«

Peder unterbrach sie.

»Caroline wird mein Kind zur Welt bringen.«

»Biologisch gesehen vielleicht, aber ich dachte, dass Louise die Vaterrolle übernehmen sollte.« Helena konnte es nicht lassen, ihn in die Schranken zu weisen. Sie musste sich ein bösartiges Lachen verkneifen. »Oder hast du andere Pläne?«

Peder breitete die Arme aus. »Was unterstellst du mir? Louise kann sich ganz und gar auf mich verlassen. Wenn du das nicht begreifst, dann frage ich mich, wie gut du sie eigentlich kennst. Oder mich.«

Helena schnaubte nur verächtlich. Sie verzog den Mund zu einem boshaften Lächeln. Aber Peder war so sehr mit seinen eigenen Gedanken beschäftigt, dass er Helena in ihren Überlegungen nicht folgen konnte.

»Louise ist am Boden zerstört. Sie gibt es zwar nicht zu, aber wir haben uns gestern gut und gerne eine halbe Stunde lang unterhalten. Sie fühlt sich sowohl von ihrer Partnerin als auch von ihrem besten Freund betrogen.«

»Hier gibt es im Augenblick wirklich viele Betrüger«, stellte Helena trocken fest. »Wie scheinheilig darf man eigentlich sein? Ich wette, dass es Emily auch nicht gerade begeistert, dass du mit Louises Freundin ein Kind haben willst.«

Peder wehrte sich sofort: »Misch dich da nicht ein.«

»Wollte Louise wirklich, dass du nach Svalskär rauskommst?«, fuhr Helena fort.

»Luss ist wie eine Schwester für mich. Ich muss ihr beistehen, auch wenn sie nicht weiß, was für sie am besten ist.«

»Aber du weißt das?«

Peder trat gegen eine alte Fischkiste, die neben der Bank lag.

»Ich habe gesagt, misch dich da nicht ein.«

Er stand auf und ging raschen Schrittes auf das Haus zu.

Helena schlenderte hinter ihm her. Als sie in die Diele trat, war die Tür zum Salon geschlossen. Leise ging sie auf die Tür zu und drückte ihr Ohr dagegen. Sie lauschte konzentriert.

Peder saß quer auf einem Sessel und ließ die Beine über die Armlehne baumeln. Er war bedeutend größer als seine Cousine, die Familienähnlichkeit war jedoch unübersehbar. Die gleiche Adlernase, die gleiche zarte Statur. Er trug sein Haar seitlich kurz und seinen langen Pony meist nach hinten gekämmt. Manchmal rutschte er ihm jungenhaft in die Stirn und verdeckte fast seine Augen. Seine Lippen waren schmal und rubinrot und ließen sein Gesicht blass erscheinen. Wenn er den Mund öffnete, sah man seine schiefen Eckzähne, die seinem Lächeln etwas Raubtierhaftes verliehen. Er besaß ein klassisches, aristokratisches Gesicht, in dem spezielle Familiencharakteristika seit Jahrhunderten ihre Spuren hinterlassen und die reinen, fast zarten Züge durcheinandergebracht hatten.

Caroline stand mit verschränkten Armen am Fenster. Sie versuchte, ihn nicht anzusehen. Die Stille hatte etwas Kindisch-Trotziges.

»Was willst du?«, fauchte sie ihn an, als sie sich umdrehte.

Peder hob beide Hände und klatschte sie dann auf seine Oberschenkel, um sich aus dem Sessel zu erheben. Langsam ging er auf sie zu und hielt dann etwas zu nahe inne. Sie konnte nicht umhin, ihn anzusehen, um nicht vollkommen lächerlich zu erscheinen.

»Ich will mit dir reden, Caroline«, sagte er mit seiner Bassstimme, geschäftsmäßig und zielbewusst.

»Es gibt nichts zu bereden«, erwiderte Caroline unwirsch und stemmte die Hände in die Seiten.

Ein selbstsicheres Lächeln huschte über sein Gesicht, verschwand dann jedoch in der nächsten Sekunde. Er betrachtete sie mit Herzlichkeit.

»Wie geht es dir?«

»Wie es mir geht?«, erwiderte Caroline verblüfft.

»Ja, wie fühlst du dich?«

»Wie bitte?«

»Ja, so rein körperlich.«

Caroline schnaubte verächtlich.

»Das kann dir scheißegal sein.«

Peder neigte den Kopf zur Seite und betrachtete ihr Gesicht. Caroline presste die Lippen zusammen, was Peder ein Lächeln entlockte.

»Ich begreife nicht, was dich hierhergeführt hat«, sagte sie.

Er ignorierte ihre Feindseligkeit und erwiderte: »Du bist wirklich unglaublich schön, Caroline. Das habe ich dir vermutlich noch nie gesagt. Du bist sogar schön, wenn du wütend bist.«

Caroline spürte, wie sich die Röte auf ihren Wangen ausbreitete. Sie wandte den Blick ab, um ihm nicht in die Augen sehen zu müssen. Aber er stand zu dicht vor ihr, als dass sie einfach hätte weglaufen können. Etwas an seiner Haltung kam ihr trotz seiner milden Stimme recht angriffslustig vor. Dieses Gefühl verunsicherte sie.

»Ich habe immer an dich denken müssen, seit du und Louise … ja, seit ihr beschlossen habt, mich an eurem kleinen Projekt zu beteiligen.«

Caroline antwortete nicht. Sie hatte einen Kloß im Hals.

»Caroline«, fuhr Peder fort, »verstehst du, wie das für mich ist? Was das für ein Gefühl ist, zu wissen, dass dein Körper meinen Samen empfangen hat? Du trägst unser gemeinsames Kind unter dem Herzen. Denn so ist es ja eigentlich. Du und ich, wir schaffen dieses neue Leben.«

»Peder …«, begann Caroline verunsichert und schaute zu Boden.

»Louise sehnt sich schon lange nach Kindern. Als ihr beide ein Paar wurdet, sah ich ein, dass sie die perfekte Mutter gefunden hatte. Ich hoffe, du fühlst dich auserwählt. Ich hoffe, du verstehst die Verantwortung, die du übernommen hast, als du der Befruchtung zugestimmt hast. Kinder setzt man nicht einfach so in die Welt, sie bedeuten, dass man für alle Zukunft eine Verbindung eingeht.«

Er verstummte einen Augenblick und fuhr dann fort: »Ich weiß, dass eure Beziehung gerade in einer schweren Krise steckt. Mach dir keine Gedanken, Louise hat mir alles erzählt.«

Caroline öffnete den Mund, brachte aber keinen Ton über die Lippen. Peder wartete geduldig. Schließlich sprach sie mit Mühe und musste kämpfen, dass ihre Stimme nicht zitterte: »Was hat Louise erzählt?«

Peder verschränkte seine Arme vor der Brust. »Sie hat gesagt, dass ihr euch entzweit habt. Und wir zwei, du und ich, wissen doch auch, warum, nicht wahr?«

Der Gedanke an Raoul gab Caroline neue Kraft, und sie musste sich auf die Unterlippe beißen, um nicht in lautes Lachen auszubrechen, als sie sich überglücklich daran erinnerte, wie er ihr den Heiratsantrag gemacht hatte. Aber Peder hielt ihre Miene für besorgt.

»Das ist alles kein Problem. Jeder ist mal verunsichert. Dieser Mann hat dir ganz offensichtlich den Kopf verdreht. Er hat deine Gefühle und deine Jugend ausgenutzt, seine eigene Unsicherheit auf dich projiziert, um sich Bestätigung zu verschaffen. Aber darauf kann man keine Zukunft aufbauen.«

Caroline verschränkte die Arme. Sie standen sich jetzt in derselben Pose gegenüber. »Du hast nicht den blassesten Schimmer, wovon du eigentlich redest. Wie willst du wissen, was zwischen Raoul und mir ist? Und was gibt dir das Recht, dich in mein Leben einzumischen?«

»Dein Leben berührt auch meines, falls du das bisher nicht gemerkt haben solltest.«

»Verschon mich mit deinen …«

»Dem geht es doch nur um einen schnellen Fick, Caroline.«

Seine milde Stimme wollte nicht recht zu seiner ordinären Ausdrucksweise passen. »Raoul ist ein versierter Verführer, der von einem Bett ins nächste hüpft und auch vor Schwangeren nicht haltmacht. Das ist so niederträchtig … so niederträchtig …« Jetzt hatte seine Entrüstung gänzlich von ihm Besitz ergriffen. Er schüttelte den Kopf, um wieder zu seiner Konzentration zurückzufinden.

»Wenn hier jemand niederträchtig ist, dann bist du das!«, fuhr ihn Caroline an.

»Ich wage zu behaupten, dass ich Raoul besser kenne als du.«

»Wirklich? Ich liebe Raoul, und er hat gesagt, dass er mich liebt.«

»Ein klassischer Spruch, um eine Frau ins Bett zu kriegen.«

»Du bist doch nicht mehr ganz bei Trost, Peder.«

»Und du bist blind, Caroline.«

Caroline hob die Hand, um ihn zum Schweigen zu bringen.

»Weißt du, was er mich gefragt hat? Nein, das weißt du nicht! Denn du weißt überhaupt nichts über unsere Beziehung. Nur das, was ihr euch zusammenfantasiert habt, du und Louise.«

»Was hat er dich denn gefragt?«

Caroline ließ sich mit der Antwort Zeit. Ihre Augen wurden schmaler, und ihr Mund verzog sich zu einem rachsüchtigen Lächeln.

»Raoul hat um meine Hand angehalten. Ja, du hast richtig gehört. Ich werde zu ihm nach New York ziehen. Er will mich heiraten. Und ich habe Ja gesagt. Hast du es jetzt begriffen?«

Als die erwartete Reaktion ausblieb, schwand ihre Zuversicht. Peder fiel dies auf, und er beeilte sich, seinen Vorteil zu nutzen.

»Und du hast ihm etwa geglaubt?«

»Warum sollte ich ihm nicht glauben? Bist du vollkommen verrückt? Du hast damit überhaupt nichts zu tun. Ich begreife gar nicht, warum ich überhaupt hier stehe und mit dir über Dinge rede, die dich nichts angehen.«

Caroline vollführte eine entmutigte Handbewegung und schickte sich an, das Zimmer zu verlassen. Peder hielt sie auf, indem er ihr seine Hand auf die Schulter legte. Entrüstet starrte sie auf seine Hand, aber er ließ nicht los.

»Er ist ein Schwein, Caroline.« Wieder diese weiche Stimme. »Ein richtiges Schwein.«

»Du bist das Schwein, Peder. Du kommst nach lächerlicher … mittelalterlicher Großbauernfasson hierher und mischst dich in Dinge ein, die ausgesprochen privat sind.«

»Klar sind sie privat, sowohl für dich als auch für mich. Deine Entscheidungen haben auch für mich Folgen. Du bist mit meinem Kind schwanger, Caroline. Vergiss das nie!«

»Hör auf!«

»Halt dich von Raoul fern. Schon allein aus Selbstschutz, Caroline. Es schmerzt mich zu sehen, wie er dir den Kopf verdreht hat.«

Mit einem Achselzucken schüttelte sie seine Hand ab, und er trat einen Schritt zurück. Als sie auf die Tür zuging, beeilte er sich hinzuzufügen: »Ich wollte dir das lieber nicht erzählen.« Er legte eine kurze Pause ein und fuhr dann fort: »Aber du bist durchaus nicht die Einzige aus dem Quartett, die Raoul verführt hat.«

Caroline blieb zwei Meter vor der geschlossenen Türe stehen. Sie drehte sich um und kehrte mit misstrauischer, fragender Miene zu ihm zurück.

»Ich verstehe, dass das ein Schock für dich ist.« Peders Stimme war kalt und nachdrücklich. »Aber da du dich weigerst, die Wahrheit zu sehen, muss ich dir die Augen öffnen. Ich tue das, weil ich dein Bestes will, denk daran.«

Caroline schüttelte den Kopf, um ihre Gedanken zu ordnen.

»Ich weiß, dass er mit Anna zusammen gewesen ist. Sie folgt ihm, seit wir hier sind, wie eine läufige Hündin.«

»Anna … natürlich. Von Helena ganz zu schweigen.«

Carolines Züge erstarrten. Sie sah ihn mit offenem Mund an. Eine Andeutung von Scham und Schmerz huschte über sein Gesicht.

»Helena?«

»Das wusstest du nicht, was? Erst die große Schwester, dann die kleine.«

»Du lügst.«

»Ich wünschte, es wäre so einfach. Offenbar war er nicht so ehrlich zu dir, wie du geglaubt hast. Helena und Raoul haben bereits … ja, wie lange mag das jetzt her sein … vor über zwanzig Jahren, vermute ich mal, eine Affäre begonnen. Wahrscheinlich trugst du damals noch Windeln.«

»Aber sie ist doch mit Martin verheiratet. Und Johanna und David …«

»Und Raoul ist mit Joy verheiratet. Seiner Ehefrau Nummer drei. Ich verstehe, dass du schockiert bist. Du fühlst dich sowohl von deiner Schwester als auch von deinem Liebhaber hintergangen.«

Er machte eine kurze Pause, damit die Worte in ihrem Bewusstsein Wurzeln schlagen konnten. Dann beugte er sich zu ihrem Ohr vor und flüsterte:

»Du bist nur eine von vielen, Caroline.«

Er stand so dicht vor ihr, dass sie seine Atemzüge hörte. Sie hätte ihm mühelos eine Ohrfeige geben können, aber er kam ihr zuvor, indem er blitzschnell ihre Hand in der Luft auffing. Er hielt sie ganz fest und sah ihr in die glänzenden Augen. Dann küsste er ihre Handfläche und ließ die Hand wieder los.

»Tu das nie wieder!« Er sprach ganz langsam, um seine Wut zu unterdrücken. »Ich bin dein Freund.«

Caroline atmete rascher und flacher. Sie standen sich von Angesicht zu Angesicht gegenüber. Peder holte tief Luft, um seine Worte zu wählen.

»Caroline«, begann er, und seine Stimme war wieder weich und einschmeichelnd. »Ich bin hierhergekommen, um dir … meine unverbrüchliche Unterstützung anzubieten. Ich will die Verantwortung für das Kind übernehmen, das du unter dem Herzen trägst.« Er hob seine Hand und hielt sie einen Augenblick lang reglos in der Luft, wobei sie ihm instinktiv auswich. Mit einem nachsichtigen Lächeln führte er die Bewegung zu Ende und strich ihr leicht mit zwei Fingerspitzen übers Kinn.

»Dieses Kind, das dich und mich vereint«, er hielt kurz inne, »und Louise, vergiss Louise nicht, hat deinen Verrat nicht verdient. Denk an die Zukunft. Wir gehen jetzt einen Tag nach dem anderen an und lösen die Probleme, wenn sie auftreten. Mit der Zeit werdet ihr, du und Louise, schon wieder zusammenfinden, alle Konflikte hinter euch lassen und gemeinsam eine Familie aufbauen. Wenn du nur verstehen könntest, wie glücklich sie war, als sie mir erzählte, dass du schwanger bist, wie dankbar sie war, dass du und ich ihr dieses Kind schenken wollten, das sie nicht selbst zur Welt bringen kann. Du wirst über Raoul hinwegkommen, das verspreche ich dir. Die Wunden werden verheilen. Wie unmöglich es dir jetzt auch vorkommen mag, dich mir anzuvertrauen, wirst du bald zu der Einsicht gelangen, dass es das Beste für uns alle ist. Für uns … und für unser kleines Kind.«

Langsam glitt seine Hand über ihren Bauch.

Caroline stand da wie gelähmt und starrte ihm in die Augen. Aber als er ihren Bauch berührte, schien sie zu erwachen. Mit aller Kraft schleuderte sie ihre offene Hand seiner Wange entgegen. Dieses Mal war sie schneller als er. Instinktiv hob Peder seine Hand vors Gesicht, um die Rötung zu verbergen. In diesem Augenblick wurde die Tür geöffnet, und Louise trat über die Schwelle.

»Was ist hier los?«

»Komm rein, Luss.« Es bereitete ihm Mühe, seine Stimme halbwegs entspannt klingen zu lassen. »Caroline und ich unterhalten uns über die Zukunft, da kannst du genauso gut dabei sein.«

Caroline drehte sich auf dem Absatz um und ging mit raschen Schritten zur Tür. »Ich weigere mich, noch eine Sekunde hier zu bleiben.«

Louise versperrte ihr mit ihrer verletzten Hand den Weg.

»Worüber sollen wir reden? Es gibt doch verdammt noch mal nichts zu besprechen!«, rief Caroline.

»Wie kannst du das sagen?«, erwiderte Louise. »Wir müssen die Folgen deiner Entscheidung diskutieren, da sie auch mich betreffen. Zeig, dass du erwachsen bist, und steh zu deinen Taten, statt wegzulaufen und mit Raoul Händchen zu halten.«

Caroline erstarrte. »Weißt du … hat er etwas gesagt?«

Louise sah sie enttäuscht an.

»Du glaubst wohl, dass ich vollkommen bescheuert bin und nicht sehe, was um mich herum vorgeht? Ich weiß nicht, warum du deine Meinung geändert hast, was Raoul betrifft. Früher hast du ja ständig damit kokettiert, dass du ihn nicht leiden kannst, aber von einem Tag auf den anderen warst du wie verwandelt. Jetzt bist du auf einmal über beide Ohren in ihn verliebt und läufst wie auf kleinen rosa Wölkchen herum. Raoul, Raoul, Raoul …«

Bislang war es Louise gelungen, die Contenance zu wahren, aber jetzt war sie am Ende. Sie schluchzte, ihr aufgestauter Zorn hinderte sie daran, weiterzusprechen.

Caroline wandte sich angewidert ab. »Bei deinem Anblick könnte ich kotzen«, entfuhr es ihr, dann drängte sie sich an ihr vorbei zur Tür. Louise schwankte und trat mit ausgestreckten Händen einen Schritt auf Caroline zu.

Aber Caroline war noch nicht fertig. Auf der Schwelle drehte sie sich um und brüllte mit ihrer tiefen Stimme: »Ja hast du denn keine Ahnung, wie hinterhältig Peder ist! Du bist ihm vollkommen egal, Louise. Es geht ihm nur um ein Kind mit mir.« Caroline warf sich in Positur und ahmte Peders Stimme nach: »Caroline, ich kann nicht aufhören, an dich zu denken. Caroline, wie fühlt es sich an, mein Kind unter dem Herzen zu tragen?«

Sie wandte sich wieder an Peder. »Als hätten wir dich je als Vater erwogen.«

Peder ließ sich erschöpft auf einen Hocker sinken. Louise hielt sich entsetzt den Kopf.

»Nie im Leben werde ich dir oder Peder ein Kind gebären!«, fuhr Caroline fort. »Das könnt ihr vergessen. Jetzt werden Raoul und ich eine Familie gründen. Wir wollen heiraten. Und es gibt nichts, womit ihr uns entzweien könntet.«

»Caro ...«, keuchte Louise.

Sie knallte die Tür hinter sich zu und verschwand mit klappernden Absätzen Richtung Küche. In der Diele saß Anna auf der Treppe. Mit hängenden Schultern sah sie Caroline nach. Sie rieb sich die Schläfen, um ihre quälenden Kopfschmerzen loszuwerden. Dann erhob sie sich mühselig und ging schwerfällig die Treppe hinauf.

Kurze Zeit später wurde die Küchentür mit einem weiteren Knall, der in der Diele widerhallte und den gerahmten Stammbaum zum Erzittern brachte, geschlossen. Im Studio öffnete Caroline ihren Cellokasten und nahm ihr Instrument heraus. Mit sich steigernder Wut spannte sie ihren Bogen und ließ sich auf ihren Stuhl fallen. Die Finger der Linken flogen über den Hals des Cellos, während der Bogen über die Saiten eilte. Ab und zu glitt der Stachel aus dem Loch im Parkett, das sie im Laufe der Zeit in den Boden gebohrt hatte. Das Cello rutschte ein Stück weg, ehe sie den Stachel mit aller Wucht in den Boden rammte.

Sie spielte Bachs erste Cellosuite mit wahnwitzig extremen Tempi von Anfang bis Ende durch. Die langsamen Sätze waren übertrieben langsam und die schnellen so rasend schnell, dass Melodie und Harmonie zu einer seltsam quietschenden Tonfolge verzerrt wurden. Als die erste Suite beendet war, begann sie sofort mit der nächsten.

Es klopfte. Caroline kümmerte sich nicht darum.

»Caroline …«

Raoul presste sein Ohr an die Tür, um eine eventuelle Antwort zu verstehen, hörte aber nur das wütende Cellospiel. Als er die Tür öffnete, geriet sie aus dem Konzept, rutschte mit den Fingern aus und spielte dieselbe Passage dreimal mit zunehmender Lautstärke, bis sie saß. Mit keinem Blick ließ sie erkennen, dass sie seine Anwesenheit bemerkt hatte.

»Liebling, was ist denn los?« Er eilte auf sie zu, um ihr einen Arm um die Schultern zu legen, aber sie schüttelte seine Berührung sofort ab. Er nahm sich einen Stuhl, drehte ihn und setzte sich, die Arme auf die Lehne gelegt, ihr gegenüber.

Immer noch weigerte sich Caroline, ihn anzusehen. Er wartete den letzten Akkord der zweiten Suite ab, streckte dann die Hand aus und ergriff ihren Arm. Der Bogen quietschte auf den Saiten. Langsam ließ er wieder los und sagte: »Jetzt leg deinen Bogen hin, damit wir uns unterhalten können.«

Caroline ließ die Schultern sinken und lehnte sich zurück, wobei sie das Cello immer noch zwischen den Knien hielt und die Spitze des Bogens auf dem Boden abstützte. Sie wandte sich von ihm ab.

»Erzähl«, sagte Raoul. Seine Stimme war fest und gesammelt. »Was ist passiert, seit wir uns umarmt und einander unsere Liebe erklärt haben?«

Aber Caroline konnte nur den Kopf schütteln. Tränen stiegen ihr in die Augen.

»Etwas ist passiert. Ich weiß nicht, was, aber ich vermute, dass es mit Peder zu tun hat.« Er suchte ihren Blick, aber sie wich ihm aus. »Bitte, geliebte Caroline, sag es mir.«

»Du.«

»Ich?«

»Du hättest es mir erzählen müssen.«

»Was meinst du?« Er verspürte einen Druck auf der Brust und legte seine Arme um die Rückenlehne.

»Raoul«, begann sie, hob langsam den Kopf und sah ihm in die Augen. Ihr Mund zitterte, aber sie zwang sich dazu, die Worte auszusprechen. »Hast du mit Helena geschlafen?«

Raoul holte tief Luft, wartete einen Moment und sagte dann: »Hat Helena das gesagt?«

»Du leugnest es nicht! Also ist es wahr. Du und Helena … Pfui Teufel …« Sie war so aufgebracht, dass sie kein weiteres Wort herausbrachte. Tränen liefen ihr über die Wangen. Wütend versuchte sie sie mit dem Ärmel ihres Pullovers wegzuwischen, es kamen aber immer wieder neue.

»Caroline … das ist so lange her … ich kannte dich noch nicht einmal …«

»Hör auf! Ich will mir das nicht anhören.«

»Es hat nichts zu bedeuten«, erwiderte Raoul leise. »Überhaupt nichts.«

»Und darüber soll ich mich freuen? Dass es egal ist, wen du fickst? Meine eigene Schwester … das ist so ekelhaft, dass … dass …«

»Meine Liebste …«

»Was hast du mir sonst noch alles verschwiegen? Mit wem schläfst du sonst noch alles? Antworte!«

Raoul schüttelte nur den Kopf.

»Du kannst sie nicht einmal zählen! Pfui Teufel, Raoul! Ich hasse dich!«

»Ich bitte dich, hör auf ...«

»Mir ist schlecht ... es ist, als sei alles, was uns verband, wie weggeblasen. All das Schöne und Wunderbare, das wir uns ausgemalt hatten. Und du hast es zerstört. Das ist deine Schuld, Raoul!«

Sie schlug die Hände vors Gesicht. Vorsichtig legte Raoul ihr eine Hand auf den Unterarm, aber sie entzog sie ihm sofort.

»Fass mich nicht an.«

»Aber du benimmst dich ja vollkommen ...«

»Und was soll ich jetzt damit?«, unterbrach sie ihn und schlug sich mit einer Faust auf den Bauch. Sie presste die Lippen zusammen, um nicht zu schreien, und sagte dann leise: »Was soll ich jetzt bloß machen?«

Dann begann sie wie von einer plötzlichen Eiseskälte umhüllt zu zittern. Ihr ganzer Körper bebte, ihre Zähne klapperten hinter halb geschlossenen Lippen, während ihre Augen einen fiktiven Punkt in der Ferne zu fixieren schienen. Entschieden schob Raoul seinen Stuhl beiseite, ergriff behutsam ihr Cello, legte es vorsichtig mit dem Bogen darauf auf den Boden und packte sie dann ganz fest an den Schultern. Immer wieder sagte er ihren Namen, aber sie sah einfach nur durch ihn hindurch. Sie wurde von Schluchzern geschüttelt, und die Tränenfluten schienen ihren Körper von sämtlicher Trauer befreien zu wollen.

»Caroline, hörst du mich?« Raoul ging in die Hocke und umarmte sie, um sie zu beruhigen. Aber Caroline blieb weiter gefangen im Rhythmus ihres Weinkrampfes. Nichts schien in dieser tiefen Verzweiflung zu ihr durchzudringen. Einige Minuten hielt er sie einfach nur in den Armen, bis das Zittern abebbte und sie sich beruhigt hatte. Er strich ihr über den Rücken und über die Arme. Dann lehnte er sich zurück und versuchte ihren Blick mit einem vorsichtigen Lächeln aufzufangen. Der Umstand, dass sie immer noch so abwesend wirkte, überraschte ihn. Sie sah ihm geradewegs in die Augen, mit tränennassem Blick unter geröteten Lidern.

Er nahm sie wieder in die Arme und hielt sie ganz fest. Ihre Arme hingen schlaff herab, und sie zeigte keine Reaktion. Er legte seine Lippen auf ihre, aber sie erwiderte seinen Kuss nicht.

»Ich bitte dich, geliebte Caroline. Tu das nicht. Bestrafe mich nicht für etwas, was so lange zurückliegt. Was vor vielen Jahren mit Helena war, verändert nichts. Nichts, Caroline. Ich bin immer noch der, in den du dich verliebt hast.«

Caroline schloss die Augen und schluckte, und Raoul stellte erleichtert fest, dass sie sich doch wieder halbwegs gefangen zu haben schien, um die Mauer zwischen ihnen durchbrechen zu können. Er ergriff ihre Hände und suchte erneut ihren Blick.

»Caroline, hör mir jetzt zu.« Seine Stimme klang beherrscht und energisch. »Ich weiß nicht, was gerade eben in dich gefahren ist, aber diese labile, in sich gekehrte Seite beunruhigt mich außerordentlich. Dagegen müssen wir etwas unternehmen. Verstehst du? Diese abrupten Stimmungsschwankungen sind nicht gut. Damit schadest du dir selbst, und ich möchte dir helfen. Aber du musst mir vertrauen. Hörst du?«

Caroline sah ihn trotzig an.

»Ja, Papa.«

Raoul ignorierte diesen Kommentar.

»Du hast diese seltsamen Anfälle, sowohl wenn du spielst als auch wenn dein Sinn für die Realität getrübt ist. Eigentlich hätte es mir schon früher auffallen müssen. Ein deutliches Muster wiederholt sich regelmäßig, das wird mir jetzt klar.« Er nickte und meinte dann: »Nimmst du irgendwelche Tabletten?«

Inzwischen hatte sich ein säuerliches Lächeln auf ihrem verheulten Gesicht ausgebreitet. Das wirkt irgendwie krankhaft, dachte er, und ihm wurde plötzlich etwas mulmig.

»Was ist? Woran denkst du?«

»Wer ist besser?«

»Hör auf«, antwortete er gekränkt.

»Ich frage mich, ob Helena im Bett genauso schlimm ist wie sonst auch. Ich wette, sie war wild und verrückt und hat dich mit Lederriemen ans Bett gefesselt. Stimmt doch, oder? Peitschen und Lackstiefel, das ist so ihr Ding.«

»Hör auf, habe ich gesagt!« Er schrie sie an und hielt die Hände in die Luft.

»Die Tatsache, dass du mit meiner Schwester geschlafen hast, existiert also nur in meiner verzerrten Wahrnehmung? Wolltest du das sagen?« Plötzlich war sie wieder klaren Sinnes.

Raoul erhob sich abrupt. Er stemmte die Hände in die Seiten und ging rastlos ein paarmal im Zimmer auf und ab. Erregt schüttelte er den Kopf, während er sich überlegte, wie er sie überzeugen könnte.

»Warum quälst du dich so?« Er blieb stehen und streckte eine Hand aus. »Kannst du die Vergangenheit nicht Vergangenheit sein lassen? Es geschah vor zwanzig Jahren. Nachdem ich mit Anna Schluss gemacht hatte. Bevor Helena Martin kennenlernte. Ich wusste nicht einmal, dass es dich gab und dass ich mich vielleicht eines Tages in dich verlieben würde. Es geschah nur einmal und ist nun vergessen und passé. Du glaubst doch wohl nicht, dass Helena daran auch nur einen einzigen Gedanken verschwendet?«

»Wie schön. Dann bleiben uns die peinlichen Szenen bei den Familienfeiern erspart.«

Raoul schloss die Augen und senkte den Kopf. »Caroline, jetzt beenden wir dieses Gespräch …«

»Weil es dir in den Kram passt? Und was meinst du eigentlich mit den sich wiederholenden Verhaltensmustern und meiner Verrücktheit? Hättest du mich nicht verführt, wenn du dir dieser Dinge bewusst gewesen wärst? War es das, was du sagen wolltest?«

Er drehte sich um und schob die Hände in die Hosentaschen.

»Ich habe mich wohl getäuscht«, murmelte er.

»In welcher Hinsicht hast du dich getäuscht?«, fragte Caroline mit leiser Stimme.

»Ich weiß nicht«, erwiderte Raoul und trat an die große Fensterfront.

»Hinsichtlich unserer Beziehung?«

Er stand nach wie vor mit dem Rücken zu ihr, zuckte mit den Achseln.

»Du bereust es also bereits? Obwohl du dir eben noch so sicher warst, dass du dir Kinder wünschst und mit mir zusammenleben willst, bis der Tod uns scheidet. Aber dann erfahre ich, dass du mit meiner eigenen Schwester Sex hattest, und du kannst mit meiner Reaktion nicht umgehen. Wie waschlappig darf man eigentlich sein? Was bist du eigentlich für ein Mann, Raoul? Hast du wirklich geglaubt, dass ich immer nur lächeln und einen Knicks machen würde?«

Raoul schwieg weiterhin. Er hielt die Arme verschränkt und schaute übers Meer. Der Himmel rötete sich bereits, die Sonne sank. Ebendieses Geständnis hatte er auf den Lippen gehabt, als sie nach der Aufnahme vor der Sauna gestanden hatten. Ein Impuls blindverliebter Aufrichtigkeit hatte ihn fast dazu veranlasst, von seiner Vergangenheit mit Helena zu erzählen, um wirklich eine neue Zukunft auf einem stabilen Fundament aufzubauen. Aber Caroline hatte geglaubt, er wolle um ihre Hand anhalten. Genau genommen hatte sie ihm einen Heiratsantrag gemacht. Dann war sie seiner Affäre mit Helena auf die Spur gekommen war und nun hielt sie in ihrer Beziehung das Ruder in der Hand und hatte ihn seiner Autorität beraubt. Wie war es diesen Schwestern nur möglich, ihm einerseits zu verfallen, ihm gleichzeitig aber auch das Messer an die Kehle zu setzen, ohne sich dessen bewusst zu sein?

Caroline wartete auf seine Antwort, aber als er weiterhin schwieg, verzerrte sich ihr Gesicht zu einer höhnischen, bitteren Miene. »Nein, du hast nichts dergleichen geglaubt. Denn du hast nicht erwartet, dass ich jemals davon erfahren würde. So viel zur Ehrlichkeit. Auf so etwas baut man eine gesunde, langjährige Beziehung auf. Eine Familie.«

Raoul drehte sich langsam um.

»Hättest du es denn wissen wollen?«, schleuderte er ihr voller Wut entgegen. »Eigentlich wolltest du es doch gar nicht wissen, oder?« Er sah sie voller Verachtung an. Zum ersten Mal las sie etwas anderes als Leidenschaft in seinem Blick, und obwohl sie es nicht zeigte, fühlte sie sich plötzlich klein und schutzlos.

»Oh, die Ehrlichkeit ist etwas ganz Feines ...« Er schüttelte enttäuscht den Kopf. »Aber was bedeutet sie eigentlich? Die vollkommene Offenheit ist nur ein Resultat der naiven Illusion, dass es im Leben darauf ankommt, sich vor anderen zu rechtfertigen und sich der Verantwortung zu entziehen, indem man sich für Dinge entschuldigt, die zu schwer sind, als dass man sich weiter mit ihnen belasten will. Aber man muss für seine Entscheidungen einstehen! Ich muss die Verantwortung für meine Affäre mit Helena übernehmen. Das tue ich. Es ist geschehen, es ist vorbei. Wenn ich dir über alle meine Beziehungen Rechenschaft ablegen würde, so hieße das, meine Erinnerungen bei dir abzuladen. Das wäre dann wirklich feige. Was zwischen Helena und mir gewesen ist, ist ein abgeschlossenes Kapitel und geht dich nichts an, obwohl ihr Schwestern seid. Ich habe länger als du gelebt, Caroline, und ich hatte ein Leben, bevor ich dir begegnet bin. Ich habe viele Frauen gehabt. Das weißt du. Ich kann das nicht ungeschehen machen. Hätte ich mich anstrengen sollen, mich nicht in dich zu verlieben, bloß weil ich vor zwanzig Jahren einmal mit deiner Schwester zusammen war? Ja, vielleicht, vor allen Dingen Helenas wegen. Von Louise ganz zu schweigen. Ich war gezwungen, mich zwischen ihrer Freundschaft und deiner Liebe zu entscheiden. Sosehr es mich auch geschmerzt hat, habe ich mich gegen Louise, meine allerbeste Freundin, entschieden. Ich entschied mich gegen sie, weil ich nicht ohne dich sein kann. Ich muss es ertragen, dass sie mich den Rest ihres Lebens hassen wird. Weil ich dich liebe. Ich kann dich nicht loslassen. Ich verzehre mich vor Liebe, wenn ich dich sehe, wenn ich dich berühre. Du bist meine größte Liebe, Caroline. Verstehst du das nicht? Ich will dich nicht verlieren. Ich kann ohne dich nicht leben.«

»Aber begreifst du denn nicht, dass ich immer daran denken werde, wenn du mich in den Armen hältst?«, erwiderte Caroline aufschluchzend.

»Du bist auch keine Unschuld, Caroline. Aber die Männer, mit denen du zusammen warst, sind deine Angelegenheit. Die Frauen im Übrigen auch.«

»Versuch jetzt nicht, dich einfach so aus der Affäre zu ziehen. Du sollst es genauso schwer haben wie ich!«, fuhr sie ihn an, aber Raoul schwieg und schloss die Augen. Es kamen keine Widerworte, es wirkte, als hätten sie beide keine Kraft mehr.

Nach einer Weile schlug Raoul die Augen wieder auf und sagte: »Bist du fertig?«

»Und du?«

»Ich finde, dass jetzt nicht der richtige Zeitpunkt ist, unsere gemeinsame Zukunft zu diskutieren. Du bist aus dem Gleichgewicht, und was immer ich auch sage, verstehst du absichtlich falsch.«

»Sag, dass du Helena nicht mehr liebst.«

»Ich liebe Helena nicht.«

»Hast du sie je geliebt?«

»Eben noch warst du wütend, als ich sagte, dass sie mir nichts mehr bedeutet. Was soll ich denn jetzt antworten, damit du zufrieden bist? Ich kann nicht behaupten, dass sie mir gleichgültig ist, denn das wäre nicht wahr. Fordere bloß nicht, dass ich sie verabscheuen soll, nur damit du dich besser fühlst. Verschone Helena mit deiner Frustration. Sie ist unschuldig, und wir müssen gemeinsam einen Weg finden, wie wir uns ihr gegenüber verhalten sollen. Denn sie wird immer in unserer nahen Umgebung sein, nicht wahr?«

»Du liebst sie immer noch!«

»Nein, ich liebe Helena nicht. Hätte ich wirklich mit Helena zusammen sein wollen, dann hätte ich daraus kein Geheimnis gemacht.«

»Genau das habt ihr getan. Gelogen und betrogen.«

»Du, Caroline«, sagte er mit einer etwas herablassenden Miene. »Denk jetzt mal nach. Wer lügt und betrügt hier eigentlich? Wir zwei, nicht wahr? Wir beide haben Louise, Helena und Anna belogen, wir haben so getan, als sei nichts. Aber jetzt ist es an der Zeit, ehrlich zu sein. Jetzt will ich, dass wir zusammen nach oben gehen und ihnen allen erzählen, was Sache ist. Wir stehen Arm in Arm nebeneinander und sagen, dass wir ein Paar sind und zusammenziehen und Kinder bekommen wollen. Basta. Du brauchst vor nichts Angst zu haben. Ich stehe zu dir. Und Peder kann sein verdammtes Boot nehmen und sich verpissen.«

Er sah, wie sie in sich zusammensank und über seine Worte nachdachte. Er näherte sich ihr ein paar Schritte, strich ihr mit den Fingerspitzen über die Wangen. Sie erwiderte seine Berührung nicht.

»Peder will, dass ich dich verlasse und sein Kind zur Welt bringe«, sagte sie.

Raoul ließ sie los und warf mit einer wütenden Grimasse den Kopf zurück. »Dieses Schwein!« Er fasste sich in den Nacken und rieb sich den Hals. »Hast du ihm erklärt, wie die Dinge liegen?«

»Louise war auch dabei.«

Sie sagte diese Worte mit kühler Stimme, als hätte sie alle Gefühlsreserven aufgebraucht. Raoul holte tief Luft, um seine Wut zu unterdrücken. Wenn er sie doch nur hätte umarmen dürfen, dann hätte er zu seiner Ruhe zurückgefunden. Er ließ seine Finger durch ihr Haar gleiten, dann beugte er sich vor, um ihr die Schläfen zu küssen. Fast unmerklich kam sie seinem Mund näher. Er ergriff ihre eine Hand und flocht seine Finger in ihre.

»Dann sieht es ja aus, als sei alles bereits publik«, flüsterte er ihr ins Ohr. »Umso besser. Bravo, Caroline. Das war mutig, dass du dich dieser Unterredung ausgesetzt hast. Jetzt lassen wir alle diese unbehaglichen Dinge hinter uns und konzentrieren uns auf unsere Beziehung. Die Probleme der anderen sollen nichts zwischen uns zerstören. Ich werde jetzt mit Louise und Peder sprechen. Du hast genug abbekommen.«

Aber er sah ihr an, dass sie ihre Zweifel immer noch nicht ganz von sich weisen konnte.

»Caroline«, sagte er. »Ich liebe dich, und ich weiß, dass du mich liebst. Sonst wärst du auch nicht so entrüstet gewesen.«

»Natürlich liebe ich dich …«, schniefte sie und drückte ihr Gesicht an seines. Die Erleichterung darüber, dass sie sich endlich wieder zu ihrer Liebe bekannte, verringerte seine Besorgnis ein wenig. Gleichzeitig hatte ihn der Gefühlssturm, der zwischen ihnen getobt hatte, ziemlich ermüdet. Die ständig auftauchenden Schwierigkeiten, die ihre Zukunft bedrohten, raubten ihm die Kraft. Er war nur nach Schweden gekommen, um eine CD aufzunehmen, und hatte nicht damit gerechnet, dass sich sein ganzes Leben verändern würde. Er hatte nicht damit gerechnet, sich Hals über Kopf zu verlieben, und dann auch noch in eine Person, die ihm seine Wahl nicht unbedingt leichter machte. Wahl? Hatte er überhaupt eine Wahl? Im Augenblick kam es ihm eher wie ein Fluch vor.

Ohne ihre Hand loszulassen, sank er wieder auf seinen Stuhl.

»Ich lasse dich nie wieder los, Caroline. Wie enttäuscht und wütend du im Augenblick auch sein magst. Es wird vorübergehen. Wir werden einander nie verlassen. Diese letzte Nacht auf Svalskär müssen wir noch hinter uns bringen. Dann beginnen wir unser neues Leben. Ich werde keine Mühe scheuen, damit wir wieder zueinander zurückfinden.«

»Das will ich auch. Aber ich werde so wahnsinnig eifersüchtig, wenn …«

Caroline erhob sich langsam und setzte sich dann auf seinen Schoß. Zärtlich und vorsichtig nahm er sie in die Arme und drückte sie mit geschlossenen Augen ganz fest an sich. Endlich hatte sie wieder in seine Arme zurückgefunden.

Und doch sah er nichts als Helenas nackten Körper, schweißglänzend auf einem zerknüllten Laken, vor seinem inneren Auge. Mit aller Kraft versuchte er sich dieser Bilder zu erwehren.

»Du brauchst nicht eifersüchtig zu sein«, flüsterte er ihr ins

Ohr. »Zwischen Helena und mir besteht keinerlei sexuelle Spannung.«

»Nimm bitte nicht das Wort sexuell in den Mund, wenn du von meiner Schwester sprichst.« Ihre Stimme hallte in seinem Körper wider.

»Ich kann überhaupt nichts mehr sagen, ohne dass du explodierst.«

Caroline lachte um Entschuldigung heischend und strich ihm über die Schläfe.

»Verzeih ... ich liebe dich so, Raoul. Ich liebe dich so sehr, dass ich gar nicht weiß, was ich mit mir anfangen soll.« Er zog sie noch fester an sich, bis ihre Schultern knackten.

»Und ich liebe dich. Meine Güte, wie sehr ich dich doch liebe. Meine Wunderbare, meine Einzige ...«

Caroline rieb ihren Kopf an seiner Wange, und ihr Haar verfing sich in seinen Bartstoppeln. »Diese Unsicherheit macht mich noch ganz verrückt.« Er spürte jedes Wort heiß und atemfeucht auf seiner Haut. »Ich brauche die Gewissheit, dass ich mich hundertprozentig auf dich verlassen kann.«

»Das kannst du.«

»Mit dir zusammenzuleben und eine Familie zu gründen ist ein unglaublich großer Schritt für mich.«

»Und für mich erst. Es wird einfach wunderbar. Schau nach vorne, Caroline. Denk nur an all die wunderbaren Dinge, die vor uns liegen. Du ziehst zu mir nach New York, wir kaufen eine neue Wohnung, in der wir unser gemeinsames Leben einrichten. Du bringst mein Kind zur Welt, unser Kind der Liebe. Wir heiraten, sobald die Scheidung durch ist, das wird nicht mehr lange dauern. Du gibst deine Konzerte und ich meine. Ich unterrichte ein wenig, wir holen unser Kind vom Kindergarten ab. Und im Herbst machen wir dann an Sonntagen Spaziergänge im Central Park, kaufen heiße Maroni ...«

Er fand, dass er ihr jetzt ganz nahe gekommen war. Carolines rundliche Brüste stießen bei jedem Atemzug an seine Brust. Ihr

Geruch nach Schweiß und Kolophonium überwältigte ihn. Vorsichtig strich er mit seinen Lippen über ihre Stirn, ihre Wangenknochen und geschlossenen Lider. Er küsste sie auf die Wangen und knabberte an ihrer Unterlippe. Aber sie reagierte nicht, wie er es sich ersehnte. Immer noch bestand ein unüberwindlicher Abstand. Und in diesen Abstand drängten sich wieder die Bilder von Helena.

Er schluckte. »Caroline?«

»Liebling, verzeih, ich bitte dich tausendmal um Entschuldigung, aber ich kann die Sache mit meiner Schwester nicht so ohne Weiteres vergessen. Du kannst von mir nicht erwarten, dass ich das nur als eine Kuriosität aus deiner Vergangenheit betrachte. Ich muss mit dieser Angelegenheit auf meine Art zurande kommen, und zwar in meinem eigenen Tempo.«

»Okay.« Er holte tief Luft. »Was soll ich also sagen?«

»Wie lange wart ihr zusammen?«

»Ich habe dir doch gesagt, dass es nur einmal geschehen ist.«

Caroline schaute ihm in die Augen. »Ein einziges Mal? Und das schwörst du?«

»Worauf willst du hinaus?«

»Ich muss mir Klarheit verschaffen, damit ich die Angelegenheit hinter mir lassen kann. Das musst du mir schon erlauben.«

»Ehrlich gesagt glaube ich nicht, dass du alle Details wissen willst. Die würden dich doch in Zukunft nur heimsuchen. Liebste Helena, denk nicht zurück, schließlich habe ich dich erwählt …«

Caroline zuckte zusammen. Sie wirkte so erstaunt, als hätte sie soeben einen Dieb ertappt.

»Du hast mich gerade Helena genannt!«

»Unsinn!«

»Doch! Du hast ›liebste Helena‹ gesagt!«

»Ach?« Seine Wangen röteten sich, und er umarmte sie noch fester, ein Versuch, sich an das zu klammern, was er hatte oder zumindest zu haben glaubte. Carolines Atmung beschleunigte sich wieder. Sie versuchte sich loszumachen.

»Das war jetzt wirklich verdammt seltsam. Entschuldige bitte, aber das strengt mich alles ungeheuer an!« Sie versuchte ihre zunehmenden Zweifel in Worte zu fassen. »Nennst du sie so? Liebste Helena? Das klang so schön … so selbstverständlich … und vollkommen abscheulich.«

»Caroline, jetzt reicht es aber …«

Sie schob ihn milde beiseite und verließ seinen Schoß. Raoul erhob sich, um ihr zu folgen, aber sie trat ein paar Schritte beiseite und hob eine Hand in einer abwehrenden Geste.

»Ich muss jetzt eine Weile allein sein.« Ihre Stimme begann wieder zu zittern. »Ich muss das erst verarbeiten. Das ist keine leichte Beziehung, die wir da anstreben, Raoul. Wir haben so allerhand im Gepäck, das gelüftet und sortiert werden müsste. Das nimmt viel Zeit in Anspruch. Denn es tut verdammt weh, dass du meine Schwester begehrst, obwohl du mich in den Armen hältst. Verstehst du denn nicht, wie sehr es mich verletzt, dass sie die gleichen Dinge mit dir getan hat wie ich?«

»Wir haben nicht dasselbe getan. Bei unserer Beziehung, deiner und meiner«, sagte Raoul, um jeglichen Zweifel zu zerstreuen, »geht es um etwas ganz anderes als damals bei Helena. Bei uns geht es um mehr als nur um Sex.«

»Jetzt hast du es schon wieder getan! Sag nicht Sex!«

Raoul hob entmutigt die Hände und drehte sich um. Dann ging er auf die Treppe zu.

»Gehst du jetzt einfach? Willst du mich hier mit meinen verrückten Gedanken allein lassen?«

Er warf ihr einen letzten Blick zu, ehe er nach draußen verschwand.

»Tob dich an den restlichen Bach-Suiten aus, und wir sehen uns im Atelier, wenn du wieder im Gleichgewicht bist, Caroline. Dann können wir uns ernsthaft über die Zukunft unterhalten.«

Mit schweren Schritten erklomm er die Treppe zur Küche und machte die Tür hinter sich zu. Erschöpft ließ er sich an den Eichentisch sinken und schlug mit der flachen Hand auf die Tischplatte. Er war nicht mehr jung. Leidenschaft war etwas für junge Leute. Diese Wechselbäder der Gefühle würden ihm noch einen Herzinfarkt eintragen, davon war er überzeugt. Die Deckenlampe brannte nicht, nur die milchweiße Abendsonne erhellte den Raum. Staubpartikel tanzten in dem Lichtstreifen.

Die Müdigkeit überwältigte ihn. Er schloss die Augen, um seine Gedanken zu sammeln. Er wollte sich auf das neue wunderbare Leben konzentrieren, das vor ihm lag. Aber sobald er die Augen geschlossen hatte, um sich Caroline mit dem Baby vorzustellen, sah er nur Helena. Helena und er gingen Arm in Arm durch Manhattan. Wie sehr er auch versuchte, den Kopf der Frau neben sich auszutauschen, so war doch Helena immer wieder da. Helenas geschmeidiger Körper im Bett, ihr akkurat geschnittener Pony, der rhythmisch wippte, wenn er ihre Hüften umfasste. In all den Jahren hatte er sie kein einziges Mal »liebste Helena« genannt.

Diese Offenbarung erfüllte ihn mit Erstaunen. Er war auf diese starken Gefühle für Helena nicht vorbereitet. Das Seltsamste war jedoch, dass die Lust nicht wieder entflammt worden wäre, wenn ihm Caroline nicht mit seiner Affäre mit ihrer großen Schwester in den Ohren gelegen hätte.

Der Schlussakkord der dritten Cellosuite verklang dumpf zwischen den Wänden und weckte Raoul aus seinen Überlegungen. Das Bewusstsein, einen Beschluss fassen zu müssen, ehe Caroline vermutlich recht bald das Studio verließ, stresste ihn. Seine Überlegungen waren alles andere als beendet. Aber als die vierte Suite mit ihren gewaltigen Sprüngen und dem sich ständig wiederholenden Es anhob, spürte er, dass ein Beschluss in ihm heranreifte. Er stand auf und begab sich in die Diele.

Eine Weile blieb er dort stehen. Draußen wurde es jetzt rasch dunkel, und er streckte die Hand nach dem Lichtschalter aus, um in der Diele Licht zu machen. Dann bereute er es jedoch. Aus dem Studio hörte er die Gigue der vierten Suite in zornerfülltem Tempo. Früher hatte er gerade diesen Satz so herzlich und fröhlich empfunden, und doch gelang es Caroline, jeden Dur-Akkord mit ihrer Aggressivität zu durchdringen. Die Tür des Salons war geschlossen, aber er konnte Peders und Louises hitzige Stimmen hören. Im großen Speisesaal saßen Jan und Kjell und redigierten die Aufnahmen hinter ebenfalls geschlossenen Türen.

Raoul holte tief Luft und versuchte nachzudenken, war aber viel zu erschöpft. Die Besorgnis über die sich immer weiter verschärfende Entwicklung in diesen Tagen auf Svalskär ließ sich nicht mehr verdrängen. Was ihm eben noch wie eine selbstverständliche Entwicklung vorgekommen war, hatte sich in einen festen Knoten aus Intrigen, Loyalitäten und Gewissensqualen verwandelt. Wie er es zudem noch geschafft hatte, Anna Hoffnungen zu machen, war ihm schleierhaft. Alle schienen ihm vorzuwerfen, dass er sie verletzte. Auf ihn wirkte Anna jedoch, als habe sie einfach ihren Spaß. Sie war immer ein ausgelassener Mensch gewesen, und er hatte mit ihr lachen können wie mit sonst keiner Frau. Natürlich flirtete sie gerne, aber das tat er schließlich auch. Und das hatten sie gemeinsam. Die frische Lebenslust, die sie ausstrahlte, hatte ihm immer gute Laune bereitet und hatte einen Kontrast zu Louises Trockenheit gebildet. Sobald er an Louise dachte, lähmten ihn seine Schuldgefühle. Er versuchte sich einzureden, dass er keine Wahl gehabt und daher auch nichts falsch gemacht hatte. Aber diese Selbsttäuschung ließ sich nicht lange aufrechterhalten. Er hatte sie verletzt und ihre Freundschaft aufs Übelste missbraucht. Er trug die Verantwortung, und deswegen musste er das einzig Ehrenhafte tun und sich mit ihr aussprechen. Vielleicht hatte er ja für immer ihre Freundschaft verloren. Unabhängig davon, wie sich die Zukunft gestalten würde.

Jetzt begann Caroline mit dem Präludium der fünften Bach-Suite. Kalte Schauer liefen Raoul den Rücken herunter. So war es ihm schon immer ergangen, wenn er diesen Satz hörte, und heute ergriff ihn diese Musik mehr denn je. Es war die düsterste der Suiten und gleichzeitig bei aller Dunkelheit die schönste.

Das Geräusch von Schritten und von einer Tür, die geöffnet wurde, weckte ihn aus seiner Starre. Rasch zog er sein Jackett an und verließ dann so leise wie möglich das Haus. Die Kälte überraschte ihn, und er zog sein Jackett dichter um sich, statt es zuzuknöpfen. Er bereute bereits, sich nicht seinen Mantel angezogen zu haben. Mit verschränkten Armen kämpfte er gegen den Wind an. Unten am Wasser schlugen die Wellen gegen die Felsen, und Gischt spritzte über sie hinweg.

Die kühle Luft erfrischte seine Sinne und vertrieb das erstickende Gefühl des Eingesperrtseins. Der Sauerstoff gab seinen Gedanken Auftrieb. Mit jedem raschen Schritt wuchs seine Zuversicht, und seine Besorgnis schwand. Nach einer Weile ließ seine Unruhe nach. Die Lösung lag auf der Hand. Er sah sie deutlich vor sich und wunderte sich darüber, dass er sie je hatte anzweifeln können.

Als er ins Atelier kam, kehrte er die Asche aus dem Ofen und machte ein neues Feuer. Das Atelier war vom Vorabend noch recht warm. In einer Ecke lag Carolines Wolljacke. Er hielt sie vor sein Gesicht. Er atmete ihren Geruch ein und wurde von einer großen Wehmut erfüllt. Mit der Jacke als Kopfkissen legte er sich aufs Bett und schloss die Augen. Die Müdigkeit überkam ihn, und er schlief ein. Er genoss es, immer tiefer in eine behagliche Stille zu versinken und endlich Ruhe von allen umstürzenden Ereignissen der letzten Zeit zu haben. Er hatte keine Träume, es gab nur eine angenehme und kühle Dunkelheit hinter seinen geschlossenen Lidern.

Obwohl er nur recht kurz eingeschlummert gewesen war, fühlte er sich seltsam ausgeruht, als er die Augen wieder aufschlug. Er setzte sich im Bett auf. Das Laken war zerknüllt. Er schaute nach unten, und sofort überkam ihn eine leichte Übelkeit. Zwei längliche dunkelrote Flecken waren auf dem weißen Stoff zu sehen.

Er konnte es nicht lassen, mit den Fingerspitzen über die verkrustete Oberfläche zu fahren. Altes Blut.

Er war durstig und begann, in der Kochecke nach etwas Trinkbarem zu suchen. Aber es gab nicht einmal Wasser. Draußen hatte die Dunkelheit die Insel eingeschlossen. Durch das kleine Fenster erblickte er die Fensterfront des Studios. Dort brannte noch Licht. Um besser sehen zu können, öffnete er die Tür und stellte sich auf die Schwelle. Er konnte aber trotzdem nicht erkennen, ob Caroline immer noch spielte. Er versuchte, Töne zu hören, meinte gelegentlich Klänge wahrzunehmen, wusste aber nicht, ob er sich das nur einbildete oder ob es das Flüstern des Windes war. In einem Zimmer im Untergeschoss bewegte sich jemand. Dann wurde das Licht gelöscht.

Der Sturm hatte sich beruhigt. Jetzt rauschten die hohen Kiefern nur noch schwach im Wind. Das zarte Rascheln des Birkenlaubs klang hohl. Leise Geräusche waren in der Dunkelheit besser zu hören, die Leine des Fahnenmastes bei der Fliederlaube schlug unregelmäßig. Die Vertäuung der Boote quietschte, Wellen plätscherten. Als er Richtung Bootssteg schaute, bewegte sich dort etwas. Er hielt den Atem an und lauschte auf weitere Geräusche, hörte aber nichts. Trotzdem hatte er das seltsame Gefühl, beobachtet zu werden. Mit zusammengekniffenen Augen starrte er in die dunkle Landschaft. Dann rief er mehrere Male ihren Namen: »Caroline!« Niemand antwortete.

Raoul kehrte wieder in das Atelier zurück und schloss die Tür. Sein Bordcase und sein Geigenkasten standen ordentlich nebeneinander. Als würde er gleich verreisen. Alles Nötige fand dort Platz. Er rief sich den Bericht seines Vaters darüber, wie er mit einem alten Lederkoffer und einem Geigenkasten als einzigem Gepäck auf dem Sammelplatz gestanden hatte, in Erinnerung. Es war der Antritt einer höchst unfreiwilligen Reise gewesen. Seine Eltern und Geschwister hatte er nie mehr wiedergesehen. Mit einem Gefühl der Rührung legte Raoul den Geigenkasten auf den Tisch, öffnete den Deckel und nahm seine Nachtigall heraus.

Dann begann er ein Stück zu spielen, das er schon als Kind gespielt hatte. Die schon recht abgegriffenen Noten hatte ihm sein Vater nach seiner Bar-Mizwa feierlich überreicht. Ein einfaches Solostück, ein Kaddisch von Gideon Klein, früh an einem Septembermorgen des Jahres 1944 rasch auf einen Zettel abgeschrieben und von seinem guten Freund Leonard Liebeskind für den Fall, dass er den Krieg nicht überleben würde, unter einem Dielenbrett des Schlafsaales in Theresienstadt aufbewahrt.

Die Melodie war wunderschön, dieses traurige, vertonte Gebet bar jeder Virtuosität, jeder Eitelkeit, die ein gut aussehender junger Mann, der viel zu früh sterben sollte, einmal niedergeschrieben hatte.

Tief versunken in die meditative Musik merkte Raoul zuerst nicht, dass sich Schritte näherten. Aber als sie auf der Holztreppe zum Atelier widerhallten und in sein Geigenspiel eindrangen, fuhr er so heftig zusammen, dass ihm fast sein Instrument aus der Hand gefallen wäre. Es klopfte und eine unvernünftige Angst packte ihn. Als er die Tür öffnete, atmete er auf.

»Ach so, du bist das.«

Zweiter Akt

Questo è il fin di chi fa mal!
Also stirbt, wer Böses tat!

Wolfgang Amadeus Mozart und Lorenzo da Ponte,
Don Giovanni, Finale

Ebba schloss die Augen und genoss die Musik. Sie saßen auf ausgezeichneten Plätzen im Parkett, aber das mangelnde schauspielerische Talent der Sängerinnen und Sänger störte sie sehr. Wie hätte aber auch jemand in einer Mozart-Aufführung überzeugen sollen, bei der das Geschehen in ein Hotel für Pauschalreisende in Mallorca in den 60er-Jahren verlegt worden war? Sie sangen gut, fantastisch sogar, und die Hofkapelle klang unter der Leitung ihres jungen Dirigenten frisch und energisch. Aber eine kurz vor der Pensionierung stehende Donna Anna und ein Masetto, der so unförmig war, dass er seine Zerlina nicht einmal mit ausgestreckten Armen umarmen konnte, waren dann doch eine Zumutung. Dass sie dazu auch noch in bunter Badekleidung herumrennen mussten, konnte ihr Selbstbewusstsein auf der Bühne auch nicht erhöhen. Wie absurd die Oper als Kunstform auch sein mochte, waren der Fähigkeit der Fantasie, zu ergänzen, was für die Glaubwürdigkeit nötig war, doch Grenzen gesetzt. Der Komtur war in dieser Hinsicht eine dankbare Rolle, denn er brauchte nur tot auszusehen.

Es vibrierte in ihrer Handtasche. Ebba öffnete sie vorsichtig, um ihr Handy herauszunehmen. Als sie in ihre Tasche fasste, spürte sie etwas Kaltes und schloss die Tasche sofort wieder über ihrem Handgelenk. Ein rascher Blick nach rechts und links: Marianne, Charlotte und Eva hatten nicht bemerkt, dass eine Waffe in ihrer perlenbestickten Gucci-Handtasche lag. Sie folgten hingebungsvoll den Ereignissen auf der Bühne. Langsam ließ sie die Fingerspitzen über die Pistole gleiten und spürte, wo der Lauf in den geriffelten Griff überging. So sensuell und so wahnsinnig verboten. Ihre Pistole war ein Gegenstand, den sie im Laufe der Jahre lieb gewonnen hatte. Sie konnte immer noch dieselbe Erregung wie zu Anfang spüren, wenn ihr Finger den Abzug berührte. Während ihre Finger noch auf der Pistole ruhten, betrachtete sie immer angewiderter, wie Donna Anna und Don Ottavio Trockenschwimmübungen auf der Bühne vollführten. Sie spielte mit dem Gedanken, mit ihrer Waffe zwei gezielte Schüsse abzugeben, um dem Elend ein Ende zu bereiten. Der Mord, den der Regisseur an dieser Mozart-Oper begangen hatte, war doch wohl schlimmer als ein Gnadenschuss mit den besten kulturellen Absichten?

Morde in der Stockholmer Oper hatte es schließlich schon früher gegeben. Gustav III. war dem Tod im alten Opernhaus begegnet. Es war ausgesprochen unvernünftig, mit einer Pistole in der Handtasche in die Oper zu gehen. Kein Wunder, dass die Tasche schwer war. Ihr Make-up-Necessaire hatte keinen Platz mehr gehabt. Sie bewahrte ihre Sig Sauer sonst immer in ihrer kleinen Chanel-Tasche mit dem Karomuster und dem Goldkettchen auf. Eingeschlossen in der dritten Schublade ihrer Kommode im Schlafzimmer. Kurz bevor sie gegangen war, hatte sie jedoch vor dem Spiegel gestanden und sich nicht zwischen den beiden Handtaschen entscheiden können. Sie hatte den Inhalt hin- und hergeräumt, ohne zu merken, wie rasch die Zeit vergangen war. Als sie die große Standuhr im Wohnzimmer fünfmal schlagen hörte, sah sie ein, dass sie sich zu ihrer Verabredung mit den Freundinnen vor dem Entree der Oper verspäten würde. In ihrer Eile hatte sie dann die Chanel-Tasche in der Kommode eingeschlossen und die falsche Handtasche, die Gucci-Tasche, in die sie versehentlich die Pistole gelegt hatte, mitgenommen.

Das Handy vibrierte erneut. Sie zog es heraus und las diskret die beiden SMS. Die erste war von ihrem Chef: Er forderte ihre sofortige Anwesenheit im Büro. Die zweite war von Magnus Skoglund, dem Kollegen, der eigentlich Dienst hatte. »Sorry, Ebba! Ich habe unsere Bereitschaftsdienste durcheinandergebracht. Ich sitze im Gyldene Freden und habe drei Pils getrunken. Kannst du meinen Dienst übernehmen? Vielen, vielen Dank! Magnus.«

Der Teufel soll Magnus und sein Pils holen, dachte Ebba und machte ihre Tasche zu. Diesen gemeinsamen Abend mit ihren drei engsten Freundinnen hatte sie lange geplant. Sie hatten einen Tisch im Operakällaren reserviert, um nach der Premiere ordentlich zu tafeln. Magnus Skoglund hatte vor drei Wochen den Dienst mit ihr getauscht. Sie hatte einen seiner Dienste übernommen, weil er an jenem Wochenende angeln gehen wollte. Dass er seinen Dienstplan nicht im Kopf hatte! Nein, sie würde ihre Gänseleberterrine mit Rhabarberkompott nicht opfern, nur damit ihr Kollege, der noch grün hinter den Ohren war, weiter Bier trinken konnte. Rasch schrieb sie Magnus eine giftige SMS und antwortete dann Karl-Axel Nordfeldt, sie sei in der Oper bei einer Premiere und habe leider keine Zeit.

Der Vorhang fiel und wurde unter verzücktem Applaus des Publikums wieder geöffnet. Die Vorstellung war vorüber. Als sie gerade aufstehen und Programm und Handy in der Tasche verstauen wollte, ging die Tasche auf. Sie sah zu ihrem Entsetzen, wie die Pistole herausrutschte und zwischen den Stühlen den geneigten Parkettboden entlangschlitterte. Rasch stieß sie Marianne beiseite, die neben ihr stand, und kletterte über eine Stuhlreihe nach der anderen. Die Pistole funkelte zwischen allen Füßen, die den Ausgängen zustrebten, auf dem Fußboden. Ab und zu stieß jemand dagegen, und sie änderte ihre Richtung. Ebba hatte sie die ganze Zeit im Blick, drängte sich gegen den Strom, sprang hin und her und tauchte schließlich ab, um die Waffe aufzuheben. Sie hatte sich gerade hingehockt und streckte die Hand nach der Pistole aus, als eine ältere Dame mit ihrem Pumps darauftrat. Ebba schaute zu ihr hoch.

»Entschuldigen Sie«, sagte sie mit bescheidener Miene, so als wolle sie nicht unnötig stören, »aber ich glaube, Sie stehen auf einem Gegenstand, der mir gehört.«

Die Dame schaute nach unten und erstarrte vor Entsetzen, als sie die Pistole sah. Sie war wie gelähmt und konnte ihren Fuß nicht bewegen. Ebba bewegte ihre Hände auf ihren Schuh zu und wedelte vorsichtig mit ihnen. Sie wusste nicht recht, wie sie der älteren Dame in dieser prekären Situation auf die Sprünge helfen sollte.

»Wenn Sie Ihren Fuß ganz leicht anheben könnten, vielen Dank …« Die ältere Dame war aber vor Entsetzen vollkommen gelähmt. Ebba schob zwei Finger unter den Absatz und hob den Schuh an. »Na also. Vielen Dank.« Sie schnappte sich die Pistole mit der einen Hand und ließ mit der anderen den Schuh wieder zu Boden sinken.

»Man könnte fast glauben, heute Abend wäre Aschenputtel gegeben worden«, scherzte Ebba und blinzelte. Dann lächelte sie entwaffnend. Die Dame erwiderte ihr Lächeln nicht. Ihr Gesicht war aschfahl. Sie klammerte sich an zwei Stuhllehnen fest, um nicht ohnmächtig zu werden. Ebba schob ihre Pistole diskret in ihre Handtasche und tätschelte den Verschluss, wie um sich zu versichern, dass die Pistole auch dort lag, wo sie hingehörte.

Als sei nichts geschehen, drehte sie sich um und ging auf den Ausgang zu. Sie suchte ihre Freundinnen, konnte sie in der Menge aber erst nicht finden. Als sie ihren Mantel aus der Garderobe holte, spürte sie eine Hand auf ihrem Arm. Sie drehte sich um. Es war Eva.

»Champagner«, sagte diese energisch. »Sofort.«

»Keine Sekunde zu früh«, pflichtete ihr Ebba bei. »Vielleicht brauchen wir ja auch was Stärkeres, um diesen Unsinn herunterzuspülen.«

»Ich fand es gar nicht so schlimm«, meinte Marianne.

»Wo ist bloß deine Vernunft abgeblieben, Frau! Und du willst Richterin sein! Diese Inszenierung war kriminell schlecht!«, lachte Ebba. »Ich bin wirklich froh, dass ich nicht als Angeklagte vor dir stehe.«

Als sie die große Treppe hinuntergingen, merkte sie am Vibrieren ihrer Handtasche, dass eine weitere SMS eingegangen war.

Sie hatte jedoch nicht die Absicht, ihr Handy nochmals hervorzuholen. An diesem Abend würde sie nicht arbeiten. Karl-Axel musste eine andere Vertretung für Magnus auftreiben.

Sie waren nur noch höchstens fünfzig Meter vom Portal des Operakällaren entfernt, als Ebba aus den Augenwinkeln auf der Norrbro einen Streifenwagen bemerkte. Sie beschleunigte ihre Schritte und zerrte ihre Freundinnen durch die trägen Massen des Premierenpublikums, die das Trottoir verstopften.

Als sie an einem Tisch mit Aussicht auf das Schloss Platz genommen hatten, wurde es endlich ruhiger. Mit einer Speisekarte vor sich und einem perlenden Glas Champagner in der Hand versuchte Ebba, den Gedanken an die ungelesene SMS in ihrer Handtasche zu verdrängen. Sie brauchte schließlich kein schlechtes Gewissen zu haben. Ihre einzige Pflicht bestand darin, die fantastische Jugendstileinrichtung, die Kronleuchter, die opulenten Ölgemälde an den Wänden und das nächtliche Stockholm hinter den hohen Fenstern zu genießen.

Ebba ließ die Augen über die wenigen, aber hervorragend komponierten Gerichte der Speisekarte wandern. Die Gänseleberterrine war ein Muss. Dazu vielleicht ein halbtrockener Weißwein, vielleicht ein Riesling? Sie betrachtete ihre Freundinnen und freute sich aufs Neue, nicht allein zu sein. Charlotte Martin und Eva Björnkvist gehörten zu ihren ältesten Freundinnen. Sie kannten sich seit der Schule. In der Mittelstufe hatten sie eine kurze Zeit eine der äußerst wenigen Punkbands des vornehmen Stadtteils Djursholm gebildet. Eva an der Gitarre, Charlotte am Bass und sie selbst am Schlagzeug. Sie hatten sich Svarta Ebba genannt und waren dreimal aufgetreten, als sie eines Tages den Song »Bewaffnet euch« im Radio gehört hatten. Aufruhr und Anarchie in Ehren, aber bereits bei den ersten Zeilen hatten sie eingesehen, dass sie selbst der Bourgeoisie angehörten, die der Sänger hinrichten lassen wollte. Als die Band aus dem berüchtigten Vorort Rågsved – so glaubten sie zumindest – zudem noch die Stirn hatte, auch ihren Namen zu klauen und zu Ebba Grön zu verschandeln, lösten sie Svarta Ebba aus Protest auf und gründeten stattdessen ein Klaviertrio. Sie traten zwar immer noch in Leder und mit Nietengürteln auf, spielten aber jetzt Ravel und Beethoven. Genau wie die Typen aus dem Vorort im Stockholmer Süden konnten sie ihre soziale Prägung nicht abschütteln.

Charlotte und Ebba pflegten zweimal in der Woche im Hallenbad in Mörby schwimmen zu gehen, und zwar dienstags und freitags. Eva hatte einige Jahre im Ausland gelebt und den Kontakt zu ihren Freundinnen verloren. Eines Tages waren sie einander unerwartet mit ihren Söhnen an einer Eishockeybahn begegnet und hatten sofort wieder den Kontakt aufgenommen, als hätten sie einander nie aus den Augen verloren. Marianne Forss hatte Ebba erst kennengelernt, als ihre Fälle vor dem Amtsgericht verhandelt worden waren. Seit Marianne ihre Stelle am Obersten Gericht, dem Svea Hovrätt, angetreten hatte, sahen sie sich nicht mehr so oft in dienstlichen Zusammenhängen. Sie hatte sich jedoch sofort sehr gut in dem engen, freundschaftlichen Kreis der vier Damen mittleren Alters zurechtgefunden, die einige Male im Monat ausgingen, ins Theater, in Konzerte oder, wie jetzt, in die Oper. Charlotte war als Einzige noch verheiratet. Marianne und Eva waren geschieden, und Ebba war seit einigen Jahren verwitwet.

Gerade als es ihr gelungen war, die sturen Mahnungen ihres Handys gänzlich zu vergessen, hörte sie Schritte, die sich näherten. Es handelte sich nicht um das lautlose Heranschweben eines Oberkellners. Es waren die Schritte einer forschen Person, wenn auch mit einem guten Herzen unter der Uniform. Obwohl er sich direkt neben ihr aufbaute, brachte sie es noch nicht über sich, den Blick zu heben. Aber angesichts der fragenden Blicke ihrer Freundinnen, die sie über den Rand der Speisekarte hinweg erahnen konnte, blieb ihr nichts anderes übrig, als klein beizugeben.

»Was meinst du, Sven«, begann sie, immer noch ohne ihn anzusehen, »wenn ich den gebratenen Barsch mit Artischocken,

Risotto mit dicken Bohnen, Hibiskusgelee sowie Zwiebel- und Lauchschaum nehme, soll ich dazu einen leichten Rotwein trinken oder mit einem weißen weitermachen, jetzt aber mit einem trockeneren? Ah! Hier gibt es einen Gevrey-Chambertin von 2006, dem ich nicht widerstehen kann. Die Frage ist, ob er zu Fisch passt?«

Der grobschlächtige Polizist trat betreten von einem Bein aufs andere, verschränkte die Arme, steckte die Hände dann aber sofort wieder in die Taschen.

»Ebba …«, begann er und räusperte sich verlegen.

Ebba klappte ihre Speisekarte zu und ließ ihre Schultern sinken. Erst da bemerkte sie, dass alle Unterhaltungen im Restaurant verstummt waren und dass sie die ungeteilte Aufmerksamkeit aller anderen Gäste genoss. Jetzt, wo sie auf dem Präsentierteller saß, konnte sie ihrer Umgebung ruhig etwas bieten.

»Tja, Herr Wachtmeister«, entgegnete sie mit halblauter Stimme und sah ihn endlich an, »dann werden Sie mich wohl ins Dezernat bringen müssen.«

Sie beugte sich über den Tisch und sagte in vertraulicher Stimme zu ihren Freundinnen: »Tut mir leid, dass ich euch allein lassen muss. Was soll ich sagen. Ich habe einen Unmenschen zum Chef, der mir keinerlei Privatleben gönnt.«

Eva legte ihre Hand auf Ebbas. Charlotte umarmte sie und blinzelte ihr verständnisvoll zu.

»Heute Abend gibt es für dich nur Wasser und Brot, Ebba«, meinte Marianne. »Sei standhaft. Widerstehe ihrer Federfolter. Wir werden auf dich anstoßen.«

Ebba erhob sich, nahm ihre Handtasche und verließ mit hocherhobenem Kopf das vollkommen stille Restaurant. An einem Tisch erkannte sie die Frau wieder, die in der Oper auf ihre Pistole getreten war und die sich jetzt verschreckt hinter der Weinkarte versteckte. Als Ebba die Brauen hochzog und sie anschaute, verkroch sie sich noch mehr.

Vor dem Operakällaren parkte ein Streifenwagen. Ebba nahm

auf dem Rücksitz Platz, schloss die Augen und ließ sich schwer in das Polster sinken. Sie hörte, wie Sven vorne Platz nahm und den Motor anließ.

»Okay«, sagte sie seufzend. »Was ist jetzt wieder passiert?«

»Todesfall in den Schären«, antwortete Sven und sah ihr im Rückspiegel in die großen braunen Augen. »Nordfeldt bestand darauf, dich mit der Voruntersuchung zu betrauen.«

Ebba zuckte mit den Schultern und zog ihr Handy aus der Tasche, um jetzt doch die SMS ihres Chefs zu lesen, gegen die sie sich bis zuletzt gesträubt hatte. Sofort war sie hellwach und setzte sich kerzengerade auf, als sie einen Namen las, den sie sehr gut kannte. Ihr Widerwille war wie weggeblasen und wurde von einem Gefühl des Schocks abgelöst. War es ein Omen gewesen, dass sie an diesem Abend ihre Dienstwaffe mitgenommen hatte?

Die Tür des Büros von Polizeichef Karl-Axel Nordfeldt stand auf, und sie konnte ihn am Schreibtisch sitzen sehen. Ein drahtiger Mann mit einem ergrauten Haarkranz. Der Schlips warf Falten über dem eingesunkenen Bauch, und er hatte die Hosen etwas zu hoch gezogen. Der Bund verriet, dass er die schlechte Angewohnheit hatte, sein Hemd in die Unterhose zu stecken.

Ebba klopfte an den Türrahmen. Karl-Axel schaute über den oberen Rand seiner Brille hinweg, deutete auf einen der Besucherstühle und erhob sich dann, um die Tür zu schließen. Auf dem Weg zurück zu seinem Schreibtisch registrierte er den schwachen Duft ihres Parfüms, der wie eine Spur ihrer Weiblichkeit in der Luft hing und ihn erschauern ließ. Vor Unbehagen, wie er sich einredete. Eine Polizistin sollte keine erotische Ausstrahlung haben, am allerwenigsten dann, wenn sie über vierzig war. Das störte die Konzentration und sandte die falschen Signale aus.

Um sich nicht ablenken zu lassen, schaute er aus dem Fenster, als er zu sprechen begann.

»Also … ich habe eine Aufgabe für dich. Wir haben die Meldung vor einer guten Stunde erhalten, und die Vorbereitungen laufen bereits. Es hat eine ganze Weile gedauert, deiner habhaft zu werden. Aber du hattest ja die Güte, preiszugeben, dass du in der Oper warst.«

»Und dort hast du mich dann wie ein Bluthund aufgespürt.« Ebba verschränkte die Arme. »Aber wieso ist die Polizei Danderyd mit dieser Sache befasst? Die Schären gehören doch gar nicht zu unserem Bezirk.«

»Arbeitsüberlastung. Die Polizei Roslagen hat keine Kapazität.«

»Und wir haben die? Außerdem bin ich heute Abend nicht mal im Dienst. Du weißt sehr gut, dass Magnus Bereitschaft hat. Ich hatte sein Wochenende übernommen. Du brauchst dir nur den Dienstplan anzusehen.«

»Schon möglich. Darum kümmern wir uns später. Natürlich wirst du entschädigt.«

Für das Zusammensein mit meinen Freundinnen gibt's keine Entschädigung, dachte Ebba. Aber es ist natürlich einfacher, eine alleinstehende pflichtbewusste Frau herumzukommandieren als einen angetrunkenen Günstling.

»Wir wissen doch, dass du dich für Kultur interessierst«, fuhr ihr Chef fort. »Das haben ja viele gebildete Frauen in deinem Alter gemeinsam. Deswegen wäre es mir lieb, wenn du dich dieses Falles annehmen würdest.«

Ebba musste über das Bild, das er sich von einem Typus Frau gemacht hatte, in deren Gesellschaft ihm nie so ganz wohl war, lächeln.

»Das Opfer ist ein 47-jähriger Mann mit Wohnsitz New York, aber schwedischer Staatsbürger, aufgewachsen in Stockholm.« Er schaute über seinen Brillenrand hinweg. »Man kann vermutlich behaupten, dass er ein guter Musiker war.«

»Raoul Liebeskind ist der bedeutendste Violinist der letzten Jahrzehnte, wenn nicht gar überhaupt, würde ich sogar sagen. Er ist ein internationaler Star. Ich habe ihn selbst etliche Male gehört und besitze fünf oder sechs seiner CDs. Es ist furchtbar, dass er tot ist. So jung. Das stimmt mich wahnsinnig traurig.«

Karl-Axel Nordfeldt sah sie kritisch an.

»Du hast ihn doch nicht etwa persönlich gekannt?«

Ebba machte eine abwehrende Handbewegung.

»Nein. Leider.«

Aber sie war ihm einmal begegnet. Bei einer Weihnachtsfeier der amerikanischen Botschaft, die sie mit Gregor besucht hatte. Damals war sie Raoul Liebeskind vorgestellt worden und hatte ihm ein Kompliment für sein Sibelius-Konzert mit dem Radiosinfonieorchester gemacht. Er hatte sich bedankt und eine lustige Bemerkung gemacht. Weltmännisch und charmant.

Sie hatte ihm einmal die Hand geschüttelt. Er hatte sie angelächelt. Und jetzt war sie mit der Ermittlung hinsichtlich seines Todes betraut. Die gefühlsmäßige Verbindung zum Opfer rief in ihr eine ambivalente Mischung aus Widerwillen und Interesse für den Fall hervor.

»Wie ist er gestorben?«

»Im Zusammenhang mit dem Todesfall gibt es gewisse Unklarheiten.«

»Unklarheiten?«

»Der uns vorliegende Bericht lässt den Verdacht aufkommen, dass sein Ableben nicht ganz undramatisch war.«

»Mord?«

Karl-Axel rutschte verlegen auf seinem Stuhl hin und her und sah Ebba gequält an. Warum ließ einen diese Frau nie ausreden? Wenn man ihr nur den kleinen Finger gab, nahm sie gleich den ganzen Arm.

»Wie gesagt sind wir uns noch nicht sicher, wie wir die vorliegenden Informationen deuten sollen. Wir müssen eine genauere Analyse durchführen, bevor wir irgendwelche Schlüsse ziehen.«

»Was hatte Raoul Liebeskind um diese Jahreszeit in den Schären zu suchen?«

»Offenbar befand er sich aus beruflichen Gründen auf einer Privatinsel. Die Insel gehört Louise Armstahl, die auch den Todesfall gemeldet hat.«

»Louise Armstahl!«

Karl-Axel runzelte etwas angestrengt die Stirn. So war das bei Ebba. Starke Gefühle und … viel. Viel von allem. Selbstvertrauen, analytische Begabung, Kraft und dazu diese schwarz geschminkten Augen. Etwas mehr Respekt und von allem anderen weniger hatte er sich immer gewünscht, was Ebba Schröder betraf. Aber er wusste auch, dass sie seine kompetenteste Mitarbeiterin war. Ihre Arbeit enttäuschte ihn nur selten. Ihre Kenntnisse auf dem Gebiet der Musik würden hoffentlich dazu beitragen, den Fall früher zu den Akten legen zu können, als wenn er ihn an Magnus Skoglund delegiert hätte. Und Zeit war bares Geld.

Jetzt warf er Ebba einen auffordernden Blick zu. Er wollte sie zum Reden bewegen, um sich nicht zu seinen eigenen Wissenslücken bekennen zu müssen. Ebba verstand den Wink.

»Louise Armstahl ist ebenfalls eine hervorragende Violinistin. Sie hat vor Jahren das Furioso Quartett gegründet. Zu diesem Quartett gehören weiterhin Anna Ljungberg und Helena Andermyr. Außerdem die Person am Cello. Sie heißt … es fällt mir im Augenblick nicht ein.«

»Könnte es möglicherweise Jan Svoboda sein?«, schlug Karl-Axel mit einer leicht hochgezogenen linken Braue vor.

»Nein …«, antwortete Ebba gedehnt und hätte ihn prügeln mögen, da er offenbar über Antworten verfügte, ohne sie deuten zu können, aber versuchte, sich als Kultursnob zu betätigen. Kannte man das Furioso Quartett, dann wusste man auch, dass es sich um ein Musikerinnenensemble handelte.

»Auf der Insel haben wir auch noch einen Kjell Nilsson und eine … Caroline af Melchior.«

»Caroline af Melchior. Das müsste die neue Cellistin sein. Ich habe sie letzten Sommer bei einem Kammermusikfestival gesehen. Mit anderen Worten befindet sich das gesamte Quartett in den Schären, richtig? Sowie Raoul Liebeskind und zwei andere, die ich nicht kenne.«

»Aha, so ist das«, antwortete Karl-Axel trocken und schob die Papiere auf seinem Tisch hin und her.

»Raoul Liebeskind lebt nicht mehr, das ist nicht zu fassen«, sagte Ebba nachdenklich. »Ein großer Verlust für die Musik.«

»So wird es im besten Fall auch in der Zeitung zu lesen sein. Oder die Journalisten lassen sich irgendwelche Lügen einfallen. Auf Mordgerüchte legen wir einstweilen noch keinen Wert. Totale Diskretion. Deswegen will ich auch, dass du sofort rausfährst. Die Spurensicherung ist bereits unterwegs. Vielleicht sind die Techniker auch schon dort und haben alles abgesperrt. Der Ambulanzhubschrauber wartet auf sie und bringt die Leiche dann in die Rechtsmedizin. Fahr nach Hause, wenn du hier fertig bist, und pack das Nötigste. Das Polizeiboot wartet unten im Hafen und bringt dich nach Svalskär. So heißt die Insel, sie liegt nordöstlich von Möja.«

»Einen Verdacht auf Mord muss es doch geben, wenn ihr lauter Polizeiboote und die Spurensicherung in Bewegung setzt.«

»In einem ersten Bericht der Sanitäter war von einer Schlägerei oder bedrohlichem Auftreten der Gäste auf der Insel die Rede.«

Karl-Axel reichte Ebba einen Packen Papiere und Fotos. Ein vorläufiger Bericht des Notarztes aus dem Rettungshubschrauber. Überbelichtete Fotos einer nassen Männerleiche auf einer Wiese. In Jeans, Jackett und Wollpullover, am linken Fuß ein nasser Strumpf, am rechten ein ordentlich geschnürter Wildlederstiefel, blasses, gedunsenes Gesicht, wirre Locken.

»Okay.« Ebba dehnte die Silben etwas. Sie war bereits mit der Planung beschäftigt. »Wen bekomme ich zur Unterstützung?«, wollte sie wissen. Ihr wäre es recht gewesen, wenn Vendela Smythe-Fleming sie begleitet hätte. Sie waren ein eingespieltes Team. Außerdem versprach ihre Anwesenheit einen Dialog mit Niveau.

»Du nimmst Vendela im Boot mit«, sagte Karl-Axel. »Jakob ist mit den Kriminaltechnikern bereits unterwegs.«

Sie ließ die Schultern hängen. Sie hatte zwar nichts gegen Jakob persönlich einzuwenden, aber kein Bedürfnis, einen so unerfahrenen Polizisten zu unterrichten. Bei ihm kam das Reden immer vor dem Nachdenken. Das führte zu unnötigen Konflikten. Und sie hatte im Augenblick keine rechte Lust, davon abzusehen.

»Ihr wohnt an Bord und nehmt dort auch die Mahlzeiten ein. Die Kriminaltechniker haben ein eigenes Boot.«

»Wer leitet die Pathologie?«

»Svante hatte heute Abend Dienst. Er hat versprochen, sich die Leiche, sofort wenn sie reinkommt, anzusehen. Er tritt in einer Woche seinen Urlaub an und will alles so schnell wie möglich erledigen. Und dann hast du natürlich noch Kaj.«

Wieder Plus und Minus. Svante Melander gehörte eigentlich zur Gerichtsmedizin in Solna, unterstützte jedoch auch die Kriminalpolizei in Danderyd. Sie hatten in den letzten zehn Jahren oft zusammengearbeitet. Er war nicht nur ein guter Kollege, sondern auch ein naher Freund. Außerdem hatten sie, kurz nachdem sie Witwe geworden war, einmal eine Affäre, eine richtige Beziehung hatte sich jedoch nicht ergeben. Svante, verheiratet, vier Kinder, war nicht bereit, seine Familie zu verlassen. Er hatte dann auch die Notbremse gezogen. Jedenfalls schien es Ebba damals so, als wäre durchaus Potenzial für eine ernsthafte Beziehung vorhanden gewesen. Sie hatte ihm ihre tieferen Gefühle jedoch verschwiegen. Mit der Zeit legte sich die Spannung und störte die Arbeit jetzt nicht mehr. Stattdessen war ihre Freundschaft gewachsen. Svante war eine Person, an die sie sich gerne wandte, um ihre Fälle zu diskutieren.

Kaj Bergwall hatte sich sieben Jahre zuvor ebenfalls um die Kommissarstelle beworben und war nie richtig darüber hinweggekommen, dass Ebba sie bekommen hatte. Er selbst war zum Koordinator für die Spurensicherung aufgestiegen. Seine Mitarbeiter waren nicht sonderlich zufrieden mit ihm und hatten hin und wieder Klagen vorgebracht, und das hatte die Stimmung noch weiter verschlechtert. Ebba hatte eine Methode gefunden, sich seiner Übellaunigkeit zu erwehren und sich auf die Arbeit zu konzentrieren. Sie freute sich nicht sonderlich darauf, dass sie sich ausgerechnet in diesem Fall auf seinen Einsatz verlassen musste. Schlimmstenfalls konnte er ihr regelrecht Steine in den Weg legen.

»Befinden sich immer noch alle Personen auf der Insel?«, fragte Ebba.

»Wir haben ihnen gesagt, dass sie dein Eintreffen abwarten sollen. Dann musst du entscheiden, wie lange du sie festhalten willst. Versuche, zügig zu arbeiten. Es ist schließlich nicht ganz billig, euch auf Booten in den Schären einzuquartieren. Ich hätte gerne in ein paar Tagen ein Ergebnis. Es kann schließlich nicht so schwer sein, zu klären, wie Raoul Liebling zu Tode gekommen ist.«

»Liebeskind«, berichtigte Ebba ihn diskret. Sie hatte schon »Liebfraumilch« auf den Lippen, konnte sich aber gerade noch beherrschen.

»Das habe ich doch gesagt«, brummte Karl-Axel Nordfeldt und blätterte fahrig in den Papierstapeln auf seinem Schreibtisch. »Das war alles. Such dir die Unterlagen, die du benötigst, zusammen und ruf dir einen Wagen, wenn du fertig bist.«

Ebba nickte und erhob sich. Mit klappernden Absätzen verschwand sie den Korridor entlang. Karl-Axel Nordfeldt blieb nicht unberührt, als er ihren breiten Schultern, ihrer schmalen Taille und ihren perfekt gerundeten Hüften hinterherschaute.

Ebba Schröders Büro lag im alten Teil der Dienststelle. Gelblich weiße Wände, Stuck und eine Jugendstillampe aus Messing an der Decke. Zwei Gemälde hingen an der langen Wand rechts von der Türe, ein Munch und ein Osslund, die sie von ihrem Großvater geerbt hatte. Statt sie für eine Millionensumme zu versichern oder in einem Schließfach aufzubewahren, hatte sie sie in der Dienststelle aufgehängt, weil hier das Diebstahlrisiko ihrer Einschätzung nach am geringsten war. Außerdem hatte sie die Bilder gerne jeden Tag vor Augen. Sie konnte ihre Augen auf ihnen ausruhen, wenn sie nicht mehr auf den Bildschirm starren mochte oder ihre Gedanken sammeln wollte. Vor dem Schreibtisch standen zwei harte Eichenholzstühle. Man sollte nicht zu bequem sitzen, wenn man sie besuchte, und auch nicht zu lange bleiben.

Ein großes Büro war eine ihrer Forderungen, als sie den Dienst als Kommissarin angetreten hatte. Damals war sie eine der Jüngsten dieses Ranges in der Polizei gewesen. Jetzt spürte sie die Konkurrenz der jüngeren Kollegen. Es gab keine weiteren Frauen auf ihrer Ebene, was sie bedauerlich fand. Andererseits hatte sie in der Regel keine Probleme, sich mit ihren Fähigkeiten innerhalb der männlichen Hierarchie Respekt zu verschaffen. Jedenfalls hatte sie es immer so erlebt. Was man hinter ihrem Rücken sagte, war etwas anderes.

Sie warf ihren Mantel auf einen der Stühle, setzte sich an ihren Schreibtisch und schaltete den Computer ein. Eine halbstündige Recherche, dann konnte sie nach Hause fahren und packen. Danach würde sie einen Wagen zum Hafen nehmen und mit dem Boot zur Insel fahren. Wenn alles glattging, könnte sie um vier Uhr im Bett liegen. Falls sich aus dem ersten Bericht des Teams nichts Bemerkenswertes ergab.

Sie gab den Namen des Opfers ein. Unzählige Treffer. Sie klickte ein Foto an: Raoul Liebeskind füllte den ganzen Monitor. Das Foto war relativ neu, ein Pressebild seiner Agentur. Er posierte, das Kinn auf die Hand gestützt, und schaute geradeaus in die Kamera. Ein verwegener, frecher Blick, der den Betrachter nicht losließ. So anders als das bleiche Gesicht des Toten, das sie eben gesehen hatte. Ebba leckte sich die Lippen. Was für ein Mann, dachte sie, während sie das Foto ausdruckte. Nicht einmal fünfzig Jahre alt hatte er werden dürfen. Wer hatte seinen Tod gewollt?

Während sie nach Informationen über die anderen Personen auf Svalskär suchte, schickte sie ihrer Tochter Lovisa eine SMS. »Kannst du dich ein paar Tage um Minna und Cosima kümmern? Muss auswärts arbeiten. Alles Liebe. Mama.« Sie hatte die

SMS gerade abgeschickt, da fiel ihr noch etwas ein, und sie zog ihr Handy wieder aus der Tasche: »Du kannst sie auch in Kerstins Hundepension in Täby abgeben. Lade dich zum Abendessen ein!« Die Versorgung ihrer beiden Dobermannpinscher zu gewährleisten, war bei ihren unregelmäßigen Arbeitszeiten manchmal nicht leicht. Solange ihr Sohn Matthias als Austauschschüler in Moskau weilte, musste sie, so gut es ging, Hundesitter organisieren.

Wenig später hatte sie Material über die Personen, die sie treffen würde, zusammengestellt und ausgedruckt. Der Einzige, über den nichts zu finden war, war Kjell Nilsson. Sie packte ihre Sachen zusammen und bat die Vermittlung, ihr einen Wagen zu schicken. Es war bereits halb zwölf. Nachdem sie auf dem Rücksitz des Streifenwagens Platz genommen hatte, nickte sie auf dem Weg zu ihrer Villa in Djursholm einen Augenblick ein. Die Kälte der Nacht schlug ihr entgegen, als sie die Tür wieder öffnete, und sie wurde munterer.

Lovisa hatte die Hunde bereits abgeholt. Im Haus war es dunkel und still, als sie eintrat. Jedes noch so kleine Geräusch wurde verstärkt, während sie Licht machte und ihre Schritte auf dem Parkett widerhallten. Das rief ihr wieder einmal ins Bewusstsein, wie isoliert ihr Privatleben in den letzten Jahren gewesen war. Beide Kinder waren mehr oder weniger ausgeflogen. Ihr Ehemann war tot. Die Stille und Reglosigkeit in dem großen Haus drohten sie fast zu ersticken. Im Schlafzimmer nahm sie ihre Lederhose und ihren Wollpullover aus dem Schrank, zog das Seidenkleid aus und legte es über den Lehnstuhl. Dann fiel ihr Blick auf ihr Spiegelbild, und sie hielt inne. Da war sie. Ihr Körper. Mitten im Leben. Eine Arbeitsmaschine. Verdammt!, dachte Ebba. Ich habe mehr verdient.

Das Meer war schwarz und glatt. Horizont und Wasser verschwammen. Die in rasender Geschwindigkeit dahinziehenden grauschwarzen Wolken des Nachthimmels verdeckten ab und zu die Sterne. An der Küste war es kühler, und Ebba war froh, so umsichtig gewesen zu sein, ihren Pfeffer-und-Salz-gemusterten Wollmantel angezogen zu haben. Durch ihre schwarze Lederhose drang kein Wind, sie war jedoch ohne die richtige Unterwäsche nicht sonderlich warm. Ebba fand sie bei der Arbeit dennoch immer recht praktisch. Flecken ließen sich einfach abwischen.

Der Motor des großen Polizeibootes lief bereits und erfüllte die Nacht mit seinem Dröhnen. Auf Deck stand Kriminalinspektorin Vendela Smythe-Fleming in einer halblangen Barbour-Jacke aus grüner, gewachster Baumwolle. Ihr rotes Haar trug sie in zwei lose geflochtenen Zöpfen unter einer Mütze mit Rippenmuster.

»Sie ist da«, rief sie dem Kapitän zu. »Wir können ablegen.«

Ebba stieg mit Tasche in der einen und Laptop in der anderen Hand an Bord. Sobald sie auf Deck stand, warf ein Besatzungsmitglied die Leinen los, und das Boot verließ den Hafen. Vendela kam ihr entgegen und umarmte sie. Sie duftete nach einem blumigen Parfüm.

»Schrecklich, das mit Raoul Liebeskind«, sagte sie mit ernster Miene und ging voraus in die Kajüte. »Nicht zu glauben, dass er gestorben ist. Ich habe ihn erst voriges Jahr in einem Konzert erlebt.«

»Ja, es stimmt einen richtig traurig«, erwiderte Ebba.

Im Boot war es stickig. Sie zogen ihre Mäntel aus. Ebba warf einen Blick in ihre Kabine und stellte erleichtert fest, dass die Koje bereits bezogen war. »Die Fahrt dauert gute zwei Stunden, wir treffen gegen halb drei heute Nacht dort ein. Wie viele Informationen hast du bekommen?«

»Karl-Axel hat mich vermutlich genauso gebrieft wie dich«, antwortete Vendela.

»Fragen?«

»Unendlich viele, aber keine, die wir jetzt beantworten könnten.«

»Gut. Dann schlage ich vor, dass wir uns den Rest der Fahrt aufs Ohr hauen. Kaj erwartet uns …«

»… auf dem Kai. Entschuldige. Ein sehr schlechter Scherz, aber ich konnte es nicht lassen.« Vendela kicherte.

»Ich glaube, du kannst genau wie ich etwas Schlaf vertragen«, erwiderte Ebba und lächelte nachsichtig.

Sie verschwanden in ihren Kabinen. Ebbas lag im Bug. Die größte Kabine an Bord hatte zwei Bullaugen, eines auf jeder Seite. Bei der Koje handelte es sich um ein Doppelbett, und außer dem Kleiderschrank gab es noch einen winzigen Schreibtisch mit einem Hocker. Auf einem Boot zu wohnen war nichts Neues für Ebba. Als sie noch mit Gregor zusammen gewesen war, war sie oft in den Stockholmer Schären gesegelt und wusste deswegen in etwa, wo Svalskär lag. Sie hatten ein 12 Meter langes Segelboot besessen und auf diesem jeden Sommer einige Wochen verbracht. Auf See zu sein stimmte sie wehmütig. Segeln hatte sie immer mit der guten Zeit mit Gregor assoziiert, vor seiner Untreue und dem Zerfall ihrer Ehe. Als sie zwischen die kühlen, gemangelten Laken kroch, kehrten diese Erinnerungen zurück. Es kam ihr einsam vor, allein in einem Doppelbett zu liegen. Gregor und sie hatten ihre Kabine ebenfalls vorne im Boot gehabt, und Lovisa und Matthias hatten in den Hundekojen achtern geschlafen. Jetzt schaute sie auf das Kissen neben sich. Glatt und ungebraucht lag es in Augenhöhe.

Das dumpfe, rhythmische Motorengeräusch war einschläfernd. Das Gluckern des den Rumpf entlangschießenden Wassers hallte metallisch in der Kabine wider und wiegte sie behaglich in den Schlaf.

Sie erwachte davon, dass sie in der Ferne Stimmen hörte, und merkte, dass die Motoren nicht mehr liefen. Sie waren am Ziel. Es war ihr gelungen, richtig tief zu schlafen, und sie empfand einen überwältigenden Unwillen dagegen, ihr warmes Bett zu verlassen und nach draußen zu gehen. Es fröstelte sie, und sie zog sich rasch ihre Lederhose an. Mit einem dünnen, aber warmen Rollkragenpullover aus Wolle unter dem Mantel fühlte sie sich bereit, auf Deck zu gehen und sich ihrer Aufgabe zu stellen.

Auf dem Weg nach draußen klopfte sie an Vendelas Kabine und erhielt ein gedehntes Brummen zur Antwort. Ebba lächelte und stellte fest, dass zumindest ihr eigenes Alter nicht mehr Schlaf forderte.

Auf Deck war es recht windig. Sie hatten an einem Steg draußen in den Schären angelegt. Dort lagen außerdem noch drei Boote vertäut, ein weiteres Polizeiboot, ein mittelgroßes, älteres Targaboot und ganz hinten ein kleiner, geteerter Kahn. Ein paar helle Punkte, sie vermutete, dass das Möja war, leuchteten am Horizont. Im Übrigen war es auf dem Meer vollkommen schwarz.

Zwei Laternen brannten an der Wand eines kleineren Holzhauses am Steg, das Licht flackerte im Wind. Ein paar Lampen flankierten den Weg zum Hauptgebäude. Es tanzten keine Insekten im Lichtschein, ein deutliches Indiz dafür, dass es Herbst geworden war. Im großen Haus waren einige Fenster im Untergeschoss erleuchtet. Dann wurde die Haustür von einer Person geöffnet und wieder geschlossen, die sich offenbar auf dem Weg zum Steg befand.

»Das hat ja wirklich ziemlich gedauert«, hörte Ebba eine Stimme vom Nachbarboot. Als sie sich umdrehte, sah sie Kaj Bergwall, der seine Arme vor seiner Uniformjacke verschränkt hatte.

»Und ich freue mich auch, dich zu sehen, Kaj«, erwiderte Ebba.

»Dann gehen wir mal durch, was wir bislang wissen.«

Weiter kamen sie nicht. Sie wurden von einer kleinen Frau gestört, die einen viel zu großen Herrenmantel trug, der sie noch zierlicher erscheinen ließ. Sie streckte eine sehnige Hand über die Reling und begrüßte Ebba.

»Ich vermute, dass Sie Kriminalkommissarin Ebba Schröder sind. Ich bin Louise Armstahl.«

Ebba gab ihr die Hand und blickte in ihre stahlblauen Augen. Die Hand war klein, aber muskulös, und der Händedruck war fest. Wie Hühnerfleisch, ging es Ebba durch den Kopf. Dann entdeckte sie den Verband an der linken Hand, der aus den Stoffmassen des Ulsters hervorschaute.

»Haben Sie sich verletzt?«, fragte Ebba ohne weitere Umschweife und nickte in Richtung des Verbands.

»Das war, bevor ich auf die Insel gekommen bin. Ich musste im Krankenhaus Danderyd eine Verletzung verbinden lassen«, antwortete Louise wahrheitsgemäß.

Sie strahlte eine kühle Beherrschtheit aus, die Ebba schon des Öfteren bei Menschen in extremen Situationen beobachtet hatte. Sie wusste aber auch, dass die ersten Sekunden einer Begegnung mit Leuten, die in eine Ermittlung verwickelt waren, oft einiges über ihren Charakter und damit auch über ihre Ehrlichkeit aussagten.

»Wie Sie wissen, sind wir hier, um den Tod von Raoul Liebeskind zu untersuchen«, sagte Ebba. »Sie haben den Todesfall gemeldet, ist das richtig?« Obwohl sie so gesammelt wirkte, meinte Ebba zu sehen, wie Louise erblasste, als sie den unbehaglichen Anlass für die nächtliche Polizeiinvasion auf ihrer Privatinsel nannte.

»Das stimmt«, antwortete Louise.

»Ich muss morgen mit allen Personen sprechen, die sich auf Svalskär befinden. Mit meinem Kollegen Kaj Bergwall haben Sie ja bereits gesprochen und ihm erste Informationen geliefert. Es ist jetzt,« sie unterbrach sich und warf einen Blick auf ihre klobige Omega-Herrenarmbanduhr am linken Handgelenk, »fast drei Uhr nachts, und es wird unsere Arbeit vermutlich nicht weiterbringen, unsere Befragungen bereits jetzt zu beginnen.«

Louise nickte und zog ihren Ulster enger um die Schultern.

»Wo befinden sich die Gäste auf der Insel im Augenblick?«

»Sie schlafen«, antwortete Louise, »oder versuchen es zumindest. Im Haupthaus. Kjell und Jan wohnen im Nebenhaus.« Sie deutete mit ihrer bandagierten Hand auf das Haus direkt vor ihnen.

»Ich schicke einen Beamten als Wache ins Haupthaus und muss darum bitten, dass alle heute Nacht auf ihren Zimmern bleiben.«

»Das finde ich sehr verständlich«, erwiderte Louise mit ausdrucksloser Stimme, aber es gelang ihr mit einem subtilen Hochziehen der Brauen trotzdem, ihr Missfallen darüber zu bekunden, dass sie auf ihrer eigenen Insel regelrecht unter Hausarrest gestellt wurde.

»Ich würde gerne noch eine Frage stellen. Möchten Sie hinsichtlich Raoul Liebeskinds Tod irgendetwas zu Protokoll geben?«

»Er wurde tot im Wasser gefunden. Helena Andermyr, die Bratschistin des Quartetts, stellte fest, dass er tot war. Sie ist auch Ärztin.«

»Wie ist er gestorben?«

»Wir glauben, dass er auf den Felsen ausgerutscht und dabei so unglücklich gestürzt ist, dass er ins Wasser gefallen und ertrunken ist.«

»Gibt es dafür Zeugen?«

»Nein. Niemand hat den Vorfall gesehen. Er war eine Weile verschwunden und wurde dann leblos da drüben im Meer gefunden.« Sie deutete in eine Richtung. »Zwischen Atelier und Steg.«

»Gibt es irgendwelche anderen Informationen, die uns schon jetzt bei der Rekonstruktion seines Todes nützlich sein könnten?«

Louise schüttelte den Kopf. Sie sah bereits sehr viel müder aus als zwei Minuten zuvor, als sie das Gespräch begonnen hatten. »Nein, ich weiß im Augenblick nicht, was das sein könnte. Ich bin einfach nur wahnsinnig traurig. Ich kann das Geschehene nicht verstehen und nicht akzeptieren.«

Ebba lächelte kurz.

»Dann sehen wir uns morgen wieder«, sagte sie und hielt Louise ihre Hand hin. »Ich gedenke mit den Befragungen um neun Uhr zu beginnen. Ich werde Sie dann im Haus aufsuchen und die weitere Vorgehensweise erläutern. Gute Nacht.«

Sie wandte sich an Kaj, ohne sich weiter um die Besitzerin der Insel zu kümmern. Louise verstand den Hinweis und drehte sich blitzschnell auf dem Absatz um, beinahe, noch bevor Ebba fertig geredet hatte …

»Dann gehen wir jetzt durch, was ihr in Erfahrung gebracht habt, Kaj«, sagte Ebba und zeigte mit der ausgestreckten Hand den Weg. »Vendela, sei so nett und mach uns einen Tee!«

Sie nahmen mit Notizblock und Computer im Salon des Polizeibootes Platz, während der Wasserkocher in der Pantry summte.

»Okay, Zeitpunkt?«, fragte Ebba und legte einen Arm auf die Rückenlehne des Sofas.

»Du weißt genauso gut wie ich, dass wir Svantes Bericht abwarten müssen. Eine erste Schätzung dürfte morgen Nachmittag vorliegen. Der Notarzt aus dem Rettungshubschrauber meinte, der Tod sei zwischen acht und neun Uhr abends eingetreten.«

»Tod durch Ertrinken?«

»Möglich.«

»Aber wir wissen nicht, ob er tot war, bevor er ins Wasser gefallen ist?«

»Nein, genau.«

»Wie lange hat er im Wasser gelegen?«

»Nicht sonderlich lange. Nach erster Einschätzung höchstens eine halbe Stunde.«

»Mit anderen Worten ist er also spätestens um halb neun ins Wasser gefallen«, stellte Ebba fest. »Ort?«

»Er wurde nördlich vom Steg gefunden. Wir sehen uns das gleich an. Das Opfer lag auf der Wiese, als der Hubschrauber eintraf. Die Insel besteht aus Felsen, die unten am Wasser wahnsinnig glatt sind, besonders zu dieser Jahreszeit. Möglicherweise ist er spazieren gegangen und versehentlich ins Wasser gefallen. Vielleicht hatte er auch etwas getrunken.«

»Die Theorien stelle ich auf. Du lieferst mir die Fakten.«

»Ich muss doch wohl noch erklären dürfen, wie ich die Sache sehe, ohne dass du gleich das Gefühl hast, dein Revier markieren zu müssen.«

»Ich finde, wir sollten uns innerhalb unserer markierten Reviere aufhalten, Kaj.«

Vendela lächelte beschwichtigend und stellte jedem eine große Tasse mit einem Teebeutel hin. Ebba pustete darauf.

»Verbrenn dich nicht«, meinte Kaj.

»Habt ihr etwas gefunden, was auf ein Verbrechen schließen ließe?«, fuhr Ebba unberührt fort.

»Bislang nichts. Der Typ lag vollkommen durchnässt auf der Erde. Was Fußspuren angeht, sind offenbar alle aus dem Haus dort rumgestiefelt, sowohl vorher als auch nach Auffinden der Leiche. Der Regen hat die Sache auch nicht besser gemacht.«

Er reichte Ebba einen Computerausdruck.

»Und die Schuhe? Habt ihr den fehlenden linken Schuh gefunden?«

»An Land bislang nicht. Wahrscheinlich liegt er noch im Wasser. Wir tauchen morgen früh.« Er begegnete ihrer Rastlosigkeit mit kühler Sachlichkeit. Ebba las im Protokoll, wurde aber nach einer Weile von Kaj unterbrochen, als könne nicht einmal die Stille die Disharmonie zwischen ihnen dämpfen.

»Weitere Fragen?«

»Gleich ...«

»Du willst vielleicht wissen, wer ihn gefunden hat?«

»Und du kannst kaum an dich halten, es mir zu erzählen ...« Sie las weiter, ohne ihn eines Blickes zu würdigen.

»Die Leiche wurde von Kjell Nilsson gefunden. Er ist Tontechniker.«

»Befand sich Raoul Liebeskind möglicherweise einer Aufnahme wegen auf der Insel?«

»Ja. Dieser recht gelassene Kjell erzählte, das Streichquartett halte sich auf der Insel auf, um eine CD aufzunehmen. Da sich die Besitzerin der Insel, Louise Armstahl, an der Hand verletzt hat, ist dieser Liebeskind als Vertretung eingesprungen.«

Ebba nickte nachdenklich.

»Warum fährt man so weit raus, um eine CD aufzunehmen? Das würde ich gerne wissen«, fuhr Kaj fort.

»Ich werde alle Personen morgen vernehmen.«

»Du bist mir über deine Vorhaben keine Rechenschaft schuldig, Ebba.«

»Vergiss nicht, dass wir zusammenarbeiten«, erwiderte Ebba. »Ich erwarte deine Loyalität und dass ich ständig auf dem Laufenden gehalten werde.«

Kaj machte eine beschwichtigende Handbewegung und verdrehte die Augen. »Keine Panik. Sei nicht so empfindlich. Du wirst das schon schaffen.« Er sah Vendela aus den Augenwinkeln an und blinzelte ihr zu.

»Sollen wir uns den Fundort ansehen?«, fragte Vendela.

Kaj befand sich bereits auf Deck, als sich Ebba erhob. Im Vorbeigehen nahm sie Vendelas Arm.

»Versuch nicht immer gleich, peinliche Situationen zu entschärfen, Vendela. Das bringt nichts.« Dann ließ sie Vendelas Arm los und setzte ihren Weg fort, ohne sie eines weiteren Blickes zu würdigen. Vendela schluckte und folgte ihrer Chefin.

Kaj ging als Erster an Land und reichte dann Ebba die Hand. Sie beachtete ihn aber nicht weiter und kletterte ohne seine Hilfe auf den Steg. In dem schlechten Licht übersah sie eine Trosse und stolperte. Kaj sah Vendela belustigt an und deutete das Wort »Hoppla« mit dem Mund an. Vendela lächelte widerstrebend und nahm seine Hand, um sich an Land helfen zu lassen.

Langsam gewöhnten sich die Augen an die Dunkelheit. Von dem Steg führte ein langes Absperrband um Baumstämme und provisorische Pfosten herum bis in den Norden der Insel. Zusammen gingen sie den Abhang hoch.

»Hier lag das Opfer, als der Hubschrauber eintraf«, sagte Kaj und deutete auf ein erleuchtetes Gebiet, auf dem Kriminaltechniker in Schutzanzügen herumliefen. Ein Stückchen Wiese, auf dem das Gras recht hoch wuchs, war abgesperrt. »Es lässt einiges darauf schließen, dass er sich in einem Gebäude aufgehalten hatte, das Atelier genannt wird. Wir durchsuchen es gerade.«

Sie folgten der Absperrung, und nach einer Weile tauchte ein mit geteerten Brettern verkleidetes Holzhaus an einem kleinen

Wäldchen auf. Ein starker Scheinwerfer erleuchtete das einzige Fenster. Das weiße Licht hob sich unnatürlich von der dunklen Umgebung ab. Vendela warf einen Blick nach rechts zum Hauptgebäude hinüber, in dem immer noch Licht brannte. Vermutlich schlafen sie heute Nacht nicht sonderlich gut, dachte sie. Sie war froh, das große Haus nicht betreten zu müssen. Die einer Quarantäne ähnelnde Isolierung wirkte makaber. Als seien sie alle von der Pest befallen. Und unter diesen Unglücks seligen befand sich vielleicht sogar ein Mörder.

Ebba streifte ein paar Gummihandschuhe über, bevor sie die Tür zum Atelier öffnete. In dem Haus waren zwei Kriminaltechniker damit beschäftigt, alles zu untersuchen.

»Wir brauchen hier ja nicht unnötig rumzustiefeln«, meinte sie und blieb auf der Schwelle stehen. »Habt ihr was von Interesse gefunden?«

»Einiges. Seinen Bordcase und seine Geige. Einige Frauenkleider. Eine Jacke, ein T-Shirt und ein Haarband mit ein paar dunklen Haaren. Wir lassen alles untersuchen«, meinte Kaj. »Wir haben den Eindruck, dass er heute Nacht hier schlafen wollte. Das Bett ist gemacht, in der Bettwäsche hat bereits jemand geschlafen. Dort haben wir Haare und Sekret gefunden.«

Er hielt inne, damit ihm Ebba ihre gesamte Aufmerksamkeit schenken würde.

»Der Damenpullover hatte Flecken. Es sieht so aus, als hätte sich jemand mit ihm abgetrocknet.«

Ebba zog unberührt die Brauen hoch. »Er oder sie?«

»Vermutlich beide.« Er stemmte die Hände in die Seiten. »Wir haben auch Blut im Bett gefunden.«

»Blut?« Ebba sah ihn länger an. »Eimerweise oder nur Tropfen?«

»Verschmierte Blutflecken, keine größeren Mengen.«

»Lass sehen.«

Kaj wandte sich an einen der Kriminaltechniker und bat ihn, die Tüte mit dem Laken zu suchen. Er streifte Handschuhe über und breitete das Laken vorsichtig aus. Gemeinsam mit dem Kriminaltechniker hielt er es Ebba und Vendela hin. Ebba trat einen Schritt vor, um die Blutflecken genauer zu betrachten. Ein paar dunkelrote Streifen in der Mitte und ein paar Spritzer.

»Spontan würde ich sagen, eine Blutung, zu der es beim Geschlechtsverkehr gekommen ist«, meinte Ebba nachdenklich.

»Ein Schäferstündchen mit einer der Damen des Quartetts, die ihre Tage hatte?«, überlegte Vendela.

»Vielleicht«, erwiderte Ebba. »Sofern nicht Raoul selbst geblutet hat. Das wird die Obduktion zeigen.« Sie wandte sich erneut an Kaj. »Zur Analyse.«

»Weshalb hätte ich es sonst in eine Tüte gelegt?«, erwiderte er lächelnd.

»Ihr könnt hier aufhören und morgen weitermachen«, meinte Ebba kurz und wandte ihm den Rücken zu.

Als sie zum Polizeiboot zurückkehrte, stand ein großer, athletischer Mann im Salon. Er schaute in den Kühlschrank. Sein blondes Haar war seitlich kurz, und sein struppiger Pony fiel ihm schräg in die Stirn. Er hatte gleichmäßige Gesichtszüge, hellblaue Augen mit langen Wimpern, die ihn jünger erscheinen ließen, als er war. Im Unterschied zu Vendela und Ebba trug er Uniform.

»Und, gibt es ein Bier?«, fragte Ebba, woraufhin sich der Mann sofort aufrichtete und den Kühlschrank zumachte. Seine unbeholfenen Bewegungen verstärkten den jungenhaften Eindruck noch.

»Was? Nein.«

»Genauso gut. Du musst nämlich morgen schon früh aufstehen und mir um neun Uhr assistieren.«

Er stemmt die Hände in die Seiten. »Dann kann ich immerhin noch fünf Stunden schlafen, wenn ich um acht Uhr aufstehe.«

»Höchstens drei. Ich will, dass du um sieben die Wache im Haupthaus ablöst. Aber sprich nicht zu viel mit irgendjemandem. Sie sollen nichts erfahren, bevor ich mit ihnen spreche. Gute Nacht, Jakob.«

Er nickte und biss sich auf die Unterlippe. Sein Blick huschte rasch zu Vendela hinüber, die die Treppe herunterkam und sich ihren Mantel auszog. Seine Augen suchten die ihren, aber Vendela merkte nichts. Ebba musste lächeln.

»Gute Nacht«, wiederholte sie.

Vendela fand eine CD auf dem Tisch und hielt sie hoch. »Das sind sie ja!«

»Leg sie ein«, schlug Ebba vor.

»Da wäre noch etwas«, hörte sie eine Stimme hinter sich. Sie drehte sich um. Jakob stand in der Tür seiner Kabine.

»Ja?«

»Als wir herkamen, herrschte irgendwie eine merkwürdige Stimmung.«

Mit ausgestreckter Hand bat Ebba ihn am Tisch Platz zu nehmen.

»Bekomme ich morgen früh eine Stunde extra?«

»Vergiss es!«

»Eine halbe?«

»Fünf Minuten.«

Jakob blinzelte Vendela zu, und diese zog fragend die Brauen hoch.

»Hübsche Musik«, meinte er lächelnd und nickte Richtung Lautsprecher. Der erste Satz von Ture Rangströms Streichquartett erklang. Eine Weile wurde er wider Erwarten von der Musik hingerissen.

»Kennst du das Furioso Quartett, Jakob?« Vendela sah Jakob spöttisch an, als sie mit ihrer Teetasse in den Händen Platz nahm.

»Meine Lieblingsband!« Jakob erwiderte ihren Blick ebenso spöttisch.«

»Erzähl, wie es war, als ihr hierhergekommen seid«, meinte Ebba und lehnte sich auf dem Sofa zurück.

»Wir sind gegen halb zwölf hier eingetroffen. Der Hubschrauber war bereits vor Ort und wartete auf uns. Dann brachten sie die Leiche weg. Kjell Nilsson erzählte, er hätte das Opfer an Land gezogen und dann versucht, es zu beatmen. Er sagte, er hätte ihn einige Meter vom Land entfernt mit dem Rücken nach oben entdeckt. Der Wind kam von Westen, und die Leiche wurde von den Wellen an die Felsen getrieben. Sonst wäre er wohl Richtung Furusund abgetrieben.«

»War Kjell allein, als er ihn gefunden hat? Gab es Zeugen?«

»Das … das weiß ich nicht. Ich habe ihn nicht gefragt.«

»Erzähl weiter«, sagte Ebba. Ihre Stimme verriet keinerlei Gefühlsregung. Gerade das fasste Jakob als gegen ihn gerichtete Kritik auf. Er nahm eine aufrechte Haltung an und wollte fortfahren. Mit ausgestreckter Hand gebot Ebba ihm Einhalt und schaltete ihren Computer ein. Sie machte sich ein paar Notizen, die Tastatur klapperte. Dann nickte sie ihm zu, dass er sprechen könne.

»Wenig später erschienen drei der Frauen, und aus irgendeinem Grund brach eine Art Schlägerei aus.«

»Und wer waren die drei?«

Jakob zog seinen Notizblock aus der Gesäßtasche und blätterte.

»Also … Caroline af Melchior, Anna Ljungberg und … Helena Andermyr.« Ein amüsiertes Lächeln huschte über seine Lippen.

»Vielleicht waren sie außer sich vor Trauer«, meinte Vendela verärgert. Jakob zuckte mit den Achseln.

»Ja, ja … ich sehe es aber noch vor mir … Mud Wrestling bei einer Männerleiche. So hat es jedenfalls Kjell beschrieben.«

»Blieb jemand bei der Leiche, bis der Hubschrauber eintraf?«

»Das weiß ich nicht«, antwortete Jakob und biss sich wieder auf seine Unterlippe.

»Okay, das klären wir morgen«, meinte Ebba lächelnd. »Schlaf gut, Jakob.«

Er nickte, stand auf und steckte seinen Notizblock wieder in die Tasche.

Als er gegangen war, seufzte Vendela, aber Ebba kam ihrem Kommentar zuvor.

»Er erledigt die Arbeit auf seine Weise. Wir sind alle verschieden, und es kann wertvoll sein, dieselbe Situation aus unterschiedlichen Perspektiven zu betrachten.«

»Ich habe gar nichts gesagt«, erwiderte Vendela und zuckte mit den Achseln.

»Noch nicht.«

Die Musik erfüllte das Polizeiboot, und es wurde unerwartet gemütlich. Ebba nahm die CD-Hülle und betrachtete die Mitglieder des Quartetts. Louise Armstahl stand mit der Geige in der Hand einen halben Schritt vor den anderen. Ohne Verband. Sie schaute gerade in die Kamera, ihr Blick war ebenso fest wie bei ihrer Begegnung auf dem Steg. Rechts von ihr stand eine Person, die sie ebenfalls erkannte, eine sehr aufrechte Frau mit einem sehr geraden Pony und diskretem Make-up. Helena Andermyr. Ihre Miene war ernst. Ebba war ihr schon etliche Male in Djursholm begegnet. Sie kannten sich oberflächlich. Das war im Augenblick nicht unbedingt ein Vorteil. Nicht zum ersten Mal fand Ebba es unpraktisch, in derselben Gegend zu wohnen und zu arbeiten. Bei den eigenen Nachbarn ermitteln zu müssen war für niemanden angenehm. Links stand Anna Ljungberg mit blonden Locken und einem Riesenausschnitt, die rot geschminkten Lippen leicht geöffnet, um die Aufmerksamkeit der Kamera heischend. Anna wurde von einer etwas gebeugten Frau mit Pferdeschwanz flankiert, die ein Cello hielt. Unter dem Foto standen die Namen der Mitglieder des Quartetts. Die Cellistin hieß Andrea Karlsson. Ebba blätterte in dem Booklet. Die CD war fünf Jahre zuvor aufgenommen worden. Irgendwann war die Cellistin also von Caroline af Melchior ersetzt worden. Der Anteil Adeliger im Ensemble war erheblich, stellte Ebba fest, was das auch immer zu bedeuten hatte.

Sonntag, 18. Oktober

Es dämmerte schon, als Ebba erwachte. Jakob machte in der Pantry Frühstück. Kurz schaute sie auf die Uhr. Es war zehn vor sieben. Sie war froh, dass Jakob ihre Anweisung befolgt hatte, schloss die Augen und schlief wieder ein. Eine Stunde später erwachte sie wieder und fühlte sich vollkommen ausgeschlafen. Sie duschte rasch in der engen Duschkabine und zog wieder ihre Lederhose an sowie einen pflaumenlila Pullover aus Mohairwolle mit einem weiten Kragen, der über die Schultern fiel. Dann schminkte sie ihre Augen wie immer mit Kajal und einem dunkelgrauen Lidschatten. Anschließend fuhr sie sich dreimal mit dem Lippenstift über die Lippen, auch das Routine. Die schwarzen Augen waren ihr Erkennungszeichen, seit sie ein Teenager gewesen war. Sie war sich sicher, dass sie niemand erkennen würde, wenn sie einmal aufhörte, sich zu schminken. Nicht, dass sie das vorgehabt hätte, im Gegenteil fand sie, dass es ihr immer besser stand, je älter sie wurde. Die Punk-Assoziation schien sachte einer damenhafteren, aber auch herrischeren Ausstrahlung zu weichen.

Ihr Handy piepste. Eine SMS von Svante. »Die erste Analyse zeigt erhebliche Mengen Morphium im Blut. Rufe Dich nach 12 an. LG Svante.«

Am Fenster der großen Bauernküche saß Helena und hielt eine alte Tasse mit Kaffee in beiden Händen. Die Wärme drang in ihre starren, morgendlich verfrorenen Finger. Langsam hob sie die Tasse an den Mund und trank mit kleinen Schlucken. Ihr Blick war in die Ferne, weit aufs Meer gerichtet. Als die Tür geöffnet wurde, zuckte sie so sehr zusammen, dass sie fast ihren Kaffee vergossen hätte. Louise sah sie einige Sekunden lang direkt an. Dann trat sie wortlos ein und goss sich ebenfalls einen Kaffee ein. Helena schaute wieder aus dem Fenster. Niemand konnte wie Louise mit einem einzigen Blick eine so lähmende Mischung aus Minderwertigkeitskomplex und Lustlosigkeit hervorrufen. Klopfenden Herzens nahm sie ihren Mut zusammen und setzte zu der Frage an, die sie einfach stellen musste. Aber Louise kam ihr zuvor.

»Helena, ich weiß … aber es hat keinen Sinn, jetzt auch noch an der Wunde zu rühren.«

Helena starrte Louise an, die fast ihr ganzes erwachsenes Leben ihre enge Freundin gewesen war und ihr jetzt so fremd vorkam.

»Du weißt also, was ich denke, Louise? Das ist erstaunlich! Denn selbst ich weiß es nicht. Ich habe mir über diese Sache die ganze Nacht den Kopf zerbrochen, und meine Zweifel werden immer größer.«

Louise wandte den Blick ab, ohne etwas zu entgegnen. Helena konnte die Sache aber nicht auf sich beruhen lassen. Mit leiserer Stimme fuhr sie fort: »Gestern am Steg …«

»Nein, Helena«, fiel ihr Louise ins Wort und sah sie energisch an, »sei sehr vorsichtig mit dem, was du jetzt sagst. Und vor allen Dingen solltest du genau nachdenken, bevor du mit der Polizei redest. Es gibt eine Person, die so zerbrechlich ist, dass sie dem Druck vielleicht nicht standhält, und dann weiß ich nicht, was geschieht.«

»Hast du mit ihr gesprochen?«

»Ich?«, fragte Louise entgeistert. »Glaubst du im Ernst, sie würde auf mich hören?« Mit gequälter Miene trank sie einen Schluck Kaffee. »Wenn sie auf jemanden hört, dann auf dich.«

»Ha!«, erwiderte Helena und lachte trocken. »Sie wird mir nie verzeihen. Nie.«

Louise sah sie unsicher an. Helena machte eine abwehrende Handbewegung. »Ich habe keine Kraft, jetzt darauf einzugehen.

Ich muss mit den Konsequenzen für den Rest meiner Tage leben. Und darum geht es eigentlich nicht.«

»Worum geht es dann?«, fragte Louise. »Warum sollte ein unwiderrufliches Ereignis eigentlich noch eine Rolle spielen? Raoul ist tot. Es geht nicht mehr um ihn. Es geht um uns.«

Sie verstummte, als die Tür geöffnet wurde und Caroline in die Küche trat. Ihr Gesicht war grau, der Blick erschöpft, ihr Haar fiel ihr ungekämmt in die Stirn. Sie trug dieselben Kleider wie am Vortag. Vermutlich hatte sie in ihnen geschlafen, falls sie überhaupt geschlafen hatte.

»Caroline«, begann Helena vorsichtig und fuhr sich mit der Zungenspitze über die Lippen. »Caroline, setz dich zu mir.«

Aber Caroline schien ihre Schwester nicht zu hören. Sie ließ sich auf den nächsten Stuhl sinken und starrte vor sich hin.

Louise neigte den Kopf zur Seite und versuchte, ihr in die Augen zu sehen. »Vielleicht solltest du ja duschen und dich umziehen. Diese Kleider …« Sie unterbrach sich, um eine halbwegs taktvolle Formulierung zu finden.

»Was ist mit meinen Kleidern?«, erwiderte Caroline mit ihrer tiefen Stimme und betrachtete ihre Arme und Beine.

»Vielleicht solltest du sie sicherheitshalber in die Waschmaschine tun …« Louise versagten wieder die Worte. Sie sah Helena Hilfe suchend an. Aber diese schüttelte nur den Kopf.

Caroline schluckte und sah erst Helena und dann Louise an. »Sicherheitshalber? Falls noch etwas von Raoul an meiner Haut klebt? Meintest du das?«

Niemand antwortete.

»Ich werde mich nie wieder waschen«, fuhr Caroline mit schwacher Stimme, aber doch mit Nachdruck fort. »Ich werde mich nie mehr umziehen. Jedenfalls nicht, solange ich noch seinen Duft spüre.«

»Aber Caroline …«, begann Louise.

Caroline fiel ihr ins Wort. »Da gibt es kein Aber, Louise. Es gibt im Augenblick überhaupt nichts. Ich kann nicht mehr. Kapier das doch endlich!« Ein verzagtes Lächeln breitete sich auf ihrem Gesicht aus. »Nicht nach dem, was gestern geschehen ist. Alles ist meine Schuld, und der Schmerz betäubt mich so, dass ich überhaupt nichts mehr empfinde. Es spielt keine Rolle, was wird, denn mein Leben ist ohnehin zu Ende. Ich … brauche also nicht einmal Angst zu haben.«

»Hör sofort auf! Du weißt nicht, was du sagst, Caroline. Jetzt musst du dich zusammennehmen. Hörst du? Du kannst dich nicht so gehen lassen, solange wir die Polizei hierhaben. Das hilft niemandem. Am allerwenigsten dir selbst.«

Caroline schüttelte ratlos den Kopf. Sie begriff nicht, was ihre Schwester sagte.

»Wie kannst du nur so kalt sein, Helena? Wie kannst du das nur auf die leichte Schulter nehmen? Ausgerechnet du?«

Helena blinzelte nervös und schob sich dann näher an Caroline heran, um besser zu ihr durchzudringen. Aus den Augenwinkeln nahm sie Louises Angespanntheit wahr.

»Ich will im Augenblick nicht darüber sprechen. Okay?« Caroline befreite ihre Hand aus der Umklammerung ihrer Schwester und presste mit trotziger Miene die Faust vor den Mund.

»Du glaubst, ich sei eine eiskalte Person. Ich verstehe das.« Helena sah Caroline weiterhin durchdringend an. »Ich bin nicht kalt. Glaub das bloß nicht. Ich brenne innerlich, ich bin genauso …«

Ihre Stimme versagte, aber dann fing sie sich wieder. Flüsternd fuhr sie fort: »Ich leide auch. Und das weißt du. Aber das ist eine private Trauer. Verstehst du mich?« Sie hielt kurz inne. »Caroline, das ist jetzt wichtig. Du darfst mit niemandem über das sprechen, was du gestern erfahren hast. Das fällt in meinen Verantwortungsbereich, und ich entscheide, was ich erzähle und was nicht. Damit hast du überhaupt nichts zu tun. Wenn die Polizei dich fragt, dann weißt du, was du zu antworten hast, nicht wahr?«

»Ich weiß genau, was ich zu antworten habe«, murmelte Caroline und wich ganz langsam zurück. Sie klammerte sich an ihrem Stuhl fest und begann langsam, den Oberkörper hin- und herzuwiegen. Großer Schmerz erfasste sie und sie, öffnete den Mund zu einem lautlosen Schrei.

Louise trat einen Schritt auf sie zu. »Nein, Caroline. Tu das nicht. Du darfst dir nicht solche Vorwürfe machen. Wir stehen dir bei. Du bist nicht allein. Aber niemand kann die Uhr zurückdrehen, das weißt du. Uns bleibt jetzt nur, die nächsten Tage zu überstehen und zusammenzuhalten.«

Helena drehte sich zu Louise um. Sie traute ihren Ohren nicht. Louise ließ sich aber nicht aus dem Konzept bringen. »Du willst meine Worte vielleicht nicht hören, aber ich spreche sie trotzdem aus.« Caroline hielt in der Bewegung inne, und sah Louise an. Sie hatte die Schultern immer noch verkrampft. Louise machte eine kurze Pause, dann setzte sie von Neuem an. Nun klangen ihre Worte inniger.

»Ich liebe dich, Caroline. Ich liebe dich immer noch. Ich würde alles für dich tun, wie ich dir schon gestern versichert habe. Und ich meine wirklich alles. Verstehst du?«

Caroline stiegen Tränen in die Augen.

»Sag das nicht, Louise. Ich kann das im Augenblick nicht hören.«

Helena fuhr sich mit der Hand durchs Haar. Sie musste sich sehr beherrschen. Sie sah Louise überaus missbilligend an. Louise schüttelte den Kopf und öffnete den Mund, um sich weiter zu erklären, aber Helena kam ihr zuvor: »Es reicht. Es ist nicht nötig, noch mehr Gefühle aufzuwühlen.« Sie sah Louise scharf an. Diese wandte demonstrativ den Blick ab.

»Lasst mich einfach in Ruhe«, flüsterte Caroline. »Louise … ich ertrage deine Großzügigkeit nicht. Es geht mir so schlecht. Ich habe so viel falsch gemacht … ich habe dich so verletzt. Aber diese Fürsorge kann ich nicht ertragen. Ich kann es nicht.«

Die Tür ging wieder auf, und Anna kam mit schweren Schritten die Küchentreppe herunter. Louise und Helena sahen sich an,

Caroline schaute zu Boden. Die Stille war so unvermittelt, dass Anna aufschreckte.

»Bitte?«, fragte sie verwirrt. »Worüber habt ihr gesprochen?«

Niemand antwortete. Caroline stand auf, um sich ins Studio zu begeben. Louise streckte ihre gesunde Hand aus, wollte sie aufhalten, aber Caroline wich ihr aus.

Anna goss sich einen Kaffee ein. Sie schien ganz und gar in ihre eigene Trauer versunken zu sein und machte keinerlei Anstalten, sich mit den anderen zu unterhalten. Mit einem raschen Blick über die Schulter stellte Helena fest, dass ihr die Spannung im Raum entgangen war. Sie saß ohne Regung am Tisch und starrte teilnahmslos in ihre Tasse. Helena goss sich den letzten Kaffee ein und nahm Louise beiseite. Louise erstarrte, als sie Helenas Berührung spürte. Helena beugte sich so nah zu ihr heran, dass sie ihr Ohr fast mit den Lippen berührte.

»Ich weiß, was ich gesehen habe«, flüsterte sie. »Aber ich verstehe nicht, warum. Warum, Louise?«

Langsam und resolut wandte Louise Helena ihr Gesicht zu.

»Du glaubst doch wohl nicht im Ernst, dass es eine einfache Wahrheit gibt? Glaubst du etwa, bloß weil du etwas beobachtest, gibt es nur eine Erklärung dafür? Aber du hast vermutlich nie geliebt. Du weißt nicht, was eine tiefe Liebe bedeutet. Das lässt sich nicht einfach aus- und einschalten. Das ist ein Fluch, der einen zwingt, Dinge zu tun, deren man sich nicht für fähig gehalten hätte.«

»Louise, du kennst mich nicht einmal halb so gut, wie du dir einbildest.«

»Nein, das tue ich nicht, Helena. Denn es gibt Dinge, die du verschweigst. Du bist so überzeugt davon, dass du weißt, was du gesehen hast. Es ist schlimmer mit den Dingen, die man nicht gesehen hat. Wo warst du, und was hast du getan? Gibt es außer dir und … Raoul noch jemanden, der das weiß? Was sagt dein Gewissen? Du hast ein Geheimnis, das dich von innen auffrisst. Caroline und Anna kannst du hinters Licht führen, mich nicht.

Was nagt in deinem Inneren an dir? Was ist so schwer, dass du es nicht erzählen kannst?«

Helenas Atem strich warm über ihre Wange. »Hier gibt es keine Abstufungen. Raoul wurde umgebracht. Er ist nicht ins Wasser gefallen, und das weißt du verdammt gut. Wie lange willst du dich noch selbst belügen?«

»Drohst du mir?«

»Du weißt, dass ich Bescheid weiß.«

»Du weißt gar nichts. Deine Panik verrät, dass du alles tust, um von dir selbst abzulenken. Was verschweigst du, Helena?«

»Warum redest du um die Sache herum?«

»Wie viele Promille hattest du gestern Abend?«

»Du greifst auch noch nach dem letzten Strohhalm, so unsicher bist du dir. An meinem Gedächtnis ist nichts auszusetzen. Aber es schmerzt mich, Seiten an dir zu entdecken, die ich nicht für möglich gehalten hätte.«

»Und du selbst bist vollkommen unfehlbar und rein wie Schnee? Pfui Teufel, wie verlogen du doch bist.«

»Habe ich dich je betrogen?«

»Dann verlasse ich mich auf deine Loyalität.«

Es klopfte, und ein junger, blonder Polizist trat ein. Helena nickte ihm zu und verließ dann die Küche. Anna kam wieder zu sich, stand auf und bot ihm einen Kaffee an.

»Wir beginnen gleich mit den Befragungen. Kommissarin Schröder kommt jeden Augenblick«, teilte er mit und nahm eine Tasse entgegen. Louise holte tief Luft und nickte ihm gefasst zu.

Es war ein grauer, nebliger Morgen, eine Vorahnung auf den November. Die Kälte drang ihnen durch Mark und Bein, obwohl sie warme Kleider trugen. Die sachte Dünung schlug dumpf in kleinen, unregelmäßigen Wellen auf die Felsen. Ebba und Vendela erklommen den steilen Weg zum Haupthaus. Ihr Atem stand ihnen vor dem Mund.

Als Vendela die schwere Eichentür öffnete, hörte sie gedämpftes Cellospiel. Langsamer Takt und gedehnte Töne, tonal, aber doch in der kühnen Harmonik des frühen 20. Jahrhunderts. Vendela hielt auf der Schwelle inne und lauschte.

»Benjamin Britten«, sagte sie.

»Sieh an! Dass du in klassischer Musik bewandert bist«, sagte Ebba anerkennend.

»Ich habe mit sieben angefangen, Cello zu spielen, aber Brittens Solosuiten habe ich nie richtig in den Griff gekriegt. Ich habe die Noten aber noch irgendwo zu Hause liegen.«

Jakob kam ihnen mit einer Tasse Kaffee in der Hand entgegen.

»Wo hast du die her?«, fragte Ebba rasch.

»Aus der Küche. Von Anna«, antwortete Jakob mürrisch.

»Ich habe doch deutlich gesagt, dass du mit niemandem reden sollst.«

Er deutete mit einer Handbewegung an, dass er diesen Aufstand wegen einer Tasse Kaffee unnötig fand. »Immerhin scheint er nicht vergiftet zu sein.«

»Wer weiß? So was soll schon vorgekommen sein.« Vendela versuchte ihm einen strengen Blick zuzuwerfen, konnte sich aber ein Lächeln nicht verkneifen.

»Ebba«, sagte Jakob und winkte diese zu sich. »Heute Nacht ist etwas passiert.«

Ebba machte ein paar Schritte auf ihn zu, damit sie ungestört reden konnten. Sie zog Vendela hinter sich her.

»Laut Uffe von der Spurensicherung, der heute Nacht Wache schob, kam diese große, dunkelhaarige junge Frau, Caroline af Melchior, gegen fünf nach unten. Sie war vollkommen aufgelöst. Offenbar rannte sie in die Küche und wühlte zwischen den Messern herum. Er fand sie in der Diele. Sie hielt ein Vorlegemesser in der Hand. Wir wissen nicht, ob sie versuchen wollte, sich die Pulsadern aufzuschneiden, oder was sie vorhatte. Uffe gelang es, ihr das Messer abzunehmen. Als sie in der Diele standen, kam Anna Ljungberg im Nachthemd nach unten. Sie sah aus, als sei sie gerade erwacht. Sie hielt Caroline eine Zeit lang in den Armen. Nach einer Weile beruhigte diese sich wieder. Dann brachte Anna Ljungberg sie wieder hoch ins Bett.«

»Und wieso hat mir das niemand mitgeteilt?«, fragte Ebba mit schneidender Stimme.

»Vermutlich wollte dich Uffe ausschlafen lassen. Es ist nur wenige Stunden her. Wir haben seither hier gewacht.« Jakob wirkte etwas ratlos. »War das falsch?«

»Das klingt doch plausibel«, flüsterte Vendela und machte eine Miene, als würde sie von ihrer Chefin ein Donnerwetter erwarten, aber das Donnerwetter blieb aus.

»Guten Morgen«, hörte Ebba eine Stimme hinter sich und drehte sich rasch um. Louise stand in der Diele. Sie trug den gleichen Pullover wie Ebba, allerdings beige. Falls ihr dies unangenehm war, so ließ sie es sich nicht anmerken.

Ebba meinte: »Wir haben offenbar denselben Geschmack, was Pullover angeht.«

»Sie sind doch wohl nicht hergekommen, um über Mode zu sprechen. Lassen Sie uns direkt zur Sache kommen.«

Ebba lächelte und deutete auf Vendela.

»Das hier ist Vendela Smythe-Fleming. Sie wird mich bei den ersten Befragungen unterstützen.«

Vendela reichte Louise die Hand.

»Eine Smythe-Fleming. Wie interessant. Das sieht man«, meinte Louise anerkennend und mit einem festen Händedruck. Vendela sah Louise an und erntete einen durchdringenden Blick. Unerwartet starke Emotionen bemächtigten sich ihrer. Ein Gefühl der Hitze strömte von der Magengegend in den ganzen Körper und trieb ihr die Röte in die Wangen. Es war ihr nicht möglich, ihren Blick von Louises Augen loszureißen. Stattdessen schaute Louise weg und übernahm das Kommando.

»Sie leiten also die Nachforschungen?«

Ebba war mindestens fünfzehn Zentimeter größer als Louise. Aber etwas an Louises kühler Sicherheit forderte Ebba heraus. Kam sie sich wirklich plötzlich kleiner vor? Das war sie nicht gewohnt. Die zierliche Frau vor ihr strahlte eine ungewöhnliche Selbstkontrolle aus. Ebba fragte sich, warum sie das störte, warum sie das überhaupt für ein Problem hielt.

»Ich habe einen Wunsch, dessen Erfüllung uns allen das Leben in dieser schweren Situation erleichtern könnte«, sagte sie. »Da wir unsere Arbeit nicht in unserer Dienststelle erledigen können, hätte ich gerne einen Raum, in dem ich meine Gespräche mit Ihnen führen kann. Haben Sie die Möglichkeit, uns ein Zimmer zur Verfügung zu stellen?«

»Natürlich. Wir sind genauso interessiert daran wie Sie, dass das alles so glatt und schnell wie möglich über die Bühne geht.«

»Danke.«

»Folgen Sie mir«, sagte Louise und drehte sich um. Sie gingen durch eine Tür, die in den rechten Teil des Hauses führte, den neuen Pavillon. Zumindest war er vor fünfzig Jahren neu gewesen. Im Korridor war es recht kalt. Wahrscheinlich werden nur Teile des Hauses im Herbst benutzt, dachte Vendela fröstelnd. Hinter einer Flügeltür lag ein helles Büro mit klassizistischen Möbeln aus den 20er-Jahren. Vor dem Fenster hing eine dünne, helle Baumwollgardine mit einem diskreten Tulpenmuster. Die weißen Wänden zierten zwei goldgerahmte Landschaften in Öl, die angesichts der übrigen Einrichtung etwas schwer wirkten.

Louise drehte den Heizkörper auf. »Das hier war im Sommer immer das Büro meines Großvaters«, erklärte sie. »Die Familie hatte Ferien und er arbeitete.«

Und seither hat niemand mehr Staub gewischt, dachte Vendela und versuchte wie beim Tauchen, nicht durch die Nase zu atmen, dieses Mal allerdings, um keinen Staub einzuatmen.

»Wäre dieser Raum geeignet?«, fragte Louise mit einer ausholenden Handbewegung.

»Ausgezeichnet«, erwiderte Ebba.

Einen Moment lang herrschte eine gewisse Verwirrung, als die Rollen vertauscht wurden und Ebba das Kommando in Louises Haus übernahm.

»Dürfte ich Sie bitten, einen Augenblick Platz zu nehmen«, sagte Ebba freundlich, um für eine entspanntere Stimmung zu sorgen. »Ich bräuchte einige Informationen für meine weitere Planung.« Sie bedeutete Vendela mit einem Nicken, einen der Mahagonistühle von der Wand heranzuziehen.

Louise nahm Platz, und Ebba setzte sich auf den schweren, drehbaren Bürostuhl hinter dem Schreibtisch. Vendela zog einen weiteren Stuhl heran und nahm auf dem grün-weiß gestreiften Polster Platz.

»Ich muss in Fällen wie diesem mit einer Standardfrage beginnen. Ich weiß, dass ich Ihnen diese Frage gestern schon einmal gestellt habe, aber jetzt stelle ich sie gewissermaßen offiziell. Was wissen Sie über den Tod von Raoul Liebeskind?«, begann Ebba und sah Louise an.

»Kjell sah ihn im Wasser treiben. Ich vermute, dass Raoul ertrunken ist.«

»Sie haben den Todesfall gemeldet«, fuhr Ebba fort, und Louise nickte. »Wann fiel Ihnen seine Abwesenheit auf?«

»Wir befanden uns am Abend nicht alle am gleichen Ort. Jan, Kjell und ich arbeiteten. Uns fiel nicht auf, dass Raoul nicht da war.«

»Wie viel Zeit verging zwischen dem Auffinden der Leiche durch Kjell Nilsson und Ihrem Anruf?«

Louise dachte einen Augenblick nach. »Ich vermute, eine Viertelstunde oder zwanzig Minuten.«

»Was geschah in dieser Zeit?«

»Als ich hörte, Raoul sei tot, rannte ich natürlich sofort nach unten, um mich zu vergewissern. Es war furchtbar, ihn tot daliegen zu sehen. Ein Schock. Ich kenne Raoul seit fast dreißig Jahren. Wir standen uns sehr nahe.«

»Hatten Sie eine Beziehung?«

Louise ließ ein trockenes Lachen erklingen. Ihre Augen lachten jedoch nicht.

»Ausgeschlossen. Das ist wirklich vollkommen ausgeschlossen.«

Vendela schluckte und schaute zu Boden. Louise wartete, bis die anderen beiden diese Information verarbeitet hatten, und fuhr dann fort: »Ich muss das vielleicht näher erklären. Wir hatten eine Beziehung, eine sehr enge freundschaftliche Beziehung. Wir waren fast so etwas wie Geschwister. Aber ich hätte nie eine Affäre mit ihm haben können. Männer haben mich in dieser Hinsicht nie interessiert.«

»Sein Tod war also ein schwerer Schlag für Sie?«

»Ich dachte, ich hätte das eben schon erklärt. Einer der Menschen, der mir auf dieser Welt am nächsten stand, ist tot. Das erfüllt mich mit unerträglicher Trauer, mit der ich mich wegen polizeilicher Ermittlungen nicht auseinandersetzen kann.«

»Ich verstehe«, erwiderte Ebba.

Louise lehnte sich zurück und musterte die Kommissarin.

»Darf ich fragen, wozu diese polizeiliche Ermittlung überhaupt nötig ist? Ich bin mit diesen Praktiken nicht vertraut, aber ich vermute, dass es in erster Linie dann zu einer Ermittlung kommt, wenn es ernsthafte Anhaltspunkte gibt, dass ein Tod … keine natürlichen Ursachen hat?«

»Wir behandeln den Todesfall als verdächtig, solange gewisse Fragen nicht geklärt sind.«

»Was soll das genau heißen?«

»Ich meine verdächtig und gebrauche so lange ungern andere Ausdrücke, bis ich Genaueres weiß.«

Ein Augenblinzeln war Louises einzige Erwiderung. Ebba betrachtete sie. Ihre Hände lagen entspannt in ihrem Schoß. Sie hätte irgendein Zeichen der Nervosität erwartet, ein Herumfingern am Pulloverbund, ein Wippen mit dem Fuß, eine Beschleunigung der Atmung. Aber Louise wirkte vollkommen gelassen.

»Ich würde gerne wissen, wie die anderen auf den Todesfall reagiert haben«, fuhr Ebba fort. »Kam es zu Aggressionen, Frustration, Zorn?«

»Sie haben sicher des Öfteren mit derartigen Todesfällen zu

tun und haben erlebt, wie die Angehörigen reagieren. Natürlich waren wir entsetzt, aber das muss in diesem Zusammenhang fast als natürlich gelten. Alle kannten Raoul schließlich auf ihre Art. Für mich war er so etwas wie ein Bruder, Anna war einmal mit ihm verlobt, Helena … verstand sich, glaube ich, auch gut mit ihm, und Caroline war natürlich schockiert, ihn tot daliegen zu sehen. Wir hatten einige intensive Arbeitstage hier auf der Insel hinter uns, und da kommt man sich nahe. Eben spielt man noch zusammen, und plötzlich liegt einer von uns tot da.«

Ebba wartete etwas ab, um zu sehen, wie sich Louise verhielt, wenn man ihr Zeit ließ. Louise erfüllte ihre Erwartung, indem sie ihr Schweigen mit einem angemessen gefühlvollen Gesichtsausdruck ergänzte.

»Ja, es kam zu Tränen und Geschrei. Verzweiflung. Reicht Ihnen das als Beschreibung? Es steht mir kein Urteil über meine Freunde und Kollegen zu. Ich hatte genug mit meinem eigenen Schmerz zu tun und machte mir keine Gedanken über das Benehmen der anderen. Da müssen Sie sie schon selbst fragen.«

»Von wem erhielten Sie die Nachricht?«

»Kjell kam ins Haus gerannt und rief nach mir. Ich war in meinem Zimmer. Ich bekomme manchmal Migräneanfälle. Ich ruhte mich auf dem Bett aus, war allerdings gerade von einem lauten Schrei von draußen geweckt worden.«

»Wer hatte geschrien?«

»Caroline, wie ich später erfuhr.«

Ebba bedeutete ihr, fortzufahren.

»Da war mir klar, dass etwas nicht stimmte. Ich ging also nach unten, um nachzuschauen. Kjell hatte die Haustür offen stehen gelassen, und ich sah weiter unten auf dem Wiesenhang Richtung Sauna jemanden auf dem Rücken liegen. Es war dunkel, aber der Weg zum Steg wird von Laternen erleuchtet.«

»Sie trafen sich also alle unten am Steg?«

»Ja.«

»Was taten Sie, bis der Hubschrauber eintraf?«

»Ich ging wieder hoch in mein Zimmer.«

»Aber erst sprachen Sie noch mit den anderen?«

»Ich …« Zum ersten Mal schien sie zu zögern, aber nur einen Augenblick, dann fuhr sie fort, ebenso sachlich wie vorher. »Natürlich haben wir miteinander gesprochen. Wenn man sich auf einer Insel befindet und sich einem so totalen Schock ausgesetzt sieht, kann man nicht anders. Aber wir haben unterschiedliche Methoden, mit einer Trauerbotschaft umzugehen, das werden Sie sicher verstehen. Ich hatte ein großes Bedürfnis, allein zu sein.«

»Es gab niemanden, der Sie trösten konnte? Oder jemanden, den Sie hätten trösten können?«

»Es gibt Zeit für Trauer und Zeit für Trost, oder etwa nicht? Das muss nicht gleichzeitig sein.«

Und hier haben wir eine Meisterin ausweichender Diplomatie, dachte Ebba und machte sich ein paar Notizen. Nachdenklich schraubte sie dann die Kappe auf ihren Füllfederhalter und ließ ihn zwischen Daumen und Zeigefinger pendeln.

»Ich wüsste gerne, warum sich das gesamte Furioso Quartett mit Raoul Liebeskind und den Tontechnikern auf der Insel befand.«

»Es ging, wie man sich vorstellen kann, um die Aufnahme einer CD. Ich habe hier auf Svalskär ein Aufnahmestudio, Kjell und Jan sind hier, um sich um die Technik zu kümmern. Wie Sie sehen, ist meine Hand bandagiert, und deswegen kann ich im Augenblick nicht spielen. Raoul hat mich vertreten.«

»Diese Aufnahme ließ sich nicht aufschieben?«

Louise lachte und schüttelte den Kopf.

»Eine Zeit zu finden, die allen recht ist, ist fast unmöglich. Hat man erst einmal einen Termin vereinbart, kann man ihn nicht ohne Weiteres verschieben. Wir haben das letzte von Stenhammars sechs Streichquartetten aufgenommen, das Teil einer Doppel-CD sein soll, die nächstes Jahr zu Beginn der Sommertournee auf den Markt kommt.«

»Warum ausgerechnet Raoul Liebeskind? Er wohnt, soweit ich weiß, in New York? War es nicht sehr aufwendig, ihn hierherzuholen?«

»Raoul war mein bester Freund. Wir haben uns immer gegenseitig unterstützt und beim beruflichen Fortkommen geholfen. Für mich war es selbstverständlich, mich zuerst an ihn zu wenden. Und für ihn war es genauso selbstverständlich, uns zu helfen. Stockholm ist nicht so weit von New York entfernt, wenn man wie Raoul und ich Konzertreisen um die Welt macht.«

»Ist es Ihnen gelungen, die Aufnahme abzuschließen, bevor Raoul starb?«

»Ja. Wir wurden gestern fertig.«

»Immerhin ein Glück.« Ebba fragte sich, was nötig war, um Louise aus der Fassung zu bringen. Welchem Druck sie standhielt. Louise runzelte nur leicht die Stirn.

»Glück? Was für ein unglaublich unpassender Ausdruck in diesem Zusammenhang. Aber die CD ist deswegen noch lange nicht fertig. Das Material muss noch redigiert werden. Wir können nur hoffen, dass sich wirklich alles verwenden lässt, damit die ganze Arbeit nicht vergeblich war.«

»Das ist vorerst alles«, sagte Ebba und begegnete Louises kühlem Blick. »Ich muss mit Ihnen allen sprechen und lege daher eine Liste an. Während dieses ersten Tages wäre es mir sehr recht, wenn Sie das Haus nicht verlassen würden, ohne es mir vorher mitzuteilen.«

Louise lachte fassungslos.

»Sie meinen, dass ich weiterhin unter Hausarrest stehe? In meinem eigenen Haus, auf meiner eigenen Insel?«

»Unter diesen Umständen habe ich keine andere Wahl«, antwortete Ebba, während sie eine Liste mit Namen auf ein Papier schrieb.

»Ich staune über derartige Sicherheitsvorkehrungen im Zusammenhang mit dem Todesfall eines Menschen, der ganz offenbar das Pech hatte zu ertrinken. Die Felsen von Svalskär sind glatt. Aber Sie behandeln uns alle als unzuverlässige, verdächtige Personen.«

»Ich habe nichts Derartiges behauptet. Ich verhalte mich nur gemäß der Regeln, die der Polizei in einer Demokratie zur Verfügung stehen. Umso interessanter finde ich Ihre wiederholte Besorgnis, wir könnten Sie verdächtigen. Daraus kann ich doch nur den Schluss ziehen, dass Sie meine Aufmerksamkeit auf diese Möglichkeit lenken wollen?«

Louise presste verärgert die Lippen aufeinander.

»Ich verbitte mir derartige Unterstellungen. Ich bemühe mich, Sie in einer sehr anstrengenden Situation zu unterstützen.«

»Danke für dieses Gespräch«, sagte Ebba ungerührt und hielt ihr die Liste hin. Louise erhob sich und nahm sie entgegen. Ohne sich zu verabschieden, wandte sich Ebba ihrem Computer zu.

»Dürfte ich Sie bitten, diese Liste in der Diele aufzuhängen. Dann wissen alle, welche Zeiten heute in etwa gelten«, sagte sie, ohne vom Bildschirm aufzuschauen. »Wenn ich mit allen auf der Insel gesprochen habe, teile ich mit, was weiterhin geplant ist. Mittagessen ist zwischen zwölf und eins.«

Als Louise das Zimmer verlassen hatte, wartete Vendela, bis sich die Türe am Ende des Korridors geschlossen hatte, bevor sie sich an ihre Chefin wandte.

»Harter Brocken.«

»Adlig«, entgegnete Ebba mit einem gelassenen Lächeln.

»Vielen Dank.«

»Und du gehörst dazu, eine Smythe-Fleming. Louise Armstahl konnte dich sofort korrekt einordnen. Du musst mir meine Unkenntnis englischer Noblesse verzeihen, aber ich wusste gar nicht, dass du aus so einer bekannten Familie stammst.«

»Keiner englischen, um Gottes willen! Wir haben schottische Ahnen, die bis in das 15. Jahrhundert zurückreichen.«

»Kein Name, den man so ohne weiteres ablegt also, solange man nicht einen Mountbatten oder Hohenzollern heiratet.«

»Ja. So einen Namen behält man.«

Ebba lächelte. Sie hatte den Namen Schröder angenommen, als sie Gregor geheiratet hatte. Ihre Familie hatte Kaplan geheißen und war in den 30er-Jahren aus Leningrad nach Stockholm gekommen. Sie war immer stolz auf ihre Abstammung gewesen, sie war in einem Gefühl der kulturellen Zusammengehörigkeit mit dem restlichen Europa erzogen worden. Aber obwohl seit Kriegsende fast ein halbes Jahrhundert vergangen war, war in der Familie gemurrt worden, als sich Ebba einen sehr blonden Deutschen gesucht hatte. Sie hatte ihnen entgegengehalten, Schiller und Hölderlin seien auch Deutsche gewesen. Mit ihrer neuen Familie hatte sie Weihnachten wie alle anderen Familien in Djursholm gefeiert. Und nicht Gregor hatte darauf bestanden, dass sie den Davidsstern gegen den Adventsstern eintauschen sollte. Das hatte sich so ergeben. Trotzdem hatte es sie geschmerzt, ihren Mädchennamen aufzugeben, aber sie war sehr in Gregor verliebt gewesen. Damals, zu Anfang. Als er vor drei Jahren gestorben war, hätte es keinen Sinn ergeben, ihren Mädchennamen wieder anzunehmen, vor allen Dingen deswegen, weil ihre Kollegen auf der Wache endlich gelernt hatten, ihren Namen richtig auszusprechen, Schröder statt Skröder. Tröstlich war, dass sie immer fand, Ebba Schröder habe einen schöneren Klang als Gregor Schröder. Letzteres erinnerte sie mehr an die Grimasse, die man machte, wenn man den Mund mit Mundwasser spülte.

Vendela trat ans Fenster und zog die Gardinen beiseite. Eine Staubwolke wirbelte auf und wurde von den Sonnenstrahlen beschienen, die durch das Südfenster einfielen.

»Glaubst du, sie hat uns dieses Zimmer überlassen, um uns zu ärgern?«, murmelte sie und versuchte, das Fenster zu öffnen, ohne zu viel Staub einzuatmen. Der Rahmen war verzogen, Farbe löste sich, tote Fliegen fielen herab, und sie stürzte beinahe ins Freie, als sich das Fenster schließlich überraschend nach außen öffnete.

»Aufgepasst, junge Frau. Ein Todesfall hier auf der Insel genügt«, hörte sie eine Stimme schräg hinter sich. Auf der Wiese stand Kaj und betrachtete sie amüsiert. Vendela lachte verlegen.

»Zuerst wollte das Fenster nicht aufgehen, und dann ging es plötzlich sehr schnell«, erklärte sie.

»Der Ketchupeffekt«, entgegnete Kaj amüsiert. »Und alles ist rausgerutscht, soweit ich sehen kann.«

Ebba stöhnte laut und trat rasch ans Fenster. Sie streckte den Kopf hinaus, ohne ihren Kollegen anzusehen.

»Kaj, ich will bis Mittag einen Lagebericht.«

»Mit Ketchup?« Kajs lautes Lachen hallte im Büro wider. Mit einer abrupten Bewegung schloss Ebba das Fenster wieder.

»Wie wäre es, wenn wir Kaj im Herbst eine Fortbildung über Genderfragen ausgeben würden?«, fragte sie und erhielt von Vendela ein markiertes Schaudern zur Antwort. »Als Nächste ist Anna Ljungberg dran. Könntest du sie hereinbitten?«

Während sie auf die nächste Vernehmung wartete, blätterte Ebba in ihren Papieren, um ihre Informationen über die zweite Geige des Furioso Quartetts zu repetieren. Sie hatte ihr Foto in der Hand, als Anna das Büro betrat. Ebba erhob sich halb, um sie zu begrüßen. Als sie Annas Hand ergriff, fiel ihr auf, wie kalt und kraftlos diese wirkte. Der Kontrast zu der flamboyanten Blondine auf dem Archivbild war verblüffend. Anna war, einmal abgesehen von einem nachlässig aufgetragenen Lippenstift, ungeschminkt. Das leuchtende Rot ließ sie noch unausgeschlafener erscheinen, als sie es vermutlich war. Aber so sah man aus, wenn man normalerweise sehr viel Make-up verwendete. Bleich und harmlos. Das Haar war frisch gewaschen, lag nass am Kopf an und ringelte sich über einer grauen Kapuzenjacke aus Velours. Ihre Jeans war zu eng. Sie unternahm einen erfolglosen Versuch, die Beine übereinanderzuschlagen, und stellte die Füße dann nebeneinander vor den Stuhl.

»Wir versuchen, Klarheit in die Umstände des Todes von Raoul Liebeskind zu bringen«, begann Ebba und betrachtete die Frau, die ihr gegenübersaß. Schräg hinter ihr saß Vendela, wie ein greller Kontrast voller Leben. Anna nickte und räusperte sich leicht.

»Wie lange kannten Sie Raoul?«

»Seit fünfundzwanzig Jahren.«

Die Stimme war schwach. Jedes Wort schien sie anzustrengen.

»Waren Sie gute Freunde?«

»Wir … wir waren eine Weile verlobt.«

»Wann war das?«

»Kurz nachdem ich die Musikhochschule in Stockholm beendet hatte. Ich zog für eine Zeit zu ihm nach New York.«

»Wie lange?«

»Ich blieb nur ein halbes Jahr. Dann ging es zu Ende.«

»Was war der Grund?«

Anna zuckte mit den Achseln und schaute aus dem Fenster.

»Es ging zu Ende. Ganz einfach. So ist das mit Beziehungen. Aber wir hatten immer noch ein starkes Zusammengehörigkeitsgefühl.«

»Eine Freundschaft.«

Anna fuhr sich mit der Zungenspitze über die Lippen, und ein kleines Lächeln erhellte ihr Gesicht.

»Wir kamen uns in diesen Tagen wieder sehr nahe. Vielleicht nicht ganz unerwartet. Aber gleichzeitig war es ja so lange her, dass wir … wie auch immer … Es war fast so, als habe die Zeit stillgestanden. Die Gefühle waren immer noch dieselben.«

»Auf beiden Seiten?«

Einen kurzen Augenblick lang wirkte Anna lebhafter. Sie sah Ebba mit einem vorwurfsvoll-erstaunten Blick an.

»Ja. Wieso denn nicht?«

»Haben Sie die Beziehung wiederaufgenommen?«

»Ich weiß nicht, ob man das als Beziehung bezeichnen kann, aber es wirkte wie ein Anfang. Raoul ist ja … war ja verheiratet, und die Situation war nicht ganz einfach.«

Ebba tippte auf ihrem Computer, damit Anna zwischen den Fragen ausruhen konnte und damit sie selbst sich eine Meinung über ihren Charakter bilden konnte. Aus den Augenwinkeln sah sie eine wettergegerbte Frau, die älter aussah als ihre Anfang vierzig. Aber Anna war mehr als nur eine Person mit einem ungeschminkten, verquollenen Gesicht. Auch Vendela versuchte, sich ein Bild von ihr zu machen, aber Anna wirkte gänzlich entrückt, ihr Blick hatte etwas Abwesendes, Verschwommenes. War sie verkatert? Möglich. Ein ordentliches Besäufnis war vermutlich angezeigt, wenn der Exverlobte plötzlich auf einer idyllischen Schäreninsel starb.

»Wie fühlten Sie sich, als Sie von Raouls Tod erfuhren?«

Anna verließen jetzt auch noch ihre letzten Kräfte. Sie wandte den Kopf ab, um ihre Tränen zu verbergen. Mit zitternder Hand wischte sie sich über die Nase und versuchte dann, dem Weinen Einhalt zu gebieten. Ebba nahm ein Papiertaschentuch aus ihrer Tasche und reichte es ihr. Sie hatte zwei Pakete griffbereit.

»Lassen Sie sich Zeit«, sagte Ebba. Vendela regte sich nicht. In ihrer Zeit mit Ebba hatte sie sich daran gewöhnt, dass recht viel Zeit mit Warten und dem Sammeln von Eindrücken verging. Sie machte sich unsichtbar, war aber entspannt aufmerksam. Wenn Leute sich sicher fühlten, verrieten sie manchmal mehr, als sie selbst ahnten. Aber Anna war vollkommen abgestumpft und passiv. Vielleicht ist ihre gesamte Aufmerksamkeit nach innen gekehrt, überlegte Vendela. Sie musste das Unerhörte verarbeiten. Vielleicht war Raoul Liebeskinds Tod so unwahrscheinlich und daher so undenkbar gewesen.

»Ich habe es immer noch nicht begriffen.« Die Worte erklangen, ohne dass sich die Lippen nennenswert bewegt hätten. Es wirkte, als denke sie laut. »Ich … ich habe mich in meinem ganzen Leben noch nie so leer gefühlt.«

Ebba beugte sich etwas vor. »Haben Sie gesehen, was geschehen ist?«

Anna starrte auf die Tischplatte und schüttelte langsam den Kopf.

»Wir saßen da und unterhielten uns … und dann, als ich ihn das nächste Mal sah, war er tot.«

»Sie unterhielten sich also?«

»Wir pflegten in diesen Tagen hier auf der Insel einen sehr intensiven Umgang. Hätte ich aus der Zeitung von seinem Tod erfahren oder von Louise, dann wäre es nicht so schrecklich gewesen. Ich wäre natürlich genauso traurig gewesen, aber es ist ja gerade diese Nähe, die es so … unwirklich und unfassbar macht.« Ihre Hände zitterten, als sie sich einige Locken hinter die Ohren strich.

»Könnten Sie das näher erklären?«

Anna saß vollkommen bewegungslos, immer noch ohne Ebba oder Vendela anzuschauen. »Er lag auf der Wiese. Nass und leblos. Obwohl ich mit eigenen Augen gesehen habe, dass er tot ist, verdränge ich es ständig und muss es mir immer wieder in Erinnerung rufen. Schließlich sitzen Sie hier und fragen mich aus. Also muss es wahr sein. Aber meine Gedanken schweifen die ganze Zeit ab, und dann lebt er plötzlich wieder. Dann ist es so, als sei er einfach in ein anderes Zimmer gegangen und als würden wir heute Abend wieder zusammen essen, genau wie an allen anderen Abenden. Dann wird er wieder spaßen und scherzen, wie er es immer tut.«

Verwirrt lächelnd schüttelte sie den Kopf. »Aber so ist es ja nicht. Er ist nicht mehr. Raoul kommt nie mehr zurück.« Als hätte sie sich plötzlich bei etwas ertappt, warf sie erst Ebba und dann Vendela einen besorgten Blick zu. »Sie glauben sicher, ich sei vollkommen übergeschnappt, weil ich solche Sachen sage.«

»Machen Sie sich keine Sorgen«, erwiderte Ebba beruhigend. »Ich bin so einiges gewöhnt.«

Anna holte tief Luft, wurde dann aber von einer Hustenattacke geschüttelt. Zigaretten und Staub, dachte Vendela, ich weiß genau, wie das ist.

»Ich habe nach unser Trennung mein eigenes Leben gelebt«, fuhr Anna fort, »natürlich. Ich war verheiratet und hatte diverse

Beziehungen. Aber das mit Raoul … Raoul ist so einzigartig. Ich weiß nicht, ob Sie das verstehen können. Es gibt niemanden, der so ist wie er.« Sie rieb sich die Stirn. »Gewisse Menschen strahlen ganz einfach mehr als andere. Die Leere, die sie zurücklassen, ist ganz einfach viel schwerer zu ertragen. Ich werde über diese Trauer nie hinwegkommen. Nie.«

Ebba nickte, wartete kurz und fragte dann: »Wie ist Raoul gestorben?«

Wieder war Anna in sich selbst versunken, aber Ebba hatte nicht die Absicht, ihr das dieses Mal allzu lange zu gestatten. Sie verlieh ihrer Stimme eine neue Eindringlichkeit.

»Anna …«

Langsam sah Anna Ebba an und öffnete den Mund.

»Er ist ertrunken … oder? Er muss nach Einbruch der Dunkelheit spazieren gegangen und ausgerutscht sein.«

Ihre Pupillen weiteten sich, als erwarte sie von Ebba eine Antwort, und als diese nicht reagierte, wandte sie sich automatisch Vendela zu.

»So war es doch, nicht wahr?«, rief sie mit schriller Stimme. Wieder liefen ihr die Tränen über die Wangen. Vendela sah Ebba mit hochgezogenen Brauen an, ohne dass Anna es sehen konnte.

»Noch eine Frage«, sagte Ebba. »Heute Nacht sind Sie aufgestanden und im Haus herumgegangen. Was war los?«

Anna schluckte und entspannte sich etwas.

»Ich … erwachte von Geräuschen und Stimmen aus der Küche. Ich ging runter. Caroline war da mit einem Polizisten.«

»Erzählen Sie von Caroline.«

Anna zuckte zusammen. »Wie bitte? Was wollen Sie über Caroline wissen?«

Ebba beugte sich etwas vor. »Warum war Caroline mitten in der Nacht auf?«

»Sie war traurig. Sie war so verdammt traurig … Caroline.«

»Wegen Raoul?«

Anna nickte.

»Was taten Sie?«

Anna hielt inne, um sich zu überlegen, wie sie fortfahren sollte. Irgendetwas schien sie ganz offensichtlich zu bedrücken. Ebba beugte sich etwas vor. Da richtete sich Anna auf, wie um sich zusammenzureißen, und als sie den Mund wieder öffnete, wirkte sie plötzlich erstaunlich gefasst.

»Caroline brauchte Trost. Ich hatte das Gefühl, dass ich zumindest den Versuch machen sollte, ihr diesen Trost zu spenden. Das war nicht ganz einfach. Caroline und ich ... verstehen uns eigentlich nicht so gut. Aber als ich sie dort stehen und am ganzen Körper zittern sah, als würde sie gleich zerbrechen, da tat sie mir richtig leid. Ich musste sie einfach in die Arme nehmen. Sie brauchte das.«

»Wie reagierte Caroline?«

»Sie ließ es tatsächlich zu, was eine große Erleichterung war.« Anna schniefte und schüttelte langsam den Kopf. »Dann brachte ich sie in ihr Zimmer und half ihr ins Bett. Sie wollte in Raouls Bett schlafen.«

Ebba schielte auf ihre Uhr. »Okay, vielen Dank. Wir machen hier Schluss. Wir werden uns noch öffters unterhalten. Vendela und ich sind immer für Sie da, wenn Sie jemanden zum Reden brauchen.«

Anna nickte und erhob sich dann im Zeitlupentempo. Ihre Kapuzenjacke war hochgerutscht, und Fettwülste kamen über der Jeans zum Vorschein. Vendela wandte den Blick ab, um die klägliche Rückseite eines in ihren Augen kläglichen Menschen nicht betrachten zu müssen.

Als Anna in die Diele trat, sah sie Louise die Treppe herunterkommen. Anna setzte ihren Weg in die Küche fort, und Louise eilte ihr hinterher. Sie hakte sich bei ihr ein.

»Komm, Anna«, sagte sie vertraulich, »wir beide brauchen jetzt eine Tasse Tee.«

Anna antwortete nicht. Sie schüttelte nur den Kopf und schluckte, um die Tränen zurückzuhalten. Louise platzierte sie am Küchentisch und kochte Tee. Der Wasserkessel begann zu zischen, als sie ihn auf den Herd stellte. Sie stellte ein paar Schokoladenplätzchen auf einer Untertasse vor Anna hin. Anna starrte immer noch auf die Tischplatte. Unter anderen Umständen hätte sie auf die Plätzchen geschielt und vermutlich gleich zwei gegessen.

Lautlos schloss Louise die Tür zur Diele und nahm dann neben Anna Platz. Sie strich ihr beruhigend über den Rücken.

»Hast du heute Nacht schlafen können, Anna?«, fragte sie vorsichtig.

»Ach, Louise …«, begann Anna, konnte aber nicht weitersprechen. Sie wandte den Kopf ab, um Louise nicht ansehen zu müssen.

Louise machte beruhigende Geräusche und strich ihr weiter über den Rücken.

»Ich weiß. Es kommt einem alles so unwirklich vor.«

Anna schluckte und verbarg ihr Gesicht in ihren Händen. Mit kreisenden Bewegungen massierte sie sich die Schläfen, um zu sich zu kommen.

»Als sie mit dem Messer in der Hand hier stand, hatte ich das Gefühl, dass sie genauso gut auch mich erstechen könnte«, flüsterte sie heiser. Sie räusperte sich angestrengt.

»Aber du warst da, und du hast es ihr abgenommen. Das war mutig.«

»Sie hätte mich töten können. Ich hatte nicht einmal Angst davor. Es wäre eine Befreiung gewesen. Du ahnst gar nicht, wie sehr er mir fehlt.«

»Anna. Nein. Das ist der Schock. Es hat keinen Sinn, dem negativen Sog nachzugeben, hörst du?«

Anna sah sie erstaunt an.

»Wie kannst du nur so gelassen sein? Du bist trotz allem, was du durchgemacht hast, so gefasst.«

»Ich wirke vielleicht nach außen hin ruhig, aber dir ist sicherlich klar, wie traurig ich bin.«

»Es muss für dich die Hölle sein.«

Louise stand auf, um den pfeifenden Wasserkessel vom Herd zu nehmen. Mit dem Rücken zu Anna goss sie den Tee auf und stellte ihnen dann beiden eine dampfende Tasse hin.

»Ja«, entgegnete sie, als sie sich wieder an den Tisch setzte, »das ist die Hölle. Alles ist einfach zum Teufel gegangen. Man glaubt, man kennt die Menschen, die einem nahestehen, aber dann zeigt es sich, dass man überhaupt nichts weiß. Alles ist nur eine große Lüge.«

»Louise, ich werde damit …« Anna begann zu schluchzen.

»Jetzt reicht's!«, sagte Louise überraschend hart. »Du musst stark sein. Genauso stark wie ich. Es bringt nichts, wenn du jetzt durchdrehst. Gerade jetzt ist es am schwierigsten, zu einem Gleichgewicht zurückzufinden, aber wir müssen uns über alles hinwegsetzen, uns zur Konzentration zwingen und die Verantwortung für das übernehmen, was geschehen ist.«

Anna sah sie entsetzt an.

»Du meinst, ich soll der Polizei erzählen, was geschehen ist?«

Louise lachte unfreundlich.

»Jetzt hörst du mir zu, Anna«, sagte sie. Nach einer kurzen Pause sprach sie dann langsam und deutlich weiter, damit Anna auch alle Worte wirklich verstand. »Du sollst einfach den Mund halten. Hörst du? Kein Wort, das unsere Freundschaft gefährden könnte, und damit meine ich das gesamte Quartett. Wir haben Raoul trotz seiner Fehler und Verfehlungen geliebt, denk daran. Denk an all das Schöne und Positive, denn das sind die Erinnerungen, die auf Dauer Bestand haben. Der Verrat und der Wahnsinn kamen erst ganz am Schluss. Es hatte etwas von Irrsinn. Er war nicht er selbst. Der Raoul, den ich kannte, hätte mir das nie angetan, und ich weigere mich zu glauben, dass er seine Pläne wirklich umgesetzt hätte.«

Sie schwiegen.

»Louise, du verschließt vor der Wirklichkeit die Augen. Du belügst dich, weil du die Wahrheit nicht ertragen kannst«, sagte Anna. Ihre Stimme war klar und unsentimental.

»Hast du die Kraft, die Wahrheit zu ertragen, Anna?« Sie war ihr ganz nahe gekommen, und ihre Augen waren nur wenige Zentimeter voneinander entfernt. Anna schlug den Blick nieder.

»Was ist schon Wahrheit? Von welcher Wahrheit sprechen wir?«, fragte Louise und fasste Anna ans Kinn, um ihre Aufmerksamkeit zu erzwingen. Als Anna die Kälte in Louises Augen sah, packte sie das Entsetzen. Sie riss ihren Kopf zurück und wandte den Blick ab.

»Wer hat das Recht, die Gerechtigkeit zu definieren?«, flüsterte Louise. »Ist es gerecht, dass wir für Raouls Taten leiden sollen? Sollen wir mit den Konsequenzen seiner egoistischen Entscheidungen leben? Warum, Anna?«

»Du klingst so, als hätte er den Tod verdient.«

Louise schüttelte den Kopf und lehnte sich zurück.

»Er hat es nicht verdient zu sterben, aber er hätte uns auch nicht entzweien dürfen.«

Sie wartete, bis Anna es wieder wagte, sie anzusehen.

»Hat dir Helena etwas erzählt? Etwas, das ich wissen sollte?«

Anna schüttelte den Kopf.

»Sicher?«

Anna schluckte und senkte den Kopf.

»Ich halte es für das Beste, dass du nicht zu viel mit ihr sprichst«, fuhr Louise fort. »Oder mit Caroline. Das könnte zu seltsamen Missverständnissen führen.«

Da sah Anna sie an und wandte sich ihr mit dem ganzen Oberkörper zu, um deutlich zu machen, dass das, was sie sagen wollte, wichtig war. Obwohl ihre Stimme vor Nervosität zitterte, betonte sie jedes Wort. »Was gäbe es denn misszuverstehen, Louise?«

Louise hatte keine Gelegenheit zu antworten. Stattdessen erhob sie sich, als die Küchentür überraschend aufgerissen wurde, und sah sich im nächsten Augenblick Ebba Schröder gegenüber.

»Hier ist also die Küche«, sagte Ebba mit einem ausdruckslosen Lächeln und kam mit Vendela die wenigen Treppenstufen herunter.

»Ich kann Ihnen gerne auch das ganze Haus zeigen«, sagte Louise. Einen Moment lang überlegte sie, wie viel die Polizistinnen von ihrer Unterhaltung mit Anna mitbekommen hatten.

»Danke, darauf komme ich unbedingt zurück«, erwiderte Ebba, ohne stehen zu bleiben. Sie ging eine Runde durch die Küche, stellte sich ans Fenster und schaute aufs Meer. Durch die großen Fenster fiel das Licht des Vormittags. »Eine wirklich schöne Aussicht«, sagte Ebba und drehte sich zu Louise um.

Louise erwiderte nichts. Sie warf einen raschen Blick zu Vendela hinüber, woraufhin diese die Augen niederschlug. Sie hatte Louise betrachtet und empfand den Blick als Zurechtweisung. Von den beiden adeligen Damen gehörte Louise zum höheren Adel, das war ihnen beiden bewusst.

»Und was befindet sich hier?«, fragte Ebba und ging ein Treppchen hinunter, das vor einer Tür endete. Sie öffnete sie und trat in einen großen, neuen Raum mit einer Fensterfront. Darin war ein Mann mit übergroßem Sweatshirt und zu weiter Jeans damit beschäftigt, Kabel aufzurollen. Er sah Ebba an und begrüßte sie mit einem Nicken.

»Kjell Nilsson, unser Tontechniker«, sagte Louise.

»Schließ doch bitte die Tür, Vendela«, sagte Ebba. Louise drehte sich um, durchquerte mit hallenden Schritten die Küche und verschwand in die Diele, dann schloss Vendela diskret die Tür. Anna blieb in der Küche sitzen und blies auf ihren Tee.

Im Studio rollte Kjell weiterhin Kabel auf, ohne dass ihn die Gesellschaft der beiden Polizistinnen weiter zu stören schien. Ebba reichte ihm die Hand.

»Sie haben Raoul Liebeskind gefunden?«, fragte sie, und Kjell, der aus Norrland stammte, antwortete mit einem gedehnten Seufzer.

»Wie haben Sie ihn entdeckt?«

»Ich wollte zu unserem Häuschen runtergehen, Jan und ich wohnen im Nebenhaus, um ein Sixpack zu holen. Da sah ich etwas bei den Felsen neben dem Steg im Wasser treiben. Groß und dunkel. Es war stockfinster, als ich ihn fand, es war also reiner Zufall, dass ich ihn überhaupt entdeckt habe.«

»Und weiter?«

»Erst dachte ich, da läge ein Müllsack im Wasser. Ich wurde neugierig, und da sah ich die Arme. Ich beeilte mich, ans Ufer zu kommen und ihn rauszuziehen. Es war wirklich verdammt glatt. Ich bin selbst hineingeplumpst. Und es dauerte eine ganze Weile, bis ich ihn endlich zu fassen kriegte. Er war wahnsinnig schwer, nachdem er da im Wasser gelegen hatte. Ich schleifte ihn die Felsen entlang bis zu einer Stelle, die weniger steil war. Dort gelang es mir dann, ihn rauszuziehen.«

»Was dachten Sie, als Sie erkannten, dass es Raoul Liebeskind war?«

»Was ich dachte … ich war natürlich erst einmal total fassungslos.«

»Waren Sie befreundet?«

Kjell verzog den Mund zu einer säuerlichen Grimasse.

»Befreundet, nein … tja, was soll ich sagen«, begann er betreten. »Man soll ja nicht schlecht über die Toten reden … aber um ehrlich zu sein, konnte ich diesen Mann nie leiden.«

Sieh mal einer an, dachte Ebba. Der Erste, der bei dem Namen Raoul Liebeskind nicht in Verzückung gerät. Interessant.

»Und warum nicht?«, fragte Ebba.

»Wir haben einige Male mit ihm gearbeitet, und er kann richtig anstrengend werden. Er begreift nicht recht, wie viel Arbeit dahintersteckt, gute Aufnahmebedingungen zu schaffen. Man hatte das Gefühl, dass er unsere Arbeit nicht immer so recht zu schätzen wusste.«

»War er Ihnen gegenüber unfreundlich?«

»Das wäre zu viel gesagt, es war eher, dass er nie zufrieden war und die Aufnahmen ständig wiederholen wollte. Dann sagte er schon mal Sachen, die ganz einfach unnötig dumm waren. Klar, man soll hohe Ansprüche stellen, aber auch dafür gibt es Grenzen. Oft wird es nicht besser, wenn man sich verbeißt und es immer wieder versucht. Man muss loslassen können und entweder eine Pause machen oder es auf sich beruhen lassen.«

»Haben Sie versucht, ihn wiederzubeleben?«

»Der Typ war mausetot. Es war kein Leben mehr in ihm. Da war nichts mehr zu machen.«

»Wann kamen die anderen?«

»Caroline rannte auf der Insel herum und rief nach ihm. Nachdem ich ihn rausgezogen hatte, war sie die Erste. Dann kam Anna und warf sich über den Toten. Caroline schob sie zur Seite. Tja ... und dann begannen die beiden, sich zu prügeln.«

Kjell schüttelte mit einem schiefen Lächeln den Kopf. »Unglaublich. Das reinste Damenwrestling. Ich versuchte die beiden zu trennen. Anna lag wie ein Sack da, und ich bekam sie kaum hoch. Caroline klammerte sich an seinem Kopf fest. Ich weiß nicht, ob sie ihn beatmen oder küssen wollte oder was. Dann kam Helena und zerrte die Weiber weg. Caroline prügelte auf ihre Schwester ein, aber Helena schien das nicht weiter zu bekümmern. Sie schaute sich Raoul genau an, um zu sehen, ob er noch lebte. Dann ging sie zu den Felsen hinunter und starrte in die Dunkelheit.«

Er hielt kurz inne und streckte die Hand nach einer Coladose auf dem Fußboden aus.

»Als Letzte kam Louise. Sie war weiß wie ein Bettlaken und fasste den Toten nicht an. Sie stand einfach mit großen Augen da. Dann rief sie von ihrem Handy die Notrufnummer an.«

»Hatte man ihn vermisst?«

»Ich habe nichts bemerkt. Es wäre mir auch egal gewesen.«

»Wieso das?«

»Immer wenn er in der Nähe war, drehten sie alle vollkommen durch.«

Ebba zog eine Braue hoch.

»Es war ein ewiges Geschiss um diesen Typen. Ich meine, ich kenne die ja alle schon lange. Für Louise habe ich viele Platten aufgenommen, und auch die anderen Mitglieder des Quartetts kenne ich schon ewig. Außer Caroline natürlich. Sie ist neu. Die beiden stritten am meisten.«

»Raoul und Caroline?«

»Nein, nein. Caroline und Louise.«

»Wenn Raoul in der Nähe war?«

»Tja … okay. Sie wissen vielleicht nichts davon?«

»Erzählen Sie, dann sehen wir, was mir neu ist.«

»Es geht mich ja nichts an, aber Louise ist … lesbisch.«

»So weit waren wir im Bilde. Fahren Sie fort.«

»Und sie war ja mit Caroline zusammen, und zwar seit … was weiß ich … einem Jahr oder so.«

Ebba nahm aus den Augenwinkeln wahr, wie Vendela ihr Standbein wechselte und hüstelte. Sie warf ihr einen fragenden Blick zu, aber Vendela schüttelte nur mit dem Kopf.

»Und was hat Raoul damit zu tun?«

»Ich weiß nicht recht, wie es anfing, denn Jan und ich kamen später als die anderen hierher. In den letzten Tagen hat es ja richtig gestürmt, es gelang uns also erst gestern früh, nach Svalskär rauszukommen. Das war hier das reinste Schlangennest.«

»Und das hatten Sie nicht erwartet?«

»Caroline und Louise wechselten kaum ein Wort. Es war ganz offenbar, dass Raoul seine Finger im Spiel hatte … oder etwas anderes, um es einmal so auszudrücken.«

Kjell Nilsson lachte über seinen eigenen Scherz, hörte aber sofort auf, als die anderen nicht einstimmten. Ebba sah ihn missbilligend an.

»Wenn ich Sie richtig verstanden habe, litt die Beziehung zwischen Louise und Caroline aufgrund von Raoul Liebeskinds Anwesenheit?«

»Raoul und Caroline versuchten die ganze Zeit so zu tun, als sei nichts. Aber es war ganz offenbar, dass beide so geil waren, dass sie die Wände hätten hochklettern können.«

Ebba verschränkte die Arme.

»Wie glauben Sie, dass Raoul Liebeskind zu Tode gekommen ist?«

Kjell seufzte angestrengt, ließ den Blick durch den Raum schweifen und dachte nach.

»Sie machen keine Umschweife, Frau Kommissarin. Das klingt ja fast so, als sollte ich Ihnen sagen, wer der Mörder ist. Aber das kann ich nicht. Ich weiß nur, dass ich Raoul gestern Abend leblos im Wasser gefunden habe. Das war kein schöner Anblick.«

»Sie wählen das Wort Mörder, Kjell«, sagte Ebba ernst. »Ein gewichtiges Wort.«

»Warum sollte sich die halbe Stockholmer Polizei hierherbegeben, wenn es kein Mord wäre? Wer soll eigentlich beim Pferderennen Wache schieben?«

Ebba lachte.

»Wenn Sie glauben, dass die Kriminalpolizei beim Fußball oder so gebraucht wird, dann müssen wir das mit dem Justizminister besprechen.« Sie streckte die Hand aus. »Vielen Dank für Ihre Informationen.«

Kjell gab ihr die Hand und kehrte an seine Arbeit zurück. Er packte die Geräte in große Metallkästen. Als Ebba und Vendela wieder in die Küche kamen, war Anna nicht mehr dort. Ebbas Handy piepte, und sie zog es aus der Tasche, um die SMS zu lesen.

»Okay«, meinte Vendela munter und rieb sich die Hände. »Wir haben den Garten Eden in den Stockholmer Schären, wir haben Adam und Eva … nein, Eva, dann kommt Adam und verführt sie mit der verbotenen Frucht.«

»Die Schlange!«, erwiderte Ebba, während sie eine Antwort-SMS schrieb. »Und bevor das Wort Fleisch wird, regnet es Heuschrecken und Kröten vom Himmel.«

»Du redest so, dass einem das Wasser im Mund zusammenläuft. Mittagessen, oder sollen wir erst noch jemanden vernehmen?«, wollte Vendela wissen und trommelte ungeduldig an die Wand, an der sie lehnte. Ebba rutschte mit dem Daumen ab und schickte eine halb fertige SMS.

»Was sind das für blöde Spielzeugtelefone! Warum sind die nicht so gemacht, dass Erwachsene sie auch verwenden können?« Verärgert begann sie die SMS von Neuem. »Du kannst eine Pause machen und eine Zigarette rauchen, dann vernehmen wir nachher Helena Andermyr.«

»Andermyr … das klingt wirklich nach einem angenommenen Namen.«

»Nicht alle kommen als Smythe-Flemings zur Welt.«

»Aber es gibt doch nichts Lächerlicheres, als von Andersson zu Andermyr zu wechseln? Da ist es doch wohl besser, an Andersson oder Svensson festzuhalten und die Kinder dann Eustachia oder Honoré zu taufen.«

Vendela stieß sich, die Hüften voran, von der Wand ab und verschwand die Küchentreppe hinauf. Als sie die Tür zur Diele öffnete, stolperte sie beinahe über Louise, die gerade aus dem Salon kam. Louise lächelte sie herzlich an und schaute dann auf einen Knopf von Vendelas Bluse, der aufgegangen war, sodass der lila BH zu sehen war. Automatisch fasste Vendela nach oben und schloss die beiden obersten Knöpfe. Louise zog spöttisch die Brauen hoch und ging weiter Richtung Küche. Eine zarte Röte war Vendela in die Wangen gestiegen, als sie durch die Haustür trat und ihre Zigarettenschachtel aus der Hosentasche zog. Ihr Feuerzeug blitzte im selben Moment auf, in dem sie die Zigarette an die Lippen hob. Sie inhalierte genussvoll so tief, dass sie einen Hustenanfall bekam. Wenig später öffnete sich die Haustür, und Louise tauchte mit einem Marmeladenglas in der Hand auf.

»Es wäre mir sehr recht, wenn Sie die Kippen in das Glas legen könnten«, sagte sie, stellte es auf die Wiese neben den gepflasterten Weg und blieb dann neben Vendela stehen. Gemeinsam schauten sie auf das Wasser zwischen den Inseln. Das Laub war nicht mehr gelb, sondern braun und rot und kontrastierte mit dem knallblauen Oktoberhimmel. Vendela wusste, dass ihr rotes Haar im Herbst am besten zur Geltung kam. Es war, als blühte sie zu dieser Jahreszeit auf, wenn sie nicht mehr schwitzen und sich aufgedunsen fühlen musste. In dieser funkelnden herbstlichen Schönheit wollte sie sich gerne Louise Armstahl präsentieren. Obwohl Louise sie nicht ansah, spürte Vendela ihre Aufmerksamkeit, war sie verlockt. Sie knöpfte ihren Mantel etwas auf, legte den einen Arm unter den Busen und hakte ihn in den rechten Arm ein, mit dessen Hand sie die Zigarette hielt. Ihre Figur kam so trotz des zugeknöpften Hemdes am besten zur Geltung. Ihre Brüste hoben und senkten sich bei jedem Atemzug. Warum verhielt sie sich nur so? Sie konnte keinen klaren Gedanken fassen, wollte sich nicht verstecken, es war, als würde etwas von außen ihren Willen steuern, obwohl sie das deutliche Gefühl hatte, dass sie das selbst war. Diese Frau umgab trotz ihres trockenen Aussehens ein starkes sexuelles Magnetfeld.

»Ich vermute, dass Sie sich um Raouls Habseligkeiten kümmern müssen«, meinte Louise.

»Wir haben bereits damit begonnen«, antwortete Vendela.

»Eine Sache ist wichtig, Raouls Geige.« Louise machte eine kurze Pause. »Sie müssen sehr vorsichtig mit ihr umgehen.«

»Natürlich«, erwiderte Vendela und konnte es nicht lassen hinzuzufügen: »Ich spiele selbst ein Saiteninstrument.«

»Ach?« Ein zufriedenes Lächeln breitete sich auf Louises Zügen aus. »Dann kann ich mich also darauf verlassen, dass Sie sich persönlich um seine Guarneri kümmern werden.«

Im nächsten Augenblick ging die Tür auf, und eine große, dunkelhaarige Frau in Vendelas Alter trat über die Schwelle. Als sie Louise sah, hielt sie inne und schien wieder ins Haus zurückkehren zu wollen. Dann erblickte sie jedoch Vendela und überlegte es sich anders. Louise verschränkte die Arme und betrachtete die neu Hinzugekommene mit einem Blick der Fürsorge.

»Caro, es ist sinnlos, sich die ganze Zeit aus dem Weg zu gehen. Wir haben bis auf Weiteres ohnehin Hausarrest, dürfen nur auf die Terasse. Ich vermute, dass du es nicht bleiben lassen kannst zu rauchen, aber tu das bitte im Freien.«

»Deswegen bin ich ja auch rausgegangen«, erwiderte Caroline. Ihre Stimme war so tief wie die einer Altistin und etwas rau. Zu viel Nikotin, vermutete Vendela und zog rasch an ihrer Zigarette. Dann streckte sie Caroline direkt vor Louise die Hand entgegen.

»Ich bin Inspektorin Vendela Smythe-Fleming von der Polizei Danderyd.«

»Caroline af Melchior.«

Caroline ergriff äußerst zögernd ihre Hand, schüttelte sie dann aber so energisch, dass Vendela fast vornübergefallen wäre.

»Und Sie sind mit der gesamten Kavallerie angerückt«, kommentierte sie trocken. Sie wirkte sowohl unsicher als auch zielstrebig. Ihre Lippen zitterten fast unmerklich, als müsste sie gegen eine tiefe Verzweiflung ankämpfen. Sie schob eine Zigarette zwischen die Lippen und suchte in ihren Taschen nach ihrem Feuerzeug. Vendela zog ihres rasch hervor und beugte sich ein weiteres Mal an Louise vorbei. Sie nahm den metallischen Duft ihres exklusiven Parfüms wahr. Eine Strähne ihres roten Haares rutschte ihr ins Gesicht und strich über Louises Schulter, während sie in Carolines hohlen Händen das Feuerzeug aufschnappen ließ. Ihre Cellistinnenfinger waren lang und kräftig, die Nägel sehr kurz, fast wie abgekaut. Zwischen Zeigefinger und Mittelfinger waren undeutlich zwei Nikotinflecken auszumachen. Der linke Daumen hatte eine schadhafte Hornhaut auf der Außenseite. Es war lange her, dass Vendela so viel Cello geübt hatte, dass sie eine Hornhaut am Daumen bekommen hatte, und so dick wie die von Caroline war sie auch nie gewesen. Sie sah Caroline rasch in ihre grünen Augen. Ihr Blick hatte etwas Aufforderndes.

Louise wandte das Gesicht von ihnen ab und schaute wieder übers Meer.

»Caroline, tu dir selbst einen Gefallen und konzentrier dich darauf, dein inneres Gleichgewicht wiederzufinden. Versuch, möglichst viel zu schlafen. Das brauchst du. Die Polizei soll sich um alles andere kümmern. Die haben die Erfahrung und das Know-how und ziehen ihre Schlüsse, wenn sie die Informationen haben, die sie brauchen.«

»Hör auf, mich zu verhätscheln! Musst du immer versuchen, den Schein zu wahren, Louise? Für wen tust du das eigentlich?«

Sie lachte verächtlich und schnippte die Asche von ihrer Zigarette. Louise antwortete nicht.

»Raoul ist tot, Louise! Und du machst Konversation mit einer Polizistin, als wärst du bei einem Kaffeekränzchen!«, fuhr Caroline fort und warf den Kopf zurück. Ihre Locken fielen ihr wie ein Wasserfall über die Schultern. Einige Strähnen rutschten ihr ins Gesicht, aber sie machte keine Anstalten, sie beiseitezuschieben. Mit starrer Hand führte sie die Zigaretten an die Lippen und sog so stark, dass sich ihre Wangen nach innen wölbten.

Caroline wandte sich an Vendela. »Und was tun Sie? Warum können Sie uns nicht einfach in Frieden lassen?« Ihr eindrucksvoller Körper und ihre Energie waren aus der Nähe überwältigend. Vendela reckte sich, um sich zu behaupten, musste aber verärgert einsehen, dass sie in vieler Hinsicht in einer ganz anderen Liga spielte.

»Wir haben mit den Befragungen der Personen begonnen, die sich auf der Insel befinden. Sie sind irgendwann nach dem Mittagessen an der Reihe, den genauen Zeitpunkt habe ich nicht im Kopf.«

Caroline schnaubte verächtlich. »An der Reihe! Aber das muss ja bedeuten, dass Sie glauben, dass jemand … dass …« Sie fuchtelte mit der Zigarette in der Luft.

»Jemand Raoul Liebeskind getötet hat?«, ergänzte Vendela, und Caroline erblasste etwas. »Dafür gibt es noch keine Beweise. Glauben Sie das?«

Carolines Kräfte schwanden, und es gelang ihr nicht, die harte Linie, die sie selbst eingeschlagen hatte, weiterzuverfolgen. Zur

Antwort schüttelte sie nur den Kopf, rauchte gierig die letzten Züge, warf den Stummel in das Rosenbeet und verschwand wieder im Haus. Als sie die Türe hinter sich zugeknallt hatte, wurde das Küchenfenster geöffnet, und Ebba schaute heraus.

»Wenn du Helena Andermyr holst, dann können wir jetzt weitermachen«, sagte sie.

Vendela drückte ihre Zigarette in dem Marmeladenglas aus und nickte Louise höflich zu, bevor sie sich zur Tür umdrehte. Auf dem Weg ins Haus berührte sie versehentlich Louises Brust mit der Hand und zog diese so hastig zurück, dass die Geste eher noch unterstrichen als abgeschwächt wurde. Vendela entschlüpfte ein peinlich berührtes: »Oha!«, und Louise erfreute sie mit einem selbstsicheren und nachsichtigen Lächeln.

In der Diele wartete Helena. Sie gab durch ein Nicken zu verstehen, dass sie bereit sei. Vendela eskortierte sie ins Büro.

»Hallo, Ebba!«, sagte Helena und hielt dieser die Hand hin. »Wir sind uns ja bereits begegnet.«

Vendela fiel auf, wie ähnlich sie sich waren und doch auch sehr gegensätzlich. Beide trugen einen sehr akkuraten Pony, die eine war jedoch blond, die andere dunkelhaarig.

»Das stimmt. Bei einem Abendessen bei Carl-Adam und Adrienne Lundblad vor zwei Jahren, wenn ich mich recht entsinne. Wir sind uns vermutlich auch einige Male in Djursholm in die Arme gelaufen. Nehmen Sie doch bitte Platz, Helena.«

Helena setzte sich auf den Stuhl vor dem Schreibtisch. Mit Leichtigkeit gelang ihr, was Anna Ljungberg versucht hatte die Beine übereinanderzuschlagen.

»Ich hielt es für das Beste, diesen Umstand gleich anzusprechen, um jedwedes zukünftiges Unbehagen auszuräumen.«

Ebba lächelte diplomatisch und lehnte sich ein wenig zurück.

»Unbehaglich wird es vermutlich trotzdem. Ich sehe mich vielleicht gezwungen, Ihnen private Fragen zu stellen. Aber Sie müssen wissen, dass alle Informationen bis auf Weiteres vertraulich behandelt werden.«

Helena verzog den Mund. »Das klingt ja, als hegten Sie übertriebene Erwartungen an meinen Beitrag zu dieser Ermittlung, Ebba.«

Es irritierte Ebba, dass Helena sie mit dem Vornamen ansprach. Das untergrub ihre Autorität als Kommissarin und gab ihrer Unterhaltung eine gleichberechtigte, freundschaftliche Note. Würde Helena ehrlicher antworten, weil sie sich oberflächlich kannten, oder hegte sie die falsche Hoffnung, dass Ebba schon keinen Verdacht gegen sie schöpfen würde? Würde sie sich vielleicht deswegen weniger an die Wahrheit halten?

»Ich würde zunächst gerne auf die Umstände von Raoul Lieskinds Tod zu sprechen kommen. Wo befanden Sie sich gestern Abend um halb neun?«

»Ich war im Salon und las. Es war ein anstrengender Tag gewesen, und ich hatte das Bedürfnis, mich zu entspannen.«

»Wie erfuhren Sie, das Raoul tot war?«

»Ich hörte Schreie von draußen. Als ich in die Diele trat, stand die Haustür weit auf, und ich sah Anna den Abhang hinunterlaufen. Beim Steg konnte ich Caroline und Kjell neben etwas erkennen, was sich später als Raouls Leiche herausstellte.«

»Sie erwogen nicht, den Rettungshubschrauber zu alarmieren?«

»Nein. Zu diesem Zeitpunkt nicht. Ich wusste nicht, ob dafür eine Veranlassung bestand. Ich sah schließlich nur Raoul auf der Erde liegen und die anderen um ihn herumstehen. Ich eilte zu ihnen.«

»Sie sind ja auch Ärztin. Was für ein Urteil bildeten Sie sich, als Sie vor der Leiche standen?«

»Ich sah sofort, dass er tot war.«

»Versuchten Sie, ihn zu reanimieren?«

»Nein. Es wäre unmöglich gewesen, ihn wieder zum Leben zu erwecken.«

»Fanden Sie nicht, dass Sie es zumindest versuchen sollten?«

»Ebba, dazu war es bereits zu spät. Er war zu diesem Zeitpunkt schon eine geraume Zeit tot, das sah ich an seinen geweiteten Pupillen.«

»Wie lange, glauben Sie?«

»Schwer zu sagen. Er war vom Wasser stark unterkühlt und fühlte sich sehr kalt an. Der Rigor mortis war noch nicht eingetreten. Die Haut war etwas aufgequollen, es muss sich also mindestens um zwanzig Minuten gehandelt haben. Vielleicht auch mehr. Eine halbe Stunde oder eine ganze. Ich habe mich mit dem Notarzt unterhalten, als sie die Leiche mit dem Hubschrauber abholten, und ihm auch meine Beobachtungen mitgeteilt.«

»Wissen Sie, ob Raoul irgendwelche Medikamente nahm?«

»Soweit ich weiß, nicht.«

»Wann haben Sie ihn das letzte Mal vor seinem Tod gesehen?«

»Ein paar Stunden zuvor. Am Spätnachmittag nach den Aufnahmen.«

Ebba machte sich ein paar Notizen und fuhr dann fort: »In welcher Gemütsverfassung befand er sich da?«

»Er war … vermutlich wie immer.« Sie runzelte die Stirn, als versuche sie sich besser zu erinnern.

»Und wie war er, wenn er wie immer war?«

»Recht extrovertiert und entspannt. Aber natürlich konnte er gelegentlich auch ein wenig arrogant sein. Er hatte viele Seiten, aber das haben wir schließlich alle, nicht wahr?«

»Gab es etwas, was darauf hätte hindeuten können, dass er deprimiert war?«

»Sie meinen, ob ich glaube, dass er sich das Leben genommen hat?«

»Glauben Sie das?«

Helena lachte bitter.

»Oha, man muss seine Worte wirklich sorgsam wählen. Eine Frage wird einem gleich als Behauptung entgegengehalten. Entschuldigen Sie, dass ich lachen musste, Ebba. Das war eine nervöse Reaktion und vollkommen unangebracht.«

Sie sammelte sich einen Augenblick und fuhr dann mit wiedergewonnener Konzentration fort. »Um Ihre Frage zu beantworten, ob es vorstellbar ist, dass sich Raoul das Leben genommen hat, so glaube ich das nicht. Es ist natürlich möglich, wirkt aber zu unwahrscheinlich. Raoul hätte vermutlich nie den Suizid als Ausweg aus einer schwierigen Situation gewählt.«

»Befand er sich denn in einer schwierigen Situation?«

»Nein, nein, so habe ich das auch wieder nicht gemeint. Jetzt fängt das wieder an. Ich meine, rein hypothetisch. Ich bin rein hypothetisch der Ansicht, dass Raoul nicht zu den selbstmordgefährdeten Leuten gehörte, falls man so etwas überhaupt wissen kann.«

»Haben Sie irgendeine Idee, wie er ins Wasser geraten sein könnte?«

»Ich habe keine Ahnung. Irgendwie muss er ja reingefallen sein. Die Felsen sind glatt, und wenn es dunkel wird, sieht man kaum etwas.«

Glatte Felsen, das haben wir auch schon mal gehört, dachte Ebba und ließ ihren Blick eine Weile auf Helena ruhen. Sie sah etwas müde aus, trug das aber mit Eleganz.

»Wie sah Ihre Beziehung aus?«

Helena fing sich rasch.

»Sie meinen, in welchem Verhältnis wir zueinander standen?«

»Ja, können Sie das beschreiben?« Ebba sah sie aufmunternd an. »Mit eigenen Worten.«

Helena blinzelte einige Male und fuhr dann unbeschwert fort, obwohl mit etwas leiserer Stimme als zuvor. »Raoul und ich kannten uns seit vielen Jahren. Ich bin ihm und seiner Frau Joy hier auf Svalskär einige Male begegnet. Dann habe ich ihn natürlich im Laufe der Jahre in unterschiedlichen musikalischen Zusammenhängen getroffen. So ist das halt. Es ist eine kleine Welt.«

»Haben Sie Raouls Frau angerufen und ihr von dem Vorfall berichtet?«

»Nein, leider nicht, ich … ich gehe davon aus, dass Louise sie angerufen hat.«

Ebba nickte und machte sich ein paar Notizen in ihrem Computer. Sie merkte, dass Helena den aufgeklappten Monitor betrachtete, als versuchte sie ihn zu durchbohren, um zu lesen, was sie über sie schrieb.

»Können Sie mir sagen, wie die anderen auf den Todesfall reagierten?«

»Es erfüllte uns natürlich mit Trauer, dass Raoul nicht mehr unter uns weilt. Ich kann es noch gar nicht recht begreifen. Es dauert, so etwas zu verarbeiten. Wir stehen alle noch unter Schock.«

»Gab es Unstimmigkeiten zwischen Ihnen?«

»Wie meinen Sie das? Wieso?«

»Ich hätte gerne gewusst, ob es zum Streit kam, als Sie Raoul fanden?«

»Offenbar hat das jemand behauptet. Dann wissen Sie darüber ja bereits Bescheid.«

»Würden Sie bitte meine Frage beantworten.«

Helena holte tief Luft und faltete die Hände.

»Alle reagieren unterschiedlich auf eine Trauerbotschaft. Einige werden aggressiv. Das ist natürlich eine Methode, die plötzliche Trauer zu kanalisieren. Man kann von Menschen in solch einer extremen Situation kaum erwarten, dass sie sich vollkommen im Griff haben. Stellen Sie sich das mal vor, mitten in der Nacht auf einer Insel in den Schären. Das ist natürlich dramatisch. Dass wir uns dann auch noch inmitten einer polizeilichen Ermittlung wiederfinden, wo wir eigentlich nur unsere Trauer bewältigen wollen ...«

Sie beendete den Satz mit einer entmutigten Handbewegung. Aber Ebba ließ sich nicht von ihrer Frage abbringen.

»Wer stritt, Helena?«

Helena schüttelte nur den Kopf und fuhr mit ruhiger Stimme fort. »Niemand stritt. Anna und Caroline wurden natürlich hysterisch, als sie den toten Raoul vor sich sahen. Vielleicht hatten sie ja noch nie zuvor einen Toten gesehen, das dürfen Sie nicht vergessen.«

Im Unterschied zu dir, dachte Ebba, du gerätst nicht in Panik, wenn du dem Tod begegnest. Das ist Teil des Arztberufes.

Nur die Ringe unter den Augen verrieten, dass Helena Andermyr nicht ganz auf der Höhe war. Im Übrigen wirkte sie erstaunlich frisch, im Hinblick sowohl auf ihr Alter als auch auf die aufreibende Nacht, die sie hinter sich hatte. Ebba fragte sich, ob das an unverschämt guten Genen oder an der Tatsache lag, dass sie der Vorfall nicht weiter erschüttert hatte.

»Ich muss noch ein paar Fragen stellen, die nicht Sie, sondern Ihre Schwester betreffen.«

Helena setzte sich etwas gerader hin, ließ aber sonst keinerlei Zeichen von Nervosität erkennen.

»Caroline«, sagte sie mit verhaltener Nachdrücklichkeit, als sei der Name noch nicht bekannt. »Caroline ist meine Halbschwester. Wir haben dieselbe Mutter, aber verschiedene Väter.«

»Stehen Sie sich nahe?«

»Der Altersunterschied zwischen uns beträgt zwanzig Jahre. Als sie geboren wurde, war ich bereits zu Hause ausgezogen. Ich wurde gelegentlich als Babysitter herbeizitiert.«

»Soll ich das als Nein deuten?«

»Ganz und gar nicht. Aber das bedeutet, dass zwischen uns ein großer Abstand besteht, so groß, dass man unser Verhältnis kaum noch als schwesterlich bezeichnen kann. Es gibt natürlich die zwischen zwei Schwestern selbstverständlichen Bande.«

»Diese Bande sind nicht immer so selbstverständlich, wie man glauben sollte. Deswegen habe ich diese Frage auch gestellt …«

Helena unterbrach Ebba sofort.

»Außer Caroline habe ich keine Geschwister. Natürlich liebe ich sie. Was sind das für merkwürdige Unterstellungen?«

»Es geht mir nicht darum, Ihre geschwisterliche Liebe infrage zu stellen. Ich versuche mir ein Bild von den Beziehungen zu machen, die zwischen jenen Menschen bestanden … und bestehen, die sich in jüngster Vergangenheit auf Svalskär aufhielten.«

Helena atmete tief durch.

»Caroline und ich sind sehr unterschiedlich. Dafür gibt es sicher alle möglichen psychologischen Erklärungen, die darauf fußen, dass wir in sehr unterschiedlichen Verhältnissen aufgewachsen sind. Ich bin meinem Vater nie begegnet. Genauer gesagt hat sich mein Vater aus dem Staub gemacht, als ich zwei Jahre alt war. Seither habe ich ihn nie mehr gesehen. Das macht mir nicht mehr jeden Tag zu schaffen. Ich kann damit umgehen. Ich wuchs also mit einer alleinerziehenden Mutter auf, die als Krankenschwester arbeitete. Als ich gerade mit dem Gymnasium fertig war, lernte sie Magnus af Melchior kennen. Er war für mich also nie so etwas wie ein Vater. Wir verstehen uns, aber mehr auch nicht. Weihnachten, Ostern und an Geburtstagen sehen wir uns zum Abendessen, sonst habe ich keinen Kontakt zu ihm. Zu meiner Mutter im Übrigen auch nicht. Das ist uns eigentlich allen recht. Caro kam etwa ein knappes Jahr, nachdem Mama und Magnus ein Paar geworden waren, zur Welt. Sie waren bereits verheiratet und in seine große Wohnung in der Riddargatan gezogen. Für meine Mutter bedeutete das natürlich einen sozialen Aufstieg. Sie hatte so schwer gekämpft, und jetzt kam ein Mann und kümmerte sich um sie und liebte sie. Sie ersetzte unseren Nachnamen Melkersson mit dem adligen af Melchior, worüber in unserer Familie ständig gescherzt wird.« Helena lächelte etwas angestrengt und fuhr dann fort: »Caro war ein Kind der Liebe. Sie bekam natürlich alles und wuchs zu einer, wie soll ich es ausdrücken, energischen jungen Frau heran, die weiß, was sie will. Es kam gelegentlich zu harten Auseinandersetzungen im Patrizierdomizil. Worum ich kämpfen musste, das bekam Caroline auf einem Silbertablett serviert. Damit soll nicht gesagt sein, dass sie nicht begabt ist. Im Gegenteil. Sie ist eine äußerst gute Musikerin und kann es noch weit bringen, wenn sie es nur ... mit sich selbst und allen anderen aushält. Ihre Launenhaftigkeit steht ihr aber manchmal im Weg.«

Helena machte eine kurze Pause und versuchte Ebbas Miene

zu entnehmen, ob sie sich mit dieser Antwort zufriedengeben würde. Ebba erwiderte ihren Blick.

»Wie reagierten Carolines Umgebung, ihre Familie und ihre Freunde auf ihre Homosexualität?«

Helena lachte und schüttelte den Kopf.

»Tja …«

»Fiel ihr das Coming-out schwer?«

Helena dachte einen Augenblick nach.

»Das war beim jährlichen Adventsglögg in der Riddargatan. Man muss wissen, dass zum Adventsglögg der af Melchiors der große und der kleine Adel erscheint. Vorzugsweise der kleine: Im Unterschied zu Caroline ist der Adel nämlich häufig relativ kleinwüchsig. In meinen Adern fließt ja überwiegend Bauernblut. Wie auch immer, die ganze edle, blaublütige Familie war versammelt, Inzucht und Aufzucht, da kommt Caroline mit neuem Nasenpiercing und Louise an der Hand reingetänzelt, baut sich mit dieser unter dem Mistelzweig auf und küsst sie vor aller Augen. Mama ließ einen ganzen Korb mit Luciagebäck fallen, und Magnus goss Glögg über die Schuhe von Graf Mörner. Dann versuchte das Gastgeberpaar den Schein zu wahren, bis alle Gäste gegangen waren. Diesen Adventsglögg wird so bald niemand vergessen. Mama saß heulend in der Küche, hörte aber sofort zu weinen auf, als Caroline reinkam. Sie hatte lange darauf gewartet, dass Caroline Mr. Right treffen würde, und die Kandidaten standen Schlange. Sie hätte also heiraten und eine Familie gründen können. Wenn sie nun schon lesbisch sein musste, konnte es als mildernder Umstand angesehen werden, dass Louise ihre Auserwählte war. Louise ist ja, wie Sie wissen, recht bekannt und ist genau wie Caroline von Adel und noch dazu aus einer richtig feinen Familie.«

Ebba kratzte sich an der Stirn.

»Okay … war es zu erwarten, dass Caroline sich in eine Frau verlieben würde? Hatte vorher schon einmal etwas darauf hingedeutet?«

»Natürlich haben wir uns anschließend Gedanken darüber gemacht, ob wir irgendetwas übersehen hätten. Aber ich wüsste nicht, was das gewesen sein sollte. Caroline sendet ständig sehr viele Signale aus, einige wichtiger als andere. Es ist nicht immer leicht, sich darauf einen Reim zu machen.«

»Und wie sah es an dieser Front vorher aus? Hatte sie viele Beziehungen? Mit Männern oder mit Frauen, ohne dass Sie davon wussten?«

»Sie hatte einige Freunde.«

»Sexuelle Beziehungen?«

»Definitiv ja.«

»Es war also eine Überraschung, dass sie sich dafür entschied, mit einer Frau zusammenzuleben?«

Helena öffnete den Mund, ließ dann aber den Blick eine Weile zum Fenster wandern, ehe sie antwortete.

»Ich glaube, Ebba, ich weiß, worauf Sie hinauswollen. Lassen Sie mich die Frage konkretisieren, damit wir uns nicht in Definitionen verirren.«

Ebba nickte und lehnte sich zurück.

»Caroline ist keine Person, die sich zurücknimmt. Beachten Sie, dass ich sie damit nicht irgendwie schlechtmachen will, denn ich habe keine moralischen Vorbehalte gegen Frauen, die ihren Spaß haben wollen. Als sie sich zu ihrer Beziehung mit Louise bekannte, war ich eher deprimiert als schockiert.«

»Weil sie Ihnen eine enge Freundin genommen hatte?«

»Nein, weil ich wusste, dass sie mit ihr in weniger als einem Jahr wieder Schluss machen würde. Caroline hatte noch nie längere Beziehungen, und es ist fast immer sie, die Schluss macht, wenn sie etwas Neues angefangen hat. Außerdem hätte das den Fortbestand unseres Quartetts aufs Spiel gesetzt, weil wir dann eine neue Cellistin gebraucht hätten. Erneut. Meine Position im Quartett hätte es auch nicht gestärkt.«

»Fanden Sie denn nicht, dass die Beziehung Louises Angelegenheit war und dass sie zwischen Privat- und Berufsleben würde unterscheiden können?«

»Louise war bis über beide Ohren in Caroline verliebt. Ich fürchtete, dass es Caroline nicht ebenso ernst war.«

»Warum?«

»Weil ich nicht glaube, dass sie lesbisch ist. Das war ... etwas, was sie mal ausprobieren wollte. Aber das ist nur meine Sicht der Dinge, ganz sicher bin ich mir nicht.«

»Sie waren also nicht erstaunt, als Caroline plötzlich etwas Neues anfing?«

»Wie meinen Sie das?«

»Hatte Caroline eine Affäre mit Raoul?«

»Warum fragen Sie mich und nicht Caroline?«

»Oft ist es nötig, Informationen von verschiedenen Seiten einzuholen, um ein so korrektes Bild wie möglich zu erhalten.«

Helena lächelte etwas gequält. »Offen gestanden weiß ich nicht, was an diesem Flirt eigentlich dran war. Schließlich waren wir nur wenige Tage hier auf der Insel.«

»Caroline war also nicht mit Raoul zusammen, ehe Sie alle hierherkamen?«

»Soweit ich weiß, nicht.«

Ebba machte sich einige Notizen. Die Befragung hatte ruhig begonnen, aber nach und nach war Helenas Stimme zunehmend härter geworden. Ein Äderchen trat auf ihrer Stirn hervor, obwohl sie zu lächeln versuchte. Ebba fragte sich, welchen Druck ihre defensive Haltung aushielt. Was passieren würde, wenn sie die Nerven verlor.

»Sie bezeichnen diese Beziehung als einen Flirt.«

»Hören Sie, was sollte es nach so kurzer Zeit anderes sein?«

»Haben Caroline und Louise immer noch ein Verhältnis?«

»Das weiß ich nicht.«

Ebba breitete ratlos die Arme aus.

»Sie wohnen und arbeiten so dicht beieinander, und trotzdem wissen Sie nicht, ob Ihre Schwester noch mit Louise zusammen ist?«

»Meine liebe Ebba, diese Sache hat uns alle etwas mitgenommen. Momentan herrscht Ausnahmezustand. Es gab einen Todesfall! Da ist es nicht immer so einfach, sich über alles im Klaren zu sein. Und ich bin auch nicht für meine Schwester verantwortlich. Sie ist mündig und kann ihr Leben leben, wie es ihr gefällt.«

Ebba speicherte ihre Datei und klappte dann hastig ihr Notebook zu. Sie lächelte Helena an.

»Vielen Dank. Wir beenden das Gespräch jetzt. Ich muss Ihnen später noch weitere Fragen stellen.«

Helenas Wangen röteten sich wieder etwas, während sie sich erhob. Als Vendela zurückkehrte, nachdem sie sie hinausbegleitet hatte, packte Ebba gerade ihr Notebook in eine schicke schwarze Computertasche.

»Und was sagt uns das?«, sagte Vendela.

»Das sagt uns, dass wir uns weiter in die Umstände von Raoul Liebeskinds Tod vertiefen müssen«, erwiderte Ebba ernst. Im nächsten Augenblick meinte sie unbekümmert: »Hungrig? Mittagessen, Vendela?«

Nach einem Fischgratin mit Krabbensauce, in der sich die Krabben nur als rosa Fetzen hatten erahnen lassen, waren sie alles andere als satt. Zur allgemeinen Freude zauberte Jakob eine Tüte Chips hervor und leerte sie in eine Schale.

»Und wie ist es euch ergangen?«, fragte er.

»Wir haben einige interessante Dinge in Erfahrung gebracht«, sagte Ebba, stopfte sich eine Handvoll Chips in den Mund und fuhr dann kauend fort: »Der zentrale Punkt ist die Tatsache, dass Raoul Liebeskind …«

Das Klingeln ihres Handys unterbrach sie. Sie entfernte sich ein paar Schritte. Als sie zurückkehrte, war die Chipsschale leer.

»Das war Svante. Sie haben recht schnell festgestellt, dass Raoul nicht ertrunken ist. Es waren Schmerztabletten, die zu einer Atemlähmung führten. Jetzt wissen wir, um was für eine Dosis es sich handelte. Es besteht kein Zweifel daran, dass das die Todesursache war.«

»Und was waren das für Tabletten?«

»Vermutlich Dexofen. Atemlähmung durch die Kombination mit Alkohol. In Raouls Magen fand sich auch Rotwein.«

»Starb er an einer Überdosis?«, wollte Vendela wissen.

»Er hatte eine so hohe Konzentration des Wirkstoffes im Blut, dass er gestorben wäre, ganz gleichgültig, ob er von den Felsen gefallen wäre oder nicht. Offenbar handelte es sich um eine Menge, die selbst einen Elefanten umgebracht hätte.«

»So viel schluckt man nicht versehentlich. Es handelt sich also nicht mehr um einen Unfall, sondern eher um einen geplanten Selbstmord«, meinte Vendela.

»Oder Mord«, sagte Jakob.

Ebba hob die Hand. »Nicht so eilig, Jakob. Halt dir alle Möglichkeiten offen.«

Aber jetzt war es ausgesprochen. Erwartung erfüllte sie, wie immer, wenn bei der Ermittlungsarbeit eine neue Richtung eingeschlagen wurde. Plötzlich eröffnete sich eine neue Sicht auf die Arbeit und alle Beteiligten.

Es klopfte an die Tür der Kabine, und Kaj streckte seinen Kopf herein.

»Kaj, ich habe gerade über dich fantasiert!«, rief Ebba und lächelte ihn an. Kaj machte eine zweifelnde Miene und lachte höhnisch.

»Ich wollte noch einmal durchgehen, was wir bislang wissen. Hast du Zeit?«

»Klar. Dazu fehlt nur der Kaffee. Willst du einen?«

»Gerne.« Er warf einen Blick auf Vendela, die Kaffee in vier Tassen goss. »Aber nur wenn ihn Vendela mit dem kleinen Finger umrührt.«

»Kannst du vergessen!«, sagte Vendela. »Ein richtig guter Kaffee ist bitter und säuerlich«, fuhr sie fort und drückte ihm eine Tasse in die Hand. Er lachte gutmütig. Vendela warf Ebba einen Blick zu, der bedeuten sollte, »da siehst du«, aber diese zog nur müde die Brauen hoch. Kaj wirkte zufrieden. Seine nächste Bemerkung war unvermeidlich: »Dann muss wohl Ebba umrühren.«

»Mit dem Mittelfinger?«, fragte Ebba ungerührt. Kaj lachte. Dann öffnete er seine Mappe und nahm einige Ausdrucke heraus. Ebba überflog sie rasch, ehe Vendela und Jakob neben ihnen Platz nahmen.

»Okay, das ist der erste Durchgang im Fall Raoul Liebeskind«, begann Ebba. »Vendela führt Protokoll.«

Vendela drehte Ebbas Notebook in ihre Richtung und lächelte, als sie bereit war.

»Zum einen die festgestellte Todesursache, Sauerstoffmangel. Svante nimmt an, dass Raoul das Arzneimittel Dexofen mit dem Wirkstoff Dextropropoxifen eingenommen hat. Es handelt sich um eine mehrfach tödliche Dosis. Er hatte mit anderen Worten ohne sofortigen Rettungsversuch keine Möglichkeit zu überleben. Zusammen mit Alkohol führt das Mittel zur Atemlähmung.«

Vendela schrieb, und Ebba trank einen Schluck Kaffee.

»Raoul Liebeskind war also schon tot, als er ins Wasser fiel. Falls er sich nicht bereits im Wasser befand, als er starb, oder in sich zusammensank und ins Wasser rutschte, als er bewusstlos wurde, ist die Wahrscheinlichkeit recht groß, dass jemand die Leiche ins Wasser geworfen hat.«

»Im Oktober lädt das Wasser ja wohl kaum zum Schwimmen ein«, murmelte Vendela.

Ebba wartete, bis ihr wieder die Aufmerksamkeit aller gewiss war, und fuhr dann fort: »Spuren an der Leiche lassen darauf schließen, dass gestern Abend vor seinem Tod Gewalt gegen Raoul angewendet wurde. Eine Schürfwunde über die rechte Gesichtshälfte und darunter ein Bluterguss in der Wange. Außerdem ein Schlag auf den Hinterkopf mit einem länglichen Gegenstand.«

»Die nächsten wichtigen Anhaltspunkte sind zwei Einstiche im rechten Oberschenkel, die wahrscheinlich vor seinem Tod entstanden sind. Im linken Oberschenkel befindet sich ebenfalls der Einstich einer Kanüle, dieser jedoch älter«, sagte Ebba.

Jakob pfiff leise. »Jetzt passiert endlich was.«

»War er Junkie oder Diabetiker?«, fragte Vendela.

»Uns ist nichts bekannt«, erwiderte Ebba. »Außer dem Schmerzmittel fand sich auch eine hohe Konzentration Adrenalin im Blut. Das Adrenalin ist ihm vermutlich nach dem Herzstillstand gespritzt worden, daher die Einstiche und die hohe Konzentration im Blut.«

Jakob strich sich übers Kinn. »Etwas zu viele Auffälligkeiten für einen Selbstmord.«

Er sagte es mehr zu sich selbst, wie um noch einmal zu betonen, dass er als Erster von einem Mord gesprochen hatte, aber nicht laut genug, um von Ebba zurechtgewiesen zu werden.

»Was die Überdosis angeht, so könnte sich Raoul Liebeskind diese durchaus selbst verabreicht haben«, stellte Ebba fest und sah Jakob streng an.

»Abschiedsbrief?«, warf Vendela ein. »Haben wir einen Brief, in dem er sich verabschiedet und seine Entscheidung erklärt?«

»Wenn er die Tabletten selbst eingenommen hat, dann müssten irgendwo noch die Schachteln liegen. Es müssten auch irgendwo ein Glas oder eine Flasche stehen, irgendwie muss er sie ja runtergespült haben«, meinte Jakob.

»Sofern er nicht den Eindruck eines Mordes hervorrufen wollte und alles rasch weggeräumt hat, bevor er gestorben ist«, erwiderte Vendela, schien aber selbst nicht daran zu glauben.

Ebba sah Vendela und Jakob amüsiert an.

»Seid nicht so voreilig. Das Einzige, was wir im Augenblick mit Sicherheit sagen können, ist, dass er an einer Überdosis in Kombination mit Wein gestorben ist. Entweder hat er sich das Dextropropoxifen selbst verabreicht, oder es ist ihm serviert worden. Denkt erst mal gründlich nach, bevor ihr euch in irgendwelche Theorien versteigt. Ich muss bei einer kurzen Vollversammlung vor der Nachmittagsschicht ein paar Fragen stellen, es wäre also nett, wenn du alle im großen Wohnzimmer zusammenrufen könntest, wenn du deinen Kaffee ausgetrunken hast, Jakob.«

Dann wandte sie sich an Kaj.

»Also«, meinte sie, »das Beste zuerst.«

Kaj kratzte sich am Kopf. »Um die Wahrheit zu sagen, gibt es nicht viel. Wie zu erwarten: Fingerabdrücke und Habseligkeiten, die wahrscheinlich vom Opfer und einigen weiteren Personen stammen. Offenbar hatten alle auf der Insel Zugang zum Atelier und hielten sich während der letzten Tage auch einmal oder mehrere Male dort auf.«

Er reichte Ebba eine Liste von Raouls Habseligkeiten, und Ebba stellte fest, dass es sich um den typischen Inhalt der Reisetasche eines Mannes handelte.

»Louise hat mich gebeten, dass ich mich persönlich um Raouls Guarneri kümmere«, sagte Vendela und versteckte sich etwas hinter ihrer Kaffeetasse.

»Ach?«, erwiderte Ebba mit hochgezogenen Brauen.

»Offenbar handelt es sich um eine Guarneri del Gesù aus der Mitte des 18. Jahrhunderts«, erklärte Vendela. »Ich glaube, sie befürchtet, dass sie beschädigt werden könnte. Es ist ein unbezahlbares Instrument.«

»Gibt es noch andere Instrumente?«, wollte Kaj wissen. »Bei seinen Dingen liegt ein Geigenkasten mit Geige und Bogen.«

Vendela lachte. »Eine Guarneri ist eine Geige, Kaj. Aber eine sauteure.«

»Er kann wirklich nicht arm gewesen sein, unser guter Raoul, wenn er sich so ein Instrument leisten konnte. Wir sollten es unter Verschluss nehmen und auf dem Revier im Safe einschließen, wenn wir zurück sind«, sagte Ebba nachdenklich und sah Vendela an. Sie lächelte: »Schön, dass Louise Armstahl dir so vertraut, Vendela.«

Vendela entging der Spott nicht, sie beachtete die Provokation jedoch nicht.

Ebba wandte sich wieder an Kaj. »Habt ihr Tabletten gefunden? Oder leere Tablettenschachteln? Mir geht es natürlich in erster Linie um dieses Dexofen.«

»Ebba, wir liegen wirklich nicht auf der faulen Haut, aber den Müll haben wir noch nicht untersucht«, erwiderte Kaj gereizt.

Ebba ignorierte seinen Unmut und fuhr im selben Ton fort: »Dann suchen wir auch noch nach Spritzen, leeren Spritzen.«

»Keine bislang«, antwortete Kaj.

»Ich will, dass ihr alle Kamine, Komposthaufen und den Asche- und Müllplatz der Insel überprüft. Das ganze Haus muss ebenfalls durchsucht werden, auch wenn es im Augenblick vielleicht noch nichts ergibt. Aber wenn wir keine Verpackung finden, dann ist die Wahrscheinlichkeit groß, dass sie jemand bewusst beseitigt hat. Dann wissen wir, was Sache ist.«

»Okay.«

»Briefe, Zettel, Notizpapier …?«

»Nichts, was du vermutlich suchst. Wir haben seinen Kalender, und der ist recht voll. Konzerte, Besprechungen, Aufträge, sowohl dieses Jahr als auch in fernerer Zukunft.«

»Vielbeschäftigt, der Gute«, meinte Jakob.

»Er hatte Arbeit, Geld, Karriere, war ein Star, hatte eine Ehefrau und offenbar auch eine Geliebte. Warum sollte er Selbstmord begehen?«, überlegte Ebba laut und wandte sich dann an Kaj. »Habt ihr einen Gegenstand gefunden, der die Kopfverletzung verursacht haben könnte?«

»Hast du ein Foto der Verletzung?«

»Ruf diesbezüglich Svante an und mach dich dann auf die Suche nach einem passenden Gegenstand. Wir wissen noch nicht, wo Raoul gestorben ist, und auch nicht, wie lange vor seinem Tod er sich diese Verletzungen zugezogen hat.«

»Das kann ja ein x-beliebiger Grund sein, Ebba.« Kaj bemühte sich, seinen Unwillen zu unterdrücken. »Aber wir schauen uns das näher an. Unsere Taucher suchen den Grund ab, dort wo die Leiche vermutlich trieb. Da liegt sicher eine Menge Müll. Alles, was die Leute in den letzten hundert Jahren ins Wasser geworfen haben. Wir können also nach der Nadel im Heuhaufen suchen, ohne zu wissen, ob das überhaupt sinnvoll ist.«

Ebba blies die Backen auf, ließ die Luft langsam entweichen und schüttelte dann den Kopf. »Ich verstehe, Kaj. Mal sehen, was sich gleich bei der großen Besprechung ergibt.«

»Ehrlich gesagt wirkt es etwas weit hergeholt, dass Raoul die Tabletten mit Wein runtergespült haben soll, um dann die Schachteln zu verstecken und zu sterben«, meinte Vendela. »Sein Leben kommt einem nicht verquer genug für eine solche Tat vor.«

»›Raoul hätte vermutlich nie den Suizid als Ausweg aus einer schwierigen Situation gewählt‹, hat Helena heute Vormittag über ihn gesagt«, meinte Ebba.

»Gab es denn eine schwierige Situation?«, wollte Jakob wissen.

»Diese Frage stelle ich mir auch«, antwortete Ebba.

Als sie sich gerade erheben wollte, klingelte Kajs Handy. Er blickte nachdenklich in die Runde und sagte dann: »Leg es in eine Plastiktüte und komm damit zum Boot.«

»Was gab's?«, wollte Ebba wissen.

»Zwei Dinge. Man hat unweit des Ufers ein Handy gefunden, und zwar auf einem Felsabsatz unter der Wasseroberfläche, und außerdem den fehlenden linken Schuh des Opfers.«

»Wo lag der Schuh?«

»Etwa dreißig Meter vom Steg entfernt.«

Ebba lehnte sich zurück und dachte nach.

»Wie ist er da hingeraten?«, fragte Jakob, erhielt aber keine Antwort. Ebba rührte zerstreut in ihrer Kaffeetasse.

»Darüber werde ich nachdenken«, sagte sie mehr an sich selbst als an ihre Kollege gewandt. Dann hellte sich ihre Miene auf, als hätte sie die Grübelei für eine Weile beiseitegeschoben. Sie fuhr fort: »Ich werde die letzten beiden Befragungen, von Jan und von Caroline, zusammen mit Vendela durchführen. Unterdessen stellt Jakob die offiziellen Angaben und die Fingerabdrücke aller Personen hier auf der Insel zusammen. Ich gehe davon aus, dass alle in die Entnahme von DNA-Proben einwilligen. Du kannst dir von jemandem aus Kajs Team helfen lassen.« Sie sah Kaj an, und dieser nickte. »Falls noch Zeit bleibt, kannst du mit Vendela überprüfen, was die auf der Insel Anwesenden zwischen Beendigung der Aufnahme und Eintreffen des Rettungshubschraubers gemacht haben. Aber erst versammeln wir uns alle im großen Haus. Ich will allen ein paar kurze Fragen stellen, die Antworten geben mir vielleicht einen Anhaltspunkt, wie ich mit der Ermittlung fortfahren kann.«

»Wie lange, glaubst du, werden wir noch auf der Insel bleiben?«, fragte Vendela.

»Das kann ich jetzt unmöglich schon sagen. Mir wäre es natürlich lieber, wenn alle so lange wie möglich hierblieben. Mal sehen, wir haben nicht das Recht, sie beliebig lange festzuhalten, jedenfalls nicht ohne Haftbefehl.«

»Wissen sie das?«

»Das brauchen wir ihnen ja noch nicht zu verraten. Aber es ist sicher interessant zu sehen, wer als Erster von hier wegmöchte.«

Ein leichter Nebel erfüllte den Salon, aufgewirbelter Staub der vielen Personen, die einen Sitzplatz gesucht hatten. Die bleiche Herbstsonne ließ die Partikel in der Luft aufschimmern. Ebba stand mit dem Rücken zu dem großen Barockschrank an der Längswand und wartete, bis es relativ still geworden war. Auf dem Sofa saß Anna zwischen Kjell und Jan, rechts davon thronte Louise in einem hohen Lehnstuhl, daneben saß Helena in einem identischen Stuhl. Caroline hatte sich neben ihrer Schwester in einen Sessel sinken lassen. Nichts ließ auf irgendeine Zusammengehörigkeit schließen, alle saßen in ihre eigenen Gedanken versunken. Das weckte Ebbas Interesse. Sie zögerte ihre Rede hinaus, um zu sehen, was passieren würde, wenn sie die Nähe der anderen unter dem Druck der Stille ertragen mussten.

Anna wirkte immer noch sehr abwesend und sackte immer weiter in Jans Richtung. Jan tätschelte ihr väterlich die Wange, aber ohne sie anzusehen. Der unerschütterliche Kjell saß auf der anderen Seite, die Arme verschränkt und die Beine leicht gespreizt, um seinen umfangreichen Körper bequem zu positionieren …

Helena hatte ihr Make-up aufgefrischt, und ihr glänzender Lippenstift passte zu ihrer Jacke aus Kaschmirwolle. Ihre dunkelbraunen Jeans brachten ihre langen Beine zur Geltung. Ihre Schnürschuhe waren ochsenblutfarben und hatten einen stabilen Absatz. Die Ringe um die Augen waren verschwunden, die Haut war natürlich pfirsichweich gepudert. Das Warten schien ihr nichts auszumachen. Sie wirkte ausgeruht und entspannt und am unbekümmertsten von allen. Ganz anders Caroline: Sie hatte ihre Beine auf den Sessel gezogen. Ihr Kopf ruhte auf ihren Knien. Die wilden Locken stoben in alle Richtungen und fielen ihr auch wie ein schützendes Gitter ins Gesicht. Sie hatte sich wie in einen Kokon eingesponnen, und Ebba fühlte sich an Klimts schlummernde Danaë erinnert. Caroline betrachtete eine Haarsträhne, die sie um ihren Finger gewickelt hatte. Ihre Augen waren rot unterlaufen und geschwollen, ihre Lippen rissig. Die taubenblaue Kapuzenjacke war nach oben gerutscht, und ihr Rückgrat sah aus wie ein knochiger Bergrücken. Die abgetragene Jeans, die von einem breiten braunen Ledergürtel mit Nieten gehalten wurde, saß an Hüften und Schenkeln perfekt.

Louise betrachtete Ebba. Sie schien auf einen Hinweis zu warten, was weiter geschehen sollte. Ihr Misstrauen war nicht zu übersehen. Ebba schaute haarscharf an ihr vorbei, ein alter Trick, um sich einen Vorteil zu verschaffen. Jakob trat ein, und Ebba bedeutete ihm mit einem Nicken, die Tür zu schließen. Sie trat einen Schritt vor.

»Ich möchte mit ein paar Worten über die Lage beginnen. Ich habe bereits mit einigen von Ihnen erste Befragungen hinsichtlich des Todes von Raoul Liebeskind durchgeführt.« Bei den letzten Worten sank Carolines Kopf etwas nach vorne, und sie hielt sich eine Hand vor die Augen. Ein zitterndes Schluchzen war zu hören, aber niemand unternahm etwas, um sie zu trösten.

»Weitere Ermittlungen sind erforderlich. Uns fehlen immer noch die Antworten auf einige Fragen, und es tauchen ständig Informationen auf, die neue Fragen aufwerfen«, fuhr Ebba fort. »Ich verstehe, dass es Ihnen schwerfällt, sich im Augenblick auf eine polizeiliche Ermittlung einzulassen, aber das ist die einzige Möglichkeit, in Erfahrung zu bringen, wie Raoul Liebeskind ums Leben kam. Ich bitte Sie daher alle, Geduld mit unserer Arbeit zu haben. Ich erwarte, dass Sie unsere Fragen gründlich und wahrheitsgemäß beantworten.«

Sie hielt inne, um die Reaktionen abzuwarten. Als diese ausblieben, hielt sie das aufgefundene Handy in die Höhe. Die Innenseite der versiegelten Plastiktüte war beschlagen. Das dünne, bronzefarbene Telefon war jedoch zu erkennen.

»Weiß jemand, wem dieses Handy gehört?«

Sie hielt es allen hin. Erst als sie vor Caroline stand, erfolgte eine wenn auch unerwartete Reaktion. Caroline zuckte zusammen und lachte, während ihr die Tränen noch die Wangen herunterliefen.

»Mein Gott! Das ist ja Raouls!«, rief sie. »Dass Sie das gefunden haben!«

Ebba zog die Brauen hoch. »Wieso?«

»Er hat es doch ins Wasser geworfen!« Sie lachte und wischte sich die Tränen mit dem Ärmel aus den Augen.

»Wann war das?«

Caroline dachte kurz nach. »Kurz nach der Aufnahme gestern Nachmittag.«

»Wann genau?«

»Tja, wie spät kann es da gewesen sein …« Sie sah Jan fragend an.

»Halb vier ungefähr«, antwortete er. Caroline nickte und sah Ebba wieder an.

»Warum hat er es ins Wasser geworfen?«, fragte Ebba.

»Er war es so leid, dass es dauernd klingelte. Er telefonierte ständig.«

»Hat er gesehen, wer ihn anrief?«

»Ich weiß es nicht, aber er wurde wütend und schmiss es ins Wasser, um sich nicht wieder unterbrechen zu lassen.«

»Wobei?«

Carolines Blick irrte in Louises Richtung, prallte dort aber sofort ab. Der Kontakt war zu schmerzhaft. Sie schniefte und biss sich auf die Unterlippe.

»Also, wir standen da und unterhielten uns.«

»Wo standen Sie?«

»Unten, vor der Sauna.«

Ebba nickte und wandte sich an die Übrigen. »Weiß jemand, ob Raoul Liebeskind irgendwelche Medikamente einnahm?«

Anna kam zu sich und öffnete den Mund, ohne dass sich ihre Miene verändert hätte. »Er hatte eine ausgeprägte Erdnussallergie.«

Helena machte Anstalten, etwas zu sagen, hielt dann aber inne.

»Welche Medikamente nahm er dagegen?«

»Spritzen. Er verwahrte sie in seiner Brieftasche«, sagte Anna und sah etwas unsicher in Helenas Richtung, aber Helena reagierte nicht.

»Wie kommt es, dass Sie davon wussten?«

Ebba sah Anna an. Nach einer gespannten Stille antwortete diese gedämpft: »Er hat es mir selbst erzählt.«

»In welchem Zusammenhang?«

Anna suchte nach den richtigen Worten und sah Helena ein weiteres Mal Hilfe suchend an. Dieses Mal konnte Helena sie nicht wieder ignorieren. Sie richtete sich etwas auf, ehe sie sagte: »Raoul erlitt hier auf der Insel einen Allergieschock. Nach der Behandlung legte sich dieser Schock wieder.«

»Und wie kam das?«

»Das war ein reiner Unglücksfall«, warf Louise ein. »Er nahm versehentlich Erdnussöl zu sich, als wir ein Hühnergericht aßen.«

»Und da spritzte er sich also ein Mittel?«

Die Luft im Raum schien sich plötzlich zu verdichten. Ebba

merkte sofort, dass sie ein heikles Thema angeschnitten hatte. Louise übernahm die Initiative.

»Nein, das konnte er nicht selbst. Wir mussten eine Adrenalinspritze gegen Schlangenbisse verwenden, die sich im Medizinschrank befand.«

»Er konnte sich diese Injektion, die man sich, wenn ich das recht verstehe, in der Regel selbst verabreicht, nicht mehr geben?«, sagte Ebba. »Wer hat ihm die Spritze dann gegeben?« Sie sah Helena an, und diese nickte. Selbstbewusst und distanziert, dachte Ebba, aber das ist schließlich auch ihr Beruf.

»Ja, ich habe das getan«, sagte Helena. »Ich sah sofort, dass es sich um einen allergischen Schock handelte, und schickte Caroline in Raouls Zimmer, um seine Medizin zu suchen.«

»Haben Sie diese Medizin gefunden, Caroline?«

Caroline schüttelte den Kopf.

»Ich verabreichte ihm das Adrenalin, und er wurde wieder munter«, meinte Helena.

»Sie konnten also nicht seine eigenen Spritzen verwenden?«

»Das hätten wir schon tun können, aber niemand wusste, wo er sie aufbewahrt. Er erzählte anschließend, dass sie in seiner Brieftasche liegen.«

»Sie haben das vorhin nicht erwähnt, als ich Sie fragte, ob Raoul irgendwelche Medikamente nahm. Wieso nicht?«

»Bei dieser Frage ging es ja wohl eher um Mittel, die er regelmäßig einnahm. Raoul musste diese Spritzen nur nehmen, wenn es zu einer allergischen Reaktion kam, ungefähr so, wie man gelegentlich Migränemittel oder Kopfschmerztabletten nimmt. Wenn Sie Ihre Frage anders formuliert hätten, hätte ich sie auch anders beantwortet.«

Ebba sah Helena unverwandt an. Diese blinzelte nicht einmal.

»Wie wirkte er nach dem allergischen Schock?«

»Tja, etwas zittrig, möglicherweise mit einer leichten Schwellung im Gesicht. Alles andere wäre auch ungewöhnlich gewesen. Tatsache ist, dass keinerlei Schäden zurückbleiben, wenn der Schockzustand rechtzeitig beendet wird.«

»Und wie haben Sie alle darauf reagiert?«

Helena sah die anderen an, um ihnen zu bedeuten, dass sie ihre Antwort gegeben hatte.

»Ich glaubte, er hätte einen Herzinfarkt erlitten«, begann Louise.

Anna räusperte sich. »Ich hatte solche Angst, dass er sterben würde …« Sie fasste sich an die Stirn und senkte den Blick. »Und dann ist er tatsächlich gestorben.«

Ebba wandte sich sofort an Anna: »Sie sagen *tatsächlich*, verknüpfen Sie irgendeine tiefere Bedeutung mit dieser Wortwahl?«

Anna schluckte. »Ich … ich meine nur, dass er dann wirklich gestorben ist. Es ist so schrecklich, dass er erst fast und dann wirklich gestorben ist.«

Ebba beugte sich vor. »Er hätte also an dem Allergieschock sterben können?«

Verärgert atmete Helena tief ein und übernahm dann wieder das Wort: »Ja, in der Tat. Eine Erdnussallergie kann lebensbedrohlich sein.«

»Wenn Sie nicht eingegriffen hätten, wäre er wahrscheinlich an seiner Allergie gestorben. Stimmt das?«

»So im Nachhinein lässt sich das unmöglich sagen«, erwiderte Helena mit unergründlicher Stimme, »aber natürlich, es hätte ihn sein Leben kosten können.«

»Wer von Ihnen wusste, dass er diese Allergie hatte, bevor er auf die Insel kam?«

Sie sahen sich an, und niemand sagte etwas. Dann ergriff Anna wieder die Initiative: »Ich wusste es, aber ich habe mich erst anschließend wieder daran erinnert. Es ist schließlich sehr lange her, dass ich so engen Umgang mit Raoul pflegte. Ich hatte es in diesem Augenblick vergessen.«

»Ich wusste es vermutlich auch«, meinte Louise, »aber bei mir war es genauso. Ich dachte nicht daran. Wir wissen auch nicht, wer das Erdnussöl in das Essen gegossen hat. Das könnte jede von uns gewesen sein. Wenn man kocht, dann weiß man anschließend nicht immer, was man alles verwendet hat, oder?«

Vendela sah zu Caroline, und diese schien unter ihrem Blick zu schrumpfen. Sie kaute an ihrem Daumennagel.

Ebba sah alle im Raum an, als sie die nächste Frage stellte: »Und wie reagierte Raoul? War er aufgebracht, oder veränderte sich sein Verhältnis zu Ihnen nach dem Vorfall mit dem Erdnussöl?«

Helena machte ein missbilligendes Gesicht. »Reden Sie nicht um die Sache herum, Ebba. Sprechen Sie es aus. Sie wollen wissen, ob jemand das Öl absichtlich in den Topf gegossen hat und ob er uns deswegen Vorwürfe gemacht hat, nicht wahr?«

Ebba erwiderte ihr kühles Lächeln. »Danke, Helena.« Sie wandte sich an die anderen.

Louise stand auf und deutete mit ihrer gesunden Hand auf Ebba. »Das ist das Dümmste, was ich je gehört habe! Wofür halten Sie uns eigentlich? Für herzlose Irre?« Sie musste einige Male tief durchatmen, um sich wieder zu beruhigen. »Sie kommen mit Ihren unverschämten Vorwürfen daher und bilden sich ein, uns zu kennen.«

Helena machte eine beschwichtigende Handbewegung. »Louise, bitte, hör auf. Es nützt nichts, sich aufzuregen. Die Polizei macht nur ihre Arbeit. Sie müssen diese Fragen stellen.« Sie sah Louise einen Augenblick lang an. »Beantworte einfach nur die Fragen, Louise. Deute sie nicht immer gleich als Unterstellungen.«

»Weiß jemand, ob er sich noch bei anderer Gelegenheit während seines Aufenthaltes hier auf der Insel Spritzen verabreichen musste?«, fuhr Ebba fort.

»Keine Ahnung«, antwortete Louise.

»Wir haben anschließend natürlich alles mit Erdnüssen gemieden«, meinte Anna.

»Hat jemand von Ihnen die Spritzen gesehen, die er in seiner Brieftasche aufbewahrte?«

Die Spannung im Raum war jetzt deutlich spürbar. Dass niemand antwortete, machte deutlich, wie brisant diese Frage war.

»Sie wissen also nicht mit Sicherheit, ob er wirklich Spritzen in seiner Brieftasche aufbewahrte?«, fragte Ebba und ließ die Worte eine Weile in der Luft hängen.

»Nö«, erwiderte Kjell halblaut, als fühle er sich verpflichtet, das Schweigen zu brechen.

»Haben Sie Raoul Liebeskind je irgendwelche Tabletten schlucken sehen?« Ebba betrachtete einen nach dem anderen und stieß nur auf Kopfschütteln und einzelne verneinende Antworten. Sie stemmte die Hände in die Seiten.

»Ich benötige die Flasche mit dem Erdnussöl für die Spurensicherung. Dürfte ich Louise bitten zu zeigen, wo sie steht, ohne dass sie jemand anfasst. Jakob Svärd kümmert sich dann darum.« Louise und Jakob nickten. Caroline war etwas munterer geworden und umklammerte mit den Händen die Armlehnen. Helena schaute in ihre Richtung, ihr Griff war plötzlich so fest, dass die Knöchel weiß hervortraten. Als Caroline merkte, dass auch Ebba sie musterte, ließ sie los und verschränkte die Arme.

»Wie Sie sicher verstehen, kann ich mich nicht mit den Informationen begnügen, die ich gerade erhalten habe. Es ergeben sich immer mehr und immer ernstere Fragen. Das bedeutet, dass wir noch mehr Zeit benötigen, um die Umstände des Todes von Raoul Liebeskind zu klären. Solange die Spurensicherung am Werk ist, können Sie sich nicht an diesen Orten aufhalten. Ich werde Kaj Bergwall bitten, die Plätze, die noch abgesucht werden müssen, genau zu markieren. Anschließend können Sie sich meinetwegen frei auf der Insel bewegen.«

Jan hob seinen Zeigefinger.

»Eigentlich können Sie uns doch gar nicht verbieten, die Insel zu verlassen?«, meinte er verärgert. »Uns hier einzusperren ist Freiheitsberaubung.«

Ebba holte tief Luft. Das war zu erwarten gewesen.

»Lassen Sie es mich so sagen«, sie machte eine winzige Pause. »Ich muss mich mit Ihnen allen, so wie es aussieht, noch etliche Male unterhalten. Es gibt hinsichtlich Raoul Liebeskinds Tod sehr viele offene Fragen. Genau wie Sie will ich so rasch wie möglich zu einem Resultat kommen. Dass Sie sich alle an ein und demselben Ort befinden, erleichtert die Arbeit und beschleunigt die Ermittlung. Um Zeit zu sparen und Sie nicht unnötig zu beunruhigen, schlage ich also vor, dass Sie bis auf Weiteres auf der Insel bleiben, die abgesperrten Gebiete meiden und die Polizei mit Informationen unterstützen. Eine Festnahme«, fuhr Ebba fort und sah Jan an, »wird erst in Erwägung gezogen, wenn wir mit Ihnen eine Vernehmung durchführen wollen und die Gefahr besteht, dass Sie sich unerlaubt entfernen. Oder wenn wir Sie einer Straftat verdächtigen.«

»Das klingt doch nach einer richtigen Mordermittlung. Warum sagen Sie nicht gleich, was Sache ist?«, sagte Kjell unwirsch.

»Eine interessante Beobachtung«, entgegnete Ebba kühl.

»Ist es Mord?«, fragte Anna entsetzt und wurde hochrot.

»Kjell ...«, meinte Louise, »es wäre mir lieber, wenn du deine Besorgnis für dich behalten könntest. Wir wollen natürlich, dass die Polizei ihre Arbeit so reibungslos wie möglich leisten kann.«

»Ich habe nicht die Zeit, ewig hier herumzusitzen«, erwiderte Kjell, der fürchtete, sein Gesicht zu verlieren. »Ich will so schnell wie möglich ...«

Helena unterbrach ihn mit fester Stimme. »Wie lange gedenken Sie uns hier festzuhalten, Ebba?« Noch ehe Ebba etwas entgegnen konnte, fuhr sie fort: »Ich muss morgen wieder in der Klinik sein. Ich kann nicht einfach meinen Beruf aufgeben, bloß weil es für Sie bequemer ist, uns in der Nähe zu haben.«

»Machen Sie es sich doch nicht so schwer«, erwiderte Ebba ruhig. »Ein Gespräch mit dem Staatsanwalt, mehr ist nicht nötig, um Sie alle in Untersuchungshaft zu nehmen. Ich kann Sie ab jetzt sechs Stunden lang festhalten, aber diese Zeit lässt sich ohne Weiteres verlängern.«

Unruhe breitete sich aus. Nur Caroline schwieg. Sie versank

immer weiter in sich selbst, als versuche sie sich von der Umwelt abzuschotten.

Ebba hob beide Hände, um die erregten Stimmen zu dämpfen. »Hat sich Raoul Liebeskind das Leben genommen?«

Sofort wurde es still.

»Um Mord«, fuhr Ebba fort, »handelt es sich zweifellos, wenn ein Mensch vorsätzlich umgebracht wird.« Sie wartete einen Augenblick und sprach dann weiter. »Sehr vieles von dem, was sich bislang ergeben hat, legt den Verdacht nahe, dass mir noch entscheidende Informationen fehlen.«

Wieder waren alle Augen auf sie gerichtet. Sie erhielt keine Antwort. Caroline murmelte vor sich hin. Als die Spannung zwischen ihr und den anderen zu groß wurde, hob sie ein wenig den Kopf. Ihr Blick fiel auf Louise. Louise sah sie besorgt an, aber als sie ihre Hand ergreifen wollte, zog Caroline diese weg.

»Was geschah, als Raoul starb?«, fragte Ebba langsam und mit Nachdruck. »Sie waren alle hier. Sie waren die Letzten, die ihn vor seinem Tod gesehen haben. Wenn Sie etwas wissen, was Licht in diese Ermittlung bringen kann, dann zögern Sie keine Sekunde, mit uns zu sprechen. Je länger Sie warten, desto eher ziehen wir unsere eigenen Schlüsse aufgrund der Informationen, die wir bislang erhalten haben.«

»Es muss doch wohl schon eine Obduktion stattgefunden haben«, meinte Jan. »Was hat die ergeben?«

Empört erhob sich Caroline und verließ das Zimmer mit hallenden Schritten. Louise folgte ihrem Abgang mit dem Blick.

»Ich habe den endgültigen Bericht noch nicht vorliegen. Ich gedenke keine Mutmaßungen anzustellen«, antwortete Ebba. Sie gab Jakob ein Zeichen, Caroline zu folgen.

»Wer führt die Obduktion durch?«, erkundigte sich Helena.

»Unser Gerichtsmediziner Svante Melinder«, sagte Ebba. »Dann setze ich jetzt meine Befragungen fort. Ich möchte alle Anwesenden bitten, sich von Jakob Svärd die Fingerabdrücke und eine DNA-Probe abnehmen zu lassen.«

Sie sah Jan Svoboda auffordernd an, verließ den Salon und begab sich in ihr provisorisches Büro.

Jan folgte Ebba und gab ihr noch einmal die Hand, dann nahm er vor dem Schreibtisch Platz. Das gutmütige Gesicht lag in betrübten Falten, und ihm war anzusehen, dass er die Befragung so schnell wie möglich hinter sich bringen wollte.

»Das geht so nicht«, begann er ernst. »Wir werden auf dieser Insel als Geiseln festgehalten, weil ein Mann tot ist. Ich kann wirklich nicht begreifen, wieso es sich um einen Mord handeln sollte. Oder einen Selbstmord. Das wirkt zu drastisch und unwahrscheinlich.«

Ebba verschränkte die Arme. »Sie glauben also nicht, dass es ein Mord war?«

Er schüttelte den Kopf. »Warum sollte jemand Raoul ermorden wollen? Das verstehe ich nicht. Wenn man jemanden umbringt, dann doch wohl nur, weil man den Gedanken nicht erträgt, dass dieser Mensch lebt. Verrückte, Psychopathen und rachsüchtige Opfer tun so etwas. Und womit haben wir es hier zu tun? Ein Streichquartett will eine CD aufnehmen und benötigt jemanden, der einspringt. Dieser macht sich die Mühe, aus New York anzureisen, um seinen alten Freunden aus einer Verlegenheit zu helfen.«

»Woher kannten Sie Raoul?«

»Über Louise, unter anderem. Hauptsächlich würde ich sagen. Ich habe ihn auch als Solist mit den Wiener Philharmonikern und den Bamberger Symphonikern aufgenommen. Fantastischer Violinist. Sehr innovativ als Musiker.«

»Kannten Sie ihn näher?«

»Nein, das kann man nicht sagen. Natürlich grüßten wir uns und sprachen über die Arbeit und das Wetter. Hier auf Svalskär haben wir ein paarmal Kammermusik aufgenommen. Klavier und Geige und Werke für zwei Geigen zusammen mit Louise. Aber privat pflegten wir keinen Umgang.«

»Haben Sie eine Idee, wie es zu dem Todesfall gekommen sein könnte?«

»Nein … wir redigierten die Aufnahmen, als es passierte. Vermute ich jedenfalls … ich meine, ich weiß nicht genau, wann er starb. Das Redigieren dauerte den ganzen Nachmittag und Abend.«

»Hat Ihnen jemand dabei geholfen?«

»Kjell natürlich. Und Louise.«

»War sie mit dem Material zufrieden?«

Jan nickte. »Ja. Sie stellte sofort fest, dass wir alles Nötige beisammen hatten und keine weiteren Aufnahmen brauchten. Kleinigkeiten lassen sich anschließend beim Abmischen beseitigen. Wir versuchten, so viel wie möglich zu erledigen. Die Arbeit war ja ohnehin im Verzug, da wir später als geplant nach Svalskär gekommen waren. Wir wollten alles erledigen, um heute nach Hause fahren zu können. Ich habe am Dienstag in Ystad die nächste Aufnahme. Es wäre mir recht, wenn ich vorher noch zu Hause bei meiner Frau vorbeischauen könnte.«

»Wir tun unser Bestes. Das habe ich ja bereits erklärt.« Ebba musste sich sehr zusammennehmen, um ihn nicht anzuschnauzen. Ständig musste sie die Ungeduld der Beteiligten mit Fingerspitzengefühl und Autorität tarieren. Sie musste ihnen Informationen entlocken, mal mit Strenge, mal mit Feingefühl.

Ebba setzte sich auf die Schreibtischkante.

»Lassen Sie mich direkt zur Sache kommen: Wie erlebten Sie die Spannungen innerhalb des Quartetts?«

Jan strich sich nachdenklich über seine Bartstoppeln und sagte dann: »Schwer zu sagen, ich kenne ja nicht alle so gut. Aber ich meine … vier Frauen und ein Mann allein auf einer Insel … Das merkten wir direkt, als wir kamen, dass eine sehr stark erotische Spannung zwischen Raoul und Caroline bestand. Das hatte Auswirkungen auf das gesamte Ensemble. Ich hatte das Gefühl, dass sich so einiges angestaut hatte, als wir hier eintrafen. Türen wurden zugeknallt, es wurde gebrüllt, Kaffeetassen wurden an die Wand geschleudert. Das zeigte sich auch beim Spiel. Gezittere und ungleichmäßige Bogenstriche, Probleme bei der Intonation.

Ehrlich gesagt bin ich erstaunt, dass die Aufnahme dann doch so gut geworden ist. Das ist wohl hauptsächlich Raoul zu verdanken. Er war ein einzigartiger Kammermusiker und konnte auch unter Druck das Beste aus seinen Kollegen herauslocken.«

»Sie meinen also, die Beziehung zwischen Caroline und Raoul störte die Arbeitsruhe?«

»Vermutlich. Aber am schlimmsten war es mit Peder.«

Ebba stutzte.

»Peder?«

»Peder … ja, wie heißt er noch gleich, Armstahl, wie Louise. Sie sind Cousin und Cousine. Ich bin ihm schon einmal hier auf Svalskär begegnet. Etwas herablassend und so, aber im Grunde genommen ein ganz netter Bursche. Aber dieses Mal war er nervös und aufgebracht. Raoul und er konnten sich nicht ausstehen, so viel war sicher.«

Ebba fiel es schwer, sich ihre Aufregung nicht anmerken zu lassen.

»Wann kam Peder?«

»Soweit ich weiß, gestern früh mit dem Boot, kurz vor uns.«

»Gab es irgendeinen Grund, warum er sich gleichzeitig mit Ihnen auf der Insel befand?«

»Er besitzt wohl das Seehäuschen am Steg. Offenbar war er gekommen, um mit Caroline und Louise zu sprechen. Ich sah aber auch, dass er sich direkt nach der Aufnahme mit Helena unterhielt. Aber wissen Sie, ich hatte irgendwie den Eindruck, dass Louise nicht sonderlich begeistert über sein Kommen war, obwohl sie sich, soweit ich weiß, sehr nahestehen.«

»Wie äußerten sich die Spannungen zwischen Raoul und Peder?«

»Peder brach einen Streit vom Zaun, er hatte ganz klar damit angefangen. Ich merkte das schon beim Mittagessen. Raoul ließ sich anfangs nicht provozieren. Ich glaube auch, dass sie sich zurückhielten, solange jemand in der Nähe war. Als ich fertig gegessen hatte, verließ ich die Küche und ging wieder ins Studio. Ich hatte keine Lust auf dieses Rumgestänkere. Aber trotzdem waren sie nicht zu überhören.«

»Worüber stritten sie?«

»Hören Sie, ich habe wirklich keine Ahnung. Irgendwie kam es einem so vor, als verwendeten sie eine Geheimsprache. Solange Kjell und ich in der Küche waren, waren es diskrete Gehässigkeiten wie bei zwei Stieren, die vor dem entscheidenden Kampf in der Arena mit den Hufen scharren.«

Sie versuchte, ihre Stimme so gleichmütig wie möglich klingen zu lassen, als sie ihre nächste Frage stellte.

»Und wann ist Peder wieder weggefahren?«

Jan runzelte die Stirn und dachte nach. »Wann Peder gefahren ist? Keine Ahnung, um ehrlich zu sein. Am Abend, als wir Raoul fanden, war er jedenfalls weg. Zumindest habe ich ihn nirgends gesehen.«

Eine fröhliche Salsamelodie erklang aus Ebbas Handtasche. Sie sah Jan entschuldigend an und zog ihr Handy hervor. Sie klappte es eine Minute später zu, erhob sich mit ausgestreckter Hand und sagte: »Danke für die Informationen.«

»Sind wir fertig?«

»Für dieses Mal ja.«

Auf dem Weg nach draußen begegneten ihm Jakob Svärd und Vendela, diese nickten ihm zu und schlossen dann die Tür hinter sich.

»Die Spritzen lagen in vier Metern Tiefe im Wasser zwischen Steg und Atelier«, sagte Jakob. »Es scheint sich um den Spritzentyp zu handeln, den man selbst injiziert.«

»Vermutlich lassen sich also keine Spuren auf ihnen sicherstellen«, meinte Ebba. »Aber das deutet darauf hin, dass die Person, die sie ins Wasser geworfen hat, nicht wollte, dass sie gefunden werden.«

»Raoul kann sie sich nicht selbst gesetzt haben«, meinte Vendela.

»Nein, er war zu diesem Zeitpunkt bereits tot.«

»Warum spritzt man einem Toten was?«, fragte Jakob.

Ebba zuckte mit den Achseln.

»Nach der letzten Vernehmung heute gehen wir alle Informationen durch. Vendela, du rufst Peder Armstahl an und teilst ihm mit, dass wir mit ihm sprechen wollen. Jakob kümmert sich um Fingerabdrücke, DNA und Personenangaben.«

Vendela sah Ebba fragend an.

»Wer ist Peder Armstahl?«

»Louise Armstahls Cousin.«

»Und was hat er mit der Sache zu tun?«

»Diese Frage stelle ich mir auch. Offenbar war er gestern ebenfalls auf Svalskär.«

»Und das erfahren wir erst jetzt?«

»So ist es. Super, was?«, entgegnete Ebba. »Ich frage mich, was er wohl zu erzählen oder zu verbergen hat.«

»Und warum hat ihn noch niemand erwähnt?«, wollte Jakob wissen.

»So viele Fragen, meine Lieben. Sieh zu, dass er sich auf der Wache einfindet, Vendela. Du musst heute Abend zurückfahren und ihn vernehmen«, sagte Ebba auf dem Weg zu ihrem Schreibtisch. »Kannst du bitte erst noch Caroline hereinbringen?«

Jakob und Vendela verließen den Raum. Ebba trat ans Fenster und schaute aufs Meer. Bislang hatte sie es für einen Vorteil gehalten, dass alle auf der Insel versammelt waren, aber der abgeschiedene Ort stellte auch ein Hindernis dar.

Es klopfte leise an der Tür.

»Herein«, rief Ebba, und Caroline öffnete die Tür.

Sie trug einen dunkelblauen Pullover aus dicker Wolle über ihrer Kapuzenjacke. Leise ließ sie sich auf den Stuhl vor dem Schreibtisch sinken. Sie zog die Ärmel nach vorne und verschränkte dann die Arme, als wolle sie sich vor äußeren Bedrohungen schützen.

»Hatte er Schmerzen, als er starb?«, flüsterte sie, ehe Ebba beginnen konnte. Caroline legte eine Hand vor die Augen, während sie die Antwort abwartete, als könne das deren Wucht lindern.

Ebba antwortete nicht. Caroline ließ die Schultern sinken. Sie zitterte.

»Meine Güte, meine Güte …«, sagte sie kaum hörbar immer wieder. Ebba wartete ab. Dass Caroline genau wie Anna von Trauer überwältigt war, war nicht zu übersehen. Im Gegensatz zu Anna schien sie jedoch von Unruhe, einer vibrierenden Rastlosigkeit erfüllt zu sein. Ihre Finger bewegten sich ruckartig und schienen nur von den verschränkten Armen in Schach gehalten zu werden. Nach einer Weile seufzte sie tief. Sie ließ die Hände in den Schoß fallen. Als es ihr wieder gelang, gleichmäßig zu atmen, hob sie langsam den Blick. Sie blinzelte, um die Tränen zurückzuhalten, was ihr gelang.

»Ich kann nicht verstehen, warum er in der Dunkelheit auf den Felsen herumgehen und reinfallen und ertrinken musste.«

»Glauben Sie, dass er so zu Tode gekommen ist?«

»Wie sonst? Es gibt keine andere Erklärung!«

Bei der geringsten Unsicherheit machte sie die Schotten dicht. Ebba sah ein, dass sie bei diesem Verhör sehr behutsam vorgehen musste.

»Wir können uns in aller Ruhe unterhalten«, begann sie entspannt, »kein Grund zur Eile. Aber ich brauche Ihre Hilfe und die der anderen, um die richtigen Schlüssen ziehen zu können. Wir wollen doch, dass diese Sache aufgeklärt wird, oder?«

Caroline schluckte und nickte, wirkte aber verängstigt.

»Hatten Sie den Eindruck, dass Raoul hier auf der Insel Feinde hatte?«

»Das hätte ich doch wohl gesagt.«

»Wirklich? Vielleicht hätten Sie ja eine Person benennen müssen, die Sie schätzen, einen Menschen, zu dem Sie eine enge Beziehung haben oder mit dem Sie sogar verwandt sind.«

Caroline antwortete nicht. Sie schaute nach unten und fingerte an einem Loch in ihrer Jeans.

»Caroline«, fuhr Ebba vorsichtig fort, »wenn Sie wissen, was gestern wirklich geschehen ist, dann ist jetzt der Zeitpunkt, es mir zu sagen.«

Aber Caroline machte keine Anstalten, etwas zu sagen. Sie zupfte einen Faden aus ihrer Jeans und wickelte ihn um den Finger, bis dieser vollkommen weiß und blutlos war. Als sich die Stille allzu lange hinzog, fuhr Ebba fort: »Lassen Sie sich Zeit. Ich verstehe, dass es schwer ist …«

»Nein«, erwiderte Caroline mit Nachdruck. »Sie verstehen überhaupt nichts. Sie haben keine Ahnung, was ich gerade durchmache.«

»Aufgrund eines Loyalitätskonflikts?«

»Nein, aufgrund eines gebrochenen Herzens.«

Ebba wollte gerade etwas erwidern, als es an der Tür klopfte. Verärgert erhob sie sich und riss die Tür auf. Draußen stand Vendela.

»Oh, Entschuldigung«, sagte sie erstaunt, als ihr Ebba einen unwirschen Blick zuwarf. »Ich habe diesen Mann erreicht. Er lässt ausrichten, dass er sich auf dem Weg hierher befindet.«

»Hierher?«

»Ja. Er sagte, er sei in ungefähr einer Stunde hier.«

»Das nenne ich Service. Das wird in vielerlei Hinsicht hochinteressant. Komm rein, Vendela.«

Vendela trat ein und nickte Caroline freundlich zu.

»Kriminalinspektorin Smythe-Fleming wird an dem Gespräch teilnehmen«, erklärte Ebba ohne Umschweife. Dann versuchte sie sich wieder auf Caroline zu konzentrieren, um zu dem gerade aufgenommen Kontakt zurückzufinden.

»Ich habe gehört, dass Sie letzte Nacht schlecht geschlafen haben«, sagte Ebba.

Caroline antwortete nicht.

»Was taten Sie?«

Ihre Stimme war spröde und vorsichtig. »Ich lag stundenlang da und wälzte mich hin und her. Ich hörte, wie Sie mit dem Boot ankamen. Mir war klar, dass es sich um die Polizei handelte. Davon war die Rede, als der Hubschrauber eintraf. Dass Sie kommen würden. Ich lag in Raouls Bett, und meine Gedanken drehten sich im Kreis, und ich bekam eine Panikattacke. Ich wusste nicht, was ich mit mir anfangen sollte. Meine innere Unruhe war nicht zum Aushalten. Ich konnte meine Sobril nicht nehmen, da sie in dem Necessaire lagen, das ich in Louises Zimmer vergessen hatte. Dort wollte ich nicht reingehen. Da dachte ich … ich weiß nicht, was ich dachte, ich dachte vermutlich nicht so viel … ich rannte nach unten und wollte einfach allem ein Ende machen.«

»Inwiefern ein Ende machen?«

»Ich weiß nicht, ich war nicht ganz bei Sinnen. Ich bin immer noch nicht bei Sinnen. Aber ich hatte nur das Gefühl, sterben zu wollen. Das Leben hat seinen Sinn verloren.«

Ebba wartete einen Augenblick. »Wieso finden Sie das?«

»Ich bin so traurig, so wahnsinnig traurig.« Caroline sank mit den Händen vor dem Gesicht in sich zusammen und saß ein paar Sekunden reglos da. Dann richtete sie sich hastig auf und warf den Kopf panisch zurück, als ringe sie nach Luft. »Er fehlt mir so.«

»Erzählen Sie uns von Ihrer Beziehung zu Raoul«, sagte Ebba ruhig. »Wie begann sie?«

Caroline strich sich das Haar zurück, und Ebba sah zum ersten Mal ihr ganzes Gesicht. Sie war trotz ihrer Trauer eine Schönheit mit den perfekten, gleichmäßigen Zügen einer Renaissancefürstin.

Sie atmete tief durch. Als sie zu erzählen begann, war ihre Stimme fest.

»Ich weiß nicht mehr richtig, wann ich ihn entdeckte. Erst fand ich ihn einfach nur wahnsinnig anstrengend.« Sie lachte wehmütig. »Ich verstand wirklich nicht, warum ihn alle so sexy fanden.«

»Wer fand ihn denn sexy?«

Jetzt sah Caroline trotz ihres gequälten Gesichts amüsiert aus. Sie sah Ebba geradewegs in die Augen.

»Alle fanden ihn wahnsinnig attraktiv. Ich wette, dass Sie auch in der Berwald-Halle gesessen und ihn wie alle anderen angeschmachtet haben. Sie sehen aus wie eine typische Konzertmadame. Gebildet und wohlhabend.«

Ebba war sprachlos. Vergeblich versuchte sie, die Röte, die ihr in die Wangen stieg, zurückzuhalten. Sie, eine erfahrene Kommissarin, wurde von einer jungen Frau, die fast noch ein Kind war, aus dem Konzept gebracht. Vielleicht lag es ja daran, dass sie mit dem Faible, das sie für Raoul Liebeskind hatte, vollkommen richtiglag. Vielleicht lag es auch an dem Wort Konzertmadame. Nach und nach gelang es ihr, das Gespräch wieder in den Griff zu kriegen und auf Caroline zu lenken.

»Hatten Sie bereits eine Beziehung, bevor Sie hierher nach Svalskär kamen?«

»Nein ... nicht direkt. Wir hatten mal auf einer Party miteinander geknutscht, als ich sehr betrunken war und er im Übrigen auch. Das war während eines Sommerkurses in Kammermusik, ich war siebzehn, und er war einer der Lehrer. Verdammt, da muss er auch schon über vierzig gewesen sein. Aber am nächsten Tag tat er so, als sei nichts gewesen. Er nannte mich Carola und machte mein Cellospiel runter. Da beschloss ich, mit dem Typen nie mehr ein Wort zu wechseln. Dann stellt sich heraus, dass er Louises bester Freund ist. Als wir hier rauskamen, erkannte er mich allerdings nicht wieder, und ich habe ihn auch nicht an diese Episode erinnert. Ich hielt es für das Beste, dieses lausige Suffpetting einfach zu vergessen. Ich erinnere mich noch, dass er eine Blase bekam, als er mit seiner Zunge an meiner Zahnspange hängen blieb. Während der Unterrichtsstunden rieb er diese Blase dann immer an seinen Zähnen. Das sah vollkommen merkwürdig aus.«

Ebba faszinierte es wider Willen, dass diese lebensfrohe Schönheit trotz ihres geringen Alters schon so allerhand erotische Erfahrungen gesammelt hatte.

»Und als Sie sich nun von Neuem begegneten, entstanden tiefere Gefühle. Wie kam das?«

»Wir wurden einfach voneinander angezogen. Es war unausweichlich. Das war so eine Once-in-a-lifetime-Sache. Man weiß einfach, dass das Liebe ist.« Sie hielt inne und lächelte. »Ich hatte keinerlei Pläne, mich in Raoul zu verlieben. Erst versuchte ich, ihm nach Möglichkeit aus dem Weg zu gehen. Ich hatte das Gefühl, dass es verhängnisvoll sein könnte, mich auf ihn einzulassen. Ich fühle mich immer von so verrückten Typen angezogen. Ich muss mich wirklich anstrengen, den Abstand zu wahren, wenn ich nicht interessiert bin, denn alle geifern nur so, wenn sie mich sehen.«

Vendela hustete, und Ebba warf ihr diskret einen strengen Blick zu. Langsam drehte Caroline ihren Kopf zur Seite und sah Vendela einfühlend an. »Seien Sie froh, dass Ihnen dieses Problem erspart bleibt, Frau Wachtmeister.« Vendela warf ihr rotes Haar zurück und presste die Lippen zusammen. Ebba musste sich anstrengen, um über diese unglaublich unverschämte und vor allen Dingen vollkommen unberechtigte Beleidigung nicht zu lachen.

»Bitte erzählen Sie weiter«, forderte Ebba Caroline auf und nickte ihr dabei zu. Sie wollte jetzt gerne die pikanten Details hören.

Caroline fuhr sich durchs Haar, und ihr klassisches Profil zeichnete sich vor ihren dunklen Locken ab wie eine Kamee.

»Am ersten Abend saß ich nach dem Abendessen im Studio und übte bis spät. Als alle anderen zu Bett gegangen waren, kam Raoul. Ich wusste, dass er kommen würde. Er hatte zwar nichts gesagt, aber es war vollkommen offensichtlich, dass wir zusammenkommen würden. Das spürten wir beide.«

Sie richtete sich auf. Die Erinnerungen schienen sie zu beleben. »Jedenfalls kam er runter ins Studio, und wir unterhielten uns eine Weile. Dann schlug er vor, rauszugehen und die Sterne anzusehen. Ich meine, offensichtlicher geht's kaum. Natürlich ahnte ich, dass er etwas im Schilde führte, aber da ich ziemlich sauer auf Louise war, dachte ich, egal, Sternegucken macht sicher Spaß. Ich folgte ihm also, und wir begaben uns auf die nördliche Landzunge, wo wir uns vor das Atelier stellten. Es war wirklich wunderschön. Die Sterne bedeckten den ganzen Himmel, und keine anderen Lichter waren auf dem Meer zu sehen. Es war recht kalt, ich fror etwas, und er bot mir sein Jackett an. Ein richtiger Gentleman der alten Schule. Dann nahm er mich in die Arme, sah mir tief in die Augen und bat, mich küssen zu dürfen. Man hält es für unmöglich, dass es so etwas noch gibt! Und ich verliebte mich vollkommen besinnungslos in Raoul.«

Sie verstummte, das Lächeln verschwand von ihren Lippen, und ihre Augen wurden feucht. Das ist es ja gerade, dachte Ebba, so jemanden wie Raoul gibt es nicht mehr. Caroline zog einen Labello aus der Tasche, fuhr sich über die Lippen und sammelte Kraft, um fortzufahren. »Ich weiß, dass das unglaublich bescheuert klingt. Wie kann man in so kurzer Zeit wissen, dass man jemanden liebt, aber ich habe mich zum ersten Mal in meinem Leben richtig verliebt. Ich liebte Raoul, und ich liebe ihn immer noch. Mein ganzer Körper und meine Seele sehnen sich nach ihm. In meinem Herzen herrscht eine große Leere. Ich kann mir ein Leben ohne Raoul nicht vorstellen, ich weiß nicht, wie ich das aushalten soll.«

Ihre Augen füllten sich wieder mit Tränen, und sie strich sie sich mit den Fingerspitzen weg.

»Es gibt vieles in meinem Leben, über das ich mir unsicher bin, aber das hier … das hier war Liebe, bis dass der Tod uns scheidet … ja, so kam es dann ja auch.«

Sie lachte bitter auf, aber ihre Lippen begannen bald wieder zu zittern. Mit Mühe zwang sie sich dazu, weiterzuerzählen. »Wenn man sich so verliebt, dann weiß man es einfach, man kann nichts dagegen unternehmen, man kann dagegen mit Vernunft nicht ankämpfen. Es hat einen in seiner Gewalt, und man kann sich nur mitreißen lassen.«

Ebba nickte. Sie merkte, wie ihre eigene innere Leere zunahm.

So überwältigt zu werden, das hatte sie noch nie erlebt. Und hier saß diese junge Frau und sprach über die Liebe ihres Lebens wie über die selbstverständlichste Sache der Welt. Wie sehr sie sich doch wünschte, dass ihr das auch einmal passieren würde. Zumindest einmal im Leben.

»Und Sie waren sich sicher, dass die Gefühle auf Gegenseitigkeit beruhten?«

Caroline sah aus, als traue sie ihren Ohren nicht. »Er hat mir einen Heiratsantrag gemacht. Er wollte, dass ich nach New York ziehe, damit wir dort eine Familie gründen können. Wie soll ich Ihnen das nur erklären?« Sie suchte nach Worten. »Ich musste Louise verlassen, und er wollte sich scheiden lassen. Raoul war der Mann meines Lebens. Und ich war die Frau seines Lebens. Ich sollte sein Kind zur Welt bringen.«

»Kind? Das ging rasch!«

»Das war Leidenschaft!« Sie brüllte förmlich. »Leidenschaft soll Kinder hervorbringen. Nicht eine … eine …«

Ihre Kraft verließ sie, dann begannen ihre Beine fast unmerklich zu zittern. Sofort umklammerte sie ihre Oberschenkel, und zwar so fest, dass die Knöchel weiß hervortraten. Es gelang ihr dann jedoch, diesen merkwürdig krampfartigen Zustand abzuschütteln. Sie holte einige Male tief Luft, und ihre Züge entspannten sich.

»Alles in Ordnung?«, fragte Ebba ernst und hoffte, dass den anderen der Anflug von Mütterlichkeit, der sich in ihre Stimme geschlichen hatte, nicht auffiel.

»Ja«, antwortete Caroline, ohne ihr mit dem Blick auszuweichen.

»Wir können auch später weitermachen, wenn Sie das wollen.«

»Nicht nötig«, erwiderte sie knapp, als sei es ihr peinlich, ein Objekt des Mitleids zu sein. Ebba entschärfte die Situation, indem sie rasch weiterfragte: »Wenn ich es richtig verstanden habe, leiteten Sie in dieser kurzen Zeit eine leidenschaftliche Beziehung ein. Wie reagierten die anderen darauf?«

»Wir mussten vorsichtig sein. Unsere Beziehung war nicht ganz … unkompliziert.«

»Sie bekannten sich also nicht offen zu Ihrer Liebe?«

Caroline schüttelte den Kopf. »Was glauben Sie denn! Ich kam als Louises Freundin hier auf die Insel, das wissen Sie sicher. Ich wurde auch nicht plötzlich hetero, ich war vorher immer nur mit Männern zusammen. Aber eine Beziehung mit Raoul Liebeskind ist nichts, womit man gleich hausieren geht. Sie wissen doch, dass er ein Weltstar ist. Wenn ein Mensch so berühmt ist, dann wird er fast unwirklich. Verstehen Sie, was ich meine? Außerdem war er bereits verheiratet, und ich war mit Louise zusammen, und Raoul war mit Anna verlobt gewesen. Zwar vor tausend Jahren, aber das hinderte sie nicht daran, ihn dauernd zu betatschen.«

»Wie nahm Raoul Annas Interesse auf?«

»Er flirtete mit ihr und redete sich darauf raus, dass er immer auf diese Art mit Anna herumalberte.«

»Er ermunterte Anna also?«

»Ich begreife nicht recht, warum er sich so verhielt. Einmal hatte ich, wie mit Raoul vereinbart, die Sauna eingeheizt. Als ich dann wieder dorthin zurückkehrte, hörte ich seine und ihre Stimme aus der Sauna. Ich war wahnsinnig sauer. Wie konnte er nur? Es war doch wohl klar, dass ich sie nicht dabeihaben wollte.«

»Und seine Erklärung?«

»Er sagte nur, Anna sei dort aufgetaucht, und er hätte sie schließlich nicht davonjagen können. Wir hatten einen wahnsinnigen Streit, und dann verpatzte ich die Probe, bloß weil ich mich an ihm rächen wollte. Ich fand, dass er es nicht besser verdient hatte.«

Ihre Wangen röteten sich vor Zorn, sie hatte Mühe, ruhig zu atmen.

»Aber heute Nacht hat Anna Sie doch getröstet?«

Caroline schaute weg. Beschämt?

»Ja«, begann Caroline. »Das war nett von ihr.«

»Waren Sie überrascht?«

Caroline nickte kaum merklich.

»Ja, das war ich. Ich dachte, sie hasst mich«, sagte sie leise.

»Und Helena?«

Caroline starrte Ebba überrascht an. »Woher wissen Sie das?«

Ebba erwiderte sofort: »Erzählen Sie.«

Caroline war sich unsicher, wie sie beginnen sollte. Ganz offensichtlich war sie auf diese plötzliche Wendung nicht vorbereitet gewesen.

»Ich habe es selbst gestern erst erfahren.«

»Hat Ihre Schwester es Ihnen erzählt?«

»Nein, Peder. Und er tat das absichtlich, um mich zu verletzen.«

»Warum wollte er das?«

»Peder ist rasend anstrengend. Er …« Plötzlich unterbrach sie sich und blinzelte konzentriert, um die richtigen Worte zu finden. Ebba hatte den Eindruck, dass sie eigentlich etwas anderes hatte erzählen wollen als das, was nun folgte. »Er glaubte, er könne hier einfach reinstiefeln und allen Vorschriften machen. Dabei ist er nur ein aufgeblasener Versager.« Sie zitterte vor Wut.

»Was hatte er für einen Grund?«

»Er wollte Raoul als einen Schürzenjäger darstellen, der sich mit allen ins Bett wirft. Nur damit ich ihm den Laufpass gebe.«

»Was hätte Peder davon gehabt, wenn Sie Ihre Beziehung zu Raoul aufgegeben hätten?«

Wieder schien Caroline zu zögern. Ebba notierte sich, dass dies ein heikles Thema war. Worin bestanden die Risiken und für wen?

»Er ist schließlich Louises Cousin«, antwortete Caroline nicht sonderlich überzeugend. »Er wollte Louise helfen, indem er einen Keil zwischen Raoul und mich trieb.«

»Wo war Peder gestern Abend?«

»Ich weiß nicht. Ich saß im Studio und spielte Bach.«

»Hatten Sie je ein Verhältnis mit Peder Armstahl?«

»Wirklich nicht!«, erwiderte Caroline empört.

»Wann war Ihre Schwester mit Raoul zusammen?«

Wieder nahm Caroline ihre Verteidigungshaltung ein. Sie neigte den Kopf zur Seite und drehte den losen Faden ihrer Jeans, bis er abriss.

»Laut Raoul war das wahnsinnig lang her.«

»Sie haben ihn also direkt gefragt, und er hat es zugegeben?«

»Ja.«

»Wie fanden Sie das?«

»Was glauben Sie? Ich war am Boden zerstört. Und abgetörnt. Stellen Sie sich das mal vor. Der Mann, den man heiraten will, war bereits mit der eigenen Schwester zusammen. Ich war so verdammt traurig, dass ich …«

»Dass Sie?«

Caroline sprang auf. Plötzlich verwandelte sie sich in eine Furie, riesig und rasend. »Glauben Sie, dass ich mir seinen Tod wünschte? Wie können Sie nur so etwas denken? Sie haben keinen Deut von dem verstanden, was ich gesagt habe. Ich liebte ihn. Er liebte mich. Wir konnten beide ohne den anderen nicht leben. Und dieser wunderbare Mensch ist tot. Er ist tot!«

Ebba wartete wortlos ab. Caroline beugte den Kopf zurück und ließ sich wieder auf den Stuhl sinken. Ihr Gesicht war gerötet.

»Wo waren Sie, als Raoul starb?«

Caroline zwang sich, Ebba geradewegs in die Augen zu sehen. Sie zitterte am ganzen Körper, als spiele sich in ihrem Inneren ein Kampf um ihre Glaubwürdigkeit ab, als sie sich ihre Worte zurechtlegte.

»Das sagte ich doch bereits. Ich saß im Studio und übte. Und als ich unsere Verabredung einhalten wollte, war er nirgends zu finden.«

Die Kraft verließ sie, sie schaute zu Boden und presste die Lippen zusammen, um ihre Atmung zu regulieren.

»Wo hatten Sie sich verabredet?«

»Im Atelier. Wir hatten uns zuvor gestritten und brauchten etwas Distanz.«

»Worüber hatten Sie gestritten?«

»Helena.« Sie schluckte, ihr gesenkter Blick konzentrierte sich auf die Tischkante. »Ich hatte es schließlich gerade erfahren. Helena und Raoul.«

»Wie reagierte Helena darauf, dass Sie ihren Liebhaber übernommen hatten?«

Diese billige Provokation funktionierte sofort. »Er war nicht mehr ihr Liebhaber. Sie waren einmal im selben Bett gelandet. Das war's auch schon.«

»Und Louise? Konnte sie akzeptieren, dass Sie sie Raouls wegen verlassen würden?«

»Hören Sie schon auf! Begreifen Sie denn nicht, wie schlimm es für mich war, Louise verraten zu müssen? Sie ist zwar manchmal eine Zicke, aber natürlich hatte ich ein schlechtes Gewissen, weil ich …« Caroline hielt inne und rieb sich mit beiden Händen fest das Gesicht. Dann massierte sie sich mit kreisförmigen Bewegungen die Schläfen. »Sie glauben doch wohl nicht, dass Louise in irgendeiner Form schuldig ist? Nichts wäre abwegiger, das kann ich Ihnen versichern. Sie ist einer der besten Menschen, die mir je begegnet sind.«

Eine der besten Zicken?, überlegte Ebba. Die Beschreibung von Carolines Ex wirkte recht widersprüchlich.

Mit gekreuzten Beinen und einem Fuß auf dem Boden drehte Ebba ihren Stuhl ein wenig. Sie blickte in Carolines grüne Augen, leuchtend und durchsichtig wie Smaragde.

»Jetzt hätte ich gerne noch ein paar Zeitangaben von Ihnen, Caroline. Wann trennten Sie sich gestern von Raoul?«

Caroline bemühte sich, exakte Angaben zu machen. Sie runzelte die Stirn und kniff die Augen zusammen.

»Das muss zwischen fünf und sechs gewesen sein. Ich weiß nicht genau. Ich war so außer mir, und da gibt es nur eine Methode, wieder zur Ruhe zu kommen: spielen. Ich spielte alle Bach-

Suiten nacheinander durch. Als ich das Studio verließ, war es bereits dunkel. Im Atelier brannte kein Licht. Es war nicht abgeschlossen, die Tür steht immer offen, Raoul hatte alle seine Sachen ins Atelier gestellt. Ich machte Licht und ging ins Haupthaus zurück, um meine Tasche zu holen.«

»Haben Sie Raoul im Verlauf des Abends noch mal getroffen?«

»Nein.«

Die Antwort kam etwas zu schnell, und Ebba notierte sich das mit einem Ausrufungszeichen.

»Wissen Sie, ob ihn sonst jemand getroffen hat?«

»Nein.«

Es war deutlich zu erkennen, dass sie beide Fragen ganz automatisch beantwortete. Ebba hatte schon so oft die eingeübten Verteidigungsmechanismen beobachtet, dass sie eine ungeübte Lügnerin direkt entlarvte. Sie erkannte aber auch, dass Caroline so zerbrechlich war, dass sie früher oder später reden würde. Wiederholte Male hatte sie sich beinahe verplappert und mitten im Satz innegehalten. Wenn man ein bisschen Druck auf sie ausübte, würde sie vielleicht enthüllen, was sie bisher noch nicht auszusprechen gewagt hatte. Was auch immer es war und was auch immer sie durch Aufrichtigkeit aufs Spiel setzte. Die Zeit war jedoch offenbar noch nicht reif dafür. Ebba hatte das Gefühl, über mehr Fakten verfügen zu müssen, um die wesentlichen Fragen stellen zu können, die sich nicht ausweichend beantworten lassen würden.

Wieder schepperte die Salsamelodie, und Ebba fluchte innerlich. Jakob. Sie nahm das Gespräch an und entfernte sich ein paar Schritte vom Schreibtisch. Caroline und Vendela sahen ihrem Rücken ihre Verärgerung an.

»Verdammt … okay … danke, Jakob.«

Vendela erhob sich halb von ihrem Stuhl. »Ist was passiert?«, flüsterte sie und strich sich langsam ihr rotes Haar hinter die Ohren.

»Die Tontechniker verlassen die Insel.«

»Aber … dürfen sie das denn?«, fragte Caroline.

Ebba antwortete nicht, während sie ihr Notebook zuklappte, und warf einige seitliche Blicke auf Caroline. Das Verhör hatte sie erschöpft, aber irgendwo in den großen grünen Augen funkelte immer noch Trotz.

»Haben Sie gerade Ihre Tage, Caroline?«

Ebba stellte diese Frage als reine Formalität, da sie meinte, die Antwort bereits zu kennen. Caroline war fassungslos.

»Bitte?«

»Einfache Frage.« Ebba schloss lautstark den Reißverschluss der Computertasche. »Ja oder nein?«

Caroline blinzelte einige Male unsicher.

Ebba ließ sie nicht nachdenken. »Haben Sie Blutungen?«

Caroline war anzusehen, dass sie überlegte, welche Antwort von ihr erwartet wurde. Aber sie hatte keine Kraft mehr.

»Ich weiß nicht … eigentlich nicht …«

Sie merkte selbst, wie wenig überzeugend das klang.

»Wir haben im Bett im Atelier Blutflecken gefunden«, fuhr Ebba fort. »Stammen sie von Ihnen?«

Angesichts der harmlosen Frage wirkte sie unverhältnismäßig nervös, insbesondere weil Ebba nicht geglaubt hatte, dass es sich um etwas anderes als eine Blutung beim Geschlechtsverkehr handelte. Bislang hatte Caroline nicht den Eindruck erweckt, sonderlich prüde zu sein. Ihre Zurückhaltung musste also andere Gründe haben. Ebba hielt inne und betrachtete die junge Frau.

»Das ist ganz einfach. Wir schicken das Laken ohnehin zur Analyse. Da Sie eine DNA-Probe abgegeben haben, werden wir es umgehend wissen. Ich gehe davon aus, dass Sie mit Raoul im Atelier geschlafen haben?«

Caroline schluckte. »Ja«, sagte sie mit schwacher Stimme. »Das ist mein Blut.«

Ebba fuhr sich nachdenklich mit der Hand über den Nacken. Die Frage war nicht so simpel gewesen, wie sie geglaubt hatte. Die Antwort warf ein vollkommen neues Licht auf die Vernehmung.

Der Wind war schneidend, als Ebba auf die Freitreppe trat. Der Herbst hielt in den Schären schnell seinen Einzug. Die Bäume rauschten, und Laub wurde von den Birken geweht. Die Kiefern wogten vor dem Himmel. Das Tuckern des Bootsmotors war bis zum Haus hinauf zu hören. Kjell und Jan verstauten ihre schwarzen Kästen mit den Mikros, Kabeln und Stativen an Bord. Jakob sah zum Haupthaus hoch. Er winkte, als er Ebba entdeckte. Da drehten sich Jan und Kjell ebenfalls um und warteten mit trotzig erhobenem Kinn, bis sie auf dem Steg anlangte.

»Ohne meine Erlaubnis fahren Sie nirgendwohin«, sagte Ebba.

»Wir hätten natürlich noch Bescheid gesagt«, begann Jan verlegen. »Ich hoffe, Sie sind damit einverstanden. Wir haben alles gesagt, was wir wissen.«

Ebba sah ihn an, bis er den Blick niederschlug. Dann deutete sie auf das Boot. »Bitte schön. Aber ich werde keine Sekunde zögern, Sie, wenn nötig, zu einem weiteren Verhör herbeizuzitieren. Egal, ob Sie sich in Ystad oder in Kalix aufhalten. Ich hoffe, dass Ihnen das klar ist.«

»Wir haben diesem jungen Mann alle Telefonnummern gegeben. Rufen Sie an, falls noch etwas ist.« Jan verzog den Mund zu einem beschwichtigenden Lächeln.

»Bis dann«, sagte Ebba, ohne das Lächeln zu erwidern. Kjell wollte gerade ablegen, als ein Ruf von weiter oben ertönte. Alle drehten sich um. Anna rannte mit ihrem Geigenkasten über der Schulter und einer schweren Tasche, die bei jedem Schritt gegen das rechte Bein knallte, auf sie zu. Hinter ihr war noch eine Gestalt zu erkennen. Helena. Verschwitzt und rot im Gesicht kletterte Anna an Bord. Helena wirkte wie immer kühl und gelassen. Kein Haar ihres perfekten Ponys war verrutscht. Als sie vor Ebba stand, stellte sie ihre Tasche ab und gab ihr die Hand.

»Mir ist klar, dass es Ihnen lieber gewesen wäre, wenn wir noch länger auf der Insel geblieben wären, aber ich habe bereits alles, was ich über diese fürchterliche Tragödie weiß, zu Protokoll gegeben. Natürlich bin ich gerne bereit, mich wieder mit Ihnen zu unterhalten, falls das eine Hilfe sein sollte.«

»Sie können sich schon mal darauf vorbereiten, sich im Laufe der Woche für ein weiteres Verhör bei uns einzufinden. Es handelt sich nicht um einen Unfall. Viele Indizien deuten auf einen unnatürlichen Tod hin. Falls Sie noch mehr zu sagen haben, sollten Sie das tun«, erwiderte Ebba und hielt dann inne. »Insbesondere, da Sie uns bewusst die Information vorenthalten haben, dass Sie eine Affäre mit Raoul Liebeskind hatten.«

Die Farbe wich aus Helenas Wangen, und sie schien etwas sagen zu wollen, aber kein Wort drang über ihre zusammengepressten Lippen.

»Wollen wir jetzt darüber reden, oder ist Ihnen ein Termin morgen früh im Dezernat lieber?«, fragte Ebba.

Helenas Augenlid zuckte. Sie dachte ein paar Sekunden nach. Entmutigt ließ sie dann die Schultern hängen. Sie hob ihre Tasche wieder hoch.

»Jetzt sofort. Ich rufe später ein Boottaxi.«

Ihre Stimme klang abgestumpft. Enttäuscht?, überlegte Ebba.

»Sie fahren also nicht zusammen mit Louise nach Hause?«

Helena schnaubte. »Wohl kaum.«

Ebba nickte und wollte sich gerade mit Helena zum Haus begeben, als sie hinter sich Annas Stimme vernahm.

»Aber … müssen Sie auch noch mit mir sprechen? Kann ich irgendwie behilflich sein?«

Sie klang sowohl verletzlich als auch eifrig. Trotzdem ärgerte sich Ebba über diese einschmeichelnde Art, obwohl sie ihr für ihr Entgegenkommen hätte dankbar sein müssen. Diese Art zuverlässiger Zeugen waren so viel anstrengender als die vorlauten.

»Vielen Dank. An Sie habe ich im Augenblick keine weiteren Fragen. Es könnten aber noch welche auftauchen. Ich gehe davon aus, dass ich Sie unter der Telefonnummer erreichen kann, die Sie angegeben haben.«

»Natürlich. Sie haben auch meine Handynummer, falls etwas

sein sollte«, antwortete Anna und suchte Ebbas Blick, aber diese hatte sich bereits umgedreht, um Helena ins Haupthaus zu folgen.

Es lag eine Spannung in der Luft, und Ebba vermied es, auf dem Weg eine Unterhaltung zu beginnen. Diese Spannung erzeugte eine Erwartung. Weshalb taten alle so geheimnisvoll, wenn es um diesen Mann ging?

Sobald sie über die Schwelle getreten waren, ließ Helena ihre Tasche zu Boden fallen. Sie kippte um, aber das kümmerte sie nicht weiter. Ihren Geigenkasten stellte sie vorsichtig daneben.

»Hätten Sie gerne ein Glas Wasser?«, fragte Vendela, aber Helena schüttelte den Kopf und entgegnete trocken: »Nein danke. Einen doppelten Whisky würde ich allerdings nicht ablehnen.«

Vendela lachte, räusperte sich dann aber rasch, als sie merkte, dass das kein Scherz gewesen war. Helena ging in den Salon und trat an die Hausbar. Eine halbe Minute später hielt sie einen ordentlichen Drink in der Hand und folgte Vendela und Ebba ins Büro.

»Legen Sie auf die Anwesenheit Ihres Anwalts wert?«

»Warum das? Es gibt zwar Dinge, über die ich lieber nicht sprechen würde, aber es handelt sich dabei um nichts Kriminelles.« Sie nahm Platz, schlug die Beine übereinander und stellte ihr Glas, das sie mit beiden Händen hielt, auf die Knie. »Es tut mir leid, wenn ich Sie in diesem Punkt enttäuschen muss.«

»Ich würde es vorziehen, wenn Raoul Liebeskinds Tod ein tragischer Unfall gewesen wäre«, meinte Ebba. »Aber das scheint ja nicht der Fall zu sein.«

»Wie ist er dann gestorben?«, fragte Helena.

Ebba klappte, ohne zu antworten, ihr Notebook auf. Helena schüttelte etwas enttäuscht den Kopf.

»Wer auf dieser Insel verwendet Dextropropoxifen?«, fragte Ebba und wartete darauf, dass die Programme starteten.

Helena holte tief Luft und atmete langsam aus. »Ich nicht jedenfalls. Aber ich vermute, dass Sie mich gerade über die Todesursache informiert haben.«

Ebba begegnete ihrem angestrengten Blick. Dann senkte Helena den Kopf. Sie schwenkte den Whisky in ihrem Glas.

»Haben Sie eine Ahnung, ob Raoul wusste, dass das Mittel in Kombination mit Alkohol tödlich ist?«

»Nein, denn dann hätte er es nicht geschluckt und etwas getrunken. So dumm war er nicht.«

Nachdem sie die Information verdaut hatte, schien eine Welle neuer Gedanken über sie hereinzubrechen. Sie hielt nach wie vor ihren Blick gesenkt. Geistesabwesend strich sie sich über das Gesicht, als wolle sie sich den Schweiß abwischen. Vendela zog die Brauen hoch und sah Ebba an. Aber diese hatte ihre ganze Aufmerksamkeit auf Helena gerichtet.

Langsam hob Helena den Kopf.

»So ist es also geschehen«, keuchte sie.

Einen Moment lang blitzte etwas in ihren Augen auf. Sie schien um ihre Selbstbeherrschung zu ringen. Ebba konnte jedoch nicht erkennen, wie tief berührt sie wirklich war. Sie entschied sich, sie in dieser extremen Situation unter Druck zu setzen, um vielleicht doch auf eine gewisse Ehrlichkeit zu stoßen.

»Gibt es etwas, was Sie mir erzählen wollen, Helena?«

Helena antwortete nicht und wirkte immer noch gänzlich in sich gekehrt. Ebba erhöhte den Druck. »Wer, außer Ihnen selbst, wusste, wie gefährlich Dexofen zusammen mit Alkohol ist?«

Aber es war zu spät. Helena hatte sich bereits wieder in der Gewalt. Sie antwortete, ohne dass ihre Stimme gezittert hätte: »Das dürfen Sie nicht mich fragen.«

Ebba drehte sich auf dem großen, schweren Bürostuhl und sah Helena durchdringend an. Diese erwiderte den Blick entspannt, wenn nicht gar frech. Sie war einen Augenblick lang ins Wanken geraten, aber jetzt hatte sie sich wieder in der Gewalt. Sie übernahm das Kommando.

»Was wollen Sie über Raoul und mich wissen?«

Wie verführerisch alltäglich das klingt, als würden wir beim Kaffeetrinken über Männer reden, dachte Ebba.

»Wie begann Ihre Beziehung?«

Helena trank einen Schluck Whisky und antwortete dann: »Das ist wirklich wahnsinnig lange her.« Sie lehnte sich zurück. »Es müssen mittlerweile fünfundzwanzig Jahre sein. Ich hatte gerade die Musikhochschule beendet und besuchte Louise und Anna in New York. Sie wohnten ja alle in einer kleinen Wohnung. Wie Sie sicher wissen, war Anna eine kürzere Zeit mit Raoul verlobt. Aber erst als sie die Verlobung aufgelöst hatte, leiteten Raoul und ich unsere Beziehung ein.«

Sie erzählte sachlich und ohne Sentimentalität. War sie doch vorbereitet gewesen? Schirmte sie die Einsicht, mit der sie sich eben konfrontiert gesehen hatte, mithilfe eines vorbereiteten Berichtes ab? Ebba fuhr sich mit dem Zeigefinger übers Kinn und dachte nach.

»Wie entwickelte sich Ihre Beziehung?«

»Sie entwickelte sich in gewisser Weise überhaupt nicht. Wir waren nie offiziell ein Paar.«

»Warum haben Sie das bislang nicht erwähnt?«

»Weil es vollkommen bedeutungslos ist.« Sie zuckte mit den Achseln. »Ich vermute, dass Caroline Ihnen davon erzählt hat.«

Ebba überlegte, ob sie ihr mithilfe von Caroline weitere Informationen abringen sollte. In diesem Fall konnte sich eine Konfrontation als vorteilhaft erweisen. Die Rivalität der Schwestern schien bedeutungsvoller zu sein, als die beiden zugeben wollten.

»Es empörte Ihre Schwester sehr, dass Sie Sex mit dem Mann hatten, den sie heiraten wollte.«

Die Reaktion wäre für jemanden, der sie nicht erwartet hatte, kaum wahrnehmbar gewesen. Die Haut um die Augen spannte sich etwas, die Schatten ihres Gesichts vertieften sich, sie sagte jedoch nichts.

»Wenn ich mich recht entsinne, haben Sie die Beziehung

Raouls zu Ihrer Schwester als Flirt abgetan. Aber Caroline sprach von großer Liebe, Heirat und Familiengründung. Diese unterschiedlichen Perspektiven erstaunen mich etwas.«

Helena überlegte eine Weile, ehe sie antwortete. »Was soll ich sagen? Sie haben es ja aus erster Hand, dann gibt es darüber nichts weiter zu sagen. Nur Caroline weiß, was sich zwischen ihnen abgespielt hat.«

»Wusste jemand aus dem Quartett von Ihrer Affäre mit Raoul?«

»Ich habe nie jemandem davon erzählt. Ich glaube auch nicht, dass Louise etwas weiß. Wenn ja, dann hat sie jedenfalls nie etwas zu mir gesagt. Anna ... hat Dinge registriert, die sie nicht begriffen hat.«

»Haben Sie sich auf Raoul verlassen?«

»Das ist eine seltsame Frage. In welcher Hinsicht?«

»War er jemand, dem Sie vertrauten?«

Helena trank den letzten Schluck Whisky und stellte das Glas auf den Schreibtisch. Es hinterließ einen Abdruck, ohne dass sie etwas dagegen unternahm. Vendela betrachtete die Mahagonitischplatte, die Schaden nehmen würde.

»Nein.«

»Sie vertrauten ihm nicht? Warum nicht?«

Die Müdigkeit und der Alkohol zersetzten langsam ihre Selbstbeherrschung. Sie atmete gleichmäßiger, ihre Lider sanken etwas herab.

»Raoul«, begann sie, »konnte sehr launisch sein und war ausgesprochen egoistisch. Seine Bedürfnisse kamen immer zuerst. Er arbeitete mit fast roboterhafter Zielstrebigkeit an seiner Karriere und war, was seine Beziehungen anging, vollkommen ruchlos. Im Laufe der Jahre hatte er eine Position erreicht, die es ihm gestattete, zu tun und lassen, was er wollte. Alle seine Wünsche wurden erfüllt. Ganz einfach, weil ihm niemand etwas abschlagen konnte. In Raouls Gegenwart verloren alle den Kopf. Nicht nur ich. Ich bin mir vollkommen sicher, dass er neben seinen offiziellen noch viele geheime Geliebte hatte.« Helena lächelte. »Er war sehr leidenschaftlich. Er liebte und spielte mit gleicher Intensität.« Sie verzog den Mund. »Welch ein Klischee! Aber es ist wahr. Keine Frau konnte ihm widerstehen. Ich auch nicht.«

»Sie waren also seine Geliebte?«

»Er war mein Lover.«

»Hätten Sie sich mehr gewünscht?«

Helena schaute aus dem Fenster und dachte nach. Sie trommelte mit den Fingern auf die Armlehnen.

»Das spielt jetzt keine Rolle mehr. Er ist tot.«

»Wie sah Ihre Beziehung aus?«

Wieder ließ sich Helena mit der Antwort Zeit.

»Es war eine typische Affäre, kann man vermutlich sagen, allerdings eine sehr lange. Wir sahen uns nicht regelmäßig, aber sobald sich eine Möglichkeit ergab, trafen wir uns, normalerweise in seinem Hotel. Das letzte Mal liegt etwas mehr als ein halbes Jahr zurück, im Februar nach seinem Kammerkonzert im Grünewaldsaal.«

Ebba erinnerte sich daran. Sie war dort gewesen, eine der begeisterten Brahms-Enthusiastinnen im Saal. Raoul hatte sich fünfmal verbeugt und dann eine Zugabe gegeben, ein Paganini-Capriccio. Anschließend war der Beifall so groß gewesen, dass er noch eine Nummer gespielt hatte. Der Applaus hatte kein Ende nehmen wollen. Es fiel ihr nicht schwer, sich Raoul als leidenschaftlichen Liebhaber vorzustellen, und Helena, vermutete sie, hatte unter der kühlen Oberfläche ebenfalls eine ziemliche Gefühlstiefe zu bieten. Aber konnte diese Leidenschaft vielleicht auch in dunkle Abgründe führen?

»Wie war das Verhältnis jetzt zwischen Ihnen? Waren Sie immer noch ein Liebespaar?«

Das letzte Wort schien in Helenas Inneren einen Gefühlssturm zu entfesseln.

»In den letzten Tagen ist hier auf Svalskär so viel passiert. Ich weiß, dass ich Raoul immer lieben werde, die schönen Erinnerungen an ihn. Ich bin davon überzeugt, dass er für mich genauso empfand. Man wirft nicht einfach ein halbes Leben weg.« Helena seufzte tief, um wieder Kraft zu schöpfen. Sie hob ihr Glas. »Ich glaube, ich brauche noch einen Schluck. Zwei Sekunden.«

»Vendela kann Ihnen ein Glas holen«, sagte Ebba. Diese stand sofort auf.

»Laphroaig«, meinte Helena, »und geizen Sie nicht mit Louises Vorräten.«

Sie ließ sich wieder zurücksinken. Es war ihr vollkommen gleichgültig, dass sie gegen alle Konventionen verstieß. Ebba betrachtete die Frau vor sich, die ihr bereits etliche Male in Djursholm begegnet war. In der Schlange am Geldautomaten, beim Obststand in Djursans Livs, bei Einladungen. Nach all diesen beiläufigen Begegnungen mit Lächeln und Floskeln waren sie jetzt in eine sehr unausgewogene Situation geraten, in der eine von ihnen sich gezwungen sah, bislang vollkommen undenkbare Fragen zu stellen und in die Privatsphäre der anderen auf fast unanständige Weise einzudringen.

Wenig später war Vendela mit einem halb vollen Glas zurück. Helenas Hand war überraschend kalt, als sie es entgegennahm. Sie räusperte sich, trank einen großen Schluck und fuhr fort, nachdem ihr Ebba auffordernd zugenickt hatte.

»In letzter Zeit verspürte ich zunehmend den Wunsch, hinsichtlich der Zukunft zu einem Beschluss zu gelangen. Für diese ganze Heimlichtuerei fehlte mir die Kraft. Vergessen Sie nicht, dass ich Familie habe, zwei Kinder und eine funktionierende Beziehung zu meinem Mann. Ich bin in der Tat glücklich verheiratet. In meinem Alltag gibt es Raoul nicht. Er ist … er war ein Mensch, der wie eine erotische Bombe ab und zu in mein Leben einschlug und mich aus der Fassung brachte. Aber jetzt war ich an einem Punkt angelangt, an dem ich mich gezwungen sah, mich zu entscheiden. Ich wollte für ihn nicht meine ganze Existenz aufs Spiel setzen. Das war er nicht wert. Ich verdiente mehr, als auf seine Anrufe zu warten. Oder heimlich sein Hotelzimmer aufzusuchen und mich unentdeckt von dort nach Hause zu schleichen. Das war unter meiner Würde. Das bin nicht ich.« Sie trank einen Schluck und stellte ihr Glas ab. »Er war ein Mensch, gegen den man sich nicht wehren konnte. Man konnte ihn nicht aufgeben. Er war ein unwahrscheinlicher Liebhaber, der beste, das muss ich ihm lassen.«

Ebba fuhr sich mit der Zungenspitze über die Lippen. Sie verspürte das dringende Bedürfnis, sich abzukühlen. Vielleicht lag es daran, dass so viel von Sex die Rede war, Erotik spielte sonst in ihrem Leben schon des Längeren keine Rolle mehr. Vielleicht war der Sauerstoff aber auch nur knapp geworden, und sie sehnte sich nach dem kühlen Herbstwind. Sie stand auf und öffnete ein Fenster. Kälte drang ins Zimmer.

»Wenn ich es richtig verstanden habe, flirtete er offen mit Anna«, sagte Ebba und nahm wieder am Schreibtisch Platz. »Glauben Sie, dass er irgendwelche ernsthaften Absichten hatte?«

»Keinesfalls.«

»Wie können Sie sich so sicher sein?«

»Ganz einfach. Ich kannte Raoul. Besser als alle hier auf der Insel einschließlich Louise, wage ich zu behaupten. Obwohl er in der Lage war, mir emotional vollkommen den Kopf zu verdrehen, muss mir die Feststellung erlaubt bleiben, dass ich intellektuell in einer ganz anderen Liga spiele. Verstehen Sie das richtig, Ebba, ich will nicht auftrumpfen, ich sage einfach, wie es ist. Ich wusste immer, woran ich bei ihm war. Was Anna betraf, so fragte ich ihn unumwunden, ob ihm klar sei, dass sie ihn liebt. Aber er wollte davon nichts wissen, er könne sich das gar nicht vorstellen, er ermuntere Anna in keiner Weise. Aber genau das tat er. Er fachte ihre Sehnsucht an. Verstehen Sie? So war Raoul.«

»Glaubten Sie deswegen, dass es ihm auch mit Ihrer Schwester nicht ernst war?«

»Ich kann nicht für Caroline sprechen, ihre Beziehung, ich weiß nicht, was da wirklich zwischen den beiden war. Aber ich hatte durchaus Angst, dass er sie ebenfalls verletzen würde. Sie verlassen würde. Ich habe sie noch nie so verzweifelt erlebt wie nach seinem Tod. Sie liebte ihn, und es wäre ihr sehr schwergefallen, darüber hinwegzukommen, verlassen zu werden.«

»Machen Sie sich Sorgen um Ihre Schwester?«

»Caroline …« Helena zögerte kurz. Als sie mit leiserer, vertraulicherer Stimme fortfuhr, wählte sie ihre Worte sehr sorgfältig. »Caroline kann den Eindruck erwecken, stark zu sein, aber innerlich ist sie zerbrechlich. In ihrer Jugend hatte sie ziemliche Probleme und hat sie immer noch. Anorexie und Panikattacken. Es ist nicht leicht, eine Diagnose zu stellen. Eine Zeit lang habe ich mir ernsthafte Sorgen um sie gemacht, aber die schlimmsten Jahre liegen hinter ihr. Trotzdem befürchte ich immer einen Rückfall. Ich sehe ihr sofort an, wenn es ihr nicht gut geht.«

»Wie jetzt?«

»Ja, natürlich.«

Eine Bö drückte das Fenster auf. Ebba stand auf, aber Vendela kam ihr zuvor und schloss das Fenster wieder.

»Glauben Sie, dass sie mit seinem Tod etwas zu tun haben könnte?«

»Mit Sicherheit nicht. Warum sollte sie ihn umbringen? Weil sie eifersüchtig auf mich war? Absurd! Caroline würde mich ausschimpfen, mich anschreien, fluchen, treten, aber keine von uns würde Raouls Tod wollen.«

Ebba nickte und klappte ihren Laptop zu.

»Danke für Ihre Hilfe. Mir ist klar, dass es nicht einfach gewesen sein kann, so viele Jahre eine heimliche Beziehung zu haben.«

Helena sah Ebba erschöpft an. Sie nahm das Glas und trank die letzten Tropfen.

»Noch etwas«, sagte sie, als sie sich erhob und die Bügelfalte ihrer Hose zurechtrückte. »Ich weiß, dass ich keine Garantien erwarten kann, aber ich wäre sehr dankbar, wenn von alldem nichts zu meiner Familie durchdringen würde. Ich habe mir all die Jahre größte Mühe gegeben, damit sie von meiner Affäre nicht in Mitleidenschaft gezogen wird.«

Ebba betrachtete Helena und sah zum ersten Mal die besorgte Ehefrau und Mutter, eine Frau, der einen Augenblick lang die Selbstsicherheit abhandengekommen war.

»Wir können, genau wie Sie sagen, nichts versprechen. Wenn es keinen guten Grund gibt, diese Information weiterzuverbreiten, dann werden wir das auch nicht tun.«

»Vielen Dank.«

Helena gab Ebba die Hand.

»Wenn wir hier fertig sind, würde ich gerne so schnell wie möglich abreisen. Sie wissen, wo Sie mich erreichen können. Aber wie Sie sicher verstehen, finde ich es unerträglich, auf dieser Insel zu bleiben.«

Kabale und Liebe, dachte Ebba, als sie ihren Mantel anzog und sich in die wunderbare Herbstlandschaft Svalskärs begab. Sie hatte Vendela bereits zum Polizeiboot geschickt, um zusammen mit Jakob die Angaben zusammenzustellen und ihre Notizen ins Reine zu schreiben. Nachdem sie mehrere Stunden Vernehmungen durchgeführt hatte, musste sie wieder einen klaren Kopf bekommen und alle Eindrücke ordnen. Sie ging an den Felsen entlang. Die Wellen schlugen plätschernd ans steinige Ufer, silbergraue Muster überzogen die dunkle Tiefe. Die Sonne war hinter den Wolken verschwunden, sofort wurde es kälter, eine Vorahnung des Winters.

Obwohl sie es nach all den Jahren gewohnt war, diejenige zu sein, die die anderen antrieb, so forderte diese Anstrengung doch zu guter Letzt ihr Recht. Die schmerzlichen Geständnisse und Enthüllungen, die sie erzwang, hinterließen auch bei ihr Spuren. Nicht weil sie sonderlich bemerkenswert gewesen wären, sondern weil sie die beteiligten Personen in ihrer allergrößten Verletzlichkeit zeigten. Auch einen Mörder.

Raoul Liebeskind war ein Mann gewesen, der starke Gefühle des Begehrens und der Liebe erweckt hatte, die nicht einmal im Laufe vieler Jahre verflogen waren, sondern die Frauen in seinem Umfeld noch immer in Schach hielten. Warum hatte sich nicht einmal ein so vernünftiger Mensch wie Helena von ihm lösen können? Weil sie ein Suchtproblem hatte, das unter einer extrem dynamischen Oberfläche schwelte, die ihre destruktive Seite verbarg? Ganz anders als ihre Schwester, die sich ihrer Neurosen nicht schämte und ungehemmt ihre Leidenschaften auslebte. Wer von den beiden war aufrichtiger? Und wie schwach war Caroline eigentlich wirklich? Schwäche ließ sich als Waffe einsetzen, um sich Vorteile zu verschaffen und die Nachsicht anderer zu erlangen.

Ebba betrachtete den westlichen Horizont. Ein schnelles Motorboot bewegte sich auf Svalskär zu. Je näher es kam, desto lauter wurde das Motorengeräusch, bis das Boot aus mattem Aluminium neben den Polizeibooten am Steg anlegte. Ein Mann mittleren Alters in Seglerjacke und marineblauer Wollmütze sprang behände an Land und vertäute das Boot, noch ehe es ganz zum Stillstand gekommen war. Mit beiden Händen fing er den Bug auf und schob das Boot ein Stück vom Steg weg. Da die Bordwand von einer dicken Gummileiste geschützt wurde, machte er sich nicht die Mühe, zum Polizeiboot hin abzufendern.

In diesem Augenblick klingelte Ebbas Handy. Kaum hatte sie das Gespräch angenommen, da hörte sie eine erregte englische Stimme.

»Hier ist Joy Liebeskind. Spreche ich mit Kommissarin Ebba Schröder?«

»Ja, kann ich Sie zurückrufen …«

»Warum haben Sie mich noch nicht angerufen?«

»Ich kann mich im Moment nicht ungestört mit Ihnen unterhalten, ich rufe sofort zurück.«

Resolut unterbrach Ebba die Verbindung, während sie auf den Neuankömmling zuging. Er gab ihr die Hand. Er hatte die gleichen sehnigen Hände wie seine Cousine.

»Peder Armstahl.«

»Kommissarin Ebba Schröder.«

»Louise hat mir von dem Todesfall berichtet, und da dachte ich mir schon, dass Sie vielleicht mit mir sprechen wollen.«

»Wir wollten mit Ihnen sprechen und es vereinfacht die Dinge, dass Sie herkommen konnten. Trotzdem frage ich mich, was Sie veranlasst hat, unaufgefordert das Boot nach Svalskär zu nehmen?«

Ein kurzes, etwas bitteres Lachen ertönte. Er stemmte die Hände in die Seiten, reckte seinen schmalen Oberkörper und versuchte mithilfe seiner Seglerjacke aus festem Tuch größer zu wirken.

»Was spricht dagegen? Schließlich ist es mir wichtig, Ihnen dabei zu helfen, Raouls Tod aufzuklären. Es ist furchtbar, dass so etwas auf meiner Insel geschehen konnte.«

»Ich dachte, dass Ihnen nur das Seehäuschen gehört?«

»Sollten wir uns nicht irgendwo hinsetzen?«, meinte Peder und fügte ironisch, aber nicht ohne Charme hinzu: »Darf ich Sie vielleicht in mein Seehäuschen einladen?«

Ebba lächelte. »Ich muss noch rasch telefonieren. In dieser Zeit könnten Sie sich Kriminalinspektor Jakob Svärd zwecks Abnahme von Fingerabdrücken und einer DNA-Probe zur Verfügung stellen.«

Ebba verschwand im Polizeiboot. Von ihrer Kabine aus wählte sie Joys Nummer. Während sie darauf wartete, dass Joy Lieskind abhob, schaute sie aus dem kleinen Bullauge. Peder war noch auf dem Steg. Er ging auf den kleinen Kahn zu, der neben seinem großen Motorboot schaukelte, sprang hinein und löste die Bojenleine. Dann löste er auch die vordere Leine und ging damit an Bord seines eigenen Bootes. Er zog den Kahn um das Heck seines eigenen Bootes herum und begab sich mit einem langen Satz auf den Steg, zog das Ruderboot ein Stück Richtung Felsen, wo diese nicht allzu steil ins Wasser abfielen, und von dort halb an Land. Dann holte er einen Karren, der neben dem Seehäuschen stand. Mit einem Ruck zog er den Kahn auf den Karren und schob diesen dann zum Seehäuschen. Anschließend zog er den knarrenden und quietschenden Karren über den Steg Richtung Seehäuschen. Er drosselte das Tempo, um den Lärm etwas zu dämpfen. Beim Seehäuschen lud er mit ein paar kräftigen

Stemmbewegungen den Kahn ab und platzierte ihn neben den beiden hölzernen Rudern, die bereits vor der Hauswand lagen.

Zehn Minuten später klopfte Ebba an die Tür des Seehäuschens. Sie wurde sofort geöffnet. Ohne seine männliche Seglerjacke sah Peder wie ein Tänzer aus. Geschmeidig und zierlich und Louise sehr ähnlich. Wenn er lächelte, sah man seine etwas schiefen Zähne. Er deutete auf das ausladende Howard-Sofa und nahm selbst auf einem Hocker Platz.

»Sie sind also Louises Cousin«, sagte Ebba.

»Das stimmt. Aber Louise und ich stehen uns näher, als Cousine und Cousin das normalerweise tun. Wir haben beide keine Geschwister, sie war für mich also wie eine Schwester.«

»Und Sie für sie wie ein Bruder?«, fragte Ebba, und er nickte. »Interessanterweise bezeichnete sie ihr Verhältnis zu Raoul Liebeskind ebenfalls als geschwisterlich. Haben Sie ihn auch so betrachtet? Wie einen Bruder?«

Peder lachte kurz auf, aber seine Miene hatte etwas Angestrengtes.

»Tja … das wäre wohl zu viel gesagt. Ich hatte nicht so ein Verhältnis zu ihm wie Louise.«

»Was wissen Sie über Raouls Tod, Peder?«

Peder ließ sich nicht aus dem Konzept bringen. »Keine Ahnung, was da geschehen ist. Als ich abfuhr, lebte er noch.«

»Aus welchem Grund sind Sie gestern nach Svalskär gekommen? Soweit ich weiß, hatten Sie mit der Aufnahme des Quartetts nichts zu tun.«

»Ich musste mit Louise reden.«

Es klopfte laut, und die Tür wurde aufgerissen. Peder hatte sich noch nicht ganz von seinem Hocker erhoben, da stand Caroline bereits in der Diele.

»Oh … Entschuldigung«, sagte sie fassungslos. »Ich wusste nicht, dass jemand hier ist.«

»Peder Armstahl oder ich?«, fragte Ebba. Caroline antwortete nicht, und Peder fuhr sich mit der Hand durchs Haar. Sein breiter Siegelring funkelte am linken kleinen Finger. Ein fragendes Lächeln erschien auf seinen Lippen, und er versuchte Carolines Blick aufzufangen. Ihre Augen bewegten sich unstet.

»Haben Sie sich etwas zu sagen?«, fragte Ebba, aber die Frage blieb in der Luft hängen. »Nun, es scheint so«, stellte sie fest, als niemand antwortete.

»Also, ich wollte eigentlich nur wissen …«, begann Caroline und sah Peder durchdringend an. Fast unmerklich schüttelte er den Kopf. Carolines Augenlider zuckten nervös. Ebba bewegte sich nicht und beobachtete, wie ihre Spannung zunahm und dem unvermeidlichen peinlichen Höhepunkt zustrebte. Als sich Caroline umdrehte, um das Haus zu verlassen, streckte sie ihre Hand aus, um sie aufzuhalten.

»Setzen Sie sich, Caroline, ich glaube, dieses Gespräch bringt mehr, wenn Sie daran teilnehmen.«

Caroline suchte, bereits mit der Hand auf der Türklinke, nach einer geeigneten Antwort. Peder ließ sich langsam wieder auf seinen Hocker sinken. Ebba bedeutete Caroline mit einem Kopfnicken, irgendwo im Zimmer Platz zu nehmen. Zögernd ließ sie die Klinke los, trat mit zwei Schritten ans Sofa und ließ sich, ohne die Schuhe auszuziehen, nieder. Ebba setzte sich schräg hin, sodass sie Peder und Caroline gleichzeitig sehen konnte.

»Wollten Sie mit Peder über etwas Bestimmtes sprechen?«, fragte Ebba.

Caroline antwortete nicht. Sie fuhr sich mit der Zungenspitze über die Lippen, wirkte aber vollauf damit beschäftigt, ihre Gedanken zu ordnen. Also wandte sich Ebba an Peder. »Oder wollten Sie etwas mit Caroline besprechen?«

Eiseskälte umhüllte Caroline, sie kniff die Augen zusammen, verschränkte die Arme und hob die Schultern. Als versuche sie, sich kleiner zu machen, um gänzlich zu verschwinden, verkroch sie sich dann tiefer ins Sofa. Wieder versuchte Peder ihren Blick aufzufangen, aber sie war unerreichbar.

»Was ist es, was Sie beide vereint, sich aber so schwer benennen lässt?«, fragte Ebba gelassen.

Peder erhob sich und ging ein paar Schritte auf und ab, dann lehnte er sich an die Fensterbank und schaute aufs Meer. Er schien zu überlegen, wie er sich verhalten sollte. Sein Körper und sein Kopf bewegten sich fast unmerklich in unterschiedliche Richtungen, ehe er sich schließlich umdrehte und Caroline und Ebba anschaute, wobei er sich immer noch an der Fensterbank abstützte.

»Soll ich anfangen, Caroline?«, sagte er.

Caroline reckte sich halbherzig und schien zu überlegen, was sie sagen sollte, um die peinliche Situation zu beenden, ohne preiszugeben, was sie wirklich bedrückte.

»Ist das wirklich nötig? Ich meine, das, was uns beide betrifft, ist doch so passé.« Rasch senkte sie den Blick und flocht die Finger ineinander. Peder konnte es nicht lassen, ihr einen intensiven Blick zuzuwerfen. Unterdrücktes Begehren?, überlegte Ebba.

»Passé? Ja … das mag natürlich sein«, entgegnete Peder und lehnte sich an die Wand, wobei er den Oberkörper vorbeugte, als wisse er nicht, wo er Halt finden könne. »Aber wohl kaum noch ein Geheimnis. Helena weiß Bescheid und Anna auch, vermute ich. Und Louise … natürlich.«

»Es gibt nichts … zumindest nicht …«, begann Caroline. Ihr zögernder Tonfall verriet, dass sie eine Tür geöffnet hatte, die sie hatte verschlossen halten und vergessen wollen. Nach einem raschen Blick auf Ebba gelangte sie zu dem Schluss, dass sie die Antwort nicht länger hinauszögern konnte. Sie atmete tief ein, schob ihre Knie zusammen und legte ihre Hände darauf.

»Louise wünschte sich ein Kind mit mir. Da wir einen Spender benötigten, schlug Louise Peder vor, denn die beiden stehen sich sehr nahe, und außerdem sind sie verwandt. Auf diese Weise würden die Armstahlschen Gene väterlicherseits weitergeführt werden. Also lag es nahe, dass ich das Kind austragen würde. Ich war damit einverstanden, weil ich glaubte, unsere Beziehung sei von Dauer.«

»Sie führten die Befruchtung also durch?«

Eine starke Röte überzog Carolines Gesicht, und sie rutschte auf ihrem Stuhl hin und her. »Durch Insemination.«

Peder blickte zu Boden.

»Wann war das?«, fragte Ebba.

»Anfang September«, antwortete Caroline und nagte an ihrer die Unterlippe, als sie realisierte, wie wenig Zeit seither verstrichen war.

»Wurden Sie schwanger?«

Die Antwort ließ auf sich warten. Nur Carolines keuchende Atemzüge waren zu hören. Sie wandte sich von Ebba und Peder ab, während sie versuchte, sich zu sammeln. Aber je mehr sie sich anstrengte, desto deutlicher wurde ihre Verzweiflung.

Peder legte den Kopf zur Seite, und sein Haar fiel ihm ins Gesicht, als er Caroline ansah.

»Ihr habt doch einen Schwangerschaftstest gemacht, Caroline? An dem Ergebnis war nicht zu zweifeln.«

Sie nickte schwach und hob dann den Kopf, bis sie Ebbas Blick begegnete.

»Ja. Ich wurde schwanger.«

Ebba nickte und sann eine Weile über die Folgen dieser Information nach.

»Sie stellten also fest, dass die Befruchtung gelungen war«, fasste sie zusammen. »Aber als Sie nach Svalskär kamen, entdeckten Sie Raoul und verliebten sich in ihn?«

»Ja.«

»Wusste er, dass Sie mit Louise eine Familie gründen wollten?«

»Ja«, antwortete Caroline. »Louise hat das vor allen ausposaunt.«

»Wann?«

»An dem Abend, an dem Raoul den Allergieschock hatte. Wir saßen im Salon. Sie tat es absichtlich, obwohl ich dagegen war.«

Ebba bekam eine Gänsehaut, sie fuhr aber so ungerührt wie möglich fort: »Warum tat sie das, Caroline?«

Caroline warf ihr einen ängstlichen Blick zu. Ebba lächelte sie entspannt an, aber da erstarrten Carolines Züge.

»Sie war so stolz«, flüsterte sie.

Ebba wandte sich an Peder.

»Wann haben Sie erfahren, dass Louise und Caroline Schluss gemacht hatten?«

»Louise rief mich an. Sie war am Boden zerstört. Das war vorgestern.«

»Erwähnte sie Raoul in diesem Zusammenhang?«

Peder nickte. »Ja. Sie sagte, sie habe den Verdacht, dass Raoul Caroline Avancen machte.« Er warf ihr einen raschen Blick zu, aber sie erwiderte diesen Blick nicht. »Und das entsprach ja auch den Tatsachen.«

»Waren Sie erstaunt?«

»Ich kannte Raoul etwa seit dreißig Jahren. Louise und er standen sich nahe und haben beruflich immer eng zusammengearbeitet. Ich weiß aber auch, dass er ein notorischer Schürzenjäger war. Louise bemerkte das nie. Es fiel ihr einfach nicht auf. Vielleicht wollte sie es auch einfach nicht wahrhaben. Vielleicht war ihre sexuelle Veranlagung auch so unterschiedlich, dass sie gar nicht begreifen konnten, wie die Bedürfnisse des anderen aussahen. Sie befanden sich in dieser Frage in verschiedenen Welten ohne irgendwelche Berührungspunkte.«

Bis vor Kurzem, dachte Ebba.

»Sie erzählten Caroline, dass Helena und Raoul eine Affäre hatten.«

Peder schaute aus dem Fenster. »Ja.«

»Was bezweckten Sie damit?«

Er ließ sich mit seiner Antwort Zeit. Dann sagte er mit gleichmütiger, fester Stimme: »Ich wollte Caroline zu verstehen geben, mit was für einem unzuverlässigen Mann sie sich da eingelassen hatte.«

Caroline erhob sich heftig. »Verdammt, Peder! Was hattest du für ein Recht, ihn zu verleumden?«

Ihre Aggressivität raubte Peder seine Selbstbeherrschung, und sein schwelender Zorn flammte auf.

»Was heißt hier Verleumdung? Es war doch nur die Wahrheit.« Er wurde lauter. »Schau doch nur, wie egoistisch du dich aufgeführt hast! Wie du Louise behandelt hast, als es darauf ankam. Es steht dir frei, deine eigenen Schlüsse zu ziehen. Ich sage nur, was Sache ist. Don't shoot the messenger, Caroline. Mach die Augen auf, denn auf diese Sache hast du dich freiwillig eingelassen.«

Caroline schwankte etwas und ließ sich wieder aufs Sofa sinken.

»Ihre Absicht war also, Caroline dazu zu bewegen, wieder zu Louise zurückzukehren«, sagte Ebba. »Nur das?«

Peder verschränkte die Arme und dachte nach. Dann ließ er sich wieder auf den Hocker fallen. Dort saß er, die Ellbogen auf die Knie gestützt und das Kinn in den Händen.

»Ich fuhr hierher, um Louise beizustehen … Louise und Caroline in ihrer Beziehung, jetzt, wo sie ein Kind erwarten.«

Hastig wischte sich Caroline ihre Tränen ab und sah erst Peder und dann Ebba an. »So klang das gestern aber nicht«, stellte sie nüchtern fest.

»Wie klang es da?«, wollte Ebba wissen. Peder kam Caroline zuvor.

»Gestern unterhielten wir uns, und ich versuchte, sie dazu zu bewegen, Vernunft anzunehmen. Als Louise das Zimmer betrat, erklärte Caroline klipp und klar, sie wolle mit Raoul ein neues Leben beginnen. Sie können sich vorstellen, welch ein Schock das für Louise war. Absolut haarsträubend. So was macht man einfach nicht. Man muss für seine Taten geradestehen, auch wenn es mal schwierig wird. Aber dieser Mann hatte Caroline den Kopf verdreht. Sie weigerte sich, auf irgendwelche Argumente zu hören. Da sah ich mich gezwungen, in dem ganzen Chaos einen rationalen Beschluss zu fassen. Ich bot Caroline meine Loyalität an. Da sie nun einmal mit meinem Kind schwanger war, sah ich es als meine Pflicht, ihr beizustehen und die Verantwortung für meinen Nachwuchs zu übernehmen, ganz gleichgültig, ob sie jetzt mit Louise zusammenbleiben wollte oder nicht.«

»Die Großmut in Person! Was bist du doch für ein Heuchler, Peder!«, fauchte Caroline.

»Wie meinen Sie das?«, warf Ebba mit ihrer ruhigen Vernehmungsstimme ein, die im Vergleich zu den erregten Angriffen der anderen fast bizarr wirkte. Caroline schien ihre Anwesenheit gar nicht mehr wahrzunehmen. Ihre gesamte Aufmerksamkeit war auf Peder gerichtet.

»Hörst du nicht, dass du immer nur von deinem Kind sprichst? Louise war nur das Alibi, um ein Kind mit mir zu zeugen. Ich erinnere mich noch, wie wütend sie auf dich wurde, als ich das sagte.«

Peder wurde hochrot im Gesicht.

»Liebe Caroline, das ist ein Missverständnis.«

Er versuchte zu lächeln, was ihm jedoch nicht gelingen wollte. »Warum sollte ich Louise verraten? Und noch dazu Emily und meine vier Kinder?«

»Das ist doch wohl offensichtlich? Ich sehe doch, wie du mich anschaust, Peder. Hast du mich erst mal mit einem Kind in die Ecke gedrängt, dann hast du mich, wo du mich haben willst. Dann hast du schon mal die Hälfte. Du willst mich. Das wollen alle Typen. Du glaubst gar nicht, wie sehr mir alle Männer auf die Nerven gehen, die glauben, sie hätten ein Anrecht auf mich, bloß weil sie geil sind.«

Peder versuchte sie zu unterbrechen, aber Caroline wurde lauter. »Erzähl mir nicht, dass Raoul unzuverlässig war. Du hängst doch selbst die ganze Zeit dein Mäntelchen nach dem Wind.«

Peder holte ein paarmal tief Luft, um die Fassung zu bewahren. Obwohl er sich bemühte, nachsichtig zu lächeln, konnte er nicht verbergen, wie gekränkt er war.

»Caroline. Ich bin und bleibe dein Freund. Egal, wie wütend du im Augenblick auf mich bist. Aber ich liebe meine Frau sehr. Im Unterschied zu Raoul muss ich nicht dauernd bei neuen Frauen Bestätigung suchen. Eines ist sicher. Ich werde Emily nie deinetwegen verlassen, ganz gleichgültig, was du dir einbildest. Ich wollte Louise helfen, ein Kind zu bekommen. Als ich mich an eurem Familienprojekt beteiligt habe, tat ich das mit offenen Augen. Mir war klar, dass dieses Kind vielleicht eines Tages würde wissen wollen, wer sein Vater ist. Ich würde mein eigenes Fleisch und Blut nie verleugnen. Es war aber immer geplant, dass ihr beide die Eltern sein würdet. Du nennst mich unzuverlässig. Und wie soll ich dich nennen? Du hast Louise auf die schlimmste Art verraten. Wie konntest du der Person, die dich über alles liebt, nur so leichtfertig untreu werden? Nach allem, was sie für dich getan hat!«

Caroline schwieg und starrte zu Boden. Peder schüttelte enttäuscht den Kopf.

»Ich verstehe, dass du im Augenblick etwas labil bist«, fuhr er fort, »kein Wunder, schließlich ist Raoul tot. Du trauerst und kannst nicht klar denken. Du darfst mich gerne als Klagemauer verwenden. Ich kann damit umgehen, Caroline. Ich verzeihe dir.«

Die Stimme war leise und mitfühlend, und er wollte ihr mit einer zärtlichen Hand über die Wange streichen. Als seine Fingerspitzen ihre Haut berührten, sprang sie auf. Ihre Wut brach wieder hervor.

»Du warst verdammt noch mal eifersüchtig auf Raoul!«

»Jetzt ist aber mal gut.«

»Gib es zu! Gib zu, dass du ihn beseitigen wolltest, damit ich dein Kind zur Welt bringen kann.«

»Meine Güte! Was behauptest du denn da, Caroline?«

»Louise ist dir scheißegal. Du bist ja so verlogen.«

»Und das sagst ausgerechnet du? Obwohl du sie hintergangen und das Kind abgetrieben hast!«

Schlag auf Schlag waren die Antworten niedergegangen, bis sie den abrupten Wendepunkt erreicht hatten! Die nun eingetretene Stille stand in grellem Kontrast zu der Wut, die das Zimmer erfüllt hatte. Peder und Caroline standen da und starrten sich an, ermattet und überrumpelt von der Eskalation ihres Streits.

Kaum hörbar sagte sie: »Woher weißt du …«

»Stimmt es, Caroline?«

Caroline schluckte und wandte sich ab, als sie Ebbas Stimme hinter sich hörte.

»Wann haben Sie diesen Schwangerschaftsabbruch vorgenommen, Caroline?«

Vollkommen erschöpft ließ sie sich auf das Sofa sinken und strich sich mit beiden Händen langsam übers Gesicht und über den Scheitel. Als sie den Blick wieder hob, sah sie, dass Ebba und Peder reglos auf ihre Antwort warteten.

»An dem Tag, an dem ich erfuhr, dass ich schwanger war«, flüsterte sie.

Peder atmete tief durch. Die zitternde Luft vermittelte seine Erregtheit. Er hielt sich eine Faust vor den Mund und hielt die andere Hand in der Armbeuge, als müsse er sich selbst davon abhalten, um sich zu schlagen.

»Am selben Tag, an dem mich Louise überglücklich anruft«, sagte er leise. »Am selben Tag, an dem sie sich die Hand verletzt und vielleicht nie mehr Geige spielen kann. Da verrätst du sie, indem du kurzerhand einen Schwangerschaftsabbruch vornimmst. Als sei das das Einfachste auf der Welt.«

»Einfach? Glaubst du, dass das einfach war? Es ging mir schließlich lausig, und ich musste es ganz alleine tragen.«

»Und dann hast du dich Raoul in die Arme geworfen. Vollkommen egoistisch und rücksichtslos.«

Peder schüttelte enttäuscht den Kopf. »Schäm dich, Caroline.«

Sie hatte nicht mehr die Kraft, sich weiter zu verteidigen. Sie schluchzte. Peder stand nur einen Meter von ihr entfernt. Aber er streckte keine tröstende Hand mehr aus. Er sah müde aus. Sein Gesicht war vollkommen ausdruckslos.

»So schön … und so verdorben«, murmelte er leise.

Da erhob sich Caroline und stürzte aus dem Haus. Peder blieb mit verschränkten Armen stehen und schaute aus dem Fenster.

»Ich glaube, Sie sehen ein, dass diese Informationen über die

Schwangerschaft und über den Abbruch die Dinge in einem ganz neuen Licht erscheinen lassen«, begann Ebba. »Raouls Anwesenheit scheint mehr Unruhe und Streitigkeiten verursacht zu haben, als wir anfangs dachten.« Sie sah ihn an. »Und Ihre auch.«

Peder stand am Fenster und sagte nichts.

Ebba trat auf ihn zu und betrachtete sein Profil. »Haben Sie Raoul Liebeskind gestern Abend getroffen?«

Er runzelte die Stirn. »Wann, meinen Sie?«

»Erzählen Sie lieber, wann Sie ihn getroffen haben.«

»Ich traf ihn wie alle anderen am Nachmittag. Anschließend sprach ich erst mit Caroline und später mit Louise und fuhr dann wieder nach Hause.«

»Es fanden danach also keine weiteren Treffen mit Raoul statt?«

»Nein.« Er drehte seinen Kopf zur Seite, als bedauere er etwas, habe aber keine Wahl.

»Gibt es jemanden, der das bestätigen kann?«

»Das weiß ich nicht. Vielleicht, vielleicht auch nicht. Wie hätte ich auch ahnen können, dass ich ein Alibi brauchen würde? Ich wusste schließlich nicht, dass Raoul sterben und dass es zu einer polizeilichen Ermittlung kommen würde.«

»Wann haben Sie die Insel verlassen?«

»Tja. Wie spät kann es da gewesen sein? Sieben?«

»Sind Sie sich sicher?«

»Vielleicht auch halb acht?«

»Oder noch später?«

»Das glaube ich nicht.«

»Welches ist Ihr Heimathafen?«

»Biskopsudden.«

»Hat Sie jemand gesehen, als Sie dort eintrafen?«

Peder dachte nach.

»Vielleicht … ich muss nachdenken. Diese Frage kommt höchst unerwartet.«

»Ach? Ich dachte, Sie seien hierhergekommen, um uns zu informieren.«

»Aber ich erwartete nicht, über mein Tun und Lassen Rechenschaft ablegen zu müssen.«

»Warum nicht?«

Er zuckte mit den Achseln und ließ sich mit der Antwort Zeit. »Weil Louise sagte, Raouls Tod sei ein Unfall gewesen.«

Ebba nahm ihre Handtasche und ging zur Tür. Auf der Schwelle drehte sie sich um. »Ich muss noch einige Dinge erledigen. Sie hören später von mir. Ich möchte, dass Sie auf der Insel bleiben, damit wir wieder miteinander sprechen können.«

Als sie die Tür hinter sich geschlossen hatte, zog sie ihr Handy aus der Tasche und schrieb eine SMS. Dann setzte sie sich auf die Bank auf dem Steg mit Blick aufs Meer. Vor ihr schaukelte Peders Boot. Die Leinen klatschten gegen den Bug.

Aus den Augenwinkeln sah sie Caroline auf das Haupthaus zugehen. Sie hatte etwa den halben Weg zurückgelegt, als die Haustür geöffnet wurde und eine Person in Barbour-Jacke ins Freie trat. Caroline drehte sich rasch um, als sie sah, dass es Louise war. In diesem Augenblick ging die Tür des Seehäuschens auf, jetzt kam ihr Peder von dort entgegen. Caroline schaute ein paarmal ratlos zwischen Peder und Louise hin und her. Dann ließ sie den Kopf sinken und wartete ab, bis Louise bei ihr war. Offenbar entspann sich eine hitzige Diskussion, die damit endete, dass Caroline mit den Achseln zuckte. Sie ließ es aber zu, dass Louise sich bei ihr einhakte und sie zum Haupthaus führte. Mit energischen Schritten folgte Peder ihnen.

Ebba hatte sich auf der Bank umgedreht, um den Auftritt zu verfolgen. Als sie den Kopf ein wenig drehte, fiel ihr Blick auf den Kahn. Wasser tropfte vom Kiel, bildete Pfützen und floss in Rinnsalen über den Steg. An der Wand waren die beiden Ruder zu erkennen. Sie ließ den Blick verweilen, dann lehnte sie sich wieder zurück und griff zu ihrem Handy, um Jakob anzurufen.

Eine Viertelstunde später schreckte sie aus ihren Überlegungen auf, als die Tür des Haupthauses zuschlug. Peder ging Richtung Steg. Er trug eine kleine Reisetasche.

»Sind Sie schon wieder auf dem Heimweg?«, fragte Ebba, als er auf den Steg trat.

»Ja. Louise und ich fahren nach Stockholm. Natürlich erst, wenn Sie uns das gestatten. Helena und Caroline schließen dann ab und nehmen den Targa.«

Er ging an Ebba vorbei und wollte gerade an Bord seines Bootes gehen, als Ebba ihn zurückrief.

»Peder! Könnten Sie sich bitte einen Augenblick zu mir setzen?«

Er zögerte kurz, kehrte dann aber um und setzte sich zu ihr. Beide blickten übers Meer.

»Schnelles Boot«, begann Ebba.

Er lachte auf und zuckte mit den Achseln.

»Wie lange brauchen Sie damit von hier in die Stadt?«

»Tja«, meinte Peder. »Das hängt natürlich von den Wetter- und Windverhältnissen ab. Aber in zwei bis drei Stunden ist es zu schaffen.«

»Sie sind mit Booten vertraut?«

»Ich bin seit meiner Geburt auf See und habe recht häufig an Segelregatten teilgenommen. Das Motorboot benutze ich eigentlich nur, um hierherzufahren.«

»Und das hier ist Ihr Bootsplatz am Steg?«

»Bestimmte Plätze gibt es eigentlich nicht«, antwortete Peder, »aber ich pflege dort anzulegen. Das ist eine Art Gewohnheitsrecht.«

Ebba nickte. Sie wollte ihren entspannten Dialog so lange wie möglich aufrechterhalten.

»Das Boot sieht recht neu aus. Wie alt ist es denn?«

»Neu? Nein, wirklich nicht. Wie alt kann es sein? Zehn Jahre vielleicht?«

»Aber es ist wirklich prima in Schuss«, fuhr Ebba fort. »Wann haben Sie es zuletzt gewaschen?«

»Gewaschen?« Damit war der ungezwungene Ton mit einem Mal wie weggeblasen. Er sah Ebba ernst an. »Warum wollen Sie das wissen?«

Jakob tauchte in der Tür des Polizeibootes auf, das in einiger Entfernung vertäut lag. Er sprang mit einer Rolle Absperrband an Land.

»Danke, Jakob«, sagte Ebba und lächelte ihn an.

Jakob befestigte das Flatterband an einem Pfosten am Ende des Stegs und sperrte diesen ab. Peder stutzte.

»Aber«, sagte er fassungslos, »was soll das?«

»Wir müssen Ihr Boot durchsuchen, Peder.«

Er schluckte. Sein Blick war auf Jakob gerichtet.

»Was soll der Unsinn?« Peder konnte seinen Zorn nicht länger zurückhalten. Er sprang auf und fasste sich an den Kopf, als könne er seinen Augen nicht trauen. Ebba blieb ruhig sitzen.

»Können Sie jetzt die Frage beantworten? Wann haben Sie das Boot zuletzt gewaschen?«

»Warum sperren Sie ab? Welchen Verdacht hegen Sie im Zusammenhang mit meinem Boot?«

Jakob zog das Absperrband von einem Ende des Bootes zum anderen.

»Es gibt noch einige offene Fragen, auf die wir eine Antwort suchen. Allerdings nicht im Boot«, er lachte, ein Wir-Männer-unter-uns-Lachen, um die Stimmung etwas zu verbessern, »aber wir müssen gewisse Spuren sichern.«

»Spuren? Ich verstehe nicht, was Sie meinen. Suchen Sie Fingerabdrücke? Meine werden Sie natürlich finden.«

»Wir suchen eher nach anderen Spuren«, meinte Ebba. »Aber wenn das Boot gerade gereinigt wurde, werden wir vermutlich keine finden. Es wird eine Weile dauern, bis wir alle Winkel durchsucht haben. Sie müssen also eine andere Möglichkeit finden, sich nach Hause zu begeben. Das Boot behalten wir, bis wir fertig sind.« Sie wandte sich an Jakob. »Weißt du was, sperr auch noch das ganze Gebiet vor dem Steg ab.«

Jakob weitete die Absperrung auf den Kahn und den Schuppen aus. Peder stand wie angewurzelt da und schaute von seinem Motorboot auf den Kahn.

»Aber das Ruderboot … was wollen Sie denn damit?« Seine Lippen bewegten sich, aber sein Gesicht war vor Fassungslosigkeit erstarrt.

»Warum lagen die Ruder bereits an Land?«, fragte Ebba.

Peder antwortete nicht.

»Haben Sie die Ruder gestern dorthin gelegt?«

Es zuckte in seinem Gesicht. »Ich habe das Boot an Land gebracht, um es dann später für den Winter abzudecken.«

»Haben Sie das Boot vergessen, oder kamen Sie nur bis zu den Rudern?«, fragte Ebba.

Als sie sein erstarrtes Gesicht im Profil sah, schlug ihr Herz schneller. Sie hatte wieder das vertraute Gefühl, an einer entscheidenden Wende angelangt zu sein.

Peder starrte lange auf sein Boot und antwortete dann, immer noch, ohne sie anzusehen: »Glauben Sie wirklich, dass ich Raoul umgebracht habe? Nur weil er …« Ihm fehlten die Worte, und er fasste sich an die Stirn.

»Und? Haben Sie?«

»Nein! Das ist doch wohl klar.« Seine Stimme klang gekränkt und verzweifelt.

»Wissen Sie, wer es war?«

Peder schüttelte ernst den Kopf, aber eher in seine eigenen Gedanken versunken denn als Antwort auf die Frage.

»Sie meinen also, dass es Mord war? Meine Güte! Was für ein Wahnsinn! Wer hätte Raoul ermorden sollen? Ich kann mir niemanden vorstellen, der ein Motiv gehabt hätte, das stark genug war. Wir sind schließlich keine Unmenschen.«

»Werden wir Spuren von Raouls Leiche in Ihrem Boot finden, Peder?« Ebbas Stimme war schärfer geworden.

»Das ist doch lächerlich!«, rief er. Er drehte sich zornig zu Ebba um. »Was soll das? Glauben Sie, ich gestehe etwas, was nur in Ihrer Fantasie existiert? Warum sollte es Spuren von Raouls Leiche in meinem Boot geben? Soweit ich weiß, hat er es nie betreten. Ich werde nicht akzeptieren, dass Sie mich in dieser Form verdächtigen.«

Er zog sein Handy aus seiner Seglerjacke und wählte mit dem linken Daumen eine Nummer. Ebba betrachtete ihn, als er darauf wartete, dass jemand am anderen Ende abhob.

»Hallo, ich bin das«, sagte er und baute sich vor Ebba auf, als wolle er zeigen, dass er nichts zu verbergen habe. Er hörte der Person am anderen Ende ungeduldig zu. »Nein … und mein Boot können wir nicht nehmen, weil die Polizei es beschlagnahmt hat. Offenbar bilden sie sich ein, dass es etwas mit Raouls Tod zu tun hat … ja, ich weiß … vollkommen unglaublich … wir müssen dein Boot nehmen … Sollen sie doch machen, was sie wollen. Wollen sie mit uns fahren, bitte, sonst müssen sie sehen, wie sie nach Hause kommen. Ich warte hier.«

Er beendete das Gespräch und verschränkte die Arme.

»Ich habe mit Louise gesprochen. Wir nehmen das Targa. Vorausgesetzt, Sie konfiszieren das nicht auch.«

Ebba lächelte ihn an, ohne sich von seinem Ärger anstecken zu lassen.

»Setzen Sie sich doch bitte noch mal«, sagte sie und deutete auf den Platz neben sich. Peder betrachtete die Bank. Er atmete angestrengt. Ehe er sich setzte, strich er hastig über das Holz der Bank. Dann betrachtete er scheu, fast unwillig seine Handfläche, ehe er sich die Hände mit einer hektischen Bewegung an der Hose abstreifte und neben Ebba Platz nahm. Was für eine Zimperlichkeit, dachte sie, ist seine Seglerjacke wirklich so kostbar?

»Warum sind Sie heute nach Svalskär gekommen, Peder?«

»Um Ihnen bei Ihren Ermittlungen zu helfen natürlich. Außerdem wollte ich für Louise da sein. Sie braucht meine Hilfe. Sie ist zwar stark, aber auch sie stößt an ihre Grenzen. Sie hat einige sehr schwere Tage hier auf Svalskär hinter sich.«

»Ich hatte den Eindruck, dass sie nicht sonderlich begeistert war, als Sie gestern hier aufgetaucht sind?«

»Warum das nicht?«

»Ja, warum nicht, Peder? Ich glaube, das wissen Sie sehr wohl«, erwiderte Ebba und betrachtete ihn wieder von der Seite. Als er nicht antwortete, fuhr sie mit derselben ruhigen Stimme fort: »Worüber haben Raoul und Sie gestritten?«

»Wir haben uns doch nicht gestritten«, sagte Peder und strich sich mit seinem Zeigefinger das Kinn und die Lippen.

»Ich weiß, dass Sie gestritten haben. Dafür gibt es Zeugen.«

Peder antwortete nicht.

»Ein Streit, der eskaliert ist«, fuhr Ebba fort. »Nicht wahr?«

Peder starrte geradeaus. Seine Stirn lag in Falten und er schien die richtigen Worte zu suchen. Schließlich nickte er leicht und sagte leise: »Ich glaube … ich muss meinen Anwalt anrufen.«

»Ja«, erwiderte Ebba kühl. »Das ist vielleicht eine gute Idee.«

Ihre Gelassenheit provozierte ihn. Plötzlich sagte er heftig: »Ich sage überhaupt nichts mehr, ehe ich nicht mit meinem Anwalt gesprochen habe. Darf ich ihn selbst anrufen, oder ist das auch schon nicht mehr erlaubt?«

»Rufen Sie ihn nur an«, antwortete Ebba ungerührt. »Sie können gleich einen Termin morgen um eins im Dezernat vereinbaren.«

»Um halb eins wollte ich mit meiner Frau zu Mittag essen. Geht es nicht auch um drei?«

Ebba ließ etwas Zeit verstreichen, um ihren Worten mehr Nachdruck zu verleihen: »Peder, ich weiß nicht, ob Sie es verstanden haben. Aber wir ermitteln in einer Mordsache. Ich kann auf ein Tête-à-Tête mit Ihrer Gattin keine Rücksicht nehmen. Ist sie überhaupt über die Situation unterrichtet?« Sie ließ Peder allerdings keine Zeit zu antworten. »Nein, natürlich nicht. Sie hat vermutlich auch keine Ahnung, dass Sie der Freundin Ihrer Cousine mit Sperma ausgeholfen haben. Ob, genauer gesagt, wann sie das erfährt, ist Ihr Problem. Bislang. Wenn Sie morgen nicht um eins in meinem Büro auftauchen, dann werde ich dafür sorgen, dass Sie unter dem begründeten Verdacht, Raoul Liebeskind ermordet zu haben, festgenommen werden.«

»Dazu haben Sie nicht das Recht … ich bin vollkommen unschuldig …« Seine Stimme klang unsicher, seine Entrüstung raubte ihm fast die Stimme.

»Haben Sie angegeben, wo Sie tagsüber zu erreichen sind?«, fragte Ebba.

»Ich kann Ihnen meine Karte geben.« Er zog seine Brieftasche hervor und nahm eine Visitenkarte aus dickem weißen Papier mit schwarzem Prägedruck heraus. Dann zog er einen Stift aus der linken Tasche, strich eine Telefonnummer durch und ersetzte sie durch eine andere. »Wenn Sie mit mir sprechen wollen, wäre es mir recht, wenn Sie meine Direktnummer wählen und sich nicht durchstellen lassen würden.«

Peder reichte Ebba die Visitenkarte und erhob sich dann wortlos. Er ergriff die kleine Reisetasche und ging mit steifen Schritten zu dem Targa.

Auf dem Deck des Polizeibootes stand Vendela und rauchte die letzten Züge einer Zigarette. Als sie Louise auf sich zukommen sah, warf sie die Kippe ins Wasser und fuhr sich hastig mit den Fingern durchs Haar. Ihr Herz schlug schneller, je näher Louise kam. Louise fixierte sie die ganze Zeit und ging energischen Schrittes bis zur Kante des Stegs.

»Ich fahre mit Peder in die Stadt«, sagte sie. »Helena und Caroline haben Schlüssel und schließen das Haus ab.«

»Bleiben sie länger?«

»Sie haben ein Boottaxi gerufen.«

»Ach so.« Vendela räusperte sich. »Kommissarin Schröder würde vor Ihrer Abfahrt gerne noch einmal mit Ihnen sprechen. Wenn Sie so freundlich sein würden, an Bord unseres Bootes zu kommen.«

»Natürlich«, erwiderte Louise.

Vendela reichte ihr die Hand, um ihr an Deck zu helfen. Einen Augenblick hielt Vendela dabei inne. Sie schluckte und setzte dann die Bewegung fort. Louise kletterte an Bord und ging weiter, ohne sich etwas anmerken zu lassen. Vendela holte tief Luft und folgte ihr.

»Bitte schön«, sagte Vendela und deutete auf einen der Sessel im Salon. Als Antwort erhielt sie einen Blick, der etwas zu lange verweilte. Ein Gefühl der Hitze erfüllte Vendela. Sie versuchte es zu unterdrücken und starrte zu Boden.

Das war nicht das erste Mal. Dabei war sie vollkommen unerfahren auf diesem Gebiet, aber es war der absolut ungünstigste Zeitpunkt, um ihre sexuelle Identität erweitern zu wollen. Wenn Louise sie nur nicht so selbstsicher angeschaut und ihre schlummernde Lust auf Frauen entfacht hätte. Als sie ihrem willensstarken Blick begegnete, konnte sie ihm nicht ausweichen. Sie hätte sollen, wollte aber nicht. Sie konnte ihre Anziehungskraft auf Caroline sehr gut verstehen. Trotz ihres beherrschten Äußeren, trotz des zartgliedrigen Körpers und der feinen Gesichtszüge besaß Louise Armstahl eine immense erotische Ausstrahlung. Wie sollte sie nur diese höchst unwillkommene und überraschende Attraktion handhaben? Sie wusste natürlich, was sie tun musste. Sie musste kühl und professionell bleiben. Sie war verdammt noch mal Polizistin! Und diese hochadelige Geigensolistin vor ihr war vielleicht die Mörderin, nach der sie suchten.

Als Vendela wieder aufschaute, sah sie, dass Louise lächelte.

»Keine Sorge. Es ist nicht so gefährlich, eine neue Seite an sich zu entdecken«, sagte sie.

Vendela fehlten die Worte. Ihr Herz war vollkommen leer. Sie riss ihren Blick von Louise los und schaute stattdessen aus dem Fenster. Als sie Schritte hörte, drehte sie sich um und lächelte Ebba starr an. Vor ihrer Chefin ließ sich nichts verbergen. Ebba durchschaute sie auch sofort und zog ironisch eine Braue hoch. Louise war wieder vollkommen gefasst, als sei überhaupt nichts vorgefallen. Ebba nahm mit ihrem Laptop auf den Knien Platz.

Während der Computer hochfuhr, warf sie einen Blick auf Louises Bandage.

»Wie geht es mit Ihrer Hand?«

»Kein großer Unterschied. Vielleicht etwas besser, aber ich kann sie noch nicht wieder benutzen.«

»Fällt es Ihnen schwer, Sachen zu tragen und schwere Gegenstände zu bewegen?«, meinte Ebba, aber Louise verzog keine Miene. »Nehmen Sie irgendwelche Schmerztabletten?«, fuhr Ebba fort.

Louise lächelte. »Helena hat mir etwas verschrieben.«

»Und zwar?«

»Voltaren.«

Ebba nickte.

»Wie Sie sich sicher vorstellen können, haben wir inzwischen erfahren, dass Sie ein Kind mit Caroline bekommen wollten.«

Es war nicht daran zu zweifeln, dass Louise mit dieser Wendung gerechnet hatte.

»Ich vermute, dass Peder von seiner Beteiligung in dieser Angelegenheit erzählt hat.«

»Peder scheint vielfältig involviert zu sein«, erwiderte Ebba säuerlich.

Louise hob das Kinn. »Peder ist für Caroline und mich in die Bresche gesprungen. Er besitzt mein absolutes Vertrauen.«

»In diesem Falle erstaunen mich zwei Dinge: Warum haben Sie diese Schwangerschaft nicht früher erwähnt, und warum haben Sie nicht erzählt, dass Ihr Cousin am Samstag auf Svalskär war?«

»Als Sie gestern hier eintrafen, war ich davon überzeugt, dass Raoul bei einem Unfall ums Leben gekommen war. Warum hätte ich auch etwas anderes glauben sollen? Trotz unserer Intrigen und Spannungen glaubt man doch nicht gleich, dass es sich um ein … Verbrechen handelt. So etwas liegt dem Alltag, in dem wir uns alle befinden, sehr fern. Ich sehe immer noch nicht, was Peders oder mein Privatleben mit der Sache zu tun haben soll.«

»Aber wenn der Umstand so alltäglich war, warum konnten Sie

dann nicht einfach sagen, dass sich Peder am Abend von Raouls Tod ebenfalls auf der Insel aufgehalten hat? Es hätte Ihnen doch klar sein müssen, dass wir früher oder später über diese Information stolpern würden?«

»Vielleicht. Aber es ist nicht meine Sache zu entscheiden, welche Informationen für Sie wichtig sind. Ich habe Ihre Fragen beantwortet. Sie sind für die Zusammenhänge zuständig, die für uns Nichtpolizisten irrelevant sind.«

»Sie haben also nicht bewusst versucht, unsere Arbeit zu behindern, indem Sie uns die Tatsache verschwiegen, dass Sie ein Kind mit Ihrer Freundin erwarteten, die Sie für Raoul Liebeskind verlassen hatte? Ich kann nur sagen, dass das kein gutes Licht auf Sie wirft. Einer Ihrer engsten Freunde stirbt unter unklaren Umständen, nachdem er Sie betrogen hat, indem er Ihre Partnerin verführte. Natürlich fällt der Verdacht sofort auf Sie. Es erstaunt mich, dass Sie nicht selbst zu diesem Schluss gelangt sind.«

Louise ließ sich von Ebbas Ausführungen nicht beirren. Sie lächelte weiterhin.

»Wer will hier etwas vertuschen? Was die Schwangerschaft angeht, hätte Ihnen Caroline genauso gut davon erzählen können. Was weiß ich. Wir sprechen kaum noch miteinander. Aber wenn ich Sie recht verstehe, beschloss sie, das nicht zu tun. Ich vermute, dass dieser Umstand erst zur Sprache kam, als Peder heute auf Svalskär erschien. Das sollte Sie doch eher zu dem Schluss veranlassen, dass Peder hinsichtlich der Ermittlung guten Willens und zur Zusammenarbeit bereit ist.«

Ebba lehnte sich zurück.

»Was mir weiterhin auffällt, ist, wie wichtig es Ihnen allen ist, zu betonen, wie unwahrscheinlich es ist, dass jemand von Ihnen Raoul Liebeskind hätte ermorden wollen.«

Louise zog die Brauen hoch. »Das finde ich nicht weiter merkwürdig. Ich kann mir nicht vorstellen, dass jemand aus dem Quartett oder von den übrigen eine derartige Abscheu vor Raoul hätte empfinden sollen, dass Mord als der einzige Ausweg erschien.« Ebba beugte sich vor und sah Louise an. »Man kann den Spieß auch umdrehen und folgende Frage stellen: Obwohl niemand von Ihnen ein Motiv gehabt zu haben scheint, Raoul umzubringen, obwohl Sie alle außer Ihrem Cousin eine starke gefühlsmäßige Bindung zu ihm besaßen, hat ihn dann doch jemand ermordet.«

Louise schwieg. Sie fasste sich mit Daumen und Zeigefinger ihrer gesunden Hand an die Nasenwurzel. Ihre Schultern hoben und senkten sich. Ein Polizeianwärter der Spurensicherung kam mit einer Kanne Kaffee und drei Tassen aus der Pantry. Ebba nickte ihm rasch zu. Dann legte sie ihren Laptop beiseite und faltete die Hände.

»Wann erfuhren Sie, dass Caroline einen Schwangerschaftsabbruch durchgeführt hatte?«

Louise schluckte. »Gestern.«

»Das muss ein harter Schlag gewesen sein.«

»Natürlich«, antwortete sie knapp.

Sie sammelte sich einen Augenblick und fuhr dann mit beherrschter Stimme fort, als sei es ihr wichtig, den weiteren Verlauf der Unterhaltung selbst zu bestimmen: »Es war bereits sehr offensichtlich, dass Caroline die Beziehung nicht fortsetzen wollte und dass es kein Zurück gab. Ich hätte das natürlich schon viel früher einsehen müssen. Denn mir ist klar, dass es nicht nur um Raoul ging. Im Grunde genommen wollte sie gar kein Kind mit mir. Ich war die treibende Kraft. Ich sehnte mich nach einem Kind, und ich überredete sie zu etwas, wofür sie noch nicht reif war. Caroline hat sicher ein schlechtes Gewissen mir gegenüber. Sie ist kein böser Mensch. Sie lässt sich vollkommen von ihren Gefühlen beherrschen, sowohl was die Liebe als auch was ihre Musik betrifft.«

Ebba beugte sich vor und goss Kaffee ein. Sie bot Louise und Vendela an, bevor sie ihre eigene Tasse nahm.

»Und war Raoul ein böser Mensch?«

Louise dachte eine Weile nach, um die richtigen Worte zu finden.

»Böse war er natürlich nicht, aber vielleicht etwas rücksichtslos, wenn er sich etwas in den Kopf gesetzt hatte. In dieser Beziehung haben Caroline und er gewisse Ähnlichkeiten. Hatten sie eine fixe Idee, so ließen sie sich nicht von Loyalitäten oder Sentimentalität davon abbringen.«

»Raoul war mit Joy verheiratet«, fuhr Ebba fort. »Hatten die beiden Kinder?«

»Nein. Sie versuchten es mit künstlicher Befruchtung, mehrmals, soweit ich weiß, jedoch ohne Erfolg. Das war vermutlich auch der Grund, warum ihre Ehe unlängst scheiterte.«

»Verstanden Sie sich gut mit seiner Frau?«

»Nicht wirklich. Ich glaube, sie befürchtete immer, ich könnte ihr Raoul wegnehmen und meine sexuellen Neigungen seien nur eine Fassade. Sie konnte nicht akzeptieren, dass die Person, die ihrem Mann am nächsten stand, eine Frau war. Irgendwie ist das verständlich. Raoul und mich verband eine sehr innige Freundschaft, wie sie sonst nur zwischen Partnern erwartet wird.«

»Aber Anna stand er doch auch noch sehr nahe?«

»Anna und Raoul waren immer gut befreundet. Vielleicht nicht unbedingt in den ersten Jahren nach der Trennung. Sie wurde von Raoul schwanger, als sie verlobt waren, entschied sich dann aber für einen Abbruch. Eigentlich nicht so merkwürdig, sie waren beide noch sehr jung und mussten erst noch beruflich Fuß fassen. Ich glaube auch nicht, dass diese Schwangerschaft sonderlich weit fortgeschritten war. Der Schwangerschaftsabbruch war dann einer der Gründe dafür, dass sie Schluss machten. Anna hatte erkannt, dass Raoul gewisse Seiten besaß, mit denen sie nicht würde leben können. Sie sind ja im Grunde sehr unterschiedlich. Aber natürlich war sie vermutlich immer noch etwas verliebt in Raoul. Raoul war schließlich …«, sie schien ihre Gefühle nicht in Worte fassen zu wollen und wählte einen eleganten Euphemismus, »… spontan und körperlich. Vielleicht hätte er ihre Gefühle nicht noch ermuntern sollen, wo er doch schon einmal mit ihr Schluss gemacht hatte.«

»Wäre es denn nicht möglich gewesen, einen anderen Violinisten zu finden, der für Sie hätte einspringen können? Jemanden, der nicht so weit weg wohnte und der nicht Affären mit dem halben Quartett gehabt hatte?«

»Dem halben Quartett? Was meinen Sie damit? Ein Ensemble zu unterhalten erfordert sehr viel Zeit und Planung. Es gibt eine Grenze dafür, wie viel Rücksicht man bei einer Krise auf persönliche Wünsche nehmen kann. Ich bin davon überzeugt, dass die anderen das auch wissen. Man muss professionell sein. Die Arbeit erledigen. Ich habe nach künstlerischen Gesichtspunkten entschieden und weil ich wusste, dass Raoul uns helfen würde, sofern es ihm möglich war. Mit Raoul als Primarius wusste ich außerdem, dass der Unterschied zu den anderen Aufnahmen nicht so groß werden würde. Wir haben recht ähnliche Ideale, was Klang und Interpretation betrifft.«

»Ganz zu schweigen davon, dass der Wert der Aufnahme durch seinen Tod immens gestiegen ist. Ihre CD ist seine letzte Aufnahme. Es fragt sich, wie groß sein Name auf dem Cover stehen wird? Vielleicht genauso groß wie Furioso Quartett? Oder sogar noch größer?« Ebba konnte es nicht lassen.

Louise brauste auf: »Was erlauben Sie sich eigentlich? Wollen Sie behaupten, ich wolle aus seinem Tod Gewinn schlagen? Ich verlange eine Entschuldigung.«

Die bislang entspannte Stimmung war wie weggeblasen. Louises Miene verfinsterte sich. Ebba legte den Kopf zurück und betrachtete sie von oben. Wut lag in der Luft, genau wie sie es beabsichtigt hatte.

»Was brachte das Fass zum Überlaufen? Dass Sie Ihre Hand verletzten und Ihre Zukunft als Violinistin auf dem Spiel stand? Dass Raoul Caroline verführte? Oder dass er versuchte, mit ihr ein Kind zu zeugen, nachdem Caroline Ihre Familienpläne zerstört hat, ohne Sie auch nur zu fragen? Wann riss Ihnen der Geduldsfaden?«

Aber Louise antwortete nicht. Langsam ging ihre Aggression

in eine vibrierende Spannung über. Ihre trotzige Haltung war geblieben, aber ihre Augen begannen zu glänzen und ihr Kinn zitterte. Vendela hatte einen Kloß im Hals und wagte kaum zu atmen. Ebba blieb als Einzige ungerührt. Sie sah Louise kalt an. Louise erwiderte ihren Blick. Sie blinzelte, und Tränen liefen ihr über die Wangen, aber sie hob keine Hand, um sie abzuwischen. Dann hörte ihre Unterlippe auf zu zittern. Sie holte tief Luft und wurde wieder ruhig.

»Ich habe Raoul nicht umgebracht«, sagte Louise und erhob sich. Sie wartete ab, bis Ebba und Vendela es ihr nachtaten. »Jetzt fahre ich mit Peder nach Stockholm zurück. Sie wissen, wo ich wohne. Sie haben meine Telefonnummer. Wenn Sie noch weitere Fragen haben, können Sie sich ja melden. Ich habe Ihnen das erzählt, was für Ihre Arbeit von Bedeutung sein kann. Es gibt nichts hinzuzufügen. Die Trauer hat mich sehr erschöpft.«

Mit diesen Worten drehte sie sich um und verließ das Boot, ohne sich zu verabschieden. Vendela folgte ihr an Deck. Am Steg war bereits das Dröhnen eines großen Motorbootes zu hören. Peder hob Louises Tasche an Bord und half ihr dann auf Deck. Er schien noch etwas sagen zu wollen, bevor sie ablegten. Er winkte Vendela zu sich. Mit ein paar ungelenken Schritten ging sie über den Steg auf das Targa zu.

»Wenn Sie wissen wollen, wen Raoul vor seinem Tod traf, können Sie ja Helena fragen, warum sie mit ihm im Atelier rumgeschmust hat.«

Vendela stemmte die Hände in die Seiten. »Wann war das?«

»Ich machte mich mit dem Boot auf den Weg nach Hause. Zwischen sieben und halb acht.«

»Und das sagen Sie jetzt erst? Warum haben Sie das nicht früher erzählt?«

»Wenn ich gewusst hätte, dass das hier eine Mordermittlung ist, hätte ich genauer nachgedacht.«

»Sind Sie nicht Jurist? Solche Dinge sollten Ihnen klar sein. Ist das nicht Teil des Studiums?«

»Ich bin Wirtschaftsjurist«, antwortete Peder, wandte ihr den Rücken zu und stieß das Boot vom Steg ab. Als sie etwas weiter draußen waren, gab er Gas.

Ebba hatte sich neben Vendela gestellt. Sie folgten dem Boot mit dem Blick.

»Helena hat sich abends mit Raoul im Atelier getroffen.«

»Ich habe es gehört«, erwiderte Ebba und kniff die Augen zusammen. Schließlich verschwand das Boot zwischen den Inseln. »Aber das sagt eigentlich genauso viel über Peder wie über Helena.«

»Genau. Warum ist es ihm so wichtig, jemand anderem die Schuld zuzuschieben? Die Befragung morgen macht ihn nervös, und er hat die ganze Zeit nachgedacht, während er auf Louise gewartet hat. Jetzt tut er alles, um den Verdacht von sich abzulenken.«

»Es ist schon interessant, dass alle erst reagieren, wenn man von Anwälten und Untersuchungshaft spricht. Das bringt alle auf Trab«, meinte Ebba. »Andererseits sollten wir dem auch nicht zu viel Bedeutung beimessen. Worüber haben sich Raoul und Helena unterhalten, und wie sehr haben sie wirklich rumgeschmust? Sprechen wir über Zungenküsse in der Vertikalen oder Horizontalen? Da ist etwas Unergründliches an Helenas und Raouls heimlicher Beziehung.«

Vendela fröstelte es, und sie kehrte ins Boot zurück. Erschöpft warf sie sich aufs Sofa und legte ihre Füße auf den Tisch. »Was wäre passiert, wenn niemand Raoul Liebeskind getötet hätte?«, begann sie. »Die Beziehungen waren alle kompliziert und verquer. So viele Opfer wurden gebracht, und es gab keine richtigen Gewinner. Paradoxerweise war der Gewinner in gewisser Weise Raoul. Alle Frauen des Quartetts liebten ihn. Problematisch wirkte sich das nur auf ihr Verhältnis untereinander aus. Aber war das Grund genug, ihn umzubringen, um sich der Versuchung zu entziehen?«

Ebba ließ sich neben sie aufs Sofa fallen. »Wurde das Verhältnis zu Raoul so intensiv, dass es schließlich unerträglich war? Ich habe ihn ja ein paarmal auf der Bühne gesehen und muss sagen, dass sein Charisma einzigartig war. Die perfekte Kombination von Musikalität, Ausstrahlung und Bühnenpräsenz, die einem den Atem raubt. Eine richtig intensive Aufführung hat fast etwas Sexuelles. Franz Liszt zum Beispiel. Angeblich sah man nach seinen Konzerten, auf welchen Stühlen Frauen gesessen hatten.«

Vendela lachte und schüttelte den Kopf. »Meine Güte, Ebba, du bist meine Chefin. Ich erröte.«

»Von wegen. Du errötest jetzt nicht mal halb so viel wie noch vor zehn Minuten.«

Schon allein dieser Kommentar trieb Vendela wieder die Röte ins Gesicht. Sie schüttelte ihre rote Mähne und schaute weg. Ebba ließ einen Stift zwischen Zeige- und Mittelfinger pendeln und betrachtete ihre jüngere Kollegin.

»Täusch dich nicht, Vendela. Louise Armstahl ist eine sehr zielstrebige Frau. Lass dich nicht von ihrem Charme und ihrer Stellung verführen. Zumindest nicht, bevor die Ermittlung abgeschlossen ist. Hoffentlich sitzt sie dann nicht hinter Gittern.«

»Hör auf«, erwiderte Vendela angestrengt. »Ich bitte dich. Ich war darauf nicht vorbereitet. Aber ich lasse mein analytisches Denken davon nicht beeinflussen. Es wäre mir deswegen recht, wenn du meine Integrität respektieren könntest.«

»Integrität?« Ebba betrachtete sie kühl. »In Sachen Mord gibt es keine Integrität. Falls du das nicht begriffen hast, solltest du ernsthaft über deine Berufswahl nachdenken. Bis dahin bitte ich dich, dich wie eine Polizistin zu benehmen.«

Vendela war entrüstet, was aber nur leicht an ihren Gesichtszügen zu erkennen war. Sie wusste, dass Ebba recht hatte und dass durch eine Auseinandersetzung nichts zu gewinnen war. Die Tür öffnete sich, und sie wurde von Jakob gerettet. Er warf seine Jacke über einen Stuhl und setzte sich neben Ebba aufs Sofa.

»Die Spurensicherung schaut sich das Motorboot an«, begann er.

»Aber wann haben sich Peder und Raoul gestritten?«, fragte Vendela. »Bevor oder nachdem er mit Helena rumgeschmust hatte?«

»Hat Peder mit Helena rumgeschmust?«, rief Jakob.

»Nicht Peder. Raoul.«

»Und wann?«

»Laut Peder zwischen sieben und halb acht. Wir haben Helena noch nicht gefragt«, meinte Ebba. »Das ist eine wirklich wertvolle Information.«

»Bis sie uns die nächste schlaue Antwort auftischt«, seufzte Vendela.

»Ja, sie ist gewitzt, nicht wahr?«, meinte Jakob.

»Eiskalt.«

Ebba klatschte in die Hände, um ihre Aufmerksamkeit auf sich zu ziehen.

»Lasst uns die Beteiligten noch einmal durchgehen. Ich will Kjell und Jan im Augenblick auslassen, weil diese als Täter am wenigsten infrage kommen. Es ist möglich, dass ich diese Worte einmal bereuen werde, dann dürft ihr mich gerne zitieren. Wir wollen mit der jungen Witwe, oder wie immer man sie bezeichnen soll, Caroline, anfangen. Mit der offiziellen Witwe, Joy Liebeskind, habe ich heute telefoniert. Sie war aufgebracht, weil ich sie hinsichtlich der Suche nach dem Mörder ihres Mannes nicht auf dem Laufenden gehalten habe. Außerdem wollte sie die Freigabe der Leiche beschleunigen. Nach jüdischem Brauch muss das so schnell wie möglich nach dem Tod geschehen. Laut Svante und Karl-Axel, die sie ebenfalls wiederholte Male angerufen hat, kann davon frühestens nächste Woche die Rede sein. Sie war auch sehr empört, weil ›diese Schlampe‹ Caroline af Melchior ihrem Mann den Kopf verdreht hatte. Offenbar hatte er bereits telefonisch die Scheidung gefordert. Wenn ich die Sache recht verstehe, lebten die Eheleute bereits getrennt, die Scheidung war also nur noch eine Formsache.«

»Das bedeutet, dass er sich zu seiner Liebe zu Caroline bekannte und in der Tat eine Zukunft mit ihr plante. Bislang wussten wir das ja nur von ihr«, meinte Vendela.

Ebba nickte und schlug die Beine übereinander. »Also, was haltet ihr von Caroline?«

Jakob machte ein schmatzendes Geräusch. »Lecker.«

Vendela fuhr sofort auf: »Schon wieder so ein sexistischer Kommentar!«

»Was denn?«, verteidigte sich Jakob. »Ich sage doch nur, wie es ist. Caroline ist ein heißer Feger. Sie müsste sich nicht lange an meinem Bett anstellen.«

Ebba kam Vendelas Vergeltung zuvor. »Ich glaube, dass Jakob da einen wichtigen Punkt anspricht. Caroline hat schließlich selbst erwähnt, ständig von interessierten Männern umgeben zu sein, was sie anstrengend findet.« Dann fügte sie munter hinzu: »Selbst du, Vendela, musst zugeben, dass sie eine entzückende junge Dame ist.« Vendela antwortete mit einem scharfen Blick.

»Aber muss sie dann so enge Hosen tragen, wenn ihr die Aufmerksamkeit nicht recht ist?« Vendela gelang es nicht, das Thema auf sich beruhen zu lassen.

»Und wer ist jetzt sexistisch?«, wollte Jakob wissen.

»Komm schon! Sie sendet ständig widersprüchliche Signale aus. Sie klagt darüber, wie wahnsinnig anstrengend es ist, so hübsch zu sein, und wirft sich von einer Liebelei in die nächste.«

»Und das ist vielleicht die Erklärung dafür, warum sie die Gefühle in ihrer Umgebung so in Wallung bringt«, meinte Ebba. »Sie zieht sowohl Frauen als auch Männer an und sät Konflikte. Sogar zwischen euch beiden. Gleichzeitig ist sie sehr ehrgeizig und übt fast zwanghaft. In kürzester Zeit hat sie sich sowohl als Cellosolistin als auch als Kammermusikerin einen Namen gemacht. Sie ist trotz allem erst vierundzwanzig. Sie hat offenbar beruflich und in der Liebe Erfolg. Laut ihrer Schwester ist sie aber auch labil.«

»Labil im Sinne von verrückt?«

»Vermutlich«, erwiderte Ebba.

»Habt ihr ihre Arme gesehen?«, fragte Jakob ernst. Ebba runzelte die Stirn, und Jakob fuhr fort. »Nein, vielleicht nicht. Sie trägt ja einen Pullover, und das ist im Herbst bei dieser Kälte auch nicht weiter verwunderlich. Aber als sie wegen der Fingerabdrücke bei mir war, krempelte sie erst ihren Ärmel hoch, zog ihn dann aber rasch wieder runter, als ich ihre malträtierten Unterarme sah.«

»Was willst du damit sagen?«

»Ich glaube, dass es Caroline af Melchior nicht leicht hat. Sie gehört zu den jungen Frauen, die sich selbst verletzen, um dem Druck standhalten zu können. Es sah aus wie verheilende Verletzungen, die sie sich mit einem Rasiermesser beigebracht hatte, recht frische noch dazu.«

Vendela schauderte es.

»Ja. Vielleicht recht naheliegend«, meinte Ebba. »Laut Helena hat Caroline psychische Probleme. Das passt auch zu der Person, der wir begegnet sind. Die Kunst ist vermutlich ihre positivste Methode, um die innere Rastlosigkeit zu kanalisieren. Aber sie ist nicht fähig, vernünftig mit dem Interesse, das ihr ständig entgegengebracht wird, umzugehen. Männer und Frauen verlieben sich andauernd in sie, und sie weiß nicht, wem sie vertrauen kann, wer wirklich sie will und nicht nur ihren Körper.«

»Wie verrückt ist sie eigentlich?«, fragte Vendela, und ihr Blick wanderte zwischen Ebba und Jakob hin und her.

»Du meinst also, dass sie vielleicht so verrückt ist, dass einfach eine Sicherung durchbrannte und sie ihren Liebhaber umbrachte?«, erwiderte Ebba. »Das können wir natürlich nicht ausschließen, obwohl ich es nicht für wahrscheinlich halte. Sie scheint ihre Aggressionen in erster Linie gegen sich selbst zu richten.«

Obwohl es auch nicht stimmt, dass sie nur selbstdestruktiv ist, dachte Ebba. Schließlich ist sie rabiat über Peder hergefallen und hat ihn des Mordes bezichtigt.

»Eines ist mir bei Louises Vernehmung aufgefallen«, sagte Vendela und sah Ebba an. »Nämlich dass Raoul mit Caroline ein Kind zeugen wollte.«

»Genau«, pflichtete ihr Ebba bei und zwinkerte ihr zu, um ihr zu zeigen, wie sehr sie ihr gutes Gedächtnis zu schätzen wusste.

»Aber … du hast doch vermutet, dass sie ihre Tage hatte? Ich meine, sie hat schließlich eingeräumt, dass es sich bei dem Blut auf dem Laken im Atelier um ihres handelte.«

»Ihr Blut, durchaus. Aber davon, dass es sich um Menstruationsblut handelte, hat sie nichts gesagt. Das ist ein Unterschied. Sie stellte jedoch klar, dass Raoul in der Hitze der Leidenschaft ein Kind mit ihr zeugen wollte. Der Schwangerschaftsabbruch liegt drei Wochen zurück. Sie kann also durchaus ihren Eisprung gehabt haben, als sie mit Raoul zusammen war. Wir wissen allerdings nicht, ob man so bald nach einem Schwangerschaftsabbruch schon wieder schwanger werden kann.«

»Ich weiß es«, sagte Vendela mit finsterer Miene. Ebba und Jakob sahen sie an. Ihre Offenherzigkeit überraschte sie.

»Ich habe mit zweiundzwanzig einen frühen Schwangerschaftsabbruch durchgemacht. Es war die Hölle, muss ich sagen. Es blutete und blutete, und ich dachte, ich müsste sterben. Aber ich nahm sofort danach die Pille.«

Ebba legte ihr tröstend eine Hand auf die Schulter.

»Da du die Expertin auf diesem Gebiet bist, möchte ich dich bitten, die Details von Carolines Schwangerschaftsabbruch in Erfahrung zu bringen. Sie ließ ihn im Krankenhaus Danderyd durchführen. Sei gründlich. Ich will das so schnell wie möglich wissen.«

Vendela nickte und machte sich eine Notiz auf ihrem Block. Es war ihr anzusehen, dass sie ihre eigenen Erinnerungen quälten.

»Aber sich von einer Familiengründung in die nächste zu stürzen … wirkt doch recht unzuverlässig«, meinte Vendela. »Erst plant sie ein Kind mit Louise, dann führt sie einen Schwangerschaftsabbruch durch und setzt sich zum Ziel, stattdessen von Raoul schwanger zu werden.«

»Wir suchen ständig nach Bestätigung. Das ist auch so ein Verhaltensmuster«, antwortete Ebba. »Eigentlich will sie gar kein Kind, sondern nutzt ihre Fruchtbarkeit nur, um sich Liebe und Geborgenheit zu sichern.«

»Vielleicht bekam sie ja nach dem Schwangerschaftsabbruch kalte Füße«, begann Jakob. »Vielleicht wollte sie es ja wiedergutmachen, indem sie mit Raoul ein Kind zeugte. Dann hätte sie so tun können, als sei nichts gewesen?«

»Und sie wähnt sich in Sicherheit, solange sie nur schwanger ist, ganz gleichgültig, wer der Vater ist«, meinte Vendela.

»Diese Möglichkeit besteht natürlich«, stimmte ihr Ebba zu. Dann wechselte sie jedoch das Thema. »Wie innig war das Verhältnis zwischen Helena und Raoul eigentlich? Fünfundzwanzig Jahre lang fährt sie für ihre heimlichen Schäferstündchen rund um den Globus, und dann entscheidet er sich für eine offizielle Beziehung zu ihrer Schwester, obwohl er sie nur wenige Tage gekannt hat. Das kann nicht leicht gewesen sein.«

»Wer wusste eigentlich von dieser Affäre? Louise jedenfalls nicht, wenn ich sie richtig verstanden habe«, antwortete Vendela.

»Peder scheint es aber gewusst zu haben«, meinte Jakob.

»Peder ist aufmerksam und strebt seinen eigenen Zielen entgegen. Außerdem sagt er uns nicht die ganze Wahrheit«, erwiderte Ebba, dann sagte sie mehr zu sich selbst: »Peder und Helena … ich frage mich, was die beiden verbindet.«

»Offenbar hat Caroline den Eindruck gewonnen, dass es sich bei Raouls und Helenas Affäre um ein Einzelereignis von vor zwanzig Jahren handelte. Raoul hat ihr anscheinend keinen reinen Wein eingeschenkt«, sagte Vendela, »und das ist verständlich.«

»Wollte Raoul seine Affäre mit Helena fortsetzen? Peder sprach ja von einer amourösen Begegnung gestern Abend im Atelier. Warum konnte Raoul sie nicht gehen lassen, wo er sich doch so wahnsinnig in ihre kleine Schwester verliebt hatte? Das wäre durchaus ein Grund für Caroline gewesen, seinem Leben ein Ende zu setzen.«

»Nicht, wenn sie sein Kind erwartete«, wandte Jakob ein.

»Sie könnte einen weiteren Schwangerschaftsabbruch vornehmen lassen«, kommentierte Vendela krass.

Ebba hob die Hand. »Okay, genug spekuliert. Es reicht. Wir müssen uns auch auf die Fakten konzentrieren. Lasst uns mal darüber nachdenken, wie er ins Wasser geraten sein könnte. Er war zu diesem Zeitpunkt bereits tot. Also hat ihn jemand ins Wasser geworfen.«

»Aber wie soll der eine Schuh dreißig Meter weit rausgetrieben sein?«, seufzte Jakob. »Das begreife ich nicht. Falls man die Leiche nicht ins tiefe Wasser gebracht hat, um sie dort zu versenken.«

»In diesem Zusammenhang ist das Motorboot interessant«, meinte Ebba. »Ich erwarte mit Spannung den Bericht der Spurensicherung.«

Vendela kratzte sich am Hinterkopf. »Und wie ist das mit diesem Arzneimittel? Hexens-Nochwas oder wie immer das heißt?«

»Dextropropoxifen«, meinte Jakob und erntete einen spöttischen Blick. Er fuhr fort: »Von wem stammten die Tabletten? Es muss sie bereits hier auf der Insel gegeben haben, oder jemand hat sie mit hierhergebracht.«

»Vielleicht war die Tat geplant?«, meinte Vendela. »Vielleicht hat der Mörder die Tabletten mitgenommen, um die Tat zu verüben. Vielleicht hatte er alles genauestens durchdacht?«

»Falls der Mord geplant war, dann erscheint auch der Allergieschock in einem ganz anderen Licht«, meinte Ebba. »Ich überlege mir schon eine Weile, welchen Stellenwert er haben könnte. Es könnte natürlich reiner Zufall sein, dass Raoul an einem Tag in einen lebensbedrohenden Zustand gerät und zwei Tage später wirklich ermordet wird. Falls eine Verbindung besteht, müssen wir diese finden. Die Flasche ist auf dem Weg ins Labor. Aber es würde mich wundern, wenn sich nicht unzählige verschmierte Fingerabdrücke daran befinden.«

Ebba stellte sich an das beschlagene Bullauge und schaute hoch zum Haus. Nirgends brannte Licht, das Gebäude sah bereits verlassen aus. Vendela ging an Deck, um zu rauchen. Jakob folgte ihr.

»Ich frage mich, wie lange die Schwestern noch bleiben«, meinte Vendela, als sie ihre Zigarette anzündete. »An ihrer Stelle hätte ich schleunigst den Heimweg angetreten, selbst wenn ich hätte schwimmen müssen.«

»Worüber sie wohl sprechen?« Jakob rauchte einen Zug von Vendelas Zigarette.

»Sicher klären sie die große schwesterliche Frage, wer Raoul am meisten geliebt hat.«

»Und wer ihn ermordet hat.«

Das Taxiboot legte zwischen den Polizeibooten am Steg an. Wenig später wurde die Tür des Haupthauses geöffnet, und Helena erschien mit ihrem Gepäck auf der Schwelle. Der Wind fuhr ihr ins Haar, und sie musste ihre Tasche abstellen, damit ihr ihre Locken nicht in die Augen geweht wurden.

»Komm schon«, rief sie durch die Tür.

Während sie wartete, betrachtete sie die beiden Polizeiboote. Auf dem Steg sah sie Vendela Smythe-Fleming. Sie unterhielt sich mit dem großen Polizisten, dessen Namen sie vergessen hatte. Jetzt sahen beide zu ihr hoch und wechselten ein paar Worte. Vendela drehte sich um und rief etwas ins Polizeiboot.

Helena kam sich vor, wie zum Abschuss freigegeben. Sie mussten an den Polizeibooten vorbeigehen und Bescheid sagen, dass sie fahren würden. Das Letzte, worauf sie im Augenblick scharf war, war eine weitere Vernehmung. Sie wollte so schnell wie möglich nach Stockholm zurückkehren und das erledigen, was sich nicht länger aufschieben ließ.

Caroline stellte sich mit dem Cello über der Schulter und der Reisetasche in der Hand neben ihre Schwester. Als sie Ebba an Deck kommen sah, erstarrte sie.

»Das schaffe ich nicht«, flüsterte sie.

Helena schloss hinter ihr die Tür ab.

»Caroline«, begann Helena, der langsam der Geduldsfaden riss. »Wir sind bald zu Hause. Halt durch.«

»Und was ist, wenn sie wieder mit mir sprechen wollen? Das verkrafte ich nicht, Helena, wirklich nicht.«

»Ach was.«

»Sollten wir nicht darauf bestehen, uns nur in Anwesenheit eines Anwalts vernehmen zu lassen?«

»Mit der Polizei über Anwälte zu sprechen wäre das Dümmste, was du jetzt tun könntest. Das würde nur den Verdacht nahelegen, dass du etwas auf dem Kerbholz hast.«

Caroline schaute zu Boden. Hier auf diesen Stufen hatte sie mit Raoul gesessen und sich mit ihm unterhalten. Er hatte sie in seinen Armen gehalten und sie geküsst und gesagt, er wünsche sich, dass sie sein Kind unter dem Herzen trage. Sie schloss die Augen. Diese Erinnerung ließ sie weinen. Auf Svalskär hatte sie das größte Glück und die größte Verzweiflung ihres Lebens erlebt. Sie würde nie mehr einen Fuß hierhersetzen.

»Ich bitte dich, Caroline. Reiß dich zusammen. Du musst dich anstrengen, unseretwegen.« Sie strich Caroline über die Schultern, allerdings zu geschäftsmäßig, als dass es als schwesterliche Liebkosung hätte gelten können.

»Entschuldige, Helena«, schluchzte Caroline. »Als diese Kommissarin nach Raoul und dir fragte, klang es so, als wüsste sie bereits Bescheid.«

»Ja«, erwiderte Helena verbissen. »Das war ja auch nur eine Frage der Zeit. Jetzt weiß sie es. Das Kind ist in den Brunnen gefallen. Es besteht aber kein Grund, alles noch schlimmer zu machen. Verstehst du? Du verlierst kein weiteres Wort über uns und erst recht nicht darüber, was wir im Atelier besprochen haben. Falls sie uns auf dem Steg aufhalten, dann lässt du mich reden, Caroline, damit du nicht für eine noch größere Konfusion sorgst.«

Caroline schniefte und nickte beschämt.

»Caroline«, fuhr Helena etwas freundlicher fort. »Wenn du

dich mir doch öffnen könntest und es wagen würdest, mir zu vertrauen. Wir sitzen im selben Boot, und es wird nicht einfacher, wenn du dich abschottest.«

»Es ist alles so furchtbar«, flüsterte Caroline und schluckte. »Ich kann nicht.«

Helena holte tief Luft und nahm sie fester in den Arm.

»Wir bleiben hier stehen, bis du dich beruhigt hast.«

Aber Caroline begriff nicht, was ihre Schwester gesagt hatte. Mit leiser, weinerlicher Stimme machte sie sich weiter Vorwürfe. »Das ist die Strafe, Helena. Ich hatte es nicht verdient, so glücklich zu sein. Nachdem ich so gemein zu Louise gewesen war, war ich gezwungen, das Teuerste zu opfern, was ich besaß. Ich war gezwungen, meine Liebe zu Raoul zu opfern.«

»Jetzt reicht's, Caro. Das sind nur Dummheiten. Ich begreife nicht, warum du dich so quälst. Das kannst du doch selbst nicht im Ernst glauben?«

»Ich weiß, dass es so ist. Du begreifst das nicht, Helena, aber der Verlust von Raoul tut weniger weh, wenn ich weiß, dass es meine eigene Schuld war. Es ist fast so, als würde der eine Schmerz den anderen neutralisieren.«

Helena wusste nicht mehr, was sie mit ihrer Frustration anfangen sollte. Das Wichtigste war jetzt, Caroline so weit zu beruhigen, dass sie sich nicht weiter verplapperte, bevor sie in Sicherheit und auf dem Heimweg waren.

»Ich weiß nicht, was Louise dir eingeredet hat, aber ich habe gesehen, dass ihr euch in den Salon zurückgezogen habt, bevor sie gefahren ist. Caroline, schau mich an«, sagte Helena und drehte milde, aber energisch das Gesicht ihrer Schwester in ihre Richtung. Caroline starrte sie mit leerem Blick an. Helena erschauerte. Es war dieser kranke Blick, den sie schon einige Male an ihr erlebt hatte.

»Caroline, Liebe«, fuhr sie vorsichtig fort, »ich bin ja hier. Ich bin deine Schwester. Sprich mit mir. Wir haben den ganzen Weg in die Stadt zusammen, nur du und ich. Dann kommst du zu mir und schläfst bei uns. Du brauchst nicht alleine zu sein. Vor allen Dingen solltest du dich von Louise fernhalten. Sie ist, wie du vielleicht verstehst, ziemlich verwirrt! Die jüngsten Ereignisse waren für sie natürlich furchtbar. Aber du kannst ihr ihre Last nicht abnehmen. Ihr Leben und ihre Taten sind ihre Sache. Das schafft sie schon. Mach dir um sie keine Sorgen. Ich kenne sie schon so lange. Es gehört viel dazu, Louise kleinzukriegen.«

Helena machte eine kurze Pause und wartete ab, bis Caroline das Gesagte verarbeitet hatte, dann fuhr sie mit herzlicherer Stimme fort. »Du musst dich jetzt nur noch um dich selbst kümmern und zusehen, dass es dir bald besser geht. Um deiner selbst willen. Und Raouls wegen. Raoul hätte das gewollt, Caroline.«

Helenas Augen füllten sich mit Tränen. Mit vor Kummer verzerrtem Gesicht zog sie ihre Schwester an sich und umarmte sie fest, um sich ihre eigene Verzweiflung nicht anmerken zu lassen.

Ebba betrachtete die Schwestern, die sich dem Steg näherten. Plötzlich ließ Caroline ihr Cello und ihre Tasche fallen und rannte zum Atelier. Helena reagierte sofort, sie stellte alles ab, was sie in Händen hielt, rannte hinter Caroline her, hatte sie nach wenigen Metern erreicht und umarmte sie fest. Caroline riss sich los, aber Helena war schneller und stärker. Sie legte ein weiteres Mal ihre Arme um ihre Schwester und hielt sie ganz fest. Nach einer Weile entspannte sich Caroline und machte keine weiteren Anstalten, zu flüchten. Ein paar Minuten blieben sie so stehen, Helena strich Caroline über ihr langes dunkles Haar, und sie hielten die Köpfe zusammengesteckt, als würden sie miteinander flüstern. Dann ließ Helena Caroline langsam los und sprach auf sie ein, ohne sie aus den Augen zu lassen. Caroline erwiderte etwas. Dann wandten sie sich beide dem Polizeiboot zu, neben dem Ebba, Vendela und Jakob standen. Helena drückte Carolines Hand, und diese nickte. Beide ergriffen ihr Gepäck und gingen auf die Beamten zu.

Ebba griff zu ihrem Handy und gab eine Kurzwahl ein. Während sie darauf wartete, dass jemand abhob, sagte sie: »Greift euch die Schwestern. Wir wollen uns, bevor sie verschwinden, noch einmal mit ihnen unterhalten.« Dann begab sie sich ans andere Ende des Stegs, um ungestört sprechen zu können. Als sie später die Kajüte betrat, saßen Helena und Caroline ernst nebeneinander auf dem Sofa. Mit einer unbeholfenen Geste bot ihnen Vendela den lauwarmen Kaffee an, die beiden schüttelten jedoch die Köpfe. Ebba versuchte Ähnlichkeiten bei den Schwestern zu entdecken. Ein Zug um Augen und Mund, außerdem waren sie in etwa gleich groß, beide über eins achzig. Beide auf ihre Weise sehr elegant, Helena von korrekt klassischer Eleganz und Caroline von betörender Schönheit mit ihren romantischen, wilden Locken, aber für ihr Alter bereits zu sehr vom Leben gezeichnet. Fast hätte man sie für Mutter und Tochter halten können.

»Womit können wir dienen?«, fragte Helena lustlos. Ebba nahm Platz, schlug die Beine übereinander und wartete etwas ab, um die Spannung zu erhöhen. Nervös spielte Caroline mit einer Locke und strich sich mit den Spitzen der Haare über die Oberlippe. Sie schaute niemanden an, als hätten Müdigkeit und Trauer sie eingeholt und ihr Äußeres gelähmt, während ihr Inneres immer noch vor Unruhe und Rastlosigkeit vibrierte, ganz im Unterschied zu Helena, die gelassen dasaß. Einzig ihre angespannten Wangenmuskeln ließen auf innere Regungen schließen.

»Als ich Sie fragte, ob Sie Dexofen verwenden, haben Sie das verneint.« Ebba machte eine kurze Pause, es kam aber keine Antwort.

»Sie wussten aber, dass Louise von ihrem Arzt am Danderyds Sjukhus Dexofen verschrieben bekommen hatte. Das habe ich mir bestätigen lassen«, fuhr Ebba fort.

»Das stimmt«, antwortete Helena entspannt, als habe sie mit dieser Frage gerechnet.

»Warum haben Sie mir das nicht gesagt?«

Helena lächelte überlegen. »Sie haben gefragt, ob jemand Dexofen verwendet, und dem ist meines Wissens nicht so. Sie wollen doch wohl, dass wir Ihre Fragen korrekt beantworten? Ich habe Louise stattdessen Voltaren verschrieben.«

»War das auf ihren Wunsch?«

»Ich habe sie gefragt, welches Schmerzmittel sie erhalten habe. Sie erzählte es mir, und ich erbot mich, ihr ein anderes Mittel zu verschreiben, das weniger Nebenwirkungen hat. Für Voltaren braucht man außerdem kein Rezept, nur bei Bezug einer größeren Menge.«

»Louise und Sie wussten also, dass man ihr Dexofen verschrieben hatte. Interessant, Helena. Das bringt uns jetzt doch einen Schritt weiter.«

Ebba wandte sich rasch an Caroline, um sie aufzuschrecken. »Und Sie, wussten Sie davon?«

Caroline zuckte zusammen. »Wovon? Von der Medizin? Davon weiß ich nichts.«

Ebba lehnte sich zurück und fixierte sie, bis Caroline ihrem Blick auswich.

»Aber Sie kennen dieses Arzneimittel?«

Caroline antwortete nicht.

»Schließlich wurde es Ihnen auch vor drei Wochen verschrieben«, meinte Ebba, »im Zusammenhang mit Ihrem Schwangerschaftsabbruch.«

Es wurde vollkommen still. Zum ersten Mal war Helena eine gewisse Unruhe anzumerken. Caroline sank in sich zusammen und rückte etwas von ihrer Schwester ab.

»Das kann doch wohl keine von Ihnen erstaunen, schließlich waren Sie es, Helena, die Caroline die Tabletten verschrieben hat.« Diese unmissverständliche Bezichtigung verschärfte sofort die Stimmung im Salon. Der Schock machte es sowohl Helena als auch Caroline unmöglich zu antworten. Ebba betrachtete sie eingehend, um sich einen Reim auf ihre recht unbegreiflichen Reaktionen zu machen. Sie konnte das Gefühl nicht abschütteln, dass ihnen diese Information zum Teil neu war.

»Vendela, würdest du mir bitte den Ausdruck reichen?« Ebba streckte die Hand aus, und Vendela reichte ihr ein Blatt. Sie setzte ihre Lesebrille auf und fuhr fort: »Am Freitag, dem 2. Oktober, löst Caroline af Melchior ein Rezept ein, das Frau Dr. Andermyr ausgestellt hat, und zwar in der Apotheke des Danderyds Sjukhus. Es handelt sich um folgende Tabletten: Voltaren, 50 mg, Alvedon 1 g, Dexofen 100 mg, Torecan sowie Cytotec. Außerdem steht auf dem Rezept noch Mifegyne, das jedoch nicht in Anspruch genommen wird.«

Sie legte das Papier beiseite, nahm ihre Brille ab und wandte sich den Schwestern erneut zu.

Helena sagte, langsam und nachdenklich, als Erste wieder etwas. »Ich habe dieses Rezept ausgestellt. Das stimmt. Und trotzdem …« Sie unterbrach sich und sah Caroline an, aber diese schüttelte nur den Kopf. Helena schluckte, zögerte, hatte aber dann doch das Gefühl, fortfahren zu müssen. »Okay … das hier war mir neu, Caroline. Ich hatte den Eindruck, dass das Rezept nicht verwendet wurde.« Sie sah Ebba an. Ebba zog die Brauen hoch.

»Auf Carolines Wunsch verschrieb ich ihr das Mittel für den Schwangerschaftsabbruch«, fuhr Helena fort. »Ich muss zugeben, dass mir das widerstrebte. Es war das erste Mal, dass ich so etwas verschrieb, und ich war mir sehr bewusst, mit welchen Risiken diese Präparate behaftet sind. Aber Caroline war unerbittlich und vor ihrer Tournee fast hysterisch vor Stress.«

»Das hätte Sie vielleicht davon abhalten sollen, ihr ihren Wunsch zu erfüllen?«, meinte Ebba.

»Nachher ist man immer klüger. Natürlich bin ich ganz Ihrer Meinung, Ebba. Aber es verhält sich folgendermaßen …« Sie machte eine kurze Pause, um noch einmal über die neue Wendung nachzudenken. Jetzt wandte sie sich wieder an Caroline. »Ich hatte den Eindruck, dass du den Schwangerschaftsabbruch gar nicht durchgeführt hattest.«

Alle sahen jetzt Caroline an. Bisher hatte sie noch kein Wort gesagt, aber je länger die Stille im Salon währte, desto schwerer fiel es ihr, ihre Antwort hinauszuzögern.

»Es ging nicht«, begann Caroline mit ihrer rauen Altstimme. »Man hat sich geweigert, mir Mifegyne auszuhändigen. Ich begreife nicht, dass dir das nicht klar war. Es war wahnsinnig peinlich, vor dem Tresen zu stehen und von so einer alten Schachtel ausgefragt zu werden. Ich schämte mich für dich und für mich. Sie sagte, man müsse sich in eine gynäkologische Praxis begeben, um einen medizinischen Schwangerschaftsabbruch durchzuführen. Gewisse Medikamente dürfen an Privatpersonen nicht ausgehändigt werden.«

»Aber warum hast du mir das nicht erzählt?«, fragte Helena verblüfft. Caroline zuckte nur mit den Achseln.

»Und was haben Sie getan, als Sie die Tabletten nicht bekamen, Caroline?«, fuhr Ebba fort.

»Na was schon? Ich hatte keine Wahl. Ich begab mich auf die Gynäkologie und wartete, bis ich an die Reihe kam. Das dauerte zwei Stunden. Scheiße ...« Sie seufzte. »Ich musste die Probe vor dem Konzert am selben Abend ausfallen lassen. Ich war vollkommen fertig und wollte das Kind nur so schnell wie möglich loswerden. Ein Problem weniger. Als Louise sich die Finger klemmte ... ich weiß nicht, ich geriet ganz einfach in Panik. Sie war so verdammt sauer und gemein. Plötzlich drehte sich alles nur noch um sie, um ihr Geigenspiel und ihre Karriere. Wie sehr sie zu bedauern sei. Da kam es mir vor, als würde ich des Kindes wegen auf mein Leben verzichten müssen. Und so war es nicht geplant, zumindest nicht von mir.«

»Sie unterzogen sich also einem medizinischen Schwangerschaftsabbruch im Danderyds Sjukhus«, sagte Ebba. »Also dieselbe Prozedur, für die Ihre Schwester Ihnen ein Rezept ausgestellt hatte. Dabei wird die erste Tablette dieses Mifegyne unter Aufsicht in der Klinik eingenommen.«

»Wenn Sie das alles schon wissen, dann brauchen Sie mich ja nicht zu fragen«, murmelte Caroline.

»Sie gehen mit den Informationen, die wir benötigen, nicht allzu freizügig um, Caroline. Gewisse Dinge müssen wir uns von Ihnen bestätigen lassen.« Ebba lächelte sie an, um die geladene Stimmung etwas zu entschärfen. Caroline starrte sie aber nur ausdruckslos an.

»Beispielsweise haben Sie uns nicht erzählt«, fuhr Ebba fort, »dass Sie auf der Gynäkologie noch einmal Schmerztabletten bekommen haben.«

Caroline schwieg weiterhin, aber ein Augenlid begann zu zucken.

»Haben Sie alle Tabletten genommen, die Sie von der Hebamme erhielten?«

»Natürlich.«

»Und was haben Sie mit denen gemacht, die Sie auf Helenas Rezept bekommen hatten?«

Helena schüttelte den Kopf und verschränkte die Arme. Caroline warf erst ihr einen sauren und dann Ebba einen finsteren Blick zu.

»Plötzlich verfügen Sie über eine doppelte Ration Tabletten ... darunter auch Dexofen«, fuhr Ebba fort.

Caroline ließ sich jedoch nicht ins Bockshorn jagen.

»Ich habe sie alle eingenommen. Natürlich nicht gleichzeitig, aber ich brauchte sie, als ich auf Tournee war. Sie haben sicher keine Ahnung, wie man sich nach einem Schwangerschaftsabbruch fühlt. Bei mir war es das dritte Mal, und ich wusste also sehr gut, was mir bevorstand. Wochenlange Blutungen und Schmerzen. Außerdem sollte ich am selben Abend ein Konzert geben und dann diese Tournee antreten. Ich hatte mich so darauf gefreut, Haydns Cellokonzert zu spielen. Diesen Klassiker will jeder Cellist spielen. Das wäre ein Riesenschritt auf der Karriereleiter gewesen. Stattdessen wurde es eine Katastrophe.«

Trotz ihrer Verletzlichkeit war Caroline offenbar erleichtert, die quälenden Erinnerungen nicht mehr allein tragen zu müssen. Aber auf das Geständnis folgte die Reaktion. Sie presste die Lippen zusammen und atmete laut durch, um nicht in Tränen auszubrechen. Ebba wartete, bis sie sich gesammelt hatte, um weitersprechen zu können.

»Es war wirklich verdammt schlimm. Ich war vollkommen erschöpft. Sobald ich mich erhob, hatte ich das Gefühl, ohnmächtig werden zu müssen. Ich konnte mich nicht mehr auf das Spiel konzentrieren, obwohl ich die Stimme wahnsinnig gut beherrschte. Ich hatte so hart gearbeitet, und es lag mir so viel daran. Und dann ging alles zum Teufel. Ich schämte mich dafür, dass ich bei einem Konzert nach dem anderen versagte. Die Orchestermusiker tuschelten und mieden mich. Ich war vollkommen allein. Und ich blutete unentwegt. Es spielte keine Rolle, wie oft ich die Binden wechselte, einige Minuten später waren sie wieder vollkommen blutgetränkt.« Sie schüttelte den Kopf und wischte sich die ersten Tränen weg, bevor sie ihr über die Wange liefen, aber dann kümmerte sie sich nicht mehr darum.

»Von meinen Konzertkleidern konnte ich nur das schwarze verwenden. Als ich auf der Bühne saß, spürte ich, wie es aus mir herausströmte. Ich hatte wahnsinnige Angst davor, aufstehen und mich verbeugen zu müssen …« Sie schniefte. »Nicht, dass sonderlich viel geklatscht worden wäre … Aber das Orchester und das Publikum hätten die großen roten Flecken gesehen. Oder das Blut wäre mir die Beine heruntergelaufen, wenn ich die Bühne verlassen hätte.«

Helena hatte schweigend zugehört. Ihr Ärger hatte sich gelegt. Jetzt nahm sie Carolines Hand.

»Warum hast du mich denn nicht angerufen?«

»Du findest mich doch nur anstrengend«, sagte Caroline verächtlich und zog ihre Hand an sich. »Dessen bin ich mir bewusst. In deiner Gesellschaft komme ich mir immer so wahnsinnig lächerlich vor. Ich bin ja bloß deine verrückte kleine Schwester. Du nimmst mich nie ernst.«

»Das ist nicht wahr«, flüsterte Helena. Sie warf Ebba einen diskreten Blick zu, um ihr zu bedeuten, dass sie nicht vorhatte, das

Gespräch mit ihrer Schwester fortzusetzen. Es war etwas zu privat für eine polizeiliche Vernehmung.

»Sie wussten also nichts von dem Schwangerschaftsabbruch, Helena?«, fragte Ebba.

»Tja, was soll ich sagen ... Ich dachte erst, sie hätte ihn durchgeführt. Ich hatte keine Ahnung, dass ich kein Mifegyne verschreiben darf. Mein Computer hat es weitergeleitet. Wie hätte ich ahnen sollen, dass man Caroline das Medikament nicht aushändigen würde? Mein Fachgebiet ist die innere Medizin, nicht die Gynäkologie. Außerdem hat Caroline nicht Einspruch erhoben, als Louise von der Schwangerschaft erzählte. Ich ging also davon aus, dass sie es sich anders überlegt hatte, was vielleicht nicht so ... ganz abwegig ist, was meine Schwester betrifft.«

Sie warf Caroline einen Blick zu, aber diese reagierte nicht.

»Ich wusste also nichts von dem Schwangerschaftsabbruch«, schloss Helena an Ebba gewandt.

»Wann haben Sie Louise von dem Schwangerschaftsabbruch erzählt?«

Caroline sah Ebba an. In ihrem Kopf schienen sich Gedanken zu regen, die sie den anderen nicht anvertrauen wollte.

»Gar nicht«, murmelte sie.

»Nicht?«, meinte Ebba nachdenklich. »Aber Sie waren doch dabei, als Peder es mir erzählte. Irgendwie muss er es erfahren haben.«

»Peder!«, sagte Caroline verächtlich. »Ich hätte ihm das natürlich an den Kopf werfen sollen, als er mir im Salon Vorhaltungen machte. Verdammt, das wäre ein Genuss gewesen!« Sie senkte den Blick und bewegte nervös ihre Finger.

Ebba fuhr sich mit der Zungenspitze über die Lippen und beugte sich vor.

»Wer außer Raoul wusste, dass Sie einen Schwangerschaftsabbruch durchgeführt hatten?«

Caroline schob das Kinn vor.

»Niemand.«

Ebba lehnte sich wieder zurück und verschränkte die Arme. Sie schwieg eine Weile. Vendela nickte ihr diskret zu, und Ebba freute sich über deren Gabe, rasche Schlüsse zu ziehen.

»Dann besprechen wir jetzt etwas anderes, dem ich einige Bedeutung beimesse«, sagte Ebba wieder an Helena und Caroline gewandt, »und zwar dieses fatale Hühnergericht.«

»Das war einfach Pech, Ebba«, erwiderte Helena müde.

»Ich weiß, dass Sie ihm das Leben gerettet haben«, sagte Ebba, »aber ich hätte gerne gewusst, was vor diesem Vorfall geschah.«

Helena sah Caroline an, und diese sah aus dem Bullauge.

»Caroline?«, sagte Ebba ermahnend, woraufhin sie schon unter ihrem Pony hervorschaute.

»Ich weiß nicht«, flüsterte sie.

»War vorher etwas geschehen, was für böses Blut gesorgt haben könnte?«

Caroline blinzelte einige Male. Aber dann zuckte sie nur mit den Achseln.

»Warum war es Louise so wichtig, allen zu erzählen, dass Sie ein Kind erwarteten?«

»Weil sie das wollte.«

»Aber Sie nicht?«

Caroline versank immer tiefer im Sofa.

»Ich wollte nur sterben …«

Helena unterbrach sie und sah Ebba streng an. »Ebba, können wir vielleicht aufhören? Bedenken Sie, dass meine Schwester im Augenblick geschwächt ist. Ihr schlechtes Gewissen Louise gegenüber macht ihr zu schaffen. Was dieses Hühnergericht betrifft, so kann jede von uns dieses Erdnussöl verwendet haben.«

Ebba verzog keine Miene. »Lassen Sie sich ruhig Zeit, Caroline«, sagte sie kühl. »Was passierte, bevor Sie sich zum Abendessen setzten? Hatte Louise einen Grund, eifersüchtig zu sein?«

»Hören Sie schon auf, auf Louise herumzuhacken«, antwortete Caroline etwas verärgert. »Ich war es, die eifersüchtig war.«

»Und warum?«

»Weil Raoul die ganze Zeit mit Anna rummachte. Können Sie sich vorstellen, wie es war, die beiden ständig eng umschlungen zu sehen? Ganz ungeniert vor meinen Augen!« Caroline nagte an ihrem Daumen. Ebba zog die Brauen hoch.

»Wir feierten, dass Anna Konzertmeisterin geworden war«, warf Helena mit angestrengt alltäglichem Ton ein. Caroline schaute angewidert zum Bullauge hinaus.

»Es muss wirklich belastend für Sie gewesen sein, Raoul und Anna zusammen zu sehen«, meinte Ebba. »Was taten Sie?«

Caroline legte die Hände vors Gesicht und schüttelte den Kopf.

»Ebba …«, begann Helena.

»Louise hat nicht das Erdnussöl ans Essen gegeben!«, flüsterte Caroline mit harter Stimme.

»Wie können Sie sich so sicher sein? Falls Sie es nicht selbst getan haben, natürlich, oder jemanden dabei beobachtet haben. Ein Schuss Erdnussöl, das geht rasch«, meinte Ebba und schaute von Helena auf Caroline. »Wie verhielt sich Anna, als Raoul diesen Allergieschock erlitt?«

Caroline schnaubte verächtlich. »Sie rastete vollkommen aus und versuchte Helena von Raoul wegzuzerren, obwohl diese sich bemühte, ihn wieder zum Leben zu erwecken.«

Helena mischte sich ein. »Ich sah mich gezwungen, ihn ziemlich fest zu schlagen, um ihn aus dem Koma zu wecken. Aber das begriff Anna nicht, sie dachte, ich würde ihn verprügeln.« Sie tippte sich mit dem Finger an die Stirn. »Man kann ihr das nicht zum Vorwurf machen. Sie war vollkommen hysterisch. Wir wissen ja, dass sie in ihn verliebt war. Sicher hatte sie Angst, ihn zu verlieren.«

Ebba sah Helena scharf an. »Aber im Grunde genommen versuchte Anna, Sie daran zu hindern, einzugreifen?«

Helena zuckte nur mit den Achseln.

»Und Louise?«

Mit einem tiefen Seufzer lehnte sich Caroline zurück. »Müssen Sie immer Louise verdächtigen? Warum gehen Sie immer davon aus, dass sie etwas im Schilde führt? Sie kennen sie doch gar nicht!« Im nächsten Augenblick übermannte sie wieder die Trauer. »Ich kann nicht mehr. Es ist so furchtbar … alles. Alles. Ich habe Louise verraten, ich habe einen Schwangerschaftsabbruch durchgeführt und sie mit Raoul betrogen. Ich habe mich der Person gegenüber, die mich liebte, wie ein verdammtes Schwein verhalten. Ich will nicht mehr über Schuld nachdenken.«

»Schuld?«

Caroline blinzelte etwas, als wisse sie nicht recht, was sie gesagt hatte. »Es hilft nichts, aufeinander einzutreten. Ich wünsche mir nur, dass alles hinter uns liegt und niemand schuldig ist. Denn ich kann immer noch nicht fassen, dass Raoul tot sein soll. Ich kann es nicht verstehen, ich will es nicht verstehen.« Während des Sprechens hatte das Weinen ihre Stimme erstickt, und nun liefen ihr die Tränen wieder über die Wangen.

»Wenn es doch nur so einfach wäre, Caroline«, meinte Ebba. »Raoul ist mit größter Wahrscheinlichkeit getötet worden, und zwar von einer Person, die sich gestern auf Svalskär befand.«

Mit einem vorwurfsvollen Blick auf Ebba beugte sich Helena zu ihrer Schwester vor, um ihr einen Arm um die Schultern zu legen. Aber Caroline wich ihr aus. Hastig und unwirsch wischte sie sich ihre Tränen ab, schniefte laut und setzte sich dann auf.

Ebba saß breitbeinig da, ihre Hände ruhten auf den schwarzen, glänzenden Lederhosen. Ihr Blick wanderte zwischen den Schwestern hin und her.

»Ich werde diesen Fall aufklären, hören Sie. Jemand ist schuldig, und diese Person wird für ihr Verbrechen sühnen. Aber es könnte in diesem Falle durchaus Mitschuldige geben. Jemanden, der die Leiche bewegt hat, jemanden, der der Leiche zwei Spritzen verabreicht hat, jemand der die Leiche ins Wasser geworfen hat und vielleicht auch jemanden, der es unterlassen hat, rechtzeitig die Polizei zu verständigen. Aber es ist inzwischen vollkommen offensichtlich, dass Sie absichtlich Fakten verdreht und uns systematisch Informationen vorenthalten haben. Allein schon das stellt einen Straftatbestand dar.«

Unterdrückte Gefühle und zurückgehaltene Worte lagen schwer in der Luft. Caroline war jedoch auf einmal wieder munter und sah Ebba forschend an. Dann runzelte sie die Stirn und betrachtete ihre rastlosen Hände. Viele Gedanken wirbelten in ihrem Kopf herum, und es gelang ihr nicht, sie in eine logische Folge zu bringen.

»Meinen Sie, dass er …«, begann sie vorsichtig, sah aber Ebba immer noch nicht an. Helena unterbrach sie und erzwang Ebbas Aufmerksamkeit, indem sie das Gespräch an sich riss.

»Was soll dieser Druck? Versuchen Sie uns zu manipulieren, damit wir etwas sagen, was wir nicht meinen? Damit wir eine Wahrheit erfinden, die Ihnen in den Kram passt? Raoul wird nicht mehr zum Leben erwachen. Es gibt nichts, was die Trauer, die wir empfinden, lindern könnte.«

»Sie glauben also nicht, dass es Sie in gewisser Weise erleichtern könnte, zu erfahren, wer Raoul Liebeskinds Tod verschuldet hat? Wollen Sie sich lieber den Rest Ihres Lebens die Frage stellen, wer aus Ihrem engsten Kreis diese grauenvolle Tat begangen hat?«

»Das verändert im Grunde gar nichts, und das wissen Sie auch«, erwiderte Helena.

»Sie wissen, dass das nicht stimmt.« Ebba richtete sich auf und legte einen Arm auf die Lehne des Sofas. »Meines Erachtens hatten Sie alle gute Gründe, Raoul nach dem Leben zu trachten. Wie ich dem Staatsanwalt den Fall darlege, hängt ganz allein von Ihrer Kooperation ab. Denken Sie also noch einmal nach. Was geschieht, wenn der Falsche verurteilt wird? Wie ist es, wenn eine Schwester oder Kollegin unschuldig für einen Mord ins Gefängnis kommt?«

Mit einem bitteren Lächeln schüttelte Helena den Kopf. Sie holte tief Luft, um ihren Ärger im Zaum zu halten, und antwortete: »Es gelingt Ihnen nicht. Sie können nicht durch Einschüchterung ein Geständnis erzwingen. Was wäre das auch wert? Nichts.«

Sie stand auf und reichte ihrer Schwester die Hand. Caroline nahm sie und erhob sich, und so standen sie beide da, groß und schweigend, während Ebba sich ihren nächsten Schachzug zurechtlegte. Wenn sie sie jetzt fahren ließ, dann würde sie sie erst wieder in Stockholm konfrontieren können.

»Sie haben sich beide zum zeitlichen Verlauf geäußert. Ich werde Ihre Angaben genauestens prüfen. Falls mit diesen etwas nicht stimmen sollte, werde ich Sie wieder zum Verhör vorladen. Ich hoffe, Sie haben bis dahin noch alle Details im Kopf.«

Helena runzelte die Stirn. »Wollen Sie damit sagen, dass wir lügen? Soll ich das so deuten?«

»Das müssen Sie mit Ihrem Gewissen Raoul Liebeskind gegenüber ausmachen. Ständig stoßen wir auf Vorfälle und Fakten, die mehr oder minder freiwillig ausgelassen wurden, je nachdem, wen man fragt.«

Gleichmütig zuckte Helena mit den Achseln, als langweile sie die Unterhaltung ungemein. Ohne sich von ihrer zur Schau gestellten Überlegenheit provozieren zu lassen, fuhr Ebba fort: »Etwas würde ich Sie gerne fragen, Helena. Sie dürfen selbst entscheiden, ob Ihre Schwester anwesend sein soll, wenn wir darauf eingehen. Wie Sie sicher verstehen, geht es um Ihre Beziehung zu Raoul.«

Mit ihrer Arroganz hatte Helena ihre Gefühle in Schach gehalten, das war spürbar, da es ihr jetzt nicht mehr gelang, ihre Selbstbeherrschung zu bewahren. Je länger Helenas Antwort auf sich warten ließ, desto unbehaglicher wurde es Caroline. Ebba wartete ab, um die Positionen wenn möglich noch weiter aus dem Gleichgewicht zu bringen. Schließlich sagte Caroline: »Willst du, dass ich rausgehe, Helena? Willst du das? Kann es noch schlimmer werden, als es bereits ist?« Vorwurfsvoll sah sie ihre Schwester an. Dann nahm sie ihren Mantel und verließ fluchtartig das

Boot. Halbherzig versuchte Helena, sie aufzuhalten, wusste aber, dass es bereits zu spät war. Der Luftzug von der Tür war nicht mehr zu spüren, als Helena zu sprechen begann. Ihre Züge waren immer noch starr, und eine Ader zeichnete sich an ihrer Schläfe ab.

»Danke, dass Sie mir die Möglichkeit gegeben haben, Caroline aus gewissen Teilen meiner Beziehung mit Raoul rauszuhalten«, sagte sie leise.

»Seien Sie sich nicht so sicher, dass ich das aus Rücksichtnahme getan habe«, erwiderte Ebba kühl.

»Es ist nur eine Frage der Zeit, wann die privaten Details durchsickern«, murmelte Helena und nahm wieder auf dem Sofa Platz.

Ebba verschränkte die Arme. »Wann haben Sie Raoul zum letzten Mal vor seinem Tod gesehen?«

Helena dachte nach. Ebba merkte, dass sich Helena bewusst war, dass jede weitere Verzögerung ihrer Glaubwürdigkeit schadete. Es stellte sich die Frage, wie lange sie dem Druck noch widerstehen konnte. Ebba beugte sich etwas vor.

»Helena, erzählen Sie. Letztes Mal sagten Sie, es sei direkt nach der Aufnahme gewesen, einige Stunden, bevor Sie ihn tot sahen.«

»Und jetzt behauptet jemand etwas anderes?«, fragte Helena vorsichtig, wobei sie vollkommen ungerührt wirkte.

Ebba antwortete nicht. Stattdessen schlug sie die Beine übereinander und fuhr fort: »Wie gut kennen Sie Peder, Helena?«

»Peder?« Wieder ließ sie sich mit der Antwort Zeit, um sich auf die neue Wendung einzustellen. »Peder habe ich im Verlauf der Jahre recht oft getroffen.«

»Woher wusste er von Ihrer Affäre mit Raoul?«

Helena verzog die Lippen zu einem bitteren Lächeln. »Peder ist ein kleiner, neidischer Arsch, der punkten will, indem er sich in Sachen einmischt, die ihn einen Dreck angehen.«

»Erklären Sie mir das.«

Helena ließ die Schultern sinken und schüttelte bekümmert den Kopf. »Es gibt da nicht viel zu sagen. Peder gehörte immer zu Louises engstem Kreis. Ich habe ihn also durch sie kennengelernt. Bevor er Emily heiratete und bevor ich Martin traf, hat er sich für mich interessiert. Die Gefühle waren jedoch nicht gegenseitig, und ich ließ ihn böse abblitzen. Schließlich war ich zu diesem Zeitpunkt wahnsinnig in Raoul verliebt. Das merkte Peder. Er erzählte mir, er wisse Bescheid, aber mir war das egal, da er mir nichts anhaben konnte. Seither hatte ich das Gefühl, dass er etwas gegen mich in der Hand hat. Er konnte jedoch nicht wissen, welches Ausmaß Raouls und meine Beziehung hatte. Raoul und ich waren immer äußerst diskret, aber wenn man weiß, nach welchen Zeichen man suchen muss, dann sieht man sie. Gestern wurde mir außerdem klar, dass er in Carolines und Louises Schwangerschaftspläne involviert war.«

»Peder behauptet, er sei Ihnen zwischen sieben und halb acht begegnet. Also höchstens eine Stunde vor Raouls Tod.«

Über ihre Handtasche gebeugt suchte Helena nach einem Labello, und zwar länger, als eigentlich glaubhaft war, dann fuhr sie sich sorgfältig damit über die Lippen.

»Ja«, war alles, was sie, immer noch mit gesenktem Blick, erwiderte. Jakob, Vendela und Ebba sahen sich rasch an.

»Das stimmt also?«, fuhr Ebba fort, und Helena nickte. »Und da waren Sie also zusammen mit Raoul im Atelier?«

»Ja«, antwortete Helena kühl.

»Warum haben Sie gelogen?« Ebba schlug die Beine übereinander und hob das Kinn.

»Ich wollte die Aufmerksamkeit natürlich nicht auf mich richten. Aber das bedeutet nicht, dass ich Raoul getötet habe.« Helena hielt kurz inne. »Und lassen Sie mich betonen, damit ich mir nicht noch wiederholte Male vorwerfen lassen muss zu lügen, dass ich ihn bei dieser Gelegenheit zum letzten Mal vor seinem Tode gesehen habe. Es war das letzte Mal, dass ich Raoul traf und mit ihm sprach.«

Ebba betrachtete sie. Eine Frau, die bedrückt war, sich jedoch weigerte, zusammenzubrechen.

»Als Sie Raoul im Atelier trafen, hatte er da einen Kratzer im Gesicht?«

Helena runzelte die Stirn, als würde sie aus dieser merkwürdigen Frage nicht recht schlau. Ihre Gedanken schienen auf sie einzustürmen, und sie starrte geistesabwesend auf ihre Hände. Dann schaute sie plötzlich hoch und sah Ebba direkt an. Einen Augenblick lang meinte diese, den Blick abwenden zu müssen, hielt dann aber doch stand, bis Helena mit einem Kopfschütteln die Augen schloss.

»Nein. Zumindest ist es mir nicht aufgefallen. Daran würde ich mich vermutlich erinnern.«

»Worüber sprachen Sie?«

»Wir sprachen natürlich über unsere Beziehung. Vielleicht sollte ich auch unsere ehemalige Beziehung sagen, denn wir sahen beide ein, dass es keine Möglichkeit gab, sich noch weiter zu treffen. Er sagte, er liebe Caroline und er wolle mit ihr ein neues Leben in New York beginnen.«

»Was haben Sie darauf geantwortet?«

Helena zuckte mit den Achseln. »Was sollte ich darauf schon antworten? Ich konnte das nur akzeptieren.«

»Ist Ihnen klar, dass Ihre Bilder von Raouls und Carolines Beziehung bislang recht widersprüchlich sind? Zu Anfang war es noch ein Flirt, und jetzt geben Sie zu, dass Raoul mit Caroline zusammenziehen wollte. Eine recht große Diskrepanz, finden Sie nicht auch?«

»Nicht unbedingt. Aber ich kann verstehen, dass Sie das so auffassen.«

»Ich frage mich, ob Sie versuchen, Caroline zu beschützen.«

»Das ist ein logischer Gedanke, und falls es mir möglich wäre, würde ich das auch tun. Aber ich kann ihr nur meine Unterstützung anbieten, falls sie diese überhaupt annimmt. Das sollte Sie aber nicht automatisch zu dem Schluss veranlassen, dass ich sie decke, weil ich sie für schuldig halte. Das habe ich Ihnen bereits erklärt.«

»Sie verstehen sicherlich, dass Sie das, was wir in Erfahrung gebracht haben, in einem schlechten Licht erscheinen lässt.«

»Ja.« Ihr versagte die Stimme, und ihre Lippen zitterten. »Aber wenn ich wirklich geplant hätte, Raoul zu töten, dann hätte ich ihm doch wohl nicht zwei Tage zuvor das Leben gerettet?«

Jetzt kamen die Tränen. Ganz still saß Helena da und weinte mit zu Boden gerichtetem Blick. Die Schultern zitterten. Vendela war gegen ihren Willen gerührt und biss sich auf die Unterlippe, um das nicht zu zeigen. Sogar Ebba zog sich eine Gänsehaut die Arme entlang. Sie musste sich sehr zusammennehmen, um klar zu denken. Denn Helenas Bekenntnis enthielt mehr, als auf den ersten Blick ersichtlich war. Ebba musste darum kämpfen, einen klaren Kopf zu bewahren, denn vielleicht handelte es sich doch nur um kaltblütige Manipulation.

»Ich kann nicht mehr. Ich stehe kurz vor einem Zusammenbruch.« Helena brachte diese Worte nur mit Mühe und unter Tränen über die Lippen. »Sie ahnen nicht, wie schwer das für mich ist. Ich habe Raoul über zwanzig Jahre lang geliebt und darf nicht öffentlich um ihn trauern. Das tut so wahnsinnig weh. Ich bin so untröstlich und kann mich an niemanden mit meinem Schmerz wenden. Ich möchte nur noch schreien, aber ich darf nicht. Ich kann meinem Mann nicht in die Augen sehen, aber ich muss.«

Wieder entstand eine Vertraulichkeit zwischen ihnen, als seien sie zwei Freundinnen, die sich unterhielten. War das wirklich nur gespielt? Um etwas zu verdecken, was nicht preisgegeben werden durfte? Sollte damit das schlechte Gewissen nach einer fürchterlichen Tat beruhigt werden? Wie konnte eine Person mit eiserner Selbstdisziplin plötzlich die Fassung verlieren? Lag es daran, dass die Wahrheit sie mit einem Mal eingeholt hatte? Konnte Helenas offensichtliche Trauer gespielt sein? Ebba hatte das Gefühl, dass ihr die Objektivität abhandenkam und in Mitleid überging. Sie musste sich zwingen, sachlich zu bleiben. Sie schluckte, holte tief Luft und stellte die nächste Frage: »Wie lange waren Sie im Atelier?«

Helena wischte verlegen die Tränen weg und strengte sich an, sich zu sammeln.

»Vielleicht eine Viertelstunde. Dann ging ich ins Haupthaus zurück. Kurz nach mir verließ Raoul das Atelier. Da war es bereits nach acht Uhr.«

»Trennten Sie sich im Streit?«

Ein kleines, diskretes Lächeln breitete sich auf Helenas tränenfeuchtem Gesicht aus. »Nein, überhaupt nicht. Wir trennten uns als Liebende. Liebende, die sich für ein Ende entschieden haben, nicht mit Bitterkeit und Vorwürfen, sondern in Freude über das, was man gemeinsam geschaffen hat.«

Caroline und Helena gingen an Bord des Taxiboots, das sofort ablegte und auf den inneren Schärengürtel Stockholms zuhielt. Nicht gerade die billigste Art und Weise, nach Hause zu kommen, dachte Ebba, aber es war offenbar das Geld wert, um nicht noch weitere Stunden in Gesellschaft von Peder und Louise verbringen zu müssen.

Ebba blieb auf dem Steg stehen und blickte ihnen nach. Dann drehte sie sich um und schaute zu dem verlassenen Haus hoch. Man hätte glauben können, es sei seit dem Sommer nicht mehr bewohnt worden. Die Atmosphäre auf Svalskär war starr und unbeweglich, kein Lüftchen rührte sich. Als hätte das Leben die Insel in den letzten Tagen verlassen. Vendela kletterte von dem Polizeiboot hinunter und stellte sich neben ihre Chefin.

»Jakob sieht sich gerade mit Kaj die neuesten Ergebnisse an. Du bekommst nachher eine Liste. Sollen wir währenddessen einen Spaziergang machen und rekapitulieren?«

Die ersten Minuten schwiegen sie. Die Feuchtigkeit des Grases benetzte ihre Hosenbeine und Schuhe, die Kälte drang bis ins Mark, obwohl sie warme Kleidung trugen. Die fröhliche, sonnige Stimmung, die die Insel sicherlich in den Sommermonaten einhüllte, ließ sich kaum mehr vorstellen. Es herrschte ein Unbehagen, das von der Kälte des Herbstes noch verstärkt wurde. Am

Ende ihres Weges lag das Atelier. Das Absperrband hing müde am Treppengeländer. Ebba und Vendela krochen darunter hindurch und öffneten die Tür. Im Haus war es etwas wärmer. Sie blieben hinter der Tür stehen, die sie des Lichtes wegen nicht schlossen.

Nachdem sie sich rasch umgesehen hatten, verließen sie wieder das Haus und kletterten die Felsen hinunter zu dem Platz, an dem Raouls Leiche am Ufer treibend aufgefunden worden war. Etwa zwanzig Meter davon entfernt befand sich der Steg. Die Spurensicherung war damit beschäftigt, das Motorboot Peder Armstahls mit dem Davit des einen Polizeibootes anzuheben. Wasser tropfte vom Kiel auf die Wasseroberfläche.

Ebba steckte die Hände in die Taschen, um sie etwas zu wärmen. Ihre Fingerspitzen waren eiskalt und gefühllos. Sie sah ihre junge Kollegin an. Sie war sich bewusst, dass sie gelegentlich etwas hart war, aber sie wollte ihr eine gute Grundlage für ihre Laufbahn bieten. Vendela besaß Potenzial. Unter ihren wilden roten Locken verbarg sich Klugheit. Sie ähnelte ihr selbst. Ebba lachte. Vendela wandte sich mit einem fragenden Blick an ihre Chefin und lächelte dann.

»Entweder ist etwas Fürchterliches geschehen, an dem sie alle beteiligt waren, oder jeder für sich hat sich so verhalten, dass alle verdächtig wirken.«

»Ich denke an die Bacchanten«, entgegnete Ebba und nickte nachdenklich. »Ich glaube, du hast in gewisser Weise recht. Die Wahrheit liegt vermutlich irgendwo dazwischen. Es gibt gewisse Vorfälle des Mordabends, die sie alle verbindet, andere wiederum nicht. Uns fehlen noch etliche Kapitel dieser Geschichte. An diesem Abend hat sich noch so einiges ereignet, wovon niemand berichtet hat. Schade, dass uns Jan und Kjell in dieser Beziehung nicht noch mehr Informationen liefern können.«

»Sie haben keinen Grund, die Wahrheit zu verschweigen. Sie kennen das Quartett zwar, sind aber im Unterschied zu den anderen nicht zu Loyalität verpflichtet. Jan bewunderte Raoul außerdem und würde nicht davor zurückschrecken, den Mörder zu benennen.« Vendela schüttelte nachdenklich den Kopf. »Aber haben sie wirklich nichts gehört oder gesehen?«

»Sie wissen vielleicht mehr, als sie selbst glauben, deswegen müssen wir uns wieder mit ihnen unterhalten. Aber Vendela«, meinte Ebba und drehte sich vom Meer zur Insel zurück, »stell dir mal vor, es ist Nacht und vollkommen dunkel. Was sieht man da? Die Geräusche werden von den Kiefern und den Wellen gedämpft. Es ist schwer zu begreifen, was eigentlich geschieht, selbst wenn man sich aufs Äußerste konzentriert. Wenn man außerdem noch Aufnahmen bearbeitet und einen Kopfhörer aufhat, kriegt man nichts mit.«

»Vielleicht war das ja ein hervorragendes Alibi für den Mörder?«

»Du meinst, der Täter schlug zu, weil er wusste, dass das Aufnahmeteam nichts hören würde?«

»So in etwa.«

Ebba trat gegen einen kleinen Stein. »Das glaube ich nicht. Das klingt in diesem Fall zu unwahrscheinlich. Sie hätten jederzeit eine Pause einlegen können, um sich draußen die Beine zu vertreten. Ehrlich gesagt glaube ich nicht, dass der Mörder mit der Absicht nach Svalskär kam, Raoul zu ermorden. Ich glaube, dass gewisse Umstände zu dem Mord führten. Die Frage lautet nur, welche.«

Vendela setzte sich auf die Bank auf dem Steg und zog ihre Jacke enger um sich. »Wie viel wissen die einzelnen Mitglieder des Quartetts über die Chronologie der Vorfälle des Abends? Ist ihnen allen klar, wer der Mörder ist? Solange sie diese Person decken, machen sie sich alle verdächtig.«

»Es könnte aber auch sein, dass sie es nicht wissen und deswegen vorsichtig sind. Vielleicht wollen sie es auch nicht wissen, weil sich mit diesem Wissen nur schwer leben ließe.«

Vendela sah Ebba an: »Du glaubst zu wissen, wer es war, oder?«

»Neugierig?« Ebba ließ die Schultern sinken und schaute aufs

Meer. »Es gibt … zwei Personen, denen ich nicht über den Weg traue, die versuchen, uns hinters Licht zu führen …« Sie hielt inne und fuhr dann mit einem unfreundlichen Lächeln fort: »Den Mord könnten aber alle begangen haben.«

Die Salsamelodie drang aus ihrer Tasche, Ebba antwortete. Vendela betrachtete sie dabei aufmerksam. Ohne die Unterhaltung hören zu können, verstand sie, dass es um etwas Wichtiges ging. Ebba trat ein paar Schritte beiseite, während sie sprach. Zwei Minuten später klappte sie ihr Handy zu und drehte sich zu Vendela um.

»Rate mal! Svante ist von einer unserer Damen angerufen worden.«

Vendela rief verblüfft: »Und von welcher?«

»Komm schon. Du bist die Polizistin!«

»Das ist nicht fair. Will Louise Raoul einen Pfahl ins Herz rammen?«

»Nein.«

»Will Anna von ihrem Ex ein weiteres Mal Abschied nehmen?«

»Auch falsch.«

»Helena will die Leiche selbst sezieren.«

»Vendela, Vendela … der dritte Versuch von vier. Ja, du hast richtig geraten. Mit der Betonung auf geraten. Helena war es.«

»Was wollte sie?«

»Sie wollte wissen, wie lange die Gerichtsmedizin die Leiche behalten will. Offenbar geben Raouls Eltern keine Ruhe, laut jüdischer Tradition muss die Leiche umgehend begraben werden. Svante hat sich einverstanden erklärt, sie nächste Woche freizugeben, falls keine weiteren Fragen auftauchen.«

»Weitere Fragen? Wir haben bislang doch nur Fragen.«

»Aber Svante hat bereits angefangen. Außerdem werden die Gewebeproben aufgehoben, bis wir fertig sind.« Ebba sah Vendela an und fügte hinzu: »Deswegen rief sie an.«

»Helena wollte also wissen, wie lange diese Proben aufbewahrt werden. Interessant. Was hat sie für einen Grund genannt?«

»Das wollte sie Svante nicht verraten.«

»Sie muss ihn noch vom Taxiboot aus angerufen haben, denn sie können noch nicht in Stockholm sein.«

»Sie will also schnellstens etwas in Erfahrung bringen«, meinte Vendela. »Ihr muss doch wohl klar gewesen sein, dass uns Svante von diesem Anruf erzählen würde?«

»Sicher. Aber sie wollte Zeit gewinnen. Sie sieht ein, dass wir früher oder später erfahren, worum es geht. Bis dahin braucht sie Zeit, und genau die sollen wir ihr geben. Zeit.«

Der Himmel war bewölkt und drückte graudiesig und stumm gegen den Horizont und das Meer. Die Wasseroberfläche kräuselte sich leicht, und die schmalen Birken mit ihrem bronzefarbenen Laub raschelten in dem schwachen kalten Wind, der auffrischte, als das Polizeiboot die Insel verließ. Ebba stand auf dem Achterdeck und hielt sich den Mantel zu. Jetzt verließ sie den Ort, an dem Raoul Liebeskind seine letzten Tage verbracht hatte. Es kam ihr seltsam vor, in einer Mordsache zu ermitteln, für deren Opfer sie so viel empfand. Wie immer bei Mordermittlungen erfuhr sie Details, die in allerhöchstem Grade privat waren. Alles, was der engste Kreis hatte verbergen wollen, musste ans Tageslicht gebracht und analysiert werden.

Vendela erschien auf Deck und stellte sich neben sie. Der Wind packte ihr Haar und peitschte die roten Locken nach hinten. Ohne sie anzusehen, den Blick immer noch auf die Insel gerichtet, die im Herbstnebel verschwand, nahm Ebba die Erörterung wieder auf.

»Was würdest du tun, wenn du von einem Mann ein Kind erwarten würdest, den du gerade erst kennengelernt hast und der ermordet worden ist? Würdest du dich dann für einen Schwangerschaftsabbruch entscheiden? Oder würdest du das Kind austragen, um die Liebe, so lange es geht, festzuhalten?«

Vendela dachte kurz nach und antwortete dann: »Mich darfst du das nicht fragen. Ich sehne mich nicht nach Kindern. Aber wie soll Caroline damit fertigwerden, unter diesen Umständen alleine Mutter zu werden?«, fuhr sie dann fort.

»Manchmal tritt der Fall ein, dass scheinbar unüberwindliche Hindernisse Menschen stärker machen. Vielleicht fühlt sie sich durch ihren Beschluss und das neue Leben, das ihre zukünftige Familie sein wird, geradezu gestärkt. Vielleicht führt das dazu, dass sie alle schlechten Angewohnheiten ablegt.«

»So, wie du das sagst, klingt es, als hätte sie eine Wahl. Als hinge alles nur von ihrer eigenen Kraft ab und als blieben ihr künftig psychische Krisen erspart, wenn sie sich nur zusammenreißen würde.«

»Nein. So habe ich das nicht gemeint. Aber ich finde, wir sollten sie nicht für unmündig erklären, bloß weil sie ihre Schwächen zeigt. Vielleicht gewinnt sie dadurch neue Energie und kann ihren Schmerz loswerden, im Unterschied zu jenen, die ihre Aggressionen in sich hineinfressen.«

»Wie Louise?«

»Genau.«

»Und Helena und Anna.«

»Ja.«

Inzwischen hatte es zu nieseln begonnen. Ebba bedeutete Vendela hineinzugehen. Im Salon saß Jakob mit Kajs Bericht. Er rückte beiseite, um ihnen am Tisch Platz zu machen.

»Also, was gibt es für inkriminierende Hinweise, Jakob?«, fragte Ebba.

Jakob räusperte sich und schob seine Papiere zusammen. »Nicht viele, wie du sicher weißt. Das Handy fand ja eine rasche Erklärung. Raoul hatte es selbst ins Wasser geworfen, sofern man Caroline glauben darf.«

»Was es ihm unmöglich machte, selbst jemanden anzurufen, als er Hilfe benötigte, nicht wahr?«, meinte Ebba. »Das war also das Handy. Und weiter?«

»Was Fingerabdrücke angeht«, fuhr Jakob fort, »haben wir kaum was in der Hand, da der Tatort nicht ermittelt ist.«

»Und es vielleicht auch nie werden wird«, meinte Ebba. »Im Atelier haben bestimmt alle Spuren hinterlassen.«

»Helena hat erklärt, dort gewesen zu sein«, warf Vendela ein.

»Okay, also alle waren dort. Peder dieses Mal allerdings nicht, aber sicher früher einmal. Momentan hoffe ich, dass er uns andere spannende Hinweise liefert.«

»Das Motorboot.«

»Genau«, meinte Ebba und lehnte sich mit verschränkten Armen zurück. »Ich vertrete die These, dass das Boot benutzt wurde, um Raoul zu versenken. Peder fährt mit der Leiche weg und wirft sie im offenen Wasser über Bord. Damit sie nicht entdeckt wird, zumindest nicht allzu schnell. Hat er Raoul umgebracht? Versucht er, die Leiche zu verstecken? Oder hat ihm jemand diese Aufgabe übertragen?«

»Das könnte in diesem Falle nur Louise gewesen sein. Schließlich sind sie sehr gut befreundet«, meinte Jakob. »Da sie die Hand verletzt hat, kann sie wohl kaum Raoul auf die Schulter wuchten, an Bord schaffen und dann über die Reling kippen.«

»Ist Louise unsere Mörderin?«, fragte Vendela.

»Falls Sie es war, dann hat sie Raoul umgebracht, obwohl sie von dem Schwangerschaftsabbruch wusste.«

»Was Louise betrifft, stellt sich folgende Frage. Wie hat sie von Carolines Schwangerschaftsabbruch erfahren? Caroline hat selbst gesagt, dass sie nur Raoul davon erzählt hat. Helena weiß es mittlerweile auch«, meinte Vendela.

»Und Peder«, sagte Jakob.

Vendela nickte. »Raoul muss die Quelle gewesen sein. Raoul muss es Louise und Peder erzählt haben. Die Frage lautet, wann sie es erfahren haben und in welcher Reihenfolge.«

»Beide wollten das Kind. Jene Person, die wusste, dass Caroline einen Schwangerschaftsabbruch hinter sich hatte, hatte ein weniger dringliches Motiv«, meinte Ebba.

»Falls einer von ihnen Raoul ermordet hat, kann es sich nur um reine Rache handeln.«

»Was ja auch ein sehr plausibles Motiv darstellt«, sagte Jakob.

»Irgendwie wirkt die Tat übereilt«, meinte Ebba. »Louise gehört sicher nicht zu den Menschen, die aus dem Affekt heraus handeln. Sie ist eine methodische Karrieristin. Was auch immer sie tut, führt zu konstruktiven Resultaten. Der Mord an Raoul könnte ihr nur die sehr kurzzeitige Befriedigung geliefert haben, das letzte Wort zu behalten. Ist sie wirklich bereit, dafür ihren Status zu opfern und eine Gefängnisstrafe und das damit verbundene Stigma zu riskieren?«

»Peder ist allerdings hitziger als seine Cousine«, sagte Vendela, »und ist mit dem Kahn irgendwie in die Sache verwickelt. Warum hast du den eigentlich beschlagnahmen lassen?«

Ebba verschränkte die Arme.

»Der Kahn an sich ist vollkommen uninteressant. Aber ich ließ ihn und die umliegende Fläche absperren, weil ich glaube, dass sich Peder und Raoul dort gestritten haben. Vielleicht ist Peder einer der Letzten, die Raoul vor seinem Tod getroffen haben. Ich bin mir nicht ganz sicher, aber so könnte es zugegangen sein: Peder sieht, wie Helena ins Atelier geht, um Raoul zu treffen. Sie bleibt laut eigener Angabe eine Viertelstunde lang dort. Dann begibt sie sich wieder ins Haupthaus, und Raoul verlässt das Atelier kurz nach ihr. Wohin geht er da? Niemand hat berichtet, ihn im Haupthaus gesehen zu haben. Also blieb er wahrscheinlich im Freien. Möglicherweise entdeckt er Peder auf dem Steg, als dieser gerade den Kahn aus dem Wasser zieht. Aber warum vergisst er den Kahn im Wasser und holt nur die Ruder an Land? Vielleicht, weil er es plötzlich wahnsinnig eilig hat, wegzukommen.«

»Du meinst, es ist was vorgefallen und Peder ist deswegen Hals über Kopf geflüchtet?«

»Genau.«

»Beispielsweise, er hat ihn umgebracht?«

»Nicht unbedingt.« Ebba schüttelte den Kopf. »Irgendetwas ist vorgefallen. Fragt sich nur, was.«

Vendela ergriff wieder das Wort. »Ich habe mir überlegt, wie die Leiche ins Wasser geraten sein könnte. Zwei Dinge deuten auf eine gewisse Ungeübtheit hin. Will man eine Leiche beseitigen, dann muss man sie beschweren, damit sie wirklich in der Tiefe verschwindet. Zweitens darf man sie auch nicht gegen den Wind versenken. Dann treibt sie zu den Felsen zurück. Dort hat man sie dann ja auch eine Stunde später aufgefunden.«

»Falls der Mörder den Anschein erwecken wollte, es habe sich um einen Unfall gehandelt, konnte er oder sie den Toten nicht mit Steinen beschweren. Dann passt es auch, dass man die Leiche bei den Felsen gefunden hat. So wird die Schwäche des Plans zu einer Stärke«, meine Jakob.

»Die Leiche soll also entweder aus Stümperhaftigkeit oder aus kalter Berechnung ins Wasser geraten sein, findest du? Aber er war bereits tot, als er im Wasser landete«, meinte Vendela. »Er ist nicht ertrunken. Ein Obduktionsklassiker.«

»Aber ist das allen bewusst? In auswegloser Lage gibt es vielleicht nicht so viele Alternativen.«

Ebba hob die Hand. »Es hat andere Vorteile, eine Leiche ins Wasser zu werfen. Spuren und Fingerabdrücke verschwinden. Man wäscht die Sünden ab, nicht wahr? Wir wissen zwar, dass er an Dexofen gestorben ist, aber es gab vielleicht andere Indizien, die wir nie finden werden, weil sie weggespült worden sind.«

Sie richtete sich auf. »Und? Haben wir weitere Spuren?«

Jakob blies seine Wangen auf und blätterte in seinen Papieren. »Es fehlen alle sonst denkbaren Spuren, würde ich sagen. Da er im Wasser trieb, gibt es wie gesagt keine Fingerabdrücke. Die Körpersekrete der Kleider im Atelier sind noch nicht analysiert. Caroline hat eingeräumt, dass es sich um ihr Blut auf dem Laken handelt. Aber das bedeutet natürlich nicht, dass es nicht noch weitere Personen geben kann, die Spuren hinterlassen haben. Dann haben wir die Spritzen. Die haben ebenfalls im Wasser gelegen. Die Schachtel des Dextropropoxifen haben wir nicht gefunden. Die kann irgendwo auf der Insel liegen oder vernichtet worden sein. Wir könnten wochenlang weitersuchen, aber die

Wahrscheinlichkeit, dass wir sie finden, ist gleich null. Kaj sagt, dass wir dafür auch nicht genug Leute haben.«

»Kaj ist nicht befugt, sich darüber zu äußern«, meinte Ebba träge.

Vendela beugte sich vor. »Diese Spritzen … wäre es vorstellbar, dass die Person, die Raoul ins Wasser geworfen hat, ihm auch die Spritzen verabreicht hat?«

»Vielleicht«, meinte Ebba. »Da die Leiche abgetrieben ist, lässt sich nicht mehr feststellen, wo genau sie ins Wasser geworfen wurde. Bei Svalskär gibt es viele Untiefen. Er könnte an etliche tangbewachsene Felsen gestoßen sein. Das legen die Flecken auf seiner Hose nahe. Welche Felsen das waren, lässt sich aber nicht feststellen, da eventuelle Stoffreste weggespült worden sind. Deswegen können wir nicht sagen, dass die Leiche an derselben Stelle gelegen hat wie die Spritzen. Was dagegen spricht, dass Spritzen und Leiche gleichzeitig ins Wasser geworfen wurden, ist der Umstand, dass die Spritzen nur vier Meter vom Ufer entfernt lagen.«

»So weit kann man werfen, selbst mit einer verletzten Hand«, meinte Jakob.

»Yes«, pflichtete ihm Ebba bei. Ihre Überlegungen brachten sie nicht weiter, und sie benötigte ein wenig Abgeschiedenheit, um neuen Sauerstoff in ihre Hirnwindungen zu bringen.

Vendela schien aber immer noch nicht lockerlassen zu wollen. »Ich muss sagen, dass mich Helenas letzte Aktion verwirrt. Welche Information erhofft sie sich von den Proben? Haben vielleicht noch weitere Medikamente zu seinem Tod geführt? Könnte es das sein?«

»Dann wäre es doch unklug, unsere Aufmerksamkeit darauf zu lenken«, meinte Jakob.

»Helena interessiert sich für die Proben … und sie kann wohl kaum im Labor einbrechen und sie stehlen«, meinte Ebba. »Aber du hast recht. Sie riskiert viel, indem sie unsere Aufmerksamkeit auf sich zieht. Also sieht sie sich gezwungen, zu tun, was sie tut. Das ist sicher nicht leicht.«

Vendela schaute aus dem Fenster. »Aber wenn es um etwas ganz anderes geht? Ich weiß nicht, ob das vollkommen wahnsinnig ist, aber … lass es uns einfach mal als Gedankenspiel betrachten.«

»Raus mit der Sprache, ohne Umschweife«, seufzte Ebba und runzelte verärgert die Stirn.

»Okay, okay, folgendermaßen …« Sie dehnte die Worte, als würde sie sich die Gedanken zurechtlegen, während sie sie formulierte. »Es könnte eine andere Verbindung zwischen Caroline und Helena geben. Also rein hypothetisch …«

»Ich höre bereits, dass du es selbst nicht recht glaubst …«, fiel ihr Ebba ins Wort. Sie streckte die Hand aus und nahm die Ergebnisse der Spurensicherung, die ihr Jakob reichte, in Empfang. Zerstreut ging sie die Auflistung des Abfalls durch. Sie begann mit dem Küchenabfall: Brottüten, Kaffeepakete, Milchtüten, Weinflaschen, Kaffeefilter, Kartoffelschalen, Plastikverpackungen für Hühner und Braten, Muscheln, Käserinden …

»Wollt ihr es jetzt hören oder nicht?«, fauchte Vendela.

»So ist's recht. So klingst du überzeugender. Erzähl weiter.« Ebba fuhr mit dem Badezimmerabfall fort: eine alte Alvedon-Verpackung, Hustensaft, dessen Haltbarkeitsdatum abgelaufen war, Watte, ein verwendeter Damenrasierapparat, eine halb volle Flasche Salubrin, eine leere Verpackung Norlevo, eine leere Tube Xylocain, eine leere Flasche Shampoo, ein Tiegel Biotherm Antifaltencreme, zwei Pflasterverpackungen, eine verwendete Adrenalinspritze … »Aha, da ist ja die Spritze, die gegen den Allergieschock verwendet wurde. Ich warte immer noch, Vendela«, sagte Ebba und las weiter.

Vendela schlug mit der flachen Hand auf den Tisch.

»Manchmal machst du mich wahnsinnig.«

Ebba lächelte ihr spöttisch zu. Vendela fuhr fort: »Okay … Helena und Caroline. Habt ihr mal daran gedacht, wie ähnlich sie sich sind? Sie sind zwar Schwestern, aber trotzdem. Helena ist blond und Caroline ist dunkelhaarig, aber sie sind gleich groß und Augen- und Mundpartie sind sehr ähnlich. Sie sind beide energisch und stolz. Vor über zwanzig Jahren begann Helena eine Affäre mit Raoul. Wie alt ist Caroline? Etwas über zwanzig?«

»Vierundzwanzig«, warf Ebba ein.

»Damit kommen wir zu Raoul. Ist euch aufgefallen, dass auch Caroline und Raoul sich sehr ähnlich sehen? Sie sind beide dunkelhaarig und haben Sommersprossen. Leidenschaftlich sind sie auch, genau wie Louise sagte, sie ähneln sich sehr. Also … meine These lautet …«

»Dass Raoul Carolines Vater ist«, fiel ihr Jakob ins Wort. »Meine Güte … das würde dem ganzen wirklich die Krone aufsetzen.«

»Jetzt haben wir wirklich was! Blutschande. Elektrakomplex«, meinte Ebba beeindruckt, aber nicht ganz ernsthaft.

»Hältst du das für vollkommen abwegig?« Es gelang Vendela nicht, ihre Enttäuschung zu verbergen.

»Nein, aber für recht unwahrscheinlich. Wann war Helena in New York und traf dort Raoul? Könnte sie wirklich die Mutter von Caroline sein?«

»Nach all den Lügen würde es mich nicht erstaunen, wenn sie bereits vorher eine Affäre hatten, double dating. Wir haben nur ihr Wort, dass ihre Affäre erst begann, als Annas und Raouls Beziehung zu Ende ging.«

»Könnte Helena der Grund für die aufgelöste Verlobung gewesen sein?«, fragte Jakob.

»Nun mal langsam. Jetzt wird es interessant«, meinte Ebba und verschwand in ihre Kabine, um ihren Laptop zu holen. Langsam fuhr er hoch, während sie mit den Fingern trommelte. Wenig später hatte sie die Informationen über alle Tatbeteiligten auf dem Bildschirm.

»Hier haben wir Helena Andermyr, geborene Melkersson … fünfundvierzig Jahre alt. Und hier ist Caroline af Melchior … allein, dass sie im Grunde denselben Nachnamen tragen, allerdings die eine in einer adeligen Variante, das ist schon sehr ironisch … also, Caroline ist vierundzwanzig. Plus neun Monate.

Dann müsste Helena mit zwanzig schwanger geworden sein. Sie fing an der Musikhochschule in Stockholm an, als sie neunzehn war. Es müsste also in ihrem ersten Studienjahr passiert sein.«

Sie sah Jakob und Vendela an, die ganz gespannt dasaßen. Dass die beiden auf saftige Schlagzeilen zu hoffen schienen, rührte sie. Um ihre Hoffnungen nicht gleich zu zerstören und da sie ohnehin noch einige Stunden auf dem Boot vor sich hatten, ließ sie sich auf das Gedankenspiel ein. Ihre Mutmaßungen waren jedoch mehr als nur ein Zeitvertreib. Nachdem sie sich einen ganzen Arbeitstag lang konzentriert und Informationen verarbeitet hatten, brauchten ihre Köpfe jetzt freiere Zügel, damit sich ihnen vielleicht ein neuer Zugang eröffnete. Eine kreative Ideenstafette mit dem Arbeitsmaterial oder, wenn man so wollte, dachte Ebba mit einem Lächeln, die Durchführung einer Sonatenexposition. Aber auch Spiele erforderten Regeln, um interessant zu sein.

»Darf ich eines fragen?«, sagte Ebba. »Haltet ihr es für wahrscheinlich, dass eine zwanzigjährige, intelligente Frau sich dafür entscheidet, mitten in der Ausbildung ein Kind zur Welt zu bringen, ihre Schwangerschaft dem Vater verschweigt und das Kind dann ihrer Mutter und ihrem Stiefvater als ihr eigenes überlässt?«

Vendela wirkte enttäuscht, ließ sich aber nicht so leicht unterkriegen. »Wir können den Umständen ihrer Geburt zumindest nachgehen.«

»Wie alt ist ihre Mutter eigentlich? Falls Carolines Mutter Britt-Marie zwischen fünfzig und sechzig war, als sie zur Welt kam, dann ist die Wahrscheinlichkeit minimal, dass sie die biologische Mutter ist. Außerdem ist es recht schwer, alle anderen davon zu überzeugen, dass sie Mutter geworden ist. Insbesondere, wenn ihre erste Tochter kurz zuvor hochschwanger gewesen ist. Heutzutage schickt man schwangere Töchter kaum mehr aufs Land. Wie auch immer, das würde bedeuten, dass Britt-Marie inzwischen über achtzig ist.«

»Britt-Marie könnte Helena auch mit achtzehn bekommen

haben, dann wäre sie bei der Geburt von Caroline zweiundvierzig gewesen«, meinte Jakob.

»Hier«, sagte Ebba und hielt ihr Handy in die Luft. »Ruft Britt-Marie af Melchior an und fragt sie, ob sie Carolines Mutter ist.«

Widerwillig nahm Vendela das Handy entgegen und überlegte sich gleichzeitig, was Ebba damit bezweckte. Dann wählte sie jedoch eine Nummer aus dem Nummernspeicher. Ebba verfolgte das Ganze mit zunehmendem Interesse.

»Hallo? Was sagst du? Nein, hier ist Vendela. Kannst du etwas für mich herausfinden? Ich müsste wissen, was auf Caroline af Melchiors Geburtsurkunde steht. Genau. Das lässt sich doch nicht fälschen, oder? Okay. Vielen Dank.«

Vendela legte auf und gab das Handy zurück.

»Und jetzt?«, meinte Jakob ungeduldig.

»Abwarten«, erwiderte Vendela.

Es dauerte einige Minuten, bis das Handy klingelte. Ebba reichte es Vendela. Sie fuchtelte mit der Hand, und Ebba drehte den Laptop in ihre Richtung. Die Unterhaltung war kurz, und Vendela wollte zu sprechen beginnen, als Ebba den Finger hob.

»Bevor du anfängst, Vendela. Ich will betonen, dass ich deine kühnen Gedanken und deine Fantasie als Polizistin zu schätzen weiß. Du zögerst nicht, auch noch die wahnsinnigsten Überlegungen zu prüfen. Das ist mutig. Also.«

Vendela lachte. »Dass du einem auch immer jegliche Freude rauben musst. Svante, denn ihn habe ich angerufen, konnte mir keine Antworten geben. Er erreichte nicht die richtigen Leute, um die Einzelheiten von Carolines Geburt in Erfahrung zu bringen. Wir müssen uns also gedulden.«

»Gehen wir einmal davon aus, dass Caroline Raouls und Helenas heimliches Kind ist. Kann etwas Schlimmeres geschehen, als dass Vater und Tochter eine Beziehung eingehen, die eventuell noch zu einer Schwangerschaft führt? Da Caroline und Raoul ihre Affäre diskret betrieben haben, ist den Beteiligten erst sehr spät aufgegangen, was Sache war. Wie haben wir dann die Reaktionen der anderen zu deuten?«

»Plötzlich erhalten wir ganz neue Mordmotive. Lass uns mit Helena anfangen. Der Verrat könnte gar nicht größer sein. Sie hat ihre Beziehung alle diese Jahre geheim gehalten, und ihre Eltern haben ihre gemeinsame Tochter großgezogen. Gleichzeitig hat sie sich nach Raoul gesehnt und darauf gehofft, dass er sie erwählen würde. Stattdessen hat dieser sich in ihre eigene Tochter verliebt, hat heimlich eine Affäre mit ihr begonnen und versucht, sie zu schwängern. Als Helena das entdeckt, läuft das Fass über, sie bringt ihn um, um dem Leiden ein Ende zu setzen, sowohl ihrem als auch Carolines.«

Ebba saß nachdenklich da, und Jakob holte tief Luft, Vendela fuhr fort: »Dann haben wir Caroline. Vermutlich ganz schön abtörnend, zu erfahren, vom eigenen Vater verführt und vielleicht noch dazu geschwängert worden zu sein. Vor allen Dingen dieser Verrat, sich über beide Ohren zu verlieben und dann einzusehen, dass er der Letzte auf Erden war, mit dem sie sich hätte einlassen sollen. Was für einen Ekel sie empfunden haben muss. Dazu kommt, dass sie ohnehin labil ist und an starken Stimmungsschwankungen leidet. Vielleicht ist das alles ausreichend, um ihrem Daddy dearest einen Ambidexterdrink zu servieren.«

»Dexofen«, berichtigte sie Jakob, aber Vendela fuhr einfach fort: »Und Anna und Louise? Unter diesem Gesichtspunkt hätten sie ein schwächeres Motiv.«

»Peder hingegen«, kommentierte Jakob, »könnte der Umstand, dass Caroline sein Kind abgetrieben hatte und stattdessen von ihrem eigenen Vater schwanger geworden war, angewidert haben. Er räumt diesen also aus dem Weg, um vielleicht eine zweite Chance mit Caroline zu bekommen.«

»Das setzt allerdings voraus, dass Peder von dem Schwangerschaftsabbruch wusste.«

»Dieser Gedanke hat etwas für sich«, meinte Ebba mit einem nachsichtigen Lächeln, »wirkt aber ein wenig weit hergeholt.«

Vendela ließ sich ihre Enttäuschung nur durch ein leichtes Schulterzucken anmerken.

»Bevor du das Kind mit dem Bade ausschüttest, sollten wir noch etwas länger über diese Theorie nachdenken. Ich interessiere mich für genau diese Art von Verbindungen zwischen den Beteiligten. Bestehen ungeklärte Konflikte? Alte Enttäuschungen werden auf Svalskär aufgefrischt. Alle hatten eine gemeinsame Geschichte, außer Caroline vielleicht, sie stellt eher den Katalysator dar. Es gibt Dinge, die wir noch nicht sehen. Geschehnisse, Worte, Wunden, die nicht verheilt sind.«

»Ich finde, wir haben jeden Stein umgedreht«, seufzte Jakob.

»Wir müssen zeitlich weiter zurück. Es lässt sich noch vieles herausfinden. Vergesst nicht, dass sie die schwerwiegendsten Geheimnisse so lange wie möglich zurückhalten.«

»Du meinst also, dass wir dem, was bislang gesagt wurde, keine zu große Bedeutung beimessen sollen?«, wollte Vendela wissen.

»Im Gegenteil. Ihr sollt die Aussagen aus vier Perspektiven deuten: Was ist so offensichtlich, dass es sich nicht verschweigen lässt? Was betonen sie besonders? Was geben sie nur unter Druck preis? Und schließlich: Was haben sie bislang noch nicht zugegeben?«

Es wurde einen Augenblick still, während sie die Worte verarbeiteten. Nach einer Weile übernahm Ebba wieder das Kommando: »Es gibt eine Person, mit der wir uns bisher noch nicht sonderlich beschäftigt haben. Ich frage mich, warum wir sie ganz spontan außen vor gelassen haben. Vermutlich, weil sie so alltäglich ist.«

»Du meinst Anna?«, fragte Jakob.

Ebba nickte. »Genau. Warum ist Anna so uninteressant?«

Vendela antwortete: »Sie kommt einem irgendwie so … lächerlich vor. Liegt einem mit ihrer Liebe von früher in den Ohren, damit, dass sie sich wiedergefunden hätten, wo es doch vollkommen offensichtlich ist, dass es um Caroline und Raoul geht.«

»Sie ist etwas farblos«, meinte Jakob.

»Wir sollten aber nicht vergessen, wie Louise sie darstellt. Eine sozial kompetente Person, die dafür sorgt, dass es den Mitgliedern des Quartetts gut geht. Außerdem ist sie eine recht gute Violinistin und gerade zur Konzertmeisterin der Philharmonie ernannt worden. Das ist ein sehr wichtiger Posten, den nur sehr kompetente Musiker bekleiden.«

»Vielleicht spielt sie ja gut, aber sie ist keine besonders leidenschaftliche oder auffällige Person«, gab Jakob zurück.

»Ich sehe das folgendermaßen: Wow! Den Konzertmeisterposten. Sie muss eine wahnsinnig gute Violinistin mit Führungsqualitäten sein«, meinte Vendela. »Trotzdem erweckt sie nicht diesen Anschein.«

»Obwohl sie eine Führungsperson ist, haltet ihr sie für harmlos und etwas simpel«, meinte Ebba. »Mit anderen Worten … eine widersprüchliche Persönlichkeit. Das müsste doch unsere Neugier wecken, nicht wahr?«

»Willst du sie zu einem weiteren Verhör vorladen?«

»Ich will morgen um zehn mit Anna sprechen. Nach dem Mittagessen kommt Peder mit seinem Anwalt.«

Vendela seufzte. »Und ich dachte, wir dürften morgen ausschlafen. Wir haben schließlich das ganze Wochenende gearbeitet.«

»Ha! Wir haben es mit einem Mordfall zu tun. Vergiss das Ausschlafen. Morgen um neun bei mir im Büro.« Ebba faltete die Hände und streckte die Arme aus. »Jetzt gehe ich in meine Kabine und ruhe mich aus. Jakob, du bestellst Anna zum Verhör ein. Trag es in meinem Computer in meinen Kalender ein.«

Jakob zog sein Handy hervor und rief Anna an. Er öffnete den Kalender auf dem Bildschirm, während er darauf wartete, dass Anna abhob.

Als sie ihm dabei zusah, wie er diese beiden Dinge parallel erledigte, kam es Ebba plötzlich in den Sinn.

»Verdammt!«, rief sie und schlug mit den flachen Händen auf

den Tisch. Jakob unterbrach die Verbindung, und er und Vendela sahen ihre Chefin an. Ebba stand auf und eilte ans Fenster.

»Wie weit sind wir schon?«, fragte sie und schaute nach draußen. »Sind wir schon an Möja vorbei?«

Vendela suchte den Kapitän auf und war wenig später zurück.

»Wir befinden uns südlich von Grinda«, sagte sie. Ebba seufzte verärgert.

»Mist! Wir können jetzt nicht kehrtmachen«, sagte sie. »Aber Kaj ist doch wohl noch dort?«

Sie wartete die Antwort nicht ab, sondern griff zu ihrem Handy. Ungeduldig trommelte sie mit den Fingern auf den Tisch, bis Kaj am Apparat war.

»Kaj«, sagte sie. »Wir haben Teile des Stegs bereits abgesperrt. Sperr auch noch den Rest ab. Lass jeden Quadratzentimeter um die Bank herum untersuchen und schraub auch die Bank selbst ab. Es könnten Haare, Haut oder Blut an ihr kleben. Eventuell auch am Holz des Stegs. Ja, ich weiß, wir sind dort rumgetrampelt. Mach es einfach!«

Sie klappte ihr Handy zu und begab sich dann sofort in ihre Kabine. Sie legte sich in die Koje, war aber immer noch so aufgedreht, dass sie sich nicht entspannen konnte. Die Gedanken wirbelten ihr durch den Kopf. Dann nahm sie ihr Handy und Peders Visitenkarte hervor, überlegte es sich aber anders. Er würde stattdessen unerwartet Besuch erhalten.

Sie ließ beide Arme sinken und spürte, wie die Müdigkeit ihren Körper endlich schwer werden ließ. Ein weiteres Mal ergriff sie die Trauer, dass es diesen fantastischen Violinisten nicht mehr gab. Sie wusste, und darin stimmte sie Caroline zu, dass es um mehr als nur seine einzigartige Musikalität ging. Es war seine erotische Ausstrahlung, die ihn von den wenigen anderen Topmusikern unterschied. Er war auf der Bühne einzigartig präsent gewesen, ein Mann, der einfach berühren musste. Genau wie Helena gesagt hatte. Was hätte sie selbst getan, wenn sie die Gelegenheit erhalten hätte? Hätte sie gezögert, eine heimliche Affäre mit Raoul Liebeskind zu beginnen, wenn sie an ihrer Stelle gewesen wäre?

Sie wäre ihm direkt in die Arme gelaufen. Und das wäre ihr sicher einige Opfer wert gewesen.

Montag, 19. Oktober

Obwohl Stockholm nur einige Dutzend Kilometer von Svalskär entfernt lag, kam es einem vor, als kehre man aus dem Ausland zurück. Eine Hauptstadt, deren Leben immer in den gleichen Bahnen verläuft, hat etwas Beruhigendes. Die Menschen schoben sich die Bürgersteige entlang, die blauen Busse schaukelten über die Straßen, und Lichter und Scheinwerfer erhellten den nebligen Herbstmontag. Trost und Resignation gleichzeitig.

Ebba war bereits früh vor Sonnenaufgang in Vasastan gewesen, um die Hunde bei ihrer Tochter abzuholen. Es war immer noch recht wenig Verkehr, als sie zu ihrer Jugendstilvilla im Vanfridsvägen in Djursholm fuhr. Minna und Cosima rasten über das Parkett und waren froh, wieder zu Hause zu sein. Sie kontrollierten die Wasser- und Futternäpfe, um zu sehen, worauf sie sich im Verlauf des Tages freuen konnten.

Jetzt saß Ebba wieder im Auto. Sie hielt an einer roten Ampel, und ihr Blick fiel auf eine Schlagzeile an einem Tabakgeschäft: »Weltstar tot in den Schären.« Daneben ein Porträtfoto von Raoul Liebeskind. Ein Gesicht, das Aufmerksamkeit gewohnt war, mit verwegenem Blick in die Kamera. Ebba konnte sich nicht von dem Bild losreißen. Schließlich wurde hinter ihr gehupt, und sie musste weiterfahren.

Sie parkte in einer Tiefgarage an der Birger Jarlsgatan und ging mit raschen Schritten Richtung Norrmalmstorg. Im ehemaligen Gebäude der Kreditbank nahm sie den Fahrstuhl zur Kanzlei »Zylberstein, Armstahl & Söderqvist« und meldete sich als Ebba Schröder ohne Berufsbezeichnung an. Am Empfang saß eine junge Frau in einem engen weinroten Kostüm und einer beigen Bluse aus Crêpe de Chine. Sie betrachtete Ebba diskret geschäftsmäßig und teilte mit, Peder Armstahl befände sich in einer Telefonkonferenz und dürfe den ganzen Vormittag keinesfalls gestört werden.

»Ich bin davon überzeugt, dass mein Besuch für ihn Vorrang hat«, erwiderte Ebba. Die Sekretärin zögerte, griff dann aber zum Telefonhörer und wählte eine Nummer. Sie brachte mit leiser, etwas heiserer Stimme ihr Anliegen vor, erhielt eine einsilbige Antwort und beendete das Gespräch. Mit einem kühlen Lächeln wandte sie sich an Ebba, sie dürfe durchgehen, dritte Tür links.

Peder Armstahl saß hinter einem riesigen Schreibtisch aus Eichenholz, der mit dunkelgrünem Leder bezogen war. Ein paar Bücher lagen seitlich ordentlich auf Stapeln. An den Wänden hingen zwei Porträts aus dem 17. Jahrhundert sowie ein größeres Schlachtengemälde in einem prächtigen, barocken Goldrahmen. Vor dem Schreibtisch standen zwei mit rotem Samt bezogene Lehnstühle.

»Treten Sie ein«, sagte er. Er war hinter seinem Monitor fast nicht zu sehen. »Könnten Sie so freundlich sein, die Tür hinter sich zu schließen?«

Ebba nahm so auf jenem Stuhl Platz, der unbehinderte Sicht auf Peder gewährleistete.

»Ich dachte, wir seien nach dem Mittagessen verabredet«, begann Peder. Er trug einen dunklen Anzug und eine perfekt gebundene stahlgraue Krawatte mit einem helleren Paisleymuster. Seine gestärkten Manschetten ragten aus den Ärmeln seines Jacketts hervor und wurden von relativ großen königsblauen Manschettenknöpfen mit Goldankern geschmückt. Der Unterschied zu seiner sportlichen Erscheinung auf der Insel war markant, aber beide Stile ließen sich mit seiner klassischen Ausstrahlung vereinbaren.

»Das stimmt«, antwortete Ebba. »Der Termin für Ihr Verhör steht auch weiterhin.«

Seine Miene verfinsterte sich etwas, als sie diese unangenehme Bezeichnung für ihre bevorstehende Begegnung wählte. Ebba schenkte ihm ein kleines Lächeln.

»Als Sie mir auf Svalskär Ihre Telefonnummer aufschrieben, fiel mir auf, dass Sie Linkshänder sind.«

»Ja«, antwortete er und breitete die Arme aus. »Heutzutage gilt das als recht normal.«

»Natürlich. Ich maß dem auch erst keine Bedeutung bei. Aber als ich dann sämtliche Informationen zusammenstellte, fiel mir auf, dass diesem Umstand bei der Aufklärung von Raoul Liebeskinds Tod besondere Bedeutung zukommt.«

»Ich verstehe nicht, worauf Sie hinauswollen«, erwiderte Peder ungeduldig.

»Kein Mitglied des Furioso Quartetts ist Linkshänder. Das geht auch gar nicht, wenn man ein Streichinstrument in einem Orchester spielen will. Beim Fechten ist es allerdings von Vorteil. Sie waren schwedischer Juniormeister im Florettfechten.«

»Ja ... und?« Er lächelte amüsiert. Seine Stimme war aber immer noch wachsam.

»Sie sind sportlich, Peder. Starke Hände, reaktionsschnell«, meinte Ebba. »Besonders unter Druck, wenn die Gefühle aufwallen.«

»Kommen Sie zur Sache.«

Ebba lehnte sich zurück und schlug die Beine übereinander.

»Raoul Liebeskind zog sich an dem Abend, an dem er starb, eine Gesichtsverletzung zu, die auf einen treffsicheren Schlag eines Linkshänders zurückzuführen ist.« Sie sprach ganz ruhig und fuhr dann neugierig fort: »Haben Sie ihn geschlagen?«

Peder stieß sich mit beiden Händen von seinem Schreibtisch ab und ließ sie dann auf seine Oberschenkel fallen.

»Sie wissen sehr gut, dass ich nicht ohne meinen Anwalt mit Ihnen sprechen will. Können Sie nicht bis heute Nachmittag warten? Bis dahin verbitte ich mir alle haarsträubenden Unterstellungen.«

»Ich freue mich um eins auf ein langes und informatives Gespräch mit Ihnen, Peder. Jetzt hätte ich aber gerne noch Ihren Ring am linken kleinen Finger. Ich habe den Verdacht, dass Ihr Familienwappen als Waffe und nicht zum Versiegeln von Briefen gedient hat. Falls Sie der Meinung sind, dass meine Unterstellung so absurd ist, dann bin ich mir sicher, dass Sie nichts dagegen einzuwenden haben, dass ich den Ring ausleihe, um ihn mit der Verletzung auf Raouls Wange zu vergleichen.«

Er antwortete nicht. Seine Augen wurden schmaler, er presste die Lippen aufeinander und dachte nach. Dann rollte er auf seinem Bürostuhl zu seinem Telefon, wählte eine Nummer, die er auswendig konnte, und wandte Ebba den Rücken zu.

»Hallo, Sören ... es ist da noch etwas vor dem Termin heute Nachmittag aufgetaucht. Kommissarin Schröder ist unangemeldet in mein Büro geplatzt und sitzt vor mir. Sie verlangt, dass ich ihr meinen Siegelring aushändige, damit sie ihn mit einer Verletzung auf der Wange Raoul Liebeskinds vergleichen kann, von der sie behauptet, dass sie mich mit der Tat in Verbindung bringt ... natürlich nicht ... nein ... darauf kann ich jetzt nicht eingehen ... okay ... ich verlasse mich auf dich.«

Er legte auf und erhob sich. Mit energischen Schritten ging er um den Schreibtisch herum und lehnte sich dann an die Schreibtischkante, um auf sie herabschauen zu können, wobei er ihr etwas zu nahe kam.

»Ich hoffe, Sie sind jetzt zufrieden«, sagte er verbissen. Sie sah ihm direkt in die Augen. Sein rechtes Lid zuckte, aber er wich ihrem Blick nicht aus.

»Ich nehme auch Ihren Ehering mit, weil Sie den direkt neben dem Siegelring tragen«, erklärte Ebba leise.

Er schüttelte den Kopf.

»Vollkommen sinnlos«, sagte er, »aber ich habe nichts zu verbergen.«

»Sie bekommen natürlich alles zurück, wenn wir mit der Ermittlung fertig sind«, erwiderte Ebba.

Sie nahm seine Linke und hielt sie sich vor das Gesicht, um den

Siegelring näher zu betrachten. Das Wappen des breiten Goldrings zeigte einen Arm mit Schwert. Sie merkte, dass er leicht zitterte. Nicht viel Armstahl, wenn es darauf ankommt, dachte sie.

Er beugte sich leicht zu ihr vor. Sie hörte seine Atemzüge und konnte sie auf ihrer Wange spüren. Konzentriert packte er seinen Siegelring mit Zeigefinger und Daumen der rechten Hand.

»Stopp!« Ebba packte blitzschnell sein rechtes Handgelenk und zog die Hand weg.

Sie nahm ein paar Plastikhandschuhe aus ihrer Handtasche und streifte sie über.

»Ich mache das, Peder.« Sie spürte den brennenden Blick, als sie sich seiner Hand näherte, um ihm vorsichtig die Ringe abzuziehen. Es hatte etwas von einem Tabu, dass eine Frau einem Mann einen Ring abnahm. Die klinische Nähe ihrer Plastikhandschuhe erhöhte noch das Gefühl unangemessener Intimität. Der Ehering ließ sich problemlos abziehen. Aber der Siegelring saß fester, und sie musste ihn hin- und herdrehen.

Er seufzte, als der Ring vom Finger glitt. Adliger Kastrationskomplex, dachte Ebba und schob die Ringe in eine kleine Plastiktüte.

Viertel vor zehn, für ihre Verhältnisse früh, traf sie im Dezernat ein. In dem kleinen Wartezimmer standen ein durchgesessenes braunes Cordsofa und ein orange lackierter, abgestoßener Tisch, Überbleibsel der Siebzigerjahre, die mittlerweile schon wieder schick waren. Nach zwanzig Jahren waren sie zugunsten eines schwarzen Chintzsofas und eines kaum passenden Flokatis mit einem roten, grauen und schwarzen symmetrischen Muster und einem Rauchglastisch mit verchromten Beinen in einen Container gewandert. Bei einem Personalfest hatten aber ein paar angetrunkene Kollegen diese Möbel vollkommen ruiniert. Das alte Cordsofa und der Tisch waren wieder zu Ehren gekommen und die neueren, nicht mehr verwendbaren Möbel in den Container. Jetzt saßen Vendela und Jakob tief im Sofa versunken und erhoben sich trotz ihrer Jugend mit gewisser Mühe. Ebba ging vor ihnen in ihr Büro, ohne sich für ihre Verspätung zu entschuldigen. Sie nahm an ihrem Schreibtisch Platz. Jakob setzte sich auf den Stuhl davor, hinter ihm schlenderte Vendela ins Zimmer.

»Also, womit beschäftigen wir uns heute?«, begann Ebba. »Als Erstes mit Anna.« Ihr Blick fiel auf Vendela, und sie nickte ihr auffordernd zu. »Wissen wir mehr über Carolines Geburt?«

Vendelas Miene verfinsterte sich, hatte aber auch etwas Selbstironisches.

»Nein, über die Geburtsurkunde weiß ich immer noch nichts. Das Einzige, was die Datenbanken preisgeben wollten, ist, dass Caroline af Melchior am 3. April vor vierundzwanzig Jahren im Karolinska Sjukhuset zur Welt gekommen ist. Falls Britt-Marie die Mutter war, war sie zu diesem Zeitpunkt dreiundvierzig Jahre alt und bei Helenas Geburt neunzehn. Eine junge Mutter, die ihr Kind alleine großziehen musste.« Sie schüttelte den Kopf. »Das wäre so, als hätte ich ein siebenjähriges Kind.«

»Man kann sich ihre Erleichterung vorstellen, als sie den Baron in der Bar kennenlernte«, meinte Ebba und klappte ihren Laptop auf. »Vendela, ich übertrage dir eine Aufgabe, die deinem adligen Fingerspitzengefühl entspricht.«

Vendela lächelte gönnerhaft in Jakobs Richtung.

»Ich habe begonnen, Peder und Louise etwas zu überprüfen, aber wir benötigen noch mehr über ihren Hintergrund. Schau, was sich in Erfahrung bringen lässt. Sag mir Bescheid, wenn du Zugang zu gesperrten Datenbanken erhalten möchtest.«

Vendela nickte und Ebba fuhr fort: »Heute will ich bestimmte Fragen klären, die die Chronologie betreffen. Wir müssen einen wahrscheinlichen Verlauf für den Tod Raoul Liebeskinds entwerfen. Wann geschah was, und wo befanden sich die verschiedenen Beteiligten? Wir müssen mit dem Ende beginnen: mit dem Auffinden der Leiche. Kjell fand sie gegen neun Uhr. Da hatte sie maximal eine Stunde lang im Wasser gelegen. Raoul ist frühestens um acht Uhr gestorben, wahrscheinlich gegen Viertel nach.

Kurz darauf hat ihm jemand zwei Spritzen verabreicht. Anschließend hat man die Leiche ins Wasser geworfen. Bedenkt man, dass ein Schuh dreißig Meter vom Ufer entfernt entdeckt wurde, liegt es nahe, dass man die Leiche mit dem Boot in tiefere Gewässer brachte, dann ist sie vom Wind und der Strömung wieder ans Ufer gespült worden.«

Sie nahm die kleine Plastiktüte mit den Ringen aus ihrer Handtasche und hielt sie Jakob hin.

»Was ist das?«, fragte er verblüfft.

»Peder Armstahls Siegel- und Ehering. Svante soll nachprüfen, ob sie mit der Verletzung auf Raouls linker Wange übereinstimmen. Ich hätte gerne umgehend einen vorläufigen Bescheid.«

»Okay.« Er nahm die Tüte und verließ mit ihr das Büro. Auf der Schwelle traf er Karl-Axel Nordfeldt. Ebba lehnte sich zurück und winkte ihn ins Zimmer. Er war vierundsechzig, und sein Gesicht besaß eine leichte Graufärbung, als hätte ihn sämtliche Kraft verlassen. Und das, obwohl er gerade aus dem Wochenende kommt, dachte Ebba.

»Willkommen zu Hause«, begann er. »Gut, dass ihr hier seid. Um elf kommen die Eltern Raoul Liebeskinds und seine Frau. Wir sprechen gemeinsam mit ihnen. Wir haben sicher auch noch Zeit für einen Status vor der Pressekonferenz vor dem Mittagessen.«

»Pressekonferenz?«, erwiderte Ebba verständnislos.

»Um halb drei. Du führst das Wort. Aber erst …« Karl-Axel warf einen raschen Blick auf einen Notizzettel. »Leonard und Ruth Liebeskind«, erklärte er, drehte sich um und verließ das Büro.

»Der Tropfen lief über und höhlte den Stein schließlich aus«, murmelte Ebba halblaut. Dann sah sie Vendela an. »Das war wirklich interessant. Ein Glück, dass man alles immer so rechtzeitig erfährt.«

»Und was sollen wir den Journalisten sagen?«

»So einiges«, meinte Ebba. »Es gibt einige schöne Brocken,

die wir den Zeilenschindern hinwerfen können.« Als sie Vendelas ratlose Miene sah, meinte sie: »Ihr ahnt gar nicht, wie so etwas eine Ermittlung in Schwung bringen kann. Unsere Verdächtigten werden nervös und beeilen sich damit, Wahrheiten um sich zu streuen, aus Angst, schuldig zu wirken …«

Mit frisch gewaschenem, glänzenden Haar, in einem schicken Nadelstreifenanzug und einem dünnen Rollkragenpullover aus Wolle betrat Anna Ebbas Büro. Dieses Mal trug sie sorgfältiges Make-up mit einem Lippenstift, der zu ihrem Teint passte. Ihre Augen leuchteten ausgeschlafen. Der Unterschied zum Vortag war auffallend. Ebba bot ihr einen Stuhl an.

»Danke, dass Sie kommen konnten«, begann sie. »Ich hatte das Gefühl, dass wir auf Svalskär nicht eingehend genug miteinander gesprochen hatten. Es gibt immer noch viele Fragen zum Tode Raoul Liebeskinds.«

»Ich verstehe«, sagte Anna und nahm Platz. Sie lächelte abwartend, und ihr Blick wanderte zwischen Ebba und Vendela hin und her.

»Ich hätte gerne noch mehr über die Stimmung zwischen Ihnen und Raoul gewusst. Können Sie kurz erzählen, wie oft Sie sich im Laufe der Jahre getroffen haben und wie Sie die Tage auf Svalskär erlebt haben?«

Anna nickte und wirkte eifrig. »Wie ich bereits erzählt habe, waren wir in New York eine kürzere Zeit verlobt. Bereits da hätte ich erkennen müssen, wie unterschiedlich wir waren. Raoul war immer extrem ehrgeizig, während ich nicht dasselbe Bedürfnis hatte, im Rampenlicht zu stehen.«

»Was geschah nach der Trennung? Wie veränderte sich Ihr Verhältnis?«

»Raoul blieb immer eine wichtige Person in meinem Leben. Gewisserweise verschwand die Liebe nie, obwohl wir eingesehen hatten, dass wir nicht zusammenpassten. Ich heiratete Bengt, und Raoul warf sich von einem Busen zum nächsten, kann man vermutlich sagen. Er heiratete eine Pianistin, die an der Juilliard School of Music studierte. Sie war zwanzig, er acht Jahre älter. Während der Ehe traf er auf einem Flug nach Buenos Aires eine französische Stewardess, die umgehend Ehefrau Nummer zwei wurde. Diese Ehe währte nicht einmal ein Jahr. Joy ist seine dritte Frau, und sie waren in der Tat zehn Jahre lang verheiratet, obwohl diese Ehe an ihrem Ende angelangt zu sein schien, als Raoul nach Svalskär rausfuhr.«

Annas ungekünstelte Offenheit überraschte Ebba derart, dass sie sich gezwungen sah, ihre Verhörstrategie zu ändern. Was Annas plötzliche Verwandlung in eine aufrechte Frau mit Selbstdisziplin herbeigeführt hatte, konnte sie nicht verstehen, aber ihr Misstrauen wuchs.

»Sie wurden von Raoul schwanger«, fuhr Ebba fort und wartete auf die Reaktion. Ein hastiges Blinzeln war das einzige Anzeichen dafür, dass sie möglicherweise ein heikles Thema angeschnitten hatte.

»Das stimmt. Und ich entschied mich für einen Schwangerschaftsabbruch.«

»War das ein gemeinsamer Beschluss?«

»In gewisser Weise, aber es war in erster Linie Raoul, der kein Kind wollte.«

»Wie gingen Sie damit um?«

Anna zuckte mit den Achseln und sah einen Augenblick lang weg. Dann schaute sie Ebba und Vendela wieder an und fuhr fort: »Kann ein Schwangerschaftsabbruch je ein leichter Entschluss sein? Natürlich hatte ich es mir reiflich überlegt. Ich unterzog mich dem Schwangerschaftsabbruch, weil er Raouls Bedingung für eine Fortsetzung der Beziehung war.« Sie zog die Augenbrauen hoch. »Und dann war trotzdem Schluss.«

Ihre Augen glänzten, als sie Ebba ansah.

»Sie haben zu Protokoll gegeben, dass Sie die Beziehung beendeten«, fuhr Ebba fort. »Mir stellt es sich jedoch so dar, als hätte Raoul die Beziehung beendet. Das muss eine wahnsinnige Enttäuschung gewesen sein. Können Sie uns erzählen, was Sie damals empfanden?«

Annas Selbstsicherheit bröckelte ein wenig, aber sie antwortete ruhig und gefasst: »Natürlich kam es mir wie ein Verrat vor. Anders kann man es nicht bezeichnen. Ich war verzweifelt. Ich liebte ihn immer noch und kehrte nach Schweden zurück, um ihn zu vergessen. Seither war er immer in meinem Herzen. So ist es einfach. Natürlich habe ich mir Gedanken über den Schwangerschaftsabbruch gemacht und mir überlegt, ob das vielleicht meine einzige Chance war, ein Kind zu bekommen, obwohl mir das damals natürlich nicht bewusst war. Und jetzt kann ich nur feststellen, dass dem so war. Ich wurde nicht mehr schwanger. Mein Leben ist kinderlos. Mit dieser Trauer muss ich leben.« Sie verstummte und starrte auf die Tischkante. »Man bekommt nicht immer, was man haben will«, sagte sie leise.

Ebba wurde von einem Gefühl der Zärtlichkeit und Bewunderung für Annas Einsicht ergriffen. Sie fragte sich, wie sich ein Mensch über Nacht so verändern konnte, und kam zu dem Schluss, dass die Trauer Anna vollkommen aus der Bahn geworfen haben musste, dass sie ihr Gleichgewicht jedoch zurückgewonnen hatte. Trotzdem fand sie, dass sie diese neue Unverblümtheit irgendwie infrage stellen musste. War die Diskrepanz zu groß, um glaubwürdig zu sein? Wann hatte sie ihr wahres Selbst gezeigt? Soeben oder am Vortag?

»Auf Svalskär hatte ich den Eindruck, Sie hätten geglaubt, dass aus Ihnen wieder ein Paar werden würde.«

Anna holte tief Luft und wartete einen Augenblick, ehe sie antwortete: »Ich glaube nicht, dass ich das so ausgedrückt habe, dass wir ein Paar werden würden. Aber uns verband etwas sehr Spezielles. Wir hatten viel Spaß zusammen. Niemand aus dem Quartett stand ihm so nahe wie ich, nicht einmal Louise. Wenn Sie wüssten, wie sehr ich über diese Tage auf Svalskär nachgedacht habe. Immer und immer wieder. Ich hoffte vielleicht, dass er zu mir zurückkehren würde, aber das tat er ja nicht. Er liebte nicht mich, jedenfalls nicht auf diese Art. Das haben wir vermutlich alle eingesehen.«

Ebba entschied sich dafür, rasch weiterzufragen: »Hatten Sie Gelegenheit, noch mehr über den Abend nachzudenken, an dem Raoul starb? Erinnern Sie sich an irgendwelche Unterhaltungen und Begegnungen an diesem Abend? Etwas, was bislang nicht erwähnt worden ist?«

Der Wendepunkt des Gesprächs war deutlich, und es hatte den Anschein, als hätte Anna darauf gewartet. Sie richtete sich auf und sah Ebba an.

»An diesem Abend geschah sehr viel. Ich hörte, dass Raoul und Caroline im Studio stritten. Sie spielte Bach, und er ging zu ihr rein. Da ich gerade in der Küche Tee kochte, konnte ich ihre Stimmen hören, aber nicht, was sie sagten. Ich muss zugeben, dass mich ihr Streit irgendwie freute. Ich hoffte, dass sie Schluss machen würden. Ich wollte aber auch nicht lauschen, also zog ich meine Jacke über und machte einen Spaziergang. Ich brauchte frische Luft zum Nachdenken. Nach einer Weile setzte ich mich in die Laube auf dem Hügel neben dem Haupthaus. Dort hat man seine Ruhe. Da die Bäume schon kein Laub mehr hatten, war die Sicht recht gut. Ich sah Raoul ins Atelier gehen. Wenig später ging auch Helena dorthin. Sie waren eine ganze Weile dort, aber ich weiß nicht, worüber sie redeten. Dann kam Caroline aus dem Haus und ging ebenfalls ins Atelier. Sie blieb nicht sonderlich lange, vielleicht fünf oder zehn Minuten. Aber dann brach die Hölle los. Es wurde geschrien, und Türen wurden zugeknallt. In Tränen aufgelöst lief Caroline zurück zum Haupthaus.«

»Wissen Sie, wie spät es da war?«

Sie trank einen Schluck aus dem Wasserglas, das Vendela ihr hingestellt hatte. »Vermutlich gegen acht.«

»Hatten Sie an diesem Tag gemeinsam zu Abend gegessen?«

»Nein, irgendwie war niemandem danach. Niemand empfand das Bedürfnis, alle um einen Tisch zu versammeln, alle machten sich also irgendwann ein Brot. Wir wollten ohnehin am nächsten Tag Svalskär verlassen. Jan und Louise fanden, sie hätten genug Material für die CD. Wir mussten also nicht wieder ins Studio. Das wäre bei der herrschenden Stimmung außerdem vollkommen unmöglich gewesen. Louise und Caroline begegneten einander mit Eiseskälte, Helena redete mit niemandem, und sobald Raoul erwähnt wurde, gab es Streit. Da blieb nur eines, und zwar nach Hause zu fahren und alles hinter sich zu lassen.«

Jetzt war es wieder Zeit für die zentrale Frage. Ebba fand es wichtig, dass Anna sowohl vorbereitet als auch ausreichend entspannt war. Wieder verblüffte sie die Ruhe, die Anna ausstrahlte. Ihr Blick war weder ratlos noch nervös.

»Erzählen Sie von Ihrer letzten Begegnung mit Raoul.«

Dass Anna auf diese Frage vorbereitet schien, war offensichtlich. Sie räusperte sich und setzte sich zurecht.

»Nachdem ich eine Weile in der Laube gesessen hatte, begann ich zu frieren und kehrte ins Haus zurück. Ich ging in die Küche, um etwas zu essen. Louise war mit Jan und Kjell im Esszimmer immer noch mit den Aufnahmen beschäftigt. Ich konnte leise ihre Stimmen durch die Türen hören. Im Übrigen war es im Haus vollkommen still. Helena kam zurück und ging direkt in den Salon. Als ich aus dem Fenster schaute, sah ich Raoul aus dem Atelier kommen.«

Ebba nickte ihr aufmunternd zu.

»Es war ziemlich dunkel und man sah nicht recht, was geschah, aber unten am Steg war Peder bei den Booten mit irgendetwas beschäftigt. Ich glaube, Peder rief Raoul zu sich, weil dieser plötzlich vom Weg zum Haupthaus abbog und stattdessen zu Peder ging. Ihre Diskussion wurde nach einer Weile immer hitziger, und sie drohten einander mit den Fäusten. Selbst aus der Ferne war zu sehen, dass sie stritten. Ich war den ganzen Streit so leid, dass ich ihnen nicht weiter zusehen mochte. Also ging ich auf mein Zimmer, um zu lesen. Und abzuwarten, bis wir am nächsten Tag fahren würden.«

»Haben Sie gesehen, ob sie sich geprügelt haben?«

Anna dachte kurz nach.

»Nein. Aber das würde mich nicht weiter verwundern. Denn es handelte sich um alles andere als eine normale Unterhaltung.«

Ebba gönnte sich einen Moment stiller Zufriedenheit, weil sie korrekt auf einen Streit zwischen Raoul und Peder geschlossen hatte. Sie war auf der richtigen Spur.

»Wie handhabte Louise den Konflikt mit Caroline?«

»Louise«, begann Anna, »gehört nicht zu den Leuten, die sich einem anvertrauen. Sie ist nicht unfreundlich oder so, aber was ihre innersten Gedanken und Gefühle angeht, teilt sie sich niemandem mit. Oder zumindest nicht mir. Und ich habe das Gefühl, zu ihren besten Freunden zu gehören. Am Tag vor Raouls Tod ließ sie allerdings etwas von ihrer Unruhe erkennen. Dann fand sie offenbar heraus, wie die Dinge lagen, denn am Tag der Aufnahme verhielt sie sich allen gegenüber ausgesprochen kühl und gefühllos. Vermutlich aus reinem Selbsterhaltungstrieb. Sie schien sich von allen Konflikten abschirmen und die Aufnahme um jeden Preis durchziehen zu wollen. Helena flippte vollkommen aus und warf eine volle Kaffeetasse nach mir. Ich glaube, sie war wahnsinnig in Raoul verliebt. Genauer gesagt weiß ich das, weil Raoul es mir erzählt hat. Ich habe Helena nie so unkontrolliert erlebt. Sie ist sonst in allen Lebenslagen so wahnsinnig perfekt und cool. Aber das mit Caroline und Raoul machte sie vollkommen fertig.«

Sie hielt inne und trank einen weiteren Schluck Wasser. Ebba ließ ihr etwas Zeit, damit sie sich sammeln konnte und fragte dann: »Hat Sie das auch vollkommen fertiggemacht, Anna?«

Anna schluckte und sah eine Weile zu Boden. Als sie wieder aufschaute, lag ein vorsichtiges Lächeln auf ihren Lippen.

»Ich will nicht verschweigen, dass ich eifersüchtig war. Es ist keine Freude, wenn einem eine schöne und begabte, zwanzig Jahre jüngere Frau den Rang abläuft. Was hatte ich dem schon entgegenzusetzen? Caroline verdrehte Raoul vollkommen den Kopf.

Natürlich war das für mich nicht schön. Ich sah ein, dass es für mich keine Hoffnung mehr gab.«

Der Schmerz ergriff wieder von ihr Besitz, aber als ihr ihr Selbstmitleid bewusst wurde, setzte sie sich wieder auf. Mit den Zeigefingern wischte sie sich die Tränen weg, ohne dabei ihre Wimperntusche zu verschmieren.

»Keine Hoffnung für Sie oder für Ihre Beziehung?«

»Spielt das eine Rolle?« Sie zuckte mit den Achseln. »Raoul war für mich ein abgeschlossenes Kapitel. Ich hätte das schon viel früher einsehen sollen. Aber jetzt war es mehr als überdeutlich. Obwohl es nicht schön war, so mit der Wahrheit konfrontiert zu werden, so öffnete es mir die Augen. Jetzt konnte ich das alles hinter mir lassen.«

Sie holte Luft, um deutlich zu machen, dass sie mit ihrem Bericht am Ende war. Eine Weile wurde im Zimmer geschwiegen, bis Ebba mit ruhiger Stimme fragte: »Können Sie mir erzählen, wie Raoul starb, Anna?«

Anna sah sie an. Ebba betrachtete ihr Gesicht, ob sich vielleicht etwas darin verbarg, aber wieder hatte sich Anna unerwartet schnell gefasst.

»Wenn ich das nur wüsste. Ich lag in meinem Zimmer und versuchte, mir alle Gefühle zu verbieten. Ich versuchte, ihn zu verdrängen. Dann fand man seine Leiche, und da kam es mir so vor, als hätte man mich um meinen Abschied von ihm betrogen. Es wäre schöner gewesen, gar nicht erst zu erfahren, dass er Caroline liebte. Einfach nur die Erinnerung daran zu haben, was uns einmal verbunden hatte. Oder zumindest, was ich mir einbildete.«

Das geht alles etwas zu glatt, dachte Ebba und schlug rasch eine andere Bahn ein.

»Haben Sie abends ein Glas Wein getrunken, Anna?«

Ganz richtig stutzte Anna bei dieser unerwarteten Frage.

»Wein?«

»Welchen Wein haben Sie an diesem Abend getrunken?«

Einen Augenblick lang wirkte sie fassungslos. Als sie zu sprechen begann, hatte sie Mühe, die richtigen Worte zu finden.

»Tja, was kann das gewesen sein ... keine Ahnung. Jedenfalls Rotwein. In der Küche stand eine geöffnete Flasche, und ich goss mir einfach ein Glas ein und nahm es mit auf mein Zimmer.«

Es klopfte. Nordfeldt öffnete wie immer, ohne das Herein abzuwarten.

»Die Eltern und die Ehefrau sind jetzt da, Ebba.«

Sie versuchte, sich ihre Verärgerung über sein Hereinplatzen nicht anmerken zu lassen, nickte und hielt Anna lächelnd ihre Hand hin.

»Vielen Dank, dass Sie gekommen sind. Ich werde mich nochmals mit Ihnen unterhalten müssen, wie Sie sicher verstehen werden.«

Anna erhob sich und nahm Ebbas Hand. Ganz kurz glänzte etwas in ihren Augen auf, als bemerke sie Ebbas Verwunderung über das unproblematische Verhör.

»Sie fragen sich sicher, warum ich das alles nicht schon auf Svalskär erzählt habe«, sagte sie, »aber ich war nicht bereit.«

»Inwiefern bereit?«

»Was meine Einsicht betraf.«

Dann verließ sie das Büro. Ein Gedanke versuchte in Ebbas Kopf Gestalt anzunehmen, ein Gedanke, der mit Vendelas Überlegungen zusammenhing und der ihr keine Ruhe ließ.

»Anna, warten Sie!«

Anna drehte sich um, ihre Hand ruhte auf der Türklinke. Ebba beeilte sich zu sagen: »Ich habe nur noch eine Frage. Sie klingt vielleicht etwas merkwürdig, aber wenn Sie sie einfach beantworten könnten ...« Sie räusperte sich und fuhr fort: »Sie haben den Schwangerschaftsabbruch durchgeführt, als Sie sich in New York aufhielten, nicht wahr?«

Anna sah erstaunt aus und ließ sich mit der Antwort Zeit. »Ja.«

»Und Sie haben diesen Schwangerschaftsabbruch auch wirklich durchgeführt?«

Anna fuhr sich mit der Zungenspitze über die Lippen. »Ich würde das alles lieber vergessen.«

»Könnten Sie meine Frage einfach beantworten, Anna?«

In diesem Augenblick tauchte ein älterer Mann in der Tür auf und umarmte Anna, deren Blicke verwirrt zwischen Ebba und ihm hin- und hereilten, während ihr Tränen über die Wangen liefen. Der Mann war weißhaarig und hatte das Glück gehabt, sein lockiges Haar zu behalten, obwohl er schon über achtzig sein musste. Er trug einen dunklen Anzug mit einem grauen Hemd. Hinter ihm tauchte seine Frau auf, die bedeutend kleiner war als er und etwas mollig. Sie hatte eine pfirsichweiche Haut und dunkle Augen mit langen schwarzen Wimpern. Ihr graues Haar trug sie in einem Knoten. Dass sie Raouls Mutter war, sah man direkt, und Ebba war gerührt, wie immer, wenn sie Eltern von Mordopfern traf, auch wenn das Opfer wie in diesem Falle erwachsen war. Das war das Schlimmste, was Eltern passieren konnte. Dass das Kind vor ihnen starb. Ein Mord erzeugte Wut und Rachegelüste, die auch noch nach der Identifizierung und Verurteilung des Mörders anhielten. Nur der Lauf der Zeit konnte den Schmerz lindern.

Als die Mutter Anna entdeckte, streckte sie die Arme aus und zog sie an sich. Anna ließ sich lange und innig umarmen, dann küsste sie den Vater auf beide Wangen. Tränen liefen ihr übers Gesicht, und nur mit Mühe gelangen ihr ein paar Worte: »Leonard, Ruth, es tut mir so leid für euch. Es ist grauenvoll …«

Ruth wischte ihr die Tränen von den Wangen und zwang sich zu einem aufmunternden Lächeln. »Ja. Es ist so schrecklich, so schrecklich, dass man gar nicht glaubt, dass es wahr ist, meine kleine Anna.« Sie drückte sie ein weiteres Mal an die Brust. »Aber wir müssen stark sein. Wir müssen. Um Raouls willen. Wir liebten ihn alle. Du auch. Das weiß ich.«

»Wir rechnen damit, dich auf der Beerdigung zu sehen, Anna«, sagte Leonard und schnäuzte sich in ein großes kariertes Taschentuch.

»Donnerstag um neun auf dem Norra Begravningsplatsen«, fügte Ruth hinzu und umarmte Anna ein weiteres Mal.

Ebba sah Nordfeldt erstaunt an. »Hast du die Leiche freigegeben, ohne mich zu informieren?«

Ihr Chef antwortete knapp: »Die Obduktion ist abgeschlossen. Hast du das Protokoll noch nicht bekommen? Wenn es weitere Fragen gibt, hast du noch viel Zeit, dich heute an Svante zu wenden.«

»Viel Zeit? Vielen Dank. Da kannst du Gift drauf nehmen«, sagte Ebba halblaut und wollte die Neuankömmlinge gerade in ihr Büro führen, als Karl-Axel Nordfeldt vor ihrer Nase erneut die Initiative ergriff.

»In meinem Büro. Bitte, hier entlang.« Er deutete mit der Hand die Richtung und folgte ihnen.

Ebba nahm ihren Laptop vom Schreibtisch und sah dabei zufällig aus dem Fenster. Sie stutzte. Auf dem Parkplatz stand eine große, dunkelhaarige Frau, die Arme verschränkt. Nur eine Hand bewegte sich, wenn sie mit ruckartigen Bewegungen eine Zigarette an die Lippen führte. Ab und zu fuhr ihr der Wind in das lange Haar.

»Geh schon mal vor, Vendela«, sagte Ebba, ohne den Blick vom Fenster abzuwenden. »Ich komme gleich.«

Dann zog sie ihre Lederjacke über und eilte aus dem Gebäude. Caroline sah ihr regungslos entgegen.

»Hallo, Caroline«, begann Ebba und lächelte sie an. »Wollten Sie zu mir?«

Caroline antwortete nicht. Sie rauchte ihre Zigarette bis zum Filter, warf sie dann auf den Boden und trat sie mit der Spitze ihres Stiefels aus. Sie war ungeschminkt und sah müde aus. Die dünne Haut um ihre geschwollenen, glänzenden Augen wirkte fast durchsichtig.

»Wissen Sie was«, fuhr Ebba fort und bemühte sich dabei, nicht allzu munter zu klingen, »wir können in meinem Büro einen Kaffee trinken. Dann können Sie sich überlegen, was Sie mir erzählen wollen. Ich verstehe, dass es Ihnen in meiner Gesellschaft vielleicht nicht ganz wohl ist, aber ich sehe auch, dass Sie sehr betrübt sind, und werde Sie nicht unter Druck setzen.«

Jedenfalls nicht heute, dachte Ebba und deutete auf den Eingang des Dezernats.

Ebba ging Kaffee holen und gab Caroline so die Gelegenheit, sich in ihrem Büro zu sammeln. Sie ließ die Tür offen stehen, damit sich Caroline nicht eingesperrt vorkommen oder in Versuchung geraten würde, in den Papieren auf dem Schreibtisch herumzuwühlen. Womit sie jedoch nicht gerechnet hatte, war, dass Joy Liebeskind vorbeigehen würde. Ebba kam gerade mit zwei Tassen zurück und verlangsamte ihre Schritte, um die Konfrontation zu beobachten.

Die zierliche Frau betrat ohne zu zögern und mit hocherhobenem Kopf Ebbas Büro. Das schwarze Haar fiel ihr weich auf die Schultern. Sie trug eine sahneweiße Seidenbluse, einen engen schwarzen Rock und hohe Lederstiefel.

Caroline blieb sitzen, ohne Joy aus den Augen zu lassen.

»Ich weiß, wer Sie sind«, sagte Joy in einem distanzierten New York-Amerikanisch. »Ich habe Sie auf einem Foto gesehen.«

Bei diesen Worten erwachte Caroline aus ihrer Erstarrung. Sie trat auf Joy zu, sodass diese den Kopf in den Nacken legen musste. Trotz Joys hoher Absätze war Caroline über einen Kopf größer als Raouls Witwe.

»Verstehen Sie, was Sie getan haben? Alles ist ganz klar Ihre Schuld«, fuhr Joy ungerührt fort. »Mein Mann wäre sicher noch am Leben, hätten Sie nicht versucht, ihn in Ihre Fänge zu locken. War es das wirklich wert?«

Zehn Meter entfernt stand Ebba, bereit, ins Zimmer zu stürzen, falls die Begegnung ausarten sollte. Sie wollte sich aber nicht entgehen lassen, wie Caroline mit dieser schwierigen Situation umgehen würde.

»Raoul liebte mich, und ich liebte ihn«, begann Caroline mit ihrer belegten Altstimme und in unsicherem Schulenglisch. Ihre ganze Erscheinung stellte einen grellen Kontrast zu der zierlichen Japanerin dar, die trotz ihrer geringen Größe eine unerwartete Charakterstärke ausstrahlte. »Er hat um meine Hand angehalten, und ich habe Ja gesagt. Wir wollten eine Familie gründen.«

Als sie das gesagt hatte, überwältigten sie die Trauer und die Erkenntnis, was ihre eigenen Worte bedeuteten. Sie schien in Tränen ausbrechen zu müssen. Ebba sah, dass sich ihre Schultern immer schneller hoben und senkten, da stellte Joy die nächste Frage.

»Besteht die Gefahr, dass Sie schwanger sind?«

Caroline öffnete den Mund, aber ihre Lippen zitterten so stark, dass sie nicht sprechen konnte. Tränen füllten ihre Augen.

»Antworten Sie!«, brüllte Joy. Innerhalb weniger Sekunden war sie vollkommen außer sich geraten. »Wurden Sie von meinem Gatten schwanger? Sie Schlampe …«

Caroline schlug ihr mit der Faust ins Gesicht. Joy kreischte auf und geriet auf ihren hohen Absätzen ins Wanken, aber es gelang ihr, das Gleichgewicht zu bewahren. Sie warf sich auf Caroline und zog sie ganz fest an den Haaren. Caroline brüllte vor Schmerz.

Blitzschnell stellte Ebba die Kaffeetassen auf den Fußboden und stürzte in ihr Büro, um die beiden Frauen gewaltsam zu trennen.

»Jetzt reicht es!«, sagte sie mit fester Stimme und packte Caroline am Oberarm. Dann drehte sie sich zu Joy um: »Ich möchte Sie ins Büro von Polizeichef Nordfeldt bitten. Ich komme gleich nach.«

Joy warf wütend ihr Haar zurück und wischte sich mit dem Handrücken über die Nase. Ein dünner Streifen Blut ließ sie nach Luft schnappen. Wortlos drehte sie sich auf dem Absatz um und verschwand aus dem Zimmer. Ebba hielt Caroline, die vor Erregung zitterte, immer noch fest. Ebba strich ihr über den Arm und drückte dann kurz ihre Hand.

»Setzen Sie sich, Caroline«, sagte sie und deutete auf einen der Stühle, bevor sie selbst direkt neben ihr Platz nahm. Hinter dem Schreibtisch hatte sie zu weit weg gesessen, sie wollte aber in Carolines Nähe bleiben. Zwei Beamte, die der Tumult aufgeschreckt hatte, schauten fragend zur Tür herein.

»Machen Sie bitte die Tür zu!«, rief Ebba.

Als sich die Tür geschlossen hatte, wurde es still. Caroline saß vornübergebeugt da und hielt sich eine Hand vor die Augen. Sie holte tief Luft und schniefte. Gerade als Ebba etwas sagen wollte, klingelte ihr Telefon. Sie beugte sich über den Schreibtisch und löschte den blinkenden Text auf dem Display. Es war Polizeichef Nordfeldt.

»Jetzt gehen wir es ganz ruhig an«, begann sie leise. »Das war eine unerquickliche Begegnung, die etwas ausgeartet ist.«

Caroline hatte sich jedoch, wie schon auf Svalskär, in sich verkrochen. Ebba ließ ihr Zeit.

Wieder klingelte das Telefon, und Ebba schlug wütend auf die Taste. Das Geräusch weckte Caroline, und sie hob den Kopf. Ihre glänzenden Augen ruhten auf Ebba.

»An dem Abend, an dem Raoul starb …« Carolines Stimme war kaum mehr als ein Flüstern. »Ich konnte das nicht erzählen, weil ich es nicht wusste.«

»Was meinen Sie?«

Caroline sank in sich zusammen und starrte an die Decke, als müsse sie sich auf den nächsten Schritt vorbereiten. Sie wollte gerade den Mund öffnen, da überlegte sie es sich plötzlich anders und schüttelte den Kopf.

»Sie sind aus eigenem freien Willen hierhergekommen, weil Sie etwas bedrückt«, sagte Ebba und versuchte, ihr in die Augen zu schauen. »Das war sehr mutig von Ihnen, Caroline. Was auch immer es ist, so besteht meine Aufgabe darin, eine Antwort auf alle offenen Fragen zu finden.«

»Sie können mir nicht helfen«, sagte Caroline und schaute weg.

»Caroline«, versuchte es Ebba wieder. »Ich weiß bereits, dass Sie abends im Atelier waren und Raoul und Helena dort getroffen haben.«

Nach einem kurzen Zögern antwortete sie dann doch: »Ja.«

»Was geschah dort eigentlich?«

Als würde sie diese Stunde der Wahrheit förmlich überrumpeln, erhob sich Caroline von ihrem Stuhl und stellte sich ans Fenster.

»Ich sehe, dass Sie etwas erzählen möchten, es aber nicht recht wagen. Habe ich recht?«

Caroline räusperte sich und beugte sich vor. Sie fasste sich mit einer Hand an die Schläfe und spielte mechanisch und geistesabwesend mit einer Locke. Dann drehte sie sich plötzlich um, und Ebba schluckte, als sie unerwartet in von Schrecken geweitete Augen sah.

»Ich habe mich geirrt. Es geht nicht. Ich hätte nicht hierherkommen sollen.«

Es klopfte laut an der Tür. Ebba fluchte innerlich. Falls Karl-Axel wieder hier reinstiefelt, kriegt er eins aufs Maul, dachte sie, lächelte Caroline jedoch beruhigend an.

»Einen Augenblick bitte …«

Sie bedeutete Caroline zu warten und öffnete rasch die Tür. Es war Vendela.

»Komm schnell, Ebba. Es ist Karl-Axel!«

Sie zog Ebba am Arm hinter sich her in Karl-Axel Nordfeldts Büro. Kaum hatte Ebba die Klinke heruntergedrückt, da bot sich ihr ein erstaunliches Bild. Ihr Chef, der kurz vor seiner Pensionierung stand, erhob sich mit starrem Blick in den Augen. Um Gleichgewicht bemüht, klammerte er sich an der Schreibtischkante fest. Dann fiel er mit dem Oberkörper auf die Eichenplatte und warf dabei den Becher mit den Stiften um. Ruth sprang erschreckt auf und blieb dann wie gelähmt stehen. Leonard beugte sich vor und schüttelte Karl-Axels Schulter. Joy blieb sitzen und sah Ebba hilflos an.

»Karl-Axel! Verdammt!«, rief Ebba und rannte zum Schreibtisch. Mithilfe eingeübter Judotechnik wuchtete sie ihn auf den Fußboden und brachte ihn in die stabile Seitenlage. Sie löste seine Krawatte und knöpfte ihm das Hemd auf. Einige röchelnde Atemzüge verrieten, dass er noch bei Bewusstsein war.

»Ruft einen Krankenwagen!«, rief Ebba, und dann fiel ihr noch etwas ein: »Wählt zuerst eine Null!«

Leonard eilte um den Schreibtisch, so schnell es seinem gebrechlichen Körper möglich war. Seine Bewegungen waren fahrig, als er wählte, aber es gelang ihm trotzdem, den Notarzt zu verständigen.

»Bei Anruf Mord!«, schoss es Ebba durch den Kopf. Gerade als sie glaubte, die Ermittlung irgendwie im Griff zu haben, verwirrten sich wieder alle Fäden. Ständig wurde ihr das Zepter aus der Hand genommen. Macht, dachte sie. Es geht um Macht und Befugnisse, und ich habe einen Dinosaurier als Chef. Sie stand neben Karl-Axel, betrachtete sein entmutigtes Gesicht und war über ihre klaren Gedanken erstaunt. Obwohl er noch nicht einmal im Krankenhaus war, dachte sie schon über seine Nachfolge nach. Es gelang ihr jedoch nicht, sich dafür zu schämen, dass sie es auf seinen Posten abgesehen hatte. Als hätte er ihre Gedanken erraten, legte er ihr eine zitternde Hand auf den Arm und lallte: »Ebba, du fährst im Krankenwagen mit.«

Ebba schüttelte den Kopf. »Nein, das geht nicht. Ich kann jetzt nicht einfach hier weg. Caroline af Melchior sitzt in meinem Büro.«

»Darum soll sich Vendela kümmern. Ich will mit dir sprechen.«

»Karl-Axel«, sagte Ebba und musste sich sehr zusammennehmen, »für solche Zwischenfälle gibt es den stellvertretenden Polizeichef, aber dieser Posten ist ja seit Jahren nicht besetzt. Jetzt kommst du in die Klinik, und dann wirst du wieder gesund. Du musst mir schon gestatten, meine Ermittlung ungestört weiterzuführen. So kann es nicht weitergehen. Unsere Rollen müssen deutlich definiert sein.« Vor allen Dingen deine, führte sie ihren

Gedankengang weiter: als Rentner in einem Liegestuhl auf den Kanarischen Inseln.

Sie erhob sich und sagte zu Vendela: »Du bleibst hier! Ich muss rüber zu Caroline.« Dann wandte sie sich an ihren Chef: »Ich bin gleich zurück.«

Aber als Ebba in ihr Büro zurückkehrte, war es leer. Auf dem Korridor lagen zwei umgekippte Tassen in einer Kaffeepfütze.

Der Krankenwagen kam sehr schnell. Während man Karl-Axel auf eine Trage hob, rief Ebba seine Frau an und bat sie ins Danderyds Sjukhus zu kommen. Karl-Axel bedeutete Ebba, näherzukommen. Ihr war nicht ganz wohl zumute, als sie neben ihrem Chef wie eine nahe Angehörige Platz nahm. Sie hatte eigentlich keine Lust, ihrem Vorgesetzten privat so nahe zu kommen. Ein Sanitäter wollte ihm gerade die Sauerstoffmaske aufs Gesicht drücken, als Karl-Axel ihn mit ausgestreckter Hand davon abhielt, Ebba zu sich heranzog und keuchte: »Stur wie sonst was. Jetzt hörst du mir zu. Du vertrittst mich, bis ich zurück bin.«

Eine Mischung aus Schuldgefühlen über ihren schäbigen Ehrgeiz und Stress, dass ihr die Zeit knapp wurde, ergriff von ihr Besitz. Sie hoffte, dass ihre falsche Bescheidenheit nicht allzu offensichtlich sein würde.

»Aber die Ermittlung … ich nähere mich einem Durchbruch.«

»Die Ermittlung ist egal. Magnus Skoglund soll mit Vendela und Jakob weitermachen. Jemand muss die Dienststelle unter sich haben, und ich weiß, dass du kompetent bist.«

Das hatte sie nicht von ihm erwartet. Sie war gerührt, wie gut er über sie dachte. Ehe er sich auf die Trage zurücksinken ließ, sah er sie an und sagte: »Richte das Göran von mir aus. Er wird sich nicht über meinen Willen hinwegsetzen.«

In rasendem Tempo wurde Karl-Axel auf die Intensivstation gebracht. Monika Nordfeldt erwartete ihn bereits. Ihr zerzaustes Haar und die rasch übergezogene Daunenjacke ließen darauf schließen, dass sie es eilig gehabt hatte. Sie wirkte nervös, und ihre Augen waren gerötet, aber sie lächelte ihren Mann liebevoll an, ohne erkennen zu lassen, welche Anstrengung es sie kostete, für sie beide stark zu sein. Ebba nickte sie dankbar zu.

Als sie die Intensivstation verlassen hatte, war Ebba mit den Kräften am Ende. Die Müdigkeit nach ihren Schlafstörungen und der vielen Arbeit in den Schären machte ihr noch zu schaffen. Kaffee, dachte sie, ich brauche Kaffee, und ging zum Café am Haupteingang. Als sie an der Kasse wartete, versuchte sie Caroline anzurufen, erreichte aber nur ihren Anrufbeantworter. Ebba sprach ihr die Nachricht auf Band, dass sie um einen Rückruf bitte.

Mit einem dampfenden Pappbecher ging sie auf den Ausgang zu, um mit der U-Bahn ins Büro zurückzufahren. Plötzlich öffnete sich die Tür eines Fahrstuhls, und zwei ihr wohlbekannte Personen traten heraus. Helena Andermyr in weißem Arztkittel, der ihre strenge Erscheinung unterstrich. Der hellrote Lippenstift ließ aber auch erkennen, dass sie in ihrem Beruf ihre Weiblichkeit nicht verleugnete. Neben ihr ging ein großer Mann, der etwas älter als Ebba war. Sein grau meliertes Haar war nachlässig zurückgekämmt. Die Brille auf seiner krummen Nase saß schief. Sein Gesicht war offen, und er schien gerne zu lachen, worauf sicher seine Lachfältchen zurückzuführen waren. Er trug einen abgetragenen blauen Dufflecoat, einen gestreiften Lambswoolpullover und abgetragene Jeans. Er hatte eine alte Jagdtasche aus gedunkeltem Leder umhängen.

Ebba wollte sie erst aufhalten und begrüßen, hielt dann aber inne. Helena und Svante standen sich etwas zu nahe. Sie schienen sich etwas zu gut zu verstehen. Er lachte etwas zu entspannt. Sie lächelte etwas zu viel.

Stattdessen ergriff Svante die Initiative. Als er Ebba entdeckte, winkte er eifrig. Helena drehte sich um, und ihr Lächeln gefror, als sie sah, wen Svante begrüßte. Lag das daran, dass sie mit dem charmanten Svante ertappt worden war oder mit dem Gerichtsmediziner, der mit einem Fall befasst war, bei dem sie zu den Verdächtigen gehörte?, überlegte Ebba.

»Hallo, Ebba!«, rief Svante. »Was machst du denn hier?« Helena wirkte wieder kühl und entspannt und verzog nachsichtig den Mund, als Svante Ebba umarmte.

»Karl-Axel hatte einen Herzinfarkt, und ich habe ihn in die Notaufnahme begleitet«, sagte Ebba.

»Meine Güte! Wie geht es ihm?«

»Monika ist jetzt bei ihm. Die Lage scheint stabil zu sein. Er war die ganze Zeit bei Bewusstsein.«

Ebba sah Helena lange an. »Du arbeitest also hier im Krankenhaus mit Helena Andermyr zusammen?«, fragte sie Svante.

Dieser lächelte entwaffnend und legte eine Hand auf Helenas Arm. »Nein, nein, ich habe doch Probleme mit Patienten, die widersprechen.« Er schaute zwischen den beiden Frauen hin und her. »Ihr seid euch ja auch schon begegnet. Vielleicht nicht unter den erfreulichsten Umständen, wenn ich es recht verstehe.«

»So ist es«, erwiderte Ebba knapp. »Wo ich euch schon mal beide hier beisammenhabe, würde ich gerne ein paar Fragen stellen.«

Svante war anzumerken, dass er lieber die Flucht ergriffen hätte. »Sorry, aber ich muss wirklich weiter. Ich muss zurück. Bis später. Ciao. Wir können doch später telefonieren, Ebba?«

Helena legte Svante eine Hand auf die Schulter, und dieser näherte sich ihr, wich dann aber zurück und tätschelte ihren Arm. Hätte er ihr ein Küsschen auf die Wange gegeben, wenn sie nicht zugeschaut hätte?, fragte sich Ebba und sah Svante hinterher, wie er in der Menge verschwand, die dem Ausgang zuströmte.

»Das ist …«, Helena lachte leise, »wirklich nett, Sie wiederzusehen. Wir haben aber vermutlich beide viel zu tun. Ich habe einen Patienten, der wahrscheinlich bald … *impatient* wird.«

»Wie bereits gesagt, würde ich mich gerne mit Ihnen unterhalten.«

»Kann das nicht warten?« Helena strebte dem Aufzug zu.

»Wäre es Ihnen wirklich lieber, von zwei uniformierten Beamten zum Verhör abgeholt zu werden?«

Helena hielt inne und dachte einen Augenblick nach.

»Wir können ein wenig im Park spazieren gehen.«

Mit raschen Schritten führte sie Ebba eine Treppe hinunter und durch eine Hintertür ins Freie. Es war windig und Helena verschränkte die Arme, um sich vor der Kälte zu schützen, als sie auf den Edsviken zugingen.

»Lassen Sie mich direkt zur Sache kommen«, begann Ebba. »Sie haben Raoul abends im Atelier getroffen und mit ihm über Caroline gesprochen.«

»Das haben wir doch schon erörtert, oder?«

»Ja. Teilweise. Sie haben aber nicht erwähnt, dass Caroline später zu Ihnen stieß. Ich habe mir das bestätigen lassen, es gibt also keinen Grund mehr, mir etwas vorzumachen.«

Helena presste die Lippen aufeinander. Bereits vor Ebbas Frage hatte sie gestresst gewirkt. Weil ein Patient auf sie wartete? Oder weil jetzt endlich die Wahrheit ans Licht kam?

»Nein, warum auch? Ich traf Raoul, um mich mit ihm zu unterhalten. Caroline tauchte auf. Sie war erregt. Vollkommen außer sich. Schließlich hatte sie gerade erfahren, dass ich mit Raoul zusammen gewesen war.«

»Wie veränderte diese letzte Begegnung Ihr Verhältnis?«, fragte Ebba. »Welche Ereignisse und Worte führten zur Eskalation des Konflikts?«

»Die mich veranlassten, Raoul zu töten, meinen Sie?«

Ebba ließ sich nicht provozieren, musste aber doch fragen: »Haben Sie ihn getötet?«

»Nein, das war nur ein Scherz, Ebba.«

Nerven aus Stahl, dachte Ebba. Diese Frau ist zu allem fähig. Sie könnte mir direkt ins Gesicht lügen, und ich würde ihr glauben. Aber statt auf ihre flapsige Art einzugehen, kehrte Ebba zu ihrer Frage zurück.

»Erzählen Sie mir, warum sich Caroline so über ihre Affäre echauffierte. Was verschweigen Sie uns, Helena?«

Wirkte sie plötzlich besorgt? Ebba suchte nach Anzeichen der Schwäche, aber wusste nicht, ob sie sich etwas einbildete oder Reaktionen deutete, die gar nicht da waren.

»Raoul gab zu, dass unsere Beziehung erst sehr kürzlich zu Ende gegangen war.«

»Und das war alles?«

»Das war empörend genug.«

»Ich glaube, da ist noch mehr.«

»Warum sollte ich lügen, Ebba?« Ein anmaßendes Lächeln tauchte auf ihren Lippen auf.

»Ich glaube, Sie versuchen von etwas abzulenken, indem Sie sich vage ausdrücken. Bitte etwas konkreter, Helena.«

Helena sah jetzt fast noch spöttischer aus, als sie merkte, dass sie die Zügel in der Hand hatte. Um Helenas nächster Unverschämtheit zuvorzukommen, sagte Ebba: »Ich habe nichts dagegen, Caroline vorzuladen und in die Mangel zu nehmen. Angesichts ihrer zarten Gemütsverfassung dauert es nicht lange, bis ich meine Antwort habe. Und vielleicht noch mehr.«

Aber nicht einmal diese Drohung vermochte Helenas Widerstand zu brechen. Sie sah plötzlich beunruhigend entspannt aus.

»Tun Sie das. Sie wird zusammenbrechen, und dann können Sie sie gleich in die Psychiatrie schaffen, und die erzwungene Aussage ist Dreck wert«, meinte Helena, und ihre spöttische Zufriedenheit nahm noch zu. »Wissen Sie was? Das Klügste, was ich jetzt tun kann, ist, alles auf Caroline zu schieben. Wenn ich sage, dass ich gesehen habe, wie sie Raoul mit Dexofen und Wein abgefüllt hat, als wir im Atelier waren, müssten Sie sie in Untersuchungshaft nehmen. Sie würde natürlich alles abstreiten, ihr gerissener Anwalt würde eine rechtspsychiatrische Untersuchung anordnen lassen, und man würde feststellen, dass sie zum Tatzeitpunkt vollkommen übergeschnappt war. Dann käme sie ein paar

Monate in eine passende Einrichtung, was ihr by the way nur guttun würde. Eine erzwungene Pause von allen Gespenstern. Alles im Lack.« Sie hielt einen Augenblick inne und legte den Kopf in den Nacken. »Bitte schön, Ebba. Viel Glück.«

Ebba betrachtete sie gleichmütig.

»Mit welchen Worten haben Raoul und Sie die in Tränen aufgelöste Caroline aus dem Atelier getrieben? Auf welche Weise haben Sie die Lage noch verschlimmern können?«

Ebba erhielt eine unerwartete Antwort.

»Das kann ich Ihnen nicht sagen. Das klingt vielleicht seltsam, aber ich warte selbst auf das Ergebnis der Analyse, die meinen Verdacht bestätigen wird.«

»Können Sie sich nicht deutlicher ausdrücken? Was soll analysiert werden?«

»Ich will Ihre Überlegungen nicht mit Mutmaßungen beeinflussen.«

»Das ist ja sehr rücksichtsvoll, aber ich glaube, ich komme damit schon zurecht. Ich werde sowieso mit Svante reden. Sie können mir also genauso gut reinen Wein einschenken«, meinte Ebba.

»Daran kann ich Sie nicht hindern. Unter normalen Umständen unterliegt er der Schweigepflicht, aber ich vermute, diese Ermittlung entbindet ihn davon, da Sie unbedingt glauben wollen, dass ich in Raouls Tod verwickelt bin.«

Helena zuckte mit den Achseln.

»Sie sind eine sehr anstrengende Person und fassen das sicher noch als Kompliment auf«, meinte Ebba, und Helena lachte, wurde aber sofort wieder ernst.

»Ich versichere Ihnen, Ebba, Sie sind auf der falschen Fährte. Sie werden das Resultat dieser Analyse erhalten. Und ich erhalte die Antwort auf eine Frage, die mich schon viele Jahre beschäftigt. Falls meine Vermutung zutrifft, werden selbst Sie davon überzeugt sein, dass ich vollkommen unschuldig bin. Darauf haben Sie bislang nur mein Wort, und ich verstehe, dass Sie mir nicht vertrauen. Alles andere wäre auch ein Dienstvergehen. Ich kann Ihnen im Augenblick aber nicht mehr sagen.«

Ebba schüttelte resigniert den Kopf.

»Wann haben Sie sich, nachdem Sie Svalskär verlassen hatten, von Caroline getrennt?«

»Caroline war heute Nacht bei uns. Sie schlief noch, als ich zur Arbeit ging, und es würde mich nicht wundern, wenn sie immer noch schläft.«

Ebba musterte Helena eingehend. »Ich gehe davon aus, dass Sie auf dem Heimweg und gestern Abend miteinander gesprochen haben. Worüber haben Sie geredet?«

Helena trat einen kleinen Stein beiseite und blinzelte konzentriert. Von Neuem spürte Ebba, dass sie ein heikles Thema angeschnitten hatte. Zum ersten Mal während ihrer Unterhaltung schien sich Helena ihre Worte sehr genau zu überlegen. Als sie den Mund öffnete, sagte sie dann aber nur: »Alles.«

Kurze elektronische Töne drangen aus Helenas Tasche. Sie zog ihren Piepser hervor und stellte ihn ab. Die Erleichterung über die Unterbrechung war ihr anzumerken, als sie sich wieder an Ebba wandte.

»Warum sollte ich ihn umbringen? Weil er sich in Caroline verliebt hatte?« Sie schüttelte den Kopf. »Raoul hat seit unserer ersten Begegnung so viele Frauen geliebt. Ich hätte die letzten zwanzig Jahre nichts anderes zu tun gehabt, als unzählige Frauen und nicht zuletzt ihn selbst zu ermorden, wenn ich meiner Eifersucht gehorcht hätte.«

»Aber keine dieser Frauen hat sie so provoziert wie Ihre Schwester. Es muss ein harter Schlag gewesen sein, dass er Caroline vorzog. Das und der Umstand, dass sie vielleicht jetzt mit seinem Kind schwanger ist.«

Helenas Miene verfinsterte sich, und sie wollte schon etwas antworten, schaute dann aber zu Boden. Volltreffer, dachte Ebba. Diesen Umstand wird sie Raoul nie verzeihen können.

Als Ebba den Bahnsteig der U-Bahn erreichte, sah sie in einiger Entfernung Svante stehen. Der Zug fuhr gerade ein, und sie beeilte sich, in denselben Wagen zu steigen wie er.

»Du bist ein richtiger Feigling, weil du nicht stehen bleiben konntest, um mir die Sache mit den heimlichen Analysen zu bestätigen«, sagte sie und klopfte ihm dabei auf die Schulter. Dann ging sie weiter, um sich auf einen freien Platz zu setzen.

»Warte. Nicht so schnell. Ich habe mir gestern beim Tennis was gezerrt.«

Er nahm neben ihr Platz und sah sie an, aber sie erwiderte seinen Blick nicht.

»Du kannst Helena nicht leiden, nicht wahr?«

Ebba biss sich auf die Unterlippe. »Helena ist eine durchtriebene Lügnerin. Es geht nicht darum, sie zu mögen oder nicht zu mögen.«

»Hoppla. Und ich dachte schon, du fühlst dich von ihr bedroht.«

»Was soll der Unsinn? Ich kann Leute nicht ausstehen, die die Polizei nicht ernst nehmen. Sie ist vollkommen unerträglich, wenn man sie um eine Auskunft bittet.«

»Das kann ich mir denken. Sie ist schließlich eine Verdächtige in einem Mordfall.«

»Irgendwie kam es mir aber eher so vor, als fehle es dir an professioneller Objektivität. Ich warne dich: Lass dich bloß nicht täuschen. Helena wickelt dich um ihren kleinen Finger, noch ehe du das Wort *befangen* ausgesprochen hast.«

Svante lachte und legte Ebba einen Arm um die Schultern. Dann flüsterte er ihr ins Ohr: »Nur weil du es bist, erzähle ich dir, dass ich Helena schon länger kenne als dich.«

Ebba verspürte eine gewisse Missgunst, und sie musste sich auf die Zunge beißen, um nicht ausfällig zu werden.

»Du willst doch nicht etwa sagen, dass ihr mal zusammen wart?«

»Eifersüchtig?« Er gab ihr ein Küsschen auf die Wange. Ebba

wich ihm halbherzig aus. »Nein«, fuhr er dann fort, »ich hatte nicht das Vergnügen, mit Helena Melkersson, wie sie damals noch hieß, das Bett zu teilen. Nicht einmal ich bin derart bestechlich. Sie war meine Studentin, und mit Studentinnen schlafe ich nicht.«

»Aber du hättest also gerne?«

»Es gibt viel, was man gerne gewollt hätte«, sagte er mit einem irritierenden Lächeln.

Sie sah ihn spöttisch von der Seite an.

»Eine Frage, Svante ... besteht nach einem medizinischen Schwangerschaftsabbruch die Möglichkeit, zwei Wochen später wieder schwanger zu werden?«

»Das hat wirklich nicht das Geringste mit meinem Fachgebiet zu tun, aber ich glaube schon. Wahrscheinlich blutet man ungemein stark nach einem Schwangerschaftsabbruch, aber eigentlich müsste man trotzdem schwanger werden können. Das hängt natürlich ganz vom Eisprung ab, ob der so bald wieder in Gang kommt.«

Sie waren an der Endstation angelangt und stiegen aus. Ebba nahm Svante beiseite, damit ihnen niemand zuhören würde.

»Okay ... Folgendes ist Teil der Ermittlung, wie du sicher verstehst, und ich benötige Informationen von dir. Helena war an Gewebeproben Raoul Liebeskinds interessiert. Sie wartet auf das Ergebnis einer Analyse. Führst du diese Analyse durch?«

»Ja«, antwortete Svante, »ich habe eine Blutprobe in der Tasche. Sie hat sie mir vorhin gegeben. Ich schicke sie ein und rechne in ein paar Tagen mit dem Ergebnis.«

»Und worum geht es?«

»Um einen Vaterschaftstest.«

Ebba schloss die Augen.

Bewundernswert elegant saß Peder Armstahl in dem braunen Cordsofa und wartete. Er trug denselben Anzug wie am Morgen. Ihm zur Seite saß ein ebenfalls gut gekleideter Mann im selben

Alter. Er hatte neben seine gewienerten Schuhe einen schwarzen Aktenkoffer aus Leder gestellt. Ebba gab erst Peder und dann seinem Anwalt die Hand.

In ihrem Büro wartete bereits Vendela. Sie hatte ein Tonband auf den Schreibtisch gestellt und sagte jetzt: »Montag, den 19. Oktober, 13 Uhr. Verhör mit Peder Armstahl. Außerdem anwesend: Kriminalkommissarin Ebba Schröder, Kriminalinspektorin Vendela Smythe-Fleming, Rechtsanwalt Sören Jarlevik. Dürfte ich Sie bitten, Ihre Namen ebenfalls auf Band zu sprechen.«

Nachdem das erledigt war, beugte sich Ebba vor und begann: »Peder Armstahl, am Samstagabend, den 17. Oktober unterhielten Sie sich mit Raoul Liebeskind auf dem Steg auf Svalskär. Die Unterhaltung artete in einen Streit aus, und Sie schlugen Raoul ins Gesicht. Raoul verlor das Gleichgewicht und stieß mit dem Hinterkopf auf die Bank am Steg.«

Peder schüttelte den Kopf und sein Anwalt sagte: »Welche Beweise haben Sie für diese Behauptung?«

»Ein Augenzeuge hat sich gemeldet. Man hat Sie am Samstagabend mit Raoul Liebeskind auf dem Steg streiten sehen. Wir haben inzwischen auch Ihren Siegelring näher untersucht. Er entspricht Raoul Liebeskinds Wangenverletzung. Möchten Sie sich dazu äußern?«

»Mein Mandant muss nicht antworten«, meinte Sören Jarlevik. »Wir wollen erst das Beweismaterial ansehen.«

»Es gibt Beweismaterial«, meinte Ebba und hoffte, dass sie auch überzeugend genug klang.

Einen Augenblick lang verdichtete sich die Stille im Raum. Peder sah seinen Anwalt an, aber dieser hob warnend die Hand. Peder lehnte sich zurück. Seine Miene war gequält. Das Mittagessen mit Emily scheint ihn nicht sonderlich gestärkt zu haben, dachte Ebba. Die Nacht hat er vermutlich mit Albträumen verbracht.

»Wir würden gerne den Bericht der Spurensicherung sehen«, meinte der Anwalt.

»Der kommt. Wir haben ihn nur noch nicht ausgedruckt«, meinte Ebba gelassen.

»Dann gab es keine Veranlassung, meinen Mandanten und mich hierherzubestellen«, erwiderte der Anwalt sachlich und zuckte zusammen, als Peder ohne Vorwarnung sagte: »Wie können Sie sich so sicher sein, dass mein Ring Raouls Verletzung verursachte?«

»Wir führen eine DNA-Analyse durch. Die Antwort lässt aber noch auf sich warten«, antwortete Ebba. »Verblüffend, was man noch alles findet, egal wie sorgfältig Sie bei der Reinigung Ihrer Ringe waren. Oder Ihres Bootes.«

Sie ließ beide Hände auf den Tisch fallen.

»Peder, Sie haben selbst gesehen, dass wir Ihr Motorboot beschlagnahmt haben. Unsere Spurensicherung ist noch damit beschäftigt, es zu untersuchen.«

»Sie werden in meinem Boot nichts finden, was mich mit Raouls Tod in Verbindung bringt«, erwiderte Peder arrogant.

Ebba fuhr fort, ohne auf seinen Kommentar einzugehen. »Ihr Streit mit Raoul hatte ernstere Folgen, als Sie vielleicht geahnt haben. Sie fühlten sich betrogen und kamen sich ausgenützt vor. Sie konnten sich jedoch nicht aus der Zwangslage befreien, in die Sie sich selbst versetzt hatten. Denn jetzt war die Sache persönlich geworden. Es ging um mehr als nur darum, Louise mit Sperma beizustehen. Es ging darum, dass Sie Caroline für sich wollten, und das ging nur, wenn Sie Raoul aus dem Weg räumten, oder?«

»Das ist vollkommener Unsinn!«, rief Peder. »Ich habe nie behauptet, an Caroline interessiert zu sein. Sie können Louise fragen. Fragen Sie Louise, ob ich je versucht habe, ihre Freundin zu verführen.«

»Caroline ist eine hübsche Frau. Der Gedanke, mit ihr ein Kind zu bekommen, muss sehr verlockend gewesen sein.«

»Ich war nur daran interessiert, Louise zu helfen, ein Kind zu bekommen. Ihr selbst ist es nicht möglich. Vermutlich ist sie zu alt, um noch schwanger werden zu können. Andernfalls wäre ich natürlich nicht als …«

Er vermochte es nicht auszusprechen, und Ebba ließ es sich nicht nehmen zu sagen: »Cousin und Cousine gilt nicht als Inzucht, am allerwenigsten in adligen Kreisen.«

Peder öffnete den Mund, verkniff sich dann aber eine beißende Bemerkung und ließ die Schultern sinken, als er die Hand seines Anwalts auf seinem Arm spürte.

»Caroline und Louise wären die Eltern des Kindes gewesen«, sagte er leise.

»Und was hätte das für einen Sinn ergeben? Schließlich sollten die Armstahlschen Gene weitergegeben werden. Wenn Sie die Vaterschaft nicht anerkannt hätten, dann hätte das Kind nie als ein echter Armstahl in den Adelskalender aufgenommen werden können, nicht wahr?«

»Ich habe bereits vier Kinder, das genügt.«

»Vier Töchter, Peder. Vier Stiftsfräulein machen nicht so viel her wie ein kleiner Graf.«

»Und wie hätte ich mir sicher sein sollen, dass es ein Sohn werden würde?«

»Auf ein bisschen Glücksspiel muss man sich schon einlassen, wenn man die männliche Linie weiterführen will. Und Ihre Hintergedanken hätten Sie ja bis nach der Geburt für sich behalten können. Fraglich ist, ob Louise einverstanden gewesen wäre.«

Er schaute zu Boden, und Ebba stellte zufrieden fest, dass sie ins Schwarze getroffen hatte. Jetzt hatte sie ihn in die Schranken gewiesen. Noch dazu zu Beginn des Verhörs. Vendela hatte Peders Hintergrund rasch und effektiv recherchiert. Mit ruhiger und fester Stimme fuhr Ebba fort, während Peder langsam wieder den Blick hob.

»Wenn Sie keinen Sohn bekommen, dann sterben die Armstahls aus. Das Wappen im Riddarhuset wird abgehängt und am Sarg des letzten Grafen zerschmettert, oder was immer dann fällig ist. Siebenhundert Jahre der Ehrerbietung werden zunichtegemacht, weil es Ihnen nicht gelingt, einen männlichen Erben zu zeugen. Das kann nicht leicht sein.«

Peder atmete rascher. Ebba legte absichtlich eine Pause ein, um ihn zu Wort kommen zu lassen, ohne ihn unter Druck zu setzen, aber sein Anwalt legte ihm eine wissende Hand auf den Arm, um ihn zu beruhigen.

»War es eigentlich eine gute Idee, nach Svalskär rauszufahren?«, fuhr Ebba fort. »Nicht genug damit, dass Ihnen Caroline die kalte Schulter zeigte, Raoul verspottete Sie auch noch. Niemand nahm Sie ernst, Peder. Woran kann das liegen?«

Mit einer abrupten Bewegung schüttelte Peder die Hand seines Anwalts ab. »Sie haben überhaupt keine Ahnung, was passiert ist«, fauchte er. Sofort hob jedoch Sören Jarlevik einen warnenden Finger.

»Und was ist passiert, Peder? Was hat Sie an Raoul so erzürnt, dass Sie ihm ins Gesicht schlagen mussten? Wollen Sie es mir erzählen, oder wollen Sie, dass ich weitermache?«

»Wir haben nicht miteinander gesprochen!«, entfuhr es ihm, woraufhin sein Anwalt die Augen verdrehte. Peder fasste sich an die Stirn und ließ die Schultern sinken. »Das nehme ich zurück … Sie müssen verstehen, die Nervosität.«

»Ach, Sie sind nervös?«, erwiderte Ebba gut gelaunt und lehnte sich zurück. »Wann genau haben Sie erfahren, dass Caroline einen Schwangerschaftsabbruch durchgeführt hatte?«

Die Antwort kam direkt.

»Louise rief mich an.«

»Wann?«

»Spätabends. Gegen zehn.«

»Sie wussten also nicht vorher davon? Schade. Denn da war Raoul bereits tot. Das kompromittiert Sie zusätzlich. Solange Sie glaubten, dass Caroline von Ihnen schwanger war, hatten Sie ein stärkeres Motiv, Raoul den Tod zu wünschen.«

»Jetzt ist aber mal …«

Sören Jarlevik packte Peders Arm, um ihn zu unterbrechen. Ebba fuhr ungerührt fort.

»Also? Wie stellen Sie sich dazu?«

»Lassen Sie mich mit meinem Mandanten beratschlagen«, sagte Anwalt Jarlevik mit professioneller Gelassenheit. Ebba nickte, und die beiden Männer verließen den Raum. Einige Minuten später kehrten sie zurück. Peder war grau im Gesicht, als er neben Sören Jarlevik Platz nahm.

»Raoul erzählte selbst, dass Caroline den Schwangerschaftsabbruch durchgeführt hatte«, begann Peder leise. »Wir standen auf dem Steg und unterhielten uns.«

»Fahren Sie fort«, sagte Ebba.

Anwalt Jarlevik nickte Peder vorsichtig zu.

»Raoul war unverschämt und verspottete mich, aber das war nicht anders zu erwarten. Er war schon immer ein Widerling, und dazu stehe ich, obwohl man ja nicht schlecht von den Toten reden soll. Und jetzt schleuderte er mir seinen Trumpf ins Gesicht. Ich wurde wütend. Die Enttäuschung war so groß. Ja, ich verstehe, dass Caroline wirklich in ihn verliebt war und deswegen Louise verlassen hatte. Aber Raoul war immer ein Schürzenjäger und hat am laufenden Band Frauen verführt. Gewissenlos und egoistisch. Natürlich hätte ich nicht so aus der Haut fahren dürfen. Aber es war wie verhext. Wir konnten uns nicht normal unterhalten. Es artete in eine verbale Kraftprobe unter Männern aus. Wahnsinnig primitiv, ich weiß, und ich bin auch nicht stolz darauf. Am allerwenigsten jetzt, wo Raoul tot ist.«

»Sie sagen Schürzenjäger? Ja, das war er vielleicht. Aber das ist doch wohl der Traum eines jeden Mannes? Sex mit vielen Frauen? Eigentlich sind es doch die Moral und die Gelegenheit, die diesem Drang Grenzen setzen? Sie waren doch sicher auch etwas eifersüchtig, Peder. Dass es Ihnen so schwerfallen würde, diese halsstarrigen Schwestern zu verführen! Helena hatte Ihnen vor zwanzig Jahren einen Korb gegeben, und Caroline waren Sie nicht einmal körperlich nahegekommen. Kein Wunder, dass Sie frustriert waren und sich an Raoul rächen wollten. Raoul hatte sie beide flachgelegt, obwohl er ein unzuverlässiger Dreckskerl war.«

Peder echauffierte sich erneut. »Ich war nicht darauf aus, Caroline zu verführen. Wie oft muss ich das denn noch sagen? Dass Raoul seine Finger dann nicht im Zaum halten konnte und Louises Vertrauen verriet, können Sie mir nicht zur Last legen. Ich bin glücklich verheiratet und nicht an einer Beziehung mit einer zwanzig Jahre jüngeren Frau interessiert.«

»Es ging Ihnen nur darum, einen Sohn mit ihr zu bekommen.«

Peder warf den Kopf zurück, und ein lautloser Schrei drang aus seinem Mund. Seine Hände zitterten. Dann ließ er sie kraftlos fallen. Er schloss und öffnete langsam die Augen. Schweiß glänzte auf seiner Stirn. Er wischte ihn ab und betrachtete dann seine Manschette.

»Sie haben ja keine Ahnung. Es ist die Hölle, die Verantwortung für die nächste Generation zu tragen. Jedes Mal zu trauern, wenn man eine Tochter bekommt.«

Seine Stimme war leiser geworden, und trotz des offenbar heiklen Themas meinte Ebba zum ersten Mal eine private Seite Peder Armstahls zu entdecken.

»Können Sie verstehen, wie fürchterlich es für meine Ehe war, dass es meiner Frau nie geglückt ist, einen Sohn zur Welt zu bringen? Außer unseren schönen, gesunden und begabten Töchtern hatte Emily eine Fehlgeburt. Sie ist dreiundvierzig. Sie hat nicht mehr die Kraft, es noch einmal zu versuchen. Wie soll ich sie auch noch überreden können? Ich will mich nicht scheiden lassen. Die einzige Rettung war der Versuch, mit einer anderen Frau ein Kind zu bekommen. Im Falle eines Sohnes hätte ich dafür gesorgt, ihn vom Riddarhuset als legitimen Erben anerkennen zu lassen. Caroline ist schließlich ebenfalls adlig, das wäre sicher von Vorteil gewesen. Aber so wie die Dinge momentan liegen, zählen außereheliche Kinder nicht und Adoption ebenfalls nicht. Mit etwas Glück und den richtigen Kontakten hätte ich vielleicht auf eine Ausnahme hoffen können, die unseren Stammbaum gerettet hätte.«

Als er das gesagt hatte, wurde es im Zimmer still. Peder schaute aus dem Fenster, um nach diesem Geständnis Kraft zu schöpfen, ehe er sich wieder Ebba zuwandte. Jetzt betrachtete er sie ganz offen, ohne Wut und vielleicht auch ohne Berechnung. Zu ihrem Erstaunen stellte Ebba fest, dass sie ihn auf einmal mit anderen Augen sah. Sie hatte in der Tat ein sympathisches Gesicht vor sich. Er öffnete den Mund, aber lächelte nicht. Seine schiefen Eckzähne waren zu sehen. Er hat Ausstrahlung, dachte sie, das ist jemand, der mehr Tiefe besitzt, als ich mir vorgestellt hatte. Sie war neugierig darauf, wie sich seine Persönlichkeit in dem weiteren Verhör darstellen würde, und schämte sich fast ihrer Macht, ihn zwingen zu können, sich ihr zu öffnen.

Vielleicht fühlte sich Anwalt Jarlevik angesichts der plötzlichen Klarheit, die zwischen Peder und Ebba entstanden war, ausgeschlossen, aber nicht einmal sein aufforderndes Hüsteln vermochte den Bann zu brechen.

Ebba musste lächeln. Deswegen klang ihre nächste Frage im Hinblick auf die seltsam herzliche Stimmung auch recht drastisch: »Peder, haben Sie Raoul Liebeskind getötet?«

»Nein«, antwortete er ganz schlicht.

»Wollten Sie ihn töten?«

»Antworten Sie nicht«, sagte der Anwalt, und Peder schaute zu Boden.

»Dann frage ich, ob Sie zugeben, Raoul Liebeskind geschlagen zu haben?«

»Antworten Sie nicht«, wiederholte der Anwalt und fuhr fort: »Wir haben noch keine Beweise gesehen.«

»Dann will ich an etwas erinnern, worauf Sie Ihr Anwalt hoffentlich auch schon hingewiesen hat, dass Sie mit mildernden Umständen rechnen können, wenn Sie freiwillig ein Geständnis ablegen.«

»Es gibt nichts zu gestehen«, sagte Peder.

»Ich glaube doch«, entgegnete Ebba und hob rasch beide Brauen. »Denn ich glaube, dass es sich folgendermaßen zugetragen hat, Peder. Ich glaube nicht, dass Sie Raoul Liebeskind getötet haben.«

Obwohl die Stimmung bereits entspannt war, war Peder die Erleichterung deutlich anzumerken. Ebba lächelte ihn an und fuhr dann fort: »Es ist kaum vorstellbar, dass Sie ihm gegen seinen Willen Dextropropoxifen verabreicht haben. Ich zweifle daran, dass Raoul irgendetwas von Ihnen angenommen hätte. Er nahm sich eher das, was Sie haben wollten. Sie wissen sicher inzwischen, dass Raoul an einer Überdosis Dexofen gestorben ist. Aber vorher haben Sie ihn geschlagen, weil er Sie beleidigt hatte. Und damit nicht genug. Ihre Beteiligung geht noch weiter, oder?«

Die kurze Vertraulichkeit war wie weggeblasen. Peder war wieder auf der Hut.

»Sie hatten sich vielleicht eingebildet, ihn mit dem Schlag getötet zu haben. Er fiel nach rückwärts und schlug mit dem Kopf sehr fest auf der Bank auf. Aber daran starb er nicht. Sie bekommen jedoch kalte Füße und lassen Raoul auf dem Steg zurück. Wenig später ruft Louise Sie ein erstes Mal an diesem Abend an und sagt, Raoul sei tot. Entweder sind Sie noch auf der Insel und haben sich in Ihrem Häuschen verkrochen, oder Sie sind mit Ihrem Boot noch nicht sonderlich weit entfernt. Sie kehren zum Steg zurück. Dort erwartet Sie Louise. Sie haben ein schlechtes Gewissen. Sie hatten ihr versprochen, ihr dabei zu helfen, eine Familie zu gründen, sie dann aber verraten, indem Sie eigene Absichten für das Kind hatten. Das haben Sie ihr natürlich nicht erzählt, und das bedrückt Sie. Caroline durchschaut Sie und verrät Louise Ihren Plan. Was anfänglich wie eine einfache und geniale Idee wirkte, führt zu Komplikationen, mit denen weder Sie noch Louise rechnen konnten. Aber ein Graf handelt in einer Krisensituation nach moralischen Prinzipien. Innerhalb der Familie hilft man sich gegenseitig. Sie fühlen sich von Ihrer eigenen Unaufrichtigkeit Louise gegenüber unter Druck gesetzt. Ihnen bleibt keine andere Wahl, als Ihrer Cousine zu helfen, als sie Sie darum bittet. Wir dürfen auch nicht vergessen, dass sie Sie mit Ihrer Frau unter Druck setzen konnte, die ja offenbar von der Insemination nichts wusste. Louise fordert Sie auf, die Leiche in Ihr Boot zu legen, dorthin zu fahren, wo es tief ist, und diese dort über Bord zu werfen. Es ist nicht einfach, eine Männerleiche unauffällig zu transportieren, und Sie haben Angst, dass man Sie sehen könnte. Es gelingt Ihnen, die Leiche an Bord zu schaffen und diskret im Nachtdunkel abzulegen. Diese modernen Motorboote kann man mit sehr geringer Drehzahl fahren, dann sind sie kaum zu hören. Als Segler und Reserveoffizier der Marine wissen Sie, wie man sich lautlos auf See bewegt. Im Herbstdunkel ist die Sicht schlecht, und Sie wissen, dass Sie bereits wenige Meter vom Land unsichtbar sind. Dort werfen Sie die Leiche ins Wasser. Nicht zu weit entfernt, nur ausreichend, damit der Tote nass wird und gegen Steine und Tang scheuert. Der Wind weht Richtung Insel. Bald wird die Strömung den Toten auf die Felsen von Svalskär treiben. Dort wird er auch später gefunden. Die erste Reaktion ist auch die erwartete: Man glaubt, Raoul sei auf einem glatten Felsen ausgerutscht und ertrunken. Sie hofften sicher, dass sich alle mit dieser Erklärung, einem Unfall, begnügen würden. Die Leiche von allen Spuren befreit. Keine Ermittlung. Punkt. Zu diesem Zeitpunkt sind Sie mit Ihrem Motorboot schon wieder auf dem Weg nach Stockholm. Aber dann werden Sie nervös, weil Louise Sie ein weiteres Mal anruft und erzählt, die Polizei sei in großer Anzahl auf der Insel eingetroffen. Ihnen ist klar, dass früher oder später auch Ihr Name zur Sprache kommen wird und Sie in Verdacht geraten. Deswegen begeben Sie sich am nächsten Tag aus freien Stücken wieder nach Svalskär und geben vor, erstaunt zu sein, als Sie erfahren, dass Raoul umgebracht wurde und nicht ertrunken ist.«

Ebba trank einen Schluck Mineralwasser direkt aus der Flasche und wartete auf Peders Reaktion. Dieser starrte einfach nur geradeaus. Er sah müde aus. Anwalt Jarlevik war seine Anspannung anzusehen.

»Trotz gewisser Schwächen sind Sie ein loyaler Mensch. Natürlich wollten Sie Louise nicht verletzen, aber eine Weile wurden Sie richtig nervös. Eine verfrühte Midlife-Crisis? Das kann jedem passieren. Dann nahmen Sie sich zusammen und taten, was Louise verlangte. Sie räumten nach den Misslichkeiten auf. Sie taten nur Ihre Pflicht. Raoul stellte eine zu große Bedrohung Ihres und Louises Glücks dar.«

Peder richtete sich auf und holte tief Luft. Mit einem besorgten Blick versuchte Jarlevik ihn in die Schranken zu weisen, aber Peder ließ sich nicht aufhalten: »Es ist ein großer Unterschied, jemanden zu verachten und jemanden aus der Welt zu wünschen. Seine schlimmsten Gedanken auch noch in die Tat umzusetzen und einen Mord zu begehen, das tut man einfach nicht. Wenn ich wirklich schuldig wäre, dann hätte ich nicht erzählt, dass ich ihn nicht ausstehen konnte.«

»Peder. Wir bezichtigen Sie auch gar nicht des Mordes. Aber Sie hätten die Leiche in Frieden lassen sollen. Sie hätten das alles Louise überlassen sollen, statt Ihre bis dato unbefleckte Weste zu beschmutzen. Sie haben zwar mal eine Buße wegen zu schnellen Fahrens erhalten, und irgendwas war da auch mal wegen Steuerhinterziehung, aber das ist im Vergleich alles harmlos.«

»Ich habe Raouls Leiche aber nicht aufs Meer geschafft!«, raste Peder. Der Anwalt wedelte mit der Hand, aber Peder schob sie beiseite. »Und Louise hat Raoul nicht umgebracht!«

»Ach?«, erwiderte Ebba. »Raouls Verrat war unverzeihlich. Recht soll Recht bleiben. Aber so haben Sie das in Ihrer Familie immer gemacht, oder? Um fünf Uhr hinterm Louvre, Pistolen oder Degen, Ehre oder Tod. Alte Adelstraditionen und das ererbte Gefühl, besser zu sein als der Rest, dass man das Recht hat, selbst Gerechtigkeit zu üben. Aber es ist manchmal schwer, Degen zu beschaffen, wenn man sie am meisten braucht. Vermutlich haben selbst Sie Ihre Schwerter zu Hause weggeschlossen. Es ist jedoch halbwegs einfach, sich eine Schachtel Dexofen verschreiben zu lassen.«

Rasch mischte sich Sören Jarlevik ein. »Die Polizei hat nicht das Recht, meinen Mandanten anhand von Mutmaßungen anzuklagen. Wenn Sie forensische Beweise hätten, sähe das alles ganz anders aus. Jetzt stelle ich den Antrag, Peder Armstahl zu gestatten, das Dezernat zu verlassen.«

Ebba zog die Brauen hoch und deutete auf die Tür.

»Bitte schön, Peder. Sie sind frei.«

Vendela schloss die Tür hinter Peder und lehnte sich dann erschöpft dagegen. »Du bist vollkommen unglaublich, Ebba.«

Ebba zuckte mit den Achseln. »Ist das ein Kompliment?« Sie war alles andere als zufrieden mit dem Verhör. Wie sehr sie sich auch um ein nahtloses Verhör bemüht hatte, so hatte ihre Darstellung doch Lücken aufgewiesen. Sören Jarlevik war aber so in der Defensive gewesen, dass er diese nicht entdeckt hatte. Peders Beteiligung hatte sicher noch andere Facetten. Gewisse Annahmen hatten sich allerdings als nicht mehr stichhaltig erwiesen, was vielleicht das wichtigste Ergebnis des Gespräches darstellte.

»Die Ergebnisse der Spurensicherung liegen noch nicht vor, oder?«, fragte Vendela.

»Wo steckt Jakob?« Ebba schlug mit der flachen Hand auf den Tisch. »Er sollte die Sache mit dem Ring kontrollieren. Aber wahrscheinlich ist er in Solna und wartet auf Svante. Ich hätte Svante natürlich daran erinnern sollen, als ich ihm im Krankenhaus begegnet bin, aber es war mir entfallen.«

Sie zog ihr Handy aus der Tasche und rief Jakob an. Während sie darauf wartete, dass er abhob, sagte sie: »Ich war gezwungen, Peder gegenüber etwas zu bluffen. Und das hat ja auch recht gut funktioniert. Er hat Raoul allemal niedergeschlagen.«

Verärgert sprach sie eine weitere Nachricht auf Jakobs Anrufbeantworter.

»Die Sache mit Peders Boot ist mir ein Rätsel«, fuhr sie, halb zu sich selbst, halb zu Vendela, fort. »Irgendetwas an der Theorie stimmt nicht. Wie zum Teufel kann sich die Leiche dreißig Meter vom Ufer entfernt befunden haben, wenn man sie nicht dorthin geschafft hat? Hat jemand seinen einen Schuh vielleicht ins Wasser geschleudert? Und warum?«

Vendela wartete ab. Sie war sich nicht sicher, ob ihre Chefin eine Antwort erwartete.

»Peder ist sich sehr sicher, dass wir nichts im Boot finden werden«, seufzte Ebba. »Außerdem dauert es Ewigkeiten, es zu durchsuchen.«

Manchmal konnte Ebba angesichts verfahrener Situationen eine Ungeduld an den Tag legen, die nicht zu Meinungsaustausch einlud. Vendela hatte schon oft übereilte Bemerkungen bereut, hatte aber auch keine Lust, sich in eine passive Rolle zu fügen.

»Woher wusstest du, dass Louise Peder nach dem Mord angerufen hat?«, fragte sie vorsichtig.

»Die Listen trafen während des Mittagessens ein. Ich konnte noch rasch einen Blick auf sie werfen.« Ebba hielt einen Computerausdruck in die Höhe. »Anruf von Louise um 20.33 Uhr. Sie spricht etwa zwei Minuten mit Peder. Dann ein weiterer Anruf um 22.10 Uhr, bedeutend länger, 14 Minuten.«

»Aber wir können nicht sicher wissen, ob sie ihn bat, die Leiche ins Wasser zu werfen.«

»Nein, natürlich nicht. Etwas Fantasie muss man schon haben. Worüber sollte sie sonst mit Peder sprechen, wenn Caroline durch die Gegend rennt und denkt, Raoul sei tot. Sie wollte ihn wohl kaum mit Emily zum Brunch einladen.«

»Glaubst du, Louise ist die Täterin?«

Ebba nickte zögernd. »Möglich. Ich bin mir noch nicht ganz sicher. Obwohl ich es Peder gegenüber etwas zugespitzt habe. Es spricht sehr viel für Louise als Täterin.«

»Und zwar was?«

»Diese Allergieattacke, das Erdnussöl, das ihn fast das Leben gekostet hätte.«

»Du meinst, das war ein Mordversuch?«

»Schon möglich. Unsere Freundin Louise sagt, sie hätte die Notrufnummer gewählt. Ein solcher Anruf taucht in den Anruflisten nicht auf. Tat sie nur so?«

Vendela ließ sich auf einen Stuhl vor dem Schreibtisch sinken. Ebba verzog etwas den Mund.

»Und ist es dir gelungen, sie zu erreichen, Vendela?«

»Ich habe sie angerufen«, antwortete diese so gelassen wie möglich. »Sie kommt morgen um elf.«

»Gut. Versuch auch, Caroline ausfindig zu machen. Vielleicht erreichst du sie bei Helena. Ich will sie so schnell wie möglich sprechen. Trag unser Anliegen behutsam vor und versprich ihr, dass ihr weitere Begegnungen mit Frau Liebeskind erspart bleiben.«

Es klopfte, und Sven schaute herein. »Ebba, in fünf Minuten beginnt die Pressekonferenz. Eine Unmenge Journalisten und sogar das Fernsehen. Offenbar war er ein Hotshot, dieser Violinist.«

»Danke, Sven, ich komme gleich«, antwortete Ebba. Sie musste sich sehr zusammennehmen, nicht zu lachen. Es war rührend, wenn Polizisten, die bald in Rente gingen, versuchten, in einem jugendlichen Jargon zu sprechen. Obwohl er den Ausdruck korrekt verwendet hatte, wirkte es doch nur lächerlich.

Sie öffnete die dritte Schreibtischschublade und nahm ihr Make-up-Etui und eine Haarbürste heraus. Dann zog sie vor dem Spiegel ihren Kajal nach. Vendela betrachtete Ebba. Sie hatte ihre Chefin noch nie in Uniform gesehen. Sie trug bei Pressekonferenzen immer hohe Absätze. Sie benötigte keine Uniform, um sich Respekt zu verschaffen. Vendela dachte über Ebbas seltene Mischung aus beruflicher Autorität und erotischer Ausstrahlung nach. Wie immer regten sich in ihr Neid und Bewunderung.

»Die persönliche Integrität von Polizisten ist wichtig.« Bislang hatte Vendela alle spöttischen Kommentare ihrer Chefin hingenommen, aber an diesem Tag konnte sie es nicht lassen, zurückzugeben. Ebba sah sie im Spiegel an, und Vendela meinte zu ihrem eigenen Erstaunen zu erkennen, dass ihr frecher Kommentar auf Anerkennung stieß.

»Der Presse darf man keine Zugeständnisse machen, Vendela«, antwortete Ebba mit einem Lächeln, »aber Raoul Liebeskind hat schon etwas zusätzliche Sorgfalt mit dem Lippenstift verdient.«

Abends saß Ebba mit einem Glas Rotwein in der Hand auf ihrem nussbraunen Chesterfieldsofa. Minna und Cosima lagen zu ihren Füßen. Nach einem langen Spaziergang auf dem Strandvägen waren sie hochzufrieden. Die frühe »Aktuellt«-Sendung hatte nichts über den Mord an Raoul Liebeskind gebracht, und so sah sie sich »Desperate Romantics« über die stürmische Sehnsucht der Präraffaeliten an, bis die Neun-Uhr-Nachrichten begannen. Neben ihr auf dem Sofa lag ihr Handy, falls Göran anrufen würde. Sie hatte ihm eine Nachricht auf seiner Mailbox hinterlassen, Karl-Axel läge auf der Intensivstation. Er hatte sie jedoch nicht zurückgerufen.

Der Berichterstattung-Jingle begann. Der Mord an Raoul Liebeskind wurde als vierte Nachricht angekündigt. Sie durchlitt Reportagen über die Finanzkrise, eine EU-Sitzung über illegale Arbeitskräfte und schlechte Handhygiene an den Schulen in Grippezeiten, bis sie an die Reihe kam.

»… folgendermaßen äußert sich Kommissarin Ebba Schröder von der Polizei Danderyd.« Der Beitrag hatte gerade begonnen, als das Ding-Dong ihres Handys eine eingegangene SMS ankündigte. Ein Auge auf dem Fernseher, das andere auf dem Handy las sie die Nachricht. Vendela teilte mit, dass Caroline um zehn Uhr am nächsten Tag auf dem Dezernat erscheinen würde. Seufzend warf Ebba das Handy wieder aufs Sofa.

Als sie sich selbst im Fernsehen sah, ertrug sie das nur wenige Sekunden, dann streckte sie reflexmäßig die Hand nach der Fernbedienung aus. Aber dann hielt sie mitten in der Bewegung inne und zwang sich dazu, den ganzen Beitrag anzusehen. Sie wollte wissen, welches Bild die Medien gewonnen hatten. Ich sehe mit diesem Eyeliner ja aus wie ein Drachen dachte sie, in Nahaufnahme geht das wirklich nicht. Gleichzeitig konnte sie sich ein Interview ohne Make-up nicht vorstellen. Die schwarz geschminkten Augen waren ein Teil ihrer selbst. Sie konnte sich die schwarzen Linien genauso gut tätowieren lassen, dann blieb ihr das Schminken und Abschminken erspart.

Als sie sich im Fernsehen betrachtete, fühlte sie sich alt. Wie hatte die Zeit nur so schnell verstreichen können? Und warum machte ihr das überhaupt etwas aus? Eigentlich musste sie zuhören und sich überlegen, was man weggeschnitten hatte, statt sich über ihr Aussehen Gedanken zu machen.

Dienstag, 20. Oktober

Auf dem Weg ins Büro schob Ebba Brahms' Pianoquintett in f-Moll in den CD-Player ihres Wagens. Es war eine Aufnahme mit einer Starbesetzung, kein Streichquartett mit einem hinzugezogenen Pianisten, sondern fünf Solisten, die sich zusammengefunden hatten, um eines ihrer Lieblingsstücke zu spielen. Man merkte, wie sich alle in den Vordergrund zu drängen suchten. Das Ergebnis war eine unerhört beeindruckende Interpretation, die fast nicht zu übertreffen war. Sie hatte die CD vor über zehn Jahren gekauft, weil alle Interpreten gediegene Künstler waren. Auf dem schwarz-weißen Cover waren ihre Gesichter in künstlerischer Beleuchtung vor einem dunklen Hintergrund zu sehen. Raoul Liebeskind blickte sie direkt an. Sie konnte sich noch erinnern, wie sie im Plattenladen gestanden hatte und dass er einer der Hauptgründe gewesen war, warum sie ausgerechnet diese CD gekauft hatte und nicht eine ältere Aufnahme mit David Oistrach.

Jetzt ließ sie sich von seiner mitreißenden ersten Geige verführen. Wie gut er war. Wie lebendig. Seine Präsenz in der Musik verursachte ihr eine Gänsehaut. Die Musik klang sehr gegenwärtig, und man hörte die Atemzüge der Musiker, die bewusst mit aufgenommen worden waren, um Nähe zu erzeugen. Durchdrungen von diesem Erlebnis begab sie sich in ihr Büro und nahm an ihrem Schreibtisch Platz. Dort lag ein großer brauner Briefumschlag von Svante. Sie wusste bereits, was er enthielt, und es graute ihr etwas davor, ihn zu öffnen. Dann atmete sie tief ein, öffnete den Umschlag und zog die Fotos von der Obduktion hervor.

Sofort verstummte die Musik in ihrem Kopf. Da lag er also,

reglos und bleich, die grau melierten Locken glatt nach hinten gestrichen, sein Gesicht vollkommen ausdruckslos, ein blaulila Kratzer auf der Wange, die Hände mit den langen Fingern neben den Schenkeln. Wie viel Schönheit diese Händen doch geschaffen hatten. Welche großen Gefühle durch sein Herz geströmt waren. Sie konnte auf einem Foto in seinem geöffneten Brustkorb auch sein Herz betrachten. Sie sah sein Glied, schlaff und verbraucht, tief eingebettet in dunkles Haar, das sich als Streifen auf seinem Bauch fortsetzte. Hier war der Körper, den Anna, Helena und Caroline geliebt und von dem sie sich hatten umfangen lassen.

Überwältigt griff sie zum Obduktionsprotokoll und legte es auf die Fotos, um nichts mehr sehen zu müssen. Rasch überflog sie die Zeilen, um sich bestätigen zu lassen, was sie bereits wusste. Die Frage, wer Raoul getötet hatte, würde sie hier nicht finden.

Es klopfte laut, und Ebba richtete sich auf. Vendela schaute zur Tür herein.

»Caroline ist hier«, teilte sie mit.

»Warte einen Augenblick«, erwiderte Ebba, schob die Obduktionsfotos zusammen und legte sie in die Schreibtischschublade. Dieser Anblick soll Caroline erspart bleiben, dachte sie. Sie ist eh schon durchgedreht.

Sie schob die Schublade zu und bedeutete Vendela, Caroline zu holen. Während sie wartete, las sie ihre E-Mails. Die neueste war von Svante: Peders Ring habe vermutlich den Kratzer auf Raouls Wange verursacht. Außerdem lagen die ersten Analyseresultate der Gegenstände von Svalskär vor.

Ebbas Augen weiteten sich, als ihr Blick auf den Bericht über die Flasche mit dem Erdnussöl fiel. Sie schnappte nach Luft. Sie musste die Zeilen dreimal lesen, um sicher zu sein, dass sie richtig gelesen hatte.

Dieses Mal erschien Caroline af Melchior in Begleitung einer Anwältin. Ebba fragte sich, wer ihr diesen Rat gegeben hatte, und beschloss, sich die Antworten noch aufmerksamer anzuhören.

»Willkommen, Caroline. Bitte nehmen Sie doch Platz«, sagte Ebba.

»Ebba«, sagte die Frau in dem knappen Kostüm aus kariertem Tweed und hielt ihr die Hand hin. Sie war Anfang sechzig und sah mit ihrer Kurzhaarfrisur aus wie eine kleine Bulldogge. Um Hals und Handgelenke trug sie mehrere dünne Goldketten. Ihre Waden waren schmal, ihr Oberkörper hingegen stellte eine unförmige Masse dar, dem ihr maßgeschneidertes Kostüm eine Illusion von Figur verlieh.

»So nett, Sie wieder einmal zu sehen, Regina«, erwiderte Ebba. »Sie vertreten also Caroline af Melchior.«

»Ich bin seit dreißig Jahren der Anwalt der Familie af Melchior und habe diese Aufgabe von meinem Vater übernommen.«

Der Baron also hatte seiner Tochter den Beistand gestellt. Eine kluge Wahl, dachte Ebba. Mit Regina Albrechtson zusammenzuarbeiten bedeutete immer, dass alles gesittet zuging. Sie verhielt sich ihren Mandanten gegenüber immer sehr loyal, unterließ es aber, sie derart zu kontrollieren, dass es dann letztendlich nur zu Versprechern und unnötigen Missverständnissen kam.

Caroline trug einen engen weinroten Wildledermantel mit Pelzbesatz. Ihre dunkelbraunen, üppigen Locken fielen ihr weich auf die Schultern. Unter dem Mantel trug sie ein Baumwollhemd und eine Jeans, deren Gürtel eine untertassengroße Silberschnalle zierte. Ihre Stiefel hatten wie immer sehr hohe Absätze, die ihr eine Größe von fast zwei Metern verliehen. Das gewagte Aussehen gab ihr etwas von einem androgynen Rockstar. Interessante Kleiderwahl für eine polizeiliche Vernehmung, dachte Vendela. Sie streckte die Hand nach dem Tonband aus und schaltete es ein. Alle Anwesenden nannten ihre Namen. Der Ernst der Begegnung wurde dadurch noch einmal unterstrichen.

Gerade als Ebba mit ihren vorbereiteten Fragen beginnen wollte, streifte sie der Gedanke, dass sie vielleicht an einem anderen Ende beginnen könnte. Ein Gedanke, den sie im Hinterkopf gehabt hatte. Durch die Mail hatte er neue Aktualität erhalten.

»Caroline«, begann Ebba. »Ich weiß, dass Sie seit Ihrer Rückkehr von Svalskär bei Helena wohnen. Haben Sie eigentlich auch Anna oder Louise getroffen?«

»Anna nicht, aber Louise rief mich an und wollte mit mir Kaffee trinken«, antwortete Caroline und schlug den Blick zu Boden, bevor sie fortfuhr. »Sie wollte mich gestern treffen, aber ich hatte einfach nicht die Kraft. Dann schlug sie heute vor. Sie wird ja nach mir vernommen. Ich habe eingewilligt, will sie aber nicht in ihrer Wohnung treffen, das wäre mir zu viel. Dort lauern so viele gemeinsame Erinnerungen. Früher oder später muss ich natürlich meine Sachen holen.« Sie schnäuzte sich. »Schon seltsam, sie jetzt gleich zu treffen, aber ich glaube, es ist für uns beide gut, wenn wir unsere Beziehung beenden, indem wir noch einmal über alles sprechen. Das bin ich ihr schuldig.«

»Schuldig?«

Caroline sah Ebba müde an. »Ich bin nicht stolz darauf, wie ich Louise behandelt habe. Sie hat Besseres verdient. Louise hat mir unglaublich viel bedeutet.«

»Wünschten Sie sich, sie könnten es wiedergutmachen?«

Caroline antwortete nicht. Sie presste die Lippen aufeinander, betrachtete ihre Finger und kratzte an ihrer Nagelhaut. Einen Augenblick erwog Ebba, diesen Weg weiterzuverfolgen, entschied sich dann aber dafür, ihre neuen Überlegungen erst noch reifen zu lassen.

»Wir sind uns ja gestern kurz begegnet, Caroline«, fuhr sie fort. »Da räumten Sie ein, Helena und Raoul am Abend des 17. Oktober im Atelier getroffen zu haben.«

»Ja.«

»Sie korrigieren damit Ihre erste Aussage?«

»Ja.«

Ebba sah Regina an, und diese nickte entspannt. Caroline erblasste ein wenig, wollte aber nicht mehr dazu sagen. Ebba fuhr ohne zu zögern fort. »Ich würde gerne von Ihnen wissen, worüber Sie sprachen.«

»Über ihre Beziehung.«

»Wie reagierten Sie, als sie davon erzählten?«

Rastlos lehnte sich Caroline im Stuhl zurück, legte ein Bein über das andere und umfasste ihren Knöchel.

»Sie wissen, dass es mich betrübte. Das hat Ihnen Helena bereits erzählt. Warum fragen Sie noch?«

Ebba ging darauf nicht ein, sondern fuhr mit ihren Fragen fort.

»Haben Sie sich mit Ihrer Schwester abgesprochen, wie Sie die Ereignisse des Abends von Raouls Tod darstellen wollen?«

Regina hob die Hand, um sich einzumischen. »Sie stellen das so dar, als hätte meine Klientin nicht die Absicht, der Wahrheit entsprechende Antworten zu geben.«

Aber Ebba hatte ihre Antwort bereits erhalten. Caroline war eine dankbare Zeugin. Sie hatte alles andere als ein Pokerface. Sie saß da und nagte an ihrer Nagelhaut. Sobald sie sich beobachtet fühlte, nahm sie die Hände vom Mund.

»Und was ist im Atelier geschehen?«

Von Neuem überfiel Caroline die Trauer. Sie hielt sich die Hände vor die Augen und versuchte, ihre Tränen zurückzuhalten. Als sie blinzelnd und schwer atmend aufblickte, war ihr ihre heftige Gefühlsregung anzusehen.

»Können Sie sich vorstellen, was in mir vorging, als ich sie zusammen sah? Es war nicht so, dass sie sich geküsst oder an den Händen gehalten hätten, aber da war etwas zwischen ihnen, was mir nie zuvor aufgefallen war und was ich nie mehr mit ansehen wollte. Etwas in ihren Blicken und ihrer Körpersprache. Sie wirkten wie ein altes, etabliertes Paar. Ich hatte mich gerade dazu durchgerungen, von ihrer Affäre abzusehen. Einmal, hatte Raoul gesagt. Einmal hätten sie zufällig miteinander geschlafen. Aber es war nicht nur einmal. Die Affäre hat sich über Jahre erstreckt. Über zwanzig Jahre lang hatten sie gelogen und ihre Partner betrogen, nur um ihre Affäre fortsetzen zu können. Ich bin immer noch schockiert. Ich will gar nicht darüber nachdenken. Ich male mir alles Mögliche aus. Es ist wie ein Film, der anläuft, wenn ich die Augen schließe. Aber … wenn er jetzt schon mit meiner Schwester zusammen war, warum musste er dann auch noch mit mir etwas anfangen? Als sei ich eine Trophäe oder so.«

Ebba wünschte sich, sie könnte ihr versichern, dass Raouls Gefühle echt gewesen seien, dass er ihre Leidenschaft geteilt hätte, aber sie wusste, dass sie keine Ahnung hatte. Als sie jetzt die großartige Cellistin vor sich betrachtete, konnte sie aber nur zu dem Schluss kommen, dass sie eine Frau war, in die man sich Hals über Kopf verlieben musste.

Caroline biss ein Stück ihres Daumennagels ab und spuckte es diskret aus. Dann setzte sie sich geradehin und hörte auf, an ihren Nägeln zu kauen, als habe sie mit einem Ruck entschieden, sich zusammenzureißen. »Genügt Ihnen nicht die Erklärung, dass ich vollkommen verzweifelt war und das Atelier verließ?«, fragte sie. Plötzlich begann ihr linkes Bein zu zittern.

»Sie gaben also Raoul die Schuld an der Situation?«

»Natürlich war Helena traurig, weil er sie um meinetwillen verließ. Das ist mir auch klar.«

»Sie waren doch wohl beide wütend auf Raoul?«

Caroline schüttelte verächtlich den Kopf. »Das würde Ihnen so in den Kram passen!« Sie tat so, als würde sie eine Schlagzeile in die Luft schreiben: »Eifersuchtsdrama. Schwestern ermordeten Liebhaber.«

»War es so? Haben Sie und Ihre Schwester Raoul getötet?«

»Nein. Das habe ich doch schon tausendmal gesagt! Wie können Sie nur auf die Idee kommen, dass ich Raoul töten wollte? Das ist vollkommen absurd. Ich habe ihn ja begehrt! Deswegen war ich ja auch so sauer und traurig und rannte ins Haupthaus. Damit ich mir die beiden nicht mehr ansehen musste. Ich glaubte, dass Raoul mir folgen würde. Das hätte man doch in so einer Situation erwarten können, nicht wahr? Dass er auf den Knien angekrochen kommen und mich um Verzeihung bitten würde. Aber er kam nicht.«

Sie sah mitgenommen aus. Ihre Anwältin beugte sich vor und warf ein: »Ebba, ich möchte Sie bitten, meine Mandantin etwas zartfühlender zu behandeln. Ich glaube, das ist für alle Beteiligten das Beste. Caroline beteuert ihre Unschuld. Sie sagt, dass sie Raoul Liebeskind nicht getötet hat.«

Vendela konnte nicht umhin, spöttisch in sich hineinzulächeln. Unschuld war jetzt nicht unbedingt ein Begriff, denn man mit Caroline af Melchior assoziierte.

Ebba wartete ab, bis sich Caroline gesammelt hatte, und fuhr dann fort: »Wie spät war es, als Sie wieder ins Haupthaus zurückkehrten?«

»Ich weiß nicht. Keine Ahnung. Es war jedenfalls schon eine ganze Weile dunkel.«

»Was haben Sie dann getan?«

»Ich ging nicht wieder ins Studio, denn dort hätte er mich zu schnell gefunden. Ich fand, er sollte sich bei der Suche nach mir etwas anstrengen müssen. Ich ging also hoch in sein Zimmer und legte mich ganz einfach auf sein Bett.«

»Haben Sie sich etwas zu essen oder zu trinken geholt?«

Caroline sah Ebba erstaunt an.

»Ja, das tat ich. Ein Glas Rotwein und zwei belegte Brote. Ich glaube, mit Leberwurst.«

»Haben Sie eine Flasche Wein aufgemacht?«

»Ja … und?«

»Danke. Erzählen Sie weiter. Was geschah dann?«

Caroline rutschte auf dem Stuhl hin und her und presste die Lippen zusammen, als wisse sie nicht, wie beginnen, aber als würde sie sich gern ihr Herz erleichtern.

»Ich war so verdammt enttäuscht, weil er nicht zu mir kam. Als hätte er in diesem Moment etwas Wichtigeres im Sinn haben können, statt mich zu trösten und mir zu versichern, dass er mich liebte. Als ich auf seinem Bett lag, hörte ich, wie die Haustür zufiel. Die Wände wackeln, wenn sie zufällt, es ist nicht zu überhören. Ich spitzte die Ohren, ob ich Raouls Schritte wiedererkennen würde, aber er war es nicht. Es war Helena. Sie unterhielt sich mit jemandem. Ich glaube, es war Anna. Jedenfalls verging einige Zeit, und ich wartete. Dann schlug die Tür ein weiteres Mal zu, allerdings etwas leiser. Da hoffte ich, es sei endlich Raoul. Ich lag im Bett, wartete und lauschte.«

Ebbas erster Impuls war, sich vorzubeugen, aber dann blieb sie ganz gelassen sitzen und fragte mit so ruhiger Stimme wie möglich: »Caroline, denken Sie ganz genau nach. War es jemand, der das Haus betrat, oder jemand, der das Haus verließ?«

»Betrat … glaube ich. Aber ich erwartete schließlich, dass es Raoul sein würde, und deswegen deutete ich es so.«

»Sie glauben, dass jemand das Haus betrat? Hörten Sie im Haus Schritte?«

Caroline blinzelte konzentriert. »Nein, das tat ich nicht.«

»Es könnte also jemand gewesen sein, der das Haus verließ?«

»Ja, ich vermute …«

»Und die Tür schlug nur einmal zu? Oder öfter?«

Caroline dachte eine Weile nach und antwortete dann: »Ich weiß nicht. Ich habe wirklich keine Ahnung. Vielleicht mehrere Male. Wenn ich jetzt darüber nachdenke … Aber ich bin mir nicht sicher. Nein … ich glaube nicht.«

»Ich will, dass Sie über diese Frage genau nachdenken, Caroline. Falls Ihnen etwas Neues einfällt, dann rufen Sie mich so schnell wie möglich an. Zögern Sie nicht, versprechen Sie mir das.«

Caroline nickte ernst.

»Hörten Sie irgendeine Stimme, die Sie identifizieren könnten?«

»Ich … ich weiß nicht. Ich erinnere mich nicht. Ich achtete nicht auf solche Dinge …«

Ebba fuhr fort: »Wie viele Minuten verstrichen zwischen dem Zeitpunkt, als Sie das Haus betraten, und dem Zeitpunkt, als die Tür ein zweites Mal zufiel?«

Der Stress, jedes Wort auf die Goldwaage legen zu müssen, war

Caroline anzusehen. Sie saß kerzengerade neben ihrer Anwältin, die bislang keine Anstalten machte einzugreifen.

»Ich weiß nicht recht«, begann Caroline. »Ich wusste schließlich nicht, dass das einmal wichtig sein könnte. Wie viele Minuten können das gewesen sein? Vielleicht zehn?«

»Erzählen Sie weiter, Caroline. Was taten Sie dann?«

»Es gelang mir nach einer Weile, mich zu beruhigen. Ich wollte schon ins Atelier zurückkehren, aber dann ging ich in Louises Zimmer hinauf, um meine Sachen zu packen.«

»War Louise dort?«

»Nein. Sie war im Esszimmer mit den Aufnahmen beschäftigt.«

»Wie lange waren Sie in ihrem Zimmer?«

»Vielleicht eine Viertelstunde oder zwanzig Minuten. Ich weinte und fühlte mich vollkommen wertlos. Aber ich wollte Raoul nicht verheult gegenübertreten, also wusch ich mir das Gesicht und schminkte mich. Dann verließ ich das Haus, um ihn zu suchen. Mir fehlte die Kraft, weiter wütend zu sein. Ich begriff nicht, warum er mich nicht getröstet hatte. Ich ging ins Atelier, aber dort war er nicht. Dann suchte ich weiter.«

Je näher sie dem kritischen Moment kam, desto ergriffener klang Caroline. Regina legte ihr eine Hand auf den Arm. Caroline sammelte sich und fuhr fort: »Raoul lag auf dem Steg. Ich glaubte, er sei ohnmächtig geworden.« Sie holte tief Luft. »Ich rannte zu ihm und kniete mich neben ihn. Er lag einfach da. Ich rief seinen Namen, aber er antwortete nicht. Ich versuchte, ihn wiederzubeleben. Ich schüttelte ihn. Dann erinnerte ich mich daran, was Helena nach dem Allergieschock getan hatte. Ich begann, ihm Ohrfeigen zu geben. Da röchelte er. Er sah mich an und bewegte die Lippen. Ich glaube, er sagte meinen Namen. Ich bin mir fast ganz sicher. Er war nicht tot. Ich küsste ihn, nahm ihn in die Arme und hielt ihn ganz fest, ganz fest …«

Tränen liefen ihr über die Wangen. Sie wiegte den Oberkörper leicht vor und zurück, wobei ihre ineinander verkrampften Hände auf ihrem Schoß lagen.

»Ich küsste ihn ein weiteres Mal. Er lag schlaff in meinen Armen, ich hielt seinen Kopf, und als ich ihm in die Augen blickte, schien er durch mich hindurchzusehen. Er war nicht mehr da, sein Kinn hing herab. Da geriet ich in Panik, schüttelte und schlug ihn, um ihn aus seiner Bewusstlosigkeit zu wecken. Aber es gelang mir nicht. Ich dachte, er hätte wieder einen Allergieschock erlitten. Mein erster Gedanke war: die Spritzen. Er hatte mir ja erzählt, dass er sie in seiner Brieftasche aufbewahrte.« Sie strich sich das Haar hinter die Ohren und versuchte sich zu konzentrieren. »Ich meine, Sie wissen ja auch, dass ich das wusste. Ich begann also nach seiner Brieftasche zu suchen, konnte sie aber nicht finden. Sie lag nicht in seinem Jackett. Ich suchte den Steg ab und wollte gerade ins Atelier laufen, als ich sie in einigen Metern Entfernung fand. Wie auch immer sie dorthin geraten sein mag. Er muss sie irgendwie verloren haben. Ich öffnete die Brieftasche, und die Spritzen fielen heraus. Ich war so nervös, dass ich zitterte und mir die Finger nicht gehorchten. Ich habe noch nie jemandem eine Spritze verabreicht und wusste nicht recht, wie man das macht, ob man eine Vene sucht oder wo man zusticht, dann stach ich einfach in sein Bein. Nichts geschah. Da gab ich ihm auch noch die zweite Spritze. Immer noch nichts. Ich fühlte ihm den Puls oder versuchte es zumindest, aber fand keinen. Er atmete auch nicht mehr.«

Sie verstummte und schloss ganz fest die Augen. Sie verschränkte die Arme vor der Brust und hielt sich eine Faust vor den Mund. Sie weinte.

»Glaubten Sie, ihn mit den Spritzen getötet zu haben?«

Caroline nickte und sagte ganz leise Ja. Mit großer Anstrengung sammelte sie erneut ihre Kräfte. »Sie verstehen doch, dass ich Ihnen das nicht sagen konnte? Ich wollte nicht lügen. Ich glaubte, ich hätte ihn versehentlich getötet, indem ich die Spritzen falsch anwendete. Ich war außer mir vor Angst.«

Sie hielt sich die Hände vor das Gesicht, dann rieb sie sich die Schläfen, strich sich übers Haar und ließ die Hände fallen.

»Manchmal fällt es mir schwer … wie soll ich das sagen, ich verrenne mich in einen Gedanken. Ich weiß das, und das macht mir wirklich verdammt zu schaffen. Ich nehme regelmäßig Medikamente. Ich habe keine Wahl. So ist es einfach. Ich habe an diesem Abend wirklich geglaubt, wahnsinnig zu werden.«

Regina legte ihre Hand auf Carolines.

»Das geht doch sehr gut, Caroline. Sie schaffen das.«

Caroline sah sie nicht an. Immer noch zitterte sie bei jedem Atemzug.

»Erzählen Sie einfach weiter, wenn Sie wieder genug Kraft haben«, sagte Ebba. Sie sah Regina an, und diese nickte.

»Hätten Sie gern ein Glas Wasser, Caroline, oder Tee oder Kaffee?«, wollte Vendela wissen und erhob sich. Caroline lächelte sie unerwartet freundlich an.

»Danke, das ist furchtbar nett. Einen Tee mit Honig, falls es das gibt.«

Vendela bezweifelte, dass es im Dezernat je Honig gegeben hatte, aber sie ging hinaus, um zu versuchen, den Wunsch zu erfüllen.

Carolines Gesicht hatte wieder etwas mehr Farbe bekommen. Sie holte Luft, um ihren Bericht fortzusetzen.

»Als ich ihn nicht wiederbeleben konnte, eilte ich wieder ins Haus, um Hilfe zu holen. Im Salon fand ich Helena und erzählte ihr, dass ich glaubte, Raoul sei tot. Sie war zu diesem Zeitpunkt bereits recht betrunken und glaubte mir zuerst nicht. Schließlich ging sie dann doch mit, aber da war Raoul verschwunden. Er lag nicht mehr dort, wo ich ihn gefunden hatte.«

»Haben Sie Ihrer Schwester von den Spritzen erzählt?«

»Nein, zu diesem Zeitpunkt noch nicht. Ich wagte es nicht. Ich sagte, er hätte leblos auf dem Steg gelegen.«

»Haben Sie darüber gesprochen, nachdem Sie Svalskär verlassen hatten?«

Caroline nickte.

»Helena sagte, ich hätte ihn mit den Spritzen gar nicht töten können. Sie sagte, wenn er nicht tot gewesen wäre, wäre er davon vermutlich wieder munter geworden. Deswegen kam ich gestern hierher. Ich wollte das nicht länger auf dem Gewissen haben. Dann hatte ich nach der Begegnung mit Joy nicht mehr die Kraft.«

Ebba wartete einen Augenblick, ehe sie fortfuhr.

»Aber an diesem Abend auf Svalskär, als Sie ins Haus kamen und erzählten, Sie glaubten, Raoul sei tot ... Wie war Helenas Verfassung da?«

»Sie war vollkommen fertig. Aber so habe ich sie schon früher erlebt. Sie trinkt zu viel, und sie weiß das auch.«

»Aber darüber hinaus? Fiel Ihnen etwas anderes auf, als Sie sie sahen?«

Caroline schüttelte den Kopf. »Ich war selbst so außer mir, dass ich nur an Raoul denken konnte.«

Ebba lehnte sich etwas über den Schreibtisch vor.

»Caroline, können Sie sich erinnern, ob Sie jemanden von den anderen gesehen haben, als Sie nach Raoul suchten, das zweite Mal zusammen mit Helena?«

Caroline biss die Zähne zusammen und warf Regina Albrechtson einen Blick zu, den diese gelassen und auffordernd erwiderte. Als sie dann wieder Ebba ansah, runzelte sie etwas die Stirn, als müsste sie sich sehr genau überlegen, was sie sagte und was nicht. Schließlich öffnete sie den Mund: »Louise hatte auf dem Targa etwas geholt und kam auf mich zu. Ich erzählte ihr alles, und sie half bei der Suche.«

Ebba versuchte so ungerührt wie möglich zu klingen.

»Alles?«

»Ja.« Caroline schaute zu Boden.

»Wie nahm Louise das auf?«

Caroline wurde verlegen. »Ja, was soll ich sagen ... Sie sah mich verdammt merkwürdig an. Ich hatte schließlich erzählt, dass ich glaubte, ihn getötet zu haben. Da wollte sie mich trösten. Aber das verkraftete ich nicht. Ich wollte mich von ihr nicht anfassen lassen. Das war einfach zu viel. Gleichzeitig war sie so kalt und schien mich zu verurteilen. Und ich schämte mich so. Es kam mir so vor, als hätte ich das Leben vieler Menschen zerstört.«

Vendela kam mit dem Tee ins Zimmer und reichte ihn Caroline. Wieder erstaunte es sie, dass Caroline sie anlächelte. Es war ihr gelungen, ganz hinten im Schrank in der Personalküche in einem Glas einen kristallisierten Rest Honig zu finden.

Mit unsicherer Hand führte Caroline die Tasse an die Lippen und versuchte, auf das heiße Getränk zu pusten. Aber ihre Lippen zitterten, und es gelang ihr dann nur, einen winzigen Schluck zu trinken. Die kurze Pause genügte jedoch, um sie zu stärken. Sie fuhr mit ihrem Bericht fort.

»Wir suchten eine Ewigkeit und fanden ihn nicht. Wie kann man von einer Insel verschwinden? Das geht nicht. Ich glaubte schon, dass ich mir alles nur eingebildet hatte. Aber ich schwöre, dass ich ihn leblos auf dem Steg fand.« Sie atmete wieder schneller, und Regina legte ihr einen Arm um die Schultern.

»Immer ruhig, Caroline«, meinte Ebba. »Wir haben bereits festgestellt, dass er nach seinem Tod zwei Spritzen bekam. Die Spritzen haben ihn nicht getötet. Aber was haben Sie in diesem Augenblick für einen Schluss gezogen?«

»Was sollte ich schon glauben? Helena sagte, wenn er überhaupt auf dem Steg gelegen hätte, dann müsse er wieder munter geworden und weggegangen sein. Ich hoffte wirklich, dass es so war. Denn ich wollte nicht glauben, dass ich ihn getötet hatte, obwohl ich eigentlich in diesem Augenblick davon überzeugt war. Aber als wir ihn nicht fanden, gingen Helena und Louise wieder ins Haus. Sie glaubten wohl wie immer, ich sei verrückt. Ich rannte herum und rief nach Raoul. Dann kam Kjell, um sich ein Bier zu holen. Er fand ihn unten bei den Felsen.«

»Als Sie mit Helena auf den Steg kamen, hörten oder sahen Sie da draußen auf dem Wasser ein Boot?«

Caroline dachte kurz nach. Dann schüttelte den Kopf.

»Nein, ich erinnere mich an nichts.«

»Louise, Helena und Sie suchten also nach Raoul«, fuhr Ebba fort. »Wo waren Anna, Peder, Kjell und Jan? Hörten sie nichts? Sie riefen doch nach Raoul?«

»Ja, wir riefen. Aber es ging ein heftiger Wind, und außerdem begann es zu nieseln«, antwortete Caroline. »Die anderen waren nicht zu sehen, bis dann Kjell etwas später kam. Als er dann Raoul aus dem Wasser gezogen hatte, kamen Anna, Helena und Louise ebenfalls ins Freie. Anna schien geschlafen zu haben, oder sie war total betrunken. Sie warf sich auf den Toten und war vollkommen untröstlich. Raoul lag einfach da. Es war so unwirklich. Und es ist, wie alle sagen. Man sieht sofort, dass jemand nicht nur schläft. Ein Toter ist wie eine leere Hülle.«

»Und Peder?«

»Peder war nicht da.«

Ebba lehnte sich zurück und faltete ihre Hände auf dem Schreibtisch. Regina deutete das als Zeichen, dass das Gespräch beendet sei, und nahm ihre Handtasche auf den Schoß. Da hob Ebba die Hand, um sie zurückzuhalten.

»Noch etwas«, begann Ebba. Caroline sah so erschöpft aus, dass Ebba ihr aufmunternd zulächelte. Caroline kann gut ein wenig Mitgefühl gebrauchen, dachte sie, gleichzeitig ist es für die nächste Frage von Vorteil, dass sie so erschöpft ist.

»Samstagnacht, als Sie nicht schlafen konnten«, sagte Ebba mit unergründlicher Miene und wartete darauf, dass ihr Caroline wieder ihre gesamte Aufmerksamkeit zuwandte, »gingen Sie doch in die Küche hinunter.«

Caroline nickte. Eine zunehmende Unruhe ließ ihr Gesicht erstarren.

»Sie haben ausgesagt, dass Sie allem ein Ende machen wollten, nicht wahr? Sie suchten nach den Messern.«

Carolines Blick bekam etwas Gehetztes, schließlich wagte sie es dann aber doch, Ebba anzusehen.

»War es so?«, fragte Ebba mit fester Stimme. »Haben Sie in der Küche nicht noch etwas anderes getan?«

Als Caroline nicht antwortete, ihre Haltung aber auch erkennen ließ, dass sie diese Frage nicht überraschte, fuhr Ebba fort: »Suchten Sie nicht vielleicht nach der Flasche mit dem Erdnussöl?«

Caroline antwortete immer noch nicht, aber ihre Augen begannen zu glänzen. Regina blinzelte angestrengt, als ginge ihr zu viel gleichzeitig durch den Kopf. Das ist ihr offenbar neu, dachte Ebba. Die Anwältin beugte sich vor und legte ihre Hand auf die Carolines. Leise sagte sie: »Warten Sie«, und wandte sich dann an Ebba: »Haben Sie Fingerabdrücke?«

»Wir haben ein eindeutiges Ergebnis.« Ebba blickte zu Reginas Mandantin: »Caroline. Jemand hat die Flasche abgewischt. Wie Sie sich denken können, ist es nicht sonderlich wahrscheinlich, dass eine halb leere Flasche ohne einen einzigen Fingerabdruck im Küchenschrank steht. Umso unwahrscheinlicher, da wir wissen, dass die Flasche kürzlich verwendet worden ist. Ich komme zu dem Schluss, dass jemand absichtlich alle Abdrücke entfernt hat. Ich glaube, dass Sie das waren.«

Sofort wandte Regina mit scharfer Stimme ein: »Das hier sind Mutmaßungen, Ebba. Gibt es keinen Beweis, der auf eine bestimmte Person hindeutet, dann kann es irgendjemand gewesen sein. Nichts deutet darauf hin, dass es sich dabei um Caroline handelte.«

Ebba antwortete nicht. Regina und sie sahen Caroline an. Caroline versuchte angestrengt, ruhig zu atmen, dann begann sie zu schluchzen.

»Ich …«, flüsterte sie mit rauer Stimme und musste dann schlucken.

»Sie sollten im Augenblick nichts sagen«, unterbrach sie Regina und fasste Caroline am Arm. Aber diese machte sich frei und verschränkte die Arme.

»Dass ich Sie im Verdacht habe, die Flasche abgewischt zu haben, Caroline«, fuhr Ebba mit ausdrucksloser Stimme fort, »braucht nicht zu bedeuten, dass ich Sie verdächtige, das Öl ans Essen gegossen zu haben.«

Sie machte eine Pause, damit sich Caroline beruhigen konnte. Ihre Worte hatten jedoch keine beruhigende Wirkung gehabt, ganz im Gegenteil schien sich Caroline in die Ecke gedrängt zu fühlen. Das bestätigte Ebba aber nur, dass sie richtig gedacht hatte.

»Ich glaube, dass Sie die Flasche abgewischt haben, um eine andere Person zu schützen, von der Sie glaubten, dass man sie beschuldigen würde, falls Sie den Beweis nicht beseitigten.«

Da verlor Caroline die Fassung. »Ich habe nicht gesehen, wie sie das Erdnussöl ins Essen goss. Das habe ich nicht.«

»Aber Sie glaubten, dass es Louise war, nicht wahr?«

Caroline schaute zu Boden und presste die Lippen zusammen. Ihr war klar, dass ihr die Antwort anzusehen war, obwohl sie sich nicht äußerte.

Ebba nickte und sagte: »Okay. Wir machen jetzt Schluss. Es wird noch weitere Gespräche geben, Caroline. Danke, dass Sie so hilfsbereit waren.«

Das klang ironischer, als es gemeint war. Caroline stand rasch auf und baute sich mit verschränkten Armen neben der Tür auf, während sie auf ihre Anwältin wartete. Regina erhob sich gelassen und würdevoll und reichte Ebba die Hand.

»Wir sprechen uns sicher noch«, meinte Ebba, und Regina antwortete mit einem diplomatischen Lächeln.

Louise Armstahl saß mit ihrer roten Kelly-Handtasche auf den Knien auf dem Sofa. Ihr schwarzes Kostüm saß wie angegossen. Ihre Bluse war blendend weiß, und an den Ohrläppchen funkelten Diamantohrringe. Als sie Caroline in der Türe entdeckte, erhob sie sich mit Mühe, da sie sich nicht auf ihre bandagierte Hand stützen konnte.

Caroline warf ihr einen langen Blick zu und verschwand dann den Korridor hinunter. Hinter ihr kam Regina Albrechtson etwas langsamer in ihren Dior-Pumps. Vendela schaute aus dem Zimmer und begrüßte Louise.

»Nur noch eine Minute, dann sind Sie an der Reihe.«

Sie schloss die Tür und ging zum Aufnahmegerät, um das Band zu wechseln. Ebba öffnete eine weitere Flasche Ramlösa und goss das sprudelnde Mineralwasser in ihr Glas.

»Ich frage mich, ob es einfacher ist, verrückt zu sein, wenn man nicht so schön ist? Wir lassen uns immer dazu verleiten, Schönheit mit der Ordnung der Natur, mit Gesundheit und Normalität in Verbindung zu bringen.«

»Glaubst du, dass Caroline die Spritzen nur erwähnt hat, um uns abzulenken?«

»Nein«, antwortete Ebba. »Ich habe den Eindruck, dass wir zum ersten Mal eine halbwegs ehrliche Darstellung der Ereignisse des Abends erhalten haben. Damit soll nicht gesagt sein, dass uns Caroline die ganze Wahrheit gesagt hat. Wir können immer noch nicht ausschließen, dass sie ihm Wein mit Dexofen eingeflößt hat.«

»Carolines Geständnis wird auch von Annas Bericht bestätigt.«

»Das stimmt, es gibt etliche Berührungspunkte. Aber das ist in dieser Lage auch nicht anders zu erwarten.«

Vendela sah Ebba fragend an.

»Sie beginnen damit, uns unwichtige Dinge mitzuteilen. Sowohl Caroline als auch Anna waren großzügig mit ihren Informationen. Bis zu einem gewissen Punkt. Wo dieser Punkt liegt, können wir noch nicht richtig entscheiden. Vielleicht handelt es sich ja um die ganze Wahrheit oder auch nur um den risikolosen Teil davon. Wie auch immer, sie wiegen sich in Sicherheit. Sie glauben, dass sie so eine Weile nicht im Mittelpunkt des Interesses stehen.«

»Während Louise und Helena weiterhin an ihrer defensiven Haltung festhalten«, meinte Vendela. »Aber was bringt ihnen diese Geheimniskrämerei?«

»Irgendetwas schon, sonst würden sie es nicht tun. Sie ziehen es vor, genauer unter die Lupe genommen zu werden, als ihre Beteiligung zuzugeben. Obwohl sie wissen, dass sie früher oder später dazu befragt werden könnten. Ich glaube, dass sie ganz einfach abwarten, was die andere sagt, ein *chicken race*. Wer die besten Nerven hat, gewinnt.«

»Und zwar was?« Vendela schüttelte resigniert den Kopf, als ihre Chefin die Augenbrauen hochzog. »Wie konntest du dir so sicher sein, dass Caroline die Flasche abgewischt hatte?«

»Das war so stümperhaft. Und etwas kindisch. Sie hat vermutlich ein paar Bücher von Agatha Christie gelesen. Ich glaube nicht, dass die anderen so etwas Kopfloses getan hätten. Die Person, die das Erdnussöl ans Essen gegossen hat, war sicher davon überzeugt, dass so viele Abdrücke auf der Flasche waren, dass sie als Beweismittel nicht verwendet werden könnte. Louise hätte ohne Weiteres behaupten können, dass sie die Flasche nach dem Allergieschock in die Hand genommen hätte. Wahrscheinlich hat sie das auch getan. Sie konnte sie auch schlecht ins Wasser werfen. Schließlich hätte es verdächtig gewirkt, wenn die Flasche verschwunden gewesen wäre. Außerdem behaupten alle, dass es ein Versehen war. Dass Caroline die Flasche abgewischt hat, deutet jedoch auf Vorsatz hin.«

»Ein richtiger Schuss nach hinten«, meinte Vendela. »Aber glaubst du, dass Louise wirklich die Absicht hatte, Raoul durch den Allergieschock zu töten?«

Ebba zuckte mit den Achseln. »Wer weiß? Wer weiß auch, ob es wirklich Louise war, die das Öl ans Essen goss? War sie es, dann wollte sie Raoul vielleicht nur etwas quälen und war sich nicht bewusst, dass der Verlauf tödlich sein konnte.«

»Oder es war doch ein Versehen?«

Ebba fiel auf, dass ihre Stimme hoffnungsvoll klang. »Oder es war doch ein Versehen …«, wiederholte sie mit Nachdruck, »das Caroline aus einem schlechten Gewissen Louise gegenüber zu vertuschen suchte.«

Sie streckte die Hand nach dem Telefon aus und wählte eine eingespeicherte Nummer.

»Jakob? Ich habe eine Aufgabe für dich. Lass alles stehen und liegen und komm in mein Büro.«

Vendela griff zu einer Bürste und fuhr sich durchs Haar, sodass ihre rote Mähne wie eine Wolke um ihr bleiches Gesicht stand. Ebba sah sie spöttisch von der Seite an.

»Machst du dich schön?«

»Hör auf!«

»Vendela«, sagte Ebba, und der Ernst in ihrer Stimme ließ sie aufmerken. »Muss ich dich von diesem Fall ausschließen?«

»Keinesfalls«, antwortete Vendela kurz und warf die Bürste wieder in ihre Handtasche.

»Dann erwarte ich, dass du deine Gefühle im Zaum hältst. Im Unterschied zu allen gefühlvollen Psychologen bin ich nicht der Meinung, dass man sich seinen Leidenschaften vollkommen hingeben soll.«

»Natürlich, Ebba. Noch einfacher ist es natürlich, wenn man vollkommen frigide ist und einem somit alle Gefühle erspart bleiben.«

Ohne ihre Chefin anzuschauen öffnete sie die Türe und rief Louise Armstahl herein. Ebba überkam ein seltsames Gefühl, als Vendela und Louise ihr gegenüber Platz nahmen. Plötzlich hatte sie den Eindruck, dass die beiden unter einer Decke steckten. Der Gedanke war abwegig, es gab nichts, was auf ein Einverständnis hätte schließen lassen, aber es gelang ihr nicht, das Gefühl der Ausgeschlossenheit abzuschütteln. Sie bedeutete Vendela, das Tonband einzuschalten. Vendela erhob sich und tat es. Ebba bemerkte, dass Louise Vendela mit dem Blick folgte und ihren Körper mit den Augen abtastete. Als hätte sich die Luft im Zimmer plötzlich verdichtet, registrierte sie die unsichtbare Spannung zwischen der jungen Kriminalinspektorin und einer Person, die vielleicht ganz oben auf der Liste der Verdächtigen in einem Mordfall stand. Louise lächelte leise. Sie wirkte bereits entspannter als beim Betreten des Zimmers. Ebba fühlte sich plötzlich verunsichert. Wie sollte sie wieder die Oberhand gewinnen,

Louises psychologischen Vorsprung aufholen? Handlungskraft wurde von ihr erwartet. Um Zeit zu gewinnen, tat sie so, als würde sie in den vor ihr liegenden Papieren blättern. Vendela hatte Louise so rasch hereingeholt, dass sie sich nicht ausreichend hatte vorbereiten können. Es ging ihr alles zu schnell. Sie musste die Kontrolle zurückgewinnen.

Mit größter Anstrengung wehrte sie sich gegen ihren inneren Widerstand und sah Louise geradewegs in die Augen. Ein stählerner Blick begegnete ihr.

»Louise Armstahl, ich habe einige Fragen an Sie. Wir haben Informationen erhalten, die zum Teil Ihrer bisherigen Aussage widersprechen. Gibt es etwas, was Sie selbst hinzufügen möchten?«

»Ich warte auf meinen Anwalt«, erwiderte Louise.

Erst da ging Ebba auf, dass sie im Unterschied zu Caroline und Peder keinen Anwalt dabeihatte. Natürlich würde sie bei einem polizeilichen Verhör nichts ohne Beistand preisgeben.

»Und Ihr Anwalt ist?«

»Jonas Cronsparre«, antwortete Louise.

Jonas Cronsparre, ausgerechnet der Sparringpartner, dachte Ebba. Weiter kam sie jedoch nicht, da es zweimal rasch klopfte und die Tür geöffnet wurde. Ein Mann Anfang fünfzig trat ein. Er sah aus wie ein Eishockeyspieler. Das was bei diesen Schutzeinlagen waren, bestand bei ihm jedoch aus Muskeln. Das ergraute Haar war millimeterkurz geschnitten, was paradoxerweise seine Glatze kaschierte. Er trug einen dunkelgrünen Wollpullover und graue Hosen, nicht die typische Anwaltskleidung, aber sein Körperbau zwang ihn vermutlich zu einer gewissen *licentia poetica,* was die Garderobe anging. Vendela überließ dem Anwalt ihren Stuhl und nahm stattdessen auf einem Hocker Platz.

Ebba hielt ihm ihre Hand hin, und diese verschwand in seiner Riesenpranke.

»Jonas, das ist aber lange her«, begann Ebba. »Sie vertreten also Louise Armstahl.«

»Das stimmt.« Seine Stimme war trotz der Körperfülle ziemlich nichtssagend, aber gerade deswegen dachte man an Marlon Brando in der Rolle des Paten. Ebba wandte sich rasch an Louise und fuhr fort: »Louise, Sie haben angegeben, dass Sie Raoul Lieskind nach der Aufnahme nicht mehr gesehen haben. Stehen Sie immer noch dazu?«

»Unbedingt.«

»Sie haben das Haus also nicht verlassen und sich am Steg mit ihm gestritten?«

»Louise Armstahl hat die Frage beantwortet«, sagte Jonas Cronsparre.

Es klopfte, und Jakob schaute zur Tür herein. »Du wolltest mich sprechen?«

»Ah, da bist du ja, Jakob«, sagte Ebba und wandte sich dann an Louise: »Entschuldigen Sie mich einen Augenblick, ich bin gleich zurück.« Sie verließ das Zimmer.

Als sie etwa eine Minute später zurückkehrte, hoben Vendela und Louise gleichzeitig den Kopf. Wieder fand Ebba, dass sie sehr einträchtig wirkten. Sie schüttelte diesen Gedanken jedoch ab und setzte sich wieder an den Schreibtisch, um fortzufahren.

»Sie haben bislang behauptet, Sie hätten mit Migräne im Bett gelegen, als Raouls Leiche gefunden wurde. Können Sie uns sagen, was Sie zwischen dem Ende der Aufnahme und bis zu diesem Zeitpunkt getan haben?«

»Natürlich. Jan, Kjell und ich hörten uns das Material sofort an. Man trägt Kopfhörer, damit einem auch keine Nuance entgeht. Wir saßen im Esszimmer neben dem Salon.«

»Haben Sie das Esszimmer irgendwann verlassen?«

»Ja, einmal. Wir hatten uns gerade den dritten Satz angehört. Dieser enthielt die meisten unsauberen Passagen, und deswegen waren wir bei der Arbeit etwas hängen geblieben. Ich schlug vor, Tee zu trinken und ein paar belegte Brote zu essen, um uns zu stärken. Jan und Kjell blieben sitzen und arbeiteten weiter, während ich in die Küche ging und Tee kochte. Da ich das Tablett nicht tragen konnte, musste ich mir von Kjell dabei helfen lassen.«

»Wann war das in etwa?«

»Tja, was weiß ich. Irgendwann zwischen sieben und acht.«

Sie brachte das vollkommen entspannt und beiläufig über die Lippen. Ebba wollte sich damit aber nicht zufriedengeben.

»Könnten Sie vielleicht etwas genauer sein?«

»Meine Mandantin hat Sie bereits über den Zeitpunkt unterrichtet«, fauchte ihr Anwalt und lockerte mit zwei Fingern seinen Pullover am Hals.

Ebba strengte sich an, ihn nicht weiter zu beachten. Sie wählte eine verspielte Taktik, um den Panzer zu durchbrechen.

»Redigieren von Aufnahmen ... ich vermute, dass dazu heutzutage keine Schere und kein Klebeband mehr verwendet wird. Bei Audiodateien müsste eine Uhrzeit verzeichnet sein, wann genau sie gespeichert worden sind. Da Sie beim vierten Satz angelangt waren, können wir den Zeitpunkt bei Kjell und Jan erfragen.«

Ebba sah Vendela an. »Kümmerst du dich darum?« Vendela nickte und machte sich eine Notiz.

Dann wandte sich Ebba wieder an Louise. Eine leichte Verunsicherung war ihr anzumerken. Sie versuchte vermutlich, den nächsten Zug Ebbas abzusehen. Offenbar hatte sie nicht mit der Möglichkeit gerechnet, dass man ihre Aussage kontrollieren konnte.

»Tee kochen und Brote schmieren«, meinte Ebba scherzend, »das ist ja eine eher analoge Tätigkeit. Wie lange das wohl dauert?«

Louise lächelte kühl, aber etwas angestrengt. Je länger sie ihre Antwort hinauszögerte, desto verdächtiger machte sie sich. Das weiß sie genau, dachte Ebba. Wahrscheinlich überlegt sie, wie viel uns Caroline inzwischen erzählt hat.

»Ich werde Ihnen über das, was ich tat, lückenlos Rechenschaft ablegen.« Jetzt sah sie Ebba wieder selbstsicher an. »Folgendermaßen war es: Während ich den Tee kochte, fiel mir ein, dass ich meine Noten im Boot vergessen hatte. Ich hatte darin Bogenstriche und Ähnliches notiert, und jetzt brauchte ich sie für einige Fragen, die eine künstlerische Beurteilung erforderten.«

»Aha«, erwiderte Ebba ungerührt. »Hatten Sie diese Noten nicht an Raoul geschickt?«

Louises Lächeln wurde breiter. »Ich faxte ihm eine Kopie.«

»Brauchten Sie denn Ihre Stimme nicht bei den Proben und bei der Aufnahme?«

»Nein, da verwendete ich die Partitur.«

»Und Raouls Stimme? Wäre es nicht wichtiger gewesen, seine zu verwenden, da es sich um die Aufnahme seiner Interpretation handelte?«

Louise legte nachsichtig den Kopf zur Seite. »Sie kennen sich sicher auf Ihrem Gebiet aus. Vielleicht sind Sie ja sogar eine gute Amateurmusikerin. Aber es würde mich erstaunen, um nicht zu sagen, es würde mir imponieren, wenn Sie fünfundzwanzig Jahre Erfahrung in der Interpretation klassischer Musik aufzuweisen hätten. Wenn Sie entschuldigen wollen … Schuster, bleib bei deinen Leisten.«

Ebba lachte. Gleichzeitig gewann sie immer mehr die Überzeugung, dass Louise zu bluffen versuchte. Allerdings, sie war Amateurmusikerin. Sie hatte nach dem Gymnasium darüber nachgedacht, sich an der Musikhochschule für ein Klavierstudium zu bewerben, aber dann hatte sie Psychologie studiert und anschließend die Polizeihochschule besucht.

»Was taten Sie, als Ihnen Ihre Stimme fehlte?«, fragte sie.

»Ich ging natürlich runter zum Boot.«

»Erzählen Sie, was Sie dort sahen, Louise.«

»Was ich sah? Es war dunkel, ich sah nichts Besonderes.«

»Haben Sie Caroline auf dem Weg getroffen?«

Louise hielt einen Augenblick inne, ehe sie antwortete: »Nein. Da nicht. Ich ging direkt zum Targa und suchte.«

»Fanden Sie, was Sie suchten?«

»Nein, leider nicht.«

»Nicht? Interessant. Wie lange verließen Sie Jan und Kjell und das Esszimmer?«

»Tja, es dauerte eine Weile. Erst das Teekochen, dann das Suchen nach den Noten. Da ich meine eine Hand nicht verwenden kann, fällt mir alles etwas schwer. Vielleicht dauerte es alles in allem zwanzig oder fünfundzwanzig Minuten.«

»Und das erzählen Sie uns erst jetzt, Louise? Plötzlich ergibt sich eine Lücke von mindestens zwanzig Minuten. Sie haben bewusst versucht, uns Informationen vorzuenthalten.«

»Meine Mandantin kooperiert nach besten Kräften.«

»So sehe ich das nicht«, erwiderte Ebba ungerührt. »Haben Sie Raoul gesehen?«

»Nein.«

Ebba lehnte sich zurück und betrachtete die vollkommen gelassene Frau vor sich. Wie konnte sie nur so ruhig sein? Weil sie sich ganz sicher war, dass man sie nicht des Mordes anklagen konnte, oder weil sie vollkommen amoralisch und wahnsinnig war?

»Dann würde ich gerne wissen, ob Sie auf dem Rückweg jemand anderes trafen?«

»Ja, das tat ich. Caroline und Helena suchten nach Raoul. Caroline war konfus und leicht hysterisch. Nichts Ungewöhnliches, was sie betrifft, und angesichts der Spannungen, die immer weiter eskaliert waren. Sie behauptete, Raoul habe leblos auf dem Steg gelegen, sei aber von dort verschwunden. Wir suchten eine Weile gemeinsam. Ohne Ergebnis. Helena und ich waren recht überzeugt davon, dass das wieder so eine fixe Idee Carolines war. Dann kehrte ich wieder ins Haus zurück, und wir beendeten das Redigieren. Anschließend zog ich mich in mein Zimmer zurück, um mich auszuruhen. Ich hatte wahnsinnige Kopfschmerzen.«

»Und Sie nahmen eine Schmerztablette?«

Louises Lippen verzogen sich zu einem schrägen Lächeln. »Ich schluckte zwei ganz normale Alvedon.«

Ebba beugte sich vor und stützte sich mit den Unterarmen auf dem Tisch ab.

»Erzählen Sie, warum Sie Peder um 20.33 Uhr anriefen.«

Falls Louise diese Frage nervös machte, so ließ sie sich diese Nervosität kaum anmerken. Jonas Cronsparre hob die Hand.

»Diese Frage ist ohne Belang.«

»Aber durchaus nicht«, erwiderte Ebba mit fester Stimme. Dann sah sie wieder Louise an. Vendela passte genauestens auf.

»Könnten Sie so freundlich sein und antworten?«

Louise wandte sich erst an ihren Anwalt. »Jonas, diese Frage ist leicht zu beantworten.« Sie wandte sich wieder an Ebba. »Ich rief Peder an, um ihn nach dem Streit zu fragen, den er mit Raoul gehabt hatte. Man hörte die Stimmen bis ins Haus.«

»Ich dachte, Sie hätten Kopfhörer aufgehabt?«, fragte Ebba.

»Nicht die ganze Zeit. Man nimmt sie ab, wenn man sich unterhält. Redigieren erfordert auch einiges an Kommunikation.«

»Aber das Esszimmer hat doch gar keine Fenster Richtung Steg. Konnten Sie wirklich Stimmen hören, selbst als Sie keine Kopfhörer aufhatten?«

»Louise Armstahl hat diese Frage bereits beantwortet«, fauchte Jonas Cronsparre. Louise wirkte nicht, als fühlte sie sich unter Druck gesetzt.

»Als ich ohnehin draußen war, um die Stimme zu holen und eine Pause vom Redigieren einzulegen, nutzte ich die Gelegenheit, Peder anzurufen. Wir telefonieren auch gelegentlich einfach so. Manchmal nur, um ein paar Worte zu wechseln. So ist das einfach bei uns.«

»Wo befand sich Peder da?«

»Auf halbem Weg nach Stockholm.«

»Baten Sie Peder, nach Svalskär zurückzukehren?«

»Nein. Warum hätte ich das tun sollen?«

»Weil er zurückkehrte und die Leiche in einiger Entfernung von der Insel ins Wasser warf. Auf Ihre Aufforderung hin.«

Louise lachte, so als würde sie ihren Ohren nicht trauen.

»Unterlassen Sie bitte Ihre Unterstellungen und halten Sie

sich an die Fakten und relevanten Fragen«, warf Jonas Cronsparre vollständig ungerührt ein.

»Louise?«, sagte Ebba abwartend.

»Ich stimme meinem Anwalt zu.«

»Dann formuliere ich das als Frage, damit ich eine Antwort von Ihnen bekomme. Gaben Sie Peder die Anweisung, Raouls Leiche verschwinden zu lassen?«

»Nein.«

»Haben Sie Raoul Liebeskind absichtlich getötet?«

»Nein.«

»Starb er durch ein von Ihnen verursachtes Versehen?«

»Irrelevante Frage!«, fauchte Cronsparre.

Aber Louise hob die Hand. »Ich kann sie beantworten, Jonas. Im Nachhinein kann man nur feststellen, dass es ein katastrophaler Fehler war, diese Aufnahme auf Svalskär zu organisieren. Aber ich hatte keine Ahnung, dass Raoul dort draußen sterben würde. Sie möchten wissen, ob ich ihn zufällig tötete, indem ich ihm unabsichtlich Dexofen einflößte? Die Antwort ist Nein.«

Ebba ignorierte die Provokation und verzog keine Miene.

»Wissen Sie, wer ihn getötet hat?«

»Nein.«

Ebba betrachtete Louise eine Weile. Sie hoffte, dass irgendetwas ihren Gemütszustand verraten würde. Aber Louises Selbstbeherrschung war unerschütterlich.

»Wie kommt es, dass Ihr Anruf am Donnerstag bei der Notrufzentrale nicht registriert wurde? Sie haben behauptet, Sie hätten, als Raoul seinen allergischen Anfall hatte, den Rettungshubschrauber verständigt.«

Louise zuckte mit den Achseln. »Ich habe es versucht, aber das Handy hatte keinen Empfang. Wahrscheinlich werden Gespräche nicht registriert, wenn keine Verbindung zustandekommt.«

»Als Sie uns am Samstag über den Todesfall informieren wollten, hatten Sie kein Problem mit dem Empfang.«

»Ich weiß nicht, wie gut Sie sich in den Stockholmer Schären auskennen, aber wir, die wir Häuser dort draußen haben, kennen dieses Problem. Manchmal hat man Empfang und manchmal nicht. Gelegentlich reicht es schon, sich ein paar Meter zu bewegen, um wieder Empfang zu haben.«

»Da Sie einen großen Teil Ihres Lebens auf Svalskär verbracht haben, gehe ich davon aus, dass Sie die Stellen inzwischen kennen, an denen man immer Empfang hat. Hätte Ihre erste Reaktion nicht sein müssen, an einen Platz zu laufen, von dem aus es eine Verbindung gibt?«

Diese Provokation saß. Louise hob beschwichtigend die Hände. »Ich befand mich im Schock! Da denkt man nicht klar. Ist Ihnen das noch nie passiert?«

»Ich habe die Erfahrung gemacht, dass man bei einem Notfall besonders klar denken kann. Dann macht man alles fast mechanisch und ist unglaublich effektiv«, erwiderte Ebba und nickte Jonas Cronsparre zu. »Ich sehe, dass Sie winken, Jonas. Ich habe Louise Armstahl gar nicht vorgeworfen, dass sie es bewusst unterließ, Hilfe zu rufen.«

Jonas Cronsparre ließ die Hand sinken.

»Die Sache mit dem Hühnergericht ist wirklich interessant, Louise«, fuhr Ebba fort. »Ich habe lange darüber nachgedacht, was sie wohl für eine Rolle spielt.«

»Sie spielt überhaupt keine Rolle«, erwiderte Louise mürrisch. »Das war ein Versehen, und außerdem war es Zufall, dass es zwei Tage vor Raouls Tod passierte.«

Ebba lehnte sich zurück und tippte sich nachdenklich mit dem Zeigefinger ans Kinn. »War es das wirklich?«

»Was meinen Sie damit?«

»Dass es die Generalprobe war.«

Louise wollte gerade beleidigt aufbrausen, als sich ihr Anwalt vorbeugte, um sie daran zu hindern, etwas Unüberlegtes zu sagen. Aus den Augenwinkeln sah er Ebba an. Mehr war nicht nötig, um seine Missbilligung kundzutun. Sehr ökonomische Körpersprache, dachte Ebba, während sie fortfuhr.

»Was hatten Sie gesehen und … eingesehen, ehe Sie mit dem folgenreichen Essen begannen, Louise?«

Louise antwortete nicht.

»War Caroline eifersüchtig auf Anna, weil ihr Raoul Aufmerksamkeit schenkte? Konnte sie ihre Sehnsucht nicht länger zügeln? Oder wussten Sie zu diesem Zeitpunkt bereits, dass Raoul und Caroline miteinander schliefen?«

Jonas Cronsparre saß anfangs ebenso reglos wie seine Mandantin da, aber als Ebba nicht weitersprach, holte er tief Luft, um zu bedeuten, dass Louise antworten konnte.

»Caroline und ich waren immer noch zusammen, zumindest glaubte ich das«, antwortete sie. »Weder sie noch Raoul wagten es, mir reinen Wein einzuschenken, ich zog also nach und nach meine eigenen Schlüsse. Das habe ich Ihnen aber bereits erzählt.«

»Aber Sie haben nicht erzählt, dass Sie am selben Abend, an dem Raoul seine lebensbedrohende allergische Reaktion hatte, dem gesamten Quartett mitteilten, dass Sie ein Kind zusammen erwarteten. Obwohl Caroline ausdrücklich dagegen war. Warum taten Sie das, Louise?«

»Mir war nicht bewusst, dass Caroline das nicht erzählen wollte. Ich konnte ja nicht ahnen, dass sie mich und das Kind, das wir erwarteten, verlassen wollte. Wir sprechen vom zweiten Abend auf der Insel. Wenn ich da bereits gewusst hätte, dass sie mich verlassen wollte, hätte ich die Schwangerschaft natürlich nicht erwähnt.«

»Sie taten es also nicht, um Raoul zu warnen und ihn zu ermahnen, die Finger von Ihrer Freundin zu lassen?«

»Ich habe das Erdnussöl nicht ans Essen gegossen«, sagte Louise mit zitternder Stimme.

»Da er sich von dem Allergieschock erholte, waren Sie gezwungen, schweres Geschütz aufzufahren. Sie hatten Caroline, und Sie erwarteten ein Kind. Das, was er sich am allermeisten wünschte. Sie kannten Raoul auch gut genug, um zu wissen, dass er sich immer nahm, was er haben wollte.«

»Meine Mandantin hat …«, begann Jonas Cronsparre, wurde

aber von Louise unterbrochen. Sie hatte sich wieder gefasst und sah Ebba direkt in die Augen.

»Ich habe Raoul nicht getötet und hatte nie die Absicht, ihn zu töten. Ich habe nie seinen Tod gewünscht, ich habe nie irgendein Erdnussöl ins Essen gekippt, und ich bin diese ständigen Unterstellungen und Wiederholungen langsam wahnsinnig leid.«

Ebba lächelte sie zufrieden an. »Ich muss Ihnen diese Fragen stellen, Louise, und Sie finden diese Fragen unangenehm und überflüssig. Mir geht es darum, gewissen Fakten auf den Grund zu gehen. Meine Aufgabe ist es nämlich, Raouls Mörder zu finden. Das wissen Sie sehr gut.« Sie verschränkte die Arme und sprach sofort weiter: »Aber auf folgende Frage haben Sie sicher eine gute Antwort. Haben Sie das Rezept für das Dexofen eingelöst, das Ihnen der Arzt der Notaufnahme des Danderyds Sjukhus ausgestellt hatte?«

»Ja, das habe ich.« Louise war immer noch erregt und konnte sich nicht richtig konzentrieren, genau wie Ebba gehofft und erwartet hatte.

»Und was haben Sie mit der Schachtel gemacht?«

»Ich habe Sie auf dem Weg von der Klinik nach Hause verloren.«

»Wie praktisch.«

Jonas Cronsparre hob erneut die Hand. »Bitte keine solchen Kommentare.«

Ebba fuhr ungerührt fort: »Falls die Schachtel nicht wiedergefunden wurde, könnte ich natürlich den Schluss ziehen, dass sie immer noch in Ihrem Besitz war, als Sie nach Svalskär fuhren. Auf dem Weg von der Klinik zu Ihrer Insel könnten Sie sie ja in dem Haupthaus auf Svalskär verlegt haben. Das mag Ihnen vielleicht wie Haarspalterei vorkommen, ist aber doch von Bedeutung.«

Zufrieden stellte sie fest, dass sowohl Louise als auch Jonas Cronsparre einen Augenblick lang vollkommen ratlos wirkten. Der Anwalt presste jedoch nur die Lippen zusammen.

»Meine Mandantin hat erklärt, dass sie die Schachtel verloren hat.«

»Jonas … ich verstehe, dass Sie nur versuchen, Ihre Arbeit zu machen, aber mir geht es ebenso. Und nach diesem Gespräch bin ich noch überzeugter davon, dass Louise Armstahl nicht die Wahrheit sagt.«

»Forensische Beweise«, meinte Jonas Cronsparre mit undurchdringlicher Miene.

»Dann habe ich noch eine letzte Frage an Sie, Louise.« Ebba lehnte sich zurück und machte eine kleine Pause. »Wie haben Sie erfahren, dass Caroline einen Schwangerschaftsabbruch durchgeführt hatte?«

Louise saß vollkommen reglos da. Ebba hatte den Eindruck, dass sie offenbar mit dieser Frage gerechnet, aber insgeheim gehofft hatte, dass sie ihr erspart bleiben würde. Die Gedanken schienen ihr durch den Kopf zu rasen, als wage sie nun, wo sie mit dem Problem konfrontiert wurde, keine Antwort. Eine Antwort, die sich nicht hätte abschwächen lassen.

»Peder hat es mir erzählt.«

Als sie diese Worte endlich über die Lippen gebracht hatte, atmete sie sehr lange aus, immer noch, ohne den Rest des Körpers zu bewegen. Sie hatte sich gezwungen gesehen, die Grenze ihrer eigenen diplomatischen Verteidigungslinie zu überschreiten, denn es war ihr nichts anderes übrig geblieben, als ehrlich zu sein.

»Bei welcher Gelegenheit?«

»Als ich ihn anrief.«

»Nachdem Peder und Raoul gestritten hatten und als Sie die Stimme aus dem Boot holten?«

Louise nickte.

»Nachdem Raoul verschwunden und … tot war?«

Louises Augen irrten umher. Dann veränderte sich ihre Miene, und sie fand ihr Gleichgewicht wieder.

»Davon wusste ich allerdings zu diesem Zeitpunkt nichts.«

Diese Antwort äußerte sie mit derselben kühlen Sicherheit, die sie schon vorher an den Tag gelegt hatte.

»Danke«, antwortete Ebba kurz. »Im Augenblick habe ich keine weiteren Fragen.« Sie wandte sich sofort ab. Dann überlegte sie es sich anders und streckte die Hand aus, um Louise aufzuhalten.

»Haben Sie Caroline getroffen, seit Sie nach Stockholm zurückgekehrt sind?«

Cronsparre warf Louise einen Blick zu, aber diese antwortete, ohne sich um ihn zu kümmern: »Ich habe sie eben im Wartezimmer gesehen.«

»Haben Sie vor, sie wieder zu treffen?«

»Ich bin vermutlich die Letzte, die sie im Augenblick treffen will. Worauf wollen Sie eigentlich hinaus?«

Ebba schüttelte den Kopf und machte eine abwehrende Handbewegung.

Der Anwalt erhob sich und ging nach draußen, um dort auf seine Mandantin zu warten.

Louise erhob sich ebenfalls, nahm ihre Tasche und hielt Vendela die Hand hin.

»Es tut mir leid, dass ich nicht hilfreicher sein konnte«, sagte sie und sah Vendela an.

»Ach wirklich?«, erwiderte Vendela kühl. Einen Moment ruhte ihre Hand in Louises, glatte Haut auf glatter Haut, und sie sahen sich an. Vendela zog die Hand als Erste zurück. Mit gesenktem Blick verließ sie das Büro. Hatte Louise ihre Handfläche liebkost, oder hatte sie sich das nur eingebildet? Ohne sich umzudrehen verschwand sie auf die Toilette am anderen Ende der Etage. Dann ließ sie sich eiskaltes Wasser übers Gesicht laufen, bis sich ihre Atmung wieder beruhigt hatte.

»Sie lügt wie gedruckt«, stellte Ebba fest, als Vendela die Tür hinter sich geschlossen hatte und sie allein im Büro waren.

»Aber du kommst an sie nicht ran«, erwiderte Vendela leise.

»Nein, tue ich nicht … und das ärgert mich wahnsinnig.«

»Sie hat nicht einmal zugegeben, die Tabletten auf Svalskär dabeigehabt zu haben. Ohne Weiteres hätte sie behaupten können, sie seien auf der Insel verschwunden. Wir wissen ja, dass jemand, der auf der Insel war, die Tat begangen haben muss. Wieso macht sie sich dann selbst verdächtig?«

»Eben deswegen«, meinte Ebba und betrachtete Vendelas vornübergebeugten Kopf. »Weil sie die erste Geige spielt. Sie ist die, die das Quartett leitet, sie kümmert sich um alle und deckt alle. Mit keinem Wort hat sie jemandem die Schuld oder uns einen Tipp gegeben, der zu einer Festnahme führen könnte. Louise fühlt sich für alle verantwortlich, auch für Caroline, die sie für Raoul sitzen gelassen hat, und für Peder, dem es nicht gelingt, eine glaubwürdige Fassade aufrechtzuerhalten. Sie deckt alle, selbst wenn sie am Schluss den Kopf hinhalten muss. Das nenne ich echte Loyalität.«

»Oder sie versucht einfach, sich selbst zu schützen, weil sie die Schuldige ist«, meinte Vendela. »Und? Hat sie das Erdnussöl ans Essen getan?«

Ebba zuckte mit den Achseln. »Das werden wir nie erfahren. Aber das Interessante ist, dass Caroline glaubte, dass es Louise war, und dass sie die Flasche abwischte, um sie zu schützen und ihr schlechtes Gewissen zu erleichtern. Was zeigt, dass Caroline Louise einen Mord zutraut. Dadurch verringert sich mein Verdacht auf Caroline.«

»Aber Caroline ist so eine verwirrte Person. Sie handelt zuerst und denkt danach.«

»Weißt du, es gibt gewisse Vorgehensweisen in diesem Fall, die typisch weiblich wirken, aber auch andere, die typisch männlich erscheinen.«

»Na endlich!« Vendela bekam gute Laune, weil sie damit auf ihr Lieblingsthema zu sprechen gekommen waren. »Ich hatte mich schon gefragt, wann die Genusperspektive auftauchen würde.«

Ebba lachte.

»Jemanden mit Tabletten zu töten ist eine sehr unblutige Methode, die nicht mit so vielen Schuldgefühlen verbunden ist. Man hat mehr Distanz zum Tod als beispielsweise beim Erstechen oder Erwürgen. In letzteren Fällen folgt das Resultat auf dem Fuß.«

»Du meinst also, Tabletten sind eine weibliche und Messer eine männliche Methode?«, fragte Vendela und nahm sich Ebbas Mineralwasserflasche, um ihr den letzten Schluck wegzutrinken.

»Ich meine, dass gewisse Mitglieder des Quartetts stark männliche Wesenszüge an den Tag legen.«

»Und nur weil Louise lesbisch ist, würde sie also auf eine männliche Art und Weise töten?«

»Louise, aber auch Helena weisen meines Erachtens ausgesprochen männliche Seiten auf. Genau wie ich. Im Unterschied zu dir, Vendela. Das braucht nichts mit sexuellen Neigungen zu tun zu haben.«

Vendela schüttelte den Kopf und strich sich das Haar aus der Stirn. »Du glaubst also, dass keine von beiden den Mord begangen hat, weil sie nicht auf eine weibliche Art getötet hätten?«

»Sie können durchaus die Schuldigen sein. Tabletten sind *weich*, eine Leiche ins Wasser schmeißen ist *hart*. Es könnte jedoch dieselbe Person sein, die beides getan hat. Muss nicht, aber kann. Wenn es dieselbe Person war, so muss sie besonders starke Nerven und moralische Prinzipien besitzen, um die ganze Verantwortung tragen zu können.«

»Und starke Nerven sind wieder unmännlich?« Vendela musste sich ein Lächeln verkneifen.

»Moralische Prinzipien zeichnen den Adel aus, würde ich sagen.« Ebba lächelte. »Wer konnte das Dexofen aus Louises Zimmer stehlen?«

»Hatte sie die Tabletten auf Svalskär dabei?«

»Natürlich.«

Ebba zog ihren Laptop an sich heran. »Folgendermaßen sieht es aus. Jemand flößt Raoul Dexofen und Wein ein, um ihn zu töten. Caroline findet ihn leblos auf der Brücke. Er ist noch warm, vielleicht lebt er ja sogar noch. Jedenfalls behauptet sie das. Dann stirbt er, sofern wir ihr glauben, in ihren Armen, und sie verabreicht der Leiche zwei Spritzen. Danach rennt sie ins Haus, und die Leiche verschwindet. Caroline kommt mit Helena auf den Steg. Auf dem Weg treffen sie Louise, die behauptet, in ihrem Boot gewesen zu sein, um Noten zu holen.«

»Du glaubst also, dass Louise die Leiche beiseitegeschafft hat?«

»Ja. Mit Peders Hilfe.«

»Warum wollte sie die Leiche verschwinden lassen?«

»Damit es idealerweise wie ein Unfall aussehen würde. Im ungünstigsten Fall, um die Ermittlung zu behindern und Spuren zu vernichten.«

»Was für Spuren?«

Sie sahen sich eine Weile an. Ebba schüttelte den Kopf. »Wir kommen im Augenblick nicht weiter.«

»Wer hat ihm den Dexofendrink kredenzt?«

»Das kann wirklich jeder gewesen sein«, meinte Ebba und gähnte. Vendela ließ sich vom Gähnen anstecken.

»Geh nach Hause, Vendela«, meinte Ebba. »Wir sehen uns morgen.«

Als sie allein war, streckte sie die Hand nach dem Telefon aus und suchte Karl-Axels Handynummer. Sie hatte schon gewählt, als sie im selben Moment innehielt und die Verbindung noch vor einem Rufzeichen wieder unterbrach. Man kann Leute, die einen Herzinfarkt hatten, nicht einfach anrufen und stören, dachte sie und biss sich auf die Lippe. Aber wie sollte sie weitermachen? Jemand musste Karl-Axel vertreten, und sie wollte diese Person sein. Sie war jetzt an der Reihe. Sieben Jahre lang hatte sie sich als Kommissarin abgerackert. Die nächste Stufe war Polizeichefin. Sie wusste, dass sie für diesen Posten ausgezeichnet geeignet war. Es galt jetzt nur, den Claim abzustecken, bis die Stelle ausgeschrieben wurde. Wen sollte sie anrufen, falls sie Göran nicht erreichte?

Ebba nahm ihren Mut zusammen und rief Karl-Axels Handy an. Dieses Mal ließ sie es klingeln.

Monika antwortete, und Ebba entspannte die Schultern ein wenig.

»Hallo, Monika, hier ist Ebba. Ich wollte mich nur vergewissern, dass es dem Kranken gut geht.«

»Oh, Ebba! Danke für deinen Einsatz gestern. Du warst phänomenal. Karl-Axel hat dich in den höchsten Tönen gelobt.«

Eine leise Freude breitete sich in Ebba aus. Das ließ hoffen!

»Ach was«, erwiderte sie und meinte dann: »Du hast ihn nicht zufällig in der Nähe?«

»Er unterhält sich gerade mit Göran, der mit Blumen erschienen ist. Kann er nicht später zurückrufen?«

Ebba musste sich sehr zusammennehmen, um nicht vor Glück zu schreien. »Natürlich, kein Problem. Er kann mich auf dem Handy anrufen, dann erreicht er mich problemlos.«

Sie beendete das Gespräch und legte das Handy in ihre Tasche. Leichten Herzens verließ sie, den Mantel über dem Arm und die Tasche in der Hand, ihr Büro und wollte gerade auf den Ausgang zugehen, als sie Karl-Axels geschlossene Bürotür aus dem Augenwinkel sah.

Sie konnte es nicht lassen. Sie musste das Büro einfach ausprobieren.

Karl-Axels Zimmer war bedeutend größer als ihr eigenes und hatte ein großes Panoramafenster auf den Edsviken. Der Sonnenuntergang verfärbte den Himmel orangerosa und spiegelte sich in dem grün glänzenden Wasser.

An dieses Zimmer könnte ich mich gewöhnen, dachte Ebba und ließ sich in den Bürostuhl fallen. Sie drehte ihn hin und her, und ihr Blick wanderte über die Wände. In ihrer Fantasie möblierte sie bereits mit ihren eigenen schöneren und klassischeren Möbeln um. Weg mit Furnier, Rauchglas und Stahlrohr. Kein Acrylteppich. Keine ausgedienten Polizeichefs in Öl und Goldrahmen an den Wänden. Zwölf Stück hingen in einer Reihe, alles Männer. Karl-Axels Porträt würde bald die Sammlung ergänzen. Von wegen! Sie würde alle abhängen. Oder? Vielleicht mussten sie ja doch irgendwo hängen? Auf der Toilette möglicherweise?

Ebba legte ihre Füße auf den Tisch und lehnte sich mit geschlossenen Augen und hinter dem Kopf verschränkten Armen zurück.

Das Handy hatte noch nicht geklingelt. Ebba schaute auf die Uhr und stellte fest, dass seit ihrem Gespräch mit Monika Nordfeldt nur acht Minuten vergangen waren. Dann sah sie sich noch einmal zufrieden in dem Zimmer um und verließ es auf leisen Sohlen.

Dienstags ging sie immer mit ihrer guten Freundin Charlotte Martin im Hallenbad in Mörby schwimmen. Ebba war froh, nicht zu Hause auf den Anruf warten zu müssen. Am liebsten hätte sie das Telefon ins Schwimmbad mitgenommen, um aus dem Wasser zu stürzen, wenn es klingelte. Nach vierzig Bahnen war es ihr dann aber doch gelungen, ihre Erwartungen und Hoffnungen zu verdrängen. Sie ließ sich in der Sauna viel Zeit mit einer Haarkurpackung. An diesem Abend klingelte das Telefon nicht mehr.

Mittwoch, 21. Oktober

Ebba gönnte sich den Luxus, am Morgen noch eine halbe Stunde im Bett liegen zu bleiben. Sie hatte vor dem Mittagessen keine Termine und beschloss, zu Hause zu bleiben, um nachzudenken. Ohne Notizen nachdenken. Einfach nur die Informationen verarbeiten. Nach einem langen Frühstück mit der Lektüre des *Svenska Dagbladet*, zwei großen Tassen Café au lait, frisch gepresstem Orangensaft, Toast mit Västerbottenkäse und Feigenmarmelade fühlte sie sich imstande, einen ausgedehnten Spaziergang mit den Hunden zu unternehmen. Vor Freude kläffend tanzten und tollten sie um sie herum, als sie die Leinen vom Haken nahm. Karl-Axel oder Göran hatten immer noch nicht angerufen. Als sie ihr Handy in die Tasche stecken wollte, sah sie, dass der Akku leer war. Ebba fluchte und hängte das Handy sofort an das Ladegerät, während sie sich auf ihren Spaziergang begab. Es war einer jener klaren Herbsttage, an denen die Sonne noch die Wangen wärmte und man einfach noch einmal Energie vor dem langen Winter tanken musste, der in einigen Wochen anbrechen würde. Ebba hielt ihr Gesicht nach oben und atmete die letzten Herbstdüfte ein. Nasse Erde und nasses Laub. Das Fallobst zwischen den Bäumen verbreitete einen säuerlichen Duft.

Zehn Minuten später, nachdem Minna und Cosima nicht mehr an den Leinen zerrten und zufrieden schnüffelnd neben ihr her spazierten, nahmen ihre Gedanken Gestalt an. Ereignisse und Personen des Mordabends fügten sich langsam in eine bestimmte Ordnung. Allmählich hatte sie eine Vorstellung davon, wo sich die verschiedenen Personen wann aufgehalten hatten, manches wirkte definitiver als anderes. Peder hatte sich unfreiwillig als Informationsquelle erwiesen und außerdem als Katalysator gewirkt. Ohne seinen Neid und seine Eifersucht hätte sie von einer Reihe von Konfrontationen zwischen den verschiedenen Personen am Mordabend nie erfahren.

Eine wichtige Frage blieb nach allen Überlegungen immer noch unbeantwortet. Der Schwangerschaftsabbruch. Peder hatte davon gewusst, bevor Raoul gestorben war. Vielleicht hatte Louise auch davon gewusst, vielleicht aber auch nicht. Wenn Caroline nicht mehr Peders Kind erwartete, dann hatten die beiden keine Veranlassung gehabt, Raoul zu eliminieren. Es wäre unnötig gewesen, ihn zu opfern. Louise konnte sich wohl kaum zu der Illusion verstiegen haben, dass Caroline zu einem weiteren Inseminationsversuch zu ihr zurückkehren würde, wenn sie Raoul umbrachte. So viel Wunschdenken und Verklärung der Wirklichkeit war kaum vorstellbar. Das bedeutete, dass nur noch Caroline, Helena und Anna als Täterinnen übrig blieben. Der Schwangerschaftsabbruch war also entweder ein Quell unbezwingbarer Wut oder er spielte in diesem Zusammenhang keine Rolle.

Raouls Tod war geplant gewesen. Wahrscheinlich hatte er nichtsahnend ein Glas Wein mit Dexofen getrunken. Jemand hatte ihm ein Glas eingeschenkt. Jemand, dem er vertraute, hatte ihm die Tabletten gegeben. Es musste nicht mal dieselbe Person gewesen sein. Vielleicht hatten sie ja auf ihre Versöhnung angestoßen? Oder um etwas zu feiern? Aber wer hatte ihm mit geheuchelter Freundschaft den Tod gereicht? Wer hatte es nicht ertragen können, dass Raoul lebte? Wie viele der jüngsten Enthüllungen waren nur ein Mittel gewesen, um etwas zu verschleiern, was absolut nicht ans Licht kommen durfte?

Als Ebba nach dem Mittagessen ins Büro fuhr, schob sie eines von Beethovens letzten Streichquartetten, Opus 127 in Es-Dur, in den CD-Player. Das Streichquartett war perfekt, die beiden Geigen bildeten das Gegengewicht zum Cello und zur Bratsche. Es entstand eine gewaltige Kraft, als die Instrumente voneinander wegstrebten, aber gleichzeitig zusammengezwungen wurden, um den gemeinsamen Klangkörper zu bilden. Sie dachte an die Einladung, bei der sie Helena Andermyr zum ersten Mal begegnet war. Helena hatte vom Furioso Quartett erzählt. Es dauere mehrere Jahre, bis ein Streichquartett zu seinem persönlichen Klang gefunden habe, der es von allen anderen Quartetten unterschied. Eifer, intensive Arbeit, Geben und Nehmen, Aufopferungen, sowohl musikalische als auch persönliche, formten die Mitglieder. Der ständige Kampf um die Verbesserung des Ausdrucks führe jedoch auch zu gefühlsmäßigen Spannungen. Man pflege deswegen nicht selten privat keinen Umgang und weigere sich auf Tourneen Hotelzimmer zu teilen. Sie müssten sich nicht einmal gegenseitig sympathisch finden, um zusammen fantastisch spielen zu können. Vielleicht, dachte Ebba, ist das sogar die Voraussetzung. Man musste sich erst einmal selbst behaupten, um sich dann assimilieren zu können. Die Frage lautete also nicht so sehr, wer Raoul am meisten gehasst hatte, sondern auf welche Weise seine Anwesenheit das normale Gleichgewicht des Furioso Quartetts beeinflusst hatte.

Im Dezernat traf sie Vendela auf dem Korridor. Sie betraten gemeinsam Ebbas Büro.

»Na, Vendela, was gibt es heute für einen Klatsch?«

»Gratuliere«, sagte diese mit einem verärgerten Lächeln. »Du hattest recht. Keine besonderen Umstände bei Carolines Geburt. Britt-Marie ist die Mutter. Meine ganze phänomenale These ist also hinfällig.«

»Jedenfalls war es ein nettes Gedankenspiel«, seufzte Ebba und legte ihr aufmunternd die Hand auf die Schulter. »Heute kommt aber etwas mehr Leben in die Sache. Kannst du Kjell und Jan anrufen, um sie nach den Zeiten zu fragen? Wann genau Louise das Esszimmer verließ. Wann sich die Haustüre öffnete und schloss. Sie erinnern sich vielleicht an mehr, wenn man gezielt fragt. Und befrag sie noch einmal eingehend über die Gemütsverfassung der Leute. Wie Louise auftrat, als sie zurückkam, et cetera.«

Ebba setzte sich an ihren Schreibtisch und machte den Computer an. Sie wippte zerstreut auf ihrem Bürostuhl, während sie wartete, dass sich auf dem Monitor etwas tat.

»Ich bin noch eine Weile hier. Komm vorbei, wenn du mit den beiden gesprochen hast. Um halb zwei habe ich einen Termin mit Leonard und Ruth Liebeskind. Wir kamen vorgestern nicht dazu, uns zu unterhalten.«

»Und die Gattin?«

Ebba nickte düster. »Ja, ich weiß, aber ich muss mir noch die Fragen überlegen. Natürlich ist Joy morgen bei der Beerdigung anwesend. Du gehst auch. Zieh dir was Schwarzes und Diskretes an.«

Vendela verließ das Zimmer. Ebba streckte die Hand nach dem Telefon aus und wählte die Nummer Göran Larssons. Es klingelte einige Male, aber niemand nahm ab. Dann rief sie die Vermittlung an, Agneta.

»Agneta, weißt du, wo Göran Larsson steckt?«

»Mal sehen, was da steht ... Dienstreise. Zurück am Freitag.«

Pünktlich zum Wochenende, pfiffig, dachte Ebba und erhob sich, um am Automaten im Entree eine Tasse Kaffee zu holen. Auf dem Weg dorthin kam sie an Karl-Axels Büro vorbei. Die Tür war angelehnt, und es brannte Licht. Sie ging auf die Tür zu und öffnete sie ganz. Ein Mann stützte sich mit beiden Händen auf dem Schreibtisch ab und starrte konzentriert auf den Bildschirm.

Ebba hatte den vagen Eindruck, ihn vor vielen Jahren schon einmal gesehen zu haben, konnte ihn aber nicht einordnen. Er war mittelgroß und schlank, trug ein schlecht gebügeltes, moosgrünes Hemd mit drei offenen Knöpfen und ein zu enges schwarzes Jackett mit schmalem Kragen, das für die Illusion eines muskulösen Brustkorbes sorgte. Die schwarzen Jeans waren etwas zu weit. Seine rotblonden Haare hatten einige weiße Strähnen an den Schläfen. Er hatte eine ordentliche Frisur, die aber schon etwas zu lang war. Sein Dreitagebart war ebenfalls rotblond. Seine lange und schmale Nase zeigte an der Spitze nach oben, was ihm ein verschmitztes Aussehen verlieh. Ohne den Blick zu heben sagte er mit einer tiefen Stimme und mit finnlandschwedischem Akzent so entspannt, als würden sie sich jeden Tag begegnen: »Hallo, Ebba.«

Sie dachte fieberhaft nach, konnte sich aber nicht erinnern, wo sie sich schon einmal begegnet waren. Da drehte er sich zu ihr um. Die durchdringenden Augen unter seinen dichten, ebenfalls rotblonden Brauen waren moosgrün. Er trug eine Brille mit einem altmodischen schwarzen Rahmen. Aber das Bemerkenswerteste an seinem Aussehen war nicht sein Blick, sondern sein Mund. Wenn er lächelte, verzog sich die Oberlippe fast sarkastisch. Trotzdem besaß er eine großzügige Ausstrahlung und eine selbstverständliche Präsenz in jeder Bewegung und Miene.

»Entschuldige«, meinte Ebba und lachte etwas verlegen, »aber ich erinnere mich nicht recht …«

»Etwa vor zehn oder zwölf Jahren. Du hast an der Polizeihochschule ein Seminar über Sexualstraftäter abgehalten. Ich erinnere mich noch an deine schwarz geschminkten Augen. Außerdem warst du sehr …« Er holte tief Luft und trat dann mit ausgestreckter Hand auf sie zu.

»Pontus Strindberg.«

Jedes Mal, wenn er etwas sagte, bewegte er sinnlich die Lippen, als würde er jeder Silbe besondere Sorgfalt schenken, ehe er sie aussprach. Keine großen Bewegungen, aber vollkommen faszinierend. Als sei sie taub, musste sie einfach auf seinen Mund starren. Sie konnte ihre Augen nicht davon losreißen. Ebba nahm seine Hand und spürte die Wärme seiner weichen Haut. Nach einigen Sekunden sagte ihr ihr Kopf, dass sie seine Hand loslassen sollte. Das tat sie und trat zwei Schritte zurück.

»Richtig, vor zwölf Jahren … an der Polizeihochschule. Ich hätte mich an dich erinnern müssen. Ich meine …« Sie versuchte, ihre Verlegenheit mit einem Lachen zu überspielen und ihre Fassung wiederzugewinnen. Es entstand eine kurze Pause, aber Pontus stand einfach da, und das Vakuum schien ihm überhaupt nichts auszumachen. Ebbas Herz schlug vor Nervosität schneller, und sie wusste nicht recht, wie sie ihre innere Unsicherheit bezwingen sollte. Sie konnte keinen klaren Gedanken fassen. Nach einer Zeit, die ihr vorkam wie eine Ewigkeit, in Wirklichkeit handelte es sich aber um höchstens vier Sekunden, gelang es ihr, ihre Gedanken in Worte zu fassen. Sie sprach etwas zu laut, etwas zu forciert: »Und was verschafft uns die Ehre? Versuchst du, dich in Karl-Axels Computer zu hacken? Lustige Spiele wirst du dort kaum finden.«

»Wie schade!«, erwiderte Pontus. Er fuhr sich durch sein zu langes Haar und sah Ebba an. »Du hast nicht zufällig das Codewort? Kann ich dich irgendwie bestechen? Vielleicht mit einer Tasse Kaffee?« Die Spannung ließ nach. Ebbas Puls normalisierte sich wieder.

»Pontus, Pontus, so billig bin ich nicht zu haben. Aber ich kann dir zeigen, wo der Kaffeeautomat steht. Komm mit.«

Er folgte ihr, und seine klobigen Cowboystiefel hallten dumpf im Korridor wider. Ebba meinte, seinen Blick im Rücken zu spüren. Als sie jedoch zum Kaffeeautomaten kam und sich umdrehte, stellte sie fest, dass er sein Handy in der Hand hielt und gerade eine SMS verschickte. Warum ärgerte sie das?

»Okay. Genau hingeschaut! Erst wählt man *Kaffee*, dann *Stärke* und dann *Tasse*. Betrachte das als vertrauliche Information und sei darauf vorbereitet, den Kaffee kochend heiß zu trinken und den Plastikbecher sofort zu verspeisen, falls dich jemand dabei erwischt, dass du dir ohne Dienstmarke am Automaten zu schaffen machst.«

Sie hatte sich wieder gefangen.

Pontus lachte und betätigte die entsprechenden Tasten. Während der Kaffee in den Becher lief, betrachtete er Ebba wieder mit diesem überheblichen Lächeln. »Ich lade dich auf eine Tasse ein.« Ebba nahm dankend an.

»Und was führt dich zur Polizei Danderyd?«, fragte Ebba. Die Nervosität ließ nach, und sie wagte, ihn anzusehen, ohne zu befürchten, mit dem Blick hängen zu bleiben.

»Gestern Abend rief mich Göran Larsson an. Offenbar liegt Karl-Axel Nordfeldt nach einem Herzinfarkt im Krankenhaus und braucht eine Vertretung. Ich habe so einen Posten schon mal in der City vertreten. Glücklicherweise konnte ich meine Beurlaubung noch etwas ausdehnen, denn das hier ist ein Job, den man nur ungern ablehnt.«

Ein Fausthieb in den Bauch hätte sie nicht mehr aus dem Gleichgewicht bringen können, aber äußerlich zog Ebba nur die Brauen hoch. Sie bemühte sich hinter ihrem Kaffeebecher um ein Lächeln. Sie trank von ihrem Kaffee und schluckte langsam, während diverse Konspirationstheorien durch ihren Kopf jagten.

»Gratuliere … wie schön für dich«, brachte sie endlich über die Lippen und verzog die Mundwinkel. Aber Pontus spürte, dass sich ihre bisher nicht recht geglückte Konversation einem heiklen Thema näherte, und lenkte das Gespräch ins Allgemeine.

»Wie geht es mit der Ermittlung? Du bist doch mit dem Mord an Raoul Liebeskind befasst?«

»Das stimmt. Du bist also schon halbwegs auf dem Laufenden.«

»Ich habe dich am Montag in den Nachrichten gesehen.«

Auch das noch, dachte Ebba, antwortete aber: »Wir sind schon ein Stück weit gekommen. Morgen ist die Beerdigung.«

»Ja, ich weiß. Die jüdische Kapelle auf dem Norra Begravningsplatsen. Ich gedenke hinzugehen, zumindest ein Weilchen. Wollen wir zusammen rausfahren?«

»Klar … einverstanden. Ich fahre ohnehin mit dem Auto und hole Vendela vorher von der U-Bahn ab.«

»Gut. Dann fahre ich mit dir, wenn du nichts dagegen hast«, erwiderte er und wartete auf Ebbas Bestätigung. Dann fuhr er fort: »Ich bin in der Adolf Fredriks Skola in dieselbe Klasse gegangen wie Louise Armstahl.«

»Trefft ihr euch noch?«, fragte Ebba und rechnete rasch aus, dass er vier Jahre jünger war als sie.

»Nein, nein. Ich habe sie schon seit Jahren nicht mehr gesehen. Gelegentlich im Konzert, wenn sie gespielt hat, dann haben wir uns begrüßt und ein paar Worte gewechselt, mehr nicht«, antwortete Pontus. »Raoul habe ich letzten Winter im Grünewaldsaal gehört.«

Das Konzert, nach dem Helena und Raoul den Abend in seinem Hotelzimmer verbrachten, dachte Ebba.

»Ich war auch dort.«

Pontus lächelte und meinte: »Ach? Dass wir einander übersehen konnten …« Ebba drohte zu erröten, da hörte sie Vendelas Stimme hinter sich.

»Pontus! Was machst du denn hier?«

Vendela ging auf Pontus zu und umarmte ihn ausgiebig.

»Vendela, das ist wirklich lange her.«

»Pontus ist unser neuer Chef«, erklärte Ebba. »Er springt für Karl-Axel ein.«

Vendela konnte ihre Freude nicht verbergen. »Ach, ist das wahr? Wie nett! Dann arbeiten wir ja zusammen, super.« Sie stieß ihm den Ellbogen in die Seite und blinzelte ihm flirtend zu. Pontus lachte lange genug mit, damit sie sich bestätigt fühlte, aber dann verschränkte er die Arme, um deutlich zu machen, dass jetzt neue Zeiten angebrochen waren.

»Pontus war mein Mentor«, erklärte Vendela und warf ihm bewundernde Blicke von der Seite zu.

»Ach so«, meinte Ebba und hätte fast noch gesagt: »Und dein Vater.« Stattdessen sah sie Pontus an und sagte: »Und ich war seine Lehrerin. Großes Ehemaligentreffen.«

Indem sie ihre Brauen zwecks stillem Einvernehmen hob, versuchte sie die labile Stimmung zwischen ihnen zu peilen. Das wird einfach furchtbar, dachte Ebba. Eine Katastrophe, unerträglich.

»Ich würde gerne noch etwas über Raoul Liebeskind sprechen. Könntest du einen Moment in mein Büro kommen, Pontus?«, sagte sie dann und beeilte sich hinzuzufügen: »Du auch, Vendela.«

In ihrem eigenen Revier war ihr dann gleich viel wohler. Sie nahm an ihrem Schreibtisch Platz.

»Du kennst also Louise Armstahl? Und vielleicht auch Raoul?«

»Nur Louise«, antwortete er.

»Was hältst du von ihr? Kann man sich auf sie verlassen?«

»Verdächtigt ihr sie?«

»Logo«, antwortete Ebba. Logo?, dachte sie angewidert. Solche Worte gebrauche ich nie.

Pontus strich sich ernst über das Kinn. »Meine Güte. Das erstaunt mich jetzt doch.«

»Inwiefern?«

»Ich habe Louise nie für verlogen gehalten. Zumindest war sie das nicht, als ich sie kannte. Hingegen war sie immer schon etwas großspurig, vermutlich liegt das am Adel.«

»Hör mal ...«, protestierte Vendela und ahmte seinen finnlandschwedischen Tonfall nach. Pontus stieß sie mit der Schulter an. In seinen Augenwinkeln ließ sich ein ironisches Lächeln ahnen.

»Spaß muss sein«, meinte Pontus.

»Du hast dich wirklich nicht verändert«, meinte Vendela und hob zweimal rasch nacheinander eine Braue.

»Ich bin unverbesserlich. In jeder Beziehung«, erwiderte er grinsend.

»Wie auch immer«, unterbrach Ebba, »ich hätte gerne gewusst, ob du Louise einen Mord zutraust.«

Pontus dachte nach. »Schwer zu sagen«, begann er. »Ist es uns nicht allen zuzutrauen? Trotz allem? Es kommt doch nur auf die Motivation an.«

Es klopfte und Vendela öffnete. Herr und Frau Liebeskind standen in Begleitung eines Polizeianwärters vor der Tür. Ebba bot ihnen die Stühle vor dem Schreibtisch an. Pontus erhob sich und begrüßte sie ernst und bewies seine Diplomatie, indem er Ebba nicht anschaute, als er sich als stellvertretender Polizeichef bezeichnete, ehe er verschwand und die Tür hinter sich schloss.

Ebba begann damit, dem Ehepaar ihr Beileid auszusprechen.

»Ich bin dankbar, dass Sie gekommen sind«, fuhr sie fort. »Natürlich wollen Sie wissen, wie unsere Arbeit fortschreitet. Ich kann so viel verraten, dass wir uns schon ein viel deutlicheres Bild machen können, aber es steht noch keine Festnahme bevor. Man muss sich sehr sicher sein, um diesen Schritt zu tun.«

»Aber Sie haben einen Verdacht?«, wollte Ruth wissen und sah Ebba an.

»Ich vermute so einiges und würde gerne an Ihren Gedanken teilhaben«, entgegnete Ebba. »Sie werden meine folgenden Worte vermutlich ungeheuer provozierend finden, aber die Frage lässt sich einfach nicht elegant verpacken. Ich möchte mich also schon jetzt für den Zorn entschuldigen, den Sie berechtigterweise empfinden werden. Sie kannten Raoul am besten, denn er war Ihr Sohn.«

Sie spürte die Augen der beiden auf sich und ihre zunehmende Besorgnis.

»Haben Sie eine Idee, was hinter Raouls Tod stecken könnte? Ergibt diese Geschichte irgendeinen Sinn? Ich meine natürlich nicht, dass Raoul sein schreckliches Schicksal verdient hätte, sondern ob er an etwas beteiligt war, das zu dem … Mord führen konnte?«

Sie verstummte und sah eine Weile zur Seite, um sie nicht unnötig zu bedrängen. Es bestand kein Zweifel daran, dass die Frage sie wie erwartet aus der Fassung gebracht hatte. Leonard begann vorsichtig: »Sie sagen, dass wir unseren Sohn kannten, und das stimmt natürlich. Aber er war erwachsen, und erwachsene Kinder erzählen ihren Eltern nicht mehr alles.«

»Er war unter Freunden!«, rief Ruth und hob die Hände. »Wie konnten sie einander nur so etwas antun?«

»Anna war oft bei uns zu Hause, als die beiden verlobt waren«, fuhr sie fort, »und Louise war wie eine Tochter für uns.«

Sie hatten beide einen leichten Akzent, aber ihr Schwedisch war tadellos. Ebba tippte auf Polen oder ein anderes slawisches

Land, was Leonard betraf. Vermutlich war er wie so viele andere schwedische Juden während des Zweiten Weltkrieges eingewandert. Die Satzmelodie seiner Gattin war eindeutig ungarisch. Vielleicht hatten sie ihren Sohn aus Dankbarkeit nach Raoul Wallenberg benannt.

»Ihr Sohn war ein sehr charismatischer Mann. Ich habe ihn selbst auf der Bühne erlebt und besitze einige seiner Platten. Ein großartiger Musiker und Künstler lässt einen nicht unberührt. Ich glaube, dass Raoul in seiner Umgebung viele Gefühle auslöste. So eine steile Karriere führt auch negative Spannungen mit sich. Und gekränkte Gefühle. Außerdem war er eine Person, falls Sie mir den Ausdruck gestatten, mit einer starken erotischen Ausstrahlung. Frauen waren von ihm sehr eingenommen.«

»Ja, ja«, meinte Leonard mit einem etwas widerwillig stolzen Lächeln auf den Lippen. »Raoul war ein Herzensbrecher, natürlich war er das. Das ist uns auch klar, aber ihm waren seine Mitmenschen wichtig. Er hatte ein gutes Herz, unser Raoul.«

»Was würden Sie über seine Ehe mit Joy sagen? War er glücklich?«

Die Eheleute wechselten einen raschen Blick, und Leonard zog die Brauen hoch. Dann sah er zu Boden und ließ seine Frau antworten: »Joy und Raoul waren über zehn Jahre verheiratet«, sagte Ruth. »Sie waren zu Anfang sehr glücklich, zumindest kam es uns so vor. Aber die letzten Jahre waren für sie ziemlich hart. Sie versuchten, ein Kind zu bekommen, was ihnen nicht gelang. Ich glaube, dem war ihre Ehe nicht gewachsen.«

»Aber sie waren noch verheiratet, als Raoul starb?«

»Ja, das waren sie. Joy ist Raouls Witwe. Soweit wir wissen, war auch keine Scheidung geplant«, meinte Ruth, und Leonard ergänzte: »Es würde uns aber nicht erstaunen, falls sie darüber gesprochen hätten.«

»Es ist klar, dass es uns enttäuschte und traurig stimmte, dass seine Ehen in die Brüche gingen«, fuhr Ruth fort. »Schließlich war es schon die dritte. Und Enkel hatten wir auch keine.«

Ebba nickte. »Jetzt muss ich wieder etwas unverschämt werden, aber ich hoffe, dass Sie verstehen, dass ich nur die besten Absichten habe.« Ruth und Leonard nickten ernst, und Ebba fuhr fort: »Wissen Sie, ob Raoul Affären hatte, insbesondere in letzter Zeit?«

Leonard sah seine Frau an. »Wir hegten Vermutungen«, antwortete er. »Aber er sprach nie darüber.«

»Nach den Konzerten kamen immer Mädchen in seine Loge«, meinte Ruth.

»Was für Mädchen?«, fragte Ebba.

»Alle möglichen. Violinistinnen, Schülerinnen, Kolleginnen, Musikdirektorinnen, Journalistinnen, Mannequins und Schauspielerinnen … alle.«

»Irgendjemand, den Sie kannten?«

»Ein paar sehr bekannte Musikerinnen, Weltstars, trafen wir mehrere Male dort an. Ihre hingerissenen Mienen waren nicht zu übersehen.«

»Irgendjemand aus dem Furioso Quartett?«

»Mit Anna war er ja verlobt, aber das ist schon lange her. Sie heiratete später einen Pianisten«, meinte Leonard. »Wir mochten Anna. Schade, dass sie nie geheiratet haben. Sie wäre ihm eine gute Frau gewesen.«

»Ich frage mich, wie es ihr geht. Sie sah gestern so traurig aus«, meinte Ruth nachdenklich. »Vielleicht sollten wir sie ja mal einladen, Len? Vielleicht später.«

»Aber sonst niemand?«

Ruth schüttelte den Kopf. »Nein, Louise interessierte sich ja nicht für Männer, und diese Blonde, die Bratsche spielt, haben wir nur wenige Male getroffen. Ich glaube, sie ist verheiratet. Und diese Junge, die Neue, die Cellistin …«

Leonard verdrehte die Augen, und Ruth stieß ihn liebevoll-vorwurfsvoll an.

»Bilde dir bloß nichts ein! Du könntest ihr Großvater sein.« Dann wandte sie sich wieder an Ebba. »Wir sind ihr nie vorgestellt worden. Wir haben sie nur auf Abstand, bei Konzerten, erlebt. Eine sehr gut aussehende junge Dame. Sie spielt fantastisch. Ich bin selbst Cellistin und weiß, wie begabt sie ist.«

»Ja«, pflichtete ihr Leonard etwas verlegen bei. »Sie wird es am weitesten von ihnen bringen. So ist es. Am weitesten.«

Ebba lächelte innerlich, als sie daran dachte, welch eine Überraschung Mama und Papa Liebeskind bevorstand. Caroline und vielleicht noch etwas anderes würden in ihr Leben treten, und sie würden sie in ihr Herz schließen.

»Jetzt habe ich noch eine letzte Frage. Die Finanzen. Wie sahen Raouls Finanzen aus, als er starb?«

»Das wissen wir nicht genau«, sagte Ruth. »Nächste Woche treffen wir zusammen mit Joy seinen Anwalt. Wir fahren nach New York. Offenbar existiert ein Testament.«

»Könnte ich den Namen und die Telefonnummer von Raouls Anwalt bekommen?«

»Natürlich«, antwortete Leonard und zog einen kleinen, in Leder gebundenen Kalender aus der Tasche. Er schrieb einen Namen und eine Telefonnummer auf einen Haftnotiz-Block, den Ebba ihm hingeschoben hatte.

»Aber wir wissen, dass er recht wohlhabend war«, meinte Ruth. »Er gab mittlerweile weniger Konzerte als in jüngeren Jahren, aber er hatte schließlich auch eine Professur an der Juilliard School of Music.«

»Was erbt Joy Ihrer Meinung nach?«

»Vermutlich betrug Raouls Vermögen zehn Millionen Dollar. Die Wohnung in der Upper West Side ist sehr viel wert, und sie gehört Raoul.«

Ebba nickte, erhob sich und hielt den Eltern ihre Hand hin.

»Ich sollte vielleicht erwähnen, dass ich morgen an der Beerdigung teilnehmen werde. Ich verstehe, dass Sie auf die Teilnahme der Polizei keinen gesteigerten Wert legen, aber unsere Arbeit ist noch nicht beendet, und ich hoffe, Sie können das akzeptieren.«

Beide nickten. Leonard blieb noch einen Augenblick stehen und fragte: »Weiß man wirklich nicht, wer es war? Gibt es keine Beweise, keine Spuren, Fingerabdrücke oder Ähnliches?«

»Sie müssen uns vertrauen. Wir tun alles, um diesen Fall so schnell wie möglich zu lösen«, antwortete Ebba und begleitete die beiden zur Tür.

Als sie sich umdrehte, erblickte sie Vendela, die aus dem Fenster schaute, im Gegenlicht. Mit ihrem üppigen Haar sah sie aus wie eine Elfe. Eine verwirrte, verliebte Elfe, dachte Ebba, ging auf sie zu und legte ihr mütterlich eine Hand auf die Schulter.

»Wie sollen wir jetzt bloß weitermachen?«, fragte Vendela.

»Wir haben doch schon recht viel herausgefunden ... obwohl es uns noch nicht gelungen ist, den Täter zu ermitteln.«

»Die Täterin.« Sie senkte den Kopf. »Auf wen tippst du?«

»Auf eine unserer Damen. Caroline, Anna, Helena oder Louise. In diesem Kreis findet sich die Mörderin. Vielleicht nicht Caroline.«

Vendela schüttelte den Kopf.

»Vendela«, begann Ebba vorsichtig. »Versuche bitte ...«

»Ich will nicht darüber sprechen«, fiel sie Ebba ins Wort und stand abrupt auf. Sie lächelte Ebba gezwungen an. »Brauchst du mich im Augenblick? Ich muss einige Anrufe erledigen.«

Ebba zögerte, aber antwortete dann: »Geh. Ich bleibe noch etwas.«

Auf der Schwelle drehte sich Vendela noch einmal um und sagte: »Wirklich nett, das mit Pontus. Er wird der perfekte Chef. Er ist ganz anders als Karl-Axel.«

»Vergiss nur nicht, dass er im Augenblick dein Chef ist.«

»Was meinst du damit?«, erwiderte Vendela irritiert.

»Nichts, nichts ... Sag Bescheid, wenn du mehr von Kjell und Jan weißt«, schloss Ebba. Vendela drehte sich auf dem Absatz um und ging.

Ebba wartete einige Sekunden, um sich sicher zu sein, dass sie ungestört sein würde. Nur wenige Male hatte sie unerlaubt die Datenbank der Sicherheitspolizei aufgerufen. Sie hatte von einem inzwischen pensionierten Kollegen den Code erhalten, als sie mit einem Fall befasst gewesen war, für den sie Informationen benötigte, die der Geheimhaltung unterlagen. Sie hatte versprochen, dieses Vertrauen nie zu missbrauchen, und das verstand sich eigentlich von selbst. Aber wo verlief die Grenze, und wer hatte das Recht, diese zu definieren? Es gab immer einen guten Grund, wenn sie sich großzügig gestattet hatte, das Archiv zurate zu ziehen. Zumindest fand sie das selbst. Was sie jetzt tat, konnte mit etwas gutem Willen als ein Grenzfall betrachtet werden. Auf der richtigen Seite der Grenze. Ihr Wagemut entzückte und erschreckte sie gleichermaßen. Außerdem schämte sie sich ein wenig.

Ganz richtig hatte ihre Intuition sie nicht getrogen. Da war er. Im Personalarchiv der Sicherheitspolizei. Pontus Harald Love Strindberg. Love. Hieß er wirklich mit drittem Namen Love? Ein Porträt tauchte automatisch auf dem Bildschirm auf. Verärgert klickte sie sofort auf minimieren und konzentrierte sich auf seinen Lebenslauf. Als sie sein Geburtsdatum las, stellte sie fest, dass er nicht vier, sondern fünf Jahre jünger war als sie. Er war also bereits mit sechs eingeschult worden, um dieselbe Klasse mit Louise Armstahl besuchen zu können. In Tokio geboren? Und wieso sprach er Finnlandschwedisch? Ein kurzer Bericht über seine bewegte Kindheit rund um den Globus bestätigte ihren Verdacht, dass er Diplomatensohn war, so mondän und so durch und durch unschwedisch. Mit zusammengekniffenen Augen las sie von seiner steilen Karriere. Dr. jur.! Meine Herren! Den Doktortitel hatten sie gemeinsam. Sie besaß jedoch einen in Psychologie. Er war auch schon zwei Jahre lang Bezirkspolizeichef auf Gotland gewesen. Wahrscheinlich war es ihm dann dort zu einsam geworden, und er hatte sich wieder einen Posten in der Metropole gesucht. Bei der Polizei Stockholm City war er in den vergangenen zwei Jahren stellvertretender Polizeichef gewesen, die letzten zwei Monate allerdings für ein Forschungsprojekt beurlaubt. Nach wie vor war er jedoch bei der Sicherheitspolizei angestellt. Dann kriegt Karl-Axel einen Herzinfarkt, und die großen Jungs schieben ihren Kronprinzen eine Sprosse die Karriereleiter hinauf. Die Wahrscheinlichkeit, dass Karl-Axel seinen Dienst wieder antreten würde, war gleich null, und damit hatte Pontus beste Chancen, wenn die Stelle vermutlich um Weihnachten herum ausgeschrieben werden würde. Was hatte sich Karl-Axel eigentlich eingebildet? Dass sie einfach bei Göran reinstiefeln und ihn bitten konnte, sie zu befördern? Und was hatte sie sich selbst eingebildet? Ebba spürte, wie die Wut von ihr Besitz ergriff und sich ihr Puls beschleunigte. Sie schaute wieder auf Pontus' Lebenslauf, und ihr Blick blieb an den Angaben zur Familie hängen. Personenstand: verheiratet mit Farah Strindberg, 29, geboren in Boston. Ja, ja, Vorliebe für junge Frauen, der gute Pontus. Kinder: Nicholas und Noor, vier Jahre alt, sowie Zoë, sieben Monate. Als sie auf den Namen der Frau klickte, tauchte das Foto einer Frau mit leicht morgenländischen Zügen und der Figur eines Fotomodells auf. Sie trug eine weiße Bluse und Jeans und lächelte entspannt und routiniert in die Kamera. Das lange dunkle Haar flatterte im Wind. Kein Zweifel, wer die Elternzeit nimmt, dachte Ebba und ließ das Foto wieder verschwinden. Dahinter verbarg sich Pontus' Foto. Ebba betrachtete es einen Augenblick. Langsam strich sie mit dem Cursor über seine Lippen. Plötzlich registrierte sie ihre beunruhigend schweren Atemzüge. Sie ließ den Cursor in die Mitte seiner Stirn gleiten, sagte leise »Poff«, verzog schnippisch den Mund und ließ dann eilig das Foto und die Datei verschwinden.

Draußen war es dunkel geworden, und ihr fiel auf, dass sie in einem schummerigen Zimmer saß. Wie lange wohl schon? Ein rascher Blick auf die Armbanduhr. Es war Viertel vor fünf. Ein Lämpchen am Computer blinkte, aber der Monitor war schwarz. Mit einem Mausklick ließ sie ihn wieder aufleuchten, rief die Homepage der Polizei auf und klickte auf die Stellenangebote weiter. In Norrbotten wurde ein Polizeichef gesucht, und sie dachte einen Augenblick darüber nach, wie viele Häuser sie wohl in Luleå für ihre Villa in Djursholm bekommen würde. Vielleicht würde es ja für ein ganzes Dorf reichen? Oder eine Kleinstadt? Vielleicht konnte sie auch ganz Luleå kaufen und dort alleinherrschende Bürgermeisterin werden … vielleicht sollte sie ja auch die halbe Villa gegen einen Bauernhof im Languedoc eintauschen, in dem sie ihre Ferien verbringen konnte? Sie konnte im Sommer Überstunden machen, wenn es hell war und zumindest über null, und dann im Winterhalbjahr freinehmen und ihre Zeit im Languedoc verbringen.

Sie wurde aus ihren Träumereien gerissen, als es an der Tür klopfte. Ebba aktivierte den Bildschirmschoner und begann in einer zwei Jahre alten Broschüre des Komitees für die Verbrechensvorbeugung zu blättern.

»Herein«, rief sie. Ihre Stimme klang halbwegs entspannt.

»Wie dunkel es bei dir ist!«, sagte Vendela verblüfft und schaltete das Deckenlicht ein. Ebba schaute auf die Tür.

»Hast du die Herren erreicht?«

»Ja. Sie bestätigen im Großen und Ganzen Louises Aussage. Sie erinnern sich nicht genau, wann sie das Esszimmer verließ, aber Kjell half ihr dabei, das Teetablett hereinzutragen.«

»Haben sie sich zu ihrer Gemütsverfassung geäußert? War sie ruhig oder erregt?«

»Sie scheint jedenfalls nicht hysterisch gewesen zu sein, denn ihnen fiel nichts Besonderes an ihr auf.«

»Nein, warum auch? Sie rechneten schließlich nicht damit, eine Aussage machen zu müssen. Louise ist eine routinierte Solistin aus Edelstahl. Sie kann ihre Gefühle verbergen, wenn es darauf ankommt.«

»Mit einem kleinen Detail kann ich dich aber doch erfreuen.«

Ebba strahlte.

»Während ihrer Arbeit im Esszimmer beschäftigte sich Louise die ganze Zeit mit der Partitur. Dort waren alle Bogenstriche und Kommentare eingetragen. Die Stimme der ersten Geige wurde nie benötigt.«

»Damit haben wir sie …«, murmelte Ebba halblaut.

»Wie bitte?«

»Nichts …«

Vendela lehnte müde ihre Stirn an den Türrahmen. »Kann ich jetzt nach Hause gehen?«

»Tu das, ich muss noch ein paar Sachen erledigen, dann gehe ich auch. Denk dran: Morgen schwarz, wir fahren kurz nach zwölf hier los.«

New York, dachte Ebba. Dort ist jetzt Mittag. Sie streckte ihre Hand nach dem Telefon aus, als ihr Handy klingelte. Es war Jakob.

»Und? Wie ging's?«

»Sie saßen eine halbe Stunde im Sturekatten und unterhielten sich.«

»Und wie war die Stimmung?«

»Anfänglich recht ernst. Caroline erlitt in regelmäßigen Abständen einen Zusammenbruch, und Louise versuchte sie zu trösten.«

»Okay. Sonst noch etwas?«

»Es endete damit, dass Caroline in Tränen aufgelöst das Café verließ. Louise blieb noch einen Moment sitzen und ging dann ebenfalls.«

Zwei Minuten, nachdem sie das Telefonat beendet hatte, griff sie wieder zu dem Zettel, den Leonard ihr gegeben hatte, und wählte die Nummer des Rechtsanwalts Miles Rosenberg, bei dem Raoul Liebeskind sein Testament hinterlegt hatte.

Donnerstag, 22. Oktober

Am liebsten hätte sie ihre schwarze Lederhose angezogen und einen Wollpullover, aber jetzt passten ein dunkler Rock und Pumps besser, wenn sie nicht auffallen wollte. Wie hohe Absätze konnte sie sich erlauben? Ganz hinten im Schrank fand sie ein paar ordentliche Schuhe mit drei Zentimeter hohen Absätzen, die sie auf Gregors Beerdigung getragen hatte. Etwas Besseres war er nicht wert, dachte sie und pfefferte die Schuhe wieder in den Schrank. Sie knallten auf den roten Karton der schwarzen Lackschuhe mit Pfennigabsätzen, die sie beim letzten Winterschlussverkauf erworben, aber noch nie getragen hatte. Obwohl die Absätze nicht so hoch waren, bekam der Spann eine elegante Wölbung. Ebba probierte sie vor dem Spiegel an und war hochzufrieden. Diese Schuhe, das war sie. Warum hatte sie sie nie getragen? Sie wählte schwarze, undurchsichtige Nylonstrümpfe, die den Beinen eine elegante Sanduhrform verliehen. Mit dem engen, bis zum Knie reichenden Rock, einer taillierten, freizügig aufgeknöpften Baumwollbluse und ihrem Ulster begutachtete sie sich noch einmal im Spiegel. Dann fiel ihr Blick auf die Schmuckschatulle, und sie hatte die plötzliche Eingebung, eine Kette mit einem Anhänger herauszunehmen, die sie nicht mehr getragen hatte, seit sie ein Kind gewesen war. An einer Goldkette hing das hebräische Schriftzeichen für Leben, »Chaim«. Sie legte sich die Kette um den Hals und lächelte ihr Spiegelbild an.

In der Diele stand eine Tasche mit Aktenordnern. Sie hatte am Morgen einige Stunden damit verbracht, die Unterlagen der Spurensicherung durchzugehen. Sie enthielten sehr viele Informationen, aber nichts, was relevant zu sein schien und sie weitergebracht hätte. Sie nahm die Tasche, ging zu ihrem Mercedes und ließ den Motor an.

Als sie beim Dezernat eintraf, sah sie Vendela und Pontus in angeregter Unterhaltung vor dem Haupteingang stehen. Gute alte Zeiten. Beide rothaarig, beide entspannt. Sie fuhr an den Bordstein, ließ das Seitenfenster herunter und rief: »Steigt ein!«

Vendela setzte sich unaufgefordert auf den Rücksitz, und Pontus nahm vorne Platz. Ebba merkte, dass er sie musterte und ihre Schuhe mit einem etwas längeren Blick bedachte. Er war frisch rasiert und trug einen legeren, allerdings einwandfreien schwarzen Anzug und ein hellgraues Hemd, darüber einen Mantel mit Fischgrätenmuster.

»Wir können davon ausgehen, dass das gesamte Quartett erscheint«, begann Ebba und sah Vendela im Rückspiegel an. »Es gibt viele interessante Konstellationen zu beachten. Das Quartett versus Joy. Dann das Quartett an sich. Spannungen, alter Groll, Sympathien? Vermutlich ist es das erste Mal seit dem Mord, dass sie alle wieder zusammen sind.«

»Sollen wir uns verteilen?«, fragte Vendela.

»Ja. Aber seid diskret. Es ist eine Beerdigung. Wir wollen nicht auffallen.«

Pontus konnte es nicht lassen, ein weiteres Mal ihre Schuhe zu begutachten und sie dann amüsiert-vorwurfsvoll anzuschauen. Ebba blickte geradeaus und beachtete ihn nicht weiter.

Obwohl sie zeitig dran waren, hatten sich bereits recht viele Leute vor der Kapelle versammelt. Ebba sah etliche prominente Musiker und Dirigenten, wobei ihr auffiel, dass sie sie schon des Öfteren in schwarzer Kleidung gesehen hatte, allerdings war das die mehr oder weniger obligatorische Bühnenkleidung gewesen. Hier gab es kein Rampenlicht, und Publikum wäre ihnen sicher gerne erspart geblieben. Einige Leute diskutierten hitzig mit ein paar Fotografen, die sich jedoch auf Abstand hielten.

Ebba erblickte Louise, die sich mit einigen Kollegen unterhielt. Unentwegt trafen neue Trauergäste ein, gingen auf sie zu und begrüßten sie. Die Gruppe bewegte sich langsam zur Kapelle. Raouls Eltern kamen Arm in Arm einen Weg entlang. Ruth bewegte sich langsam, Leonard strich ihr tröstend und beruhigend über die Hand. Als sie den Eingang der Kapelle erreichten, wandten sich ihnen alle zu und begrüßten und umarmten sie. Ebba, Pontus und Vendela stellten sich ebenfalls an. Die Kameras der Pressefotografen blitzten. Ob es Raouls Eltern mit Stolz erfüllte, dass ihr Sohn so berühmt und das Interesse so groß war, oder ob ihnen eine private Zeremonie lieber gewesen wäre, war nicht zu erkennen.

»Jetzt begraben wir unseren einzigen Sohn, und dann muss das Leben weitergehen«, sagte Ruth verbissen, als sie Ebba die Hand reichte. Im selben Augenblick bog Caroline um die Ecke der Kapelle. Sie trug ihr Cello auf dem Rücken. Alles an ihr war schwarz: Schuhe, Strümpfe, Mantel und Haar, aber in dem bleichen Gesicht leuchtete ein kirschroter Mund. Leonard erklärte, dass sie Ingvar Lidholms »Fantasia sopra Laudi« in der Kapelle spielen würde.

»Die Chewra konnte ihr nicht widerstehen. Sonst gibt es keine Musik. Joy hat es so beschlossen, also müssen wir es akzeptieren.«

»Joy weiß also nicht, dass Caroline af Melchior spielen wird?«, erwiderte Ebba.

»Wir haben es ihr noch nicht sagen können. Ist das ein Problem?«

Ebba überlegte, ob sie ihnen die Lage erläutern sollte, sagte dann aber: »Es wäre vielleicht eine gute Idee, ein paar Worte mit Caroline zu wechseln, bevor die Zeremonie beginnt. Oder mit Joy. Was Ihnen lieber ist.«

Ruth hatte keine Gelegenheit zu antworten, denn Leonard ergriff schwer atmend die Hand seiner Frau und drückte sie fest. Ruth stutzte und sah sich verwirrt um. Ebba drehte sich ebenfalls um und sah zwei Personen auf die Kapelle zugehen. Die Frau war recht groß und trug einen eleganten, bis zu den Knien reichenden Nerzmantel und schwarze Lederstiefel mit hohen Absätzen. Ihr goldglänzendes, erstklassig frisiertes Haar wippte bei jedem Schritt, und diskrete, tropfenförmige Goldohrringe wurden dabei sichtbar. An der Hand hielt sie einen etwa achtjährigen Knaben. Er hatte dunkles, lockiges Haar, mandelförmige braune Augen und Sommersprossen.

Ruth röchelte leise. Die Beine gaben unter ihr nach, und Leonard gelang es gerade noch, sie zu halten. Pontus war rasch bei ihr, um sie wieder aufzurichten. Ruth wurde wieder munter und blinzelte erst verwirrt, dann kehrte ihre Fassung zurück.

Helena sah, was geschehen war, und festigte den Griff um die Hand ihres Sohnes. Der Junge sah erst seine Mutter verwundert an und dann Ruth. Helena beugte sich zu ihm herunter und flüsterte ihm ein paar Worte ins Ohr. Der Junge lächelte zaghaft und nickte. Etwas unsicher gingen sie auf die Eltern von Raoul Liebeskind zu.

Ruth liefen die Tränen über die Wangen, und es gelang ihr kaum, die Fassung zu bewahren. Leonard konnte seinen Blick nicht von dem Jungen losreißen. Seine Augen glänzten, und es fiel ihm schwer, nicht ebenfalls in Tränen auszubrechen. Er ging in die Hocke, und es gelang ihm zu lächeln, um das Kind nicht zu erschrecken.

»Hallo, ich heiße Leonard, und wie heißt du?«

»David«, antwortete der Junge und sah seine Mutter verlegen an. Helena nickte ihm aufmunternd zu. In ihren Augen standen ebenfalls Tränen, aber sie versuchte zu lächeln.

»David ist ein schöner Name«, sagte Leonard. »Mein Vater hieß David Simon, und ich heiße Leonard David. Und weißt du was? Ich hatte auch einen Sohn, der David hieß. Raoul David Liebeskind.«

»Was für ein seltsamer Nachname«, meinte David und drückte sich enger an seine Mutter.

»Weißt du, was er bedeutet?«, fragte Leonard, und seine Stimme zitterte.

David schüttelte den Kopf.

»Das ist ein deutsches Wort und bedeutet Kind der Liebe.«

Nach diesen Worten übermannten ihn die Tränen, und er verbarg sein Gesicht in den Händen. David versteckte sich hinter seiner Mutter und versuchte, sie fortzuziehen.

»Wer weiß noch davon?«, fragte Ebba.

»Sie sind mit die Ersten, die es erfahren«, antwortete Helena.

»Wie lange hegten Sie diesen Verdacht?«

»Svante hat es mir noch nicht bestätigt, aber ich habe mir schon immer meine Gedanken gemacht. Sehr sogar!« Helena wischte sich mit einer Hand rasch die Tränen weg. Die andere hielt David umklammert. »Es scheint ja kein Zweifel zu bestehen.«

»Und wer bist du?«, fragte Ruth und nahm ihren Arm. »Du bist doch die Bratschistin aus dem Furioso Quartett?«

Helena nickte. »Ich heiße Helena Andermyr. Mein Sohn heißt David Andermyr. Ich habe auch eine Tochter. Johanna. Mein Mann heißt Martin und ist blond und hat blaue Augen, genau wie Johanna.«

»Und der kleine David ist genauso hübsch wie Raoul, als er klein war«, sagte Ruth.

»Es ist nicht zu fassen. Ich stehe hier und sehe meinen Sohn an, obwohl er tot ist und im Sarg liegt«, murmelte Leonard und schluckte.

»Hat Raoul David kennengelernt?«, fragte Ruth. Es kümmerte sie nicht weiter, dass ihr die Tränen über die Wangen liefen.

»Sie sind sich einmal an einem Mittsommerabend auf Svalskär begegnet, als David anderthalb war. Aber Joy und Martin waren auch dort, und es ergab sich keine Gelegenheit, darüber zu sprechen.«

»Hat er nie erfahren, dass er einen Sohn hatte?«, wollte Leonard wissen.

»Doch«, antwortete Helena. »Ich habe ihm an dem Abend,

an dem er starb, ein Foto von David gegeben. Ein zwei Jahre altes Schulfoto, das ich in meiner Brieftasche hatte. Er war sehr gerührt und froh. Obwohl ich mich gezwungen sah, ihn darauf hinzuweisen, dass ich nicht mit Sicherheit sagen könne, dass David wirklich sein Sohn sei, schien er vollkommen davon überzeugt zu sein. Er meinte, es sei, als würde er ein Foto von sich selbst als Kind anschauen. Er wusste ja auch, wie Martin aussieht, und da bestehen wirklich keinerlei Ähnlichkeiten. Wir unterhielten uns, umarmten uns und vergossen ein paar Tränen. Raoul sagte, dass er David unbedingt treffen müsse. Er wolle ihn als Sohn anerkennen und unbedingt am Sorgerecht teilhaben.«

»Und was hast du darauf geantwortet?«

»Dass das nicht so einfach sei«, begann Helena. »Raoul und ich … wir hatten nie eine offizielle Beziehung. Wir hatten fünfundzwanzig Jahre lang eine Liaison. Das klingt wahnsinnig, aber so war es. Aber wir hatten ja beide einen Partner und ich noch dazu eine funktionierende Familie. David liebt seinen Vater, denn für ihn war Martin ja immer sein Vater. Und Martin ahnt nicht, dass er möglicherweise nicht der Vater ist.«

»Aber wie haben Sie das nur all diese Jahre geheim halten können!«, rief Ruth verzweifelt.

»Wie konnte Raoul nur meine Gefühle ausnutzen?«, erwiderte Helena. Ein harter Klang schwang in ihrer Stimme mit. »Das war auch eine Seite eures Sohnes. Er spielte mit mir und hielt mich gleichzeitig in Schach. Ich liebte ihn, und ich werde ihn immer vermissen. Aber er war ein Herzensbrecher. Ständig neue Frauen, eine nach der anderen … Wie sollte ich mich da auf ihn verlassen können? Hätte ich die Geborgenheit meines Sohnes aufs Spiel setzen sollen? Ich besaß keine Garantien, dass Raoul etwas Dauerhaftes mit mir oder David aufbauen wollte. Im Gegenteil.«

Helena verstummte, um sich zu sammeln. Ruth und Leonard standen noch unter Schock.

»Ich bin selbst ohne Vater aufgewachsen. Das war nicht schön. Meine Mutter schämte sich so sehr, dass er uns verlassen hatte, dass sie nie über ihn sprach. Er war bei uns zu Hause eine Unperson«, sagte Helena. Dann fuhr sie mit etwas weicherer Stimme fort: »Derartiges wollte ich David ersparen. Er hat einen Vater verdient, der für ihn da ist, ihn zum Fußball fährt, ihn in den Arm nimmt und ihm Gutenachtgeschichten vorliest. Martin ist ein wunderbarer Vater.«

»Das ist der seltsamste Tag meines Lebens, so viel ist sicher«, sagte Leonard und fasste sich an die Stirn. »Und ich habe Theresienstadt erlebt.«

»Ach, du immer mit deinem Theresienstadt!«, fuhr Ruth auf. »Das hier ist ein Tag der Trauer und ein Tag der Freude. Wir verlieren einen Sohn und gewinnen einen Enkel. Das Leben geht weiter. Das Leben hat einen Sinn.«

Leonard schüttelte nur den Kopf. Dann ging er wieder in die Hocke und versuchte einen verschreckten Achtjährigen hinter den Rockzipfeln seiner Mutter hervorzulocken.

»Zu Anfang wusste ich nicht, was ich glauben sollte«, sagte Helena. »Zwar war David dunkelhaariger als Johanna, aber in meiner Familie gibt es alle möglichen Gene. Plötzlich gibt es eine andere Haarfarbe als die, mit der man gerechnet hat. Meine Halbschwester ist dunkelhaarig, und ihr Vater ist blond. Bald halten wir das Testergebnis, aus dem hervorgeht, ob David Raouls Sohn ist, in den Händen. Dann wissen wir es definitiv.«

»Und was geschieht dann?«

»Ich habe mir viele Gedanken gemacht. Schon seit Jahren, seit mir diese offensichtliche Ähnlichkeit mit Raoul erstmals aufgefallen ist. Sowohl die Gesichtszüge als auch anderes … er kneift zum Beispiel beim Nachdenken die Augen so zusammen wie Raoul.« Sie lächelte, und Ruth kamen erneut die Tränen. Etwas verlegen fügte Helena hinzu: »Wir müssen uns in aller Ruhe darüber unterhalten, was weiter geschehen soll. Wenn ihr wollt. Ich habe das Gefühl, dass es kein Zurück mehr gibt. Mein Mann weiß noch nichts, auch in Bezug auf ihn muss ich einen Beschluss fassen. Und David …«

Sie sprach leiser und beugte sich vor, damit ihr Sohn nichts hören würde. »David glaubt, dass er bei der Beerdigung eines Freundes seiner Mutter ist. Er war noch nie auf einer Beerdigung und findet es ziemlich unheimlich. Aber ich war es ihm schuldig, ihn heute mitzunehmen, damit er sich später daran erinnern kann. Mehr konnte ich ihm noch nicht erklären. Er kann nicht einen neuen Vater bekommen, während wir Raoul begraben. Wir müssen behutsam vorgehen.«

Ruth nickte. Sie beugte sich zu David hinunter. Schüchtern schaute er hinter dem Nerz hervor, und Ruth lächelte ihn an. Sie fasste ihn am Kinn und schüttelte ihn liebevoll. »Was für ein schöner Knabe du bist, ich liebe dich bereits«, flüsterte sie zärtlich und erhob sich dann. »Es ist langsam Zeit, reinzugehen.«

Helena wollte sich gerade umdrehen, als Ruth sie am Arm festhielt. »Du sitzt bei uns.«

»Und Joy?«

»Joy sitzt auf der anderen Seite des Mittelganges«, sagte Leonard und konnte sich ein leises Lächeln nicht verkneifen.

Ebba und Pontus, gefolgt von Vendela, schlossen sich ihnen an. Sie hörte, wie Ruth Helena fragte: »Aber warum ausgerechnet jetzt? Warum hast du es ihm an dem Tag erzählt, an dem er starb?«

Ebba beugte sich vor, um besser hören zu können. Helena räusperte sich und sagte vorsichtig: »Ich … hatte einen Grund, gewisse Dinge unverzüglich mit Raoul zu klären. Es ließ sich nicht länger aufschieben.«

Leonard beugte sich vor und flüsterte verblüfft: »Nicht aufschieben? Was meinst du damit?«

Helena warf einen raschen Blick über die Schulter und sah Ebba aus den Augenwinkeln an. Dann wandte sie sich wieder an Raouls Eltern und sagte: »Habt ihr meine Schwester getroffen? Caroline af Melchior?«

»Die große, gut aussehende Cellistin?«, fragte Leonard. »Sie wird jetzt spielen …«

Ebba sah Pontus an und sagte: »Das hier wird richtig spannend. Es gibt bei jüdischen Begräbnissen die Sitte, Kleider zu zerreißen und sich die Haare zu raufen.«

Pontus kam etwas näher, und sie nahm den Duft seines Rasierwassers wahr, Sandelholz und Pomeranzen. »Aber es heißt nicht ausdrücklich, dass es die eigenen sein müssen.« Ebba sah ihn amüsiert an, und Pontus setzte diskret eine Kippa auf, die er in der Tasche gehabt hatte. Es waren viele Leute im Saal, und es schien richtig voll zu werden.

Vendela stieß Ebba an, und diese drehte sich um.

»Helena hat doch gesagt, sie hätte Raoul ein Foto gegeben.«

»Und?«

»Bei seiner Leiche wurde aber kein derartiges Foto gefunden.«

»Da hast du recht.«

»Das Natürliche wäre doch gewesen, wenn Raoul ein solches Foto in seine Brieftasche gelegt hätte, nicht wahr?«

»Die Caroline dann öffnete, um die Spritzen herauszunehmen. Hat sie das Foto gesehen?«

»Sie muss ihren Neffen erkannt und ihre Schlüsse gezogen haben, obwohl sie nach der Neunten von der Schule abgegangen ist. Wer hat das Foto verschwinden lassen?«

Zwei Männer der Chewra hielten den Zeigefinger an die Lippen, und Ebba nickte. Langsam setzten sie ihren Weg in die Kapelle fort. Es war fünf Jahre her, dass Ebba zuletzt dort gewesen war, bei der Beerdigung ihres Vaters. Von Neuem fiel ihr auf, wie kahl der Saal war. In der Mitte stand der Sarg mit einem schwarzen Tuch darüber, darauf der Davidstern. Keine Blumen bis auf einen Kranz aus roten Rosen. Sie strengte sich an, den Text auf der Kranzschleife zu lesen, aber bekam die Buchstaben nicht richtig zusammen, da die Schleife Falten warf. In ihrer Handtasche lag die Brille, sie hatte aber keine Lust, sie aufzusetzen. Stattdessen beugte sie sich zu Pontus und sagte: »Ich geh nur rasch etwas nachsehen. Bin gleich zurück.«

Leise Entschuldigungen murmelnd bewegte sie sich gegen den

Menschenstrom und winkte einen der Männer der Chewra Kadischa zu sich.

»Ich habe eine Frage. Vorn liegt ein Kranz.«

»Blumen sind eigentlich nicht üblich.«

»Ich weiß. Von wem ist der Kranz, und was steht auf der Schleife?«

»Ich frage mal nach«, sagte er und wandte sich an einen Kollegen. Wenig später war er zurück.

»Also da steht: ›Dein auf ewig‹.«

»Und von wem ist er?«

»Offenbar von einer gewissen Anna Ljungberg.«

Ebba dankte für die Information und stellte sich neben die Tür. Hastig suchte sie den Saal und die hereinströmenden Trauergäste mit dem Blick ab. Auf einer Bank saß Louise und unterhielt sich leise mit dem Orchesterchef der Radiosinfoniker. Ebba beugte sich vor und legte ihr eine Hand auf die Schulter.

»Haben Sie Anna gesehen?«, fragte sie.

»Anna? Nein«, antwortete Louise.

»Wissen Sie, ob sie zu der Beerdigung kommen wollte?«

»Keine Ahnung. Wir haben nicht miteinander gesprochen.«

Als der Saal sich fast auf den letzten Platz gefüllt hatte, war Anna immer noch nicht erschienen. Pontus wandte sich mit einem fragenden Blick an Ebba. Diese winkte ihn zu sich. Mit entschuldigender Miene schob er sich an den Personen in seiner Bankreihe vorbei.

»Was ist?«, fragte er, als er Ebba erreicht hatte.

»Anna Ljungberg ist nicht hier. Sie hat einen Kranz geschickt mit dem Text ›Dein auf ewig‹.«

»Okay, fahr zu ihr!«, erwiderte Pontus. »Ich bleibe hier und schaue mir an, was weiter passiert. Willst du Vendela haben?«

»Willst du?«, entgegnete Ebba mit zusammengebissenen Zähnen, drehte sich um und bahnte sich einen Weg durch die Menge.

Vor der Kapelle zog sie ihr Handy aus der Tasche und rief Annas Festnetznummer an. Niemand ging dran. Dann versuchte sie es mit der Handynummer. Nach fünfmaligem Klingeln sprang der Anrufbeantworter an.

Ebba klappte ihr Handy zusammen und drückte es nachdenklich ans Kinn. Dann rief sie ihre Kontaktperson bei der Rettungszentrale an und fragte, ob ein eine Anna Ljungberg betreffender Notruf eingegangen sei. Diese ging sämtliche Listen durch. Fünf Minuten verstrichen. Kein Treffer.

Eine schwache Ahnung, dass Anna sich absichtlich fernhielt, wuchs in ihr. Ebba rief Svante auf seinem Handy an.

»Svante, ich brauche sofort Hilfe. Sitzt du am Computer?«

»Ja, warte, gleich. Jetzt!«

»Besorg mir die Nummern sämtlicher Notaufnahmen der Stockholmer Krankenhäuser. Schick sie mir als SMS. Die erste Nummer kannst du mir gleich jetzt mitteilen.«

Sie bekam die Nummer des Karolinska Sjukhuset und ließ sich dort mit der Notaufnahme verbinden. Keine Anna Ljungberg war dort eingeliefert worden. Ihr Handy piepste: Die SMS von Svante. Nacheinander rief sie sämtliche Nummern an. Beim Södersjukhuset hatte sie endlich Glück. Sie stellte sich als Kommissarin der Polizei Danderyd vor und ließ sich dann über die Vermittlung der Polizei zurückrufen.

»Ja, wir haben eine Anna Ljungberg hier. Vierundvierzig Jahre alt.«

»Wann kam sie rein?«

»Vor zehn Minuten.«

»Was ist passiert?«

»Suizidversuch.«

»Okay. Sie muss bei Bewusstsein bleiben. Und halten Sie sie um Gottes willen nicht davon ab, Ihnen das Herz auszuschütten. Und vergessen Sie nicht, ihre Äußerungen aufzuschreiben. Haben Sie das verstanden? Ich komme sofort.«

Ebba rannte zu ihrem Auto und versuchte gleichzeitig, Vendela eine kurze SMS mit einem Lagebericht zu schicken. Aber jeder Schritt hatte eine Erschütterung und dementsprechend viele Tippfehler zur Folge. Die neuen Lackschuhe eigneten sich eher dazu, mit übergeschlagenen Beinen in Luxusrestaurants zu sitzen, als sich rasch auf unebenen Pfaden fortzubewegen. Verärgert blieb sie stehen, um die Nachricht fertig zu schreiben.

In der Notaufnahme war es für einen Donnerstagnachmittag ungewöhnlich ruhig. Ebba zeigte ihren Ausweis, und wenig später erschien der diensthabende Arzt, ein junger Mann, der nicht älter war als Jakob, aber tiefe Ringe um die Augen hatte. Ebba fragte sich, ob das an den Arbeitszeiten oder an zu vielen Partys lag, vielleicht eine Kombination. Er hielt ein Formular in der Hand und las vor: »Anna Ljungberg wurde um 12.40 Uhr eingeliefert … Vermuteter Suizidversuch. Sie warf sich am Söder Mälarstrand ins Wasser. Zwei Jogger retteten sie und riefen den Krankenwagen. Sie war die ganze Zeit über bei Bewusstsein … Sie gab an, eine halbe Flasche Champagner getrunken und Dexofen geschluckt zu haben … die Proben werden noch analysiert … die Kombination Alkohol und Dexofen ist lebensbedrohend. Wir konnten ihr jedoch vor einem eventuellen Atemstillstand den Magen auspumpen. Die Wirkung klingt jetzt allmählich ab. Sie steht unter Beobachtung und hat zur Sicherheit eine Sitzwache. Sie wird bald auf die Intensivstation verlegt. Wenn Sie einen Augenblick warten, dürfen Sie mit ihr sprechen, sobald sie dazu in der Lage ist, Besuch zu empfangen.«

»Natürlich. Ich setze mich hier hin. Teilen Sie mir mit, wenn ich zu ihr rein darf?«

»Fragen Sie lieber noch mal nach«, sagte der Arzt und verschwand in Richtung Korridor.

Sie nahm auf einem Sessel Platz und zog ihr Handy hervor, um Vendela anzurufen. Da berührte eine Hand ihren Oberarm. Eine Krankenschwester deutete diskret auf ein Schild mit einem durchgestrichenen Handy. Ebba verließ das Gebäude und stellte sich vors Entree. Ihr fiel auf, dass ihr ein Anruf entgangen war. Außerdem hatte sie fünf SMS. Die erste von Svante, der hoffte, dass sich alles geklärt hätte. Vendela wollte wissen, ob sie ebenfalls ins Södersjukhuset kommen sollte.

Die dritte SMS war von Louise. Sie fragte nach, ob Ebba Anna gefunden habe. Sie bat um einen Anruf, falls etwas passiert sein sollte. Ebba überlegte, wie sie das Gelesene deuten sollte. Dieses Sich-ständig-verantwortlich-Fühlen und die ständige Überwachung wirkten fast schon bedenklich. Aber warum hätte sie Ebba darauf aufmerksam machen sollen, falls sie etwas zu verbergen hatte? Die nächste SMS war von ihrer Tochter, die wissen wollte, ob sie zum Abendessen vorbeikommen könne. Das Geld ihres Studiendarlehens war fast zu Ende, und sie war es leid, ständig nur Nudeln zu essen. Die letzte SMS kam von ihrem neuen Chef Pontus Strindberg. Kurz und prägnant: »Sind Absätze und Selbstmordkandidatin noch am Leben? Bericht erstatten. P.« Sie fühlte Ärger in sich aufsteigen. So etwas hätte sie als Chefin nie geschrieben. Überheblich und chauvinistisch. Sie verweilte bei diesem Gedanken. War sie vielleicht doch zu so etwas fähig? Fanden Vendela und Jakob sie ungehobelt? War das ihr Ruf unter den Kollegen? Hatte Göran sie deswegen nicht befördert? Weil ein Mann ungehobelt sein durfte? Vielleicht war das ja sogar erstrebenswert, während es der Glaubwürdigkeit einer Frau schadete? Oder war sie einfach morgens vor dem Spiegel über ihre eigene Eitelkeit gestolpert und hatte die Polizeiuniform zu Hause vergessen?

Sie beschloss, Pontus' SMS nicht zu beantworten. Wollte er einen Bericht, musste er sich an die Bürozeiten halten oder ins Krankenhaus bequemen. Stattdessen forderte sie Vendela an. Nachdem sie ihre SMS verschickt hatte, ging sie wieder rein und ließ sich auf eine Bank sinken. Sie legte den Kopf müde an die Wand und versuchte sich zu entspannen. Langsam sanken ihre Schultern herab, sie schloss die Augen und merkte gar nicht, dass sie einschlummerte. Zeit und Raum schwanden, bis sie ein Schnarchen vernahm und eine Hand spürte, die sie sanft schüttelte. Zu ihrem Entsetzen merkte sie, dass sie selbst es war, die schnarchte. Ein kühler Speichelfaden lief ihr aus dem Mundwinkel. Sie hatte geschnarcht und gesabbert und konnte nur ihrem Glücksstern dafür danken, dass sich nicht Pontus Strindberg über sie beugte und sie wach rüttelte, als hätte sie zu viel getrunken.

Es war Vendela. Sie lachte und schüttelte sie noch fester.

»Meine Güte! Habe ich lange geschlafen?«, fragte Ebba und richtete sich auf, die Hand am Mund, um die Spucke wegzuwischen.

»Ich weiß nicht. Ich bin gerade erst gekommen«, antwortete Vendela.

»Wie spät ist es?«, fragte Ebba und sah auf der großen Uhr an der Wand, dass es mittlerweile fünf vor vier war. Sie hatte eine Dreiviertelstunde lang geschlafen.

»Okay. An die Arbeit«, sagte Ebba und erhob sich. Sie hatte ihre hohen Absätze vergessen und stolperte beim ersten Schritt, fing sich aber sofort wieder. Der Oberschenkelhals, Ebba, der Oberschenkelhals!, dachte sie und musste etwas über sich lachen.

»Ich bin Kommissarin Schröder«, sagte Ebba am Anmeldetresen. »Ich müsste mit Anna Ljungberg sprechen. Hat Sie sich halbwegs erholt?«

»Ich schaue mal nach«, antwortete die Krankenschwester und eilte davon. Sie kehrte mit einer Ärztin zurück, einer aschblonden Frau Anfang zwanzig. Sie hatte noch Pickel.

»Sie wollten zu Anna Ljungberg?« Sie schaute in eine Krankenakte. »Dürfte ich bitte Ihre Ausweise sehen?«

Vendela und Ebba holten ihre Dienstausweise hervor, und die Ärztin musterte sie eingehend. »Sie ist auf die Intensivstation verlegt worden«, sagte sie. »Folgen Sie mir bitte.«

In einem hellen Zimmer stand ein einzelnes Bett. Neben dem Bett saß eine Pflegehelferin und hielt Wache. Sie war in ein Taschenbuch vertieft, das sie nur sehr widerwillig beiseitelegte.

»Es wäre nett, wenn Sie uns eine Weile allein lassen könnten«, sagte Ebba. Die Sitzwache sah die Ärztin an und diese nickte.

»Sie haben zehn Minuten, dann kommt Schwester Åsa zurück«, sagte die Ärztin und verschwand, gefolgt von der Sitzwache, durch die Tür.

Anna lag reglos im Bett. Ein Schlauch für Sauerstoff hing unter ihren Nasenlöchern, und eine Infusion lief ihr durch eine Kanüle in den Handrücken. Die Einrichtung des Zimmers hätte selbst einen kerngesunden Menschen krank erscheinen lassen. Anna wirkte jedoch hauptsächlich müde und entmutigt. Sie schloss die Augen, als sich Ebba und Vendela mit Stühlen ihrem Bett näherten.

»Lächerlich, nicht wahr?«, flüsterte sie.

Ebba pflichtete ihr kühl bei: »Allerdings, wenn Ihr Ziel war, sich und anderen das Leben zu nehmen, und wenn Ihnen nur die Hälfte davon gelungen ist.«

Anna antwortete nicht. Ihre Augen waren immer noch geschlossen.

»Ich frage mich, was in diesem Falle zuerst kam«, sagte Ebba und wartete auf Annas Reaktion. Diese ließ eine Weile auf sich warten, und Ebba überlegte sich schon, ob Anna eingeschlafen war. Dann öffnete sie jedoch den Mund und räusperte sich.

»Ich wollte mir schon auf Svalskär das Leben nehmen«, begann Anna. »Ich hatte so viele Erinnerungen dort, so viele wunderbare Erinnerungen aus meiner ersten Zeit mit Raoul. Es wurde mir schmerzlich bewusst, dass wir ganz verschiedene Wege gegangen waren. Genauer gesagt war er seinen Weg weitergegangen, während ich immer noch auf der Stelle trat. Ich war plötzlich so müde. Ich hatte wirklich versucht … mich aufzurappeln. Mich zusammenzureißen, mich nicht hängenzulassen. Ich versuchte stark zu sein, fröhlich und positiv …«

Sie verstummte und verzog angeekelt ihr Gesicht. Ebba ließ ihr Zeit. Nach einer Weile fuhr Anna fort: »Es war nicht nur, weil Raoul Caroline gewählt hatte. Oder weil er mit mir Schluss gemacht hatte. Das liegt schließlich fünfundzwanzig Jahre zurück. Es war nicht, weil es mir als erwachsener Frau nie gelungen ist, einen ordentlichen Freundeskreis zu finden. Ich lebe immer noch wie eine Studentin! Und jetzt werde ich eine alte Jungfer, die sich mit ihren Marotten abkapselt.«

Sie schlug die Augen auf und wagte es, Ebba und Vendela anzusehen. Als Erstes fielen ihr die schwarzen Kleider auf, zu schwarz für normale Bürokleidung.

»Sie kommen von der Beerdigung«, sagte sie, und Ebba nickte.

»Es tut mir so leid …«, fuhr sie vorsichtig fort. »Es war an diesem Abend so ein Durcheinander. Ich wünschte, ich hätte etwas anderes getan.« Ihr Gesicht war schmerzverzerrt, aber die Tränen blieben aus.

»Erzählen Sie doch, was passiert ist, Anna«, begann Ebba. »Ich verstehe, dass Sie sehr erschöpft sind. Aber es wird Ihnen besser gehen, wenn Sie Ihr Herz erleichtern.«

Anna zog den Sauerstoff tief in die Lungen.

»Wir hatten das Stenhammar-Quartett fertig aufgenommen. Wir hatten also erledigt, was uns nach Svalskär geführt hatte. Es war so, als würden die Bande, die uns zusammengehalten hatten, plötzlich gesprengt. Helena drehte vollkommen durch und warf mit einer Kaffeetasse nach mir. Caroline geriet außer sich, als sie Louise und Peder begegnete. Und Raoul schlängelte sich aalglatt durch alles hindurch. Was auch immer ich sagte, es war stets das Falsche. Alle waren nur mit sich beschäftigt. Auf einmal hatte ich das Gefühl, vollkommen außen vor zu stehen. Ich betrachtete alles wie durch eine Glasscheibe. Als gehörte ich nicht dorthin … oder gehörte irgendwo anders hin und würde nicht gebraucht. Das war kein neues Gefühl. So habe ich schon früher empfunden. Aber jetzt reichte es mir. Ich beschloss, dem Ganzen ein Ende zu machen.«

»Wenn Sie das sagen, meinen Sie Raoul und sich selbst?«

Anna schloss wieder die Augen. Sie beantwortete die Frage nicht. Je mehr Zeit sie verstreichen ließ, desto länger zögerte sie die Antwort hinaus, die von ihr erwartet wurde. Als sie den Mund wieder öffnete, entschied sie sich dafür, weiter der von ihr eingeschlagenen Linie zu folgen und es damit zu umgehen, Ebba eine konkrete Antwort zu liefern.

»Ich schaute aus dem Küchenfenster und goss mir ein Glas Wein ein, nahm die Dexofen-Tabletten, zerstieß sie in einem Mörser und mischte das Pulver dann mit dem Wein. Ich hatte die Schachtel am frühen Abend in Louises Zimmer gefunden, als ich mir zwei Alvedon gegen meine Kopfschmerzen geholt hatte. Ich hatte kein Alvedon mehr, und sie hatte gesagt, in ihrem Necessaire lägen welche. Louise bearbeitete mit Jan und Kjell die Bänder, und schließlich war es nicht nötig, dass sie mir die Tabletten holte. Das konnte ich genauso gut selbst tun, fanden wir beide. Ich ging also hoch. Als ich ihr Necessaire öffnete, sah ich die ungeöffnete Packung Dexofen. Ich wusste, dass man sterben kann, wenn man Dexofen und Alkohol mischt, denn das hatte mir meine Mutter einmal erzählt. Letztes Jahr, als ich zu Hause in Mora bei meiner Familie Weihnachten feierte, erzählte sie von einem Patienten, der an dieser Kombination gestorben war. Er hatte eine gut verlaufene Operation feiern wollen und vergessen, den Beipackzettel zu lesen. Mama sagte, es könnte recht schnell gehen, weil die Atmung gelähmt werde. Das hatte ich seither im Hinterkopf. Ich hätte nie gedacht, dass ich es wagen würde, diese Tabletten zu schlucken. Und dann tat ich es. Als würde ich davon angezogen, weil es so schrecklich war.«

Anna hielt inne, um neue Kräfte zu sammeln. »Ich mischte die Tabletten mit dem Wein, was eine recht eklige Brühe ergab, aber das kümmerte mich nicht weiter. Irrerweise dachte ich, dass jemand anderes vergiftet werden könnte, wenn ich den Mörser nicht ordentlich abspülte. Das tat ich also sorgfältig.«

Sie holte tief Luft und nahm ihren Mut zusammen, um fortzufahren: »Ich sah durch das Küchenfenster, wie Raoul und Peder stritten, genau wie ich erzählt habe. Ich ging aber nicht in mein Zimmer hinauf. Plötzlich schlug Peder Raoul mit der Faust, und

Raoul ging zu Boden. Peder machte sich mit seinem Boot aus dem Staub. Raoul blieb liegen. Ich machte mir natürlich Sorgen und eilte zu ihm. Als ich am Steg ankam, saß er aber bereits auf der Bank. Ich setzte mich zu ihm, um Trost zu suchen. Dann begann ich auszuführen, was ich mir vorgenommen hatte, und nippte an dem Wein. Es war ein schönes Gefühl, neben ihm zu sterben. Raoul war von dem Faustschlag noch recht benommen und hörte mir kaum zu. Plötzlich nahm er das Glas aus meiner Hand und trank. Mein erster Impuls war, ihn daran zu hindern. Aber dann kam es mir ganz richtig vor. Dass wir zusammen sterben würden, das hatte etwas von Romeo und Julia. Das war gewissermaßen so vorausbestimmt gewesen. Das Schicksal.«

Sie hielt inne und hustete leise.

»Wir unterhielten uns weiter. Nach einer Weile sprach fast nur noch ich, ich sprach über alles Mögliche, ich erinnere mich nicht mehr, über was. Raoul war neben mir vornübergesunken. Ich dachte erst, er müsste sich ausruhen. Ich versuchte, den letzten Schluck zu trinken, aber er hatte das Glas fast ganz geleert. Nicht einmal meinen eigenen Selbstmord gönnte er mir.«

Sie wandte ihr Gesicht zur Wand und strich mit den Fingerspitzen über eine Unebenheit der Tapete. »Als ich merkte, dass er nicht mehr antwortete, sah ich ihn an. Er schien zu schlafen. Ich stieß ihn vorsichtig an, und er glitt von der Bank und blieb auf dem Steg liegen.«

Einen Augenblick unterbrach sie ihre Erzählung und strich sich über die Stirn. Die Erinnerungen strengten sie an. Die Stille im Zimmer war so durchdringend, dass sie ihre Atemzüge hören konnten. Ebba wartete geduldig auf die Fortsetzung.

»Ich geriet natürlich in Panik«, sagte Anna, »als ich spürte, wie das Dexofen zu wirken begann und ich immer noch am Leben war. Gleichzeitig war ich aber so benommen und müde, dass ich mit der Situation nicht umgehen konnte.«

»Deswegen wirkten Sie am nächsten Tag auch so abwesend«, meinte Vendela. Anna nickte. Diskret legte Ebba Vendela eine

Hand auf den Arm, um ihr Zurückhaltung zu gebieten. Vendela sah Ebba an, und diese zog leicht die Brauen hoch. Die zerbrechliche Vertraulichkeit durfte nicht zerstört werden. Anna schien ihre wortlose Kommunikation jedoch nicht zu bemerken. Stattdessen fuhr sie von sich aus fort, als sei sie trotz allem erleichtert, die Schuld nicht allein tragen zu müssen.

»Erst wusste ich nicht, was ich tun sollte. Raoul lag einfach da, und ich kam mir plötzlich fürchterlich allein vor. Ich fror. Ich konnte einfach nicht mehr dort draußen bleiben, also schleppte ich mich ins Haus, spülte das Glas und räumte es weg. Dann ging ich in mein Zimmer und legte mich auf mein Bett, um zu sterben. Ich glaubte an diesem Abend wirklich, dass ich sterben würde. Aber ich schlummerte nur eine Weile ein. Dann erwachte ich davon, dass Caroline nach Raoul rief. Ich erfuhr später, dass sie rumgerannt war und nach ihm gesucht hatte. Eine Weile stand sie direkt unter meinem Fenster. Man hörte sie überdeutlich. Ich konnte mich nicht bewegen. Meine Glieder waren bleischwer. Aber dann wurde ich doch unruhig und ging nach unten, um zu sehen, was los war. Da wurde Caroline vollkommen hysterisch. Kjell hatte die Leiche gerade gefunden. Sie sagten, er habe im Wasser gelegen und sei vermutlich von den Felsen ins Wasser gefallen. Ich glaubte, er wäre wieder munter geworden, nachdem ich den Steg verlassen hatte, und ins Meer gestürzt. Was sollte ich auch anderes glauben? Wie hätte er sonst ins Wasser geraten sollen?«

Es war wie Romeo und Julia, nur umgekehrt, dachte Ebba. So beiläufig wie möglich stellte sie ihre nächste Frage: »War denn Raoul nicht tot, als sie ihn verließen?«

Anna schluckte und zog die Beine an.

»Ich weiß nicht. Ich war selbst so müde und benommen. Ich habe also nicht gelogen, als ich sagte, dass ich glaube, er sei ins Wasser gefallen und ertrunken.«

»Aber Sie haben bewusst gewisse Details des Verlaufs ausgelassen«, sagte Ebba.

»Ich schämte mich. Ich schämte mich so. Ich konnte nur noch einmal versuchen, mir das Leben zu nehmen. Mit Wein und Dexofen und mich dann ins Meer werfen. Um genauso zu sterben wie Raoul. Als ich diesen Entschluss gefasst hatte, war es wie eine Befreiung. Wir würden wieder vereint werden.«

Wieder wurde es still. Unausgesprochenes hing in der Luft. Auch beim zweiten Mal war es ihr nicht geglückt. Wenn es nicht so tragisch gewesen wäre, hätte es regelrecht komisch sein können.

»Was haben Sie mit der Dexofen-Schachtel gemacht?«

»Ich verbrannte sie mit ein paar Pappkartons im Kachelofen im Salon. Dann streute ich die Asche ins Meer und heizte wieder ein.«

»Und wo hatten Sie das Dexofen her, das Sie heute benutzt haben?«

Anna ließ sich mit ihrer Antwort etwas Zeit und sagte dann: »Das hatte ich zu Hause.«

»Ach? Ich dachte, Sie hätten Angst vor Dexofen gehabt? Wann hatten Sie sich diese Tabletten verschreiben lassen?«

Annas Unterlippe zitterte, als sie antworten wollte. Es dauerte also eine Weile, bis sie die Worte über die Lippen brachte.

»Ich hatte Brustkrebs«, flüsterte sie.

»Und dafür bekamen Sie Dexofen? Ich hätte gern den Namen des Arztes gewusst, der es Ihnen verschrieben hat«, sagte Ebba und fuhr fort, noch ehe Anna sich äußern konnte: »Wollten Sie, dass wir Sie heute finden würden?«

Anna antwortete zuerst nicht. »Der Kranz hat Sie natürlich auf die richtige Spur gebracht«, begann sie mit rauer Stimme. »Das ist klar. Aber ich hatte mich wirklich für den Tod entschieden.«

»Und dann starben Sie doch nicht. Und deswegen kann ich Ihnen auch die anderen Fragen stellen. Sie haben Raouls Tod verschuldet, das wissen Sie. Wie die Staatsanwaltschaft die Tat später bewertet, damit habe ich nichts zu tun. Ich bin jedoch dafür verantwortlich, die Beweise zu liefern«, sagte Ebba. Ihr Tonfall war strenger geworden. »Wie geriet Raouls Leiche ins Wasser?«

»Ich weiß nicht.«

»Ich wiederhole, Sie haben keinen Grund mehr, sich die Tatsachen zurechtzulügen. Wir wissen, dass ihm Caroline die Spritzen ins Bein verabreicht hat, weil sie hoffte, ihn so wiederbeleben zu können. Anschließend verschwand die Leiche. Anna, wer hat die Leiche verschwinden lassen?«

»Ich sagte doch, dass ich das nicht weiß.«

»Haben Sie Louise getroffen, als Sie den Steg verließen?«

»Nein.«

»Sie haben ihr also nicht erzählt, Peder hätte Raoul totgeschlagen?«

»Warum hätte ich so etwas sagen sollen?«

»Um sich der Schuld zu entledigen.«

Anna antwortete nicht. Sie atmete heftig und hielt den Sauerstoffschlauch dichter an die Nase. Ebba beugte sich über sie und flüsterte: »Lust auf Sauerstoff? Jetzt scheinen Sie sich ja nicht mehr das Leben nehmen zu wollen. Ein gutes Zeichen.«

Mit Daumen und Zeigefinger zog sie den Sauerstoffschlauch von Annas Nase weg. »Was geschieht wohl, wenn wir Ihnen ein wenig Sauerstoff vorenthalten?« Ihre Stimme klang analytisch und entspannt-interessiert.

Anna klammerte sich an Ebbas Hand fest und versuchte den Schlauch wieder unter ihre Nasenlöcher zu schieben.

»So schnell geben Sie doch nicht klein bei, Anna. Sie haben dieses Mal nicht so viel Dexofen genommen, falls überhaupt welches. Obwohl Sie es den Sanitätern gegenüber behauptet haben. Sie wollten nicht sterben, oder? Sie wollten nur nicht ins Gefängnis.«

Vendela biss sich nervös auf die Unterlippe. »Ebba …«, zischte sie kaum hörbar. Es machte sie nervös, ihre Chefin so kaltblütig zu sehen, und sie überlegte, ob sie nicht eingreifen sollte.

Ebba ließ den Sauerstoffschlauch zurückschnellen, ging zum

Fenster und versuchte es zu öffnen. Es ließ sich nur einen Spalt weit zum Lüften kippen.

»Schade«, meinte Ebba halblaut, »sonst hätte ich Ihnen noch eine Chance gegeben. Es ist zwar nicht sonderlich hoch, aber wenn Sie auf den Kopf gefallen wären, hätten Sie sich vielleicht doch das Genick gebrochen.« Sie schloss das Fenster wieder.

»Ich erstatte Anzeige«, fauchte Anna.

»Weswegen? Polizeibrutalität? Ich wollte Ihnen doch nur entgegenkommen, Anna. Ich dachte, Sie wollten sterben.«

Vendela sah zwischen Anna und Ebba hin und her.

»Ich wollte nicht, dass Raoul stirbt.«

»Nein, das versteht sich. Sie wollten einen anderen Raoul als den, der er in Wirklichkeit war. Sie wollten eines romantischen Todes mit ihm sterben, solange Sie sich einbildeten, dass er Ihnen gehörte. Aber als Ihnen aufging, dass er es mit Caroline wirklich ernst meinte, waren Sie nicht mehr so interessiert daran, ihm in den Tod zu folgen. Da ließen Sie ihn einfach liegen, während Sie sich selbst retteten. Sie ließen ihn sterben, damit Caroline und Raoul nicht das Kind zusammen bekommen würden, das Sie mit ihm nie hatten. Und Sie setzten Ihren Willen durch. Die beiden können es nicht mehr gemeinsam erleben. Aber Raoul hatte bereits ein Kind, und auch das wird er jetzt nicht heranwachsen sehen. Unbedacht und stolz zeigte er Ihnen sicher das Foto des kleinen David. Ich vermute, dass er es in der Brieftasche hatte. Bevor Sie ins Haus gingen, nahmen Sie das Foto aus der Brieftasche und warfen diese dann in einigem Abstand weg. Was haben Sie dann mit dem Foto gemacht? Es zerrissen oder es zusammen mit der Dexofen-Schachtel verbrannt?«

Mit aller Kraft spuckte Anna Ebba ins Gesicht.

»So, so«, meinte Ebba und wischte sich mit Annas Decke das Gesicht ab. »Wenn das kein Lippenbekenntnis war.«

Dann setzte sie sich auf die Bettkante und wartete ab, bis sich Anna wieder einigermaßen beruhigt hatte.

»Anna«, begann Ebba langsam und beherrscht. »Sie hatten ein

starkes Motiv, Raoul den Tod zu wünschen. Er war die Liebe Ihres Lebens. Sie waren von ihm schwanger geworden, und er erzwang einen Schwangerschaftsabbruch, indem er drohte, die Beziehung zu beenden. Sie opferten seiner Liebe das Kind, und trotzdem verließ er Sie. Sie liebten ihn immer noch, aber es gelang Ihnen nie, ihn zurückzugewinnen. In all diesen Jahren war Helena seine heimliche Geliebte. Zusammen bekamen sie David. Raoul entscheidet sich fünfundzwanzig Jahre zu spät für die Vaterrolle. Als er Ihnen davon erzählt, bereuen Sie zutiefst, damals nicht das Kind behalten zu haben, aber für Sie beide ist es zu spät. Er hat sich bereits in Caroline verliebt. Caroline, die Sie nicht im Geringsten respektieren. Sie halten sie für oberflächlich und egoistisch. Sie hat Raoul nicht verdient. Aber er hat nichts anderes im Kopf, als mit ihr ein Kind zu zeugen.«

Sie hielt inne, damit Anna ihre Worte verarbeiten konnte.

»Mit Ihnen wollte er kein Kind. Auch jetzt nicht. Obwohl Sie ihn all die Jahre treu und geduldig geliebt hatten. Es gibt keine Gerechtigkeit, Anna. Sie entschieden sich, Raoul sterben zu lassen. Sie hätten Helena holen können, nachdem er das Glas mit dem Wein und Dexofen getrunken hatte. Sie hätten versuchen können, ihn am Trinken zu hindern. Aber Sie trafen eine sehr bewusste Entscheidung, als Sie ihn auf der Bank zurückließen.«

Anna starrte an die Decke. Die Tränen liefen ihr über die Schläfen.

Ebba erhob sich.

»Sollen wir jetzt die Schwester rufen, damit sie Ihnen noch einmal Blut abnehmen kann?«

»Eine Blutprobe?«, fragte Vendela.

»Ja, um zu sehen, ob sich überhaupt Dexofen im Blutkreislauf befindet. Es ist schließlich unnötig, Steuergelder für ein Zimmer auf der Intensivstation zu verschwenden, wenn jemand nach ein paar Gläsern Champagner über Mittag höchstens ein Promille Alkohol im Blut hat.«

»Bitte schön!«, fauchte Anna und hielt ihr die Innenseite ihres Armes hin. »Dann holen Sie halt die Schwester.«

Ebba drückte auf die Klingel. Dann beugte sie sich wieder über Anna. »Ich werde um eine sehr genaue Bestimmung der Dexofenkonzentration bitten. Sollte sich diese als hoch erweisen, wäre das ein Plus für Sie. Aber das macht Raoul auch nicht wieder lebendig. Irgendwie ist er ins Wasser geraten. Und Sie erzählen mir jetzt, wie.«

»Ich schwöre, dass ich das nicht weiß. Er war einfach weg. Aber ich habe ihn nicht ins Wasser geworfen.«

»Wer dann? Wer hat Ihnen diesen Dienst erwiesen? Und warum?«

»Ich weiß es nicht! Das sage ich doch!« Ihre Stimme klang schrill, fast hysterisch. Rasche Schritte waren auf dem Korridor zu hören. »Ich wollte nicht, dass es so endet. Warum glauben Sie mir nicht?«

»Weil Sie mit Raoul zusammen dort draußen gestorben wären, wenn Sie das gewollt hätten. Es gibt viele Arten, sich das Leben zu nehmen. Mit einem Messer geht das recht schnell. Das wissen Sie sehr gut. Aber als es so weit war, stand Ihnen dann doch nicht der Sinn danach.«

»Nein«, keuchte Anna. »Ich wagte es nicht.« Ihre Lippen gehorchten ihr kaum.

»Sie kehrten also in Ihr Zimmer zurück und versteckten sich. Und Sie schämten sich.«

Anna drehte den Kopf zur Wand, um ihr Gesicht nicht zeigen zu müssen.

»Und damit wir nicht glauben sollten, dass Sie Raoul ermordet hätten, taten Sie ein weiteres Mal so, als wollten Sie sich das Leben nehmen?«

»Ich versuchte …«

Die Tür wurde geöffnet, und eine Krankenschwester trat ein. Ebba winkte sie heran.

»Wir brauchen eine Blutprobe«, sagte sie und ergriff die Hand, in der die Kanüle steckte. »Wir haben nicht genug Zeit, einen unserer Kriminaltechniker zu rufen, aber Sie können vermutlich mühelos das Blut hier entnehmen?«

»Das darf ich nicht«, meinte die Schwester. »Ich muss erst den Arzt fragen.«

»Natürlich«, erwiderte Ebba, und die Krankenschwester verschwand. Sie kehrte mit einer korpulenten Ärztin Anfang sechzig mit dicken Brillengläsern zurück. Ebba erklärte ihr Anliegen. Nach einem Anruf bei Svante war die Ärztin bereit, die Blutprobe zu entnehmen. Während die Schwester die Spritze vorbereitete, wandte sich Ebba an die Ärztin.

»Ich werde eine fähige Wache organisieren. Die Patientin ist suizidgefährdet. Außerdem wird gegen sie bald ein Haftbefehl ausgestellt. Kriminalinspektorin Vendela Smythe-Fleming bleibt hier, bis sie von einem Kollegen abgelöst wird. Sobald Anna Ljungberg transportfähig ist, lassen wir sie abholen.«

Anna schloss die Augen.

»Ist sie wirklich selbstmordgefährdet?«, fragte Vendela leise.

»Das habe ich nur gesagt, um ihr zu schmeicheln«, antwortete Ebba ebenfalls flüsternd und nahm ihre Tasche und ihren Mantel. »Ich lasse übrigens einen Polizeianwärter kommen. Dann kannst du nach Hause gehen.«

Vendela hielt Ebba auf, als diese sich anschickte, das Zimmer zu verlassen. »Übrigens, Pontus sagte, wir sollten uns anschließend treffen und den Fall durchsprechen.«

»Das hat bis morgen Zeit«, antwortete Ebba knapp. »Wir haben für heute genug erreicht.« Sie öffnete die Tür und trat auf den Korridor. Als sie das Gebäude verließ, schlug ihr die kühle Herbstluft ins Gesicht. Da klingelte ihr Handy. Irritiert klappte sie es auf.

»Warum hast du keinen Bericht geliefert, Schröder?«

Es war P. Ebba spürte sofort, wie das Adrenalin in ihre Adern gepumpt wurde. Mit Entsetzen hörte sie sich selbst sagen: »Hör mal, Kleiner …«

»Ich bin größer als du.«

»Aber ich bin älter.«

»Ja, das stimmt, Ebba.«

Es wurde still. Ebba dachte fieberhaft darüber nach, wie sich ihre einleitenden Worte glätten ließen und wie lange es wohl dauern würde, bis sie wieder halbwegs normal zusammenarbeiten konnten.

»Bist du fertig?«

»Ja … hier bin ich fertig.«

»Tu uns allen einen Gefallen, beiß dir auf die Zunge und komm ins Gondolen, in die Bar. Ich halte mich noch eine halbe Stunde an meinem Dry Martini fest.«

Er legte auf, und Ebba stand mit ihrem Handy in der Hand da. Wirklich ein ganz anderes Kaliber als Karl-Axel Nordfeldt.

Auf dem Parkplatz des Södersjukhuset standen kaum noch Autos. Ebbas blitzender Mercedes glänzte neben einem rostigen Nissan. Vorsichtig öffnete sie die Tür, um den Lack nicht zu beschädigen, und ließ sich auf den Fahrersitz sinken. Sie wartete damit, den Motor anzulassen, holte eine Haarbürste aus ihrer Tasche und bürstete so lange, bis ihr Haar glänzte. Mit sicherer Hand zog sie den Eyeliner nach und schminkte die Lippen dunkelrot. In ihrer Schminktasche lagen auch ein paar lange Bernsteinohrringe, die weniger begräbnishaft aussahen als jene, die sie am Morgen gewählt hatte. Bevor sie den Zündschlüssel umdrehte, rief sie im Dezernat an und forderte einen Beamten an, der Vendela ablösen würde.

Sie hatte den Motor gerade angelassen, da fiel ihr Blick auf die aufgeschlagene Mappe mit der Liste der von der Spurensicherung auf Svalskär sichergestellten Gegenstände. Unter der Überschrift »Abfall« erblickte sie ein Wort, das ihr einen kalten Schauer über den Rücken jagte.

Ebba schaltete den Motor wieder aus. Sie griff zu ihrem Handy und rief Caroline an.

Vier Minuten später klappte sie ihr Handy wieder zu, ließ den Motor erneut an und fuhr zum Slussen. Sie fand die letzte Lücke auf dem Parkplatz bei der Skeppsbron und zahlte am Parkautomaten für eine Stunde.

Im Fahrstuhl zum Restaurant Gondolen griff sie noch einmal zum Lippenstift und zog die Konturen nach. Sie lächelte sich im Spiegel an. Sie war mit ihrem Aussehen zufrieden. Nicht zu viel Eyeliner, ganz okay für Schummerbeleuchtung.

Die Türen des Fahrstuhls öffneten sich, und sie wäre fast Göran Larsson und Nils Björk von der Reichspolizeibehörde in die Arme gelaufen. Hinter ihnen her schlenderte Kaj.

»Hallo, Ebba«, sagte Göran und klopfte ihr gönnerhaft den Oberarm.

»Göran«, erwiderte Ebba. »Da sieh mal einer an! Gilt eine Fahrt mit dem Fahrstuhl als Dienstreise?« Göran lachte aber nur verlegen, er hatte den Scherz offenbar nicht begriffen.

Nils Björk sah sie gar nicht an, sondern drehte sich um, um sich die Pointe einer Anekdote anzuhören, die Kaj erzählte. Kaj lachte polternd über seinen eigenen Scherz und nickte dann Ebba nur kurz zu. Schaut alle her, dachte Ebba, wie ich mit den großen Jungs spiele.

Sie versuchte sich ihren Zorn nicht anmerken zu lassen und ging mit energischen Schritten auf die Bar zu.

Offenbar war sie an ihm vorbeigegangen, ohne ihn zu sehen, denn plötzlich spürte sie seine Hand, die ihr Handgelenk packte. Zwei Ringe drückten sich gegen ihren Knöchel. Sie drehte sich um, wobei er ihr über die Hand strich.

»Setz dich. Ich habe dir eine Bloody Mary bestellt. Ich dachte, das passt zu dir.«

»Ich bin erschüttert und gerührt, Pontus«, antwortete Ebba und nahm ihm gegenüber Platz. Sie spürte, dass sein Blick über ihr Gesicht schweifte, dann sah sie ihm in die Augen.

»Der Herrenclub hatte hier offenbar heute Abend Vorstandssitzung«, sagte sie.

»Du musst lernen, ihnen die Stirn zu bieten. Das sind allesamt Drecksäcke«, meinte er und warf sich eine Erdnuss in den Mund.

»Soll ich lernen, Drecksäcken die Stirn zu bieten?«

»Ja, das sollst du. Sonst werden sie weiter die Lorbeeren für deine Genialität einheimsen. Wärst du eine Viertelstunde früher hier gewesen, dann hättest du mit uns zusammen einen Drink nehmen können. Aber du hast deine Chance verpasst, mit den Jungs zusammenzusitzen.«

»Ich finde es sinnlos, mich mit Leuten abzugeben, die ich verachte.«

»Rate mal, warum ich den Job gekriegt habe und nicht du.«

Ebba erstarrte. Sie stand so abrupt auf, dass ihr die Kellnerin, die sich lautlos genähert hatte, fast den Tomatensaft mit Wodka in den Schoß gegossen hätte.

Pontus lächelte vergnügt. »Setz dich.«

»Hör mal, Kleiner …«, zitierte sie sich selbst und lächelte ironisch.

»Ich bin stärker als du.«

»Ich habe mehr Mumm als du.«

Pontus lachte geradeheraus. Dann mäßigte er sich, beugte sich vor und flüsterte vertraulich: »Hör mal her, Ebba. Du hast auf jeden Fall mehr Mumm als alle diese Waschlappen, die gerade gegangen sind, zusammen.«

Er nahm ihre Hand. Die Berührung war sensuell, ließ sich aber durchaus auch als freundschaftlich auffassen. Oder als eine Geste der Überlegenheit. Ebba verspürte ein nervöses Gefühl in der Magengegend. Sollte sie ihre Hand wegziehen? Vermutlich war es ratsam, aber sie wollte es nicht.

»Ich bitte dich. Nimm wieder Platz.«

Das waren zwei Sätze, die nicht recht zusammengehörten, aber jetzt konnte sie nicht mehr weglaufen. Stattdessen zwang sie sich dazu, ihre Hand zurückzuziehen. Pontus hob seine aus demselben Impuls heraus und griff nach dem Martini-Glas, während

Ebba sich wieder auf ihren Platz sinken ließ. In diesem Augenblick wünschte sie sich, Raucherin zu sein und ihre Nervosität mit einer Zigarette in der Hand überspielen zu können.

»Also, erzähl! Haben wir unseren Mörder?«, fuhr Pontus ungerührt fort. Ebba räusperte sich.

»Ja, das haben wir. Ich komme gerade aus dem Södersjukhuset. Anna Ljungberg wurde nach einem Selbstmordversuch dort eingeliefert. Es ist allerdings nicht sicher, ob es sich wirklich um einen echten Selbstmordversuch gehandelt hat. Eine Blutprobe wurde entnommen, die auf Dextropropoxifen untersucht wird. Sie hat ein Geständnis abgelegt. Sie sagt, sie habe Raoul mit einem Cocktail aus Dexofen und Rotwein getötet«, antwortete Ebba und fuhr sich mit der Hand durchs Haar. »Atemberaubende Kombination, nicht wahr? Skål.« Sie stieß mit ihm an. »Anna behauptet, sie habe einen erweiterten Selbstmord geplant gehabt, es sei ihr dann aber nicht gelungen, sich das Leben zu nehmen.«

»Weder beim ersten noch beim zweiten Versuch.«

»Sie traute sich nicht.«

»Sie wollte nicht.«

»Es hat doch sein Gutes, dass der Lebenswille größer ist als der Wille zu sterben.«

»Und die verschwundene Leiche?«

»Ja, das ist es ja gerade … Anna behauptet, sie wisse von nichts, und ich verstehe nicht, warum sie jetzt in dieser Frage lügen sollte. Meine Theorie lautet, dass Louise in die Sache verwickelt ist.«

»Louise räumt auf. Aber warum sollte sie sich in eine Sache verwickeln lassen, mit der sie nichts zu tun hat?«

»Weil sie der beschützende und kontrollierende *primus motor* des Quartetts ist … vielleicht ist sie in diesem Falle auch die *prima mater.*« Sie sah Pontus an, ob er ihr folgen könne, aber dieser verriet weder das eine noch das andere.

»Was würde Louise dadurch gewinnen?«

»Das ist die entscheidende Frage, nicht wahr?« Ebba nippte an ihrem Drink. »Und … wie war die Beerdigung? Kam es zu einer Schlägerei?«

»Wie erwartet lohnte es sich, das Begräbnis zu besuchen«, antwortete Pontus. »Joy geriet außer sich, als sie Helena und das Kind der Liebe rechts von ihren Schwiegereltern sitzen sah.«

»Die Arme. Kann nicht leicht sein, die verschmähte Witwe zu sein. Aber war ihr auch wirklich klar, dass das Raouls Sohn war?«

»Ich glaube nicht, aber sie wusste durchaus, dass Helena eine Affäre mit ihrem Mann gehabt hatte, so viel ist sicher. Sonst war nicht viel Verwandtschaft dort, nur ein paar Leute von einem amerikanischen Zweig der Familie aus New York. Also niemand, der Raoul als Kind gekannt hatte und Parallelen ziehen konnte. Ruth und Leonard sind offenbar nach dem Zweiten Weltkrieg nach Schweden gekommen. Sie gehörten zu den wenigen Überlebenden ihrer Familien. So ist es, furchtbar und ungerecht. Wer weiß, was sie alles erlebt haben, und dann stirbt ihr Sohn auch noch vor ihnen. Leonard ist in Prag zur Welt gekommen und Ruth österreichisch-ungarisch-irgendwas-serbischer Abstammung. Davon gibt es unzählige Varianten. Beide sprechen Jiddisch.«

»Raoul hatte keine Geschwister. Wie sieht es mit Cousinen und Cousins aus?«

»Soweit ich weiß, keine. Es waren jüdische Freunde da und vor allen Dingen sehr viele Musiker. Ich habe in der Tat etliche Stars ausgemacht. Viele der Damen waren sicher auch Verflossene. Alle vergossen viele Tränen.«

»Unser Raoul Liebeskind wurde von vielen geliebt.«

»Aber niemand trauerte wie Caroline.«

Ebba sah ihn erwartungsvoll an. »Erzähl! Wie war es? Hat sie wirklich gespielt?«

»O ja«, antwortete Pontus und lächelte traurig. »Diesen Anblick werde ich nie vergessen.«

»Hoppla«, meinte Ebba und erwiderte sein Lächeln. »Jetzt will ich aber alles ganz genau wissen.«

»Caroline schritt mit ihrem Cello nach vorne, und einer von der Chewra stellte ihr diskret einen Stuhl hin. Joy kochte vor Wut, konnte aber schlecht aufstehen und ihre Rivalin niederschlagen. Dann spielte Caroline unbeschreiblich schön. Die Tränen liefen ihr über die Wangen, als die Celloklänge die Kapelle erfüllten. Ergreifend und herzzerreißend zugleich. Die gesamte Trauergesellschaft war wie gebannt. Nachdem sie geendet hatte, erhob sie sich, ging zum Sarg und blieb dort mit gesenktem Kopf stehen. Dann schlug sie den schwarzen Überwurf beiseite, beugte sich vor und küsste die rauen Bretter des Sargs, bevor sie stolz und gefasst die Kapelle verließ. Eine Solistin bis in die Fingerspitzen.«

»Ja, das hätte Raoul gefallen. Genau so hätte er wohl begraben werden wollen, mit einem Kuss Carolines im Gesicht.«

»Oder sie küsste ihm die Füße. Das werden wir nie erfahren.«

»Wie reagierten Leonard und Ruth?«

»Sie vergötterten sie.«

Er legte unvermittelt seine Hand auf ihre und drückte sie. Seine Hand war warm. Ihr stockte der Atem, bis er sie wieder wegnahm. Ebba war gezwungen zu schlucken, um ihr Gleichgewicht wiederzufinden.

»Und die Stimmung unter den Schwestern?«, fuhr sie fort und versuchte ungerührt zu wirken.

»Tja«, meinte Pontus, »in Anbetracht der Umstände gut. Helena hatte Caroline bereits von David erzählt, das waren also keine Neuigkeiten für sie. So viel war offensichtlich.«

»Was du nicht sagst?«, erwiderte Ebba. »Dacht ich's mir doch.«

»Worauf willst du hinaus?«

»Am Mordabend geht Helena ins Atelier, um Raoul von dem Kind zu erzählen. Dann erscheint Caroline. Sie gerät außer sich, weil Helena dort ist. Sie hat schließlich gerade erfahren, dass ihre große Schwester eine Affäre mit Raoul hatte. Ich glaube, dass sie zu diesem Zeitpunkt die Fortsetzung erfährt, nämlich, dass sie auch ein Kind zusammen haben. Vielleicht hält er ja das Foto in der Hand. Der kleine David ist acht und kann unmöglich gezeugt worden sein, als Raoul und Helena laut Raoul ihren One-Night-Stand hatten. Caroline zwingt sie, ihr die ganze Wahrheit zu sagen.«

»Sie erfährt, dass Helena und Raoul über zwanzig Jahre lang eine Affäre hatten und dass David ihr Sohn ist«, sagte Pontus.

»Jetzt wissen wir auch, warum sie so wahnsinnig verzweifelt war. Und warum sie zuerst nicht mit Helena sprechen wollte. Sie glaubt, dass sie Davids Vater mit den Spritzen getötet hat. Noch jemand, dessentwegen sie ein schlechtes Gewissen haben muss. Zu allem Überfluss ist Helena irritierend verständnisvoll und tut alles, um ihr beizustehen.«

»Es ist also nicht Caroline, die Raouls erstem Kind das Leben schenkt.«

»Raoul wusste bis dahin schließlich auch nicht, dass David sein Kind war.«

»Vermutlich ging Caroline auch deswegen ins Haus, um ihre Sachen zu packen und weiter mit Raoul zu verhandeln.«

»Verändert das etwas?«

»Ja und nein«, antwortete Ebba. »Wenn wir das von Anfang an gewusst hätten, dann wäre uns Caroline vielleicht verdächtiger vorgekommen. Helena versuchte so lange wie möglich, die Wahrheit geheim zu halten.«

»Sie tat es, um ihre Schwester zu beschützen. Knallharte Frau.«

»Obwohl sie selbst so sehr trauerte. Als sie sich genötigt sah, zwecks Vaterschaftstest eine Gewebeprobe von Raoul zu besorgen, wusste sie, dass die Uhr tickte. Es war nur noch eine Frage der Zeit, wann wir es erfahren und uns zusammenreimen würden, worüber sie im Atelier gesprochen hatten.«

»Wenn Anna nicht ihren zweiten Selbstmordversuch unternommen hätte, dann wären wir vielleicht auf die falsche Spur geraten.«

»Genau.«

»Die Frage lautet«, meinte Pontus, »wer aus dem Quartett noch davon wusste.«

»Diese wird uns wohl noch eine Weile beschäftigen.«

»Nicht, dass es eine sonderlich große Rolle spielt. Wir haben ja die Schuldige. Das Einzige, was wir bislang nicht wissen, ist, wie der Leichnam ins Wasser geriet und warum.«

Pontus trank einen Schluck von seinem Martini und ließ die Olive vom Zahnstocher in seinen Mund gleiten.

Ebba betrachtete ihn. Es war lange her, seit sie einem Mann in einer Bar gegenübergesessen hatte. Sie hatte das Gefühl, diesen Anblick auskosten zu müssen, als könnte ihr dieser schöne Mann jeden Moment entrissen werden. Oder als würde sie sich auf die Stelle in Norrland bewerben und gleich umziehen. Hatte sie eigentlich eine Wahl? Sie ließ ihren Blick über seine Hände gleiten, die auf dem Fuß seines Glases ruhten. Seine Haut war hell und fast etwas durchsichtig, die Adern standen grün schimmernd hervor, die Sommersprossen des Sommers waren verblichen, und rotgoldene Härchen bedeckten die Unterarme. Am linken Ringfinger trug er einen breiten Verlobungsring und einen mit einer Lorbeerranke verzierten Ring, der zeigte, dass er einen Doktortitel besaß. Das Schweigen wurde langsam etwas anstrengend. Sie musste etwas sagen, egal was, solange es witzig und etwas frech war.

»Hast du zu Hause einen inkontinenten Papagei?« Ebba nickte in Richtung eines Flecks auf seiner Schulter. Pontus schaute zur Seite, unternahm aber keinen Versuch, den Fleck zu beseitigen.

»Es beeindruckt mich wirklich, dass du mit diesen Absätzen Auto fahren kannst, Ebba. Ich glaube, die könnte man als Dienstwaffe klassifizieren«, erwiderte er lächelnd.

Ebba trank einen Schluck von ihrer Bloody Mary. Dann stellte sie langsam das Glas ab und stützte sich mit den Handgelenken auf den Tisch, um nicht zu zittern. Jetzt waren sie beim Pfauenspiel angelangt. Das war unvermeidlich. Sich zeigen und das Revier markieren.

»Ist es nicht langsam an der Zeit, zu Farah und den Kindern nach Hause zu fahren? Oder bringt sie die Kinder allein ins Bett, weil du immer spät nach Hause kommst?«

Er lachte überlegen.

»Du bist also im Internet gesurft?« Er schnalzte mit der Zunge. »Du weißt doch wohl, dass du dir die Genehmigung deines Vorgesetzten holen musst, ehe du dich in die heimlichen Datenbanken hackst?«

Ebba hob einfach nur das Kinn und führte ihr Glas an die Lippen.

»Ich für meinen Teil finde, dass dir das Foto in deiner Personalakte nicht gerecht wird«, fuhr Pontus fort, »außerdem frage ich mich, wie du eigentlich ohne schwarz geschminkte Augen aussiehst. Das ist wie bei Zorro, niemand begreift, wer er ist, obwohl ihn nur eine schwarze Augenmaske von seinem anderen Ich unterscheidet.«

»Ha! Ich lasse dich im Ungewissen.« Ebba öffnete ihr Portemonnaie, nahm einen Hunderter heraus und warf ihn auf den Tisch. Sie erhob sich von ihrem Stuhl und hängte ihre Tasche über die Schulter.

»Willst du schon gehen? Jetzt wird es doch erst spannend«, sagte Pontus und zog die Brauen hoch.

»Wenn du wirklich im Gondolen dinieren willst, finde ich, solltest du deine Frau einladen.«

»Bist du wahnsinnig? Mit dem Gehalt eines Polizeichefs?«

»Bekommst du wirklich das volle Gehalt? Ich dachte, du müsstest dich mit dem Stellvertretersalär begnügen.«

»Wer um seinen eigenen Wert weiß, kann erfolgreich verhandeln.«

»Und was bist du wert?«

Er lächelte nur.

»Ich gehe jetzt.« Sie trat einen Schritt zurück, aber er packte erneut ihr Handgelenk, dieses Mal etwas fester. Ebba richtete ihren Blick auf seine Hand, ohne ihre Nervosität erkennen zu lassen. Als sie ihm in die Augen sah, glaubte sie darin eine gewisse Selbstgefälligkeit zu lesen. Langsam beugte sie sich zu seinem Ohr vor.

»Na, dann hast du offenbar während meines Vortrags an der Polizeihochschule nicht geschlafen«, flüsterte sie und schnalzte mit der Zunge. Mit einem verschwörerischen Blinzeln ließ Pontus sie los. Auf ihrer Haut zeichneten sich die Abdrücke seiner Finger ab. Langsam verflüchtigten sich die rötlichen Umrisse. Ebba nahm wieder Platz, ohne ihr Handgelenk zu betrachten. Sie verschränkte die Arme und wartete ab.

»Das hier ist kein privates Essen«, meinte Pontus. »Ich verstehe nicht, wie du auf diesen Gedanken kommen konntest. Ich erwarte einen Anruf von Louise Armstahl. Wir sollen sie heute Abend noch treffen.«

»Im Dezernat?«

»Ebba«, seufzte Pontus angestrengt, »du weißt doch, dass nach fünf niemand mehr auf der Wache ist. Musst du wirklich gegen alle Konventionen verstoßen?« Als sei eben nichts vorgefallen, war er wieder dieselbe entspannte Person, mit der sie es bislang zu tun gehabt hatte. Einige Sekunden lang hatte sie in ihrer Interaktion eine gewisse Bedrohung verspürt. War das nur ein Scherz gewesen? Ebba versuchte festzustellen, ob irgendwelche Alarmglocken in ihrem Hinterkopf schrillten. Pontus ist ein vielschichtiger Mann, dachte sie und überlegte sich, inwiefern er eigentlich nett war. Oder wollte er sie nur auf die Probe stellen, um zu sehen, wie sie unter Druck reagierte?

»Louise will sich mit uns unterhalten«, begann sie. »Interessant. Ich frage mich, warum sie plötzlich so mitteilsam ist?«

»Annas Geständnis hat die Lage verändert.«

»Louise schickte mir eine SMS und wollte wissen, wie es Anna gehe. Hast du ihr erzählt, dass Anna im Krankenhaus liegt?«

»Natürlich nicht.« Pontus lehnte sich zurück und strich sich mit dem Zeigerfinger übers Kinn. »Aber Louise …«

Dann beugte er sich mit gerunzelter Stirn über den Tisch. »Louise hat Helena nach der Beerdigung beiseitegenommen. Irgendetwas war zwischen ihnen.«

»Und was?«

»Irgendeine Spannung … ich kann es nicht recht beschreiben. Aber Louise sah betreten aus. Sie sprachen kurz und hitzig, dann begann der kleine David am Ärmel seiner Mama zu ziehen, und sie gingen.«

»Aha«, antwortete Ebba gedehnt, während sie scharf nachdachte. »Nein«, fuhr sie dann zögernd fort, »nichts deutet darauf hin, dass Helena irgendetwas mit Louise zu tun hat.«

»Hat Helena etwas gegen sie in der Hand?«

Ebba kaute mit zusammengepressten Lippen nachdenklich auf einer Erdnuss.

»Helena weiß mehr, als sie erzählt hat«, sagte sie. »Aber sie braucht sich zu diesem Wissen nicht zu bekennen, sonst hätte sie das schon längst getan.«

»Louise weiß es.« Pontus sah sie mit zusammengekniffenen Augen an. »Und du auch.«

Ebba lächelte geheimnisvoll. »Jetzt bist du neugierig, oder?«

»Ebba …«, begann Pontus und verzog die Mundwinkel langsam zu einem arroganten Lächeln. Aber Ebba hob nur nonchalant eine Braue.

»Wo treffen wir uns?« Die Erwartung erfüllte sie mit frischer Energie.

»Das weiß ich noch nicht«, antwortete Pontus. »Louise ruft an. Irgendein Lokal in der Stadt vermutlich. Ich glaube nicht, dass sie uns zu sich nach Hause in den Narvavägen bittet. Mit etwas Glück können wir sie hierherlocken. Hast du schon mal das wunderbar zarte Lammfilet im Gondolen probiert? Das würde dir sicher schmecken, Ebba.«

»Ich hoffe, du hast einen ebenso guten Kontakt zur Rechnungsprüfung wie zu meinen Verdächtigen.«

»Du machst dir keine Vorstellung.« Er trank einen Schluck und sah sie selbstbewusst an. Ebba blinzelte und schaute weg.

»Ein Abendessen ist gut angelegtes Geld, wenn wir dabei herausfinden, was Louise zu erzählen hat«, fuhr er fort. »Bedeutend billiger, als diese Ermittlung in die Länge zu ziehen.«

»Ehrlich gesagt, Pontus … was ist die Information, die wir heute Abend bekommen, wert? Ich finde es immer noch seriöser, Louise morgen zu einem ordentlichen Verhör ins Dezernat einzubestellen.«

»Das eine braucht das andere nicht auszuschließen.«

»Aber dann kannst du doch allein mit deiner Gräfin dinieren. Mir ist nicht ganz wohl dabei, mit …«

»Du bist dabei. Das ist eine dienstliche Anordnung.« Er lachte. Ebba konnte nicht anders, sie musste mitlachen.

»Auf diese Replik hast du dich sicher lange gefreut?«

»Du glaubst, dass ich ein harmloser junger Familienvater bin, dem der Jüngste auf die Schulter gesabbert hat. In Wirklichkeit bin ich aber ein autoritärer Schinder.«

Ebba lachte und schüttelte den Kopf. »Wie ist es dir gelungen, sie zu diesem unkonventionellen Abendverhör zu überreden?«

»Louise war natürlich weise genug, eine Gegenforderung zu stellen.«

»Und zwar?«

»Dass die charmante, rothaarige Kriminalinspektorin ebenfalls anwesend sei.«

»Und du hast nicht gezögert, dich mit einer mutmaßlichen Leichenschänderin mit deinem eigenen Personal als Einsatz auf einen Kuhhandel einzulassen?«

»Mach dir um Vendela keine Sorgen. Sie ist über alles informiert. Ich dachte, das sei dir klar.«

»Okay, Pontus, apropos Lammfleisch, lass uns eins direkt klären. Hattest du eine Affäre mit Vendela? Du könntest ihr Vater sein, aber diese Bagatelle hat Männer ja noch nie gehindert. Ich weiß, dass es mich nichts angeht, aber das würde die Arbeitsatmosphäre belasten.«

»Um Gottes willen, nein! Vendela ist nicht mein Typ. Ich sehe auch, dass sie sehr hübsch ist, aber zwei Rothaarige … das wäre dann für meinen Geschmack doch zu inzestuös.«

Pontus' Handy klingelte, und er antwortete, den Blick immer noch auf Ebba gerichtet.

»Gräfin Armstahl ...«

Louise klappte ihr Handy zu und legte es wieder in ihre Tasche. Sie drehte sich auf ihrem Hocker um und sah die Frau an, die auf den Tresen zuging und neben ihr Platz nahm. Ihr wallendes rotes Haar leuchtete. Helle Brauen und Wimpern ließen die dunkelgrünen Augen erstrahlen, und der hellrote Mund kam auf der bleichen Haut gut zur Geltung. Sie trug keinen Schmuck bis auf goldene Ohrringe. Als sie sich neben der zartgliedrigen Louise auf den Hocker sinken ließ, wirkte sie richtig üppig. Das schwarze, enge Kleid saß wie angegossen. Sie hatte es schon am Tag getragen, aber ohne Jacke eigneten sich Beerdigungskleider auch für eine Soiree.

»Ich habe schon mal zwei Gläser Champagner bestellt. Ich bin davon ausgegangen, dass Sie Champagner trinken, Vendela. Ich finde, dass es das einzige Getränk ist, mit dem man auf Raoul anstoßen kann, diesen wunderbaren Dreckskerl.« Sie wischte sich eine Träne aus dem Augenwinkel und blinzelte einige Male.

»Champagner ist nie falsch«, antwortete Vendela und nahm das Glas, das ihr Louise hinhielt. Es klirrte dumpf, als sie anstießen. Vendela fuhr sich mit der Zungenspitze diskret über die rot geschminkten Lippen, bevor sie sie an die dünne Kante des Glases legte. Louise verschlang sie förmlich mit den Augen, und Vendela spürte, dass es ihr unter dem matten Puder auf den Wangen warm wurde.

»Alles in Ordnung?«, fragte Louise, als sie ihr Glas wieder auf die Theke stellte.

»Natürlich«, antwortete Vendela rasch. »Ich bin nur ... was soll ich sagen ... von den ungewöhnlichen Umständen etwas irritiert.«

»Das verstehe ich«, antwortete Louise mit einem amüsierten Stirnrunzeln. »Es ist auch nicht zu übersehen. Die roten Wangen stehen Ihnen.«

»Sie würden sich auch so fühlen, wenn Sie ein Date mit einem Mann hätten, von dem Sie sich plötzlich angezogen fühlten.«

»Ich bin doch einer dieser Männer.«

»Alles andere.«

Louise trank noch einen Schluck Champagner.

»Hören Sie, Vendela, etwas habe ich mich immer gefragt«, begann sie. »Haben Polizisten eigentlich immer ihre Dienstwaffe dabei?«

»Meine Sig Sauer passt nicht in dieses Täschchen«, antwortete Vendela lächelnd, »Handschellen trage ich allerdings immer bei mir.«

»Ach wirklich?« Louise riss erwartungsvoll die Augen auf. Vendela nickte mit einem geheimnisvollen Lächeln.

»Darf ich sie mal anschauen?«

Vendela öffnete die Handtasche und entnahm ihr ein Paar Handschellen aus klirrendem Metall. Sie hielt sie Louise hin, die die Finger die Kette entlanggleiten ließ.

»Haben Sie die schon mal verwendet?«

»Einige Male.«

»Tun die nicht weh?«

»Das kommt darauf an, wie fest man sie zusammendrückt«, antwortete Vendela und fügte dann mit hochgezogenen Brauen hinzu: »Wir sollten sie vermutlich erst ausprobieren, wenn Ihre Hand richtig verheilt ist.«

»Vendela, Sie lesen meine Gedanken«, flüsterte Louise verschwörerisch. Sie nahm die Handschellen und wog sie eine Weile in ihrer rechten Hand, um zu sehen, wie schwer sie waren.

Einige andere Gäste drehten sich zu ihnen um und starrten sie neugierig an.

»Sie ist Polizistin«, sagte Louise laut und sah sie belustigt an, »also heute Abend kein Kokain auf dem Tresen, Kinder.«

Vendela lachte. »Die glauben natürlich nicht, dass das stimmt.«

»Sie sehen nicht aus wie eine Polizistin.«

»Wie sieht eine Polizistin aus?«

Louise dachte eine Weile nach. »Wenn man nur rothaarige, gut aussehende Polizistinnen anstellen würde, ließen sich alle anderen Maßnahmen zur Verbrechensbekämpfung ersparen.«

»Ein guter Gedanke«, meinte Vendela belustigt, »aber das würde nicht funktionieren. Zu viele Rothaarige. Wir würden uns in Stücke reißen.«

»Mir ist noch nie eine rothaarige, gut aussehende Polizistin begegnet.«

»Aber ich hatte schon Sex mit einer ersten Geige«, sagte Vendela. Und wurde etwas nervös, als ihr klar wurde, dass sie es etwas zu eilig gehabt hatte.

Aber Louise lehnte sich zurück und schaute ihr noch tiefer in die Augen.

»Ich wette, dass es sich nicht um eine Frau handelte.«

»Nein, es war ein Mann, genauer gesagt ein Junge. Wir waren beide sechzehn und lernten uns in einem Sommer im Nordischen Jugendorchester in Lund kennen. Er war meine erste Liebe. Er spielt jetzt bei den Berliner Philharmonikern.«

»Die erste Liebe hinterlässt Spuren«, seufzte Louise mitfühlend. »Sie sind also adlig, Polizistin und spielen ein Streichinstrument. Das wird ja immer interessanter. Spielen Sie Geige?«

Vendela trank einen Schluck Champagner und stellte dann langsam ihr Glas zurück. »Ich muss Sie enttäuschen«, sagte sie und zögerte einen Augenblick. »Ich bin Cellistin.«

»Oh«, sagte Louise kurz und schaute zu Boden. Das Schweigen lag plötzlich wie eine Wand zwischen ihnen, und Vendela wünschte sich, die erfreuliche Entwicklung, die ihre Unterhaltung genommen hatte, nicht gestört zu haben. Als hätte Louise Vendelas Unruhe gespürt, sah sie sie lächelnd an.

»Entschuldigen Sie sich nicht dafür, dass Sie Cello spielen. Ich habe viele Cellistinnen auf dem Gewissen, aber keine hat mich so tief verletzt wie Caroline. Die Liebe, die ich für sie empfand, war grenzenlos. Ich liebe sie immer noch. Es wird lange dauern, bis das verheilt ist.«

»Gibt es denn keine Möglichkeit, dass Sie zueinander zurückfinden?«

»Jetzt, wo Raoul tot ist?« Louise strich sich ihren Pony aus dem Gesicht und kniff die Augen zusammen. »Ist das jetzt eine Frage der Under-Cover-Polizistin Vendela?«

Vendela ließ sich nicht provozieren. »Sie werden es nie mit Sicherheit wissen. Aber diese Spannung genießen Sie doch auch? Sonst hätten Sie mich ja wohl kaum hierher eingeladen. Was wir tun, kommt einem so verboten vor, dass es uns beide anmacht. Ich trinke Champagner mit einer Verdächtigen in einer Mordsache, und Sie verführen eine Polizistin, deren Aufgabe es ist, vollkommen objektiv zu sein.«

»Unglaublich prickelnd«, antwortete Louise zufrieden.

»Vollkommen lebensgefährlich«, meinte Vendela und trank den letzten Schluck Champagner.

Schritte aus dem Entree waren zu hören, als zwei weitere Gäste die Cadierbar betraten. Vendela reckte sich und zog automatisch ihr Kleid über die Knie. Louise strich ihr über den Unterarm. »Nervös?«

Vendela schüttelte leicht den Kopf, aber an ihrer Brust war zu erkennen, wie hastig sie atmete. Da beugte sich Louise zu ihr vor, und ihr warmer Atem und ihr bittersüßes Parfüm schlugen Vendela ins Gesicht. Sie flüsterte ihr ins Ohr: »Ich will, dass Sie wissen, dass Sie vollkommen hinreißend sind, Vendela. Wäre ich nicht gerade erst verlassen worden, dann hätte ich mir gewünscht, dass Sie mich nachher nach Hause begleiten. Aber ich bin noch nicht so weit, eine neue Beziehung einzugehen. Das dauert wohl noch eine Weile. Leider.« Dann küsste sie sie hastig auf den Mund, und Vendela spürte, wie sie am ganzen Körper erschauerte. Sie blieb einen Augenblick sitzen, um sich zu sammeln, während sich Louise umdrehte, um die eben eingetroffenen Gäste zu begrüßen.

Pontus küsste sie auf die Wangen, und Ebba drückte ihr fest die Hand.

»Louise«, begann sie, »es gibt ein Geständnis, was Raouls Tod betrifft. Wollen Sie immer noch den Täter decken?«

Louise holte tief Luft und sah Ebba an. »Sagen Sie doch einfach Täterin. Ich habe schon gehört, dass Anna im Södersjukhuset liegt«, erwiderte sie und kam Ebba zuvor, die Vendela forschend ansah. »Helena hat es mir erzählt, nicht Inspektorin Smythe-Fleming. Helena versuchte Anna heute Nachmittag mehrere Male anzurufen, erreichte sie aber nicht, weder auf ihrem Handy noch zu Hause. Dieser Kranz war ja auch nicht gerade ein sonderlich subtiler Wink. Es fiel Helena also nicht weiter schwer, Informationen einzuholen, indem sie in den Stockholmer Krankenhäusern anrief.« Sie lächelte. »So viel zum Datenschutz.«

»Ich will einleitend betonen, dass unsere Voruntersuchung nicht abgeschlossen ist. Wir werden die offizielle Ermittlung fortsetzen, um der Staatsanwaltschaft umfassende Beweismittel zur Verfügung stellen zu können. Alles, was heute Abend gesagt wird, ist Teil unserer polizeilichen Arbeit. Haben Sie das verstanden?«

Ebba sah Louise an, aber diese lehnte sich nur mit entspannter Herablassung und ihrem Champagnerglas in der Hand zurück.

»Ebba«, begann sie, »sollen wir Jonas Cronsparre anrufen und ihn bitten, sich zu uns zu gesellen? Dann können Sie mit einsilbigen Antworten rechnen, denn Sie wissen genauso gut wie ich, dass ich nach Belieben schweigen kann. Ich habe ein Alibi, mir ist nichts nachzuweisen, es gibt keine Spuren. Sie können mir nichts anhaben.«

»Warum treffen wir uns dann überhaupt hier?«

»Weil Sie an der Wahrheit interessiert sind, oder etwa nicht?«

»Und die wollen Sie uns jetzt erzählen?«

»Wir können über ein wahrscheinliches Szenario sprechen, dann können Sie selbst Ihre Schlüsse ziehen.«

»Sie tun dies also aus purem Altruismus?«

»Sowohl Sie als auch ich wollen endlich einen Schlussstrich ziehen. Auf offiziellem Weg wird Ihnen das wahrscheinlich nicht gelingen, zumindest nicht mit meiner Hilfe«, erwiderte Louise. »Wir müssen diese traurigen Vorfälle hinter uns lassen und nach vorne blicken. Raoul wird nie mehr lebendig. Caroline und ich werden nie wieder ein Paar sein, obwohl ich hoffe, dass sie diese Betrübnis mit einem halbwegs intakten Herzen hinter sich lässt. Und Anna ... ja, über Annas Zukunft weiß ich nichts.«

Ebba lag die Frage auf der Zunge, wie wohl Helena über den Tod des Vaters ihres Sohnes dachte. Sie beherrschte sich aber und fragte nur: »Und Helena?«

Louise schüttelte den Kopf und antwortete: »Helena ist vermutlich die Einzige, die diese Geschichte halbwegs unbeschadet übersteht. Mittlerweile weiß ich auch, dass sie eine Affäre mit Raoul hatte, aber über einen kleinen Flirt müsste sie eigentlich recht schnell hinwegkommen. Sie kann schließlich zu ihrer Familie und einem geregelten Leben zurückkehren. Ich beneide sie fast darum.«

Vendela und Ebba wechselten einen kurzen Blick. Ebba blinzelte rasch, um zu bedeuten, dass diese Frage im Augenblick nicht wichtig sei. Pontus räusperte sich diskret, um beizupflichten, und wandte sich dann einer Kellnerin zu.

»Wir hätten gerne einen möglichst abgeschiedenen Tisch im Speisesaal.«

Die Kellnerin lachte etwas herablassend. »Das ist heute Abend vollkommen unmöglich. Wir haben sehr viele Gäste, eine ganze Tagung hat Tische reserviert.«

»Ich bin mir sicher, dass sich doch etwas machen lässt«, antwortete Pontus, beugte sich vor und flüsterte ihr etwas ins Ohr. Sofort veränderte sich ihre Miene, und sie schluckte nervös.

»Ich verstehe. Natürlich, kein Problem. Geben Sie mir fünf Minuten, dann kriegen Sie einen Tisch hinten am Fenster.« Eilig verschwand sie mit ihrem Tablett. Ebba sah Pontus scharf an.

»Kann es sein, dass du dir dieses harmlose Mumintroll-Finnisch zugelegt hast, um deine sizilianische Abstammung zu verschleiern?«

»Gewisse Fragen sollten unbeantwortet bleiben«, erwiderte er lässig.

Wenig später erschien die Kellnerin gefolgt vom Oberkellner und führte sie zu ihrem Tisch. Ebba ging hinter Vendela und flüsterte ihr zu: »Und was treibst du eigentlich?« Aber Vendela warf ihr Haar zurück und antwortete nicht. Stattdessen legte sie Louise eine Hand auf den Ellbogen und schob sie auf die beiden Stühle mit Rücken zum Speisesaal zu.

Pontus rückte Ebba den Stuhl zurecht. Ohne Kommentar nahm sie Platz. Während die Kellnerin die Speise- und Weinkarten austeilte, versuchte sich Ebba ein Bild von der Lage zwischen den beiden adligen Damen zu machen und stellte beunruhigt eine gewisse Intimität fest. Vendela ergriff überraschend die Initiative und bestellte. Ebba fragte sich, ob Louises Einfluss sie selbstbewusster gemacht hatte.

»Wir nehmen je einen halben Hummer und machen mit dem Champagner weiter, eine Flasche Deutz. Dazu eine Karaffe Wasser, bitte.« Sie gab ihre Speisekarte zurück und blinzelte Pontus vertraulich zu. »Wie nett, dass du heute Abend alle einlädst, Pontus.«

»Was sollte ich gegen so einen hervorragenden Vorschlag wie Champagner und Hummer als Leichenschmaus schon einzuwenden haben?«, entgegnete er.

»Du bist der Polizeichef, Pontus«, antwortete Louise freundschaftlich-spöttisch. »Wer hätte gedacht, dass du Bulle werden würdest. Das war sehr unerwartet.« Sie winkte den Oberkellner herbei. »Könnte ich meinen Hummer bitte ohne Schale bekommen?« Der Oberkellner nickte und verschwand.

»Oh, entschuldigen Sie, daran hatte ich nicht gedacht«, flüsterte Vendela. Louise strich ihr lächelnd mit der Hand über die Wange. Ebba beobachtete sie aus den Augenwinkeln. Vendela war an diesem Abend sowohl eine Hilfe als auch eine Belastung. Aber Pontus' Idee war nicht schlecht, es konnten sich unerwartete Entwicklungen ergeben.

»Jetzt bin ich aber neugierig. Was für eine Karriere stellte man sich für Pontus denn vor?«, wollte Vendela wissen und schielte amüsiert zu ihm hinüber.

»Pontus sang sehr schön. Wenn er Schubert sang, traten einem die Tränen in die Augen. Ich werde die Schulaufführung von ›Tosca‹ nie vergessen. Wir konnten zwar keine Opern singen, aber Tosca mussten wir einfach aufführen. Ich dirigierte das Orchester, Orchester ist vielleicht auch zu viel gesagt, wir setzten ein etwas fragwürdiges Pianotrio zusammen, und Pontus stand auf der Bühne und sang den Cavaradossi.« Sie wandte sich an Ebba. »Alle waren davon überzeugt, dass er einmal Heldentenor werden würde.«

»Tenor war mir eigentlich immer etwas zu hoch. Hätte ich den Scarpia singen dürfen, dann stände ich heute auf der Bühne der Met, statt mit Blaulicht durch die Gegend zu düsen. Dann hätte ich unter kulturellen Vorzeichen den Detektiv geben können.«

»Wie seltsam sich das Leben doch gestaltet. Jetzt sitzt du hier und bezichtigst mich des Mordes«, erwiderte Louise und lächelte Pontus schelmisch an.

Der Champagner wurde gebracht, und man hielt Pontus die Flasche hin, damit er ihn verkostete.

»Schenken Sie meiner Tischdame zuerst ein, ich würde gerne ihre Meinung hören«, sagte er. Ohne weitere Umschweife ging die Kellnerin zu Ebba und goss ihr ein. Ebba nahm einen demonstrativ großen Schluck und stellte fest: »Ganz okay.« Sie sah Pontus von der Seite an, und dieser lächelte belustigt. Die Kellnerin füllte sämtliche Gläser und stellte die Flasche dann in einen Weinkühler.

Ohne anzustoßen fuhr Ebba fort: »Wenn ich Sie recht verstehe, müssen wir uns heute Abend mit einer diffusen Version der Wahrheit begnügen, zu der Sie sich außerdem nicht vor Gericht bekennen würden?«

»Das haben Sie ganz richtig verstanden, Ebba. Ich habe dafür einen triftigen Grund. Sie werden mich nie von etwas anderem überzeugen.«

»Und dieser Grund ist?«

»Caroline natürlich.«

»Ah«, meinte Ebba. »Sie konnten sie nicht vor Raoul beschützen, aber Sie versuchten zumindest, sie vor einer Verurteilung zu bewahren.«

»Caroline war davon überzeugt, Raoul mit den Spritzen getötet zu haben.«

»Aber wir verdächtigen sie ja gar nicht des Mordes. Anna hat, wie Sie wissen, gestanden.«

»Ich wusste damals nicht, dass es Anna war. Ich glaubte allen Ernstes, Caroline sei schuldig. Ich habe sie an diesem Abend gesehen.« Sie trank einen Schluck Champagner, damit alle das Gesagte verarbeiten konnten. »Jan, Kjell und ich waren im Esszimmer mit dem Redigieren beschäftigt, und ich hatte eine kurze Pause eingelegt, um mir die Beine zu vertreten und Tee in der Küche zu kochen. Da sah ich sie durchs Fenster. Raoul lag auf dem Steg, und Caroline prügelte wie wild auf ihn ein. Ich war erst vollkommen fassungslos. Als sie dann hysterisch ins Haus rannte und Raoul vollkommen reglos dalag, glaubte ich erst, sie hätte ihn erstochen. Ich fühlte mich gezwungen, der Sache auf den Grund zu gehen. Ich brachte es aber nicht über mich, Caroline zur Rede zu stellen. Ich war immer noch sehr erregt und wusste nicht, falls sie Raoul jetzt wirklich getötet hatte, wie ich die ambivalenten Gefühle bewältigen sollte. Um eine Begegnung mit ihr zu vermeiden, begab ich mich durch die Glastür im Studio ins Freie und eilte auf den Steg, um zu sehen, was passiert war.«

Sie sah die anderen am Tisch an.

»Raoul war tot, aber ich sah kein Blut und wusste nicht, wie er gestorben war. Als ich dann sah, wie die Haustür geöffnet wurde, handelte ich instinktiv und stieß Raoul ins Wasser. Ich dachte, ich müsste alle Beweise für Carolines Tat beseitigen. Wenn man Carolines Fingerabdrücke nicht auf Raouls Leiche fand, dann konnte man sie auch nicht einer Straftat bezichtigen. Vielleicht würde es ja wie ein Unfall aussehen. Raoul lebte nicht mehr, was nützte also ein Sündenbock schon? Außerdem würde nichts den Schmerz, den er uns bereitet hatte, wiedergutmachen können. Ich setzte mich also hin und stieß ihn mithilfe meiner Beine vom Steg. Ich hatte Angst, dass es einen lauten Plumps geben würde, aber der Leichnam glitt einfach in das dunkle Wasser. Beim Steg ist es mehrere Meter tief. Wir haben dort etliche Felsen weggesprengt, damit man mit größeren Booten anlegen kann.«

»Helena sah Sie, nicht wahr?«

Louises Augen funkelten. Aber sie beantwortete die Frage nicht. Stattdessen trank sie einen Schluck Champagner und fuhr dann fort: »Helena und Caroline befanden sich bereits auf dem Weg zum Steg, und ich musste mir rasch etwas einfallen lassen. Ich kletterte an Bord des Targa. Dort versteckte ich mich, während ich versuchte, mich zu beruhigen und alles zu verarbeiten.«

Sie referierte die Vorfälle unsentimental, als hätte sie das einzig Logische in einer hoffnungslosen Situation, die sich außerhalb ihrer Kontrolle befand, unternommen. Vendela lauschte ihr angespannt, und Ebba rührte es, wie sehr sie sich in die Geschichte einlebte. Gleichzeitig erkannte sie, dass sie bei Gelegenheit mit ihr ein ernsthaftes Wort über die Kunst, zwischen beruflichem und privatem Engagement zu unterscheiden, reden musste.

»Als ich Carolines und Helenas Rufe hörte, sah ich ein, dass ich mich nicht viel länger im Boot verstecken konnte«, fuhr Louise fort. »Ich erschien also auf Deck und tat erstaunt. Kurz zuvor hatte ich Caroline dabei beobachtet, wie sie auf den leblosen Raoul einstach, und jetzt fragte ich mich, ob sie vollkommen den Verstand verlor und ob sie Raoul in einem Anfall von Wahnsinn getötet, dann aber nicht begriffen hatte, was wirklich geschehen und deswegen zu Helena gelaufen war, damit diese ihn rettete. Caroline war aufgelöst und schwor, Raoul auf dem Steg gefunden zu haben. Er hätte noch gelebt, als sie dorthin gekommen sei. Helena schien den Ernst der Situation nicht zu begreifen. Es muss noch gesagt werden, dass Helena nicht ganz nüchtern war. Ich erbot mich, bei der Suche nach Raoul zu helfen, und lenkte ihre Aufmerksamkeit bewusst vom Steg weg. Natürlich fanden wir ihn nicht. Nach einer Weile kehrten Helena und ich ins Haus zurück. Caroline rannte herum, rief und suchte. Ich ging in die Küche und kochte meinen Tee, so gut es ging. Ich zitterte am ganzen Körper. Aber es gelang mir, mich zu beruhigen, ins Speisezimmer zu gehen und Kjell zu bitten, mir mit dem Teetablett zu helfen.«

»Und wann begriffen Sie, was wirklich geschehen war?«

»Dass Anna die Schuldige war, wusste ich da noch nicht. Caroline war schließlich selbst davon überzeugt, ihn getötet zu haben. Aufgrund meiner Beobachtungen glaubte ich zu diesem Zeitpunkt auch, dass sie die Täterin war. Erst als ich erfuhr, dass er an Dexofen gestorben war, fiel mein Verdacht auf Anna.«

»Das müssen Sie uns erklären.«

»Ich sah, wie sie Sachen im Kachelofen im Salon verbrannte, und zwar genau nachdem wir die Leiche gefunden hatten. Anna begriff erst da, dass er tot war. Mir wurde einige Zeit danach bewusst, dass sie die Tablettenschachtel verbrannt haben musste, nach der Sie später suchten, denn sie benahm sich so seltsam. Mir war noch gar nicht aufgefallen, dass die Schachtel fehlte, weil ich statt Dexofen Voltaren schluckte. Aber ich hatte es auf die Insel mitgenommen, und als ich in meinem Necessaire nachschaute, war es weg.«

Ebba unterbrach sie. »Warum, glauben Sie, hat Anna so etwas Drastisches getan?«

»Anna hatte so einen vielversprechenden Start. Sie beendete ihren Diplomstudiengang mit einem einzigartigen Konzert, das wunderbare Besprechungen bekam. Wir glaubten alle, dass sie als Solistin aufblühen würde. Zu Anfang bekam sie einige Angebote von den großen Orchestern, aber dann schien ihr langsam die Luft auszugehen, alle Hoffnungen auf die Zukunft, alle Versprechen, die sie ihren Lehrern, ihren Freunden und sich selbst gegeben hatte, lösten sich in nichts auf. Soweit ich weiß, beruhte dies nicht auf einem besonderen Vorfall, kein schlechter Auftritt raubte ihr das Selbstbewusstsein.«

»Welche Rolle spielte Raoul bei diesem Rückzug?«

»Ich kann mir nicht vorstellen, dass der Bruch sie so erschüttert haben kann. Schließlich liegt der schon so lange zurück.«

»Der Schwangerschaftsabbruch könnte tiefere Spuren hinterlassen haben, als Sie glaubten.«

»Was weiß ich. Aber sie hat später schließlich auch keine Kinder bekommen. Wenn sie sich Kinder gewünscht hätte, hätte sie es ja wieder mit Bengt versuchen können.«

»Worauf beruhte dieser große Lebensüberdruss?«

»Ich glaube, sie war vom Leben enttäuscht. Dass nicht mehr aus ihr geworden war. Zu Beginn einer Musikerkarriere ist man von Illusionen über die Zukunft erfüllt, die dann eine nach der anderen zerplatzen.«

»So ist das doch wohl bei allen Karrieren. Man kommt zu der Einsicht, dass das Leben aus anderen Werten besteht als denen, die man sich zuerst eingebildet hat.«

»Aber als Musiker sind die eigenen Gefühle der Einsatz.«

Der Hummer wurde serviert, und einen Augenblick lang kam das Gespräch zum Erliegen.

»Ich weiß nicht, ob ich Ihnen das abnehme«, meinte Ebba nach einer Weile und schüttelte skeptisch den Kopf. »Ihnen hat das harte kulturelle Klima nichts anhaben können, und Raoul scheint damit auch problemlos fertiggeworden zu sein.«

Louise lächelte.

»Sie wollen sich nicht mit Anna vergleichen?«

»Wir sind sehr unterschiedliche Menschen.«

»Ja, sie spielte ja auch nur die zweite Geige. Always the bridesmaid, never the bride.«

»Durchaus nicht. Sie ist schließlich gerade Konzertmeisterin des vielleicht besten Orchesters des Landes geworden. Das ist wirklich nicht zu verachten.«

»Und trotzdem … Als es mit der Karriere endlich weiterging, fehlte ihr die Kraft. Sie blieb in einer Art desillusioniertem Niemandsland hängen. So scheinen Sie es darstellen zu wollen.«

Louise hob ihr Glas und trank nachdenklich einen Schluck.

»Vielleicht ist es ja so, dass man nie in das Innere eines anderen Menschen blicken kann«, meinte Vendela. »Jene Probleme, die alle herunterspielen wollten, der Schwangerschaftsabbruch, die Trennung von Raoul, die aufgegebene Solistinnenkarriere, das einsame Leben … all das raubte ihr vielleicht die Freude am Leben.«

»Wir sollten keine Mutmaßungen anstellen, bevor wir mit Anna gesprochen haben«, meinte Ebba und konnte dem Impuls nicht widerstehen, Vendela vors Schienbein zu treten. Vendela sah sie ungnädig an. Ebba packte eine Hummerschere und knackte sie. »Hingegen …« Sie unterbrach sich, als ein Schalensplitter durch die Luft flog und an Pontus' Stirn hängen blieb. Louise und Vendela lachten gleichzeitig, und Pontus schnippte den Splitter mit dem Daumen weg. Er beugte sich zu seiner Tischdame hinüber und sagte mit gespielt herablassender Miene: »Nächstes Mal bestellen wir dir einen Toast Skagen, Ebba.«

»Hingegen«, fuhr Ebba ungerührt fort, »interessiert mich Peders Rolle in dieser Geschichte.«

Louise lächelte. »Die Sache mit dem Boot war schon eine seltsame Idee von Ihnen, denn es hat keinerlei Bedeutung. Peder war bereits auf dem Weg nach Stockholm, als Raoul starb. Er kam auch an diesem Abend nicht mehr zurück. Ich kann Ihre Schlussfolgerung verstehen, schließlich war Raouls Leiche so lange verschwunden. Aber wenn Sie die Strömungen bei Svalskär kennen würden, würden Sie begreifen, dass die Leiche vermutlich erst ins tiefere Wasser gezogen wurde, um dann vom auflandigen Wind wieder ans Ufer getrieben zu werden. Die Strömung muss Raouls Schuh vom Fuß gerissen und dann hinausgetrieben haben.

Es war ja so dunkel, dass die Wahrscheinlichkeit, dass jemand die Leiche auch direkt neben dem Steg im Wasser sehen würde, sehr gering war. Peder hat Raoul zwar einen linken Haken verpasst, aber das war auch alles. Sie stritten sich wie zwei Hähne. Nichts, was sonderliche Aufmerksamkeit verdient hätte, und vor allen Dingen nichts, wofür man Peder verurteilen könnte.«

»Glaubten Sie wirklich, dass wir Raouls Sturz ins Wasser als einen Unfall zu den Akten legen würden?«

»Ich brauchte Zeit zum Nachdenken, um mich mit dem Gedanken auseinanderzusetzen, dass Caroline einen Mord verübt hatte.«

»Haben Sie Caroline von alldem erzählt?«

Louise trank einen Schluck Champagner, weil sie eine trockene Kehle hatte. »Caroline muss man die Wahrheit in kleinen Portionen servieren. Sie verkraftet nicht alles auf einmal. Natürlich war sie erleichtert, als sie erfuhr, dass Raoul an Dexofen und nicht an den Spritzen gestorben war. Aber das erfuhren wir ja erst, als Sie die Todesursache herausfanden.«

»Warum haben Sie uns nicht die Wahrheit gesagt, als Ihnen klar wurde, dass Caroline unschuldig ist? Jonas Cronsparre kann sicher mildernde Umstände für Ihre Handlungsweise geltend machen«, meinte Ebba.

»Ich wollte Anna die Chance geben, die Wahrheit zu bekennen. Ich konnte sie nicht einfach hintergehen und sie anzeigen. Raoul war tot. Jetzt galt es, nach vorne zu blicken. Niemandem von uns hätte es genützt, einen Mörder zu benennen. Warum hätte ich das Leben für Anna noch mehr zerstören sollen? Sie hatte schon genug gelitten. Gewisserweise waren wir alle mitschuldig. Nicht zuletzt Raoul selbst.«

»Sie waren also die umsichtige Übermutter, die sich unbeirrbar um das ganze Quartett kümmerte.«

Louise zuckte mit den Achseln und spießte die Hummerschere mit der Gabel auf.

»Loyal und selbstlos«, fuhr Ebba fort. Louise schaute von ihrem Teller auf. Einen Augenblick sahen sie sich unverwandt an. Vendela schielte vorsichtig auf ihre Tischdame, und Louise lächelte sie herzlich an.

»Wie sehr ich um dieses Quartett gekämpft habe«, sagte Louise. »Jahrelang. Die anderen hielten meine Arbeit für selbstverständlich. Ich habe meine Agentur Konzerte und Reisen organisieren lassen, ich habe Aufnahmen geplant und auf Svalskär für Essen und Unterbringung gesorgt. Wenn ich meinen Kolleginnen den Rücken gekehrt hätte, dann wäre das das Ende des Quartetts gewesen.«

»Konntet ihr euch wirklich vorstellen, nach einem solchen Vorfall weiterzumachen?«, fragte Pontus. »Mit dem ständigen Verdacht, dass jemand von euch Raouls Tod verschuldet hat? Hätte das nicht alle Voraussetzungen zerstört, jemals wieder zusammen spielen zu können?«

Louise leerte ihr Glas in einem Zug.

»In einer akuten Situation denkt man nur ans Überleben«, antwortete sie mit kühler, sachlicher Stimme. »Raoul hatte schon genug Schaden angerichtet. Es hätte nichts genützt, wenn wir uns geopfert hätten.«

»Darüber habe ich lange nachgedacht, Louise«, meinte Ebba. »Anfänglich hat mir Ihre Stärke wirklich imponiert. Sie war fast übermenschlich. Sie waren von Ihrer vergötterten Freundin betrogen worden, hatten das Kind verloren, nach dem Sie sich gesehnt hatten, und noch dazu Ihren engsten Freund. Von dem Schock, den Sie erlitten haben müssen, als Sie Ihre Hand verletzten, ganz zu schweigen. Allerdings gehe ich davon aus, dass Sie Ihre Hände für eine hohe Summe versichert haben. Schließlich bestreiten Sie mit ihnen Ihr Einkommen. Ohne gesunde Finger können Sie nicht spielen und Geld verdienen. Sie hätten also eine ziemliche Summe von Ihrer Versicherung bekommen. Keine Ahnung, was es kostet, eine Privatinsel und ein Mietshaus auf Östermalm zu unterhalten. Ich habe Ihre Finanzen unter die Lupe genommen, Louise, und um die könnte es besser stehen.«

Louises Bewegungen wurden bedächtiger. Sie schob sorgfältig etwas Hummerfleisch auf ihre Gabel. »Das Geld reicht. Außerdem werde ich bald wieder spielen können.«

Pontus schenkte ihr diskret nach und goss Ebba und Vendela den letzten Schluck ein. Er gab der Kellnerin ein Zeichen, eine weitere Flasche zu bringen.

Ebba löste den Hummerschwanz aus der Schale und entfernte den schwarzen Strang, ehe sie ein großes Stück in den Mund schob und genüsslich kaute.

»Hummer ist wirklich unübertroffen, Pontus. Ich nehme alles zurück, was ich über die Planung dieses Abends gesagt habe. Besser hätte er sich nicht beenden lassen.« Sie wandte sich an ihren Chef, und dieser sah sie abwartend, bewundernd und verblüfft an. Dann schaute sie wieder auf Louise. »Genießen Sie den Hummer, Louise. Vermutlich werden Sie in der nächsten Zeit Fleischwurst vom Familienporzellan essen müssen.«

Louise antwortete nicht.

»Es freut mich, dass Caroline dann doch die Kraft gefunden hat, um gestern mit Ihnen Kaffee zu trinken«, fuhr Ebba fort. Sie riss dem Hummer ein Bein ab und saugte es schlürfend aus. Louise hatte bereits ihr Besteck neben dem halb gegessenen Hummer auf ihren Teller gelegt und saß reglos auf ihrem Stuhl.

»Worüber haben Sie sich unterhalten?«, fragte Ebba.

Langsam, mit einer kontrollierten Bewegung, griff Louise zu ihrer Serviette. Sie drückte sie einige Male an die Lippen und legte sie dann neben ihren Teller. Sie atmete tief ein und hob das Kinn.

»Ich wollte ihr helfen. Sie brauchte meine Vergebung, um ihre Trauer verarbeiten und nach vorne blicken zu können.« Sie hob ihr Glas und hielt es vor die Brust, ohne zu trinken.

Ebba nickte. »Ja. Es kann nicht leicht sein, so viele Schicksalsschläge gleichzeitig zu erleiden. Am allerwenigsten für eine so fragile Person wie Caroline. Sie hat ein schlechtes Gewissen wegen dem, was sie Ihnen angetan hatte.«

»Es wäre mir recht, wenn Sie Caroline jetzt in Ruhe lassen könnten. Ich habe Ihnen erzählt, was geschehen ist. Jetzt brauchen wir Zeit, uns zu erholen.«

»Ich kann noch nicht ganz von Caroline lassen, Louise. Das wäre ihr gegenüber auch nicht fair. Ich stimme Ihnen ganz und gar darin zu, dass sie Erholung braucht, vor allem, wenn man bedenkt, dass sie innerhalb so kurzer Zeit möglicherweise zwei Schwangerschaftsabbrüche durchgemacht hat.«

Louises Miene erstarrte, was sie aber hinter ihrem Champagnerglas gut verbarg. Vendela warf einen Blick auf Ebba, und diese nickte ihr zu.

»Hatte sie eine frühe Fehlgeburt?«, fragte Vendela.

»Fehlgeburt ist vielleicht zu viel gesagt. Das befruchtete Ei konnte sich nie einnisten«, antwortete Ebba und hob ihr Glas. »Die Wirkung einer Pille danach kann sich manchmal verzögern.«

»Die Pille danach? Sie hatte doch einen regulären Schwangerschaftsabbruch durchgeführt?«

»Genau. Jenes Mal.« Ebba konnte es nicht lassen, die Oberlippe zu verziehen, bevor sie einen Schluck Champagner trank und das Glas wieder abstellte. »Glauben Sie, dass sie so gehorsam war und Ihretwegen so eine Pille geschluckt hat, Louise?«

Louise saß bleich und finster auf der anderen Seite des Tisches. Vendela holte tief Luft und trank rasch ihren Champagner aus, als die Kellnerin kam und die nächste Flasche öffnete. Das festliche Knallen des Korkens vertrug sich nicht mit der gedrückten Stimmung. Die Kellnerin füllte die Gläser und tauschte die Flaschen im Sektkühler aus.

Louises Antwort ließ auf sich warten. Alle Blicke waren auf sie gerichtet. »Ich habe keine Ahnung, wovon Sie sprechen«, sagte sie.

»Was antwortete sie, als Sie fragten, ob sie Ihren Rat befolgt hätte?«

Louise schwieg und verzog keine Miene.

»Natürlich brach Caroline in Tränen aus«, fuhr Ebba fort. »Aber hätte sie Ihnen die Wiedergutmachung verweigern können, die darin bestand, dass sie ihre Schwangerschaft mit Raoul beendete? Sie hatte nicht einmal so viel Anstand besessen, Ihnen von ihrem Schwangerschaftsabbruch zu erzählen. Das erfuhren Sie stattdessen von Peder, der auf Raoul so wütend war, dass er ihn niederschlug. Raoul, der jede freie Minute mit dem Versuch verbracht hatte, Caroline wieder schwanger werden zu lassen. Er schreckte sicher nicht davor zurück, Ihrem Cousin davon zu erzählen, als sie auf dem Steg standen. Nach allem, was Sie hatten aushalten müssen, war es wohl nicht zu viel verlangt, dass Caroline Vernunft annahm und das einzige Richtige tat, wenn Sie schon ihren angeblichen Mord deckten.«

Louise verschränkte die Arme und lehnte sich, die Augen auf Ebba gerichtet, zurück.

»Es galt, schnell zu handeln, nicht wahr? Caroline zu bearbeiten, solange sie noch so mitgenommen war. Bald würde sie Raouls wirkliche Todesursache erfahren. Dass es doch nicht ihre Schuld gewesen war. Dass sie keine doppelte Schuld, Ihnen gegenüber und Raoul, empfinden musste. Eine kleine Pille würde sie zumindest von einer Bürde befreien.«

Ebba schaute Louise starr an, ohne zu blinzeln. Ihr Djursholmakzent spitzte ihren Bericht noch weiter zu, als sie fortfuhr.

»Ich habe mich gefragt, warum es Peder so eilig hatte, nach Svalskär zurückzukehren, um seine Unschuld zu beteuern. Er hätte abwarten können, bis ich ihn auf die Wache bestellt hätte. Gute Nerven hat er offensichtlich nicht. Aber er hatte einen besonderen Grund, warum er Sonntag nach Svalskär zurückgekehrt ist. Sie hatten keine große Mühe damit, ihn zu überreden, eine Kleinigkeit für Sie zu erledigen. Er hatte sich in eine Sache reinziehen lassen, mit der er nichts mehr zu tun haben wollte.«

Louise schüttelte wütend die Hand.

»Vollkommen unbegründete Beschuldigungen. Ich habe bereits gesagt, dass Peder unschuldig ist. Sie sollten dankbar sein, dass er so loyal war, dass er freiwillig nach Svalskär zurückgekehrt ist, um Ihnen bei Ihrer Ermittlung beizustehen.«

»Ja, ja. Unglaublich nobel von ihm, sich freiwillig bei uns zu melden. Es ging ihm aber hauptsächlich darum, alle Spuren seiner Beteiligung an der ersten Befruchtung zu beseitigen. Caroline hatte Sie von seinen höchst egoistischen Plänen mit dem Kind unterrichtet. Zur Strafe musste er Ihren Laufburschen spielen.«

Ebba leerte ihr Glas mit einem Zug und stellte es mit einer durchdachten Bewegung vor ihren Teller, auf dem die leeren Hummerschalen aufgestapelt lagen. Pontus, Vendela und Louise warteten gespannt. Sie hatte ihre ganze Aufmerksamkeit. Jetzt war sie die Solistin.

»Am Sonntagmorgen ging Peder in eine Apotheke, die rund um die Uhr geöffnet hatte, kaufte eine Pille danach und lieferte sie am Nachmittag bei Ihnen ab. Mittlerweile ist sie rezeptfrei erhältlich. Und das, Louise, ist der eigentliche Grund, warum er nach Svalskär gefahren ist. Nicht weil er mit uns sprechen wollte. Das war nur ein praktischer Vorwand. Die Schachtel mit der Pille händigten Sie Caroline bei der ersten Gelegenheit aus. Es eilte. Diese Pillen muss man so schnell wie möglich einnehmen, und Raoul und Caroline waren bei ihrer leidenschaftlichen Affäre nicht faul gewesen.«

Louise schnaubte verächtlich und knallte ihr Champagnerglas auf den Tisch.

»Das ist das Absurdeste, was ich je gehört habe.«

»Der forensische Beweis liegt vor. Im Badezimmermülleimer lag eine leere Verpackung Norlevo.«

Louise öffnete den Mund, um etwas zu sagen, aber Ebba kam ihr zuvor.

»Wer außer Caroline hätte auf Svalskär Verwendung für eine Pille danach gehabt? Wohl kaum Helena, Anna auch nicht … und Sie, Louise, ganz bestimmt nicht.«

Ein künstlicher Zitronenduft breitete sich aus, als Ebba die Folie des Erfrischungstüchleins aufriss, um sich die Finger abzuwischen.

»Haben Sie sich mit Raouls Anwalt unterhalten, Louise?«, fragte sie zerstreut.

»Warum hätte ich das tun sollen?« Sie lächelte Ebba höhnisch an.

»Weil Sie eine seiner Haupterbinnen sind. Im Falle seiner Kinderlosigkeit erhalten Raouls Eltern einiges, dann kommen Sie und erben fast die Hälfte, während Joy sich mit einem Trinkgeld begnügen muss. Nach zwei gescheiterten Ehen war Raoul so geläutert, dass er einen ordentlichen Ehevertrag aufsetzen ließ, sie bekommt von der herrschaftlichen Wohnung also nur ein paar Prozent, etwa drei Millionen Kronen. Die Frauen kamen und gingen, aber die Freundschaft hatte Bestand. Sie waren ihm die Schwester, die er nie hatte.«

Louise zuckte mit den Achseln. »Ich weiß, dass mich Raoul in seinem Testament bedacht hat. Das hat er mir mal erzählt. Das ist aber nichts, worüber ich mich freue.«

»Ach? Achtzig oder neunzig Millionen, von denen dreißig Ihnen zugefallen wären, sind doch nicht zu verachten. Plus die Geige. Was die wert sein kann? Das weißt du vielleicht, Vendela? Du hast es vermutlich nicht unterlassen können, den Kasten zu öffnen, um dir die berühmte Nachtigall anzusehen?«

Vendela hustete und vermied es, Louise anzusehen.

»Tja … es ist eine Giuseppe Guarneri del Gesù, eine echte.«

Sie hielt inne, schaute zu Boden und fuhr dann etwas leiser fort: »Aber es versteht sich natürlich, dass Raoul Liebeskind eine echte Guarneri besaß. Vermutlich ist sie mehrere Millionen wert.«

»Vierzig Millionen Kronen, grob geschätzt«, meinte Louise gleichgültig. »Das haben Sie sich sicher bereits von Miles Rosenberg bestätigen lassen, oder?«

Ebba nickte. »Und da rechnen wir nur die Wohnung und die Geige. Vielleicht hatte er zu Hause im Schrank noch weitere Instrumente liegen oder in einem Schließfach, was weiß ich. Es dauert vermutlich eine Weile, bis ein kompletter Überblick über Raouls Finanzen vorliegt. Bis dahin hätte vielleicht Caroline sein Kind zur Welt gebracht.«

Vendela lehnte sich zurück und schüttelte verblüfft den Kopf. Als Louise erneut den Mund öffnete, zitterte ihre Stimme ganz leicht, aber unüberhörbar.

»Ich habe Raoul nicht getötet. Ich hätte ihm nie den Tod gewünscht.«

»Nein, das haben Sie nicht. Aber Sie ertrugen nicht den Gedanken, dass Carolines Kind ihn beerben könnte.«

Louise wollte sich erheben, aber Ebba hob die Hand.

»Setzen Sie sich, Louise, ich bin noch nicht fertig.«

Widerwillig ließ sich Louise wieder auf ihren Stuhl sinken.

»Sie haben keinerlei Beweise für Ihre Behauptung. Das ist eine unverzeihliche Verunglimpfung von Caroline und mir.«

»Obwohl Caroline nicht mehr Raouls Kind erwartet, bekommen Sie doch keine Öre.«

Louise blieb die Spucke weg.

»Raoul hat bereits ein Kind. Einen kleinen Jungen, der seinen Vater komplett beerben wird, obwohl er ihm nur ein einziges Mal begegnet ist. Aber das wusste damals noch niemand. Und das, Louise, ist das Traurigste an dieser Geschichte.«

»Was sagen Sie da?« Louises Stimme zitterte entrüstet.

»Es gibt eine Klausel, dass sein Kind, falls es eines geben sollte, alles erbt, mit Ausnahme dessen, worauf seine Frau Anspruch hat. Daran ist nichts weiter merkwürdig, und dagegen wird auch kein Anwalt dieser Welt etwas einwenden können. Ich bin davon überzeugt, dass Sie das wussten, weil Sie sonst gar nicht auf die Idee gekommen wären, Carolines eventuelle Schwangerschaft mit Raoul zu sabotieren.«

Louise atmete schwer. »Wer ist Raouls Sohn?«

»Das brauche ich Ihnen im Augenblick nicht zu erzählen. Aber jetzt haben Sie etwas, worüber Sie nachdenken können, wenn Sie heute Abend zu Bett gehen«, antwortete Ebba. »Sie haben versucht, unsere Ermittlungsarbeit zu stoppen, indem Sie uns heute Abend Ihre sogenannte Wahrheit präsentiert haben. Ein guter Versuch. Sie brauchten Zeit, Louise, genau wie Sie gesagt haben. Sie brauchten Zeit, um Caroline dazu zu überreden, die Pille danach zu schlucken, indem Sie sich ihre Angst und ihre irrige Vorstellung zunutze machten, Raoul getötet zu haben, obwohl Ihnen klar war, dass sie ihn mit den Spritzen gar nicht getötet haben konnte. Sie brauchten viel Zeit, um Carolines Einsicht hinauszuzögern, damit sie nicht in den Besitz dieser Erbschaft gelangte. Sie umsorgten sie letztendlich nur, um sie in Unwissenheit zu halten und ihren Wahnvorstellungen Nahrung zu geben, um selbst an das Geld zu kommen. Und sie war Ihnen so dankbar, weil Sie für sie solche Risiken eingingen. Sie hatten für sie ja sogar die Leiche beseitigt. Trotz aller Schmerzen, die sie Ihnen zugefügt hatte. So eine Dankbarkeit hat ihren Preis, und Caroline bezahlte pflichtschuldig ihre Schuld an Sie ab. Aber wie Sie sagen, Raoul wird davon auch nicht wieder lebendig. Die Wunden bleiben, und der Mörder ist bereits enttarnt. Und wer weiß, vielleicht war es für Caroline ja wirklich besser, dieses Kind nicht zur Welt zu bringen. Sie ist ja so zerbrechlich.«

Ebba fuhr sich mit ihrer Serviette über den Mund, und ihre Lippen hinterließen zwei rote Striche.

»Was halten Sie von morgen um zehn in meinem Büro?«, sagte sie dann. »Ich muss wohl kaum erwähnen, dass Sie Jonas Cronsparre mitbringen sollten.«

Louise erhob sich und nahm ihre Handtasche. Wortlos verließ sie mit klappernden Absätzen das Grand Hôtel.

Vendela war hinter ihrem Teller in sich zusammengesunken. Mit ruhigen Bewegungen griff sie nach ihrer Jacke und Tasche.

»Vendela ...«, begann Ebba, aber diese hob abwehrend die Hände.

»Sag nichts«, erwiderte sie. Sie stieß sich mit beiden Händen vom Tisch ab und erhob sich. »Wir sehen uns morgen bei der Arbeit.« Mit schweren Schritten verließ sie den Speisesaal.

Pontus und Ebba blieben zurück.

Ebba saß in Gedanken versunken da. Das Geräusch von perlendem Champagner in ihrem Glas weckte sie. Pontus goss ihnen den Rest aus der Flasche ein. Aber sie hatte nicht die Kraft, ihn anzusehen. Vorsichtig stieß er mit seinem Glas an ihres: »Ebba …«

»Das Seltsame ist, dass sie mir irgendwie trotzdem leidtut.«

»Vendela?« Pontus versuchte spöttisch zu klingen, aber der Verlauf des Abends hatte ihn ebenfalls mitgenommen.

»Ach was! Vendela kommt darüber hinweg.«

Pontus lächelte schwach. »Das hatte ich nicht erwartet … aber sie hat sich eigentlich schon immer durch Hybris ausgezeichnet.«

»Vendela?«, sagte jetzt Ebba ebenfalls und lächelte müde. Pontus trank einen Schluck und betrachtete sie amüsiert durch das Champagnerglas.

»Louise hat sich im Grunde nicht verändert, aber es erstaunt mich doch, wie kalt sie ist.«

»Sie arbeitet hart an ihrer Karriere und schützt ihren engsten Kreis wie jeder andere Unternehmer auch«, meinte Ebba. »Aber wenn es um Geld geht, muss sie dann doch gegen ihre Prinzipien verstoßen.«

»Wie sehr hasste sie wohl Raoul am Ende?«

»Und Caroline?«

Ebba schaute zu Boden, lehnte sich zurück und griff nach ihrem Glas. »Als ich mich mit Caroline heute Abend unterhalten habe, bestätigte sie mir, dass Louise versuchte, sie auf der Insel zu überreden, diese Pille zu schlucken.«

»Und? Ist es ihr gelungen?«

Ebba nickte. Dann schüttelte sie den Kopf. »Was weiß ich eigentlich? Vielleicht hatte sie einfach Angst vor Louise und wagte es nicht, mir etwas anderes zu sagen, weil es die Version war, die sie ihr erzählt hatte?«

»Wenn sie die Pille geschluckt hat, dann entgeht ihr jedenfalls ein riesiges Erbe. Ich frage mich, wie sich das in Zukunft auf das Verhältnis der Schwestern auswirkt.«

»Vielleicht sollten wir Louise einen Leibwächter stellen?«, schlug Ebba vor.

»Glaubst du, Helena wusste von dem Erbe? Wenn ja, hätte sie einen guten Grund gehabt, Raoul umzubringen. Mit einem Erbe von hundert Millionen Kronen hat David wirklich einen fantastischen Start im Leben.«

»Raoul hatte doch vor, David anzuerkennen. Wirkt es wahrscheinlich, dass sie den Vater des Kindes umbringen wollte, als David bereits acht war, obwohl sie den Verdacht, dass Raoul der Vater sei, schon länger hegte? Schließlich hatte sie erreicht, was sie sich immer gewünscht hatte, nämlich dass Raoul sich zu der Beziehung bekannte und … um es einmal so auszudrücken, zu dem Ergebnis dieser Beziehung. Hätte es dann wirklich Sinn gemacht, ihn umzubringen, um an das Erbe zu kommen? Aus Rache? Für so kalt und berechnend halte ich Helena nicht. Vergiss nicht, dass Helena ohne Vater aufgewachsen ist und dass das tiefe Spuren hinterlassen hat. Sie will nicht, dass David das ebenfalls erlebt. Außerdem ist sie wohlhabend genug. Sie hat zwar keine hundert Millionen, aber Not leidet sie auch nicht.«

Pontus lehnte sich zurück.

»Und du?«

Er betrachtete sie auf eine Weise, die sie wünschenswert fand und dann auch wieder nicht.

»Was hättest du gewählt, Ebba? Das Geld oder den Liebhaber?«

Ebba schob sich eine Locke hinters Ohr und schaute auf die Tischplatte. »Tja, Pontus … was hätte ich gewählt? Das versteht sich doch von selbst.«

Pontus harrte der Antwort, und Ebba ließ ihn warten. Mit einem Kribbeln im Magen trank sie den letzten Champagner, fuhr sich mit den Fingern durchs Haar und nahm dann ihre Handtasche vom Fußboden.

»Ich bin beeindruckt«, sagte er. Sie drehte ihren Kopf und sah ihm ins Gesicht. Keine sarkastische Miene. Einen Augenblick sahen sie sich in die Augen. Dann lächelten beide etwas verlegen. Pontus schluckte und räusperte sich.

»Okay. Wir haben also beide gleich viel Mumm.«

»Daran werde ich dich bei der nächsten Gehaltsverhandlung erinnern«, erwiderte Ebba und zog zufrieden die Brauen hoch.

Vor dem Grand Hôtel warteten einige Taxis. Ein leichter Herbstregen fiel, der wie ein Nebel über dem Nybroviken lag. Pontus winkte zwei Taxis herbei.

»Ich lasse deinen Mercedes morgen abholen, Ebba«, sagte er, »und zerreiße eventuelle Strafzettel.«

Sie nickte und reichte ihm die Autoschlüssel. Der Taxifahrer öffnete ihr die Tür. Bevor sie einstieg, wandte sie sich noch einmal mit amüsierter Miene an Pontus.

»Schubert?«

Etwas verlegen und geheimnisvoll verzog er die Mundwinkel. Dann begann er leise zu singen.

»Wir saßen so traulich zusammen im kühlen Erlendach, wir schauten so traulich zusammen hinab in den rieselnden Bach. Der Mond war auch gekommen, die Sternlein hinterdrein, und schauten so traulich zusammen in den silbernen Spiegel hinein.«

Mit ausgestreckter Hand forderte er Ebba auf, einzustimmen. Diese schüttelte jedoch verlegen den Kopf und strich sich mit einem Finger über die Unterlippe.

»Meine Güte, den Text habe ich vergessen, es ist so lange her …«, sagte sie und versuchte fieberhaft, sich die Fortsetzung in Erinnerung zu rufen.

»Tränenregen«, sagte Pontus und trat einen Schritt näher. »Da gingen die Augen mir über …«

Da stimmte Ebba ein: »… da ward es im Spiegel so kraus; sie sprach: es kommt ein Regen, ade! ich geh nach Haus!«

Mit klopfendem Herzen stieg sie rasch in das Taxi. Ohne ihn anzusehen schloss sie die Tür und nickte dem Fahrer zu loszufahren. Schwer lehnte sie den Kopf zurück und schloss die Augen, während das Taxi durch die regenglänzenden Straßen Stockholms fuhr.